纪念文学研究所建所六十年

甲子春秋
—— 我与文学所六十年

文学研究所 编

社会科学文献出版社
SOCIAL SCIENCES ACADEMIC PRESS (CHINA)

和而不同　实干兴所（代序）
　　——陆建德访谈录 ………………… 采访者　何吉贤 / 001

尊重历史，编好文学所所志
　　——王平凡访谈录 ………………… 采访者　刘跃进 / 001

个人、集体与社会
　　——朱寨访谈录 …………………… 采访者　严　平 / 014

有关文学所的记忆
　　——尹锡康访谈录 ………………… 采访者　毛晓平 / 033

资深历久　兢兢业业
　　——马靖云访谈录 ………………… 采访者　程玉梅 / 039

耄耋之年忆往昔
　　——濮良沛访谈录 ………………… 采访者　汤　俏 / 047

步入文学所，就是步入实现理想之路
　　——吴庚舜访谈录 ………………… 采访者　张　晖 / 060

跋涉中的创新
　　——钱中文访谈录 ………………… 采访者　　杨子彦 / 071
追忆犹及
　　——刘世德访谈录 ………………… 采访者　　夏　薇 / 108
崇论宏议见谆谆
　　——邓绍基访谈录 ………………… 采访者　　张　剑 / 125
我与文学所的半世纪情缘
　　——张炯访谈录 …………………… 采访者　　何吉贤 / 139
曾经的年代：对文学所"文革"的一些回忆与思考
　　——王信访谈录 …………………… 采访者　　严　平 / 173
从民间组到现代室
　　——卓如访谈录 …………………… 采访者　　冷　川 / 204
《文学研究动态》十年
　　——傅德惠访谈录 ………………… 采访者　　毛晓平 / 220
薪尽火传　学术不息
　　——王善忠访谈录 ………………… 采访者　　杨子彦 / 229
文章千古事，得失寸心知
　　——陆永品访谈录 ………………… 采访者　　陈才智 / 241
献身当代文学研究的经历和感悟
　　——蒋守谦访谈录 ………………… 采访者　　田美莲 / 253
风雨 50 年：回顾与反思
　　——张大明访谈录 ………………… 采访者　　段美乔 / 270
我的履历非常简单……
　　——祁连休访谈录 ………… 采访者　　吕　微　户晓辉 / 297
早春时节的记忆
　　——何西来访谈录 ………………… 采访者　　严　平 / 317

我与文学所
　　——徐公持访谈录 ················· 采访者　张　晖 / 352
《文学评论》五十五年
　　——王保生访谈录 ················· 采访者　萨支山 / 371

附编：

中国现代文学学科的守护者
　　——樊骏访谈录 ··················· 采访者　胡　博 / 388
学海任遨游，甘苦寸心知
　　——陈毓罴访谈录 ················· 采访者　孙丽华 / 404

编后说明 ··· / 425

和而不同　实干兴所（代序）

——陆建德访谈录

陆建德，1954年2月生，籍贯浙江海宁，生于杭州。1978年考入复旦大学外文系，1982年毕业后由国家教委选派留学英国剑桥大学。1990年获博士学位，同年年底就职于中国社会科学院外国文学研究所。2001年任外文所副所长，2008年任外文所党委书记兼副所长，兼《外国文学动态》主编（2002~2009年）、《外国文学评论》主编（2010年）。2010年8月任中国社会科学院文学研究所所长，兼中国社会科学院研究生院文学系主任，《文学评论》《中国文学年鉴》主编。已出版的主要著作有《麻雀啁啾》（三联书店，1996年）、《破碎思想体系的残编》（北京大学出版社，2001年）、《思想背后的利益》（广西师大出版社，2005年）、《高悬的画布》（三联书店，2011年）等。

采访时间：2013年2月1日
采访地点：中国社会科学院文学研究所《文学评论》编辑部
采　访　者：何吉贤

何吉贤（以下简称何）：陆老师，谢谢您接受访谈。2013年是中国社科院文学所建所60周年。为了纪念文学所建所60年大庆，所里对如今健在的，1960年以前进所的老同志组织了访谈。现在访谈初稿都已经整理出来了，您可能也已经看了。我看了其中一些，感觉老前辈们都本着对历史负责的态度，非常认真地总结了自己在文学所的一些经历，甚至也并不回避某些尖锐的问题。您能先谈谈对这些访谈稿的初步印象吗？

陆建德（以下简称陆）：首先我要表示感谢。读访谈稿和读文章感觉不一样，好像更亲切一些。我的印象是诸位前辈学者一路与文学所走过来，真是不容易。我到文学所工作是2010年夏秋之交，应该说是所里的新人。由于长期在外文所工作，对于文学所的情况也是了解的，两个所原来是一家嘛，外文所是1964年分出去的。回望文学所一个甲子的时候，读这些访谈，另有一番感受。

原来我们对有的话题（比如"文化大革命"）多少是有点避讳的。确实，不愉快的经历还不如早早忘掉。但是敢于触及痛处、直面痛处也是成熟的表现。回避历史就谈不上自知之明。访谈里涉及"文革"内容，我们希望把这段历史的记忆存留下来。记忆都带点个人痕迹，未必就是复杂的历史本身。同一事件换个角度看，面貌就不大一样。所里一些前辈被批斗，或被打成"516分子"（荒唐的是"516反革命阴谋集团"纯系子虚乌有），都是非常不幸的，可见当时的人们没有意识到如此待人，在公共场合羞辱他人的人格，受到伤害的其实是整个社会。令人宽慰的是个别亲历者说到那段经历，没有愤愤然，而是从怨恨中走出来，那是修养的见证。访谈中牵涉到的人都是我们所敬重的，我不管他们原来曾经是在哪一帮、哪一派，即便有一些同志"跟风"，事后他们敢于自我批评，同样令人钦佩。"文革"期间的派系究竟为何产生，这是个有趣的问题。

也许可以取一种非个人的立场，不要继续纠结在个人的恩恩怨怨里面来看那一段轰轰烈烈同时又令人不快的经历。1976年，我在杭州的一个街道办事处做临时工。打倒"四人帮"后，所有人都到街上去敲锣打鼓，欢庆打倒"四人帮"。但是，现在想想，几个人在背后捣乱，最高领导人判断失误，就能导致举国疯狂吗？我们的社会土壤具有怎样的性质？如果取超然的态度，把文学所作为一只麻雀来解剖，马上会发现它的五脏六腑跟20世纪整个历史是有牵连的。谈"文革"要有新的视角。我们的文化遗传基因里面是不是也有一些成分需要大家警觉、关注呢？为什么派性如此迅速地一下子就蔓延全国，以至于很难逃出它的掌控？派性斗争为什么总是要你死我活？为什么总是一方觉得自己有道理，对方没道理，是反革命？对方会用同样的一套话语来捍卫自己、打击对方。两方面其实并没有那么特别大的差异，使用的话语系统有同质性，甚至一模一样。

何：我们非常习惯于"斗争"了。与人斗也是其乐无穷啊。

陆：中国社会不断在自己人的相互斗争中内耗，非常可悲啊，非得从这个状态走出来。20 世纪上半叶的新式学堂发生过很多学潮，当时的一些文字，一些标语口号，也是上纲上线的，几乎像人身攻击。1925年的时候"反革命"这个词在学校就很流行。最近我在重读鲁迅和许广平的《两地书》，许广平的不少信都讲到了学潮，讲学潮的斗争策略，两派怎么样不相容。一些重大的文化事件之所以会像干柴烈火一样，一点就着，有着深层的历史原因。

我希望通过看文学所当时的一段历史，能够对 20 世纪中国的社会文化有深刻的理解，或许还可以走得更远。看一看历史上的很多党争。真要考察党争的话，会发现它无非是派系斗争，帮派常因地域而定，即所谓乡党，也因不同观点立场而起。比如说宋朝，司马光、苏东坡、王安石、程颐都是非常了不起的文人，我们能够说他们中间哪一个人就是君子、哪一个人就是小人吗？好坏是非判然分明的吗？不是的。使用这样的范畴本身就是问题。要不要推行新政，他们产生了不同的观点，这本来非常正常。但是，如把异己者看得十恶不赦，就败坏了协商讨论的气氛，容易把本可调解的矛盾激化。宋朝理学大兴，是蛮好的，一个社会不对人欲有所限制，就不成社会，而是动物丛林了，极可怕，这是另话。但理学有一种二元对立的思维模式，就是趋于极端的君子小人之辨、义利之辨：我这一派是君子，你这一派就必定是小人。两者是不共戴天的。看这些了不起的人物的传记，很难把他们的行为跟所谓的小人等同起来。他们对"变法"看法不一样，互相协商、妥协就好，那就是政治能力，但是走了极端以后就难以收场，你死我活，两败俱伤。王安石掌权的时候，新法的批评者边缘化了，后来是元祐党人起来了，就完全否定以前的改革，对立面再掌权，又开始新一轮的迫害。这种残酷的斗争导致敌我意识畸形发达，上纲上线也是惯用手法，到了令人可怕的地步。要说党争完全是因为皇帝不好，士大夫都没有责任，也未必。以后我们一定要从这种非黑即白、小人君子对立的思维模式里面解放出来，习惯于从不同角度看问题（或者说换位思考）、检讨争论。积以时日，我们在文化和政治能力上就会达到较高的层次。

　　何：二元对立的思维方式好像在我们这里有很长的历史了。

　　陆：是啊。金克木先生在谈到中国人的思维特点时曾经说过，我们比较相信点和点之间的直线，但是在一个平面上还有其他的点，还有其他的直线，可能是平行的，也可能是交叉的，要时刻意识到其他的可能性。我们看一个问题，不能只取两点之间那条直线的视角，简单地排斥其他的点和线、其他的视角。也许每个人在某个时候都会只认一个视角，做事情比较粗暴、决绝。学会宽容是最难的，真要在现实生活中（比如在政治运动里）做到七八分就很好了。

　　文学所的班子成员读了这些访谈，一致认为很好，相信不会有人纯从个人的角度出发，觉得受到了伤害。一定要跳出个人自我的樊笼，用比较超然的态度来审视"文化大革命"期间或者是1976年以后一段时期在一些事情上留下的是是非非。隔了一定的距离来看往昔，大家都可以带一点同情，对往日争斗双方的同情，也可以夹带一些荒唐感，然后又对自己保持警觉：我是不是可以做得更好？今天我们印行访谈，也是留给文学所的后来者的。有些事情就是这样发生了，偶然中也有必然。有了纵深的历史和文化意识，我们会变得明智，与有些幽灵般的行为方式告别。好在我们的前辈不计较个人恩怨，坦然回忆往日生活的情景，今天重新见到当时站在对立位置的人，会相逢一笑！

　　何：这其实恰恰是当代历史有意思同时也是最困难的地方，就是说，历史本身就是跟个人的经验、个人的经历有关，对吧？

　　陆：是跟个人经验有关系，当然个人是成长变化的，个人之间也不同。个人经历的东西往往有刻骨铭心的感受，知识分子的思想感情不能完全受到个人的局限，需要有想象和"移情"的能力，需要有仰望星空的本领。对自己、对历史的认识，永远得益于比较。金克木先生有比较的眼光，而且是几重比较的眼光，他会发现有些现象，提出来让大家有所意识。如果一个人一直相信两点之间只有一条直线，不会意识到自己有这么一种特点。要是对自己的出发点或者信仰的框架有所自觉，做事说话可能会温和、宽容一些。我们有时候谈问题比较抽象，喜欢讲宏观的、宏大的东西，实际上行为的传统（tradition of behavior）同样重要甚至更加重要。待人接物的习惯方式构成了大的制度的基础，能够反思这些方式，那么好制度的实行相对来说就会比较容易些。在一个单位里也得提倡"和而不同"。我在前辈身上看到了"和而不同"的典范。

何：虽然是不同的两派，但是后来在共同进行学术工作、完成一个项目的时候又能通力合作。

陆：就是说，他们走出了过去的阴影，拒绝派系斗争的纠缠，这特别重要，值得后辈学习。如何把原来的经历转变为身上的正能量，那是一门艺术。

何：现在的访谈集中有一个现象，谈到"文革"时期的经历。当时文学所主要有两派，但是这次访谈当中可能出来直接谈的就是其中的一派，具体说就是总队那边的来谈这个，另外一边的联队那边的人倒是没有直接谈，这个问题您觉得如何看呢？

陆：访谈之前我们并不知道访谈的内容究竟是什么，整个过程是很自然的，没有预先的策划。

何：就是说访谈的内容由访谈者自己确定，访谈者愿意谈什么就谈什么。

陆：对，是这样。我们希望给每一位老同志最大的自由度，愿意谈什么就谈什么。如果某一派讲得多一些，另外一派少一些，这不是有意为之，纯属偶然。我要强调的是，现在不能再用过去派别的意识来给人分阵营。并不是说"文革"期间你当这一派就对，当了那一派你就不对。两派在十年里的角色有时是在变换的，双方在话语上会有出奇的雷同，现在不必在对立这一点上做文章。一定要说这个是是，那个是非，没有必要。

何：但就访谈集来说，会不会出现这样的情况，出版以后，大家看了，有些人就会觉得，那一派人讲了，这个叙述是对他们有利的，我们也得出来讲，这样是不是会没完没了地打嘴仗和笔仗？

陆：一定得跳出这种二元对立的思维模式。我刚才说了，这是个偶然性的事情，对于现在文学所的人来说，大家不大会相信一派君子一派小人，一派正确一派错误。这种思维本身我们已经抛弃了。这些访谈不可能重新煽起派性，文学所的前辈们思想通达，胸襟开阔，他们已经吸取了历史的教训，目前都在抓紧时间看书写文章，不会计较这点事。

何：就访谈本身来说，保持这样的一个最初的状态本身其实就是对历史的一种态度，对某个历史事件在特定时间的最初的记忆本身，就是对历史事件的一种态度。

陆：对于过往的事件，要有一种历史的态度。记忆也是会变化的，比如现在回忆1976年，与1976年的现场感受会不一样，希望这差别呈现出新的、更高的境界。在1966年之前，还有一些政治运动，比如"反右"和"四清"，这些运动里也会产生冤假错案。说到这些，绝对不是要去追究。五六十年代，比如党的文艺政策体现在具体的人身上的时候，会出现不大公平的现象。我们就是这样走过来的，现在是不是可以把两条路线斗争的思维稍微淡化一些呢？

何：两条路线斗争是当代中国政治和思想展开的一种特殊的方式，如何理解，可能要做艰苦的历史化的工作。历史地看，有的也许有一定的必要性，但难的是区分必要和不必要。

陆：此一时，彼一时。我说这句话是愿意承担责任的。不能以简单的是非看待事情。20世纪30年代的上海，同样在左翼里面的人就斗得不可开交，这斗争的实质意义是什么？它真的促进中国当时的文学创作了吗？我稍微有些怀疑。背后还是有一些派系、领导权因素在作怪。权力有时候是鸦片，让人上瘾，旁观者清。我们被派系斗争、权欲伤害得太久了。美国政治学家亨廷顿会说日本人的政治能力、组织能力比较强，他没说中国！派性意识过强，就会对社会的共同体形成伤害，也会在文人群体中间造成不和，历史上这种事情太多了。刚才说了宋朝的党争,清末和民国时期不少学校的风潮实际上起于派系之争,当时还有省籍意识,某省人士协调步伐一致对"外"。一个政治、文化上强大的国家,人们可以持有不同观点,不能不共戴天。许广平曾说,鲁迅"对有些人过于深恶痛绝,简直不愿同在一地呼吸"。现在我们能说,那些被鲁迅所"深恶痛绝"的学者、校长往往也是令人敬重的。"文革"期间的那些事件是不是也多少带有一点传统文化的因素?

对"文革"的经过,我还有清楚的记忆。红卫兵起来后,党中央一再说要文斗不要武斗,不要有山头主义,可是就是没办法,"最高指示"也不管用。交战的双方都是用马克思主义的语言来打击对方,都要"痛打落水狗",背后是什么心理,至今还没有好好探讨。"四人帮"有责任,仅仅如此吗?我们自己呢?每一个人都以为曾经非常虔诚地相信某一种主义、精神,上当受骗了。这是对自己最有利的解释。我们现在可以做得比1976年更好、更成熟一点。文学所之所以不愧为学术殿堂,乃因它敢于对这些问题进行批评和反思,而且用上了历史的长镜头。

何:"文革"这块谈了不少了。为什么从"文革"谈起?我自己的理解是因为这恰恰说明了文学所的60年与中国当代历史,尤其是其中一些重大的历史事件和转折点的关系太紧密了,中国当代历史的一些重大变化都能在文学所60年的微观生活中体现出来。其实这也表明文学所在我们当代中国的文化生活中的重要作用。我想我们还可以从这个地方谈起,就是从文学所60年历史的不同阶段,来谈一谈文学所在不同的阶段跟中国文学和文学研究界,乃至整个中国思想文化领域的关系,以及在这样的关系及其变化的条件下,文学所是不是形成了某种传统,某种学术的或者某种在这样的人员规模、这样的国家专设的高端的学术专业机构的基础上,与整个学术界和国家的文化意识形态工作的关系,形成了某种传统?对此,您有什么看法呢?

陆:五六十年代的一位非常有名的美国诗人叫洛厄尔,他感到有点失落,原因很有趣。他说苏联真重视文学,某位诗人说了有些话,整个国家都会去批评。他说要是有人来关注我,哪怕是批评也很好,最怕社会不理不睬。文学在五六十年代的苏联是非常受重视的（其实在三四十年代也是如此）。但是在美国好像不一定是这样，诗人无非就是在总统的就职仪式上来朗诵一首诗，多数老百姓关注的并不是文学。文学在50年代的中国，地位也是非常特别的，不然的话俞平伯怎么能成为全国大名鼎鼎的人物呢？本来就是少数读书人会关心他，但是一下子全国所有的报刊因为"两位小人物"的文章都在谈他。这当然与毛主席的重视有关。然后到了60年代初期，有一些人物出现了，包括像姚文元，大家不要忘记他原来是个文学批评家，又是姚蓬子的儿子，曾经批判过姚蓬子的一些人，就要被姚蓬子的儿子所批判了。文学创作和批评在特定的政治和文化语境下，变成了举国关注的一个领域，这是不正常的。"文革"其实就是从批判历史剧《海瑞罢官》起来的，这是在1965年，此前有对电影《早春二月》等"大毒草"的批判。

所以文学所在那个时候也是众目睽睽，很多工作与党中央和中宣部有直接关系。文学所的刊物和出版物，有关部门也是非常重视的，视它们为体现党的文化文学政策的权威刊物。但是要加一句，它们不是党的喉舌。何其芳同志一心突出刊物的学术性。执行文化政策和研究古今中外的文学毕竟是两回事。现在的情况又有所不同了。这是社会的进步，国家的福祉。

何：那是不是说，文学所原来与国家的文化意识形态工作有着特别紧密的联系，现在不是了？

陆：我想"是"与"不是"都属于简单化的回答。文学所所处的社会在变化，我们不可能以不变应万变。一直到改革开放初期，文学所的地位还是非常特别的。三套丛书很有影响，那批书主要就是由我们和外文所的一些老同志，还有个别的出版社，组织翻译、编辑出版的。那时社科院不单纯是学术研究机构，它也是很多学术活动的组织管理机构，而且带有专营性，说得不好听一点就是垄断性。很快情况变了。随着90年代初中国加入《世界版权公约》，出版社只要买了国外图书版权，就可以自行出版，不必理会"专家意见"。在那种状况下，重新来做三套丛书就不可能了。我们的角色就发生了变化。现在市场起更大的作用，出版社也享有更大的独立性，完全可以自行组织出书，聘用专家做顾问。专家与出版社的关系变了，前者有点依附于后者，不过也可以对后者施加影响。

改革开放刚开始的时候，有些刊物恢复出版，全国恢复高考，我们的杂志销量是非常好的，这是全国现象。那个时候《文学评论》影响非常大，外文所的杂志《世界文学》也热销，读者和作家们都要通过看《世界文学》来了解世界其他国家的各种创作状况。但是随着社会变得更加多元化，人们的兴趣也多元化了，刊物的种类、数量也大大增加了，曾经在社会上普通读者中热销的学术刊物只在专业领域内流通，发行量下降，这很正常。我们应该学会转变角色，并善于总结。千万不要以为自己的研究所、刊物万民瞩目，领袖惦记，世道就好。

何：您还没有回答文学所有没有与众不同的传统呢。

陆：是不是有一以贯之的传统，我不大确定。如果有好传统，那就秘而不宣吧，要不就像自夸了。这么规模的一支队伍只从事研究，不必承担大学教学任务，真是非常奢侈！这制度也是养人的，我说的"养"，是指自由发展，给每个人以最大的读书治学的空间。我更愿意强调文学所学术兴趣、治学方法的多样性。读读前辈的著作，我们会发现多么不同而且具有丰富的个性！它们是"双百方针"活生生的体现。

何：难道政治运动和学习没有留下印记吗？

陆：那是有的，不能说这些印记一无是处。对经济基础、阶级关系的关注，对能够改变生活的哲学的偏爱，在学术研究中也能带来巨大的活力和冲击力。"文革"以前，文学研究也有一些挺好的新气象，比如说我们关心民间文学、通俗文学，我们的首任所长郑振铎先生在1949年以前就注意到俗文学的意义。中国传统文学重诗文。一直到了20世纪一二十年代的时候，人们才觉得小说家是很了不起的。郑振铎先生能用新眼光来看中国的整个文学史，这也得益于马克思主义。他1949年前写的《中国俗文学史》和《插图本中国文学史》是非常了不起的著作。文学所成立后，对来自社会底层的文学文化遗产一贯重视，成立了民间文学研究室。

千万不要认为1949年以后中国完全封闭了，根本不是。在世界范围内，我们关心第三世界国家的创作情况，早期的《世界文学》（起初叫《译文》）绝对不是以西方为中心的。那个时候聂鲁达还到中国来访问，这是他得到诺贝尔奖之前的事。那时到中国来访问的著名作家不少，他们对中国社会感兴趣，参观工厂、合作社、人民公社。回观那段历史，我们也要对自己国家取得的成就感到骄傲，不能因为一些扩大化的政治运动和天灾人祸而否定一切。

何：研究界现在把1949~1966年的文学称作"十七年文学"，也有一些好作品。文学所在那段时期有13年的历史。怎么评价那时文学所的工作？

陆："十七年文学"里确有不少能够反映出复杂社会画卷的作品。多数作品乐观向上，有新兴之国的新气象，不过文学不能有过强而且单一的"信息"，这是所谓的"席勒化"而不是"莎士比亚化"。老舍的《茶馆》那样的作品就代表了更高的层次。但是老舍也可能会像曹禺那样，在创作上感到一些限制。我们在强调要面对社会生活、深入生活的同时，也在强调政治，强调过分就会形成无形的限制、新的禁忌，作家就会失去自信，不断修改作品，担心不符合政治要求，甚至不大敢下笔。幸好我们现在对那段时期的研究是很多的，既有深层次的认识，也绝对不会简单地抹杀"十七年"的文学创作。

文学所在13年中对文学创作和文化事业起到了极大的推进作用。撰写文学史也是文学所的一项主要工作。60年来文学所负责编撰的各种文学史，可以说是洋洋大观。50年代的大学生也参与了文学史的写作，他们语言的火药味会过浓一些，可能是针对某种倾向的一种反拨。原来的文学史太喜欢谈个人，谈山泉林下的情趣，这其实是毛主席《在延安文艺座谈会上的讲话》中所批评的，他希望中国的知识分子更多地接近社会。真正优秀的文学作品并不是表现一个孤零零的个人发出痛苦的声音，在抱怨，抱怨不遇。作家也应关注社会问题。比如说像对马克思、恩格斯很有启发的19世纪的英国和法国小说家，他们对社会的观察非常深刻。在20世纪50年代的写史是很风行的，有必要改换范式（paradigm）。文学所当时也开始编撰《中国文学史》（1962年出版，全三册），不比任何同期类似著作逊色，不过在大学里的影响不大。说句偏心话，我们的最好，编撰者没有在一些意义不大然而听起来十二分正确的话题（如"文学创作的规律"）上投入精力，只求把过程写出来。

还有些贡献属于学科的基础建设，比如少数民族文学研究队伍的建设（现在中国社会科学院的民族文学研究所也是从文学所分出去的）、创设现代文学学科（唐弢先生来所后形成一支很强的现代文学研究队伍），等等。不能说古代文学研究就松懈了，钱钟书的《宋诗选注》是1957年出的。俞平伯继续写作，受批评后还在《文学评论》上发表文章，这尤其要感念何其芳同志，他对俞平伯是尽力保护的。文学所在理论上也多有创建，关于美学、现实主义的讨论里就有不少至今仍然让人思考的观点，我们组织出版的《古典文艺理论译丛》极有价值。最重要的是文学所成立后创办的两份刊物《文学评论》和《文学遗产》，它们为全国学界提供了交流研究成果的一流学术平台。

毋庸讳言，"文革"时工作停顿了，太可惜，简直难以想象。然而我看到访谈中关于"五七干校"的文字，有一种奇怪的感受，心里甚至很温暖。大家在那样的艰苦环境下，始终保持乐观向上的态度，面对生活，面对新的挑战，这是感人的。老一辈学者并不是逃避体力劳动，他们用十二分的热情投入进去。物质条件恶劣，大家却过着充实的生活，跟当地的老百姓还建立了友好的关系。在特定的政策环境下，文学所的人还是调动了身上各种各样的积极能量，有尊严地生活着。

何：个人也可以从干校生活汲取营养，写出传世的文字来。可是从国家的层面来说，损失实在太大了。国家不进则退，文化、教育和科研上的竞争是输不起的。您能谈谈文学所在改革开放后所起的作用吗？

陆：改革开放以后的几年里文学所的作用比20世纪60年代还要大。整个社会对文学有一种饥渴，它像火山一样爆发。那时候的新华书店门口买文学名著是要排长队的，有时候得半夜起来。那时的工资多少啊，但是很多人一下子买几十块钱上百块钱，买到了就欢天喜地。这个场景好像就在眼前。那个时候文学所做了非常多的有意义的工作，不幸的是何其芳同志逝世了，中国走向文学创作繁荣的一刻，他没有看到。后来的荒煤、沙汀和许觉民同志对新时期文学的复兴都有突出贡献。现在回想起来可能会觉得"伤痕文学"没有什么了不起，其实不然。那个时候刊物少，作品要发表，需要有关部门的认可，像文学所这样的学术机构，如果能对"伤痕文学"给予肯定和鼓励，那会起到很大的作用。中国文学创作突然繁荣起来，文学所参与其间，非常深的参与。我们组织了各种各样的活动，刊物也登载了重头文章，对当时的文学创作及时评点引导，很多当代中国优秀作家脱颖而出，跟那时的特殊氛围有紧密的关系。《中国文学年鉴》就是在1981年创办的。

文学所当时几届所长（如沙汀、陈荒煤、许觉民）在文学界和文化界都有很高的地位，80年代中期的刘再复班子属于年轻一代，很有活力和创见。那时思想文化界非常活跃，就像发酵的面粉团，拼命扩张，顾不上盛放的容器。活跃也会有相伴的一些特点，比如缺少一点定力，就像船舱里的压载不够。反观起来，活力与成熟相配合，可能更好。我自己那时候在英国留学，也看国内的文章，觉得气象更新非常快，新观点、新思潮接二连三，让人看了几乎跟不上。那种喷薄而出的热情，还是应该肯定的，我甚至非常羡慕。那个时候在文学研究界也有一些提法如"新三论"之类，后来不了了之，像信息论啊什么的……

何：系统论、信息论、控制论。

陆：你说得对。有时候话语的形成也是很奇怪的，它来历不明，一下子成为风尚，人人都说，但是很快又消失了。

文学所在改革开放以后学术成果极多，说明在"文革"中，老一辈的研究员并没有放弃。到了"文革"后期，很多人用图书馆用得非常勤，有了积累，政策宽松、开明的时候就能拿出有分量的东西来。《管锥编》就是一个例子。

何：文学所的人互相影响，有时候看起来像个团队。这是怎么形成的？

陆：有一种现象现在看不到了。原来有集体宿舍，同事之间无话不谈。有人甚至住在单位办公室。共用的办公室用几个书架隔一下，就营造出个人的天地来，这不是自成一统的天地，而是公私融为一体的空间。同事们白天晚上都在一起，形成的这种合力也是让人感叹的，大家真的是一个团队。随着住房条件的改善，不必以所为家了，但是共同的生活和工作中形成的友谊、亲情还在。

何：您怎么看 20 世纪 90 年代？

陆：人们经常有意让 90 年代跟 80 年代形成对比，我认为这是误导。文学所到了 20 世纪 90 年代以后也有很多新气象。90 年代的文学界、思想界依然非常活跃，学界变得更加多元、复杂了，"理想""启蒙"这些观念受到冷峻的、带有反讽意味的审视，"保守"和"激进"这样的词也在慢慢变成中性的描述。八九十年代的文学所是有延续性的。张炯和杨义两位所长任职时间比较长一些，他们两位在新的历史条件下为文学所的发展花费了很多心思。从经济条件上说，80 年代后期的通货膨胀使得 90 年代的知识分子生活比较拮据，那时在社科院要稳定军心不容易。文学所的经费一度非常紧张，刊物发行面临极大的困难，学术活动的开展也受到制约，市场又靠不住，张炯和杨义两位先生在所党委领导下用切实的办法为全所人员解决了一个个具体问题。现在可以说，社科院的"危机"已过，我们会在十八大精神指引下迎来新的局面，给"中国梦"涂上丰富的色彩。

通过这些访谈，我们可以了解文学所是怎么走过来的，又是怎么跟全国的文学创作和研究形成了呼应和合作的格局。改革开放以后，成立了很多学会，学术会议也越来越多了，这在"十七年"时期是比较少的。我们现在也感叹学术会议是不是太多了，不过不能否认，学术会议已成为全国学术生态里面一个很重要的组成部分了，确实是对文学创作和研究起到了极大的推进作用，而且改变了我们的话语系统。话语本身有惯性，人们在不自觉的情况下不断地使用它。新概念出来了，大家开始觉得原来习以为常的一些用词是不是该换一换了。学术会议就是思想语言交锋的论坛。现在又有了新的焦虑。如果说原来我们的词汇比较单一的话，现在的词汇是不是过于丰富？概念满天飞，有些概念也应从天上飞到地下，跟具体社会生活、日常经验挂起钩来。

何：您刚才回顾了文学所60年的学术经历。文学所在之前的学术设计中，一直比较注重"（文学）史"的传统，当然还有一个是与当代社会和政治的关系，也就是所谓的"论"。当然"论从史出"，史是基础。应该说，经过90年代以来的学术化转型，今天，学术的中心越来越向学院转移了，像文学所这样的学术机构，处在这样一个变化了的结构中，无论是跟社会的关系，跟院校和整个学术界的关系，都发生了重大的变化，对此，您有什么看法？

陆：问题提得很好。每一个时代面临的问题都是不一样的。这半个世纪来有多少中国文学史，数字怕是惊人的。史写得太勤也不行，因为来不及吸收研究的成果。研究，尤其是个案的研究是基础。现在有的学校把文学史的使用当作自留地，本校的老师编书给本校学生用，这种趋势必须遏制。各种文学史是不是太多了？能不能稍稍静下来等候"时间的检验"？是不是可以集中精力做更多的踏实的前沿研究，更大胆地反思我们的理论预设和价值体系？

你刚才说"史是基础"，我完全同意。问题是有些事件的"史"是在感情、信仰的前提下发挥想象构筑起来的，并没有坚实的史料基础，经不起分析推敲。凭这样的"史"来"论"，最终还是徒劳。有的历史，我们自以为了解，其实不然。还要花大力气发掘史料，重新叙述。或者说，史料不全、无法定论的就不作定论，允许存疑。人们甚至会拿了一篇文学作品反推历史（例如关于《滕王阁序》的种种说法）。我们谈创新，首先自己得花大力气做一个聪明、有批评意识和判断力的读者。体现社科院独特的学术殿堂的品格，是一项崇高而艰巨的任务。智囊团、思想库不能缺少学术殿堂的后援。社科院与大学是互补的，体制上有所不同，但是同属一个社会，同属学术共同体，绝不能自以为是，自我欣赏。

文学所在不同阶段的文学史写作是一流的，但是现在得考虑文学史的新写法。看古人的传记，你会发现有一些近乎俗套的表述在后人（包括今人）写的文学史上重复出现了；比如说某人"不遇""屈沉下僚""报国无门",一身本领无处施展,诸如此类。支撑这种说法的价值观是应该细察的。那位传主为什么不去做点平常而具体的事情呢?可惜的是有些人不这样问问题,他们先设定,传主自称栋梁之才,就是栋梁之才,应该到京城里去做宰相。何以见得?研究者不能被自己研究的对象牵着鼻子走。说起来我们是社会主义新人,在写文学史的时候还是会拘泥于一些陈腐的表述,那样的话创新是很难的。创新包括对传统价值观念的自觉和反思。我们的文学史里有较多趋于极端的自我肯定(前不见古人,后不见来者),有些寒士的抱怨唱的还是自我肯定的俗调,是不是可以重新审视一番?

我见识少,看中国文学研究的文章、著作,经常眼睛一亮,相信这支队伍在全国学界有举足轻重的地位,自我更新的能力也强。海外汉学研究也值得关注,研究者使用的范畴、话语往往是新的。千万不要以为中国文学研究只有中国人才做得最好,以自信、开放的心态对待海外同行的工作,加强交流,现在变得非常必要。欧美以及日本学者的长处值得尊敬。我倒不一定提倡文学所还要上什么多卷的大项目。文学在社会语境里如何生产,书籍如何印制、定价,如何流通销售,这些都是有趣的题目。到了晚清的时候,突然出现很多文学刊物,与此同时,所谓的公共社会(civil society)也开始发达了起来,公共领域出现了。做这些研究需要拓宽我们对"文学"这两个字的理解。

如果将文学过度社会化、政治化的做法在20世纪80年代的学者中间引起反感,那么文学的独立性或者自律的提出也是可以理解的。但是二十几年过去了,一定要看到文学绝对不是纯而又纯的,它掺杂着种种社会的与历史的细节,不管你喜欢也好不喜欢也好。学科概念也应该随之有所变化,只有不断接触其他学科,视野才会更广。这种跨学科的特点现在体现于每个处室,有了更宽广的、跨专业的参照,文学研究反而走向了纵深。

何:近年来社科院在搞创新工程,文学所已经积极参加了。有时候创新工程给人的印象是通过加强科研管理来推进学术。您能谈谈创新工程在文学所历史上的地位吗?

陆：我想创新工程是给人文学者提供一个更能发挥长处的平台，是插翅膀，不是剪翅膀。科研管理是不是也可以视为为科研服务？创新并不是名义上的，最终要落实到研究上。学术创新无禁区，这是比以前更加强调的。我自己只能说是中国文学研究的一个新兵，做梦也担心自己是否滥竽文学所而不自知。我对这个领域不是没有忧虑，可能没有道理，想说出来请教高明。我希望大家要放得开，要敢于挑战前人，敢于怀疑。比如对《楚辞》的研究，我们不要有一个预先设定的观点（比如单一作者），只在这观点的统领下写文章。先秦的典籍有复杂多元的形成过程，带有集体创作的性质，先民不会在现实与想象之间画一条线，他们的世界图景（world picture）完全不建立在今人的现实感之上。以前人们都说《荷马史诗》是荷马创作的，实际上《荷马史诗》有不同的吟唱者，很多歌手对它的成形作出了贡献，原初的、权威的版本可能从来没有存在过，即使有那样的版本，也是数种、多种并存的，其源头不大清晰，没必要清晰。《诗经》里不少作品来自民谚，不是一个教授坐在书房里面写好稿子，把它交给出版社，不是这样。口传也是它传播的方式之一。我们的研究一般比较看重文献，可能研究民间文学尤其是少数民族文学的人会有不同。研究早期的文学现象，一定要有新视野。我们需要平等的精神，与伟人平等对话。史籍里很多故事有小说性质，为什么不能像讨论小说伦理那样讨论一些传说中的细节？不关心这些细节所隐含的意义，我们在伦理上就像长不大的孩子，谈论"核心价值"也只能停留在表面上，而且只能搬出泛泛的概念。如何评价伍子胥？他带领吴国军队伐楚意味着什么？如何看待樊於期之死？我们从中学（小学？）开始就被动地消费很多历史故事，心灵的活力和正义感（包括对手段是否正当的追问）是不必调动起来的。每个国家都得与自己的过去展开艰难的对话，在对话中成长。

文学所现在有很多年轻的同事酷爱读书，对价值问题尤其敏感，外文又很好，翻译过海外汉学的著作，有着这样优势的知识结构，是会做出成绩来的，让我们会议室照片栏上的那些前辈感到宽慰。

何：是啊，重新审视、解释传统的工作做都做不完。现在文学所本身的研究组织方式也发生了变化，一些大的研究项目比较少了，现在的研究很多都是个人性的，而个人很多又是个案性的研究。

陆：我们并不排斥大项目，创新工程里有些项目具有一定规模，但是跟原来的大项目是不一样的，并不是大家一起再重新写一套多卷本的中国文学史。现在是个人在团队里做自己的事情，有合作配合，也有独创。团队有个大致方向，但是包容性比较强。

何：可能在方法上，在问题意识上有些共识，在某些研究的板块上会有一些呼应。因为我们国内甚至全世界像我们这样规模和档次的专业的文学机构太少了。如果把这么多研究文学的学者放一块，但是大家还是各自做自己的，在方法上、在问题意识上、在具体的工作上都没有一个呼应，这还是有点可惜，是吧？比如说我们所现在各个室的研究人员在组织跨室的研究项目，包括创新工程项目，还有一些年轻人组织了关于当代史的读书会，在将当代研究历史化的方向上进行一些摸索，这些学术工作其实可能都想探索一些新的合作和呼应的方式。

陆：在这一点上我觉得所里的年轻同志是有意识的。在国际上有一阵子比较偏纯形式主义的研究比较多，20世纪80年代以后越来越强调历史和语境。你要知道有些东西是怎么来的？它针对的是什么？这也是科林伍德提醒我们不能忘记的。所里一些年轻同事在读20世纪50年代初期的《中国青年》杂志，这就是进入语境的努力。具体谈到20世纪50年代，有些话我不知道是不是可以说。这是题外话，也是我所理解的观念变换的一部分。海外学者研究中国那段历史时会说，在共产党的领导下，中国突然出现了一个非常高效的中央政府，它有效地管理着各个部门，调动着全国的资源，这个情况是以往的旧中国所没有的，不过也是晚清以来历届政府想做而未做成的。这个环节，即一个有效的中央政府或者是中央集权的确立，是世界各国现代化进程里面必不可少的一步。用中央集权（centralization，晚清和民国建立国家银行，统一货币都是指向这一方向的）来理解新中国的国家治理，很多事情的性质就明朗了，包括在很短时间内消灭了吸血虫病和各地的土匪等。中国原来的治国方式有点松散，徒有专制的虚名，在有的领域近乎无政府主义。

20世纪50年代的中国，社会的公共性凸显出来了，虽然是个穷国，中央却有本事调动地方资源，具备国家能力。这是成为一个现代化国家的先决条件。我们应该用积极的眼光来看这个过程，如果可能，也想请你们读书班派个代表对全所作个报告。

但是有无必要让全所人员在方法、问题意识上统一起来或形成一种互相呼应的格局？我想作为一个研究机构，还是要尊重每个人的兴趣爱好和选择，允许乃至鼓励多样性，这样我们的学术生态会更好。当然，跨处室的合作一直存在，那是建立在自愿基础上的。所里没有一部大机器、一个大棋盘的设想，希望宽松自由的氛围将最大限度地调动每个人的主观能动性。但是我们也切盼思想学术的交流以多种方式进行，并提倡文学所的团队精神、集体意识。

何：我再提一个问题，您已经提到了文学所还是一个文学研究的组织机构，我想在组织方面，刊物也是一个重要的因素。文学所有《文学评论》《文学遗产》这样一些在中国文学研究界享有很高位置的刊物，您自己也参与了刊物的编辑出版工作中，对于这方面的工作，您有什么样的想法呢？

陆：我自己参与《文学评论》的工作只有两年，《文学遗产》我没有参与。我们在文学研究界也要注意一个现象，就是不要有太多的空论。有一阵我觉得我们的语言比较飘，不知道是不是改革开放以后形成的。有的文字读起来朗朗上口，但是所指不明，读者并不知道它是什么意思。要防止这种空论，最好要有具体的针对。我希望文学研究与批评的语言能够接地气。一些理论介绍到中国来，国内研究者并没有真正在用这些理论做文章。福柯要么研究性史，要么研究监狱，他是作为一个史学家在案例中发挥理论。我们没有把他的理论用于具体的研究对象。解构主义的命运大致一样。介绍理论的文字比较多，具体使用理论的场合却不多。真要成为马克思主义者是不容易的，怎么把它渗透到你的研究里面去？并不是说你在文章里一百次提到马克思主义，你就成为马克思主义者了。

我曾经有一位朋友，他有很多大想法，要构筑体系供翻译出口之用，问我能不能把他的鸿篇巨制的精华翻译成外文，我不好意思拒绝，就细读他的宏文。我后来细问他的几个核心概念，问下来的结果是他建构的大厦无形中就崩塌了。在学风上我们还能有所改进。现在宏观指引性的文章比较少，我也希望看到这样的文章，如果真写得好，当然要大力推荐。我们也可以考虑去组这样的稿子，这个工作暂时还没有去做。

何：在结束这次访谈之前，您还能再就文学所的建所六十周年说点什么吗？

陆：1953年2月22日，文学研究所经过一年的筹备，假座北京燕园临湖轩正式成立。当时文学所还是属于北大的。1955年中国科学院哲学社会科学学部成立，文学所就划归这个新学部了。1977年学部独立并且另组中国社会科学院。按照老的历法六十年就是一甲子。人到了六十就是到了花甲之年，该退休了，而机构不然。文学所成立六十年后更加朝气蓬勃，它像一棵大树一样枝叶茂盛，姿态舒展，越看越有滋味。这个景致是一代代学人，是你，是我，是我们大家，共同构成的。

看了这些老同志的访谈，深感他们在生活上面临了那么多现在的人难以想象的挑战，还取得如此成就，不免生出自愧不如的感叹。有了电子工具，有了物质上的好条件，心情反而是沉重的，我们欠着老一辈学者很多工作，还该做出来让他们感到欣慰。六十年一方面是一个纪念活动，一方面又是动员会，也要给大家适当地提醒一下，作为文学所的人，还要拿出实干的精神，继往开来。至于所班子，那是一个公共服务机构，还望多提意见。

何：谢谢您，我们就到这儿吧。

注：本文经过被访者审读。

尊重历史，编好文学所所志

——王平凡访谈录

王平凡，1921年出生，陕西省扶风县人。1938年10月加入中国共产党，1940年后在延安陕北公学院学习，1951～1955年在马列学院学习、工作；1955～1964年，任中国科学院哲学社会科学学部文学研究所党总支书记、办公室主任；1964年后，任外国文学研究所党总支书记、副所长，1977年曾担任中国社会科学院政治部副主任；1980年后任中国社会科学院文学研究所党委书记、副所长，少数民族文学研究所党组书记、所长。

采访时间：2013年1月28日
采访地点：北京劲松和谐雅园
采 访 者：刘跃进

刘跃进（以下简称刘）：王先生，您是文学所的元老，今天，我专程来看望您，想请您谈谈文学所的历史。文学所成立50周年的时候，我提议编纂一部纪事长编。原以为比较简单，真正入手，才发现异常繁难。查阅档案资料，所获不多。很多基本史实，回忆文章也众说不一。一晃十年过去了，文学所又进入"花甲之年"。这个时候，建所初期的很多"老人"渐渐离去，我越发感到系统地整理文学所史料的迫切性。2012年初，我在所长办公会上提出，60年所庆，还是从资料的收集整理做起。我初步设计编好四部书，第一部是文学所志和六十年纪事初编以及全所人名录，第二部是文学所老同志的访谈录，第三部是到中南海给中央领导同志讲课的学术讲演集，第四部是《岁月熔金》的第二编。文学所志带有综合特点，属于横向写法，而资料长编则严格遵循历史线索，实事求是地编选资料。它们互为补充，为将来编写文学所史做准备。文学所志成稿虽然只有四五万字，而资料的收集和整理，前后经过数年时间。现在看来，问题还是比较多的。所以，我特别希望您能给予具体指导。

王平凡（以下简称王）：你们写的《文学研究所所志》（初稿）我认真看过了。文学所60周年了，写一部较完整的所史十分必要，但难度很大。这部初稿基本上反映了文学所的发展历程和成绩。特别是改革开放30年来，成绩辉煌，鼓舞人心！体现了郑振铎、何其芳老所长积极倡导的以科研为中心，尊重知识、尊重人才、多出成果、按科学规律办事等治所理念。

有些具体修订意见已经写在原稿上，这里不细说，只想就几个比较大的问题谈谈想法，补充一些资料，提出一些建议，供你修改时参考。

第一个问题是，"所志"的起点要高，表述要准确。我想特别强调的是，文学研究所是在党中央和毛主席、周总理关怀下建立的。开始第一段是全文的总纲，简明扼要地表述它的产生、地位和作用。我建议这样写：

> 中国社会科学院文学研究所是根据中央人民政府政务院文教委员会决定，在1953年2月成立。任命郑振铎为所长、何其芳为副所长。所成立党组。何其芳任组长（当时党组名为"核心小组"，1957年改为"领导小组"）。所的学术秘书是罗大冈。

我作了这样的概括，不知妥否？这是给文学所地位，是文学所发展的起点，这个起点是很高的。

刘：您的概括非常精当，可谓要言不烦。您就接着这个话题，再梳理一下文学所的沿革情况吧。

王：文学所的机构设置应按 1958 年由郑振铎、何其芳、唐棣华三位领导审定、署名的《中国科学院文学研究所概况》来写。这个"概况"是从 1953 年写起的，其中未提建所时设"中国文学部"和"外国文学部"，所史可以不提。各组领导都有名，现代文学组、民间文学组都应署名。当时只有 8 个组，即：（1）先秦至宋文学组，（2）元明清文学组，（3）民主革命时期（1840~1949）文学组（1954 年 3 月设立现代文学组，1958 年 6 月改今名），（4）中华人民共和国文学组（1958 年 6 月设立），（5）中国各民族民间文学组，（6）苏联文学组（1957 年 10 月设立），（7）西方文学组，（8）文学理论组。业务辅助单位有：（1）《文学研究》季刊编辑部，（2）《文学知识》月刊编辑部（1958 年 7 月设立，10 月创刊），（3）《文学遗产》周刊编辑部，（4）《文艺理论译丛》编辑部（1957 年 12 月设立），（5）图书室，（6）资料室。行政单位有办公室、学术秘书室。办公室下设总务、秘书、人事等三组。

1959 年建立东方文学组，聘请北大东语系主任季羡林兼任组长。

刘：我在组织编写《文学所六十年纪事初编》时有种强烈的感受，文学所 60 年发展历程，可以以"文革"为界，分为前后两个历史时期。郑振铎、何其芳在文学所的建设初期发挥了关键作用。粉碎"四人帮"之后，沙汀、荒煤在拨乱反正过程中，积极有为，重振文学所雄风。这种感受有一定道理吧？

王：是的，文学所的历史，应以"文革"划界，分为前后两个不同时期编写，这是历史唯物主义的态度。

文学研究所于 1953 年 2 月 22 日创建，至今 60 周年了。当时文学所附属北京大学，直到 1955 年转归中国科学院社科学部。文学所集结了国内许多顶级的学者，为开展新中国文学研究的新局面，在那个一切都"政治挂帅"的年代，他们忍辱负重，他们坚韧不拔，用毕生的心血为今天留下了无数的经典。回首往事，那些老同志的音容笑貌历历在目。

郑振铎、何其芳是第一任正、副所长，中华人民共和国成立不久，国家百废待兴，文化事业同样面临以马列主义为指导原则下的全面整理和重新认识的问题。毋庸讳言，我们经历了许多"运动"，经历了"十年浩劫"，走了许多弯路。到"文化大革命"后，沙汀、荒煤、许觉民同志来到文学所，率领全所同志拨乱反正，恢复所的各项工作，取得了辉煌成绩。

刘：两个不同的历史时期，有没有一以贯之的指导思想呢？

王：答案当然是肯定的。文学所建立之初，确定总的方针任务是："以马列主义、毛泽东思想的观点，对中国和外国从古代到现代的文学的发展及其主要作家主要作品进行有步骤有重点的研究、整理和介绍。"就是说，文学研究所按照国家需要和本所的具体条件，有步骤、有重点地以马列主义、毛泽东思想为指导，研究我国和外国的文学和理论，在建所过程中不断总结科研成果。如：第一次总结了建所五年的科研成果；第二次在庆祝新中国成立十周年时，总结了《十年来古典文学研究和整理工作》《十年来外国文学翻译和研究工作》；第三次是对编写古代文学史的经验总结。从这些总结中看到，科研成果累累。

这些，你们编所志时，已经有所介绍，总体是很好的。顺便提一下，在所史科研成果中"现代文学"部分应补充杨思仲（陈涌）的领导成绩和他的著作。他1954~1957年任现代文学组组长。在他领导下，对鲁迅、茅盾、郭沫若、叶绍钧等作研究。杨思仲1954~1956年在《人民文学》上发表了《论鲁迅小说的现实主义意义》和《为文学艺术的现实主义而斗争的鲁迅》。论文以马列主义观点研究鲁迅作品，真实地反映历史重大问题的深刻性，具有很高的理论水平和学术价值。回顾文学所的历史，他是不能被忽略的重要学者。

刘：关于文学所的各种传说中，也不时会涉及陈涌先生。听说老人家已经90多岁了，真想去看望他。我们这些晚辈，对他老人家所知甚少，您能给我们讲讲吗？

王：杨思仲（陈涌）是文学研究所创建时领导成员之一，时任现代文学组组长、党组成员、学术委员。1957年，他被错误地划成"右派"，受了很大的委屈，长期受压抑。这些情况，我在《深切怀念老所长郑振铎、何其芳同志》（刊在《岁月熔金——文学研究所50年纪事》，中国社会科学出版社2003年版）一文有比较详细的说明。尽管如此，陈涌同志对文学所依然有着很深的感情，有着强烈的历史责任感。他常常鼓励我把经历的、知道的一些有关文学所的情况尽量翔实地写出来。2007年5月23日，他给我来信说：

平凡同志：

前些天从《报刊文摘》看到一则有关过去文学所评职称的叙述，尽管是好意，但说"何其芳同志一个说了算，大家也都没有意见"，这简直是瞎编！

这使我想到，现在不少回忆录，都有这种情况。原因是很多的，其中很重要的一点，便是被回忆的当事人有许多都不在了，有些人为了达到这样那样的目的，便随心所欲地编造。现在的党史，全国解放前，基本是清楚的，但全国解放后，特别是政治斗争激烈的50年代末到"文化大革命"结束这一段，东说西说，是非混淆的，我个人看到的就很多。也和党史一样，文学史全国解放前这一段事实是大体清楚，当事人在世时便肯定下来了的，但从50年代末到"文化大革命"结束这一段，胡编的，像这次何其芳评职称的就很多。在这种情况下，历史怎么能成为信史，真是一个令人忧虑的问题。

因此我想到，你过去是多年的文学所的领导之一，如果能把从文学所建所以后整个过程，就你所知道的写出回忆，对过去成功的事实和经验，要吸取教训的失误的事实和经验，都尽量具体的，有名有姓，有情节也有过程地记载下来，以文学所在中国的地位，你的回忆将不只是文学所的史料，而且对中国当代文学史的研究，也有重要参考价值。

这个问题，我过去也想到过，这里看了有关何其芳评职称的记述，使我更感到问题的重要性了。我是十分希望你能排除顾虑，考虑一下这个问题的。不知你觉得怎样？

思仲

五月二十三日

由此看来，实事求是，尊重历史，说易行难啊。我参加了当年评职称全过程，确实有责任将真实的情况及其他重大问题记录下来。我因病一直未能动笔。我女儿王素蓉看过这信，以及书刊提到的钱钟书与"清华间谍案"等问题，要我谈谈这些问题的真实情况，她把我的谈话整理成《与王平凡谈文学研究所往事》等，陆续发表在《北京青年报》《中国作家》等报刊上。近期我和女儿共同完成了《文学所往事》（金城出版社），我希望在所庆60周年的时候能够见到书。我也相信，这是对历史负责的一件大事。

刘：这太好了，我们都期待着尽早读到这本书。说到对历史负责，还有一个问题绕不开，即建所第二年开展的关于《红楼梦》问题的大讨论。如何界定那场讨论，其实分歧是很大的。很多人认为，这是一场政治批判运动，甚至推而广之，认为是对广大知识分子的批判运动。您是怎么看待这个问题的？

王：说到文学所初期的发展，对俞平伯《红楼梦研究》的批判，确实是绕不开的话题，这是文学研究所的一件大事，不能不提。客观地说，这与一般的学术讨论确有不同。1954年10月，毛泽东发出一封著名的《关于〈红楼梦〉研究的信》。在全国开展批判对俞平伯《红楼梦研究》的批判运动。不久，毛泽东又领导发动了一场对胡适派资产阶级唯心主义的批判。这次批判的核心问题，不仅是如何评价和研究《红楼梦》这部中国古典文学名著，而且是要从哲学、文学、历史、社会政治思想各个方面，对"五四"以后有影响的资产阶级学术思想，进行系统的清理和批判。中央文件指出：党发动这两次批判，提出的问题是重大的，进行这样的批判也是必要的。

何其芳在领导批判俞平伯《红楼梦研究》运动中，发扬学术民主，使这场运动健康地进行。何其芳在总结时指出，经过这次批判，许多研究工作者初步建立了用马克思列宁主义的立场、观点和方法来研究文学遗产的必要性的认识，对《红楼梦》的广泛而深刻的反封建的意义得到了比较一致的看法。这次批判是在《红楼梦研究》和整个文学遗产研究中的一次革命。它给古典文学研究工作指出新的方向。这对文学所今后开展工作有重要意义。

思想问题和学术问题是精神世界的复杂问题，采用批判运动方式，容易产生简单化和片面性倾向。在全国开展批判俞平伯《红楼梦研究》中的问题时，已经出现了把学术问题当作政治斗争的倾向。毛泽东读了一些批判文章，也发现了批判中的偏差。其实，毛泽东对胡适也不是全盘否定，对他在新文化运动中的作用，在考古方面的建树，还是肯定的。后来，他曾经说过："我们开始批判胡适的时候很好，但后来就有点片面性，把胡适一切全抹杀了，以后要写一两篇文章补救一下。"毛主席的这段论述，见《毛泽东传》（1949～1976年）上卷第298页。你可以找来查对一下。

胡绳主编的《中国共产党的七十年》（中共党史出版社，第312～313页）对这两次批判作了这样的概括："这两次批判，对学习宣传历史唯物主义和辩证唯物主义起了好的作用，有其积极的方面。但是，思想问题和学术问题是属于精神世界的复杂的问题，采取批判运动的办法来解决，容易流于简单化和片面化。学术上不同意见难以展开争论。这两次批判已经有把学术文化问题当作政治斗争并加以尖锐化的倾向，因而有其消极的方面。"这里，我不厌其烦地引述经典论述，其实是想说明，对于俞平伯《红楼梦研究》的批判，主要还是学术批判。当时，郑振铎所长对于这场批判运动，颇感意外，俞先生是他礼聘而来的，《红楼梦研究》，也是他提议继续关注的。他在学习毛主席《关于〈红楼梦〉研究的信》时，表示要正确对待。不久，他率团出访，相信何其芳同志会领导好这场学术思想批评的。事实上也是这样。何其芳同志在组织批判时，也首先从自身寻找原因。记得那年岁末，文学所开过六次批评会，何其芳同志反复强调要发扬学术民主，要求对俞平伯《红楼梦研究》及相关著作进行全面分析，采取实事求是的态度和科学方法开展讨论。在会上，他也一再请俞平伯先生发表自己的意见。何其芳同志坚持这样的学术原则，与当时全国其他地方采取的围攻态势形成鲜明的对照。

刘：您的这点提示特别有意义。不难设想，在当时那种纷繁复杂的政治形势下，何其芳所长能够很好地区分学术与政治的关系，确实不容易。近来仔细翻阅《王伯祥日记》，确如您所说，文学所内的批评，主要还是学术性的，那种不分青红皂白的政治批判，其实是很少的。当然，也有过火的地方，但很快就被纠正过来。两年以后，文学所评定研究员级别，俞平伯被评为一级研究员。如果是政治批判，这是不可想象的。

王：确实如此。文学所的领导一方面积极贯彻党的文艺方针路线，特别是周恩来代表党中央在广州文艺工作会议上的讲话精神，"主要是防止'左'的东西"，这点应当有所论述。何其芳所处的时代，还有他的特殊身份，在当时，很难置身于"左倾"文化思潮之外，并且还必须认真对待，倾力投入其中。1954年批判俞平伯《红楼梦研究》非常矛盾，1958年"拔白旗"运动中，同样很不解。当时，学部响应号召，开展"拔白旗"运动，对郑振铎、孙楷第、钱钟书、杨绛、李健吾等人的学术思想进行批判。对于老所长的批评，何其芳同志感到吃惊，他不同意这种做法，认为拔白旗插红旗运动，对贯彻"双百"方针不利。他在所务会上提出，对郑振铎先生批判一周。对于其他专家的批判，也只限于古典组和西方组。10月8日，郑振铎在文学研究所召开的"学术批判会"上发言，回顾检讨了自己的一生。这是他在文学所做的最后一次公开讲话。这个细节，马靖云在《最后一次讲话》（载《新文学史料》1983年第2期，署名郭东）中有所追忆。随后，郑所长率领中国文化代表团出访。十天后，即因飞机失事而遇难。我们无法揣摩郑振铎所长临行前的心境，但是我们可以感知何其芳同志在老所长去世后的那种悲痛的情感。噩耗传来，何其芳同志在22日凌晨1时就写出了感人至深的《悼念郑振铎先生》，并刊发在他所主持的《文学研究》第3期上。他又建议成立郑振铎文集编委会，并调郑振铎夫人高君箴做秘书。第二年，《郑振铎文集》就由人民文学出版社出版了。

郑振铎走后，何其芳同志主持了文学所的工作，依然积极贯彻党的正确的文艺方针政策。1959年，我国出版了几部中国文学史，它们多半强调现实主义和反现实主义的斗争，认为这是中国文学史发展的一种规律。其芳同志认真研究了这几部文学史中的问题，并指出：在中国文学史的研究中把许多作家的创作划入现实主义或反现实主义，这是一种不符合实际的不正确的公式。这种公式已经导致把一些优秀的作家和作品给粗暴地否定了，把中国文学传统的丰富性简单化、庸俗化了。为了纠正当时古典文学研究中"左"的错误，其芳同志在中国作家协会和文学研究所召开的文学史讨论会上，作了《文学史讨论中的几个问题》的发言，用马克思主义观点探讨了古典文学研究和编写文学史中的一些重大问题，这对于抵制当时的错误思想，贯彻"双百"方针，活跃学术空气，都起了积极的作用。与此相关的问题，是1962年4月，文学研究所与中央党校合办文学研究班。这个研究班，何其芳同志亲自请教师，多是当时一流的学者授课，培养了一批业务骨干。

刘：不久，就是"四清"运动，随后就是"文化大革命"，文学所的前一段历史，基本告一段落。文学所的另一辉煌时期是拨乱反正前后，您前面提到沙汀、荒煤在当时所起到的重要作用，还可以再做具体说明吗？

王：沙汀是著名作家，荒煤是新中国成立后文艺界的领导人之一，曾是文化部副部长。1979年8月，中共中央组织部任命沙汀同志为文学研究所所长。陈荒煤、余冠英、吴伯箫、许觉民同志为文学研究所副所长。荒煤同志主持日常工作，领导文学研究所拨乱反正，在百废待兴的背景下，开创了新的局面。

第一，领导全所拨乱反正，恢复重建组织；揭批"四人帮"罪行；组织关于真理问题的讨论。

第二，荒煤同志特别提出重视中央关于知识分子政策和文艺方针的指示精神，总结新中国文艺发展的经验和教训。他在《一个重要的历史文献——学习周恩来同志在新侨会议上的讲话》一文中说："周恩来同志在新侨会议上的讲话，以及广州话剧歌剧会议上的讲话，是指导我们总结建国后30年经验的重要文献。不仅有重要的现实意义、还有重要的历史意义。"文章还指出："党领导的一切工作，都必须承认客观规律，尊重客观规律，按客观规律办事。这就是真正马列主义的领导。只有这样的领导，才能发展生产力。对物质生产是如此，而精神生产有其特殊性，尤其应该如此。"自从《一个重要的历史文献》一文发表后，荒煤同志还在文艺界、高等院校作了《关于总结文艺三十年问题》《认真总结历史经验、更好地发展文学事业》等重要报告。他的论文和报告，比较全面、深刻地总结了我国30年来社会主义文艺工作的经验和教训。为了使广大文艺工作者能够系统地学习和研究周恩来的文艺思想，编辑出版了《周恩来与文艺》《周恩来与艺术家们》《永恒的纪念》等著作。在第四次文代会前，荒煤同志对文艺思想斗争中所批判的观点和某些作品，作出了实事求是的分析，重新给予科学的评价，显示出一个马列主义文艺理论家的勇气和魄力。特别是他的思想和作风对我们今天来说，仍然有着重要的现实意义。

第三，荒煤同志到文学研究所后，在拨乱反正的同时，把科研工作列为首要任务。1979年2月，他受院领导委托，召开了"全国学科规划会议"。在这次会议上，制订了文学研究所当年工作规划和以后八年的工作规划。1980年，全所在学习贯彻第四次文代会精神的过程中，在原来制定的八年规划的基础上，又提出了"1981~1990年"的十年科研规划，并确定了重点研究著述项目。荒煤同志特别强调要研究这样一些问题："五四"以来新文学运动的历史经验；探讨当前文学的创作问题和理论问题；探讨社会主义文学经验的特殊规律；研究马克思主义文艺发展史；研究毛泽东文艺思想；运用马克思主义观点整理和研究我国文学遗产和民间文学、少数民族文学；研究中国当代文学特点、特殊发展规律等理论问题。在沙汀、荒煤同志的领导下，经过几年的努力，完成了专著18种、论文249篇、论文集5本、资料31种、选本32种。这是"文革"后第一次取得的丰硕成果。

第四，荒煤同志另外一个值得我们纪念的地方，就是为文学所培养了一大批人才。我们知道，在"文革"以来的十多年间，进所的年轻研究人员极少。沙汀、荒煤同志召开所长办公会议，决定培养新生力量。1978年招收了42名研究生（其中包括为北师大代培的9名）。共分为8个专业：先秦、唐宋、元明清（包括《红楼梦研究》）、近代、现代、当代、美学及文艺理论、古典文学编辑、国外中国文学研究。这批优秀的研究生，绝大部分留在文学所从事研究工作，现在他们已成为文学科研战线的骨干力量。1980年3月，又根据院里的精神，布置在全国范围内招考研究人员。5月份报名，仅文学专业就有400多人。至8月确定7人入所，其中有四位户口在外地，他们是：杨柳、许可、樊发稼、杨镰。回顾20世纪两次大规模的向全国招聘人才，还有研究生的培养，确有很多经验值得总结。文学所所以能够在60年间始终保持旺盛的活力，源源不断的人才培养，是其中重要的核心因素之一。

第五，荒煤同志在建立少数民族文学所过程中起到了重要作用。从建所方针、任务、组织机构以及人员的调配，荒煤同志都非常尊重筹备小组的意见，抽调文学所的领导骨干协助开展工作。此后，他依然对于少数民族文学研究高度关注。1980年7月，他在少数民族文学创作会议上发表讲话，希望少数民族文学研究所认真总结30年来民族地区的创作经验，探讨发展规律。1984年召开的全国第四次《格萨尔》工作会议，荒煤同志到会发表了热情洋溢的讲话。

正是在沙汀、荒煤等同志的不懈努力下，文学所自身得到了恢复和发展，在新时期思想文化建设中，也起到了不可代替的作用。许觉民及以后各届所领导班子都是在这样的基础上领导全所科研人员走上正轨，取得了辉煌业绩。80年代，文学所开展人性论、人道主义及"文学主体"问题讨论，延续了这样的传统。

刘：王先生，您站在历史的高度，评述了文学所两个重要时期的发展历程。您长期在文学所，还有后来分出去的外国文学研究所、民族文学研究所担任领导工作，可以说是文学研究所历史的见证人。您向来低调，很少谈论自己。但您个人的经历也应当是文学所历史的一个组成部分啊。我也想借此机会听听您个人的历史。

王：我个人实在微不足道。我原本是中央马列学院的学员，兼任教务处一些具体工作，何其芳是语文教研室的主任，杨思仲（陈涌）、力扬是语文教研室的教员。我们那时就有较多的交往。文学所成立之初，何其芳同志提出要调我们过去，叫我协助筹备工作。杨思仲、力扬的调动得到了院领导的同意，并报呈中组部批准。而我却未获院领导的同意，我是1955年国庆节后才调到文学所的，当时文学所隶属于中国科学院哲学社会科学学部，此后直到退休，就没有离开过社科院，就没有离开过文学研究的岗位。

20世纪五六十年代的文学所，研究对象包括古今中外的文学。今天，我们庆祝文学所成立60周年，更多地想到的是中国文学研究。其实，文学所的外国文学翻译和研究也取得了举世瞩目的成就。因此，你主持编写的文学所志，应当给予关注并积极介绍。1964年，在文学研究所西方文学组，苏联、东欧文学组，东方文学组的基础上，筹建外国文学研究所。何其芳同志为此付出了大量心血。成立时，中科院院长郭沫若签署任命书，冯至为所长。我那时被任命为外文所的副所长，暂时离开了文学所。

1980年，我又回到文学所任党委书记兼副所长，后来又到民族文学研究所主持工作。半个多世纪以来，我先后经历了文学研究所、外国文学研究所、民族文学研究所等科研组织机构，初期筹建的风风雨雨，真可谓感慨系之。

而今，我都92岁了，记忆逐渐衰退，这是不以人的意志为转移的。但是，往事总是浮现在眼前。人老了，就爱回忆往事。但有的时候，回忆是一桩痛苦的事。收集资料不易，令人头痛；岁月不饶人，记忆跟不上。但我依然努力回忆我所经历的科研部门的人和事、经验和教训，为后人尽可能多地留下有价值的、值得掂量的东西。

刘：是啊，我们期待着您的《文学所往事》早日问世。刚才向您汇报时提到，我们正在组织编写文学所老同志访谈录。目前暂时划定的界限是1960年前入所的老同志。这次所庆之后，我们还想就新时期文学所在拨乱反正中的巨大作用，作一些深度访谈。历史是不能忘却的。而尊重历史，实事求是，又是从事历史研究的基本出发点。我们总结历史，最重要的就是总结经验。文学研究所取得这样辉煌的成绩，归根结底，就是遵循了这样一个实事求是的原则，为党的事业负责，为人民的利益负责,为学术的发展负责。您能接受我的访问,也是为文学所的历史负责。衷心感谢您,并祝您健康长寿。

注:为庆祝文学所成立60周年,文学所编纂了几部资料性的著作,试图对过去一个甲子的辉煌作一初步总结。《文学所志》就是其中的一部。我们希望通过这部资料性的著作,客观、翔实地展现文学所60年发展历程和学术业绩。初稿完成后,我们特别请文学所老领导王平凡同志审定。王平凡同志年过九旬,依然精神矍铄。他不辞辛苦,审读稿件,提出很多有价值的建议。2013年1月24日上午,我专程登门拜访,请老人家就书稿当面提出修订意见。为这次访谈,王平凡同志做了认真的准备。他站在历史的高度,对于文学所60年间几个重要问题,畅谈了自己的看法。谈话过程中,他还不时地从书架上,从床头边翻检资料,供我查阅。就这样,侃侃而谈,持续了将近三个小时,完全看不出他已是一位耄耋老人了。

元月的北京,多为雾霾笼罩。而那一天,竟是难得的晴朗。冬日的阳光,让人感觉到温暖,看到了希望。王平凡同志的兴致很高,记忆也格外清晰明澈。他专门谈到了郑振铎先生、钱钟书先生,还回顾了何其芳所长如何通过行之有效的办法,将党的指示精神与科研工作紧密结合起来的一些好的做法,并结合自身经历,谈到了科研单位党的领导作用以及双肩挑干部的甘苦等,话题是非常广泛的。

访谈稿由王素蓉女士初步整理,王平凡老人亲自修订,力求精要,删去很多他认为不必要的内容。我个人感到有点可惜,但我们必须尊重老人的意愿。2013年2月1日凌晨,跃进补记。

个人、集体与社会

——朱寨访谈录

朱寨（1923.3～2012.3.7），原名朱鸿勋，生于山东平原县。中学时代参加进步革命活动，1939年由国统区到延安，1940年进入鲁迅艺术学院学习，毕业后在鲁艺文艺理论研究室工作，抗战胜利后赴东北曾任甘南县委宣传部部长等职务。1954年调中共中央宣传部文艺处，1958年转入中国科学院哲学社会科学学部文学研究所，任文学研究所研究员、当代文学研究室主任、文学研究所学术委员会主任、中国社会科学院荣誉学部委员，兼任中国当代文学研究会会长、名誉会长等。朱寨致力于研究新中国文学，主要著作有《从生活出发》《朱寨文学评论集》《感悟与深思》《行进中的思辨》，散文集《鹿哨集》，回忆录《记忆依然炽热》，并主编《中国当代文学思潮史》《当代文学新潮》《中国新文艺大系1949～1966中篇小说集》等。

采访时间：1.2011年2月25日
　　　　　2.2011年4月15日
采访地点：北京建外中国社会科学院宿舍
采访者：严　平

2011年2月25日

严　平（以下简称严）：朱寨老师，2013年是文学所建所60周年，所里决定对一些老同志进行访谈，您是目前所里最有资历的老专家了，从 1958 年进文学所到现在已经经历了 50 多年的时间，希望访谈工作能够得到您的支持。

朱　寨（以下简称朱）：我觉得所里做老同志的访谈很有必要，这是一个继承文学所传统的做法。当年的何其芳就很重视文学所的基本建设，搞了几个大的项目。后来的几届班子也延续了这个作风，既注意发挥个人作用，也发挥集体作用。荒煤抓了大型文学史的编写、搞了几套文学史料汇编等，马良春搞过大词典，张炯搞了通史，但也有的领导个人出了不少成果，却没有领导文学所这个集体做一些有建树性的项目。新一届班子继承老的传统，从回述历史开始，这是很有意义的事情，我也愿意为这个工作作出我个人的贡献，这个工作也是文学所这个集体为社会作出的贡献。同时也希望新的领导把这个问题考虑得更深一些：我们这一届班子要为文学所这个集体作什么贡献？文学所这个机构要为社会作什么贡献？作为领导个人发表多少成果是次要的，重要的是应该组织这个机构和文学所的研究人员作出非个人能够完成的重要成果。希望这届所领导能够在这方面搞出有价值的东西来，老实说，如果能搞出文学所的所史来就是一个重要的贡献。

严：请您谈谈文学所的创建过程，和您所经历的文学所历史上的重要事件。

朱：我首先要说的是，我不是文学所的元老，我是 1958 年来文学所的，是建所三年后来的。但是，那三年我一直在中宣部工作，文学所与中宣部文艺处工作上有着许多直接的联系，因此我对文学所也有了间接的了解，也可以从头谈起。不过，对这 50 多年文学所的历史进程我还没有系统地回顾深入地思考，所以只能就你提出的一些具体问题来谈。

看过一些写文学所的文章和大事记，觉得都没有涉及一个问题，就是文学所是在一个什么样的历史背景下诞生的，它在当时以及后来所处的地位是什么。这是一个重要问题，只是就事论事，就阐述不清这个问题。文学所最初建立是附属于北京大学，后来归入中国科学院哲学社会科学学部，以后又从中国科学院独立出来，改为中国社会科学院。文学所虽然至今仍是一个司局级单位，不过他的第一任所长就是文化部副部长郑振铎。文学所是在中央领导文艺和意识形态的负责人的建议和策划下成立的，这说明文学所在最高领导人心中的地位。他作为贯彻中央文艺领导的有力助手在文艺界有着特殊地位，在此后历次的文学论争中起到了非同一般的作用。例如《红楼梦研究》、批判胡风等都起了带头作用。同时，文学所作为国家级最高研究机构，又力图建立自己独立的学术研究体系，在有些问题上敢于提出自己的见解，组织出版了系统的中国古典文学研究丛书和外国古典文学研究丛书。在政治上力求实事求是，不追风，所以文学所又被评价为在政治上比其他单位"慢步两拍"，实际上这正是它慎重的表现。如新中国建国初期，毛主席看了冯雪峰的著作以后提出要批评他的某些文章，把任务交给文学所，文学所经过阅读后认为没有什么错误倾向不应该受到批判，这件事也就了了。老实说，冯是长征干部，在长征时和毛泽东有很多交往，毛泽东了解鲁迅，冯雪峰从中起了很大作用，他们还有私交，但后来批判冯、公开点名是毛的意见。袁水拍的文章是毛主席亲自修改的，火气之大出人意料，当时我也不理解，这些扯远了。文学所在政治上不盲目冒进，在学术上力求科学严谨，注重基础研究，如李煜词的讨论，毛星的出名就是因为这次讨论中的一篇文章，给李煜一个全面正确的评价。这篇文章是胡乔木亲自修改的，改的地方相当多，很多是乔木自己的意见。这篇文章不只是对一个作家的评价，而是对古典文学研究方向有所影响。可惜毛星在世时我没有问过具体哪些地方作的修改，底稿现在可能也没有了。（毛晓平也说没有了，他也从来不和我们谈这些事情。）文学所后来开展的活动，很多都是中央的意思，经常是文学研究所和作家协会共同操办。作协是创作的最高机构，文学所是研究理论的最高机构。

严：文学所成立的背景，过去何其芳是否谈到过？

朱：没有具体谈过，这个问题毛星应该清楚。那时候大区已经准备撤销，各个大区文艺处处长都准备调中央宣传部。本来毛星应该来但没有来，他和何其芳联系到了文学所。我本来要留在东北，毛星不来我就到宣传部文艺处了。文学所成立时，挂帅的是郑振铎，他当时的行政职务是文化部副部长兼文学所所长。调何其芳做郑的副手，还从党校调了一批人，如力扬等。文学所的二级研究员都是副部级待遇。从人员配备上看，上级是非常重视的。

我本来在中宣部干得很不错，宣传部文艺处分三个组，艺术、电影、文学，林默涵兼文学组组长，我是副的，林默涵不一定欣赏我，但依靠我。苏一平是艺术组组长，钟惦棐是电影组组长。我在文艺处主要是和作协联系，列席党组会议，回来向林汇报，后来觉得老参加会没有什么意思，加上毛星也老到我那里活动要我去文学所，我就提出来要走。开始林不放，到1957年大鸣大放我贴了一张大字报坚决要求到文学所，林看了说你去可以，但必须搞当代文学。我本来想搞民间文学的，希望能到各地走走。就这样我到了文学所。当时文学所当代文学有一个组，叫中华人民共和国文学组，组长何家槐，成员王淑明和我，是否有王燎荧，记不清了……那时正是大跃进放卫星的时候，我提出也要放卫星，后来所里就搞出了总结文学十年的那本书——《十年来的新中国文学》，作协也出了一本，叫《文学十年》。那时文学所附属于北大，但由中宣部直接领导，只是生活方面由北大管，后来就归到中国科学院下面的学部，在中关村的哲学楼里。从机构设置看它不是一般的局级单位，从汇集的人才看也是这样。郑振铎爱书爱人才，他很热情，很多人都是他网罗来的。唐弢从上海来，书和家具都很多，那种搬家就像一棵树连根拔起似的，得下多大决心啊，没有郑振铎他是不会来的。还有李健吾、王伯祥、钱钟书……有的人是通过宣传部来的。那时，宣传部派人到所里看望这些外地来的老专家，派的人回来汇报说李健吾住的地方很小，书都放到床底下，他找书要趴在地上，可李说，我虽然没有安家，但乐业了。当时宣传部对老专家还是很关心的。

文学所成立以后进行了基本建设，设立了几个研究组：古代组余冠英负责；西方组卞之琳负责；理论组蔡仪负责；现代组何家槐负责，后来是陈涌、唐弢负责——陈涌是文学所元老，樊骏、吴子敏是他那个组里的；民间组贾芝负责。东方组是后来成立的，当代组也是后来成立的，人家都说这个组是人数最少、名字最大的组——中华人民共和国文学组。后来何家槐走了，当代文学并入现代组，唐弢是组长，我是副组长，两个室秘书是蒋守谦和卓如。再后来现代和当代又分开了。那时研究所的体制抄袭苏联，所长、学术秘书、副所长，学术秘书排在副所长之前，有些像秘书长，一个所只有一个。当时所的学术秘书是罗大冈，王平凡是副学术秘书，管行政。党的机构叫领导小组。没有专职负责人，组长是何其芳兼，副组长毛星。人们说，拿钥匙的不管家，管家的不拿钥匙，就说的是何其芳与毛星。

学科的基本建设也受到重视。最早研究鲁迅的是陈涌，不是唐弢。记得1958年《文艺报》刊出了一个文艺界百图，文艺界的人物都画在里面，其中在一个角落里画了"年轻的鲁迅研究者陈涌"，也就是说在当时全国的文学地图上他占了一角。当时文学所有比较系统长远的计划，如外国古典文学名著丛书，计划出一百本，后来出了几十本。国内的就是唐诗选、宋词选等，还有各种古典文学名著的读本编选注释，都是作为系统工程来做的。刊物有《文学研究》，还有《文艺理论译丛》（蔡仪主编），从古罗马开始，系统地介绍外国古典文艺理论。这在当时是独一无二的。后来还有《现代文艺理论译丛》，叶水夫主编。后来为了更多地发表研究文章出了《文学研究集刊》，钱钟书关于音韵的翻译，还有陈翔鹤的文章都是在这些刊物上发表的。后来就是搞现代文学史、当代文学史，这些都是系统长远的基本建设。

严：这些计划是否列入当时的国家五年计划？

朱：没有，都是独立的计划。文学所的传统是尊重专家。文学所有自己的拳头作品，是别人不能代替的，经得起时间考验的。如选注方面的《唐诗选》，我看了很多，没有超过我们的，不是一般的注释，行文中间还有欣赏和分析，都是专家作的。我统计了一下，钱钟书注了31个作家的。后来出版的《论形象思维》一书，很大一部分是钱钟书和杨绛亲自翻译的，这本书至今仍很有学术价值。我曾经说过，与其说何其芳领导文学所产生了这些成果，不如说这是何其芳尊重专家的结果。

另外，文学所有较浓厚的学术空气。何其芳写的较重要的文章，都打印给相关人征求意见，他写《文学艺术的春天》涉及托尔斯泰的《战争与和平》，钱中文研究俄国文学，他就送给钱中文征求意见，书出来后他还特意送给钱中文。他不认为你是下级应该为我服务，而是认真吸纳别人的意见。有些问题是集体研究的结果。如关于历史剧问题，当时李希凡批判吴晗，吴晗的观点是历史剧有传播历史知识的作用，因此主张符合历史。李认为历史剧不负担传播历史的作用，可以随便写，他当时的气很盛。吴晗知道他的来历，也只好忍气吞声。那时，何其芳感觉文学所有些脱离实际，把《文学研究》改为《文学评论》，还适应形势的需要创立了《文学知识》。吴世昌不同意改名，什么文学评论？改后的刊名用的是鲁迅的字体，他一看说怎么像秤砣啊！有些嘲笑。《文学评论》改名后，决定举办不定期不定人员的座谈，第一个座谈就是历史剧问题。当时我已受过批判，是"右倾"分子，和王淑明一样是重点批判对象。但何其芳还是用我做了所的学术秘书，何其芳让我组织人以《文学评论》编辑部的名义讨论历史剧。我们认为李的观点不对，把历史剧和历史题材混为一谈。历史剧是特定地写历史事件和人物的；历史题材没有特定性的人物，什么时候都可以说是历史题材，历史剧可以包括历史题材范围，但它是和一般剧不同的特殊品种。何其芳在这个会上提出，写历史剧不可能事事真实，需要一定的虚构，但是它的主要人物、主要情节都应该是尊重历史的。历史剧不是传播历史知识，但是它有这样的作用。中国的老百姓懂得历史很多都是从历史剧了解的。应当给老百姓正确的历史观念，因此应当尊重历史。我觉得，他当时对历史剧所作的概括，恐怕至今都没有比他更恰当的。会后我发表了关于历史剧讨论的文章，文章中主要还是阐述了何其芳的观点。在这点上我们是站在吴晗这一方面的。当时敢碰李希凡的人几乎没有，而我们为吴晗说了公道的话，吴晗很感激，见面表示友好。他编了一套丛书还请我去当编委。我的文章遭到了李希凡的批评，我又写了再论历史剧的文章，主要用作品说明问题，和李进行论辩。我写了提纲后，何其芳找了钱钟书、蔡仪、唐弢开会，我汇报提纲听取他们的意见，他们都赞同我的观点，我心中也有底了。敢碰姚文元的也是我们。当时有一个内部刊物蒋守谦在编，我们就以内部文章的方式，把姚批贺绿汀时在音乐上的无知、错误和跋扈都写上了。举这些例子，是从我的亲身体验说明当时文学所的学术气氛。不光我一个人，卓如关于诗歌的文章，也是经过这样反复讨论的。冯牧看了卓如的文章后写了一篇批评文章，安旗就随着批判，何其芳看了不服气找我，我也参加了反驳。后来冯牧又批评，我就公开写了文章《这样的批评符合事实吗》，其实我和冯的关系很好，但我们打了一场笔墨官司。后来在北戴河见面我向他介绍卓如，他和卓握手，说咱们都是遵命文学啊！意思我们是受何其芳命，他受作协命，我们虽然观点不同，但没有影响关系。

严：何其芳从延安到重庆是一种官员身份，受命于中共中央，按照这个路子发展，他解放后似乎应该是走一条仕途的道路，为什么新中国成立后他却更专心于学术，搞起了文学所，这也是受命吗？

朱：无论是从延安到重庆，还是新中国成立后搞文学所，这都是受命。他的第一志愿是搞创作。不过虽是受命，但他没有什么官气，经常招待作家们，很尊重他们。对所里的人也都像家人一样，我们开会常在何其芳家，他说到我那里有茶喝。大家一到，他就满院子喊家里人来沏茶！他更没有搞政治阴谋的手段，1959 年"反右"我被点名，就是他亲自贴的大字报。

严：能否具体谈谈那段经历？

朱："反右"前我一个人到黑龙江采访鄂伦春族，步行、骑马走了很长时间，刚到那里一封电报就过来了，叫我速回。我心想好不容易才到怎么能回去，就待了一个礼拜才返回。我回到哈尔滨，宣传部部长是我延安鲁艺同学，我们很熟悉，曾经一同到党校第四部采访，联合写文章，记述敌后斗争，在《解放日报》上连载三天。他在哈尔滨接待我，我估计他听到了消息，但说话很谨慎。我离开哈尔滨到了呼玛县，见到许多人敲锣打鼓，这才知道庐山会议召开了。回到北京后，我对贾芝提了意见。一天上班，我在办公室，贾芝进来有些幸灾乐祸地说，何其芳贴你大字报了！我赶紧出去看，大字报的意思是，朱寨同志发表了许多反动的什么言论，至今不做交代。我一看就知道那完全是从宣传部来的，是受命！但是他没有让别的人出面，他是领导，完全可以让别人出面，他却亲自贴了大字报，我觉得这点应该肯定。

严：您是从一个角度来理解这个问题的，光明磊落。不过站在今天的角度，我们这一代人或许也会有些疑问，那时候上级贴下级的大字报是不是很少？他是否可以采取其他方式？那是所里的第一张大字报吗？所里是否还有其他大字报呢？

朱：上级贴下级大字报是很少，所里也没有其他大字报，就这一张大字报。他是听从上面的话贴的，是宣传部的意思。我看了大字报后对何其芳说，这些都是在文艺处的事情，在这里说不清，他同意我回文艺处，后来我就回到宣传部参加他们的运动了。到了那里一看，楼梯上已经贴满了我的大字报。包括曹葆华的，说"反共老手朱寨……"我心想，我怎么老也没有你老啊！不过他的大字报也没有写什么内容。当时文艺处在三楼，我从一楼看大字报看到三楼。什么事呢，就是一次苏一平主持会议，平常林默涵主持会都较严肃，苏是副处长较随和，大家说话也就较多。那次是汇报作协在批判丁玲问题上的不同意见，我因参加作协的会多也就插话较多，而且一些话都是加了按语的。比如讲到林默涵对王蒙小说的评价，开始是肯定的，后来又反对了，后来听说主席肯定他又肯定。别人说到这个过程时我就插话说：将来他犯错会是打着跟头下来。没想到他们把我的话都记上了。还有，有的人讲康濯开始赞成丁玲，后来翻来覆去，我也插了一句：这就是新社会的势利眼。这些话独立起来看都很尖锐啊，一公布出来，引起林默涵、周扬的重视。后来宣传部又在所里发动人贴我的大字报。他们还亲自来看大字报。这是在何其芳大字报之后，又有些大字报。比如都说左拉作品是自然主义的，我说他是浪漫主义的作品。叶水夫就写了一张大字报"为左拉辩护"，其实这些大字报都没有什么出格的内容，平常我在正式场合讲话也还是很有分寸的，注意做到客观、正面，所以也抓不着什么小辫子。我到宣传部参加运动，部里正在批判王抗、秦川，轮不上我，我主要是听，觉得很多人是为了争地位，好像是看了一场戏。因为轮不上我，我又回到所里了。所里主要批我困难时期家里来人讲了一些话。井岩盾是一个热情的人，但不能自我控制，他批我当年不去延安想要去大后方，实际上那时我口头上不说，心里已经有明确目标了。后来他批曹葆华时激动得站起来拍桌子，一下摔倒在地上，送到医院后再也没有救过来。因我对贾芝提过意见，他批我时上纲较厉害。后来我去找毛星，他说：别管他，听何其芳的！何也批我，但还是有分寸。我的结论最后是何其芳做的——"右倾"。所里定了两个"右倾"：我一个、王淑明一个。他发表了一篇文章《论人情》，是作为批人性论的代表批的。经过批判，也没弄出我什么问题，从另一方面看还发现了我这个人的优点。后来何其芳就用我作学术助手了。主要管管外事和学术。成立了一个学术办公室我担任主任。这个机构别的所没有，可以说是何其芳特为我设的。主要工作有接待外宾，组织会议、文章等等，后来他下去时把《文学评论》也交给我代管。

严：这是不是表示他对你也有些歉意呢？

朱：他对我没有什么歉意，他贴大字报是出于好意，他不通过别人去做，人很正直。当时发动大家鸣放到5月5日截止。林默涵得到消息，到南方去了，刘白羽走不了顶着接受批判，见了我说，他躲出去了啊。还有一位同志看林默涵老翻来覆去，想把他的手稿找出来，带了一群人要撬办公室的锁，被我拦住了。后来他很感谢我。我后来也贴了曹葆华的大字报。当时就是这样。

严：听了您的这段经历我很感慨，像你这样经历了残酷的批判却没有留下人与人之间创伤的恐怕是太少了。

朱：这段日子我有日记，有时也一个人哭啊，看柳树，下雨，滴滴泪，觉得自己就是一块抹布，别人都用批判我来洗清自己。心想，你们都在我身上擦吧，把自己的手擦干净！那时候我三十来岁，就算是老干部了。

我还补充一点，总的说来，文学所在跟运动方面是比别的单位慢半拍的。从当时看是缺点，但事后看是优点，不抢先，后跟上。比如"两结合"问题。毛主席提出革命现实主义与革命浪漫主义的结合，让郭沫若写文章进行宣传。文章出来前作协就知道了背景，书记处书记严文井找到文学所吹风，希望我们响应。当时找了蔡仪、毛星和我几个人，蔡仪就提出不同的意见，认为两种不同的手段不能同时运用，两者不能结合在一起。严文井反驳了他，他还是坚持自己的意见。后来我对"两结合"问题公开提出不同意见，那是在第四次文代会的小组会上，聂绀弩、李荒芜我们都在一个组。我的观点是：一个作家可以有两种方法，可以采取现实主义，也可以采取浪漫主义。但一部作品只能采取一种方法，两种方法不能在一部作品里同时结合在一起。我举了左拉、巴尔扎克的例子，他们有两种风格的作品，但没有使用两种方法创作同一个作品。四次文代会后没有再提"两结合"的创作方法了。还比如《不怕鬼的故事》，何其芳讲主席主要是借题发挥，指桑骂槐。而何其芳是作为学术文章来写的。

严：最近有老同志编纂了文学所编年，您觉得怎么样？

朱：我没有意见。只是觉得还是缺少历史的思想的深层的东西。只有一些一般性的事，没有一个大的历史背景，就看不出什么来，会比较表面。

严：朱寨老师，您回忆了20世纪五六十年代文学所建所的历史背景和它当时所肩负的特殊任务，以及科研队伍建设特点、科研组织工作情况等，非常全面，对我们来说是太宝贵了。您能否用几句话概括一下那个年代文学所的特点呢？

朱：我个人总结不行，这个还是要靠大家来谈。

我已经老了，说实在的，过去没有奢望活到80岁。许多同志都走了，连樊骏都离开了，有时候想起来也感到悲观。但也还有些事情没有做。我一直想写写我的两个表兄，是他们把我领上革命道路的，可是他们的下场都不好。老大是新四军，皖南事变后到了重庆，又从重庆到了延安，离开延安后就再也没有找到。老二是德阳县最早的党组织创建人，是他把我们这批人带出来的。后来党为了保护精干，把大批组织甩掉了，他们当时已经暴露，被断绝了组织关系，失去了联系，表兄就到了贵州当了小学教员……他家中有个寡母很是孤苦，一次我回去到他家，进门院子里没有一个人，屋子都是黑的，屋里有个挂钟滴答滴答，我和他的寡母坐在一起，我听她讲如何思念两个儿子……我后来给表兄写了信，他从贵州回来了，还是做了小学教员，仍然没有组织关系，有病，自己给自己打针，生活很惨淡。他发展的党员后来都恢复关系了，有的职位还很高，只有他没有恢复关系，这是一个党组织的创建人啊！我一直想给他立碑，我觉着永远的纪念碑是无名的纪念碑！我不写对不起他们。有位老朋友说，老朱啊，多大年纪啦，别写啦！但我还是要写呵！！

2011年4月15日

严：朱寨老师，感谢您能带病接受我们的再次访问，上次我们谈到文学所20世纪五六十年代的情况，今天想请您补充一下有关80年代的情况。80年代是一个辉煌的变革年代，文学所站到了时代的前沿，一定有许多值得回顾的地方。此外，这一时期，您主持了《中国当代文学思潮史》，我们都知道，这是一部研究当代文学的重要著作，迄今为止还少有著作超过它，也想请您补充一下当时编撰这部书的情况。

朱：我今天主要就是要谈这个问题。

20世纪70年代末，文学所走到了思想解放的前沿。最早打开缺口的是荒煤利用《文学评论》讨论"两个口号"的争论问题，借着批张春桥作为一个突破口，为后来冲破种种禁锢打开了局面。这个贡献是不可磨灭的。有些内部情况你们不太了解。先提供你们一个线索。荒煤主持工作的时候，在昆明召开过一次会议，具体题目记不清了。

严：是全国文学学科规划会议吧？

朱：对，是规划会议，这是一个非常隆重的会议。像外文所的冯至、北大的谢冕，还有钟惦棐等，学术界各单位的负责人都参加了。那是第一次全国规划会议。我印象最深的是，会上最引人注目的是张抗抗，到大学参观最受欢迎的也是她。另外还有一个外文所陈琨，他介绍了黑色幽默。在这个会上还发生了激烈的争论，关于新诗的崛起。由谢冕的文章引起的。这些都代表了当时新的观点，在全国产生了很大影响。会上，也有些人站在对立方面，站在官方，认为这个会议方向有问题，并向中央写了报告。当时文学界的领军人物是荒煤、光年、冯牧。

冯牧在云南工作过。

严：冯牧当时参加会议了吗？

朱：参加了。在这个会上，钟惦棐还发了一通沉痛的讲话，谈到他被划"右派"的感受说：究竟我是一个人，还是一个被鞭打的驴子，我自己也搞不清楚！他讲得很沉痛，这些可以查查当时的材料。总之，当时以张光年、冯牧为代表的中国作协，和以陈荒煤为代表的文学研究所这两个单位共同走在潮流的前面。如果畅达的话还可以，问题是顶着很大的压力。当时林默涵、刘白羽是保守的方面。而张光年、林默涵他们都是"哥儿们"，私交很好，过去经常在一起聚会，吃东西，有时候也叫上我参加，但在文艺的大问题上张光年没有妥协。这个时期，荒煤带领的文学所在拨乱反正的改革大潮中所起的作用是应当载入史册的。虽然当时所里也有人有些非议，如唐弢，认为文学所在关注文艺方面和作协过于靠近了，学术研究方面不足。但事实上，当时方向不定下来，研究是无法搞的，研究没有方向不行。

谈谈关于《中国当代文学思潮史》问题。这个题目是荒煤出的，当时我在当代文学研究室，他找到我，说应该把建国以来的文艺运动重新清理一下。后来我们成立了课题组，有蔡葵、吕林，还有正在文学所进修的仲呈祥、范际燕。在这之前已有了一两本写文艺运动史的书，这些书都是按照既定的结论、既定的观点写的，没有从原本上进行独立的实事求是的客观分析，是按照官方的观点写作的。荒煤认为应该重新清理，不能再踏上过去那种写史的老路。我们领受了这个任务，本着实事求是的观点，从查阅原始资料做起，把书库里当年报刊的有关材料都翻遍了。最初我们想要客观地呈现当时的材料，但没有这个先例。有一本书给了我们启发，李何林的《中国现代文艺思潮史》，他这本书就是摆材料，把当时的论争和重要文件、重要讲话、重要文章进行选录，我们想第一步就采取这种办法，搞一个资料大编。但在做的过程中遇到困难，李何林的书只有十年的时间，我们所面对的是几十年。要搞材料不知要搞多少。这样弄恐怕不行，还是需要自己的概括叙述。

工作进行到这时候，出现了一个新的情况。荒煤在此之前曾有一个写当代文学史的计划，报到胡乔木同志那里，恰好这时乔木找荒煤谈意见，荒煤就带上我们几个：许觉民、我、王春元、张炯一起去了。乔木同志做了充分的准备，讲了很系统的意见。张炯当时做了记录，后经乔木本人过目修改，发表在文学所编的《文学研究动态》上。这是一个很重要的讲话，其中特别讲到文学和政治的关系。讲话的中心意思是强调文学本身，他认为临时性的政治事件对文学有影响，但不会产生重要作品，重要作品的产生不是靠临时性政治事件，而是靠更深的生活积累。他反复强调一个意思，就是不要把一部当代文学史写成政治史或政治运动史。讲话中给我印象很深的一句话是：不要把一部当代文学史写成一部政治的秽史。"秽史"是一个成语，辞海上有这个条目，南北朝时期一个叫魏收的人写史，凡是观点相同的加以捧，观点不同的加以否，和他好的抬上去，不好的压下去，而且以这个威胁别人。所以后来称他这个史为秽史。就是完全以个人的好恶为出发点。乔木的"不要把一部当代文学史写成政治的秽史"这句话给我留下很深的印象，这句话很尖锐，很深刻，也带有感情，给人一种振聋发聩的印象。可是记录中没有保留下来，不知是没记上，还是被本人删掉的。乔木谈了很多意见，最后他的意见是写当代文学史还是需要充分准备，当时高等院校已经有了两本史马上出版，可以解决社会上的急需，文学所的当代文学史准备得应该更充分，后来者居上。文学史的项目虽然没有立刻上马，但我们的项目也没有下马，而是继续进行，因此乔木的这句话就成了我们这本书的一个指导思想，也是一个警钟。应该说我们的课题能够避免走老路根源就在这里，不是我个人的作用，而是乔木提出的思想。

严：请谈谈您所主编的这部思潮史在内容和写法上有哪些突破？

朱：我们的书立了一些新的章节，较容易看得出来，但有意地不写哪些，可能不太容易看出来。我们有意没写再批判——这是毛主席出的题目，重新批判《三八节有感》，批判艾青、萧军、丁玲等；再有，批判丁玲反党集团——这是文艺界轰动一时的运动；还有"反右"运动——文艺界批判了很多人如夏淳、冯雪峰、陈涌都是"反右"运动打下去的。这些我们在书中一直没提，因为再批判没有学术水平，没有文学内容，都是一些属于个人恩怨、基层派别纠纷的东西。批陈企霞我亲自参加过，那时我在中宣部，周扬召集了一次少数人参加的会议，冯雪峰、林默涵、丁玲、陈企霞，我是文艺处的，还有干部处的一位同志。会议气氛很好，本来是想就个人之间的分歧进行沟通的。当时《文艺报》主编是丁玲，本来要设副主编陈企霞，陈不干，他不能当副的，他要当主编，所以《文艺报》设了两个主编。借这个机会，林默涵攻击陈企霞，陈也不让步，当时就拍桌子，结果吵了起来，不欢而散。后来就弄到作协开会，越开越大，成了批判丁、陈。我当时到文艺处不久，较为客观，那次会后，我作为一个干部给林提意见说：你是文艺处处长，你那个态度不好。林默涵和陈企霞在延安就有个人恩怨，后来批陈由小会转成大会，最后怎么把陈企霞搞服的呢，就是天津那位女作家，据说曾和陈有过不一般的关系，她出来揭发，才把陈搞倒了。从这个具体事情可以看到，当时从批判丁、陈到后来"反右"，没有文学内容，没有学术内容，没有思想内容，没有什么值得提的。联想到历次政治运动，当代文学史真是经历了肮脏的政治，都是些污秽！所以再批判和后来的批判丁陈反党集团，我们书上没有写。

新立了哪些章节？如作协的第二次理事会议，这是一次扩大会议，专门讨论公式化、扩大化的问题。会上许多作家发表了重要意见，丁玲发言说公式化概念化是左翼文学以来文艺创作上的一个顽疾。后来，我在写文章时说，公式化、概念化的根源就来源于"文艺为政治服务"。四次文代会上也提出不再提"文艺为政治服务"。当年作协的会议在反对公式化、概念化的认识上虽然没有达到这个高度，却是一次深入集中的讨论。刘少奇同志亲自到会讲话，我记得他说今天如果我们有鲁迅就好了。这次会议的规模虽然比不上代表大会，但讨论的问题，深入的程度都很重要，所以我们专门设立了一节，这一节是由我来写的。

新设立的还有整顿时期这一章。整顿时期只有1961~1962两年时间，但我认为它起到的作用是很大的，从政治上说它就是对"大跃进"浮夸风的一个纠正。从文学上说，这时召开的广州会议，周恩来、陈毅关于文艺问题的讲话非常重要，而且为知识分子摘掉了资产阶级的帽子。关于知识分子的属性问题从1956年开始就在争论，周恩来认为应该属于人民的阵线，但主席和陆定一都较坚持，在这次会上才正式摘掉资产阶级帽子，所谓脱帽典礼。这是为文艺界这支队伍定性的一个前提。并且在这个基础上产生了关于文艺方针的若干条，为后来的文艺起到了纠偏的作用。也可以说这是最早的拨乱反正。所以我们特立了一章。书出版以后，听说夏衍看了认为很好，他向别人推荐这本书。后来我们到广州开会，黄秋耘那时从《文艺报》调到广州，他见到阎纲、刘锡诚都说这本书很重要。可见他们政治上的敏感，发现我们写了什么没有写什么。

我们强调学术性、文学性，尽量发掘历次运动的学术思想和文学含量，与此无关的或不写或一笔带过。比如批判《红楼梦》，后来引起批判胡适。这次批判和批《武训传》不同，有一定的学术性，在《红楼梦》研究上从正面进行了评价，如邓拓、李希凡、蒋和森等人的文章。另外，我们在叙述上尽量做到客观和实事求是，不是纠偏。纠偏会从这一头走到那一头。比如关于题材问题的讨论，过去一直把题材作为评价作品的重要标准，长期强调写重大题材。后来提出了题材不应当有禁区，对过去一味强调写重大题材给予纠正。在这方面夏衍发表了很好的意见：题材不应有禁区，不应分大小，但是作家对题材还是应该有选择。这就是既否定了题材决定论，也强调了作家选择的重要性，没有从一个极端走向另一个极端。我们在写作中对夏衍同志的意见给予充分的肯定。关于题材本身，我们肯定了胡可的正面论述。他把题材和素材加以区别，作了很好的分析，纠正了题材和素材混淆的提法，较有学术性。我们吸纳了他的意见。在写作中我们重视正面的叙述，如对胡风的批判，我们列了一节：胡风的文艺批评和胡风的文艺思想。这是最早对胡风的文艺批评和理论从正面作出较为客观的评价。这章是我写的。当时书还没有出，胡风就去世了，他们找到我要发表悼念文章，我就把这节拿去发表了，题目是《胡风的文艺批评》，至今没有听到否定的意见。只是我从别人那里听到，林默涵觉得我对胡风有点吹捧。一次开会遇到程千帆，他说这节精彩。我想他不是开玩笑的，我确实对胡风的文艺思想进行了认真的研究。有一个题目我一直在考虑，但是没有写，就是关于胡风和周扬。他们在坚持现实主义这一点上是共同的，甚至在办同仁刊物的问题上周扬也是同意的。他曾经派我找冯雪峰、葛洛。冯雪峰当时是《文艺报》的主编，葛洛是《人民文学》副主编，主编是茅盾，但实际上负责具体工作的是葛洛。周扬让我向他们征求对办同仁刊物的意见，这是在胡风的"万言书"到了中宣部还没公开的时候，周扬对办同仁刊物、结社自由有认真的考虑。我看到材料，后来在批周扬的时候就有一条，他主张出版结社自由。胡风和周扬最早的关于电影的论争，我觉得正确的意见是周扬，而不是胡风，胡风反驳的意见不正确。周扬认为典型是通过个性来体现的；胡风的观点还是受苏联高尔基的影响，在艺术上思考不是很深，他认为典型以外还有个性，个性是后加上去的。我认为周扬的观点是正确的，典型是共性，它只有通过个性才可以表现。而胡风认为典型以外还要加上个性，显然是不对的。胡风和周扬他们在文化建设方面有共同的地方，后来两个人在艺术见解上走了相反的路。周扬特别强调政治，胡风特别强调艺术，这是从哪里开始的呢？就是因为胡风后来特别认真看作品，特别是路翎的作品对他有很大的启发。还有史东山的电影、绿原的诗歌等，胡风从这些作家身上汲取了营养，对文艺创作的规律有深切的体会，周扬却完全是政治领导，两人走了两个路子。胡风讲主观战斗精神，作家在创作过程中拥抱生活。他认为客观和主观、作家和生活是相生相克的，你克服生活，生活也克服你。他是通过读作品探索艺术规律的。周扬不大看作品。胡风爱惜作家，作家发表没发表的稿子他都保存着。解放战争末期，他从广东撤到解放区的时候，把很多东西都丢掉了，作家的手稿却都保存着。王朝闻曾在《七月》上发表过文章，胡风到北京后王朝闻夫妇去看胡风，胡风把箱子打开，把王的手稿找出来交给他。还有一个白原，人民日报记者，我的鲁艺同学，他给《七月》投过稿没有发表，他和徐放一起去看胡风，说起投稿的事，胡风说有印象，打开箱子，找出那首没有发表的诗给他。可见胡风对作家的珍爱。胡风出狱后，把儿子找来，要他去看路翎，希望把路翎的心温暖过来。我收入这本集子（朱寨《记忆依然炽热》——访者注）的文章《应该给予胡风恰当的历史定位》，不是写胡风的文艺思想,我主要讲他的人,讲他在大后方和作家的接触,以及他提出的主观战斗精神。当年他在大后方的地位,相当于周扬在解放区的地位,影响很大。一般认为胡风他们有小集团,但也有区别,如方然等对臧克家、冯至都不很尊重,甚至用不堪入耳的语言说臧克家的诗是"手淫",这种话都说出来了!但胡风从来没有这样做,这不能算到胡风的账上。相反,胡风对老舍、曹禺的作品给予深刻评价。说如果没有老舍的《骆驼祥子》,中国的现代文学史就缺少了分量。对曹禺的评价说"社会的力学"等。胡风的性格和老舍不一样,老舍是各方面都联系的,胡风有点各色,但对老舍作品的评价非常到位。说他该出头的出头,该退让的退让。原话我记不清了,讲得非常好,可以看出一个人的人格。我和胡风没有个人的恩怨,都是从研究材料出发。

严:写作这一章您当时都看了哪些材料,这些材料都是公开发表的吗?

朱:我看的主要是他的作品,文艺批评方面的我都看了,做了认真的研究,包括他写的张天翼、周作人等作家的专论都看了,尽可能地搜集材料,发掘文学上学术上有意义的内容,给予实事求是的客观评价。

严:参加《中国当代文艺思潮史》这部书写作的都有哪些成员?整个课题的完成经历了多少时间?还有些什么波折?

朱:参加这部书写作的有吕林、蔡葵、范际燕、仲呈祥等。课题立项后进入了国家社科基金第一批重点项目。书快出版的时候,发生了一件事,胡耀邦被免职了。出版社通知我检查书中是否提到胡耀邦,要把他的名字去掉。我坚持没有去掉。胡耀邦担任宣传部部长时,亲自主持了一次作品讨论会,讨论"骗子"问题——骗子以中央首长孩子的名义一骗到底,步步畅通取得胜利,最后揭露出来是个骗子,作者取了名字《假如我是真的》。题目很有寓意——假如我真是首长的孩子,那我还是骗子吗?那时候写这样的剧本,弄不好又是一个毒草!这次讨论会,对这个作品以及其他几部作品进行全面的分析,给作品一个公平的评价,保护了作者,作品也没有完全被否定,缺点是缺点,优点是优点。这个会开了一个风气,不像过去,不是毒草就是鲜花,不是除草就是浇花。而是真正做到实事求是，好处说好，坏处说坏。这次作品讨论是第四次文代会的继续，四次文代会上提出不再提"文艺为政治服务"，不再提"两结合"，写什么由作家自己决定，这是文艺创作上带有方向性的转折。而这次作品讨论会在文艺批评上开了一个先例，树立了一个榜样。由于这次会议很重要，所以我们专门立了一节。不仅保留了胡耀邦总书记的身份和名字，还保留了他主持这次会的全部讲话。也许这是夏衍感到我们这本书重要的一条理由吧。

这部书的写作前后经历了五六年时间，稿子收齐后，我用了起码一个月以上的时间，集中精力从头改到尾。底稿现在还在，你们可以从上面看到当时修改的情况。

严：朱寨老师，您谈得非常好，非常感谢。您是不是能把这部手稿捐给所里，留作档案和纪念？

朱：可以，没有问题，就留给文学所吧。

注：2011年的春天，我对朱寨先生进行了一次访问。访问是在已故文学所老前辈毛星先生的家中进行的，在座的还有毛星先生的女儿毛晓平。毛星先生和朱寨先生同是延安鲁艺的同学，同在东北工作过，20世纪50年代起又一同在文学所供事数十载，那天朱寨先生拄杖而来，走进已故多年老友的家时不禁倍生感慨！两个小时的谈话对朱寨先生来说真是一件极其辛苦的事情，他已非常瘦弱，胃癌手术后，相当长一段时间无法咽食，面色蜡黄，底气不足，但谈起往事依旧兴致勃勃，尽管语调很低，却头脑清晰思路敏捷，即便兴起时话题会扯远，也会很快地收拢回来，让人不禁钦佩老前辈深厚的学养和惊人的记忆力。

两个月后，我又计划对他进行第二次访问，虽然想到先生的身体状况非常于心不忍，但还是怀着忐忑的心情给他打了电话，先生欣然答允并坚持还要在毛星先生家会晤。但这一次，当我们如约等在那里的时候，却接到电话，他实在走不动了，要我们去他家中面谈。4月的天气，建外永安南里的小院里春光明媚，鲜艳的桃花绽放在枝头，朱寨先生的家里却依然有些阴凉，他身着棉衣虚弱地靠在沙发里，两只爱犬在身边跑来蹿去。谈话时他声音沙哑，有时艰难吐出的句子几乎卡在喉咙里，因为担心录不下来，我努力地在笔记本上记，毛晓平则帮我举着那只录音笔——如果放到茶几上即使把音量放到最大恐怕也录不下来。那情景让我直到现在想起来还很感心痛和愧疚。他就如一盏将要熄灭的灯，以他最后的力量发出微弱而执著的光芒，为后人指点着路途的迷津。

谈话有一个来小时，临走时，他把我们带进他的卧室，室内有些凌乱，三年前因车祸不幸去世的爱孙的骨灰就摆在离床不远的地方，他颤颤巍巍地走到床边，拿出《当代中国文学思潮史》手稿和一些材料交给我们。我双手接过，抬头望见他的眼睛，他目光平静而慈爱，那深邃的目光让我很久不能忘记。

我一直感到遗憾的是，访谈整理好后并没有及时送交给他——总想等他的身体状况好些再行打扰，眼看这样的期待越来越无望，当终于送给他的时候，他却终究没有气力进行完整的修改了。

这应该是他生前最后一次接受访问。

有关文学所的记忆

——尹锡康访谈录

尹锡康，1923年10月出生于重庆。1939年2月加入中国共产党。1940年春到延安，进入中央党校学习。1941年夏调至中共中央秘书处做文书工作。1945年春调至中共绥德地委宣传部《抗战报》任编辑。1946年底调至松江省委宣传部《松江农民》报任编辑，东北解放区松江省委宣传部干部。1952年10月，赴苏联莫斯科列宁师范学院俄罗斯语言文学系学习。1954年回到北京，在中央编译局工作。1955年5月调至北京大学文学研究所文艺理论研究组，1958年文学研究所并入中国科学院，历任《文艺理论译丛》编辑，《文学评论》编辑部理论组兼外文组组长，中国社会科学院文学所国外中国文学研究室主任，《国外中国文学研究》主编、编审。1956年开始发表作品。1983年加入中国作家协会。著有译著《莫泊桑文集序言》《列夫·托尔斯泰文集》（第十四卷）《三国演义与民间文学传统》（合译）等，主编《楚辞资料海外编》（《楚辞研究集成》第五辑）等。

采访时间：2011年3月17日
采访地点：清华大学
采 访 者：毛晓平

关于《文艺理论译丛》及《文学评论》

毛晓平（以下简称毛）：您到文学所一直从事编辑工作，能先谈谈在《文艺理论译丛》的工作情况吗？

尹锡康（以下简称尹）：我是 1955 年到文学所的，很快便参加了《文艺理论译丛》的编辑工作。第一期是 1956 年出的，是不定期刊物。当时没有正式的编辑部，放在理论组，由蔡仪领头，我们做些编辑工作。组稿、审稿都是编委搞。编委多是北大教授，如朱光潜等。稿件当时主要靠编委，请他们审查。编委大部分在北大。文章由北大西语系的教授翻译，我们负责编，当时我们有三个人，我、李邦媛、姚汉昭，姚后来被打成"右派"，送去劳改。（刘若端在所庆 50 周年那本书中的文章我看过，比较准确，可以参考。）这个刊物出到 1958 年，"大跃进"后就没再搞。因是不定期的，只出了几期（6 期）。后来在苏联文学研究组时编了几期《苏联文艺理论译丛》。以后改叫《古典文艺理论译丛》，放在苏联文学组，出到 1965 年。1960 年我调到《文学评论》，理论译丛的事就没再搞。

毛：当时办这个刊物的目的是什么？

尹：当时办这个刊物是何其芳的意思。50 年代对马克思的人道主义思想、早期思想研究得很少，认为人道主义思想不是马克思主义。当时比较流行苏联的文艺理论，认为是经典。苏联在 1956 年出了一本书，是批判人道主义思潮的。何其芳当时很想研究马克思本人的文艺思想，想比较系统地研究马克思文艺思想的发展。想从源头搞起，搞清其来龙去脉。他非常注重这方面，最早的计划想从马克思以前的那段文艺理论——空想社会主义以来有关的文艺思想及早期马克思思想搞起。《文艺理论译丛》头一两期都是有关这方面的内容，我只负责了这一两期。我当时也是想从源头研究马克思的文艺思想。

毛：20 世纪 60 年代您曾在《文学评论》工作过，那时是什么状况？

尹：我是 1960 年到《文学评论》的，以前叫《文学研究》，我去时已经叫《文学评论》了。当时所里想把三个编辑部《文学评论》《文学遗产》《文艺理论译丛》合在一块,结果没合成。主要是《文学遗产》当时是和《光明日报》一块办的,占《光明日报》的一个版面,也叫"文学遗产",由《文学遗产》的人来编,陈翔鹤负责,当时劳洪、张白山都在那里。因为《文学评论》的古典部分可以和《文学遗产》交叉,但又不是那么密切,组稿的对象也不太一样,最后没有合成。后来把张白山调来做《文学评论》编辑部的主任,劳洪也过来了,管古代部分。那时我从苏联组到《文学评论》外国文学组,有我和周铮,后来调来郑启吟。《文学评论》当时有古代文学、现代文学、外国文学和文艺理论四大块。张白山是编辑部主任,劳洪管古代文学,吕林管现代文学,我主要在外国文学组,理论组没有人,让我代管,后来理论组有王信、蔡恒茂。

1953年成立文学所就办了《文学研究》,那时没有专门的编辑部,我去的时候正式成立了《文学评论》编辑部,大约十几个人,设有古代组、现代组、理论组、外国文学组,一直到1966年"文化大革命"。编辑部由何其芳、毛星管,毛星具体管得多。我到《文学评论》是从1960年到1966年。我去时是因为扩大编辑部,把我调过去的,我去主要管外国文学,兼管理论。那时要把苏联组、西方组等都划出去,准备成立外国文学所,当时还没有分出去,好像是1963年或1964年分出去的。《文学评论》当时算是两个所合办,我的编制很长时间是在外文所。1964年搞"四清",轮流下去,没怎么搞业务。裴多菲俱乐部出来以后,文艺界思想已经不稳定了,1966年开始了"文化大革命"。70年代《文学评论》恢复以后我就没再回去。

毛: 文学所成立时隶属北大,您能谈谈当时文学所的情况吗?

尹: 我来时文学所还属于北大,当时是在北大哲学楼的一层,但很快就划归到科学院哲学社会科学学部了。那时所里人不多,只是初具规模,当时有理论组,蔡仪负责;现代组,陈涌负责;西方组,卞之琳负责;苏联组是后来成立的,由叶水夫负责,戈宝权来得晚些;民间组,贾芝负责;古代组好像是由何其芳直接管。古代组老先生很多,像俞平伯、钱钟书、余冠英、孙楷第、王伯祥等;西方组老先生也不少,有罗大冈、李健吾、杨季康、罗念生。我觉得当年文学所的政治环境还是比较宽松的，比起其他单位，何其芳不是那么"左"。学部对老专家也很尊重，对他们也不是很左。文学所很多人是延安"鲁艺"来的，都是周扬的学生。

毛：您当年没在"鲁艺"？

尹：我和"鲁艺"的人是到了文学所以后认识的。在延安时我在中央秘书处，和文艺界的人不熟。我是到东北后在东北松江省委宣传部和周立波认识的，他那时在写《暴风骤雨》，在农村体验生活，经常下去，在省委只是挂个名，我当时在宣传部编动态。我到文学所是他介绍的。我原来和文学界的人没有什么联系，我的编制在编译局，我去苏联学习回来，那时50年代编《马恩全集》，想让我搞里面的文艺部分，我不愿意去那里。是周立波找了何其芳，把我调到文学所。当时所里还有《文学知识》。1958年后反对大洋古，提倡反映现实，于是出了《文学知识》，吕林、路坎搞这个，反映很好，销路非常广。

关于《文学研究动态》

毛：20世纪80年代您在《文学研究动态》，那时的情况怎样？

尹：开始叫《中外文学研究》，后来改为《中外文学研究参考》，是20世纪80年代作为内部刊物出的。开始也没想到要出刊物，只是想编一个东西作为资料。70年代没有搞研究，80年代国内研究逐渐恢复，大学教学也刚恢复，大家不知道该搞些什么，也不知道搞得怎样了，感觉情况一点都不了解，很闭塞。国内情况我们自己也不了解，大家都很希望交流，很想回到学术研究上来，所以当时的重点在国内，不在国外。荒煤来后主张多交流，要编动态，把我从图书室调了出来。他的眼界比较开阔，看得远些。他觉得当时国内的研究比较闭塞，积极主张出一个情况交流的东西。他主张要有国内的，也要有国外的，所以叫"中外文学"。当时还成立了各种学会，发展得很快，感到情况交流很重要，就想到编刊物，于是成立了编辑部。

当时比较注重国内学术研究情况，不大重视国外的，但读者感兴趣的还是外国文学部分。后来觉得国外还是有很多东西，介绍了一些以后很受重视，就把它作为一个部分。当时的国外文学介绍着重在英国、欧洲和美国，特别是美国研究中国文学的人比较多。这时的苏联研究界不行了，几乎都是老一代学者，如费德林等，他们也已经不研究中国文学了。美国的这批学者是从台湾去的，他们中最著名的是研究中国现代文学的李欧梵，还有早期写中国文学史的那个人（夏志清）。他们的研究，他们所用的理论，他们的思想完全不同于我们，研究方法也不一样。这些东西对于我们国内来讲都是新鲜的，对于思想界可以作为参考。对于他们的观点不一定都同意，他们也不是完全那么客观，但他们作为从台湾去的美国学者比外国学者研究中国文学更深入一些。他们这批人引起了国内学者的注意。当时美国、日本学者研究中国文学的比较多，日本学者的研究更注重资料，美国学者的文艺思想、学术观点用的是现代结构主义等方法，这些在当时的国内文学研究界引起注意，特别是大学教师对这部分很感兴趣。当时国内大学教学刚刚恢复，中文系教学也中断了好多年，彼此不了解，不知道应该搞什么，对国外西方、日本的学术研究更是闭塞，所以当时我们这个小小的刊物还很受重视。

毛：当时稿件是怎么组织的？

尹：《动态》当时着重于国内学术界的交流，那时国内部分由研究室提供稿子，给我们提供国内的研究情况，多是参加会议的情况报道。国外方面当时资料也不多，研究人员也是刚刚开始在做，国外学术研究只是附带着介绍一下，附在刊物后面。当时和国外联系不多，所里订了几份刊物，开始完全是介绍情况，带有资料性。是作为资料，作为情况交流的。日文方面好找一些，通过杂志去找。孙歌与一个日本学者（竹内实）联系较多，他一直和中国有联系，他是搞鲁迅研究的。当时资料很困难，我们思想上也有些顾虑。20世纪80年代整个学术界思想还不是很放开，介绍多了也怕出错。在这种情况下作为内部刊物一方面国内发行，另一方面作为资料来出。

毛：作为内部刊物《动态》当时是什么编制？

尹：《动态》先是编辑部，由所长直接领导。开始组内人很少，只有我、尹慧珉、傅德惠和另一个搞俄文的，后来调走了。英文部分尹慧珉负责，又从研究生院调来陈圣生、周发祥；想让陈圣生侧重法文，但当时法文方面的研究很少；日本研究中国文学的比较多，由高鹏负责，后又调来孙歌、程广林；李珦负责俄文；付德惠负责中文这一块，主要是与研究室联系。当时英文比较强，对象主要是美国那批汉学家，俄文很少。工作基本上是大家先碰头，看看英文的出什么，日文的出什么，我整理好后把稿子交给许觉民，由他审核签发后付排。高力生负责发行。当时刊物很受欢迎，因是内部刊物，是直接到编辑部来订。当时销路很好，所里怕出事，院里也怕搞太宽出问题，还牵扯到港台问题。那时香港还未回归，但也不能算作国外，因此只作为内部刊物来发行。随着文学所的扩大，编辑部成为研究室，我1986年退休，那时还是编辑部。有关《动态》的情况也可以问问傅德惠，她一直在搞，这方面比较熟悉。

毛："文革"后您曾在图书室待过一段时间，可以谈谈在图书室时的工作吗？

尹：干校回来后，我到图书室当了一段主任。当时图书、资料在一块，汪蔚林、王韦、张正也在。汪蔚林主要管图书，负责买书等，特别是古代的版本他比较熟悉，20世纪50年代一些比较珍贵的版本书都是他搜集来的。王韦基本是管资料。开始我是想搞外文的图书资料。那时还没成立《文学研究动态》，我和尹慧珉在图书资料室负责搜集资料，我搞俄文方面的，她搞英文方面的。那时我们曾去北图书库找资料，编了一个书目资料，附在西北大学中文系学刊的后面。还编了一套外国文学的资料和外国研究鲁迅的资料。当时图书、资料在一块，有几个人搞图书编目，有楼肇明、谢蔚英、朱静霞、赵桂芳；谢蔚英编外文书目。王韦一直负责资料室，专门搞资料，李宗英、李凤林、叶荃她们也是一直搞资料，当时搞的资料还是很不错的，李凤林后来一直在编，出了专辑。

毛：谢谢您接受采访，祝您身体健康！

注：第一稿经过被访者审读。

资深历久　兢兢业业

——马靖云访谈录

马靖云，1929年生于河北省清苑县北邓村，1949年高中毕业不久即进入陕甘宁边区政府公安厅做内勤工作。1950～1953年在国际关系学院英文系学习，毕业后在军委联络部一局做情况研究和机密档案管理工作。两年后，调中国科学院生物地质学部，参加"十二年远景规划"工作。1956年调文学研究所，1988年离休。

1956年秋开始在文学所作为组联组的成员工作，主要协助所长何其芳拟定和修改方针任务；编制学科发展规划、所年度科研计划；检查规划执行情况，编写总结情况汇报，考核统计科研成果；了解青年科研人员培养情况和科研人员的困难和要求；接待国外进修生；参与筹备组织学术会议，与所外有关部门联系。

在文学所30多年的学术秘书性的科研管理工作中，参与了一些重要文件的起草，总结、汇报、学术会议记录和简报的整理编写工作；编辑《衷心感谢他》《台湾比较文学论文选》；发表多篇散文；翻译童话寓言《猫、老鼠与狐狸》等。

采访时间：2011年5月4日
采访地点：马靖云先生寓所
采 访 者：程玉梅

2011年4月29日上午10点，第一次拨通马靖云先生的电话，不巧她不在家。半小时后她回拨过来，声音清亮，态度亲切。我刚刚自报家门，她便说：我知道。可见她对文学所这次访谈老专家的活动已经了然于胸而且非常支持。她也很想了解所内目前的情况，希望我能在采访时也能有所介绍。最后确定5月4日见面。

4日上午乘地铁4号线到西苑，顺利找到颐东苑西苑100号。在环境优美的小区里寻觅，走了很长的一段路，才找到马先生的住所，电话确认后按响了门铃，马先生和保姆都迎在门口。

我先介绍了情况，文学研究所即将迎来所庆60周年，拟安排对20位老专家进行访谈。希望通过回顾文学所的建设历程、个人在文学所的经历及个人与文学所的互动关系来展现多方面的学术史。因此，这样的访谈实际上是请专家口述历史，拯救记忆，具有重要意义。

程玉梅（以下简称程）：在这20位专家中，您是唯一一位科研管理专家。我作为科研处的一名外事工作者，有很多问题要请教您。

马靖云（以下简称马）：不用客气，我算不上专家。

程：很多老先生在回忆文章中提到您，我现在查到的资料中就有九篇（共八位先生写过文章，其中何西来写过两篇），可见您在科研处做了很多工作，给他们留下了深刻印象。

马：你做的准备工作很充分，我自己都没整理过。

程：我将这些资料给您留下。因为我到科研处才两年多，对文学所以前的很多科研管理情况不了解，所以提前找到资料，这样很多小问题就不用再问您了。

马（边看资料边介绍）：我在去年得到所里通知，要为文学所建所60周年整理些回忆录，所以我准备了两份材料，一是个人简介，一是工作回顾。虽然科研处的工作业绩不能直接体现在学术论文上，但它也是一门学科，一门科学，是软科学。科研管理工作是学术研究的辅助，是"做嫁衣裳"。你若做得好，不仅对所里的科研有推进和导向作用，而且大家都忘不了。但工作成绩不是马上就能显现的，它需要时间去证明。我觉得这项工作做得时间长了，很有意思。你研究生毕业能来做这份工作，很好。我觉得科研处现在这样的安排非常好，由一些学历较高、学术基础较好的人来负责管理工作。科研处除了行政管理，还有学术事务性工作，不懂就做不好。

程：我知道您在文学所工作了32年，一直在科研处吗？

马：对，我是1956年到所的，一直在科研处。

程：这真的很不容易，科研处的人事变动大，沿革复杂。

马：我也动摇过，想调换工作。与何其芳同志一次倾心相谈后，我坚持了下来。唐棣华、朱寨、王平凡等对我的信任帮助，郑振铎所长、钱钟书先生和所内同志对我工作的支持，这些都使我终生难忘。我无文章传世，但知道了一般工作人员、普通劳动者存在的价值，一生无悔。我准备了材料，你走的时候拿走，复印三份给我，再将复印稿和原稿寄回。

程：没问题。

马：但这篇稿子我还没给任何人看过，以前都要朱寨或其他所领导过目。所以可能还会要其他人看过，修改后再正式交给所里。

程：您的手稿可以让我拍照或复印吗？这次访谈的一个任务就是要得到您的手稿。

马：那可以。我选字迹清楚些的，有的太乱了。

程：感谢您写得如此详细，您参与了科研处的多项工作：科研规划、课题设置、外事交流、档案管理、会议筹备。

马：何其芳先生有个办所方针，要求科研处人员精干，强调工作效率。科研处的一个工作原则就是：大事不干扰，小事不麻烦。具体说就是：遇到大事，科研处提供客观信息，不干扰领导决策，但不干扰不等于不了解；一些繁琐小事，要替领导分忧，这样既能保证所领导的工作时间和学术精力，又能保证及时回复科研人员，提高效率。这是我自己的总结，这种工作方法使科研人员和所领导都对我的工作比较满意。比如：上午8点到11点半，是何其芳处理所务工作的时间，由他自己和研究室、科研处共同安排，非常紧凑。下午和晚上，是他自己的学术时间，尽量不去打扰。所以，过去的领导总是强调科研处的重要性。

程：现在的领导也很重视科研处的工作。

马：现在科研处的分工很细。

程：是，但如果需要合作，例如会议筹备，大家会一起做。

马：外事工作也是需要合作的工作。分工后就好很多，我那时候太忙。写的这些豆腐块文章都是退休后完成的。因为上班的时候确实没时间。

程：我原来也觉得外事很简单，等自己做起来的时候才知道有多复杂。一次学者短期出访，从审批表格到护照签证，从机票信息到天气情况，都要提前考虑。

马：我现在有失眠的情况，就是那时候留下的病根。第二天外宾来访，我要仔细计划安排，头天夜里在脑子里过一遍：接站接机、学者联络、食宿行程。

程：我们现在也如此，还有深夜的航班。

马：这些环节有一处出现问题，就影响全局。所以外事工作无小事，比较耗费精力。

程：下面请您介绍一下文学所和科研处的沿革。

马：文学所的历届领导班子情况：1953年，郑振铎任所长，何其芳任副所长；之后，何其芳任所长。我这里也有一份材料。《大百科全书》里"中国社会科学院文学研究所"的词条就是我写的（内有历届领导班子情况）。

程：这里面有个特殊情况，1977年沙汀任所长期间，有五位副所长？

马：对，他们五位不是同时任副所长，但间隔很近。因为"文革"之后，很多人要落实政策安排职务。所以陈荒煤、余冠英、吴伯箫、王平凡、许觉民先后任副所长。

程：好的，这些情况我记下了。另外，我看到一些老照片，文学所的地理位置有些变化。

马：1953年，文学所在北京大学西语系；后来不久搬到了北大哲学楼；1957年，文学所隶属于中国科学院，在中关村科学院南楼；后搬到科学院北楼；最后文学所搬入建国门附近的海军大楼；因为要在海军大楼原址盖新楼，拆迁时临时搬到日坛路；后来搬回建国门内大街5号，即现在的位置。这里要提到陈荒煤的功劳，我印象最深的是两件事：一是拆迁。文学所的图书很多，几十万册，要运输、保管，防止损坏和丢失。动员全所人员参与这项工作，近两个月时间完成。荒煤的组织能力极强，虽然是副所长，却主持实际工作。再就是荒煤注重文学现状研究。文学所过去对传统研究比较重视，积累很多，但与当前联系不够紧密。从荒煤开始注意文学现状，这样就能独具慧眼发现问题。例如，刘心武的小说《班主任》，荒煤以《文学评论》的名义邀请刘心武参加关于《班主任》的小型座谈会，对刘心武的创作给予鼓励。这是识人之才，很有水平的。我在《日坛路记事》一文中曾较详细地谈及此事。我们文学所的领导有好多人有识人伯乐之才。那时候，有的文学作品问世一两个月，文学所就组织研讨会，文学所的这一作用很突出，因为文联和作协不一定有条件马上做这些。另外，文学所学者自己的文章著作，也可以在会议上发表或者介绍情况。不知道现在所里什么情况？

程：现在的新书发布会更多了，有的在研究室做小型发布，有的在所会议室，同时邀请外单位学者参加。学者的文章情况介绍，如古代室每月一次的个人学术汇报，已经坚持很多年了。还有多个读书会，重读经典，获得新的启发。

马：这个很好，文学所的读书气氛一直很浓，官僚气息比较淡。

程：我在您的文章中了解很多信息。比如跟郑振铎先生有关的一篇，您刚来文学所工作，那个部门叫"联络组"？

马：对，科研处的前身。1953年文学所成立，最初称负责科研管理的部门为"联络组"；后来改为"组联组"，1957年2月7日，为了区别于行政办公室，更名为"学术秘书室"；1966～1976年，"文革"十年停止工作；之后的名称为"科研组"；1980年确立名称为"科研处"。"文革"的十年，文学所三楼，二十几位专家，包括俞平伯、钱钟书，都被关在里面写交代材料。杨绛还被安排扫厕所。我写了一篇文章，还没发表，题目就叫《可怜扫地尽斯文》，提到了何其芳、杨绛、沈从文等人。杨绛将厕所清理得极其干净。

程：我看过杨绛先生的回忆文章，那时她并不讨厌这份工作，反而自得其乐，思考《堂·吉诃德》的很多翻译问题。

马：这篇文章我没发表，因为看了的人认为这些人去扫厕所你还说好，说他们扫得如何认真，你觉得让这些人去扫厕所是对的吗？其实我不是这个意思。

程：您要强调的是这些学者人格的完美，他们做这些事跟做学问一样认真。

马：对，我是敬佩他们对待劳动的态度，他们的精神。可能我在文章里表达得不是很清楚，所以没发表。但朱虹、白鸿和朱寨都看过。"文革"对人的精神的摧残实在太厉害了，如果没有这十年浩劫很多人能做更多工作，也能多活很多年。

程：我在整理"文革"时期翻译文学资料的时候，看到一长串名单，都是那时被迫自杀的翻译家。

马：还有作家，像老舍。我曾接待一位匈牙利的学者米白，准备写中国现代文学史。到中国来第一个要拜访的作家就是老舍。我陪同他去见老舍，记得他院里和屋子里的菊花，他为人热诚，生活朴素。米白对他极其敬仰，离开的时候按照中国礼仪拜别。这个内容我也写过一篇小文章，在《中国老年报》上发表（参见《老舍与匈牙利汉学家米白》，载《中国老年报》1999年3月10日）。这样的文章你也可以写，先按照工作日记的形式记下来，有时间再写出来。那个时期给我留下深刻印象的还有钱钟书，他头脑极其清楚，处事极为淡定。另外，就是何其芳。在整理何其芳文稿时，我在他家看到毛泽东的《关于批判俞平伯〈红楼梦研究〉的一封信》复印件，在正文处作了夹注："像俞平伯这样的知识分子我们还是要团结的。"这句话保护了俞平伯。在文学所内举行的六次会议上，何其芳反复强调这是学术批判，不同的意见可以争论（参见《文人相重——何其芳与俞平伯》，载《时代履痕——中国社会科学院学者散文选》，社会科学文献出版社，2004年）。而文联和作协的批判气氛则与文学所不同，有的还要求文学所学者前往，批判逐渐扩展到全社会。但何其芳珍惜俞平伯的才干，赞赏他的文学鉴赏力，专门找俞平伯谈心。（详见《〈红楼梦批判〉中的何其芳与俞平伯》，载《新文学史料》2012年第3期。）后来，俞平伯说："何其芳是知识分子的知心人。"研究人员都愿意与这种学者型领导相处，进而热爱文学所，关心文学所的发展。

程：您1988年离休时，科研处的人员有哪些？

马：汤学智、王倬云、周永琴、郝敏、陶国斌。

程：陶国斌老师应该是1978年就在文学所了。

马：对，1979年我们搞"全国文学学科规划会"的时候他就参与了。那时科研处的领导是苏醒，还有王露云。

程：正好您提到"全国文学学科规划会"，这个会议情况和第一手材料哪里可以找到？

马：档案室应该都有。

程：这次会议特别重要。我看到苏醒老师的文章提到陶国斌老师坐了两天两夜火车，带着五箱资料去了昆明。

马：那次会议筹备了很久，分工几路。我是陪沙汀到南京、上海一带，到高校征求意见，都有会议记录。比如南京大学中文系，就有中文系专人记录，我们自己也记录，然后将会议材料整理返回到文学所，再发《简报》。那时候"拨乱反正"，由于沙汀是备受尊重的老作家，所以大家能畅所欲言，真实地发表意见。发《简报》的形式是打字、油印，发送给作协和各个大学中文系。对当时文学界的情况作介绍，并对存在的问题进行探讨。后来的规划会确实很重要，调动了全国文学研究的热情，从整体上进行了学科规划，落实了具体任务协议书。我们的《简报》也被各大学要走，加印了很多。这个规划也与当时的国家形势计划经济有关，搞文学研究也要有计划。

我觉得我们所搞这个访谈特别好，应该推广到全院。哈哈，我们这些老人都有这种文学所荣誉感，觉得我们所什么都要做表率。

程：文学所要做全院第一，全国文学界第一。

马：对，我们这种意识非常强，就是这种文学所意识。

程：电话里您说也让我讲讲文学所现在的情况，我就知道您有多关心文学所呢。在我来之前，严平老师特别叮嘱我要好好向您请教，因为您从事科研管理时间最长，文学所的很多事情您的记忆可能最完备。我们曾经办过《文学研究动态》，写的是"科研组"编，这指的是科研处还是研究室？

马：是我们科研处。最初，1980年由傅德惠一人负责；后来，傅德惠从科研处分离出去，和尹锡康一起编辑《文学研究动态》；再后来由"新学科"负责编辑《文学研究动态》。我看看我这里是否还有。

程：如果您找到，我会过来取。我们1991年之前的档案材料是如何管理的？

马：1965年，办公室张书明建议整理学术档案，就由我和肖莉（民间室）等人参与共同整理，历时2个月，有200多卷卷宗。科研处那时为每个研究员都准备一个格子，每发表一篇文章都用一个卡片做简要记录，类似图书馆卡片那样。可惜"文革"时，经过军宣队的清理，部分卷宗和卡片丢失了。1988年我离开所的时候，还有两个大柜子装着档案。所庆40周年，要我来写文学所简况，那时负责档案管理的是办公室的牛全炳。我写的原件交给所里，我自己留的是复印件。但没有采用，我交的一些照片也没有返回，也无法找到了。

程：档案材料丢失造成的损失是无法弥补的。

马：后来，韦凤葆负责管理档案。

程：现在管理档案的是高军老师。科研处的课题管理由严平老师和杨子彦管理；外事档案在我的办公室。

注：本文经过被访者审读。

耄耋之年忆往昔

——濮良沛访谈录

濮良沛，笔名林非，江苏海门人，1931年出生。中共党员。1955年毕业于复旦大学中国语言文学系。历任中国社会科学院文学研究所研究员、博士生导师，中国鲁迅学会会长，中国散文学会会长。1962年开始发表作品。1981年加入中国作家协会。著有专著《鲁迅前期思想发展史略》《鲁迅传》《鲁迅小说论稿》《现代六十家散文札记》《中国现代散文史稿》《鲁迅和中国文化》《散文的使命》，散文选集《林非散文选》《林非游记选》《离别》《中外文化名人印象记》《当代散文名家精品文库·林非卷》等。

采访时间：2011年4月27日
采访地点：北京海淀区静淑苑
采 访 者：汤　俏

汤　俏（以下简称汤）：濮老师您好，因为您是所里的资深人员，所以请您谈谈当年所内建设情况和学科建设情况。请您回忆一下在文学研究所经历和熟悉的情况，可以在历史上留下痕迹的人和事。您可以从您所熟悉的我们所里的人和事谈起，因为您又是鲁迅研究的专家，在散文方面又很有建树，您也可以从这两个学科来谈谈您的看法。

濮良沛（以下简称濮）：我先谈谈我受到影响的前辈。我到了文学所以后，第一个认识的是陈涌，上大学的时候我就看过他的一篇研究鲁迅的文章，叫做《鲁迅小说的现实主义》，当时看了的感觉就是写得好得不得了。后来到文学所以后就跟他认识了，跟他很好地学习。但是后来不久他就成了"右派"，比较消沉，不太喜欢说话，最后就调走了，交往就不多了。后来有交往也是同行间的交往，而不是同事间的交往了。这是我的第一个印象。第二个印象，我到文学所工作以后，开始在古代文学组，主任是余冠英先生，我对他印象也很深刻。我年轻的时候读过余先生的散文，他虽然写得不太多但是写得很好。我年轻的时候很喜欢诗歌、散文，后来在古代组研究唐诗，因为我自己比较喜欢唐诗。

余先生对唐诗很有研究，我开始研究王维和孟浩然。我跟他谈过好多回，每次谈话都对我很有启发。他治学主张从材料入手，比如你研究王维研究孟浩然，首先对他们全部的著作要了解；第二步，对王维和孟浩然当时所处的社会背景应该了解。所以我首先看唐诗，然后看《新唐书》《旧唐书》，把有关王维、孟浩然的所有唐代的背景材料，包括一些笔记小说，我基本都看了。那么就准备写《王维论》，当时抱着很大的兴趣，但是不久以后就下放了。当时大概是1957年，"反右"开始了，我倒没有成"右派"，但是我说了一些不好听的话，受到一些批评。

汤：您是哪一年到文学所的？

濮：大概是1955年冬天。

汤：那就是您大学毕业以后。我记得您是1955年从复旦大学毕业的。

濮：对，我现在记不太清楚了，大约是那时候到文学所。当时人还挺少的，只有四五十人，所址还在中关村。当时已经成立学部了，但是办公还在北京大学，用的图书都是北京大学图书馆的。我写过一篇文章叫做《未有收存的唐诗研究》，回忆我当时在北大图书馆借书的情况。那时候很年轻，二十多岁。那个图书馆脏得不得了，我爬到梯子上去找书，一身都是灰，那些图书馆的管理员看我进去的时候挺干净的，出来以后满脸都是灰，都回避我，哈哈。所以说研究古代文学不是很容易的，书都被灰尘盖住了。后来就下放了，1957年冬天或者1958年初，在河北平山县待了一年，对农村的生活有了一些了解，写了一些诗歌、散文。后来就回来了，大概是1958年冬天。后来有关领导跟我谈话，当时党支部书记是王平凡，主管人事和思想。这位老同志挺好的，延安出来的，跟我谈话，说："经过一年的思想改造，要改变个人主义，要听组织上的意见，我们的意见就是你不要回古代组了。要办一个《文学知识》的刊物，为了把文学普及到人民群众中去。我们觉得你还是有一定水平的，读书不少，可以当编辑。"我当时答应了，但心里还是觉得有点可惜，因为把王维放弃了。到了《文学知识》以后，主编是唐弢先生，具体负责人是吕林，是科研处的一个干部，这个人蛮有水平的，开始办的时候，编辑思想基本都是他的，他本来是上海文化局的一个干部，他的思想比较符合当时的情况，开始创刊的时候两三万本，后来不到一年就发行到将近五十万本。

汤：创刊时间是什么时候？

濮：1960年。到了后来，庆祝中华人民共和国成立十周年的时候，毛星先生，当时的文学所副所长，挺有水平的，也是延安老干部，我们请他写了一篇头条文章，纪念新中国的文学，写得挺好的。这个刊物出来以后，中宣部的副部长林默涵，他是一个"左派"，看了以后大发脾气，认为贬低了新中国的文学，勒令停刊。我们编辑部的工作人员就要调动了，后来我就去《文学评论》编辑部工作了。主编是何其芳先生，主任是张白山先生，张炯的父亲。张先生是个很好的人，待人接物都很好，关心别人，他想发挥每个人的力量，跟每个人谈话，问他们有什么水平，希望我们一边做好编辑工作，一边也要搞搞研究，他认为我对鲁迅比较了解，希望我集中力量搞好鲁迅研究。《文学评论》是双月刊，不算太忙，我那时又年轻，所以晚上的时间看了很多书。我把《鲁迅全集》从头到尾看了一遍，做了很多笔记。我就开始研究鲁迅小说，写了篇《论〈狂人日记〉》，在《文学评论》发表了，还产生了一些影响，对我自己也很鼓励。于是我就一边做编辑，一边继续想写点文章。一直到1966年"文革"发生，我一直在《文学评论》。1969年到了

"五七干校",在河南息县,1971年回来。那里都是底层民众,很苦啊。住的房子都漏风。回来以后工宣队、军宣队已经没有了,1976年"四人帮"垮台以后才恢复工作。那时候没人管,愿意上班就可以去。我就把《马恩全集》读了一遍,我有篇文章写到了,挺好玩的一件事。"文革"后期,工宣队还没撤的时候,不管我们,让我们自己看书。我正在办公室看《马恩全集》,工宣队的一个领导过来就说:"说你白专道路就没有错,就是喜欢看大部头!"我就给他看《马恩全集》。他赶忙说:"哦,哦,好,好,你看,你看!"挺有那时候的时代特点的。1976年以后,邓小平主持工作,情况基本恢复了。沙汀先生到所里当所长,当时已经七十多了,这个人特别好,对人特别仁慈,但是他是一个作家,对理论不是特别了解,当时是落实政策安排的。陈荒煤先生当副所长,工作都是他领导。这个人了不得,也是特别仁慈,我曾经写过一篇文章《我心中的荒煤》,我是一边哭一边写的。那是他去世以后写的,这篇散文挺有影响,好多选本都选了我这篇文章。他很了不起,知识面非常广,对所有的人都非常仁慈。荒煤先生领导文学所,对文学所建设起了很大的作用,他是一个有名的小说家,是30年代左翼文学代表,他对文学意识的归类特别强。后来就成立现代文学室,周扬命令专门成立鲁迅研究室,我们从现代文学室分出来几个人,成立鲁迅研究室,有刘再复、张梦阳、袁良骏,大概四五个人,还有一个过世了,叫马良春,很可惜的,很年轻就过世了。那时我当研究室主任。我到过一些地方,但也没有去过太多。很遗憾我没去过长沙,也没去过贵州。我去过张家界、岳阳,岳阳楼很棒啊,大概1997年,我当时写了一篇《岳阳楼远眺》的游记。我还到过九寨沟,太美了,我写了一篇《九寨沟游记》,收入了小学、中学教科书。我还写过一篇福建武夷山的游记,收入了高二的语文课本,有一次一个高中生跑来找我,一字不差地背诵给我听,太厉害了,张梦阳写过一本《中国鲁迅学通史》,挺有成就的。1981年纪念鲁迅一百周年,我们就做了一些鲁迅研究的相关工作。荒煤同志跟我谈话,我向他汇报工作。荒煤先生很沉默,说话很慢的,他听完我的汇报以后沉默了一会儿,就问:"你们还有什么想法吗?"我说:"我们想根据计划尽量完成好工作。"他点点头,然后说:"你们能不能写个鲁迅传啊?"当时我是这样回答的:"荒煤同志,我们早就有这个愿望,但是我觉得写鲁迅传是非常困难的。我看过很多鲁迅的传记,但是写得特别好的我还没看到,我没有这个勇气。"年轻的时候我就喜欢罗曼·罗兰的传记,我看过他的《贝多芬传》,当时我就有一个幻想,如果我能够有罗曼·罗兰那样的水平来写鲁迅的评传,那我该高兴得不得了了。荒煤先生打开抽屉,就像我们今天一样他坐在我的对面,拿出一本我写的书,大概是《鲁迅前期思想发展史略》,很薄的一个小册子,然后他又拿出我的几篇文章,说:"我看了你的文章,你应该有这个水平,能够写出一本鲁迅传。"我当时感动得不得了,从来没有领导看了我的文章来布置我的工作的,我当时很激动,我就说:"我们回去再考虑考虑。"就是这样,我就跟刘再复合作,写了一本《鲁迅传》。写完以后我还是不太满意,感觉还是没有达到自己的要求,但是当时反映还是很好的,国内包括香港的很多报纸都发了评论文章,最近福建教育出版社又要再版了。我对自己的要求还是比较高的,确实存在某些问题和不足之处,但是也存在很多长处,我觉得还是不很满意。虽然有这样的要求,但是自己的水平达不到。因为文学艺术很复杂,提高水平是很难的。我特别喜欢王国维先生的《人间词话》,旁的我不说,有一句话对我印象特别深,"散文,易学而难攻",容易学,但是要写出好作品,极难极难。对于《鲁迅传》,我有这个愿望、有这个要求,但是实现起来很难很难。我写了将近上千篇散文,但是比较满意的恐怕最多只有三四十篇。文学艺术创作和科学研究是不一样的,科学研究强调共性,文学艺术研究强调个性,个性是很难实现的,任何人的独特个性里面都不可能没有不足之处。任何文学大师都会有不足之处。从事文学研究或者创作,应该对自己抱有严格的要求,超越前人。鲁迅研究的过程中我写了几部书,但是都不满意。后来年纪大了,已经60岁了,我想写一本比较满意的书。一边招博士生,一边把教给博士生的课程写成一本《鲁迅和中国文化》,写得很累,最后终于完成了。出版了三版,最后收入了中华文库。这个还是比较满意的。以这本书为界，我的鲁迅研究就到此为止了，以后我就没再写鲁迅研究的文章了。后来张梦阳在《中国社会科学报》写了一篇《篇外：和鲁迅研究对话》。这篇文章写得挺好的，他对鲁迅挺有研究的。刘再复自己也写了一本《鲁迅传》，他对自己要求也很高的，他现在在美国，有时候会回北京来，他挺有理论水平的。

汤： 所以您对《鲁迅和中国文化》这本书是最满意的？

濮： 没有，不能说最满意，因为没有最满意的，只能说比较满意。不可能没有缺点，但是我觉得还可以，也算是对得起鲁迅研究了。

汤： 那您提到这本书要再版，会不会进行修改呢？

濮： 他们不让修改了，除非是错别字，标点符号。

汤： 所以您的鲁迅研究就告一段落了？

濮： 对，就告一段落了，基本上就没有再写了。

汤： 那么在散文方面呢？

濮： 从小我的形象思维能力就比逻辑思维能力强，上大学的时候我一心一意想从事创作。但是 50 年代的情况是大学中文系是不可能搞创作的，只能说毕业以后在学校里教书或者从事文学研究，是培养研究人才的。如果你要搞创作，那你就是不服从组织分配了。当然也有分配到作家协会去的。如果当时我毕业分配到作家协会，那我肯定就不会搞文学研究了。但是我分配到文学所，就搞研究了。因为当时的社会氛围跟现在不一样，现在的年轻人很自由地选择自己的空间。那时候我们稍有不好就会被打成"右派"的。

我再回过头来讲所里的研究人员。文学所很多年纪大的老先生都是很有水平的，像我前面提到的陈涌先生、余冠英先生。到干校以后，我又和吴世昌先生住在一起，我也写过回忆他的散文，他是有名的红学大师。他很有水平，我经常跟他聊天，当时在乡下也无聊嘛，就用《世说新语》里面的话聊天。我到文学所以后，很多年长的老师给我很多启发，所以我能写点东西，是和这些老先生的启发和教导很有关系，可是遗憾的是，我自己没有能够达到他们这样的水平。这有主观原因，也有客观原因。年轻的时候，那个环境是不容许你独立思考的，后来思想解放以后就越来越好。蔡元培就主张学术自由，可我们那时候就没有学术自由，社会环境很重要。现在你们年轻人是非常幸福的。我觉得我真正能写些东西已经是"文革"以后了，那时候已经是45岁了，很老了。如果我能在健康的社会环境中，25岁就开始写，就不一样了。大环境非常重要。但我觉得，总的来说，文学所是一个非常好的单位，在社会上产生了很好的影响，学风也是很好的，张狂的人不多，谦虚的人很多。治学一定要谦虚，任何一个人你掌握的材料都不过是九牛一毛，书太多了，任何人也不能看完所有的书，对不对？沧海一粟，我是很反对张狂的。不过我觉得文学所也有张狂的人，就不说了，呵呵。张狂不好，你再有水平也不要张狂，但谦虚不是作秀，作秀是骗不过别人的，人家能看出来的。要诚实，不要假谦虚。所以我在现代文学室和鲁迅研究室工作时，那时候我当室主任，跟室里面的成员都是经常告诉他们要谦虚谨慎，对鲁迅研究做了一些好的工作。像刘再复、张梦阳都写了很多好文章。张梦阳是我发现他的，很不容易的，他北师大毕业以后在农村教小学。

汤：那您是怎么发现他的？

濮：他过来找刘再复，找何其芳先生，他们又把他的文章给我看，我觉得写得很好，后来又面谈了一次，觉得这个人很有水平。我就自己跑到廊坊去专门找到他们的领导，好不容易把他调了过来。他没有辜负我们的信任，张梦阳那本《中国鲁迅学通史》在鲁迅研究学界是很了不得的著作，六大本，也收入了中华文库，这是很不容易的。我感到，受了前辈的教诲，也应该培养后辈。

汤：所以这也是您对文学所人才建设的贡献。

濮：贡献说不上，很有限。后来就招博士生了，但是不知道为什么原因，社会科学院的招生名额受到限制，招得很少。那时候北大、清华可以招几十个人，社会科学院只能招几个人，报名的人非常多，可是录取的人非常少。我一共招了七个，我是很愿意招博士生的，把我知道的都教给他们。我的学生也都是很成才的。我的第一个学生叫苏冰，他很聪明，可是很可惜，毕业以后去了日本就没有回来。日本那个国家是比较排外的，他不可能进到比较好的学校。我想如果他在中国的话，他应该能做出来一些成就。其他的学生我觉得是比较有成就的，比如张中良，非常勤奋，挺有成就的，现在已经远远超过老师了。他年轻的时候是写诗的，所以他的文字非常好。过去我们从事文学研究的人，文字水平不是很高。甚至不仅是做文学研究的人，很多做文学创作的人，写小说的人，很多人他可能故事讲得很好很生动，可是文字不是很好，我就觉得很可惜，这跟作家的文学素养有关。这也是当代文学存在的一个缺点，审美水准不高，文字技巧也不高。张中良文字非常漂亮，他大概去年在《北京大学学报》上发表的一篇论文《林非的散文创作》，一万多字，文字很漂亮。《北京大学学报》的一个负责人都说，北大没有一个人能写出这样的文字。所以说他很有成就。还有一个叫王兆胜，在中国社会科学杂志社工作，他研究林语堂很有成就，他的散文也写得非常好。还有一个叫李晓虹，在郭沫若故居当研究室主任，研究郭沫若，做散文研究。

汤：这是您对研究生教育方面的情况的回忆。

濮：对的。何其芳先生也是非常重视文字技巧的，提倡文字要优美。他写过一本《论〈红楼梦〉》，我感觉到文字的水准真是超一流的，哪怕你不了解《红楼梦》，你读他的《论〈红楼梦〉》也能感受到美的力量。一篇学术论文能够写到这样的水准，真是太好了，应该成为文学研究很重要的参照。我记得何先生好几次谈话都强调要写好文字，我还记得有一次他在会议上很不顾情面地批评文字写得不好的人。文学研究所在国内是一个权威机构，学术空气也很不错，都比较尊重科学，有很好的传统，希望它一天超过一天，不断出现新的成就，保持良好的、科学的作风。

汤：谢谢您。那您对唐弢先生有什么印象呢？

濮：我对唐弢先生印象很好。唐弢先生和我关系挺好，唐先生是1913年生的，我是1931年生的，他比我大18岁，长了一辈了。他是自学成才，从上海调到文学所以前我就见过他，但是不熟悉。到了北京以后我读过他的文章，他的文章尤其是《晦庵书话》写得真美。书话一般就是评论文章嘛,我觉得在中国能写得这么美的文字真的很少很少。我看了唐弢先生的这本书以后,我就觉得他真是太棒了,写得太棒了。他后来调到北京来工作,因为我那时候研究鲁迅,所以跟他接触比较多,经常向他请教,他很平易近人,没有一点架子,知道什么就说什么。

汤:我们知道唐弢先生是跟鲁迅先生直接接触过,他对您研究鲁迅有什么帮助吗?

濮:他对我研究鲁迅小说很有帮助。他在世的时候我正在研究鲁迅小说,后来我研究鲁迅和中国文化的时候,他已经过世了。唐弢先生去世的时候很惨啊,他是生病以后住院,所以我现在一直很反对老人进医院,我觉得不住院他可能还不会去世得那么快,那医生给他很野蛮地开刀动手术,结果就死在医院里。他当时大概有半年不能说话,疼得不得了,那又何必去医院受那个罪呢?

汤:据我所知,现在所里黎湘萍老师是唐弢先生的学生。

濮:对,黎湘萍是他的学生。后来有一段时间唐先生身体不好了,还让我带过黎湘萍,那时候他刚考上唐弢先生的博士不久,唐先生就病了,是这么一个情况。

汤:这么说黎老师也可以说是您的学生。

濮:呵呵。唐先生的书话了不得,他对中国现代文学的情况了解非常多,他30年代就在上海的刊物上写文章,很多作家他都认识,我觉得他在中国现代文学方面的确是一大权威,唐先生为人也特别好,平易近人。

汤:是啊,我们真是很遗憾,见不到这些老先生。

濮:太可惜了。

汤:您在所里的时候,有一段时间是遇到下放、"文革"啊,研究工作就停了一段。

濮:对,一个是下放,一个是到"五七"干校,当时讲究红专,但我是白专道路嘛,光专不红,那时候开我的批判会就是这么批的,所以那时候我经常下乡。

汤：那个时候文学所是怎样的情况，是不是没有什么人在管理？因为您说到有一段大家都在家，不来上班了。

濮：哦，那是"文革"后期。大概是1971年年底从河南干校回来以后，军宣队已经撤了，工宣队也不太管了，就成立了革委会，何文轩当过革委会主任。

汤：那么那时候在所里还是比较自由的？

濮：嗯，就是你想去上班就去，去了也没什么事，看书的看书。社科院还算不错，以前有一段时间批得很厉害，但这个时候已经不批了。

汤：您还记得那时候的情况吗？

濮："文革"一开始的时候，就抓黑帮，抓了30多个人，我那时候很害怕，心想再抓就抓到我头上了。有一张大字报，是一个已经过世的人叫于海洋贴的，指名我是"右派"，那时候我很紧张啊，恐怕明天我就成黑帮了。幸好当时军宣队、工宣队竟然也没有搭理他。每次开斗争会的时候，就有很多从全国各地来的人来斗，那时候所谓的"黑帮"比如何其芳先生他们都跪在地上，手脚发抖，我们就坐在旁边，红卫兵就在旁边喊"打到黑帮"，我们也跟着喊。你要是不跟着喊的话，那马上你就被揪出来了，所以我说我是懦夫嘛，我在好几篇散文中都提过。余冠英先生那时候生活水平大概比较好，是研究员，他儿子也是近代史很有名的专家，近代史所的所长余绳武，人也很好很谦和。余先生大概从小家境不错，吃得比较好，比较娇气。别人跪在那里就跪着了，他跪在那里就会喊"哎呀，受不了了"。我听了心里特别难受，太没有人道了。如果我不是懦夫，我就应该把他扶起来了，但是我不敢扶，那时候将近一百人，都是懦夫啊，没有林昭，如果她在，恐怕就会把余先生扶起来了。

汤：那个年代大家也是身不由己啊。那么说，文学所那时候也是经过了这样的动乱。

濮：是啊，那时候打砸抢烧也是很厉害的，有的人现在还在的。

汤：那么后来从中科院分离出来成立社科院，有什么影响吗？

濮：那是1978年，那时候胡乔木先生当院长。

汤：您对那时候有什么印象呢？

濮：我当时感觉挺好，因为我们不再附属于中国科学院，独立出来了。不过这个对实际工作的关系不是太大，可能科研经费多一点，但是我们也不懂这个，所以也不了解。还有一点我是感觉我们成立文学研究所以来，整个所的学术风气都很好，都比较尊重科学，这是咱们所里一个好的传统。所以我希望你能够多写好的论文。

汤：现在所里每年年底都会有一些聚会，请老先生们回去看看。

濮：我现在很少去所里了，因为我的腿脚不好了。

汤：哦，我在所里见过朱寨先生、樊骏先生、刘世德先生……

濮：樊骏现在身体怎么样，是不是也不太好了？刘世德身体应该还不错。樊骏是很聪明的，他那时候是在现代文学室，被称为"智囊"啊。

汤：朱寨先生您有印象吗？

濮：我对朱寨印象不是太深。可能那时候我们不在同一个科研室。

汤：我还见过陆永品先生。

濮：嗯，陆永品是很了不得的，他学习很刻苦，对老子和庄子都很有研究。他的奋斗精神很不错，人也很正派，我很喜欢他，他是个好人，很热心，呵呵。还有个陈全荣见过没？

汤：没见过。

濮：这个人是很厉害的，在"文革"中了不得。那时候所里没有几个造反派，造反派打人很厉害，把他打得遍体鳞伤。好像要他承认什么东西，他坚决不承认。他也是很热心的人。

汤：哦，他是哪个研究室的？

濮：他是当代文学室的。"文革"以后据说他买股票，还发了点小财，好像有二三十万元。呵呵。他跟我关系也很不错，我那个时候一般都跟大家关系还不错。

汤：嗯，我看您为人真是很谦和。

濮：嗯，谦和，但是我看不起的人我是不理的，我也不和他吵，我不理就是了。

汤：您那时候有什么关系不好的人吗？

濮：关系不好的有造反派嘛，打人的我很瞧不起的。太猖狂了，怎么下得去手啊。我倒不是美化自己，但是做一个人在世界上总得做个好人吧，做个善良的人，一个人活在世界上不做一个善良的人毫无意义。牺牲自己的生命我是不干的，我是懦夫对不对？但是总得尽可能为人好。有一个陈翔鹤先生，有一次他被斗，他去水房打水，水房的那个工人"文革"前挺好的，"文革"中就变了，所以说丑恶的环境是很能改变人的。他看到所里的权威就打，陈先生去打水的时候，那个工人正要打他，我看到了，我就大喝一声："陈翔鹤！有人找你外调，赶快走！"这样他就避免了一次被打，所以后来陈翔鹤一直说，濮良沛是很善良的。

汤：那您也很勇敢嘛！

濮：不，这不叫勇敢。这是说谎，外调嘛，那个老工人怕别人来外调嘛。

汤：您这叫智勇双全啊，呵呵。

濮：哈哈，陈先生很好的，我后来有一次在回忆录中还专门写到过这个场景。当时所有的人都成了"黑帮"了，他写的一篇历史小说，关于陶渊明的一篇小说，发表在《人民文学》上，后来"文革"发生当年的春天，"文革"不是夏天发生的嘛，中宣部就认为他是毒草，发动《光明日报》写文章批判他，太滑稽了，就让余冠英写文章批判他，不写不行啊，都是懦夫，我们并不是张志新啊，所以就写了。

汤："林非"这个名字是怎么来的？

濮：这个名字是这样来的。"文革"前邮局工作人员的服务态度是很差的，每次去东单营业厅拿稿费，那个服务员就骂，"姓的什么鬼姓啊，讨厌不讨厌啊，还要给你写！"我就想取个什么笔名让邮局的人能认识呢？那就姓林吧，这个字总认识吧，但我又不姓林，那就叫林非吧，就这样来了，呵呵。

汤：您这个笔名可是很有意味的呀。那时候您在所里的时候，邓绍基先生也在所里吗？

濮：嗯，邓先生那时候做古代文学研究。当时何其芳先生是很欣赏他的，还有点权力的，不像我们是平头百姓。

汤：刘世德先生那时候也在所里吗？

濮：对，刘先生也在古代室，他们两个人的文章都写得很好。所以他们被称为"刘邓大军"。

汤：张炯先生那时候……

濮：张炯那时候在当代室，他父亲在《文学评论》。

汤：那时候的所长是何其芳先生吗？

濮：刚到所的时候是何其芳先生，"文革"以后就不是何其芳了。"文革"后第一个所长是沙汀先生，后来是荒煤先生，荒煤先生调到文化部以后，就是许觉民先生当所长。许觉民先生是个挺聪明的人，待人也很谦和。我跟他关系还好，所以也跟他说过一些开玩笑的话，可能不是很恭敬的。那时候许先生的姐姐有个女儿叫林昭，"文革"中讲了一些反对"文革"的话，被枪毙了。现在网上还有很多纪念林昭的文章。那是一个女英雄啊，巾帼英雄。她很了不得，当时上海那边监狱要她写一个悔过书，就放过她，她不但不承认错误，还"反动"到底，后来就执行枪决了。枪决以后，监狱还把她头部的子弹挖出来去找她妈妈，说，给我五分钱的枪弹费。她妈妈当时就疯了，知道自己女儿被红卫兵打死了。林昭的父亲在林昭被捕时就自杀了。所以说我跟许觉民先生开过一个不是很恭敬的玩笑，我说你的外甥女是英雄，你和我都是懦夫。

汤：那个年代真是太悲惨了。

濮："文革"间的悲惨事太多了。

汤：林非老师，您对于咱们文学所还有哪些印象深刻的事情吗？

濮（思索）：很多事情我现在年纪大了已经记不清楚了……

因为林非先生年事已高，采访时间控制在两个小时之内，不敢多叨扰先生，便起身拜别先生了，临走先生送我几本自己的散文集，极为珍贵。

注：本文经过被访者审读。

步入文学所，就是步入实现理想之路
——吴庚舜访谈录

吴庚舜，1932年4月生，1959年毕业于四川大学中文系，分配至中国科学院文学研究所工作。中国社会科学院文学研究所研究员。著有《唐代文学史》（主编下册，人民文学出版社）、《全唐诗典故辞典》（主编，湖北辞书出版社）、《全元散曲》（主编，辽宁人民出版社）及论文《关于唐代传奇繁荣的原因》《谈谈边塞诗讨论中的几个问题》《宋代文学研究之我见》《略论唐代乐府诗》《李白三论》等。

采访时间：2011年8月24日
采访地点：北京海淀区昌运宫
采 访 者：张　晖

一　我的家世和教育情况

张　晖（以下简称张）：吴先生，您好！我受所里委托，来采访您。请您先谈谈您的家庭情况，来所之前的受教育情况。

吴庚舜（以下简称吴）：好的。先说两句题外话。从古今人物故事来看，中年发愤遂成大家（如苏轼之父苏老泉）的少，多数还是从小就喜欢学习的人。从我的经历看，从小受到良好教育（学校和家庭文化的熏陶）是成功之道。

我是四川安县人，祖籍则是江苏常州。明代因仕宦、战乱迁徙到湖南耒阳，清代前期，高祖父的父亲迁到邛崃。高祖吴江（春帆）是嘉道间著名诗人、书法家，有《草亭存草》。他曾撰有一联云："风月无边，长安北望三千里；江山如画，天府南来第一州。"流传甚广。他对功名没有兴趣，喜欢到处旅游。四川各处的名胜古迹，至今保留了他不少书法作品。那时到海南去不容易，他竟然渡海到了海南，从此自称"过海神仙"。我的曾祖父吴宗兰是个举人，曾任贵州铜仁知县、兴义知府等，在当地有"青天"之誉，著有《白鹤山房诗钞》，用王羲之体抄了整整十本，记载了贵州当地汉族和苗族大量的风土人情，可惜没有刻行，后来毁于"文革"。祖父去世得早，祖母是绵阳人，带着我父亲等五个孩子回了娘家。

我的二姑嫁到了绵阳的孙桐生家，孙桐生是有名的文人，《红楼梦》的脂砚斋批语中有他的一些批语，他还编过《全蜀诗钞》，我二姑成了他家的孙媳妇。我因此经常到孙家玩。后来，因为大姑、二姨、幺姨等嫁到安县，父亲因军阀战乱也迁居安县。清贫的他上无片瓦，下无立锥之地，房子都是租的。父亲通文墨，所以担任过安县女中的语文老师、安县救济院、图书馆的职员，也为别人撰写墓志铭以及对联等书法作品。抗战胜利后，县长任翱为了庆祝，要修西山公园作为纪念，遂聘我父亲做县政府的秘书，专门负责西山公园的建设，为公园撰写对联。但时间不长，任县长离开后我父亲就失去了这份工作，继续过着穷困的生活。

我们家是一个有文化的家庭，但没有财富。我读高中时，借钱读了江油中学。一年后就失学了。我父亲新中国成立前去世，家里穷得连饭都吃不上，妹妹、弟弟都要送人。我表姐当时是小学教师，因为要去成都，就推荐我去做老师。所以我16岁就开始当老师，妹妹也坐在教室里听我上课。四川一解放，我考上了人民教师，当到教导主任、校长，一直到1955年考上大学之前，都在小学做人民教师。

我小学念的安县私立文江小学，它是沙汀的舅父郑慕周出钱、沙汀筹划办的。郑是旅长，很有钱。就在他家旁边建了新式的小学和幼稚园，占有半条街。我先念的幼稚园，后念小学。小学里挂着沙汀题的校训，至今记得其中有"为社会服务"的字样。学校聘请了很多进步老师任教。沙汀夫人黄老师教我们音乐，比如《黄河大合唱》《生产大合唱》等进步歌曲。这是一所新式学校，受新文化影响很大。老师讲鲁迅的《阿Q正传》。读小学时正是抗日战争时期，学校里唱、讲胡适作词、赵元任作曲的《上山》："努力！努力！努力往上跑！"老师还教外国文学，如《鲁滨孙漂流记》《木偶奇遇记》等有趣的小说和故事。我在课外还阅读了《人猿泰山》和儒勒·凡尔纳的《海底两万里》，可以说是大开眼界。

学校不仅让我们动脑，还让我们动手。比如开美术课、手工课。安县有很多芦苇，我们就用芦苇做手工。我在给王伯祥先生写传记时，曾引起联想。当时还有近郊、远郊旅行等，游戏有荡秋千、滑滑梯、跷跷板、跳绳、推铁环等。安县在成都平原的西北边，到绵阳要走100多里，是比较偏远的地方。小时虽然贫苦，但生活还是比较愉快的。那时上学讲究读书写字，书法也是一门功课，我父亲也是地方上的书法家。我也经常练字，因为穷，没有那么多纸，所以用草纸练字。后来母亲发现城外河边有一种黄泥土，颜色特别红，像朱砂一样，可以在草纸上反复写，一张纸可以写四次。我听老师说写字要悬腕，就把一个盛水的碗放到胳膊上练习腕力，母亲还以为我在淘气。

沙汀和我有点远亲。受到他的影响，小学时学校出题问"长大后要做什么"，我就说要当作家。安县除了沙汀是个大作家外，萧崇素也是一个著名的作家。他翻译了很多少数民族文学作品，对我也有影响。清代李调元的出生地也在安县，清代属绵阳罗江。从前安县的经济、交通各方面发展都很缓慢，但文化上有很多著名的大人物，对我都有引导的作用。

张：您的大学生活是怎样的呢？

吴：我只读了一年高中，高中课本都是后来自学的。1955年，我考上四川大学。川大是历史悠久的高等学府，朱德、郭沫若等都在这里读过书。学校规模很大，是当时高教部七所直属高校之一。学校的中文系、历史系、数学系、生物系都很有名。毕业生分配，1959年包了好几个车厢到北京的科研院所工作。

中文系杨明照先生是《文心雕龙》专家，教文学史、文献学，我做课代表。还有一位老师张怡荪先生，年轻时曾写书和梁启超先生商榷，新中国成立后出版过《藏汉大辞典》。张先生教古代汉语很有水平，讲课很风趣，能把古代汉语翻译成大家都听得懂的现代汉语。还有任二北，研究敦煌文学、戏曲文学，我只听过他的讲座，没有听到他系统的讲课。任先生后来不能到文学所工作，十分可惜。他当时就住在鼓楼那边，据说当时行政部门觉得他年纪大，又无房子。还有一位石璞老师，不知道你是否知道？

张：我知道她是研究外国文学的，出过一本《欧美文学史》。

吴：是啊。她是钱钟书先生的同学。后来她到北京开会，我还去看望过她。杨明照先生来北京，我也去看他。杨先生还曾一口气爬11楼到天坛我家做客。学校都肯定我，在两地分居困难岁月，川大中文系领导还曾到北京见何其芳同志，想调我回校任教，因其芳同志留我，没有办成。

我1955年进校，当时提倡向科学进军。在这种气氛下，我读了不少书，小时候我已读前四史，当故事书来看。也读了《汉魏丛书》等较大规模的书。当时也没有什么娱乐，就是看书。我学年论文写莫里哀、蒲松龄，毕业论文写沙汀短篇小说。

为了配合"大跃进"，和北大、南开一样，川大也写过文学史。我也参加了，写的是小说方面。后来风气变了，这套文学史就没有出版。现在看来，是大跃进，价值有限。

我以前想当作家，念了川大后，想当学者。但刚开始读书的时候，自己的知识面狭窄，想写文章可不知写什么，就像进了大森林一样，前后左右都有大树挡着，觉得前人什么都写过了，自己找不到出路。慢慢地，知识系统了，掌握第一手资料多了，就好像进了宝山一样，要找个题目写，俯拾即是，当然小问题没什么意思，要找大家都感兴趣的写。

二 文学所忆旧

张：您是怎么来文学所工作的？在您眼中，那时文学所是一个什么样的地方呢？

吴：对我来说，步入文学所，就是步入实现理想之路。当时科学院还是全国选拔人才的。我毕业填报分配志愿，第一个就是文学所，第二个是川大，第三个是新疆。最后分配到文学所。当时需要坐火车先到西安，然后从西安到北京。抵达北京的时间是1959年9月15日。因为那天早上毛主席、周总理刚刚参观过北京站，所以我很清楚地记得这个日子。

川大分到文学所一共有五个人，除了我之外，还有民间室的祁连休。其他人因为三年自然灾害，精简机构时到其他单位去了。当时连卞之琳先生的夫人也到下面的单位去工作了。

我们这批人来到文学所之后，一开始没有分配到各个研究室。国庆节所里开庆祝会，我第一次见到余冠英先生、王伯祥先生、钱钟书先生等久仰的学者。我代表新来的大学生、留学生讲话，主要就是表达了很兴奋的心情。当时何其芳同志安排我们在图书室抄写卡片等，先熟悉情况。后来何其芳让大家讲讲各自的兴趣和志愿。我分配到古代组。

文学所给我印象最深的有两点，一是专家多，著名学者多；二是图书多，善本多。图书多主要是因为郑振铎、何其芳都爱书。汪蔚林专职管图书，范宁等先生都兼职过图书室主任。那时人少，白天借书方便，就是晚上也可以借书。

文学所还有一点就是人情味浓。来所里后，邓绍基请大家去他家里玩。我和老先生们关系都很好。"文革"中，我被提了两个缺点，一是爱种花，说是小资产阶级生活方式，其实在我家乡四川，农民都种花；二是和老先生关系好。那时老先生绝大多数进了牛棚，不是问题也是问题。这些意见在今天看来等于表扬我，而在当时却是严重问题。

张：能否仔细谈谈当时文学所的老先生们？

吴：我从小就养成了尊敬师长的好习惯。无论是小学老师，还是中学、大学的老师、文学所的老前辈，我都出自内心的诚意尊敬他们。说起老先生们，当时文学所聘任了许多著名的专家。唐弢先生是和我同一年来的，戈宝权先生来所在我后面。当时古代室老专家更多。

俞平伯先生的《唐宋词选释》"文革"前夕已定稿，人民文学出版社印了征求意见本，但迟迟未出版。记得1965年初中宣部文艺处开会，于光远主持，我发言曾提到此书，希望早日出版。俞先生知道我喜欢书法，我请他写，他就写了一个条幅给我。那是在他获得平反之前。俞先生生活简朴，常穿大褂。

古代组组长是余冠英先生。余先生知识渊博，从先秦到唐代均有学术成果。林庚、冯沅君编的《中国历代诗歌选》，曾请余冠英先生审订。余先生在这方面，是权威。不仅如此，余先生在语言上也注意美感，是由博而专的学者。我和他接触时间很长，经常和他谈个人情况。他对我十分爱护。唐山大地震前四川闹地震，余先生让我把家属从四川接来。我1963年写《关于唐代传奇繁荣的原因》，也得到余先生的肯定，认为研究有突破。余先生认真又虚心、宽容，能容纳各方面意见；待人宽厚，能团结全组同志。余先生为人正直，不计个人得失。"文革"后期，余先生关注未完成的科研任务，经常在他家里召开会议讨论《唐诗选》的修订工作。有位老先生担心修订后出版不了，余先生笑说"只要书有价值，不出版，藏之名山好了！"余先生关心培养人才工作，经常和年轻人谈心。我和胡念贻为中华书局撰写了柳宗元《天对译注》，胡念贻送他看后，他对胡说："庚舜同志不仅论文有新见，注释也显见功力。"《唐诗选》的初稿因时间短，尚不完善，而钱先生因撰《管锥编》退出编写组，余先生约我参加，并兼做他的助手，从选目到注释，作了全面修订。

王伯祥先生是年纪最大的老专家，文史兼擅，为人慈祥，待我如子侄。我1959年结婚时，王先生晚上专门过来当主婚人。后来谈学问，他对我说搞唐代文学一定要读《全唐文》。60年代初他让我担任他编撰《中国古代文论长编》的助手，因为我去山东下乡而未果。王先生早年研究过《四库提要》，所以中华书局后来请他标点。我在《中国当代社会科学家》中为他撰写了传记。

孙楷第先生身体不好，住在北大，大家都不认识他。《中国文学史》出版后，我专程去接他到四川饭店赴宴。孙楷第先生搞考证，当时风气不重视考证，其实自己做了研究，才知道考证的重要性。文学所对孙先生礼遇，真正体现了爱惜人才，利用专长，体现了学术上百花齐放、百家争鸣的特点。

吴晓铃先生"文革"前就是研究员了，是元明清戏曲小说的著名专家。他曾在语言所工作，后来才调到文学所。吴先生的知识面很广，将博与专结合得非常好。他对后辈也十分关怀。譬如看了我的传奇论文，他高兴地鼓励我。还对我说如果想看京剧就告诉他，他送我戏票。

范宁先生很活跃，爱整洁。当时穿衣服，俞平伯先生是不拘一格的。钱先生是很整齐的，余冠英先生就开玩笑说钱先生"风度翩翩"。范先生的研究面也很广，从魏晋一直到元明清。他喜欢发表独立的意见，大家都很喜欢和他交流看法。

我的导师虽然是钱钟书先生，他和我合写论文《也论〈长生殿〉》，这在他是少见的。古代组老先生都是我的老师。我信服杜甫的"转益多师"。除了本所的老先生外，我也曾受到茅盾先生的影响。听了茅盾先生的话，我才下决心在后来主编《唐代文学史》时加入骈文部分，全面反映唐文面貌。

张：钱钟书先生是如何指导您的呢？

吴：钱钟书先生是我的指导老师。最近《中国社会科学报》上有一篇文章，说钱先生是"孤傲"的，我觉得此说比较片面。其实钱先生对人还是通情达理、平易近人的。他家住东四头条或钓鱼台，我去他家时，多数是他开门。在门口就能听到他急促的脚步声。他对所有人都是这样热情、谈笑风生的。我去送稿费、文件等，有时需要钱先生回信的，他就马上打开墨盒，一挥而就。他曾对我说他有一只心爱的铜炉，保姆很勤快，把它擦得发亮。郑振铎先生到他家看到这个铜炉，不断地叹气说"完了"。钱先生是笑着对我说的，连一句批评的意思也没有。

他知道保姆不过是好心办坏事。于此可见钱先生的平易近人。

研究所老师带学生不需要手把手教，主要是谈自己的经历和心得，让学生自己去体会。钱先生对我的影响是潜移默化、以身作则的。既要专一，又要博学。他跟我说，治学要先有立足点，然后向其他方向发展。钱先生说这句话的时候，同时在自己的膝盖上画了一个圆圈，然后画出射线，作为比喻。这句话对我启发很大。除了言传，还有身教。钱先生上班比其他老先生都要早，来了就去书库。

做学问一定要熟悉第一手资料，钱先生谈天时说他反复通读过《全唐诗》五遍。我想和强记的他比，我应超过他才行。于是向余冠英先生借钱买了套《全唐诗》，为研究需要看了六七遍。我研究唐代小说，也是在通读唐代小说的基础上展开的。另外，钱先生每次看到我的论唐诗的新作时，总是高兴的，说你又读了《全唐诗》。

钱先生生活很有规律。白天专心工作，晚上九点就睡觉。翻译《毛选》时，在沙滩那里。宾馆里伙食好，有黄油，但他不吃太多，对身体不好。他也散步，注意养生。

张：您还和哪些老先生来往较多？

吴：还有吴世昌先生。吴先生有很突出的爱国思想，他的爱国热忱，很值得人学习。他用英文写《红楼梦探源》，同时对诗词很有研究，创作也很地道。他喜欢奖掖后进。当时我是夫妇两地分居，一个人住在院部8号楼集体宿舍，吴先生每年寒冬春节都来看我。有一次开组会，我们坐在一起，他笑着对我说："现在文学所有三吴（即他、吴晓铃先生和我）"，我只好说："不敢当，不敢当。"

我和他接触多，是因为一起带唐宋文学的研究生，我是他的助手。培养计划、参考书目等，都是我负责写的。我还带研究生去俞平伯、夏承焘等先生家里去听课。学生毕业时请北大、北师大的先生来参加论文答辩，都是我来做。从前很少招研究生，怎么带，有的不熟悉。他常常介绍国外带研究生的情况。他非常爱才，第一次招研究生，一千多人报考，他和我通过荒煤争取了名额，除唐宋文学选拔四人外，还将优秀的考生分配给了王士菁、侯敏泽等先生。吴先生为人真率，有不同意见，就会直接说出来。他对以往答辩的不良风气提出要警惕。他说平常要严格要求研究生,对于有的评委为了显示自己常常刁难学生,他不赞成。

三 编纂文学史和其他科研成果

张:文学所在很长一段时间内都从事文学史的写作,您自己也花费大量精力从事文学史的编纂。能否谈谈这方面的情况?

吴:我这一生,跟文学史也算结了缘。来文学所之初,就参加了三卷本《中国文学史》的编写。我们年轻一辈和钱先生、余先生、力扬、吴晓铃、陈友琴、范宁先生等一起住在颐和园西边的高级党校宿舍。大家都是星期一来,星期六离开,接触很多。当时是困难时期,生活困难。住在高级党校,一日三餐无虞。

《中国文学史》的上马,我在其中还起了一点点小小的作用。当时反右倾,整风贴大字报,我不愿意写其芳同志等所领导、老先生,所以贴了一个大字报呼吁编写文学史。这对推动文学史的上马是有作用的。文学所的《中国文学史》影响很大,对培养人才应该起到了作用。当时朱光潜先生就赞扬这本书比较踏实。前些年去贺敬之家里,他还赞扬这套书,并且放置案头。

三卷本《中国文学史》唐代部分只有十多万字,关键是作家面不够,不能全面反映唐代作家的全面成就。诗歌流派、民间文学、敦煌文学、骈文等,都没有反映出来。此外,文学规律仍值得探索,如新乐府运动是否成立的问题。过去只认为汉代的乐府诗重要,我做了重新探讨,认为唐代也是中国文学史上乐府诗最为繁荣的时期。

《唐代文学史》下卷的编成不容易。充分发挥了大家的专长,除我们写的篇章外,如张锡厚写敦煌、蒋寅写大历,都有特点。书出版前,出版社请陈贻焮先生审阅,陈先生认为《唐代文学史》超过了以往任何一种文学史。书出版后,所里开过一次所内外专家的会议,《唐代文学史》得到了高度的评价。如果我不搞唐传奇研究,我对唐代的基本情况也不可能这么熟悉。

张：您还从事了许多选本的工作，能否介绍一下？

吴：真正好的选本对提高民族素质是有帮助的。除了《唐诗选》之外，我还主编了《唐诗选注》。该书上马时大家都在地震棚里。那时"文革"还没有结束，一般同志写东西也发表不了。所以，何其芳同志主张多请古代组的同志参加。当时出版社要求应有工人同志参加，我认真做了修改。这本书关键是注，做到雅俗共赏。我们在注释、分析上认真地花了时间，胡念贻先生为一个注就曾花费三天时间。

随后，我又主编了《唐诗名篇赏析》（上下册，北京十月文艺出版社1990年版），并撰写了《前言》。还合著了《唐宋词选讲》（中国少年儿童出版社1981年版），事前我确定选目并撰写《前言》。在工作中了解社会需要，所以后来和范之麟先生主编了一套《全唐诗典故辞典》（湖北辞书出版社2001年版）。另外，我和北大的褚斌杰、周先慎、袁行霈先生四个人一起为农业函授学院撰写了一部文学简史，我负责宋辽金元部分，其中有些新的见解。

张：能否请您多介绍一些您多年来的学术研究成果？

吴：我这些年来也有不少论文。前面提到的《关于唐代传奇繁荣的原因》，文学所10周年所庆时，何其芳同志在众多论文中发现了我这篇论文，并得到余冠英、钱钟书先生的肯定，收入了《文学研究集刊》第1辑（人民文学出版社1964年版），与钱钟书、杨绛、胡念贻、卞之琳、季羡林、吴世昌、孙楷第等先生的文章在一起。对于唐代传奇，论文对南宋以来的一些重要论点提出了商榷。另一篇《谈谈边塞诗讨论中的几个问题》是针对全国讨论而发的总结性论文。这篇文章在当时有广泛影响。《宋代文学研究之我见》一文，我去南京开会，唐圭璋先生说读过我这篇论文，赞同我的意见。当时夏承焘先生等人认为《满江红》不是岳飞所作，我认为确是岳飞所作，词中提到"贺兰山"，是使用典故，而不是指明确的方位。在文章中，我还谈到唐宋文学研究的比较，一般认为唐代文学研究比较繁荣。我觉得，如果宋代文学研究要媲美唐代，必须要加强宋代文学的资料整理。唐圭璋先生、程千帆先生都表示赞成。程千帆先生还把他自己所写的论文与我的观点印证，表示有共同的看法。《略论唐代乐府诗》《李白三论》等也引起关注。

　　上面说的都是一些比较宏观的论文，我也针对一些具体问题作过研究。比如讨论过魏徵、元稹及李杜并称的问题等，还撰写了一些作家评传，《苏轼评传》纠正了过去一些错误的说法而已，《张若虚评传》和《白行简评传》则有些贡献，陈毓罴同志看到《中国历代著名文学家评传》，说你写得不少啊。我还写过唐代批评李白、杜甫的情况。傅庚生先生说李杜在唐代是没有人批评的，我列举一些证据反驳这种观点。钱钟书先生看了，说发表之前怎么不给我先看看。他大概还想补充一些的。我也写了一篇讨论计有功《唐诗纪事》的文章，考证计有功的籍贯，系统介绍该书的内容。

　　张：贯穿您各种研究之中的，是否有什么研究方法？

　　吴：50年来，我的研究面很广，除重点在唐宋外，上至南北朝的《敕勒歌》，下至当代的俞平伯先生的诗歌创作都有论文。上下求索，是研究需要。因为不了解唐前文学就无法探索和继承创新；不研究后代，也不能真正了解唐代文学的影响。我的成果包括论文、文学史、选注、诗词欣赏、工具书等。出版书籍十余种。我要求自己写论文尽量做到在学术上篇篇有新见，出书部部有突破。我的研究方法是：研究一个诗人、小说家、散文家，要进行综合研究。要看他们所有的作品，同时对同时代、后代对他的评论，都要加以汇总之后，才敢下笔。

　　张：非常感谢您！

注：本采访承吴庚舜先生审正，谨此致谢！

跋涉中的创新

——钱中文访谈录

钱中文，1932年11月出生，籍贯江苏无锡，中共党员，研究员，博士生导师，中国社会科学院荣誉学部委员，中国中外文艺理论学会会长，中国作家协会全国委员会荣誉委员。1951年入中国人民大学俄语系学习，1959年肄业于莫斯科大学研究生院俄罗斯语言文学系，同年9月至今在中国社会科学院文学研究所从事文学理论研究工作。曾任文学研究所文艺理论室主任、《文学评论》主编。主要著作有：《现实主义和现代主义》《文学原理——发展论》《文学理论流派与民族文化精神》《文学理论：走向交往对话的时代》《新理性精神文学论》《自律与他律》（合著）、《文学理论：求索与反思》与《钱中文文集》（4卷）等。

采访时间：2011年8月22日
采访地点：中国社会科学院文学研究所会议室
采 访 者：杨子彦

杨子彦（以下简称杨）：钱老师您好，您是当代文艺理论的权威学者，也是文学所的老人。您的学术成就是在不断变化的文学所小环境和社会大环境下取得的。在作为学者的个体、单位和社会这三者之间的互动关系方面，我个人觉得在文学所乃至当代社会，您都是很有代表性的。我们首先从您的文学阅读开始好吗？从一些文章知道，您从小学开始到初二，很喜欢读武侠小说，还记得是哪些小说吗？

钱中文（以下简称钱）：我从小学五年级开始课外阅读，开始接触的是《儿童世界》《小朋友》这样的杂志，觉得挺有趣的。到了五年级下半期，有同学带来通俗历史演义、武侠小说，出于好奇，我就开始借来阅读。我记得第一批看的是《薛仁贵征东》，然后就是《隋唐演义》，后来就益发不可收了，这样一直看了两年多。

杨：您刚才说的这些是传统的演义小说，似乎还不是现在认为的武侠小说，还读些什么书？

钱：那时读的武侠小说，还有《三侠五义》《七侠五义》《小五义》和平江不肖生的《江湖奇侠传》等，一有空就读，简直成了个武侠小说迷了，新武侠小说那时还没有。到了初二上半年，当时的国文老师是新潮派，对"五四"以后的文学极为崇敬，在课堂上结合课文，宣扬"五四"新文化思想，说阅读就要读新文学作品，特别是"五四"以后的作品，说这种文学是为穷苦百姓说话的，是血和泪的文学。我听后心有所动，觉得武侠小说特别是剑侠、剑仙小说实在虚妄。意识到这点后就再也不看了，直到现在，就是新武侠小说也不看，它们总是一个模式。那时我找来老师介绍的一些新文学作品看，一看真好，有鲁迅、茅盾、冰心、郁达夫、沈从文、王鲁彦、艾芜、李广田、章靳以、唐弢、郑定文、施济美等人的小说，读巴金散文时我直觉地感到他的文字有些欧化，小说是后来看的；还有朱自清、冰心、叶绍钧、夏丏尊、黄庐隐、卢焚、秦牧等人的散文、曹禺的剧作、马君玠的诗歌（上面提及的这些作家的小说或散文集我都有，现在还保存着）。这些作家的书，有的是老师介绍后看的，大多数是我自己找来看的，有的作家的短篇小说，我反复读过多遍。郭沫若的作品我到大学里才接触到。我对国文课里所选的古文也很感兴趣，年幼时我读过私塾，那时除了死背《三字文》《百家姓》之外，还叫我念背前后《赤壁赋》，后来长期怠慢古文，几乎忘得差不多了。这几年为了训练自己的记忆力，多次翻读"两赋"，竟是恢复了记忆，能够全文背诵。老师讲到李后主的词，我也很喜爱，但书店里没有卖，于是暑期里我去县图书馆借了商务印书馆万有文库中的《李璟李煜词》，竟把全书抄了下来，和着其他人的诗作一起念。那时没有人指导我这么做，全凭着自己的爱好。我还半懂不懂地读了王国维的《人间词话》，这个开明版的、深绿色封皮的小开本本子，我至今也保留着。初中时新文学作品不仅看了不少，也买了一些。读完初二后，我朦朦胧胧地想将来要当个作家，为劳苦人民说话。做完功课，没有人管我、教我，我就开始自己写东西，不断地写，写到初中毕业。一年内共写了五个练习本，现在居然找到了四个，丢了第四个本子，都是用蘸水钢笔写的。我主要抒写对于周围各类事物所引发的种种感受，把季节的景物变化、姐姐、同学、隔壁女佣、生病、升学困难、个人忏悔意识、家庭生活苦闷等，都写成文稿，其中有散文、随笔和速写，有童话、小小说，有的小说稿已是写得很长的。我自己出题目，写文章，自得其乐。初三毕业，我直升高中，不用为考试奔忙，暑假里就想，何不给报纸投稿试试呢！于是寄了一篇短文《口试》给无锡的《人报》，结果很快就发表出来了，那是在 1948 年 9 月。不久，《人报》又发表了我的一篇文章《人情》。这两篇文章都属于速写随笔一类的文体。有趣的是报社寄我稿费（用实物折算）单，让我去领取。我一身旧汗衫旧短裤，两脚一双布鞋，来到报社门口，很是胆怯，转来转去，正想进门，却被门房老头恶声恶气骂我"小赤佬"，"不转好念头"，叫我滚蛋，给赶了出来。我自然很不甘心，迟疑了一忽儿，回转身去，手里扬着稿费单，表示是来领稿费的。老头不由分说，从门后抄起木棍，大骂我"小瘪三"，又把我赶跑了，没有领到稿费，真让我委屈了一阵。

杨：1948 年您就开始发表文章了，后来为什么不继续投稿呢？

钱：那时进行着解放战争，形势瞬息万变，同学每天评谈时政，心情亢奋，1949 年 4 月无锡解放了，觉得那种令人痛恨的贪污腐化的旧社会从此结束，开始建设新社会了。社会生活真是翻天覆地地变化着，到处是新事物、新景象，人的精神、思想变了。看着这时的报纸，解放区的小说，我本能地感到，原来的那种写作情调不能适应新时代，所以也就难以继续写作投稿，看来要有一个重新学习认识的时间了。

杨：此后您还系统读了哪些小说，喜欢哪些作品？

钱：解放后一开始读的是周扬编的《解放区短篇创作选》，还有丁玲、赵树理、周立波、孙犁、柳青、聂绀弩、欧阳山、孔厥、袁静、刘白羽、草明、马烽、西戎等人的小说与散文，大部分是解放区印刷的，无锡一解放新华书店就有卖。他们写的都是新人新事，是我所陌生的。与此同时，苏联的文学作品大量翻译过来，解放初期就读到高尔基、法捷耶夫、西蒙诺夫、革拉特科夫、奥斯特洛夫斯基、戈尔巴托夫等人的小说，苏联文学给人们打开了另一个世界。我老想搞写作，但是家里穷啊，希望我赶快参加工作，由我来负担家庭经济，可大学还是要念，1951年高三毕业，思来想去，只好屈从世俗的要求，报考了医学院，毕业后就可工作，养家糊口。正好这时中国人民大学分给苏南地区六个名额，招收报考俄语系的学生，学校介绍我去应考，说如果考取进去就是干部待遇，供给制，有吃有穿，还有零用钱，于是通过考试，录取后就高高兴兴地去了。到了人大，开始说是将来是搞翻译，我想搞翻译的话，也可以搞文学。一年后又说教学方向改了，让我们当教员，于是又产生了新的思想问题。人大是革命学校，有良好的革命传统，每个周六下午有一个法定的生活检讨会，检讨自己一星期来不符合人民要求、不符合党的要求的思想。我多次检查了一心想写作的名利思想、个人主义。在反贪污、反浪费的运动中，干部出身的同学思想比较复杂一些，生活检讨会多半是他们在做自我检讨。可是我检讨什么呢？想来想去，我一次在校门口马路对面（现在的"当代商城"广场前沿）买了五百元钱的一小包花生，我想这就是浪费了。那时还通用金圆券，五百元相当于稍后发行的人民币五分钱。我检讨说，有一点钱就买花生吃，讲享受，将来有钱就会买更多东西，就会铺张浪费，满足不了就会去贪污盗窃，走上犯罪的道路了。大家认可我这样的检讨，表示对运动的态度还算端正，认识还算深刻，因为大家也是这么检讨的。第二年暑假的时候，大家都回家了，五六个青年学生出身的同学都没有走。大学四年期间，我没有回过一次家，不是不想回去，而是没有路费。从北京到无锡一张火车票是人民币21元，来回得42元，那是好大一笔开销啊，我记得这个票价一直保持到1983年。我到人大后，第一年确是供给制，每个月发给21元（后改了人民币），扣掉11元伙食费，还剩下10元，5元寄往老家，余下的留下零用。发了一身灰布制服、一身黑色的棉帽棉衣棉裤。一条灰布裤，直到臀部都穿得稀烂，才到学校缝纫组去打了个大补丁，不久又烂了，于是补丁摞补丁的。

杨：那个时候人大学生是不是都这样？

钱：到了大学第二年供给制就改成了薪金制。我们这些没有工作过的青年学生出身的学生，每个月的津贴改成了16元，比原来少了5元，这样我就顾不得老家了。那些工作过的调干同学，工资低的有30来元，高的拿到70多元，那真是相当富裕的了，养家糊口不成问题，甚至还会有余款储存。

杨：我读过一篇文章，您谈到自己在大学二年级的暑期跳窗户到一个空教室写作，还被人发现了。

钱：我老想写作，总惦着这件事。进入大二，暑假里就想找个地方写东西。我找到一个平常听大课的大教室，已经封门封窗，但发现一扇窗子里面的插销松开着，心想这下可好了。于是准备好了纸与笔，第二天早饭后来到大教室窗下，四顾无人，拨开窗户，两手撑着窗沿，一纵身就跳了进去，写了好几天。但是后来被人发现了，看来那人已看了我好一会儿。等我意识过来，心里突然发毛，惶惶不安起来。那时正是肃反年月，要是被人告发，清查起来，如果不相信我是在写作，我也交代不清楚，于是记录在案，就很难办了。后来看了好几遍自己写的几千字的东西，越看越觉得没有灵气，我少年时期写的东西可不是这样的啊。现在我反反复复检讨个人主义、名利思想，真不知检讨了多少遍，我写的故事倒像是我写惯了的检讨的串联呢。于是我想起写作就又心疼又悔恨，为什么老要去自寻烦恼呢！后来慢慢地心如死灰，思想上逐渐变得单纯起来：要我干什么就干什么吧，断绝了将来去当作家的念头，但是内心很是痛苦。回想四年大学生活，对我个人的发展有积极的方面也有消极的方面。积极的方面是突出了为人民服务的意识，热爱国家,.总想为社会做点事，这种激情一直保持到现在。消极的方面是原有的个性受到了压制，个人兴趣难以选择，这也是时代形势、需求使然，也难以避免。

杨：我曾多次聆听您在学术会议上的发言，感觉在您身上有很突出的关注现实、同情弱小、有很强的正义感这样的特点。这是不是也是您小时候看武侠小说的原因？天性、阅读和创作，我觉得它们在内在追求和兴趣上是一致的。这是大学时期培养的，还是天性如此？中国历来注重集体，集体和个体之间的关系，您如何对待？

钱：天性也是受到环境影响的，这与我童年、少年时期的生活有关。我刚满5岁懂事的时候，无锡沦陷，亲眼看到日寇飞机的狂轰滥炸，经历了日寇的烧杀。鬼子清剿我们村时，杀死了9人，被奸淫的邻居，后来发疯而死。日寇冲入我家，端着装着刺刀的步枪对着我的胸口，叽哩呱啦有半分钟之久，差一点被挑死，这些悲惨、屈辱的经历终身难忘。离我村七八里路远的一个村，日寇把全村人集中起来，扫射死了223人，只有一个婴儿被压在大人身下奇迹般地活了下来，因此我对日寇和汉奸十分憎恨。现在有的所谓文化界知名人士，写起民国时期的生活时，满纸激情，对文化汉奸、汉奸文化情有独钟，文章里大引汉奸文人的"教导"，真不知"耻辱"为何物！我少年时代接触的旧小说，大都是宣扬惩恶扬善的故事，从中还可得到一些历史知识，自然受到影响。小学五年级下半学期时，老师讲解孙中山先生的"要立志做大事，不要立志做大官"一句话，让我记了一辈子，那时班上每年都有一次演讲会，我用这个意思写成作文，还在班上演讲过。在中学里受到启蒙教育，阅读了"五四"以后的新文学作品，读后激发了我做人要正直，要有正义感，要同情弱者。童年、少年时期的教育，培养了做人的道德底线，这就是血性和良心，怜悯和同情。我心里想着就是要同劳苦大众在一起，我同情他们，想为他们做些事。新中国成立后，各种工作都要人去做，因此强调集体主义，个人必须服从集体。我的个人兴趣、爱好虽已形成，但在集体主义的要求下，得无条件地服从，顺应潮流，这个过程就是我的反反复复的思想改造过程了。

杨：看来您一方面有自己的个性，一方面也有很强的社会适应性和灵活性。您大学毕业后去苏联留学，能谈谈这个过程吗？是组织推荐还是通过考试？

钱：说实在的，我从未想过去苏联留学这类美事，所以心里十分欣喜。四年级下学期初，系里领导推荐了我和另一位同学去苏联学习俄罗斯文学，叫我们准备准备，要考试的。大三、大四的四个学期，我们听过苏联专家讲的俄罗斯文学课程，虽然简要，也总算受到过俄罗斯语言和文学的系统训练，积累了不少有关知识。当时我被推荐出去留学，并无现在成风的后门要走。后来考试时，内容都是我们学过的东西，所以都能顺利地回答上来。

杨：那一批派出留学生有多少人？

钱：那年大批的留苏大学生8月份就派出去了，有好几百人。研究生和进修教师有20多人，都学过俄语，10月初才到北京俄语学院报到，集中培训了十多天。10月中旬出发，途经我国东北、西伯利亚，火车走了9天9夜，到达莫斯科。我被莫斯科大学研究生院俄罗斯语言文学系录取。记得不久我就去了红场，在大雪纷飞中参加十月革命纪念活动。其他同学、进修老师，有的分配去了莫斯科高等院校，有的分配去了列宁格勒。

杨：4年苏联留学生涯，对您有什么影响？

钱：在苏联4年，印象难忘。虽然人在国外，但通过《人民日报》不断了解国内情况。特别在国内"大跃进"时期，情绪振奋，真是想念自己的家园，有时真是想得心都发疼，想早日为国家服务啊，不知别人有无这种想得心都发疼的体验？在苏联我攻读的是19世纪俄罗斯文学，我拼命阅读作品。19世纪是俄罗斯文化发展的高峰时期，不仅文学辉煌，而且绘画和音乐也达到顶峰。俄罗斯文学中的诗歌，感情馥郁，培养人的高尚的情操，而阅读那些小说家的作品，常常会体验到一种深刻的使命感。对于俄罗斯与西欧的古典音乐，我是很欣赏的，有所感悟，自发地零星写过一些这方面笔记，有半个本子，后来丢掉了，甚是可惜。暑假里，苏方常组织外国留学生外出游览，沿着伏尔加河航行。去高加索、格鲁吉亚、列宁格勒、基辅旅游；或去郊外割草，跟农民一起喝刚刚挤出来的牛奶，一下就喝坏了肚子，领略了俄罗斯各处的风物。我们也常去各类剧院、展览会、作家艺术家纪念馆，趁着进城之便，我常去旧书店淘书，还真淘到一些珍贵的专业书籍，过了一段超前的"社会主义生活"。但是为了我们学习，国家是付出了"惨重"的代价的，卢布兑人民币的比值简直是一种掠夺，至今想想都很心疼！苏联的普通老百姓，感情质朴，对中国人是很友好的。我到莫斯科不久，肖洛霍夫的《一个人的遭遇》（也可译为《人的命运》）在《真理报》上连载，这事在文化界震动极大，苏联同学奔走相告，我们读了也极为感动。俄罗斯人的生活是相当贫苦的，苦难不断，灾祸连连，而战争的创伤又使他们陷入生活的窘境。但是人面对生存的艰辛，却要困难地活着，要坚强地活下去，小说描绘了真实的俄罗斯人的命运。海明威的《老人与海》与《人的命运》往往相提并论，确是这样，都是杰作，但我以为《人的命运》更具人道力量与艺术震撼力。

杨：我看您的简历一般都写研究生学历。

钱：是研究生学历。当研究生时，前两年有几门文学、哲学考试，考试完后就是论文写作，我选的是关于果戈理描写城市和艺术家的中篇小说的研究课题。果戈理同时期也有一些作家是写城市和艺术家命运的，我就将果戈理和其他作家类似主题的作品进行对比研究，实际上就是现在的比较研究。探讨何以后来果戈理的作品成了经典，而其他作家的作品则稍逊一筹，或差得很多？题意相当明确。等到论文快写完了，来了1958年的"大跃进"。国内"反右派"之后，思想更趋"左"倾，"浮夸风"越刮越大。在文化界提出要破除资产阶级法权思想，抨击和要求废除学衔制。我们在国外也受到影响，大使馆也来吹风，觉得既然学衔是资产阶级法权的形式，那么对于学位获得与否也没有什么可留恋的。"大跃进"形势使人意气风发，当时年轻，总想和国家、时代风尚保持一致，在这种情况下，我的论文虽然快要写完，但迫于形势，就写不下去了。我的导师和苏联同学，都觉得我这样半途而废很是可惜，说苏联以前也有这种缺乏理性思考的简单化情况，但是我已经不好再做申请，于是1959年初秋就回到北京。1958年"浮夸风"一过，比我晚一年的即1960年或1961年毕业的同学倒是安心下来，都先后拿到了副博士学位。后来知道，国内研究生学位制也停了下来，我的现在几位北京大学中文系的朋友，当时他们也是研究生，也未取得副博士学位。回国后的工资是研究生待遇，谁知道到了80年代初，教育部有个文件，说凡是在国外拿到副博士学位的，工资可调高一级，晋升职称也可优先。这个时候我才清醒过来，觉得吃了亏了，原来"资产阶级"法权还是有用的，但是为时已晚，哈哈哈哈！

杨：您留苏回国后就到了文学所，还记得第一次工资拿了多少吗？

钱：我是1959年9月到文学所的，一开始拿69元钱。那个时候，刚毕业的大学生拿56元，国内毕业的研究生拿62元。

杨：这个69元拿了多久？

钱：差不多到70年代末，很长时间工资没有变动。

杨：您好像是1979年评的副研究员，工资应该相应调整了吧？

钱：是的，从1959年到1979年，20年里从69元升到78元，不过大家都一样，虽然平均，也是合理的啊，大家都一样的穷啊，哈哈。

杨：工作20年工资涨了9元钱。您在留学时受到了正规、系统的学术训练，从此走上了学术道路，是吗？

钱：是的，在苏联几年，还是受到系统、正规的训练的，是很有用的，主要是明白了如何进行学术研究。

杨：您进所后，是分到苏联东欧组吗？我看您先后在几个组待过。

钱：刚分配工作的时候，是何其芳所长主持的会，他认为搞理论研究的最好懂外文，希望国外回来的人都到理论组去。苏联东欧组的组长是戈宝权、叶水夫，叶水夫希望搞俄罗斯文学的人员去他们那里。我当时不搞理论，就去了苏联东欧组。后来去了理论组，是因为读了一些何其芳、蔡仪先生的著作。这是"反右倾"运动中，所里领导组织刚进所的青年人阅读何其芳、蔡仪等学者的理论著作，看看在他们解放前的著作里是否有"右倾"思想，挖挖历史根源。我读了他们的著作，觉得他们写得都很好啊，哪有什么"右倾"思想啊。结果倒是让我有机会学习了一下理论，补了一下文学理论课，激发了我对理论研究的兴趣。在苏联东欧组里，我研究果戈理，我想我一生去研究一些外国作家，局限性太大了，而一看文艺理论方面的书，发现里面问题很多，开阔了思路。所以"反右倾"运动一结束，我就要求到理论组去，研究文学理论。这对我的学术研究来说是一个转折点，所以我把何其芳、蔡仪等先生当作我转向理论研究的引路人，这一点我在纪念他们的文章里都提到过。有的朋友说我受了苏联文艺理论的影响。也可以这样说，我在苏联的时候与文学理论有些接触，但主要是研究文学作品，当然在文学史思想方面，也受到苏联学术的影响。在"文化大革命"前五六年间，除了搞运动外，我倒真是读了一些书，做补课呀，其中包括苏联文学理论书籍，自然深受影响，当时我国古代的、现代的文学理论、美学著作和别的国家的文学理论是不受注意的。在饥饿的困难时期，我常常是读到深夜，有时也听听外国古典音乐唱片。夜深人静，路灯、宿舍里灯火全已熄灭，也无月光，走进宿舍楼找不到房间，有好几次只好走回到走廊尽头，摸着墙、数着房间顺序，回到宿舍睡觉。那时每月粮票之外还有半斤糕点票，可买七八块小点心，买后总是搞"计划经济"，规定每晚饿时吃一块。有意思的是一次买了糕点，晚上饿时兴致来了，怎么也守不住"计划经济"的底线，来了个"市场经济"，提前按需消费，大开杀戒，把八块粗糙的糕点竟是一下子全都吞到肚里了，还馋得未过瘾呢！但是精神是充实的，而胃肠真是空虚、堕落啊！

杨：您1959年进所后到1966年"文革"之前，处于那样变动的环境之下，您在所的经历应该也是很丰富的吧？

钱：可以这样说吧。我进所不久，结束了"反右倾"运动，马上就开始了批判所谓"修正主义"和资产阶级文艺思想运动，我自然难以选择，被编进了批判组。不过1960～1965年，我进行了两种写作。一种是我把它称做是白天的写作，即所谓批判苏联关于战争与和平、人道主义、人性论、作家世界观与创作等问题的"修正主义"思想（说来真是可笑，我曾听说，在批判"苏修"期间，我驻苏使馆有的人员听到托尔斯泰的《战争与和平》一书，不知道是什么性质的书，竟认定它是苏联修正主义著作，这种书怎么能阅读呢）。其实被批判的这些思想都是可以讨论的，我写的文学与政治、创作与世界观之间矛盾等部分，也做了力所能及的辨析，但是极"左"的霸权思想已经做好预设，别无选择地要套进修正主义的框框。随后我应北京三家报纸之约，又写了好几篇类似的文章和自发写的文章，伤及一些老专家。大约1964年，所里的批判组分配我写批判文化部夏衍的关于电影论文集的文章，稿子在所里通过了，《人民日报》排版的清样也已出来，但据说周扬看后没有通过，说我的文章理论上站得不高，批判力不强，被"枪毙"了。我后来在"文革"中受到非人待遇，就意识到这是我不分青红皂白批判人道主义、人性论的残酷报应了。我的这些活动，促进了我在80年代初以后长达四五年的沉痛反思、灵魂的自赎与精神的自新！我要感谢周扬，由于他的理论魄力与严格，使我后来减少了一份心理上的自责的压力。

另一种是我称它是晚上的写作，写些学术性的文章，这是和"批修""批资"完全无关的文章。这期间，我应戈宝权先生之约，为人民文学出版社写了一部书稿《果戈理及其讽刺艺术》（小册子），戈宝权先生交给了出版社。不久之后下达了两个批示，宣布文化部、作协机构只搞"大洋古""封资修"，已滑向修正主义的边缘，就快变成裴多菲俱乐部了。之后极"左"的文化思潮更其猖獗，各个出版社检查思想路线都来不及，怎敢出书？后来出版社编辑告诉我，"文革"中外地红卫兵到出版社造反，竟将我的书稿扔到走廊的垃圾堆里去了，幸好一位好心的清洁工捡了出来，送回编辑部，算是逃过一劫。这部书稿在出版社待了18年，直到1980年才在上海出版。此外在这时期，还在《文汇报》《光明日报》等报刊上发表了好几篇探讨创作中的灵感、想象、细节描写与典型化、"多余的人""小人物"的文章。在批判运动时期，谁敢去触及灵感、想象这样的纯学术的问题呢？但对我来说，这是文学理论补课的必要的实践。给外面刊物写稿，有时不免退稿或退回修改，领导注意到了这种动向，就在有的会上不点名地提出批评，说有的人不断对外投稿，被退稿了，是名利思想作怪云云。我不知道别人听了怎么想的，而我是对号入座了。我想我要补课，不努力写作锻炼，怎么行呢！我不能听着领导安排才去写作，我还要主动地训练自己、提高写作能力啊！

　　这其间还有一件事，也算是我在文学所的一个难忘的经历吧。新分配来到文学所的青年人，都要下乡劳动锻炼一年。1962年本要下乡，所里见我当时健康不佳（因下乡参加"整社"，一天三两粮食，上午还要帮农民推井水浇灌小麦，半月后就浑身浮肿，真是"举步维艰"，只得回所半休），调我出来帮助所里干些行政工作，以代替一年的劳动锻炼。这年初冬，一次出差，我跑到外省的穷乡僻壤，到预定的目的地还有七八十里，没有长途汽车，但有水路，为了赶时间我选择了旱路，估计走上五六个小时，就可到达目的地。于是第二天一早起来，问好了路，吃完早饭就走。县城很小，走了一会儿就已来到郊外，两边都是小麦地，田野里笼罩着薄雾，只有几个人影。我走得很快，十多分钟后，偶尔回头望望，发现离我三四十米开外，有两个汉子在我后面跟着。走了下一段路，我又回头，只见他们还是这个距离跟着我。我走快一些，他们也快走，我稍慢一些，他们也慢下来，总是保持那段距离。我心里开始嘀咕起来，可能遇上麻烦了。为了探个明白，到了一条岔路口，我就停了下来，装作观望的样子，看他们怎么动作。谁想他们也居然停了下来，并且毫无顾忌地瞧着我。我心想糟了，可能碰上剪径的了。在他们看来，我的一身打扮，就是个外地来干公差的，身上总有一些油水的吧。在还未完全走出大饥荒的年代，饥饿的人抢掉你身上几十斤粮票、几十块钱，那是小事，即使要你的命也是易如反掌，在这几无人迹的旷野里，几下子就把你解决了。想到这里，心里真是发毛，思量如何摆脱这一险境。一是快速往前走，但我已经走得很快，他们的耐力比我更好呢，如何跑得过他们？二是折回去往回走，那岂不提早与他们碰个正着？正在踌躇之中，只见前面影影绰绰地有两个挑担的农民和我面对面走来。我想机会来了，一面加快脚步，以便加速和前面的两个挑担人的会合，一面打定主意，跟着他们往回奔。等两个挑担农民走过后十来步，我装作若无其事，立刻来个转身，跟着他们沿着原路往城里方向走，还同他们打了个招呼："上城去？"他们"嗯嗯"地应了一下。这时我回头看那两个跟踪我的汉子，停了下来，也转了身，站在大路中间，一个搓着两手，一个摸着棉袄的口袋，惋惜地又贪婪地看着我。于是我快步地走过挑担人，稍过一会儿，再回头看时，只见那两条汉子，仍站在大路中间看着我。我轻轻说了一声："真好险哪！"急速地回到了县城，才松了口气，心里真感谢这两位挑担农民，让我躲过了一劫。这年冬天，我因营养不良而得了肝脾肿大症，浑身浮肿乏力，于是批准我回老家无锡休养了一个多月。

杨：老师，您那时已经工作有工资了，还会浮肿到这种地步吗？文学所其他人情况怎样？

钱：所里浮肿的人很多，是很普遍的。那年去办公室上楼，由于浑身无力，也要用手攀着楼梯一边的矮墙，慢慢地上去。我们算是幸运的了，我每个月有 29 斤粮食，精壮的年轻人还多几斤，完全够吃的了，主要是油水太少（一个月二两油、二两肉），没有其他营养的东西，而且即使有钱也买不到。所里领导到处取经，让食堂制作"人造肉"，做出来后领导大力宣传，说好吃好吃，我还未尝出什么味道，又不做了，至今不知道是用什么东西做成的。

杨：您说的这些从时间上距离并不遥远，但是现在的年轻人看来可能就有点难以想象了。对于您刚才说的我还有一点不能理解，我们是科研单位，写作学术文章往外投稿，这是很正常的，领导为什么要批评呢？

钱：60 年代初那几年，所里组织几组专业人员撰写文学史和文学概论，他们集中到党校写作，余下的人员被组织到批判小组，强调集体委派任务写作，风尚如此。现在的年轻朋友，是难以体会那时的情况的，他们现在想写什么就写什么，很是自由。在这段时间里，我在与老一辈学者的交往中，还是学到了他们身上的不少好学风的。比如和何其芳所长在一起，常听他说，写文章要搜集大量有关材料，材料功夫要扎实，论题要明确，要有新东西，论证要严密，分析问题要"彻底"，文字要流畅，写完后要反复阅读。他说写评论文章，被评论的著作起码要读三遍,第一遍了解概貌,第二遍深入了解他人文章内容;第三遍要对需要分析的部分反复阅读、思考。他说引用他人的观点要全面,情愿引文长一些,避免断章取义,这样细致深入,才不至于曲解他人,而做到有说服力。

杨:"文革"前,可否说您没有牵扯到政治是非?作为刚工作的青年学者,看到自己尊敬的学术前辈和领导受批判,有何感想?政治运动里这种情况持续到什么时候?

钱:"文革"前政治运动连年,很难说没有扯到政治是非中去。组织我写的批判文章,就是错误政治影响下的产物。时代是难以超越的,个人的命运总是被嵌入时代的各种变幻的框架里的,何况我那时真是个"跟跟派"!每逢运动来了,我们都是"被动员",满怀热情地、积极地参与运动。运动一过,何其芳所长都要出来做检讨:总是"右倾"(从来没有说过"左倾"),总是跟不上阶级斗争形势,总是忘了毛主席的教导,等等。在全所大会上检查了一遍,报到上面,未获通过,于是在全所会上再来一遍深入的检讨,有时一个问题要在全所检讨三遍,等领导满意了才罢休。何其芳每次写检讨书,都是用一种大白纸写的(就像现在的四号复印纸),字迹工工整整,这不知要花去他多少时间。看着所的领导不断检讨,我们心里往往产生一种同情和惊惧,领导工作艰难啊!一搞运动,所里的研究工作就干不下去。可是正是60年代初开始,我已经想写些东西了,但也无可奈何,有时就干些"私活"。

杨:当时做检讨的除了何其芳,还有别的人吗?

钱:自然还有其他领导人,他们也要在小范围里检讨。我们当时一听什么动员报告,回去就要表态,给领导提什么意见,接着自己就做检讨了。比如在反"右倾"运动中,我们都要检查"右倾"思想,好像我们都参加过庐山会议似的;大唱阶级斗争为纲时,好像我们都参加过七千人大会似的,都缺了阶级斗争这根弦。后来明白,上面要整人,而且是一个个往死里整,下面就要代人受过,他们生病,就要我们代他们吃药。

杨:我看您在几篇文章中说自己也经历了一个很倒霉的阶段。您是怎么被牵扯进去的？

钱：那是"文化大革命"了。"文化大革命"运动一来，一会儿这个大人物被揪了出来，一会儿那个被打倒了，真是惊心动魄！当时一听收音机里用庄严肃穆的高八度的音调广播，大家知道又要出事了，又要揪出一批反党反社会主义的分子或是一个反党集团了！我在《劫难与拯救》一篇文章中写道："我正是响应伟大领袖的号召，要把'文化大革命'进行到底，才从观望到积极参加运动的。那时候谁知道这是一个大阴谋呢：先把一批坏蛋、文痞提拔为中央文革领导运动的人物，运动群众，激起他们人性中最为黑暗、最为残暴的本能，大搞痞子运动；然后随着政治斗争的需要，不失时机地历数痞子运动领导人的罪状，一个一个把他们打倒在地。在下面，那些曾因派性把文痞们视为'文化大革命运动'领导人的广大群众，自然是押错了宝，在政治上站错了队，就像多米诺骨牌，一大片一大片地倒了下去，输了个精光，跟着倒了霉！这样，我就成了……争权夺利的牺牲品。"不少人不仅没有当上革命派，倒是成了"反革命"了。"文化大革命"造成一场惨烈无比的残害无数干部、人民群众、毁灭文化的"大革命"。

杨：在几篇文章里您都引用了歌德的"群众是群众的暴君"这句话。群众稀里糊涂地跟着搞运动，不明不白地就成了政治的牺牲品。您是1969年到1972年在干校，我看文章说您在干校期间过得很痛苦，能说一说具体情况吗？

钱：群众对群众专政，这是我们的发明，残酷得很。斗别人的人和挨斗的人，"暴君"和"被暴君"的人，后来明白自己都是牺牲品，群众都是一样无辜的，只不过一时处境不同而已。因此，当局面平静下来以后，相互谅解，基本上都仍如"文革"前一样，和好如初。在干校里，我的生活当然是很痛苦的，完全成了"第三种人"，这可不是30年代初的"第三种人"，而是"地富反坏右"中的第三种人，人被隔离开来，除了被叫去审讯，无人和你说话。孤独、无援、焦虑、狂躁、失望、绝望，甚至渴求死亡，那真是雷马克的"生死存亡的时代"，生存比死亡还难，这就是一些人的艰辛无比的生存状态了。后来读了点书，我才领悟到，这是20世纪人们的相当普遍的生存处境，人被各种邪恶势力追东逐西，放逐杀戮，赶进各种集中营，普遍的孤独啊，普遍的焦虑啊，普遍的任人排布啊，普遍的走投无路啊，普遍的失望啊，普遍的绝望啊，普遍的把人变为"非人"与"鬼"啊，普遍的向往死亡啊，普遍的被20世纪的一只无形的罪恶之手操纵着！你刚想起飞，飞向蓝色的天空，却一下被折断了翅膀，难以掌握自己的命运啊！所以各种生命哲学、生存哲学、存在主义哲学、悲观主义哲学在20世纪应运而生，它们一改旧时哲学的高调，从不同的角度，描述着人的焦虑、孤独与无援，人的艰辛的生存状态、精神与心理，这些哲学理论流派，企图为"罪孽深重"的人指出自赎和救赎的途径。你有了亲身的体验，才会多少懂得一些这类哲学的精粹之处，它们自然有片面、极端之处，但从不少方面丰富了传统的哲学。同时在不少优秀的外国现代主义文学作品中，又描述着人与人关系之间的非人性之深，而使人震撼不已。在干校的下雨天，我躺在床上发愣时，钱钟书先生发送《参考消息》，用家乡话叫我的名字，说"中文，《参考》来了"，而使我热泪盈眶，觉得毕竟还有人是有人性的。眼看着外面的风云变幻，愁绪满怀，忧虑无限。真是荒年说乱话，一会儿说中央文革组长被当做坏人揪了出来；一会儿又是伟大领袖的法定继承人逃往国外，飞机失事跌死了，形势真是云谲波诡。这好像是有人在变着拙劣的戏法似的，又好像是在全国上演宗教神秘剧一般。在这种扑朔迷离的形势下，只有我们干校奉北京某人之命还要掘地三尺，又来个大挖反革命，于是运动又是风起云涌，继续演绎着一个又一个悲惨的故事。一张大标语刷出来："某某某自绝于人民，罪该万死，死有余辜！"看到这种语调强硬的标语，就知道有人自杀了，而且责任完全在死者自己；明天又有一张新的标语刷了出来，又一个人吊死于盥洗室里了！于是在干校后面的土岗上，把他们当做死狗死猫一样地埋掉，荒丘里又添了几个孤魂野鬼。谁也不需要负什么责任，仿佛在这个世界上，这些人的生命从未存在过一般！只有不通人性的野狗，把他们的尸骨扒出来咀嚼，腥臭难闻，惨不忍睹。真是，神秘与愚昧共生，庄严与卑鄙同谋！

杨：您在干校的时候，您的夫人顾老师的情况怎么样，是否受到了牵连？我看张首映在一篇文章里写顾老师的收入要高一些，连住房也是顾老师分的？

钱：我的住房是这样的，我在1966年分到了东交民巷的房子，算是不错的了，真是感天动地的喜事了。至于顾老师，后来也下到干校，因为我而受到牵连，不断挨斗，搞垮了身体，想不通啊！1972年从干校回京，继续教书，那时身体衰弱得连进城的气力都没有了，于是就想办法与她学校的一位也是挨整的教授对换了房子。由于顾老师工作得早，1978年前工资要比我高一级。我因出国留学，家里欠了一身债，回国后我与弟弟共同还债，到1966年大部分都还了，最后一笔直到90年代才还清。60年代初我们有了孩子，那时家里开销都是顾老师支撑着的，这些事她是从不和我计较的。

杨：您在干校期间还看书吗？

钱：在干校，总有一些空闲时间的，我就阅读已经出版的几十本《马恩全集》，并且把里面跟文学有关的注释部分都抄下来，要是在平常还没有这样集中时间的机会呢！还有就是又看《三国》与《水浒》，编写里面人物的特征与绰号，密密麻麻地抄了好几个本子，解我寂寞。其他也没有什么书可看，下雨天无法外出做工，有时就躺着看看我们自己盖的土坯房顶发呆，一直到1972年集体迁回北京。

杨：《马恩全集》是理论资源，《三国》《水浒》是文学资源，这些跟学术还是有关的，做学问都可以用到。1972~1978年您主要在做什么？

钱：主要在家里读书。1976年，三位领导人同年去世，又是唐山大地震，在大家思想相当混乱中粉碎了"四人帮"。次年，大家想，可以恢复文学研究的业务工作了，何其芳所长焦急地张罗着，但却在这年7月发病去世了。

杨：看来何其芳先生也是政治运动的受害者。"文革"是很值得中国人反思和总结的。"文革"之后，您主要做什么？我看文章里说您从70年代末开始到80年代中进行了四五年的反思，主要反思什么呢？

钱：经历了两种反思，一种是对"文革"的反思。我是个真正的后知后觉者，"文革"结束到 80 年代初两三年里，我跟着搞"拨乱反正"，对"文革"发生的动因，对个人和集体的悲惨遭遇，想都不敢想，也不愿意想。只觉得运动荒废了我那么多的学术生命，还有什么比抓住现实的生命和时间更为迫切的呢！所以我极力清理和思考文学理论中出现的老问题、新问题，努力写作。但是解放思想、改革开放已成为时代潮流，我岂能置身于这一伟大的潮流之外？反思让我认识到，"文化大革命"是中华民族的一场大灾难，是一场痞子运动，是一场文化毁灭的大灾难，幸亏在 1976 年结束了这场民族的惨剧。理解这些灾难性现象是容易的，但是深入一步，逐渐地认识到"文革"的封建法西斯统治，有着它的深刻的根源和必然性。这就是我们这块古老的东方的封建主义土壤，仍然肥沃得很，不断产生着"文革"的细菌和动因。至于我自己，在解放后的几十年里，也逐渐成了这块土壤的一部分。我曾是个人迷信的拥护者，又是受害人，虽然我渺小得很，无法超越时代，但也是有我一份无可推卸的责任的。因此在我从"非人"变为"人"后，我曾向就人性、人道主义被我伤及的老先生表示过歉意，取得他们的谅解，才能继续做人啊！但是"文革"只是被否定了，而其发生的政治体制、文化的根源与动因，还未深刻地挖掘与全面地彻底批判。

另一种是学术思想的反思，有四五年之久。在不断写作的过程中，我意识到要对自己学术思想进行自我反思、自我批判。我慢慢明白，搞学术研究，需要追求前贤提出的独立之精神、自由之思想，真要达到这种境界，只有不断地努力和追求。对于任何理论，需要抱着审视的目光去对待它。个人迷信思想、终极真理思想，使我过去在人格上形成了盲从与依附的致命弱点，人格不过是个依附的人格，不过是个单纯的工具与符号。正因为如此，个人的活动完全被限定在一个既定的思想僵化的框架之中，这是与学术创新的要求相违背的。学术的生命在于创新，就是在前人求索的已有成就的基础上，在自己深刻认知的基础上，丰富原有的思想，提出新问题，而有所出新；或是提出新思想，发表自己的新观点，丰富与发展原有的学问，推进学术的进步。自我反思与批判，使我终于明白了一个事实，真理不是独一无二的，它的内涵与形态是多种多样的，所以学术的求索是无限的，个人求索的思想是自由的，别人是不能给以规范、限制、替代的。在社会生活、学术的领域中，个人的意识、思想自有价值，相互平等；他们的价值可能有高有低，但不能消灭对方，而应在对话中各自丰富，或彼此消长，或达到双赢。学术研究必然要求说出自己的话，在研究者蕴含着自身生命的体验之中，说出具有自己的独创见解，从而也在这一阐发过程中形成自己的学术个性，学术个性是一个学者学术上成熟的表现。一旦明白了今是而昨非，我在思想上感到自由了，觉得在人格上感到独立了，我在自己从事的理论研究里找到自己了，从此我就凭着自己的选择写作了。后来我为我的《学术文化随笔》写了篇跋：《艰难的选择》，其中大致表达了我在好几年里进行自我反思、自我批判、做了"选择"之后的心情。

杨：您刚才谈的虽是"文革"前后的事，但是这些对于学者尤其是文学所的青年学者搞研究，是很有裨益的。您后来搞理论，还读文学作品吗？主要看哪些作品？

钱：70年代末80年代初，主要阅读过去在苏联时期被禁止的作品，也读了很多法国、德国的作品。我比较喜欢法国的现实主义小说，英美的文学作品阅读起来不知怎的我在情绪上与它们总有一种隔阂的感觉。这个时期，我对那种横冲直撞的现代派文学理论是反感的，态度上有所保留，可能严峻一些，但做了较为深入的探讨，并不否定它们。至于现代派（广义上的）的作品，意识流的小说读得很多，其中特别喜好荒诞派的作品。我不像有些人，一说外国的就认为都是好的，我得亲自认真地阅读与体验，我已不再是"跟跟派"。1985年我在法国学术访问期间，对法方专门提出了观看一些荒诞派的戏剧的要求。观看荒诞派戏剧的演出，对我的思想触动很大，也彻底改变了我对现代派文学的看法。那些优秀的荒诞剧，真如人们在"文革"中的经历一般，它们真是一曲曲显示了人之生存艰辛和荒诞命运的悲怆交响曲。后来有一次我在钱钟书先生家里，我对他说我们都是艰难地穿过卡夫卡的"城堡"

与"审判"过来的,说完先生与我都"嘿嘿"一笑,"文化大革命"不是为我们提供了更为严酷的体验的吗?在现代外国作家中,钱先生对卡夫卡十分推崇。我对拉丁美洲的文学作品也读了不少,至于我国新时期的作品,佳作很多。新世纪以来阅读的势头才减弱下来,那时出版的新作品实在太多了,选择极为困难。90年代下半期,友人徐慰曾先生(《简明不列颠百科全书》中文版秘书)推荐我为美国出版的《大不列颠年鉴》每年撰写"中国文学"条目,说我们不写他们会让台湾人写的,我一听有些道理,虽然这个《年鉴》仍把台湾视为一个国家。所以这期间工作虽忙,但为了能够准确把握我国文学面貌,我要阅读一些小说,并且写条目前总要请教我所的一些当代文学专家,这样写了好几年。谁知1999年,我将条目寄去后好久,出版社寄我清样,我一看就恼了起来,他们在我写的条目中,加进了几个香港的文化泼皮到广西搞什么抗议一事。我立刻发去电子邮件,说明这类无聊举动与文学是根本无关的,要求删去。回信却说《年鉴》已经印刷,不能改动,于是我一怒回信,辞去了撰稿人的差使。但是事情到此没有结束,他们过去每年除寄我稿费外,还寄我一册《年鉴》。这次稿费、《年鉴》都寄来了,而《年鉴》的邮费却要"对方付费",即由我付费。我正好出差在外,《文学评论》编辑部的同事不知就里,竟代我付了一笔高昂的邮费。要是我在场,那是会让邮局退回美国人的,因为我并未订购此书。此事让我领略了有的美国文化人的无赖手段。

杨:是不是还有《美丽新世界》《1984》之类的作品?您看了很多经典作品,但是唯独《我们》在您的文章和发言中屡屡提及。

钱:《美丽新世界》《1984》都有中译本,我在我的著作里几次提及《我们》。《我们》写于1920年,作者是位造船工程师,在工业发达的英国待过。《我们》以科幻小说的形式,描写了一个通过两百年征战,而建立了一个工业科技高度发达的大一统的王国,统治这个王国的是万民爱戴的"大恩主""救世主"。"救世主"为了窥见老百姓动静,让大家住玻璃房,筑玻璃路,这样可以一目了然地看到老百姓的一举一动而受他监督。马路两旁树上装有美丽的窃听器,可以马上收集到老百姓的街谈巷议。万民都穿上清一色的蓝制服，没有了姓名，全以数字号码标出。他们已没有思想，全由"大恩主"代表了；在这里选举还未举行，结果就已经出来了。如若号码的头脑里出现什么思想、幻想，就立刻动用洗脑机强行清除。如果有的号码人性未泯，萌生爱情，要求自由，起来造反，则立刻予以逮捕投入玻璃罩内，抽去空气，使他窒息而死。老百姓吃饭要排队走进食堂，按音乐节拍整齐划一，一起用餐，规定嚼多少下之后一起下咽；他们的性生活一星期一次，要预先登记与体检，然后按荷尔蒙数据分发票证，分配相应对象与房间。这是一个幻想式的、极为可怕的乌托邦王国，写得十分独特，给我留下了深刻的印象。这部反乌托邦小说在苏联时期是被禁止的，看来当局是对号入座了，直到80年代末才在苏联解禁。文学是有预言、示警功能的，而且十分深刻。当然这时期我还大量阅读了好些理论书籍，赶快补课，补各种文论的课。

杨：那么您认为如何能够写出厚重的学术文章来呢？

钱：1984年我写过一篇《文学理论研究琐谈》（见我的文集第4卷），谈了文学理论研究的初浅体会。一是，研究文学理论要有浓烈的兴趣而不是一般的兴趣，如果说要有责任心，那应是一种十分自觉的责任心，搞文学理论比搞作家研究相对困难些，难出成果一些，如果没有兴趣，那真是索然无味的，没有动力的。二是，要有理想的知识结构，这个知识结构就是要有丰富的理论知识，要善于把握当前文学的发展趋向和文学批评成果，又要有丰富的文学史知识。一定要有文学史知识做基础，中国古代文学史也好，现当代的也好，要熟悉一段文学史，对某些作家、某段文学史有发言权，即你在这方面写过有自己见解的文章。文学史知识是理论研究必须具备的，有了这样的知识做基础，理论研究才有根底，才有发言权。何其芳说过，搞文学理论的人，"开头最好搞几年文学批评工作，以积累感性的文学印象和知识。一开始就搞理论问题研究，常常会使经验不多的研究人员无所适从。"我在苏联东欧组待了一年多后进理论组，他又让我去当代组半年，以熟悉当代文学状况以及存在的理论问题。在丰富的文学史知识的基础上提出一个理论观点来，哪怕是你文章中一句话，背后都有大量的文学史实做支撑，文章就立得住，否则文章空洞，失去了价值。在这个理想的知识结构中，还应包括对外国文学、理论的熟悉与了解。自然最好懂得外文，哪怕一种也好，从外文资料中获得信息与启迪。三是，写作理论研究文章，要有新意。蔡仪先生一次看了他主编的《美学论丛》的稿子后说，写文章一定要有新意，哪怕一点点也好，否则文章就没有意思了。我在80年代初给研究生上课的时候，就提出在人文科学中，一个学者哪怕对一个问题能够提出一点新的意思来，也可算作是一种进步甚至是一种发明了。新意不是去发表那种抢新闻式的、耸人听闻、即刻发生轰动效应的东西。新意不是总是跟着外国人今天这样唱、明天那样说的东西。有时我们看到有的理论文章，满篇摘录的都是外国人如此这般的在说话，去掉了那些外国人的话，还会留下什么呢？你自己的话在哪里？新意也表现在材料的把握上，即有无新的发现？新意就是独创性，是属于你个人的独到的观点，是丰富了原有知识系统的见解。独创性有高下层次之分，有的涉及对问题的总体把握，或是有的只是局部的表现，这是任何文化、理论最具价值的部分。四是，据我个人的经验，对自己的文稿要反反复复修改，使写作趋于成熟。我总觉得有的辞藻华丽的批评文章、理论文章，固然文采斐然，读起来愉快，而留下的干货却往往不多，读后没有多大印象。我自己写作，由于才识不足，不能像有的朋友立马成文，曾在起步的时候写得洋洋洒洒，但经验教训多了，觉得文章还是通达明理为好。所以文稿写完后，总要反复修改，会毫不留情地不断清理那些浮饰之词，所谓伐皮削肉是了。有时文稿已经寄出，觉得有的地方需要多说几句，或删去几个字，还要改动，于是往往会追到刊物编辑部或通过写信，要求修改，直到文章刊出为止。厚重的学术著作，不仅表现了作者丰富的知识积累特别是观念的更新，而且一定是投入了作者自己的生命体验与感悟。理论不仅提供知识，也要努力提供思想。当然，在思想可以出卖的今天，对于某些人来说，思想不思想是无所谓的！这是深为悲哀的现象！

　　杨： 文学所老领导提出理论研究要以文学史知识为基础，真是有眼光有水平的领导,搞文学理论的学者注意以文学史为基础,这种状况持续到什么时候?现在搞理论研究而不看文学作品的现象是不是比较普遍了?我毕业进入文学所,感觉已经不是这样了,文化批评很是风行。

钱: 到80年代都是如此,以后就没有这么强调了,虽然大家也知道,但是个人的做法并不一样。有些人就纯粹搞理论了。如果不慎陷入了当今欧美文化批评的模式去做学问,那很可能就会徜徉在各种各样的"渊博"知识的表层,而难以深入当今文化、文学理论中的实际层面。自然,我并不否定文化批评的这种模式,它为我们跨学科研究提供了新思路,帮助我们了解在学科与想和可之间存在着很多可能性,扩大我们的知识与研究范围,创造新的文本的可能。但要达到这种境地,不是轻而易举的,而要在智力消耗方面付出代价。同时,我也多次转述过,欧美模式的文化批评的始作俑者,有过反思:这类模式的批评曾经风光一时,它们脱离了文学创作、文学史,浮光掠影地大谈其他文化现象、社会现象,就是不谈文学作品本身,结果掏空了文学本身的深刻含义,榨干了文学作品所显示的人文精神,呼吁文学研究还是应该回到文本,当然是新的意义上的回归了。

杨: 我常常想,为什么一个单位里,大家最初也差不很多,后来就出现了学术上的一些差距。您觉得除了社会环境外,个人的因素有哪些?

钱: 关键是要坚持自己的理想。人的能力有高有低,知识结构也不尽相同,但应该有明确的目标与方向,要有理论的自觉,要有问题感,要有奋斗的意志,要有奉献感。其实文学所的条件多好啊,为学术的进步而奋斗,是件多么幸运而又愉快的事情啊!如果没有理想和自觉,那再好的条件也是没有用的。

杨: 您认为文学所的条件好,好在哪些方面?

钱: 首先是做学问的学术空间很大,基本上可以自由支配时间,这对科研人员极为重要,这是符合科研工作所要求的思维方式和这一工作的独特性的。新来的领导初来乍到,见到研究人员居然可以不上班,就认定这个单位是松松垮垮的,是极端的自由主义表现,总要声色俱厉地提出批评，喝令在多少天里改正，其实这正是把科研机构当做他过去管理的部门了，不了解人文社会科学研究的特点。科研人员十个、八个人挤在一间房子里，能思考问题与写作吗？平心而论，领导做的报告，发表的讲话，都是你在办公室里亲自写就的吗？哪次报告不是由各类秘书在什么别墅或高档饭店里捉刀代笔的？而大部分科研人员特别是年老的科研人员，哪有什么助手可以得到帮助的？他们的科研成果，也不可能像领导的报告那样，十分容易地刊登到报纸上去的。过去常常听到行政人员的意见，以为科研人员不上班，在家里可以舒舒服服过日子，或者可以随便出去逛逛大街。可能有这种不自觉的科研人员，就我来说，在家里每天工作一般都要10小时甚至12小时（不包括还要买菜做饭的时间），我不开夜车，但常年如此（现在年老当然不行了），电影、电视是很少看的，而且是没有星期天的（现在还有星期六），每次写完一篇论文，总要小病一场。那时即使在36里路的上班路上，骑着自行车，也在思考问题。我有一篇论文《艺术真实和艺术理想》的提纲，就是上班时骑着自行车从西郊家里出发到建国门，一路紧张思索，到了复兴门西南角的国家广播电影事业局门口时构思完成的，当然这提纲已经酝酿多日了；在工会大楼十字路口还撞了别人的自行车，被拉住过。其次是文学所图书资料丰富，国家图书馆也不远，多好的条件啊。不过，在文学所工作一定要自觉，高度的自觉，这就是压力，出自内心的内在压力，要有自觉的奋斗精神，否则时间白白过去了，太可惜了！

当然，研究机构的研究方式也是有缺陷的，在这个环境里，外在压力似乎较小，不像学校里竞争激烈。现今实行的基金项目制，以可观的项目费为动力，把不少人都收编进去了，增加了在编的科研人员的收入。但也有缺陷，规定的选题非你所长，勉强做了，是难以深入的；同时又要限期让你按计划完成。其实，从行政上要求限时限期完成，看看统计报表，管理上固然方便，但这种功利主义极强的量化统计措施，也会促使研究质量的粗糙化趋向。

杨：在改革开放、解放思想这个阶段里，您的学术研究有什么进展？

钱：1978年《文学评论》复刊，第1期就刊出了我写的批判"四人帮"对俄罗斯革命民主主义者文艺思想的歪曲，同年《南开学报》也刊发了我类似的一篇评论，但仍留有过去大批判的文风。从这时起，几乎每年都有我的论文发表在《文学评论》和其他杂志上，同时思考《文学原理——发展论》一书的问题，这是理论组的一个国家项目。这些论文结合当时清理文学理论发展中出现的问题，如有关艺术真实、文学的人性与人道主义、思想感情问题、创作无意识问题、艺术直觉问题、现实主义诗学和现代主义诗学、传统问题、文学理论方法论问题，都渗透了我的文艺思想上的反思，对它们做了比较深入的探讨。其中如《艺术真实和艺术理想》（《文学评论》1980年第3期）一文，较有影响，曾被新疆学者翻译成维吾尔文刊出。但现在看来，这篇文章的最后部分时代的影响十分明显，对"艺术理想"太理想化了，所以我后来出版的几种文集都不敢收入。又如文学与人性问题，几十年里犹如噩梦一般，缠绕着作家的创作，不解决它，实难推进创作，在这方面，我还算写了论点比较深入、材料比较丰富的文章。同时在这些论文中，我逐渐形成了不同于过去的文学观念，随后对这些观念如审美意识、审美反映、审美意识形态、文学的所谓更迭与非更迭现象、文学形式的生成与发展，以及在90年代提出的观点，在理论上作了还算深入的阐述，被学界相当广泛地引用。

杨：您不断努力的目标是什么？

钱：从事文学理论工作，需要不断关注文学现实，不断梳理已有的理论问题、发现新的理论问题、提出新的理论问题而有所创新，促进文学理论的进展。提出新问题是不很容易的，一旦提出，发生了作用，那它必然是建立在大量知识积累的基础上和现实的需要上的。如前所说，理论研究需要具有文学史、作品批评方面的比较宽泛的知识，需要比较深入了解历史上的、现当代的众多的中外理论流派、思潮和各种主张，需要把握它们的发展趋向，判断它们在历史、现实中，哪些成分还有生命力量，尚是属于未来的东西，哪些已经失去了生命力，已是属于过去，成了历史的陈迹。文学理论自然需要进行史论结合的综合研究，这种研究自然是为了今天，但更需要的是直接面向今天的理论，提出当今现实更为迫切的问题。既要有当代的敏感的问题意识，又要有深刻的历史意识，对于各种新的理论要有较高的辨析能力，敏锐地看到它们的得与失。随着信息科技的发展，文学存在的形式发生了重大的变化，文学理论自然需要不断更新，拓展自己的内容，揭示新的文学现象，以适应现状的发展与需要。这几年由于外国文化、文论思想的大量输入，一些学者提出要以外国文化批评来改造文学理论，大力张扬"反本质主义"，宣传"不确定性"，然后提出当今知识分子的任务不过是汇集一些新鲜的知识，嘲弄与反对做出有观点的理论阐释，把知识分子自贬为"知道分子"，接着就是水到渠成，提出没有限制的文学理论的扩容，把什么民间健身、街心花园、超市装设、明星炒作等，都要列入文学理论教学、研究。但是，细加考究，这不是什么理论创新，而是近于不加辨别的对外国文化批评模式的照搬了。结果会是什么样子呢？那就是促成知识与理论发生一个碎片化与拼贴化过程。有的年轻人以为我反对文学理论的扩容，其实完全不是如此，文学理论不断在扩容，出现了新的门类，我从不反对这种扩容，我只是担心对文学理论进行惊慌失措的、不顾常识的、东拼西凑式的扩容。这里有个现成的例子，不久前美国出版了一本大部头的《新美国文学史》，主要主编之一是位音乐家，这本文学史把拳击比赛、电影、私刑、里根、奥巴马、歌手、控制论，都收入了它编写的范围。有意思的是，报刊还登有这位主要主编者的照片，他侧着头，两手叉在胸前，一副睥睨一切的样子，仿佛在说，我就这么着，你奈何我！当然，在美国赞成文学史这样来书写的也不乏其人。我想既然有了这样的《新美国文学史》，估计不久也会有这样的《新中国文学史》的，因为中国人实在是个好学的民族！当然，理论上提出新问题，往往不很完善，需要宽容，但是要与中国的现实、本学科的现状与实际需求结合起来，才能起到积极的效果。在人文科学中一个学科的建立，是经过了长期的积累而完成的，马上要废除它，或用外国理论替代它，恐怕是难以奏效的。

杨：今天听了您的谈话，我解开了一个疑问，就是在各种关于您的介绍、总结类的文章著述中，关于您的学术贡献、主要成就，我发现几乎无一例外都是从您在80年代的审美反映论、审美意识形态论开始的，后来是新理性精神文学论。这是不是也意味着您的学术成就是伴随着您的学术个性的形成而取得的？

钱：我80年代初的写作，是根据我自己对文学理论现状的了解提出的问题去写作的。我对它们有了积累，并融入了我的生活的感悟，努力去求索过去文学理论所未涉及的文学现象，形成了自己的理解，努力说着自己的话，这是文学理论自身所要求说的话。这时写出来的东西，开始表现了我的独立人格，也显示了我的自由精神，最终在不断的实践中，逐渐形成了自己的学术风格。当然，独立之精神，自由之思想，也只能从大体上说说，因为在现今的语境中，也存在着众多的外在因素的制约与牵扯，还是不能做到彻底的啊！但是没有这种精神，学术是不可能得到重大发展的，这是可以肯定的。看看钱学森的提问，是一个令人痛心的提问，60多年了，或者说30多年了！自然科学家尚且如此，何况人文学者！

我觉得文学理论涉及的方面十分宽阔，如果有了大量的学术积累，又关注着当代现实，就会发现问题，慢慢进入学术研究的正道。80年代以后，我的心态比较自由，一心一意地搞自己的研究。后来文艺理论室四人参加撰写《文学原理》，将《原理》的写作分了五个部分，即作品论、创作论、鉴赏论、批评论与发展论。大家选完后，剩下了最后部分"发展论"归我。我想这部分必然要谈及文学为何、何为的问题，对此我是十分陌生的。80年代初，我翻阅了当时北图和我所有关外国文学理论的著作，找到了韦勒克、沃伦的《文学理论》和其他一些国家学者的文学理论著作，和王春元一起主编、组织翻译和出版了《现代外国文艺理论译丛》。看着这些外国学术著作，我的知识开阔起来，在思想上感到前所未有的解放。这套译丛的出版，要感谢许觉民所长，他和三联书店的负责人范用先生是老朋友，所以出版顺利，后来书店换了领导人，《译丛》出版就难以为继，改朝换代后，就不认账了，这也是中国特色。这套译著当时影响很大，因为那时译著很少，又是译丛形式。

杨：关于80年代初，我想有一件事对您应该也是有影响的，就是1983年钱钟书主持的"文革"后第一个高规格的国际学术会议，好像就是在那个会上，您开始了关于巴赫金的学术研究。能谈一谈这方面的情况吗？

钱：这是"第一届中美双边比较文学讨论会"，在1983年8月底9月初举行，钱钟书先生主持了这次会议，中美双方各出十位学者，我所有我与周发祥。钱钟书先生在3月初给我指定题目，要我做巴赫金的比较研究，5月份交稿，我只觉得时间十分吃紧。当时在北图和我所图书馆只找到两本巴赫金的著作，其他的可以说我国还没有，因为"文革"中和"文革"后十多年里，一般学术机构不订购外文图书了。中译材料只有在《世界文学》1982年刊出的夏仲翼先生翻译的巴赫金《陀思妥耶夫斯基诗学问题》的第1章，和他就陀思妥耶夫斯基《地下室手记》所写的一篇论文；苏联和外国学者有关巴赫金的论述，在当时国内是没法找到的。在那两个月里，我真是分秒必争，苦苦思索，按我自己的理解，如期写好一篇论文，交给了钱先生。钱先生看过后说，你就巴赫金写的文章写得很好、很扎实，缺点是没有比较，不过时间很紧，就这样吧。我想我是刚刚接触巴赫金的，只看到他的两本原著，对他的学识只是了解了某些方面，要和哪位外国学者或中国学者进行比较，还真说不上来呢！钟书先生为何要让我做巴赫金呢？主要是看到参与这次会议的美国耶鲁大学的乔纳森·方格尔教授是做巴赫金的复调理论的，他说我们也有人懂得苏联文学理论的，也可写这方面的文章，有个对应，可以比较一下中美学者的各自了解，因此找了我。后来在讨论会上，有的学者想挑起我和美国学者的论争，但美国学者的论文主要谈的是巴赫金的复调理论思想和当时尚不为人所知的巴赫金的遭遇，我则探讨、归纳了小说中的复调、对话形式和作者与主人公的几种关系，我们两人没有办法争论起来。关于"对话"或"对话性"一词，最初是在1982年夏仲翼先生的译文里出现的（译作对白性、对话风格）。我在提交这次会议的论文里，初步论述了巴赫金的对话思想，以后我用得更多。1993年，我写有《走向对话：误差、激活、融化与创新》一文，更新了对话的内容，而将其融入我国文论。而后"对话"一词，通过传媒，进入了更为宽阔的社会文化生活领域，直到现在，不知能不能这样说。后来巴赫金的书不断翻译过来，1996年我主编《巴赫金全集》中译本6卷集，于1998年出版，由我写了长序。2008年又补出了我主编的第7卷译文。现在我国的巴赫金研究取得了不少成果，可以说就国际范围来说，走到了这一学科的前列。

说起这次中美双边比较文学讨论会，还旁涉我与香港的一段不成功的"因缘"。美国代表团回国时途经香港，与香港大学比较文学系有了交流，谈了北京的比较文学讨论会情况。是年11月初，我得香港大学比较文学系乔纳森·霍尔系主任来信，邀请我参加香港大学12月中召开的一次国际文学理论讨论会，这种会议在香港大学已是第3次召开了，前一次就是"重写文学史"讨论会，霍尔主任把前两次会议的论文集邮寄给我。我因时间太局促了，来不及准备论文，考虑后就致信乔纳森·霍尔系主任，说来不及准备论文，只好缺席了。我想邀我参加会议，办会方面得知中国也有人在研究巴赫金，因为巴赫金的理论当时在欧美等国十分流行。一次王佐良先生对我说，前几年参加一些外国的学术会议，只听得外国学者报告中总是巴赫金、巴赫金的，不知道巴赫金是何许人，听了我与美国学者的报告，初步知道巴赫金是怎么回事了。1984年初，我得到美国研究巴赫金的学者霍奎斯特来信，说他们夫妇春天要去香港，极愿来京和我一晤，我自然高兴。4月初，他们夫妇真的到了北京，我们在建国饭店见了面，畅谈了外国巴赫金研究状况。他们介绍了一些我那时还不知道的巴赫金著作，并说他们夫妇在苏联待过很长时间，收集了不少材料，写了《巴赫金传》快出版了，并送了我他主编的有关巴赫金四篇关于小说理论的英文译本《对话的想象》（1982年版）。1987年春天，香港大学霍尔博士第二次邀我秋天去香港大学参加国际文学理论会，并为我安排了半个月的日程和医疗保险。我把出境的报告通过所里送到院里外事局欧洲处，并写好了论文。在我启程之前一星期去欧洲处打听英国使馆的签证时，他们竟说不知道有此事。后来请院秘书长吴介民先生过问此事，欧洲处不知在哪个角落里才查出了我的申请报告，马上与英国使馆联系，对方回答，由于申请期限已过，名单在一星期前就已销毁，无法再申请了。欧洲处的人对我理也不理，从他们的态度来看，好像是说，我是上面派来的，我对上面负责，所以已为你查到了申请，你要我办的事就这么着！后来我想这真是一杯茶、一支烟、一张《参考消息》的地方，神仙待的地方！1989年春，霍尔博士第三次邀我去港大参与10月份的又一次学术讨论会，并告诉我，已为我在港期间的活动办好了各种手续，我也早早准备好了论文，以免再来意外。谁知说意外，意外就来了。是年夏天发生了"六四"事件，结果是，迫切要出去的人都设法出去了，随后家属也受到优待，将他们客气地送了出去；而不想出去定居的人，又被认定你想越境出国，所以怎么说也不让你出去参加学术交流，这好像有一点新的"围城"的味道了！2002年春，我应邀去台湾讲学，途经香港，在办手续过程中坐在公交车上看了一段香港市容，真可谓名副其实的"香港一瞥"了。前几年，有位香港文友邀我去港参加一个会议和讲学，行程由他安排。怎奈我已到了不宜远出的年龄，只好有拂友人美意，未能应邀成行，这就是我与香港的一段奇特的"缘分"。

　　杨：刚才谈到了钱钟书先生和巴赫金研究。我看资料上，您当主任是1985年，刘再复先生是1986年当所长，您和他平时工作交往多不多，能不能再谈谈这方面的情况？

　　钱：我和他交往不算很多。他80年代初出版的《性格组合论》，在理论上是本很有新意的著作，印数很大，据说王府井新华书店里有好些青年男女也争着买，一翻此书，才发现不是他们所需要的青年男女婚配、性格如何排列搭配的秘方，不过可见其影响之大。随后他提出的文学主体性问题，我觉得这在文学理论上是很有价值的，它抓住了当时文学理论中的一个要害问题。过去主体性是受压抑的，我们自己就有这种感觉，所以有的作家说读了这篇文章好像有一种解放之感，这篇论文对于过去僵化的理论可说是一种挑战，是有重要意义的。刘的文章一时引起争论，而且非常激烈。一些反对者的文章认定它是严重违背马克思主义的，是彻头彻尾的唯心主义，并且把它提到涉及党和国家命运的高度，这实在是一些人的习惯性思维的发作了。理论室的朋友对这篇文章也有不同意见，于是由我主持，开了一次座谈会，谈了各种意见，后来座谈会记录发表于《文学评论》，没有我主持人的意见。其实我对刘的文章虽有不同看法，但是在一哄而起的批判中，我已嗅到大批判的气味，这正是我过去熟悉的东西，我不能为这种大批判风气推波助澜，趁机对被批判者落井下石，所以我未谈我的意见。应该说明，参加这场批判的并不都是为"大批判"来的，不少是谈学术问题的，当然，赶热闹的人也有。同时，刘的文章确实也存在重要毛病，首先是再度庸俗化的问题，它猛烈地批判认识论、反映论，但它显然把过去的庸俗化了的反映论，顺势当作了能动的反映论批判了，这岂不是又一次对反映论的庸俗化？所以其批判的情辞愈是激切，也就离真理愈远。其次是把主体性当做不受任何限制的浪漫主义个性对待了，随意性太强，缺少了科学性。再次还存在着文学史知识性方面的毛病。现在有的人一提这篇文章仍然在嘟嘟哝哝地予以否定，而全然不去想想，八九十年代他们那些重复着过去老调、毫无新意的文章无人问津的窘境。那时，我对前几年文学理论中兴起来的庸俗社会学已积累了较多的印象，并把反映论进入文学创作转换为审美反映论，已写就了《最具体的和最主观的是最丰富的》3万多字的论文，其中对把反映论再度庸俗化提出了批评意见。1986年初，我把文稿给了《文学评论》，编辑部不几天就退还给了我。于是我赶快把稿件转给上海《文艺理论研究》，杂志将它放于重要位置很快就发表了，这时我真有一种"东方不亮西方亮"的快感。说实在的，这篇论文是我自己论文中写得最为满意的一篇。1988年我这个文艺理论研究室主任就被下课了。

  杨：历史的发展真是让人意想不到。1989年《文学评论》上发表了《历史无可避讳》一文，在当时争议很大。您作为理论研究者当时没有发表意见，这是为什么？

  钱：80年代后，除了在现代派理论问题上我与有的同行有过一些分歧，并在文章中写了出来，但我努力思考的是文学理论本身的问题，文学发展的问题，努力寻找新材料，说出些新的意思，表述自己的观点。

那时文学理论争论很多，新鲜观点也多，但偏颇也多。如前所说，1986年发生的对文学主体性的批判，其中有正常的批评意见，也有大批判式的批判，这场大批判是80年代以来的文学理论中针对个人文艺思想进行的第一场大批判。我过去的教训够多的了，一闻气味就熟知这种高调的性质，所以不参与这类批判。

杨：原来是这样。我看后来您又去了比较文学研究室，是吗？

钱：那是在1991年了。比较文学室的前身是新学科研究室，新学科研究室做了不少工作。当时我是个闲人，副所长马良春动员我到新学科室去，我不愿去，原因是，新学科不是那么好搞的，标榜新学科，应先要有深厚的各种学科知识，不是想几下，一个新学科就出来了，可是我们这方面的知识准备极为薄弱，标榜新学科实际上是学术上的浮躁表现。但是所领导几次约谈后，我就建议新学科与其勉为其难，不如改为比较文学研究室是为上策，一是可与外面接轨，高校的比较文学研究已大有进展，外文所没有比较文学研究室，我所在学科设置上也无比较室应对而落后了。二是新学科研究室的成员都懂外文，搞中外文学比较研究应是他们的长处，卸去搞新学科的压力，不如来个适应外面形势和自己长处的转轨。所领导接纳了我的意见，却要我去比较室当主任，这样我真是"作茧自缚"，只好去了比较室。后来马良春去世，1991~1993年间，院领导几次找我谈话，要我在所里担任行政工作。我因做过大手术，考虑再三，都婉言谢辞了，我觉得我还是留在学术研究领域，心态自由一些为好。

杨：在准备这个访谈之前，我个人一直以为您在"文革"之后学术发展很顺利，但是看您的一些文章知道，似乎也并非一帆风顺。您在一篇文章中说，您提到您的学术观点，新派认为保守，把您当作抨击的目标，老派的又指责您搞"自由化"，对您进行批判。能讲讲是怎么回事吗？您后来怎么做研究的？

钱：这些先发生在80年代后期和90年代初，都是有所指的。老派指的是有些人总是在原有材料的框架里注释来注释去，缺乏新意，其中有的人的思想极端偏颇，以唯我独马自居。1990年有个"反自由化运动",有人编了两大卷《文艺思想论争汇集》,把我与朋友们提出的"审美反映""审美意识形态"编入了属于资产阶级"自由化"的栏目。还有人著文批判说,反映论就是反映论,哪有什么审美反映论?意识形态就是意识形态,哪有什么审美意识形态?说我已滑到资产阶级自由化的边缘,回头是岸犹未为晚。当时没有就这几个问题对我们展开大批判,不是不想批判,而是由于那时宣布反"左"是主要的,这股批判势力很快就缩了回去,不过这种批判终于在新世纪的最近几年发生了。清理一下文学理论中这种批判史的来龙去脉,汇集一下从20世纪50年代初开始,经过60年代、70年代、80年代中期、90年代初,直到近几年来各个时期被批判的种种问题,把它们排列起来,会是一个很有现实意义的理论课题,批判不过是几十年来批判的延续,"涛声依旧"!这样文学理论、美学创新极为困难。但是我们的文学理论也就是这样曲曲折折走过来的!当然,其中一些人的批判则是属于正常的质疑与商榷,明眼人也是一下就能看清楚的。所谓新派就是标榜只有他们才是新的文艺思潮的倡导者,宣传并依附西方思想的新潮人物,其他人都是守旧派,提了社会主义文学就要遭到嘲弄,而且这不是我的观点,我是概述当时关于现代派争论的情况两派的观点。我自己觉得,我就一直处在这两种思潮中间,不时受到冲击。有一次,我把这种情况和蒋孔阳先生谈了,我说在学术上我是中间派,受到两边夹击。他说这样好,中间派好,探讨问题不偏颇,两边的长处都可学习。我自己想这倒也好,一个人出版了不少著作,如果无人应和,也无人反对,是好事也未必就是好事;如果有人按照其定向思维狂搞批判,这时我有坚持,还有不少同行从理论上来应和,那未必就是坏事了。

从90年代开始,我就研究了近百年来的文学理论过程,我国文学理论和外国文论的错位关系,提出并探讨了文学理论走向对话的含义,改革开放后审美意识的激变与文学理论的进展,文学理论的现代性,文学的人文精神问题,新理性精神文学论,巴赫金的交往对话理论,全球化语境与文学理论的前景,文学消亡的不可能性,文化一体化的可能性与不可能性,文学的民族性与世界性的关系等,还评价了外国文化研究模式的积极影响与局限性。其中以新理性精神文学论、文学理论现代性、交往对话等问题影响较大，有两个文集即将出版。近年病了两年，想写东西也难以成文，近期健康有所好转，仍有论题在探讨，不知能否如愿完成呢！

杨： 我知道在1994年您就发起、成立了中国中外文艺理论学会，同时您还主持了几年《文学评论》编辑部的工作。能否简要谈谈这些方面的情况？您是如何具体开展工作的？

钱： 90年代初几年，形势很是严峻，几乎没有什么学术讨论。1992年下半年起，局面似乎有些松动，于是联合了外面的研究所和高校共17个单位共同发起，于10月在河南大学举行了一次中外文化、文论研讨会。经过一段时间的酝酿，于1994年成立了"中国中外文艺理论学会"，其宗旨是在马克思主义的指导下，奉行主导、多样、鉴别、综合、创新的原则，确立文学理论研究中的中国立场。开展中外（东方与西方）文化、文学理论的深入研究，回顾与总结20世纪中西文论的流变，展望21世纪文学理论的走向，进一步促进中外古今文论的融会。要使这几个方面的研究形成互动，相互渗透，在知识领域形成一种整体性的、融合性的理论研究的新格局，以期在跨学科的整合与综合中，提出新的观点、思想，形成新的理论构架，更新与建设具有我国特色的文学理论。改革开放十多年来文学理论研究成绩是巨大的，文学理论扩大了自己应有的园地，马克思主义文艺思想获得了发展，不是都"自由化"了。同时，十多年来又经历了几次运动式的批判，时间上有长有短，但都有消极影响。文学理论界大多数人不愿参与这种批判运动，他们反对"二唯"，即教条式的、非此即彼的、唯我独马和唯西学马首是瞻两种现象，而希望在文艺理论中结束那种运动式的思想批判，与那种一天一个主张的浮躁，以追求时髦的轰动效应，企图营造一个平静的、渐进式的、可以平等地讨论问题的环境。学会根据中外文学理论研究进展的趋势，每年提出新问题，组织大家进行学术讨论。学会团结了广大中青年学者，它的工作得到高校老师的大力支持，避开了"二唯"的干扰，会风良好；不断向老专家们请教，深受如季羡林、钟敬文、汝信、徐中玉、蒋孔阳、袁可嘉等先生的好评；同时也与法国、美国、俄罗斯和其他国家的著名文艺理论家建立了比较广泛、深入的联系；出版有多种会议论文集，现在每年编有年刊出版。

关于《文学评论》，1990年春，马良春曾让我去主持《文学评论》，我未敢答应，我还在养病，后经各方商量，任命敏泽从《文学评论》第4期起为主编。敏泽在1996年患有重病，不能工作。张炯所长找我谈了几次，要我去主持《文学评论》的工作，后来说是院部意见，于是我只好从比较室到了《文学评论》。90年代初后几年，《文学评论》发表过的文章，有的还是好的，但由于几年内受到"左"倾思潮的影响，问题不少。一些人嫌它"左"了，三多三少：老话多了，套话多了，说教的东西多了；生气少了，读者少了，少人理睬。一些人说它"右"了，径直责问主编为何发表某某人的文章，等等，十分难办。我去《文学评论》之后，主要抓文学理论部分。《文学评论》是面向全国的，整个杂志要有导向，体现在各个栏目中，其中尤其是文学理论这一块，更要有这种导向性。这样，杂志现实的研究需要提出问题，讨论问题，甚至一个问题可以讨论一个时期，而且每期都应发表两三篇有很高学术价值的文章，推动学术的进步。如果没有问题感，缺乏导向，有什么刊登什么，这就无异于学校的一期学报，或是一本论文集了。我策划、组织、参与了一些问题的讨论。1999年换届，我申请下来，领导很是高兴，主动要为我配个助手，让他帮我收集资料，整理旧作，我也感到实在需要个助手，因而深感领导的温暖。但院里仍要我干，我也只好继续下去，一直到2004年换届才下来，助手一事据说无先例可循，自然就落实不了。

杨：您在所多年，经历了文学所发展的几个时期，您认为哪一届所领导管理得比较好？哪一阶段文学所发展得比较好？

钱：说到所领导，何其芳平易近人，兢兢业业，总是扶掖后人。譬如说请他看稿子，他会问要紧不要紧，急不急，你说不急，那就一个星期看出来，比较急的话两三天就看出来了，还会给你改动。他对文学所的工作真是呕心沥血，让人感佩。当然何其芳所处的环境与地位，是很为难的,一方面要应付各种差事,批判这个批判那个,明明是不喜欢干的,但要服从,坚持去做,还要做好。另一方面还要自己搞学术,他说他最喜欢的是搞《论〈红楼梦〉》这类研究,还有就是写评论文章。说到文学所发展最好的时期,还是在80年代上半期。一是改革开放,提倡思想解放,整体的气氛好,二是所领导沙汀,后来是陈荒煤、许觉民在学术上管得比较宽松,在所长的位置上不谋取私利。现在不少人一说起80年代,说这是黄金时期,思想活跃,新说如潮,大大地促进了学术的发展,当然也出现了浮躁、肤浅、"一切都是外国的好"的学风。

杨: 您曾几次出国进行学术访问,此后又多次出国参加学术会议。现在出去进修的青年学者也比较多,您对此有些什么建议?

钱: 80、90年代外出做学术访问卡得很紧,不像现在,经费多得很,找个堂皇的理由出访,已成家常便饭。比如为行政管理、为人事制度改革,也要前往美国、法国去"取经",真是有深意在焉!在派人出去进修方面,我以为不能因为钱多名额多,随意派出,要选派在学术上已有一些积累、大体明确了自己研究方向的人。没有学术积累,不明白去国外进修想解决些什么问题,也不了解去的国家的学术专业中心、代表人物在什么地方,像个大学生那样,这样去后,头几个月要适应当地生活,后几个月到处转转,看看外国花花世界,那多半会无功而返。这样的派出人员回国后依旧不清楚自己的专业方向、专业位置,东摸西摸,有的后来干脆离职走了,只是花了大钱给他们增添了一个外国学历而已。如果有了一定学术积累,明确自己需要深入的问题所在,那出国进修八个月、十个月的效果完全会是另一个样子。80年代我因写《文学原理》的需要,明白自己需要进一步了解的问题,对去访问国的学者也有所了解,两次学术交流,虽然时间短促,但收获很大。

杨: 最后一个问题,在我看来,您和文学所、文学理论是密不可分的。作为一个学者,您形成了自己的学术个性,在文学理论研究领域取得了大家公认的学术成就,并且通过中国中外文艺理论学会,改善和建设了文学理论的学术环境,这些都是难能可贵的。您有什么经验和心得来跟青年学者尤其是文学所的青年学者分享?

钱：我的经验与心得，可以简化为几句话：对自己从事的文学研究要有兴趣，浓烈的兴趣，耐得住寂寞；要面向现实的问题，沉入各种知识的梳理与思考，对各种理论与各种思想都要给以鉴别，汲取真正的新思想，而不盲从；要努力发现新问题，在自己的著述中不断提出新问题、新思想，在学术上有所积累，使学术有所前进，从中逐渐形成自己的学术个性；要恪守道德底线，对于失去诚信的社会，纵使无力回天，也要清白做人，要做一个具有血性和良心、怜悯和同情的人文知识分子，而不是一个"知道分子"。如前所说，理论不仅提供知识，也应提供思想！

注：本文经过被访者审读。

追忆犹及

——刘世德访谈录

刘世德，字清芬。1932年生。1955年毕业于北京大学中文系。同年9月进中国科学院文学研究所（后改名中国社会科学院文学研究所）工作，至今。

现任中国社会科学院荣誉学部委员，中国社会科学院文学研究所研究员，中国社会科学院研究生院教授，博士生导师、博士后合作导师。**兼职**：中国艺术研究院红楼梦研究所研究员，山东大学教授，华侨大学教授，湖北大学教授。

社会职务：中国古代文学学会副会长，中国三国演义学会会长，中国红楼梦学会顾问，中国水浒学会副会长，中国儒林外史学会常务理事，中国戏曲学会常务理事，中国古代戏曲学会常务理事；《中国古代小说研究年刊》主编，《文学遗产》编委，《红楼梦学刊》编委。

从事文学研究，主攻中国古代文学，学术专长是古代小说、戏曲研究。

采访时间：2011年4月16日
采访地点：北京华城
采访者：夏　薇

夏　薇（以下简称夏）：刘先生，记得我刚来所不久，曾对您做过一次关于古代小说研究方面的专访。但像这样回忆文学所发展和您个人亲身经历的访问还是第一次。我知道，您是1955年来到文学所的，那个时候的文学所是个什么样子呢？

刘世德（以下简称刘）：我是1955年到文学所的。不过，当时的"文学所"是设在北京大学哲学楼的二楼的。到了1958年，文学所的一部分搬到中关村社会南楼（包括编辑部和个别室），另一部分还留在北大哲学楼。因为1958年是文学所大量引进人才的时期，年轻同志多起来，有人就提出要求，希望能进城工作。那时单位离城里比较远，不能看戏，不能参加文艺界的活动。领导就让我们全所同志展开大辩论，看看哪一种意见占上风：进城，还是留守西郊？结果是进城。我1955年到所时，何其芳第一次见到我就向我全面介绍文学所的情况，有个情况是现在很多人都不了解的。文学所是一个单位挂两个招牌，一个是"中国科学院文学研究所"，一个是"北京大学文学研究所"，实际上文学所的干部任命、编制、经费，全都属于中国科学院，并不属于北京大学。但是中国科学院没有办公的地方，就只好把文学所设在北京大学校园里。北大也很欢迎，所以就叫"北京大学文学研究所"。请何其芳同志担任北京大学党委委员，当时他是文学所副所长。

夏：那您刚到所里时的编制属于哪里呢？

刘：我被分配在"中国科学院文学研究所"，不是"北京大学文学研究所"。这有一个非常明确的证据：当年我参加了中国科学院的迎新晚会。那一年和我同时到所的有王平凡同志（后来是外文所所长，文学所党委书记），我们一起参加了科学院的迎新晚会，这就证明我们是科学院的，这一点现在很多年轻人搞不清楚。

夏：那个时候所里的部门是怎么划分的呢？

刘：当时文学所就在哲学楼的二层，全所34个人，大家天天见面，就像一个小家庭一样，相处都很友好。何其芳同志向我介绍，当时除了行政部门、图书资料部门以外，研究部门分两个部，一个部叫"中国文学部"，一个部叫"外国文学部"，中国文学部的主任是何其芳同志，外国文学部的主任是卞之琳先生。古代部分有两个研究组，当时不叫研究室，一个叫"古典文学组"，一个叫"文学史组"。"古典文学组"的负责人、组长是余冠英先生，"文学史组"的组长是何其芳同志。两个组的区别是，"古典文学组"研究作家作品，出选本。"文学史组"是编写文学史。后来，时间我忘了，这两个组合并成为"古代文学组"，再后来，"古代文学组"又分为三个组："先秦至隋文学组"，组长是余冠英先生；"唐宋文学组"，组长是钱钟书先生和力扬先生；"元明清文学组"，组长是何其芳同志。再后来，这三个组又合并成古代文学组，到现在变成了古代文学室。我一开始就担任元明清文学组的秘书，以及后来古代文学组的秘书，我做秘书时候的组长是何其芳同志，所以我对当时的一些情况比较熟悉。当时学习苏联的经验：一个研究所里，学术秘书的地位非常高，仅次于所长。我刚到所时的学术秘书是罗大冈先生，法国文学的专家，他带领几个人组成了学术办公室。进城之后就取消了学术秘书。其他部门还有图书室、行政室、科，资料室是后来成立的。资料室的主任是吴晓铃先生，图书室成立后的主任是范宁先生，副主任是汪蔚林先生。

夏："外国文学部"原来是在文学研究所，后来又是如何独立出去的呢？

刘：我们所分出去两次，第一次分出去一个外国文学所，第二次分出去一个少数民族文学研究所。第二次我不了解情况，第一次我亲身经历了，虽然具体时间记不清了，但我有记载，1963年几月几号，在中南海，胡乔木的家里，开了一个小会，参加的人有胡乔木、周扬、邵荃麟和我，就四个人。我不是参加开会的，我是邵荃麟同志带去做记录的，回去要给展览会传达，主要是那三位同志讲话。那次会上，邵荃麟同志提出，要把作家协会的《世界文学》编辑部并到科学院来，作家协会不办这个刊物了。邵荃麟同志是作协党组书记，作协的副主席，胡乔木同志和周扬同志表示同意。而且进一步说，干脆就把外国文学所独立，《世界文学》编辑部就编到了外国文学所。《世界文学》编辑部当时叫《译文》编辑部，后来改名《世界文学》编辑部。这个事情是那天决定的，但真正通过行政上的手续和这个时间可能不一致。我曾经在"文革"时还写过一张大字报讲这个事情，当时胡乔木同志是党中央书记处的后补书记，原来的中宣部副部长，邵荃麟同志也是中宣部副部长。

夏：您刚到文学所时，印象最深刻的是什么？

刘：那是20世纪50年代，文学所的所长是何其芳同志，他作为所长，对学科的发展，对年轻人的成长，对于所里能出成果、出人才，所实行的措施给我留下了深刻的印象。

夏：请您具体谈一下吧！

刘：那我就先来谈谈何其芳同志对文学所图书资料的重视和支持。何其芳同志非常重视图书资料的搜集，经常强调图书资料对研究工作的重要性，文学所刚成立他就带来了力扬、汪蔚林和马世龙，还有后来的秘书王积贤，加上他自己这几个人筹备成立文学所。何其芳、力扬、汪蔚林和马世龙在成立文学所之前全都在马列学院工作，后来叫"中共中央高级党校"，现在叫"中央党校"，力扬原来是诗人，后来在马列学院教书，到文学所后做研究工作。汪蔚林过去曾经开过书店，在图书方面是很内行的，何其芳同志让他做图书馆的负责人，后来是副主任，他对文学所图书馆的建设、图书资料的补充、收购、收藏这些方面起到了很大的作用。首先，何其芳同志让刚进所的年轻人到琉璃厂去买书，一个目的是要补充、丰富所里图书收藏，另一个目的就是培养年轻人熟悉书，经历一个买书和挑选的过程，知道哪些书有用，哪些书没有用，这对年轻同志是个锻炼。所里派了小汽车，我坐着车到琉璃厂购得书，然后再用车拉回来。当时善本书已经买不到了，于是我就专挑清代顺治、康熙、雍正、乾隆这四个朝代的书籍，后来这其中的一些书也成了善本。当时小说、戏曲没有什么可买的，如果有也都是善本，我们所里也比较多，所以我就集中买诗文集、诗文总集、诗文别集。其次，何其芳同志让刚进所的年轻同志先要锻炼一年，所谓"锻炼"就是到图书资料室抄卡片。另外，还有登广告搜购图书。这种做法也很难得的，我们在《人民日报》连登三四次，向全国征求图书。结果的确收到了一批好书。因此，文学所的线装书仅次于北京图书馆，比其他各单位的图书馆藏线装书都多，平装书不稀奇，当时出版的书我们都会买。另外还有一件事，文学所订了大量的报刊，订什么不订什么，邮局有一个单子，何其芳同志完全放手，请钱钟书先生来订，买书、订报都由钱钟书来负责。

不仅如此，何其芳同志还非常重视对年轻同志的培养。从郑振铎先生开始到何其芳同志一直是这样，要求出人才、出成果。

夏：您到文学所正是大学刚毕业时，在所里应该是年轻同志了，能不能请您就自己的亲身经历谈一下何其芳先生是如何重视对年轻人的培养呢？

刘：可以呀。首先讲一下引进人才，何其芳同志进年轻人，要亲自挑选。1953年的毕业生中，他要来了樊骏、王佩璋、朱虹、文美惠。我了解的是1955年我毕业那年在9月毕业之前他从北京大学要了两个人，看了档案和各方面的材料，这件事当事人也不知道，也很少有外人知晓。这两人一个叫程毅中，后来到了中华书局，现在是文史馆的馆员。另一个就是我（其中发生了一件事，我直接来所，但是北大没有给程毅中，为什么不给，到现在还是个谜。北大把他分配到玉门油矿职工子弟学校教书。程毅中现在已成为研究古典小说的权威，当时的安排有点屈才。）所以程毅中就没有来所，后来北大给的是陈尚哲，他会写诗，所以何其芳同志让他在所长办公室加了张桌子办公，相当于何其芳同志的秘书。这个秘书只负责一样工作，就是替何其芳同志回答读者来信。那时候何其芳同志经常会收到读者询问如何写诗、如何读诗的信。何其芳同志全部的信都看过，有的亲自回答，有的就让陈尚哲代为回答。另外，他还辅导陈尚哲研究现代文学。何其芳同志亲自挑选并培养年轻学者。陈尚哲后来曾有一篇回忆文章，写何其芳同志当时如何辅导自己做研究的。何其芳同志非常欣赏有才华的年轻人，也非常认真地培养他们。我还记得两件事情，一个是大家都知道的，一个是大家不知道的。大家都知道的是蒋荷生（和森），他复旦大学毕业后，分配在《文艺报》工作，他写了两篇文章《贾宝玉论》《林黛玉论》，其中有一篇是在《人民文学》发表的,何其芳同志当时担任《人民文学》的编委。蒋荷生的稿子正好是何其芳同志审的,对他的观点和文笔都十分欣赏。在登蒋荷生文章的同期有一个"编者的话",其中有一段话称赞蒋文好,就是何其芳同志写的。由于这个原因,他把蒋荷生调到了文学所,之后文学所就出了一个新红学家。陈毓罴在北京大学比我高三届,年龄大我两岁,他毕业后分配到兰州大学。从兰州大学又派到苏联莫斯科大学去留学,研究的是契诃夫。在他留学快结束时,从莫斯科大学写了一封信给何其芳同志,信中说了自己对文学的爱好和旧学的基础,希望能到文学所工作,随信寄了一篇文章。当时文学所进人的原则和标准是要看一个人的文章水平如何,何其芳同志看了陈毓罴的文章,认为可以引进他。陈毓罴回国后仍然先回到兰州大学,但兰州大学不放,何其芳同志就想了一个办法,就是从文学所调过去一个人作为交换,当时兰州大学的校长叫江隆基,他原来是北京大学的副校长,因为1957年,北京大学出现了好多"右派",中央认为北大出现这么多右派,作为副校长的他有责任,于是把他从北大调到兰州大学。何其芳同志住在北京大学,和江隆基认识,所以这几层关系,江隆基就同意了交换。把一个复旦大学分配到文学所的陆人豪和陈毓罴进行了交换。

夏:您刚进文学所就分配在古代室吧?

刘:是到了古代室,但这其中还有一件事。何其芳同志除了和我谈话介绍所里情况,还问我兴趣在哪儿,你的志愿在哪儿,你的基础如何,我一个年轻人当然不好说我的专长在哪里。那时候流行的话"听组织分配"。何其芳同志以民主的方式对待这个事情,说"我尊重你的选择"。从组织角度来讲,两个部门最需要人,力量薄弱,一个是民间组,一个是文艺理论组,何其芳问这两个组你觉得怎么样?我尊重你的选择。我说这两个组我都不想去,我没有基础,也没有兴趣,我的基础和兴趣在古代文学。何其芳同志说:"好,那你就到古代文学组。"他完全是这种民主的作风,问你的基础和兴趣,然后说组织上希望你在哪儿,最后却根据你的选择来衡量和分配。当时要进文学所,你就拿两篇文章来,何其芳看人不看别的,就看文章。我交了两篇文章,一篇是和金申熊、沈玉成合写的《评李著中国文学史》（发表在《光明日报》"文学遗产"上），还有一篇关于屈原的，标题我忘了，他看了后表示满意，也没多说什么，就说你就进古代文学组吧。

夏：除了对图书资料的重视和对年轻人才的培养外，何其芳先生还实行了哪些治所的措施呢？

刘：人才来到文学所后要怎么用他们也是一个问题，不是光来了就行了，得用其所长。钱先生和杨先生夫妻俩理所当然应该是进外国文学部，因为他在清华是西语系。何其芳同志坚持要他到中国文学部，钱先生一开始不愿意，经过何其芳同志的说服，他就到了中国文学部，研究宋诗和其他问题，就是我要说的"用其所长"这一点。

以我自己为例子，当时因为全所人员很少，我来了以后，何其芳同志亲自找我谈话，谈话的内容第一就是我们文学研究所是什么性质的，是怎么一个机构。这就是我所以会了解当时文学所分两个部，部主任是谁，下面怎么分组，他是详细地对我作了介绍的。就这一点，我插讲一件事：我来所一两年之后，要把外国文学部西方文学组改为英美文学组和苏联东欧文学组。苏联东欧文学组有从苏联留学回来的年轻同志，要有几个老专家来带这些年轻人。而苏联东欧文学组的组长人选，何其芳同志很慎重地挑选，而且挑选得非常恰当。按照当时50年代国内的情况，研究俄国文学最权威的是北京大学俄语系主任曹靖华先生，其次是人民文学出版社的叶水夫先生。要曹靖华时也是何其芳同志和我们商量，看大家的看法。曹是北京大学的台柱子，俄语系主任，不可能来。叶水夫先生是出版界，搞翻译，虽然也是大牌，但研究到底如何，是不是能胜任研究所的工作说不好。这个情况怎么办，当时参加这个谈话不是个正式的会议，有人就提出戈宝权，大家都很同意，何其芳同志就采纳了这个意见。戈宝权先生是中国驻苏联大使馆的文化参赞，正好这个职务刚结束，他回国来，在中苏文化友好协会担任领导工作。大家认为他可以，何其芳同志就把他调过来。当时戈宝权、曹靖华、叶水夫在北京是三大头牌，鼎足而立，一个在北大，一个在人民文学出版社，一个在我们文学所，这是用人好的一个例子。

夏：20世纪五六十年代，所里有很多老专家，您能不能再谈一下他们的情况？

刘：说到老专家，又让我想起了几件事。50年代初，高等学校存在左倾思想，而且运动不断，"三反""五反""肃反"一个接一个，矛头对准了旧社会出来的老师。发动学生批判斗争，使得旧社会来的老教授处境很不好。上次我在纪念钱钟书先生的会上就讲过，"英雄要有用武之地"。钱钟书先生是个英雄，他是到了文学所才有了用武之地。我亲自经历了"三反"、"五反"。我是1951年进的清华大学，当时钱钟书先生在清华大学西语系（西方语言文学系）任教授。我参加运动时，有一次坐车到城里来参加一个活动，清华大学文法学院党总支书记高望之，他是学法国文学的。在车上，给我们做参加"三反""五反"的动员报告。然后指出，清华大学的问题是如何严重，我们的运动该怎么搞，我们的第一号目标——钱钟书。那时候我不认识钱钟书先生，第一次听到他的名字。因为他是西语系，我是中文系，所以以后钱先生受到了什么待遇，运动是如何进行的，我都不知道，但我想他应该是受到了不小的冲击。也就因为这样，钱钟书先生到了文学所，开始翻译《毛泽东选集》，就不再受到运动的不良影响了。

还有一个是余冠英先生，后来是副所长，古典文学组的组长。他原来也是清华大学教授。我进清华时，系主任是吴组缃先生，但吴组缃先生参加土改去了。"三反""五反"发动我们学生起来批判余冠英先生。采取的方式是到他家里去当面"说理"，当面指出他的"问题"，他如果为自己辩护，我们再提出来。一共去了七八个人，那是我第一次去余先生家，我以前没有听过他的课，这是第一次认识余先生。余先生讲话慢声细语，不是个脾气暴躁的人，穿着家常的衣服，很朴素，脚底下的布鞋还是靸着穿的，就这样接待了我们。那时候我们不知道天高地厚，领导让我们去和他说理斗争就去了，说他有资产阶级思想，必须进行检讨。对他哪一点检讨的不深刻，我们都还对他指指点点的。余先生这样的权威，当时在学校受到的是那样的待遇。

当时在整个50年代，高等学校流行着一句话叫"人心向院"，不愿意在高校教书，愿意到中国科学院去做研究工作，因为没有年轻人来斗争你、批判你。在那样的情形下，中国科学院文学研究所要想从高校调人，你就可想而知来的是什么人了。思想进步的，学校不放，拿北大中文系来讲，游国恩先生思想进步，解放以后进华北革命大学学习的，当然是留着的。吴组缃先生是思想进步的民主人士，跟着冯玉祥的，不会来。钱钟书先生、余冠英先生，不问他们的学问，只讲他们的政治思想、运动中的表现，所以这些人都到中国科学院来了。吕叔湘先生虽然教书教得很好，但在学校里不受欢迎，来到我们的语言所，还做了所长。中国科学院文学所当时来了大批的人，不问他们政治上的表现，只问他们是否有真才实学，能不能做科研工作。何其芳同志作为一个领导有如此宽阔的胸怀，所以才有很多老专家到这里来，这有点像后来的中华书局。中华书局原来的负责人叫金灿然，他就公开讲"我要招降纳叛"，就是说你有政治问题、是"右派"我不管，只要你有才华，有本事，我这里都容纳。所以后来好多右派都跑到中华书局去了。文学所没有到那种程度，但是，当时确实是那些领导看不上、在群众中有威信的专家都被轰到文学所来了，何其芳就是在这种情况下，接受了一批人才。所以上次我在纪念钱钟书先生的文章和会议上都说过钱先生在学校不受欢迎，因为单位领导认为他是旧社会来的，有"极左"思想。

　　还有一个问题我文章里写过了，就是怎么保护老专家。我有两篇文章都写过俞平伯先生的问题，像俞平伯先生那种情况，在别的单位，1954年全国性的批判，那还得了啊？但是1957年定级，何其芳同志把他定为一级研究员，他如果在大学里，能够定成三级就不错了，说不定还只能定个四级，一级教授根本不可能，但何其芳同志把他定为一级，理由是他有学问，另一个理由不是很冠冕堂皇，因为何其芳同志说"他是我的老师"。何其芳同志自己是一级研究员，他觉得一个一级研究员的老师不能是个三级研究员，更不用说俞平伯先生还是有成就的。作为一个领导，何其芳同志保护老专家，他认为对俞平伯先生的批判是过左的。何其芳同志向来被人家称作是"右倾"，50年代全国发起过很多次争论，争论结束时都是以何其芳同志的论文作为结束。比如《琵琶记》有争论，最后何其芳同志写了篇文章作为结束。李煜词的争论，何其芳同志写了文章结束。还有一些其他的争论也是如此，都是何其芳同志来写总结性的文章。所以林庚先生他们做了一个发言，说何其芳专写结论性的文章。因为他是文学所的所长，要对整个文艺界负责，尤其是古典文学界领导的责任，引路的责任。另外一个认为他是专门纠偏反左的，几次发表的意见都是认为某某事太左了，所以老给人家认为他是右倾的。

何其芳同志保护俞平伯先生，不把他当成阶级敌人和批判的对象，让他继续工作，继续发表文章。现在看起来是对的，因为当时对待俞平伯先生太左，这一点很不容易。何其芳同志的这种爱护和保护老专家的思想在文学所是有传承的。到了"文革"时，所里的红卫兵到吴晓铃先生家里，贴上封条，把他的藏书都保护起来。俞平伯先生家跑得慢了一步，被抄掉了。所里红卫兵说这些老专家有什么错？说到这里，我想起来卞亦文收藏的《红楼梦》，其中有一部残本的程甲本，是拍卖会上买到的，他认为很有意义。书是郑振铎先生送给俞平伯先生，卞亦文很得意。其实我心里很明白，郑振铎先生的书借给了俞平伯先生，俞平伯先生没有来得及还，郑振铎先生去世了，这个书就变成俞平伯先生的，他"文革"中被抄了家，书不晓得给谁抄走了，后来卖出来，就成了卞亦文的藏书。

夏：刚才您已经谈了从郑振铎先生到何其芳先生，治所的方针都是出人才、出成果。人才的培养您谈过了，那么出成果方面能否再举例说明呢？

刘：对于个人出成果没有硬性的规定，何其芳同志要求写文章不要多，你到了文学研究所，一年能够写出一篇达到了公开发表的水平，就算完成了任务。他的意思就是说文章要有水平，要有质量，是经过深思熟虑写出来的，不是草草写出来的。要出什么样的成果，其中很重要的一点，要出大部头的。因为我们是文学研究所，不是一个教学机构，也不是个业余的机构。我们是一个专业的机构，出版的东西应该有分量，不应该是一个一个人的论文集，这样虽然也是成绩，但不能突出表现你这个单位，和这个机构的成绩。郑振铎先生有一次开会，专门给我们谈这个问题，他说你们研究所就要专门出大部头的东西。另外，胡乔木也是给我们几次指示，要搞大部头的，尤其是文学史，他提出文学史起码要十卷本。当时好像是胡乔木吧，去访问圣马力诺，那是个很小很小的国家，中国代表团去后，人家送给我们文学史还是百科全书的，我记不清了，一共十几卷，我们送给人家的文学史只有三卷本！我们泱泱大国，人家那么小的国家却有那么大部头的东西，一下子把我们比下去了。所以我们要出大部头的东西也符合我们这个国家的地位，符合我们专业性很强的研究机构。这就是为什么后来要搞十四卷本的文学史，这个和我们所的方针有关系。

夏：您是《文学遗产》杂志的编委，请您再回忆一下当年文学所刊物创办的情况吧？

刘：好的。我刚才讲了，我的办公室在何其芳同志的办公室旁边，他是组长，我是他组里的秘书，所以有时候经常谈话。有一次，1956年，复旦大学来了一批大学生，1956年是所里大发展，来的人很多，牵涉到怎么给他们分配工作。何其芳同志征求我的意见，说"某某人你看怎么分配"，我一了解，这个"某某人"是这次来的人里面水平最高的，这个人叫冀勤，是复旦大学1956年毕业的。她的功课、考试成绩是最好的，何其芳同志说这个人你看应该分配在哪，我问她的成绩如何，他说最好的，我说把她放到民间组，因为我们始终强调民间组没有人，要开辟民间组。何其芳同志说"我的意见不是这样"，他始终都是这样和我交换意见。他的意见是把她分配在《文学研究》编辑部。我说既然是水平高，成绩好，应该放在研究组，没有必要放在编辑部。他说"不"，编辑部现在要加强，要把好的人才放在编辑部。所以冀勤到了编辑部。从何其芳同志对冀勤工作的安排，以及他对编辑部的重视，体现出他治所的想法。就是说一个研究所得要有自己的刊物，这个刊物要在全国文学战线上发挥作用。既然要让刊物发挥作用，就要加强编辑部的力量，何其芳同志就是这样做的。这是我多少年以后回想起来才明白的，当时不理解，当时很多年轻人都普遍有这样的认识，觉得这么好的成绩为什么要进编辑部，应该在研究室。这件事说明何其芳同志的理念，重视刊物，是办好一个研究所非常重要的一条原则。所以我们所里先后办了三个刊物，一个是《文学研究》，后来因为这个刊名受了批评，说我们中国科学院文学研究所不食人间烟火，脱离现实，对文艺界的斗争关注得比较少，于是我们就把它改名为《文学评论》，既然是评论，就可以介入当代文艺界的一些争论，不要专门关上门搞研究。

第二个刊物就是《文学遗产》，它一开始是在《光明日报》，作为一个副刊。它出刊虽然是在《光明日报》，但编辑部在中国作家协会，中国作家协会在50年代有一个古典文学部，这个部有一个部长是郑振铎，两个副部长是何其芳和陈翔鹤。《文学遗产》创办之初是和《光明日报》合办，但是编辑的事情由古典文学部负责，由作家协会负责。作家协会中何其芳和郑振铎是挂名，具体的编辑业务是由陈翔鹤同志来负责。陈翔鹤同志好像原来是四川省文化厅厅长吧，因为他后来说过一句话，我们就知道他原来地位是比较高的，这是在"文化大革命"中大家乱讲的，说他不满现实，因为他说他到北京以后，房子越住越小，汽车越坐越大。他实际上等于是《文学遗产》的主编，后来《光明日报》提出他们不要合办了，作家协会也提出来不要属于古典文学部了，这个刊物带着人员编制全部转到文学所来。但是它还是每周在《光明日报》出版。这个刊物当时很受中央领导同志的重视。周总理、陈毅副总理，以及当时还没有出问题的康生，每期都看，而且都很关心这个刊物引起的古典文学界的评论。胡乔木也看，所以后来，毛星同志对李后主词讨论做了一个总结，这个总结里面有一些是胡乔木修改的。中央领导对这个刊物还是很重视的。到了"文化大革命"之前的60年代初期，《光明日报》提出来，我不要你文学所办了，我要收回来自己办，于是就收回去了，文学所就不办了。而《光明日报》文艺部只派了一个人来办"文学遗产"副刊，这个人叫章正续，是个上海人，跟我很要好。于是他就抓住我，就是他跟我两个人，在一两个礼拜之前就定下来下一期"文学遗产"是什么稿子，缺多少字，我写补白。就是那一两年，就我们两个人在那里编。实际上主要是他，我是帮忙的性质。

"文化大革命"开始以后停了。

"文革"以后，从干校回来，要不要办，怎么办，一开始《光明日报》还是想要自己办，开了一个座谈会，我参加了那个座谈会，是他们文艺部主任一个姓张的主持的，希望大家出主意。但是好像也没有办。文学所说他们不办，我们办吧，但是人家是报纸，我们不可能再在他的报纸上继续办，在报纸上每个礼拜出，影响面比较大。我们办刊物，所以我们就有了现在的《文学遗产》。也是征求了意见，其中我特别提了一个意见，后来被接受了，我对《文学遗产》有两个提议，都接受了，第一个刊名的题字，希望换，《文学遗产》老用郭老的题字，我承认郭老的书法很好，但是他写的是简体字，尤其是"产"字，倒在一边，里面的"生"字没有，我说最好是集一个古人的字，不要郭老的字。既然我们重新办的嘛，我们就重新开始，于是集了苏轼的字。第二个提议，我说作为一个刊物，要在学术界发生影响，你一年出四期，太少，应当争取一年出六期，这样大家经常能够看到它，而且能够多发文章，这样子才能起作用，你的影响才能深远。

文学所还办了第三个刊物，叫《文学知识》，这是面对年轻人的。当时有一个风气，大家想要搞同仁刊物，我们想在《北京日报》办一个副刊，这个副刊由樊骏负责，叫"繁星"，冰心有一本书叫这个名字，我们也约了稿了，但没有出成。

夏：当时文学所还办了一个《红楼梦研究集刊》的，为什么没有继续办下来？

刘：当时现代室办了一个《现代文学研究丛刊》，还办了个《鲁迅研究》，这都是很晚的事了。和我有关系的就是《红楼梦研究集刊》，它是一个以书代号的刊物。当时北京的红学界一方面在酝酿创办《红楼梦学刊》，我们办了《红楼梦研究集刊》。这个刊物办得不错，书名是请钱钟书先生写的，我上次讲了，解放后，钱钟书先生给人家题书名，我们是头一个，在这以前没有人请过钱钟书先生题写书名。钱钟书先生后来出的书是请杨季康先生题的书名，以后才有更多的人知道钱钟书先生的字写得比较好，所以才开始找他题书名。刊物具体事情，比如跑出版社，拉稿子，都由我和陈毓罴来办。后来石昌渝、胡小伟这些研究生在读期间也来参加我们的编辑工作，就等于是出一本书的责任编辑，一人一期，这是到了最后几期，实行这样的方针。最后这个刊物停了，怎么停的呢？一开始这个刊物的出版社每一期给我们一笔编辑费，另外送给我们样书，有两个数字，一个100，一个150，不记得哪一个是编辑费，哪一个是样书的数量，反正有这么两个数字。就是说既给你编辑费，又送你书，书至少100册，当时出版社是求之不得出一个东西。到后来不一样了，要我们给他们钱，整个的出版界就变成这样了，你要出书是你出钱。逐渐地，样书不给你150了，给你100吧，编辑费不给了。再后来，就让你贴钱，让单位贴钱，而那时候中国社科院有个规定：一个所，刊物只能补贴两个，文学所就补贴《文学遗产》和《文学评论》，不能贴第三个，账上走不了，于是《鲁迅研究》停刊，《红楼梦研究集刊》出到第十四辑也就停刊了。

夏：《集刊》的质量是很高的，影响也很深远，没能办下来的确是非常遗憾的事。

刘：是的。刚才说了所里培养年轻人有很多方式，我再补充一点，何其芳同志还采取了一个措施，就是每个年轻人进所以后，给他指定一个或两个导师。一是由导师辅导他做什么工作，譬如相当于后来的开题、选题、立项。另外是写出文章请导师看，帮忙把关。当时何其芳同志认为这件事很必要，年轻人刚到文学所可能不熟悉、不了解研究工作怎么做，或者怎么做学问、写论文，需要有人来指路和把关。我进所以后，一开始导师是何其芳同志，后来又增加了一个导师，就是孙楷第先生。他做导师大概就是一年的时间，我主要帮他做两样工作，一个是他要想出版一本关于《录鬼簿》的书，我帮他整理一些资料，一个是他有"三言二拍"的大量资料，希望我能够帮他整理（这个事情里面有些背景，孙楷第先生原来是燕京大学的，他没有在北大教过，也没在清华教过，后来燕京大学撤销了，就到了文学所。他长期有病不上班，但是有大量的资料。孙先生有一个脾气，不能说是缺点，他是搞考据，占有资料，他生怕他的资料被别人偷窃，疑心比较大，那么我恰恰是要给他整理这些资料。孙先生的特点何其芳同志也告诉我了，所以我很注意这一点）。在接触中，孙先生给我看了很多资料，我们就准备搞两项工作，一个搞《录鬼簿》的研究，有一个本子，只有孙先生有，他把一个本子抄下来了，这个本子是别的专家没有看到或不知道的，"尤贞起抄本"。希望把这个本子和其他《录鬼簿》本子放在一起，做一个校注，汇校，我就开始准备做这个工作。另外一个工作是他拿出一些"三言二拍"的资料，希望能够出书。因为那时谭正璧的《三言二拍资料》已经出版了，孙先生很不满意，认为是偷了他的资料。实际上谭正璧是在上海，不一定是偷他的资料。孙先生的资料以前只发表过一部分，还有一部分没有发表，我就接受这个工作。后来由于1957年我下乡劳动锻炼一年，回来以后就没有再继续了。

但是和孙先生接触当中，也学到了不少东西。尤其是他给我看的"三言二拍"的资料，给我看出了一个做学问的门道，这个门道就是后来我在60年代从大量的地方志、诗文集里发现了戏曲家的资料，然后一个一个根据这些线索去发掘，写了大概有20多篇文章，这就是帮助孙先生工作我得到的一个启发。研究戏曲家的资料应该这么去研究，我这些资料跟孙先生的并不重复，没有抄他的，也没有偷他的，是我自己搞的，但是那个做学问的路子是那么来的。孙先生的资料叫《三言二拍旁证》，都没有整理出来，散着的，抄在稿纸上。这样子一大堆拿给我去整理，事先何其芳同志关照过我，我知道这个情况，所以我非常注意，我写文章绝对不引用孙先生"三言二拍"里面的资料。我刚才讲的是受到了做学问路子的启发，我把它用在戏曲上，我没有用在小说上。那个时候发生了一件事，在《文学知识》上，刊登了我的一篇叫《三言二拍的精华与糟粕》的文章。孙先生很紧张，马上找来文章看，看过后放心了，因为我里面没有一句话讲的是考据和资料，完全是分析"三言二拍"的思想内容。我帮助孙先生工作只有一年的光景，由于下乡、反右，我又到《文学遗产》干了一年，又开始写文学史，就没有继续下去。孙先生当时跟我还不错，我非常遗憾的就是他写过一首诗给我，叫《赠刘世德》，一首绝句。他当时给我看了，还有一些别的绝句,很有风趣的。遗憾的就是我一直没有记住,只记住他写一首诗给我,但没有要我和。

后来我就沿着这个路子写了一个《清代戏曲家考略》。说来很有意思,我是1985年就把稿子交到了上海古籍出版社,同年我访问法国,那本书缺了一篇后记,我就说我要写后记。我这个人啊,兴趣不在哪儿了,就老也不在那上头了,一直拖着没有交。《清代戏曲家考略》有两个事情可以说,一个是请吴晓铃先生写了一篇序,他的文集里有这个底稿,但孙楷第先生给我题的书名在出版社,跟我的原稿一起找不到了。孙先生当时不肯写,说他的字不好,他说有个某某某(这个人我知道,但名字怎么也想不起来了),给人题写书名,给出版社退回来了,说字不好,孙先生说我别写了吧,我的字也不好。如果我给你写了,出版社给我退回来,我丢不起这个人。这是孙先生的原话,我说一定请他写,他后来答应了。他是用毛笔写的,但凭良心说,确实写得不好,他的字其实不是不好,就那次写得没有达到我满意的要求吧。这个符合孙先生的性格。这是说的年轻人来所里要有一个导师指导和帮助他。

还有就是,何其芳同志还亲自开列了一个"青年研究人员必读书目",既有中外文学作品,也有文艺理论,这个书目后来在《文艺学习》上发表了,是团中央办的刊物。

夏: 文学所领导的确为年轻人提供了很多有利条件,使他们可以很快深入研究领域,这种良好的科研氛围和环境是人才培养的关键因素。

刘: 是的。当时培养年轻人还有一个方法,何其芳同志叫我们写"每月古典文学现状动态",一开始由我和邓绍基两人写,具体分工记不太清了,反正一个写小说,一个写戏曲和诗文吧。每个月都写,每个月都打印,打印以后古代室研究人员一人发一份。内容包括文章作者,发表地方,内容摘要。何其芳同志特别要求一条(这一条是有争论的,受到钱钟书等人的批评),写简报的人必须要有态度,指出这篇文章什么地方错了,有争议的论点是什么。这是何其芳同志特别要求的,目的是要培养你能够看出文章的优劣来,不能光是写某文章发表在某地方完了,这样不行,也不能光说它的内容是一二三四。它有什么值得注意的,有什么值得批评的,有什么值得商榷的,要求你一一全写出来。但是发了几期以后,古代室的会上,大家都认为这个做法不妥,以钱钟书先生为代表提出来说你可以写,但是你要客观地报道,不要有主观的判断。但何其芳同志恰恰要求的是主观的判断,不要求你客观报道。我们最后还是依照何其芳同志的要求去写,因为他是我们的导师。后来我也了解为什么会有这个争论,钱钟书先生他们是从学者的角度,认为你一个年轻人,你写这个东西应该是客观;何其芳同志他是所长,又是文艺界的领导,他看这个东西就希望了解动态中有什么问题,不希望你平平淡淡的,他的关注点是在那个地方,所以两方面争论,有不同意见是因为出发点不同。不记得这个搞了几年,年轻同志要做这个工作。何其芳同志要求我们详细地写下来,而且写出来以后是他马上签字去打印,装订成册,发到每个人手里,现在可能还能找得到这些东西。从一定程度上讲,这对我们年轻人怎么写文章,如何发现问题还是有过帮助的。

注:本文经过被访者审读。

崇论宏议见谆谆

——邓绍基访谈录

邓绍基,中国社会科学院荣誉学部委员、文学研究所研究员、研究生院教授。1933年1月生,江苏常熟人。1951年考入复旦大学中文系,1955年毕业后到文学研究所工作,历任古代文学研究室主任、《文学评论》编辑部负责人、副所长、学术委员会主任、学术顾问;中国社会科学院研究生院文学系主任、文学部主任、博士生导师。中国社会科学院第一届院务委员,全国古籍整理出版规划领导小组成员。长期从事中国古代文学史研究工作,主编或参与主编的大型著作有《中华文学通史》《中国文学通史系列》《中华文学通典》和《中国大百科全书·文学卷》。主编的《元代文学史》获中国社会科学院优秀科研成果奖,另有各类文章近两百篇。

采访时间:2011年8月7日
采访地点:邓绍基先生寓所
采访者:张 剑

张 剑(以下简称张):邓先生您好,作为在文学所工作长达半个多世纪的老领导、老前辈,希望您能围绕您的工作和治学经历,给文学所的年轻人谈谈您的心得和经验。

邓绍基（以下简称邓）：欢迎光临寒舍。我在文学所已50多年，有不少缺点、教训，今天我不谈这些，我想说一些我认为有积极意义的事情。其他一些有关学术上的若干看法，这方面有一些材料，你们可以去看已有的访问材料。访问过我的两人李玫、程芸，李玫对我的访问记，已录入《问学有道》，还有一篇刊登在2008年9月18日《院报》上，"中国文学网"上也有。程芸对我的访问记录发表在《文艺研究》上，网上也有。里面谈到我自己几十年来对学术问题的一些看法。其中有一些现成的材料，你可以查询使用。

我是1955年来文学所的，当时所长是郑振铎先生，他主要在文化部工作，任副部长，又兼任考古所所长，所以他一个礼拜来所一次，来半天，处理、商量所务，我们很少见到他。实际主管所务工作的是副所长何其芳同志，我报到那天，何其芳同志正好在所里，接待我的同志说让我去见见面，然后帮着把住的地方安排下来。见面时，何其芳同志问我有没有毕业论文。我说有底稿，没有抄清。他说就给他底稿看好了，不需抄清。过了两天，我得到通知，去他寓所听取意见，他说：你来之前，因为知道你是复旦大学的毕业生，我们写信问了你的老师刘大杰先生，他说你可以进古代文学研究组，也可以进民间文学研究组。经我们研究，决定让你进古代文学组。我们古代文学组现在分了两个小组，一是研究元明清以前的文学，一是研究元明清文学，目前主要研究《红楼梦》。他说原来想让你到元以前的那个小组去，现在我看了你的论关汉卿的论文后，发现你对元杂剧掌握了不少材料，就在元明清小组吧，目前还是参加《红楼梦》研究。

当时何其芳同志是元明清小组负责人，又带领《红楼梦》研究，他也就是我的导师。我为什么要谈这个问题？因为这涉及当时《红楼梦》研究组的性质，它是为了适应研究工作而设立的一个临时性的研究结合体。以后的文学史写作组有点像它，但也有区别。文学研究所是一个研究机构，类似的研究机构，中外都有，解放前中央研究院、北平研究院也有语言历史研究所等这类的机构。但新中国成立以后建立的研究机构是有自己的特点的，当时文学所的《红楼梦》研究小组就很有特点。首先，它是一个分工协作的研究体。主角当然是何其芳，有一些年轻人是他的助手，当然当时没有助手这一说。它有一些研究题目，既分工，又配合。比如曹道衡，安排他着重研究《红楼梦》与明末清初的思想家之间的关系，即研究《红楼梦》所表现的思想与明末清初的民主思想有没有关系，他研究这个主题可以独立写出文章，后来曹道衡写出了论文，题为《关于黄宗羲、顾炎武、王夫之等人的思想及其与〈红楼梦〉的关系》，他还收集这方面的资料，提供给何其芳同志撰写中心研究论文（《论〈红楼梦〉》）作参考。事实上，何其芳同志写论文时参考了曹的文章。还有胡念贻，安排他研究《红楼梦》与《红楼梦》以前的主要小说、戏曲在思想上有没有联系和继承关系，或有什么联系线索。他也写了论文。当时给我三个任务：一是研究《红楼梦》与佛学思想有无关系（后来何其芳同志说你负担不了，取消了）。第二是读李贽著作，提供材料供大家参考。后来我作了资料摘录汇编，没有写出文章。三是专门研究以"三言""二拍"为主的话本小说，研究它们所表现的思想内容、生活内容。其中一个目的是研究它们表现的思想与《红楼梦》有无关系，我后来写了一篇文章《谈在"三言"、"二拍"中所反映的市民生活的两个特色》，发表在《文学遗产》上。其中关于对《卖油郎独占花魁》和《迭居奇程客得助》的分析，得到何其芳同志的肯定，他在论文中谈到市民思想时有所采用。我上面举的例子说明围绕《红楼梦》为中心的课题研究，集体攻关，有分工，有配合，有助于年轻研究人员的成长，也是一种可供选择的历史经验。

当时围绕研究工作，讨论很多。比如我写了谈"三言""二拍"的论文，就要在红楼梦研究小组的部分人员中传阅，提意见，使文章写得较好些、更好些。这种做法很有价值，提高了工作效率，保证了质量。通过讨论，彼此交流，相互启发，对我自己，对整个课题组都有好处。在整个古代文学组内也常有讨论，就是一些年长的、著名的学者写的文章大抵都要拿到古代文学研究组来讨论，例如俞平伯先生写的《红楼梦八十回校本前言》打印出来给大家看，大家有意见可以提出来。

张：年轻人也可以提出意见？

邓：可以。上述特点不光是古代文学组有，我记忆中，当时其他研究组也有这样的讨论。以古代组而言，例如余冠英先生的《诗经》选本和汉魏六朝诗选本的选目和前言等，都是用这样的方式来征求意见的。这实际上也是当时的一个要求。余冠英先生很重视，首先他提出一个目录把打算选录的作品提交给大家讨论，接着他提出一部分样品给大家看，后来还把前言提交讨论，从文字内容到表达形式是否合适，让大家提意见。然后根据大家的意见综合考虑，或接受，或不接受，进行修改完善。俞平老选注《唐宋词选》，在李清照作品的选择上也听取、采纳了别人的意见。有时候，随着项目的进展，还会安排更多的传阅、讨论，讨论的频度随项目进展跟进安排。我觉得这样挺好的。我们写的文章大家或传阅提意见，或开会讨论，可以得到很多好处，集思广益嘛！当然，这种讨论方式也不能绝对化，如果碍于情面，违心地接受别人意见，或因意见不同而导致不愉快，那就是一种副作用了，也背离了交换意见和举行讨论的初衷。

此外，当时何其芳同志执行所里的导师制度比较严格。他对年轻研究人员的文章从内容到文字、标点，都要提出意见，改一遍后他或许还要看第二遍。我记得我的一篇文章根据导师意见从观点到文字修改完后，第二遍再抄清给导师审阅，导师觉得可以了，才拿出去发表。有时导师还会在我的稿子上直接作若干修改。

当时文学所对分配来所工作的大学生还坚持作必要的调查了解，向其所在学校的老师了解这些学生的情况，后来改变为人事处派出专人去与有关高校协商，根据要求有针对性地挑选人才。到"文革"后这个制度就被打破了。早年这些进人、培养人的制度是有用的，应该在制度保证上总结历史经验，结合目前的实际情况，反思一下。人才选择和培养上必须要有规章制度。

50年代的研究集体这些特点在后来文学所三卷本《中国文学史》的编写过程中也体现出来。当时也是采取这样的办法，首先根据中国文学的实际内容，参考国内外文学史著作，大家来讨论体例，讨论很认真。当时我们能找到的有苏联教科书中的文学史的体例,还有高尔基的《俄国文学史》的体例,还请研究西方文学的同志把早年的《剑桥文学史》的目录翻译了一份分给大家看。当然还有更多的国内文学史著作的体例。这样讨论以后,来决定我们的体例,分头再写出我们的章节目录,先秦、隋唐、元明清的章节目录。这是第一步。第二步,分工写作,先写样品,每人写一章,我写一章,你也写一章。所有的人都要试写一章,写了以后全体讨论。凡是参加的人,包括余冠英先生、钱钟书先生都一起参加讨论。大家认为这个讨论很重要,因为是试写嘛。大家会提意见,你的这个符合体例,符合史的写法,你的论文色彩太浓了,等等。这样讨论以后,才开始全面铺开正式写作。一般也就不再全体讨论,而是小组讨论了。提出意见,随时修改。这部文学史打印出清样以后,人民文学出版社印了一个试印本——征求意见本,跟后来出的章节目录都有差距。何其芳同志全部看了一遍,提出意见。我觉得这种写作的方式都有具体的历史条件,这是发挥研究组的集体力量、集体智慧,调动个人积极性的集中体现,从一个方面保证了科学研究的质量。在科学研究中强调个人努力的前提下,还是要注意集体的帮助。但后来就慢慢不执行了,碰到实际的阻力,比如学术风气发生了变化,还有人觉得把自己的文章拿出去讨论是对自己的侮辱、对自己的贬低,采取拒绝态度。

另外,当时我觉得从上到下,学术空气比较浓厚,由当时历史条件决定,大家很少到外地开会,但是所内的讨论、学习很多。有些讨论还是很有启发性的,如对马恩列斯的有关文艺论著和言论一段一段的细致讨论。讨论中很自由,并不"左",比如当时何其芳同志的发言,说到恩格斯论现实主义,说到他的"典型环境中的典型性格"著名论点,何其芳说,或许不适用于抒情小诗,对伟大的理论也不能机械套用。记得当时我说,这是否可以说是恩格斯的现实主义?当然,恩格斯分析问题是很深刻的。所以,比较年轻时经历了这些,会产生很深的印象,很有启发,锻炼了我的思辨能力。90年代时,我到云南参加少数民族文学史讨论会,认识了杜玉亭教授,他是研究基诺族及其文化的专家,他常去基诺族聚居地，老听到一种叫"巴什"的悲歌，唱得非常哀凉，他经过多年的研究，确认是流传下来的因血缘民族内婚被氏族外婚制取代后而产生的悲歌。但他颇犹豫，因为这涉及人类学和社会学中的氏族血缘婚问题，马克思主义经典作家对人类曾经有过民族血缘内婚现象的说法持怀疑甚至否定态度。我建议他不妨写进书中，我说，如果马克思主义经典作家得出的是普遍结论，而你研究的却是个别案例，得出的是具体结论，所以你的具体结论只会起补充作用，不会有推翻普遍结论的作用。我提这个建议时已是改革开放时期，但我想我们所内 50 年代的学术民主空气使我受益终身。

那时候所内还提倡读俄国革命民主主义作家和早期马克思主义者的文章。1959 年，我写《老舍近十年来的话剧创作》（《文学评论》1959 年第 5 期），发现老舍写解放前北京市民的生活往往活灵活现，也很深刻（如《茶馆》），但写解放后的就有点"隔"。按照当时普遍流行的观点，一般认为这是由于老作家不熟悉新社会生活的缘故。我一直怀疑这是否是唯一解释。后来，苏联东欧组陈燊同志建议我找普列汉诺夫的评论文章来看，看后受到启发，觉得这里面还有一个认识和理解生活的思想力度的问题，这个补充就使文章不人云亦云了。所以碰到问题有人商量一下、指点一下，会很有帮助。国外的宏观的论文对我们是有帮助的，可以开阔视野。所以一定要开放。

张：您觉得所里的老先生还有哪些突出的特点？该怎样继承？

邓：我觉得所里的老先生各有特点，几句话说不清楚。比如钱钟书先生，我早先读过他的《谈艺录》，得益良多。我没有想到我到所时，他正在选注宋诗。而传统的注释方法到他那里就发生了变化，他的重点不在注释，而在阐释，发表好多宏观见解。余冠英先生选注《诗经》、汉魏六朝诗和唐诗，还著有《汉魏六朝诗论丛》等，给人印象他主要搞实证，实际不然，他的选本和论著中也多有在专题上比较宏观的见解。我渐渐体会到，他们都很尊重实证，但并不很认同那些机械的、僵化的、绝对化的"以文证史"的考据工作。即以版本校勘研究来说，他们认为：这个工作要做，也重要，但要识别版本的同与不同，最重要的不在于发现，而在于发现后所作的解释，特别是从整体上深层次上的解释。

老前辈的传统怎样去继承、体会？俞平伯先生的艺术鉴赏力是很高的，在中国近代以来词的批评学方面，他是王国维以来的第二人。他就是到了这样的境界。有的一句两句有启发，但还是要看他整个的东西。对于一个学者，一定要看他整个的东西。他在词学批评上有一个系统见解，他说，读者的接受是由外而内，作者的创作是由内而外。读者不可能到达作者原来的出发点，可以力图接近它，也只能去接近它，但是你不可能回到原来的点上。其实这就是哲学上的认识论。他还说，如果一个作者在写作之前就想好这一段写什么，下一段写什么，那他就不可能写出文章来，这就不是作家了。区分段落大意是社会科学手段，不是创作者的原意。这些都是在20世纪二三十年代的见解。我觉得很有幸能接触到这些老学者，受到他们的启发和教育。俞先生尤具谦虚美德，对年轻人也很爱护。所内还有一位孙楷第先生，我曾一度当过他的助手，可惜时间很短。他的论著对我帮助很大。仔细阅读他的论著，你就可以体会什么叫"乾嘉学风"，什么叫"京派学者"。他在小说、戏曲研究的诸多方面都有超越前人之处。他和俞平伯先生只相差两岁，可说是"同龄人"，他们去世后，我分别写了《读孙楷第先生的学术著作》和《俞平伯先生对古典文学研究的贡献》，我是以我所能有的心力来感受和解读他们的学术成就的。我们缺乏乃至不可能具有这些前辈专家的专业功力，但应该宏观文章、考证文章都会写。

张：您怎么迷上杜诗，又是怎样转而研究杜诗的？

邓：我没上过私塾，没有背过天对地、风对雨之类的"口诀"，不会写旧体诗词，但觉得自己还是应当学习并尝试写作，不是想做诗人，只想体会旧体诗写作的甘苦，有助于研究旧体诗。曾听老先生说，学写旧体诗要取法乎上，多读唐诗。至于我研究杜甫诗，或许事属偶然，那时我在"五七"干校，读了郭老的《李白与杜甫》，他贬杜，就我读过杜诗后的感受来说，我认为他批评方法似嫌简单。当时我们就议论，认为杜诗即使有弱点，但也不是这样的批评。如果说杜甫也有地主阶级的属性，他恰恰是地主阶级当中出类拔萃的人，是精英。马克思说过，有些代表市民利益的人，就其身份、社会地位而言，他与市民有天地之别。但他代表了市民的利益，本身却不是市民，是高高在上的上层社会的人。这是非常深刻的。那时我就发愤学读杜诗。但我未作宏观论述，我觉得应该尽可能地做一些实证工作。我想，研究工作在有了一定的基础之后，就要不断努力，突破现状，开拓一下，从来没有研究过的东西也是可以做的。实证文章，只要有认真的态度，有一定的基础，也就可以做，而且还可以从中扩展和提高自己的学识，提高思辨能力。我撰写了若干关于元杂剧的实证文章，却也促使我去学习传统曲学，增进并提高了学识。

张：我觉得您个人的治学风格，崇尚很开通、没有门户之见，和其他学者有所不同。这个不同您认为是什么原因？是前辈学者的影响，还是您个人的性格使然？

邓：两个方面都有，前者尤其是何其芳同志，他是比较开通的，他心胸宽广，是很容易接受不同意见的。后者，确也有我的性格原因。

张：您的性格大家都公认比较宽厚。

邓：学者大抵有学术自尊，但要尊重别人，力戒非学术因素。我总觉得有的学者承认自己有弱点，但有的人就不承认自己有弱点。有的学人宽厚待人，有的学人唯我独尊。我赞成前者。

张：何其芳之后谁是所长？那时您做过领导的助手吗？

邓：沙汀，是著名老作家。"文革"之后，《文学评论》复刊，沙汀当所长时，我在《文学评论》工作，我没有做过所领导的助手。《文学评论》复刊前，当时学部领导有一个《关于〈文学评论〉复刊的意见》，主编是何其芳同志，副主编是毛星同志，我是副主编兼编辑部主任。但这只是文件上写了，没公开宣布。《文学评论》复刊时其芳同志已去世。沙汀、陈荒煤同志调来文学所主持工作，有时也交办一些事。我主要在编辑部做了一点工作，但时间也不长，后来要编文学史，我就又回到古代室了。我在《文学评论》工作了两年左右，1979年下半年回去的。

张：您从20世纪60年代初参加文学所三卷本《中国文学史》的编写，到后来自己参与主编几套大型的文学史著作，可以说是文学史撰写的权威学者，您认为文学史应该怎样写或者说有什么建议？

邓：谈不上权威学者。我只是摸索着做过一点工作，我想，写文学史还是要坚持文学的特点，坚持实事求是。我的体会，20世纪50年代，文艺界的周扬和何其芳等同志，他们当时都是重视文艺特点的，那就是坚持按文艺的特点去工作。有一次，作家协会和我们所联合开会讨论文学史，有人讲评论古代文艺也应当坚持《在延安文艺座谈会上的讲话》中说的标准，还是要有益于人民的……讲了这句，还没讲完，何其芳马上接着他说：这是政治标准，问题是文学还应该有艺术的标准，我们同时要有艺术的标准。

写文学史要实事求是地从文学史的实际出发，是全部的实际，不仅是局部的实际。所以，这需要更高层次上的鉴别。更不是从写作者随心所欲出发的。你写文学史时，如写杜甫，你写他的"三吏""三别"，表现人民性。我写他的《秋兴八首》，成熟的律诗艺术。你只这样选择，我只那样选择，都片面。有什么区别？所以一定要从历史实际出发，从全部出发，不宜片面。我想文学史家的主体作用主要表现为评论历史而不是去代替历史。史家同选家还是有区别的吧！选家不妨有点偏爱，史家如有偏爱就可能失去历史感。按照不切文学史实际的局部乃至片面理论去研究文学史，也是不合适的。我写过一点关于文学史写作的文章，如《文学史写作纵横谈》，网上也有，现在也没有新的看法。

张：董乃斌老师分配到所里是您经手的吗？

邓：是我去联系协商的。那时我们想要加强唐宋段，当时董已分配到别处，他学业优良，经我请求，后来系里开会做了调整，系里当时是从大局考虑的，但也可能有因我是校友的因素，所以就把已做好的分配方案调整了。

张：1978年当时文学所如何招考研究生？

邓：招生过程中我只是出了一份文学史试题。当时汤学智同志具体负责研究生招生事宜，他是"文革"期间调来的，我们相处比较好，他有些事情会来跟我商量。或许你听说过招收周发祥和胡明的事，当时我们的招考工作独立自主性比较强，周发祥在东北农场里，十几天才去场部一趟。当时他在场部看到招生通知时，报名期已经截止了，他赶快打电话来说要补报，汤学智同志觉得这种情况可以理解并照顾，应该给他补报。还有误考的，也都同意给予补考了。有次老汤来找我，说是碰到一件事情，胡明最初报名报的是古代文学，但当时这个专业只能录取十来个学生，后来胡明的单位（一个工厂）的同志来北京开会，问起胡明考上没有，老汤就直说有困难。对方说胡明自学努力，没考上，很可惜。当时报名人数一千多，只取30多名，加上北师大代培的，共40多名。胡明的考分也相当高，限于名额，可能落选。陈荒煤同志当时是主持工作的副所长，老汤向他作了汇报（或许我也曾建议他去），荒煤同志听说了后，就问有没有人只辅导一个学生的，当时古代室规定一人只能辅导两个学生，因《文学评论》工作忙，我只辅导一个学生。荒煤同志就对老汤说，你去跟邓绍基商量一下，能不能增加一个名额，让他招吧，毕业以后就安排到《文学评论》工作。后来就录取了。当时虽然不实行查分办法，但我们很注意公平的，我又问还有没有跟胡明分数相近的考生？说有，叫江裕斌，于是也一起录取了。后来我离开《文学评论》，就由侯敏泽同志辅导他们。所以总的来说，当时招生还是挺人性化的。这种独立自主性强一点还真是有好处，归根结底是有利于选拔人才。

张：您觉得现在的文学所如何？

邓：长江后浪推前浪。文学所永远是学术重镇，永远是创造学术辉煌的地方。要坚持改革前进，创造新成绩。一定要围绕学术、紧紧抓住学术研究特点进行管理，要适当抓一些大课题，毕竟是国家级的学术研究机构嘛。一定要坚持质量第一。一定要坚持严格的进人制度，"文革"后一度破坏了，进人务必要严格慎重。三个"一定要"，并非新见，却是要害。

张：您关注过社科院现在要搞大改革吗？院里要搞创新工程、创新团队、创新项目，您怎样看待这一问题？

邓：问题是研究题目从哪里来？一是从文学研究界的实际中产生题目；二是从高校文学教学中提出的问题中选择课题；三是从创作界、文艺界提出的问题中产生课题。三个联系，即联系文学研究界的实际、高校文学教学的实际和当前文艺创作需要的实际来确立选题。社科院没设艺术研究机构，文学所也可选择艺术实践中产生的重要或比较重要的课题来作研究。这就要作切实的调查研究。

当年在所里编写《新中国十年文学》时，就是打破研究组的界域进行人员调配的，有点像今天所说的项目制的操作模式。那时从所里各个组抽人过来，西方文学组的董衡巽同志（研究英美文学的）、古代组的路坎同志和我都参加了，有的人研究新中国十年的话剧、戏剧，有的人研究新中国十年的小说等等。古代室也抽人，西方室也抽人……抽哪些人由主编定，这在某种形式上有点像你说的大课题制。当然，现在范围更大，是全院范围的。这种做法也并不违反科学研究规律，它可以合理化操作。我记得近代史所曾拟借我过去参与编元史的工作，后来没去成，范宁先生去了。问题在于实际怎样操作？怎么实践？会合作好吗？这就像国家队，可以从各地抽人，但能够合作好吗？能否达到预期效果？也就有组织协调工作。

当年编写《中国大百科全书》时，胡乔木同志说：找适当的人写适当的条目。听说国外一些大型学术著作编写时，就是邀请当时各方面最权威的专家分别写作不同的部分。但可能出现问题，比如全书各作者之间可能观点不同，乃至彼此有抵牾，但他们不强求统一。所以我说，这未必会违反科学研究规律，但要考虑好实际运行过程中如何操作，如何协调好各种关系。

张：咱们所现在有很多年轻的学者，您作为德高望重的老前辈，对年轻一代学者有什么期望？有什么建议？

邓：我强调一个学风问题，学风踏实，实事求是，扎扎实实，一切从实际出发。既要强调解放思想，强调创新，又必须强调学风。我原是研究元明清文学的，但是我也写了一本《杜诗别解》。当然，我的《杜诗别解》还是有一定局限性的。不过我一直强调，解放思想要在一定的基础之上才行,要实事求是。我曾在一篇文章中说:回顾平生,师辈长者中多有"五四"前贤、民国学人,叩钟问学,诚属幸事。新时期以来,凭借各种机会,结识诸多青年才俊——博士和硕士们,也属幸事。我不止一次地说过,要充分估计20世纪70年代末以来学界所取得的成绩。现在人们经常谈论要重视历史积累,我认为,近30年来最值得总结的一种积累,是培养了一大批人才。大致上说,是从1978年首批入校、1981年毕业的研究生开始不断地涌现出来的,已形成群体。对青年学者的成长、发展,我非常乐观,也常觉欣慰。

张:现在社科院年轻学者评职称常常没有指标,您当时在所里时是什么情况?

邓:我当时是研究实习员到助理研究员,到"文革"时全国评职称都停了,所以"文革"后我还是助理研究员。现在的情况跟那个时候不一样。因为我曾做过一点行政工作,所以很能理解这样的实际困难。我觉得是有实际困难的,在目前条件下,我认为这就像一个死胡同。记得先前所里搞了一种专为解决副研究员职称的办法,扩大名额,不与工资挂钩。听说现在有些高校在自己学校内部为教师评定副教授职称,也有不与工资挂钩的。

张:您怎么看现在正研分四级、副研分三级的做法?

邓:实际上,50年代中期也是分级的。当时由行政上提出个名单,所务会议(后来有学术委员会)评定。当时,一、二、三、四级是研究员,四、五、六、七级是副研究员。其中四级是所谓交叉级。那时的评职称,没有死板的指标限制。当时人少,没有名额限制。

张:对于社科院学者收入低的状况,您觉得有什么解决办法吗?

邓:与高校比较,收入确实低,很低。从原则上讲,政府应该管,但现在我们或许要自己想点办法,解放思想,到社会上去找一些联系实际的课题,并保证完成课题的质量,也可增加收入。"安贫乐道"、"皓首穷经",共励共勉。

张:您谈了很长时间了,受累了,谢谢您。

邓:不客气。我想起2003年9月纪念文学所成立50周年时,我在纪念大会上有一个简短发言，我想把那个发言稿作为这次访问记的附录，过些日子找出来交给你。

注：本文经过被访者审读。

附：
在纪念文学所成立50周年庆祝大会上的发言

文学研究所成立50周年，今天举行庆祝大会，像我这个在所内工作了46个年头而后退休的人，回首往事，思绪多端。我想到了我到所的第一天的情况，1955年10月初，我到北京大学报到的第一天，佩上红校徽，住进16楼，哲学楼中，何其芳同志同我亲切谈话；二食堂内，张慧珠大姐帮我买饭……这一切都历历在目。

加上退休以后的两年，我到文学所已经48年。我经历了种种变化。从宏观也就是从全局着眼，最重要的变化是研究所近20年来在新老更替过程中，新的力量成长迅速，研究成果层出不穷，真是与时俱进，形势喜人。

人到老年，总喜欢回顾往昔，道说沧桑，这或许是人之常情，是一种"人生规律"吧！但如果像鲁迅小说《风波》中的九斤老太那样，自从庆祝了五十大寿以后，总说"一代不如一代"，那就真是荒唐之尤了。陈毓罴兄曾跟我说起，他退休十来年，偶尔到所，见到的几乎都是陌生面孔，各个研究室大都是新人。所以他有一次开玩笑说："文武衣冠异昔时。"这是杜甫《秋兴八首》中的诗句。是的，大都是新人，是一种"异昔时"现象；出现新成绩、新成就，同样是或者说是更令人欣慰的"异昔时"现象。作为一个退休的老研究工作者，看到这些新变化、新成就，既有莫大安慰之感，也有十分振奋之情。

在纪念文学所成立50周年的日子里，我们总要想起她的创建者——郑振铎所长和何其芳副所长。

郑振铎所长当时的主要工作在文化部，所内主持日常工作的是副所长何其芳，他们的文学道路并不相同，在年龄上也相差"半辈"——

十多岁。他们共同主持文学所这件事本身也并非出自他们彼此间的选择，但他们确实是一对极佳的"搭档"，他们的最重要的相投处就是要在那个亟待建设的历史时刻努力地为文化建设作出贡献。他们在那个历史年代里，确实作出了他们的重要贡献。尽管由于人所共知的原因，他们也有壮志未酬的遗憾。

为我们祖国的学术建设和文学建设事业作出贡献，为我国的社会主义文化建设事业作出贡献这一点是不变的，从1953年建所到现在，都是不变的。刚才我说了"异昔时"，但也要"同昔时"，为国家，为人民，为社会主义学术事业而献身，就是今昔相同的。变与不变，同与不同，这本来就是事物发展的题内应有之义。我参与编辑的《岁月熔金》腰封上有两句："传文苑耆英风范，话学林重镇沧桑"。因为第一个字要顿读，属楹联格式，而不是七言诗句格式，为了调平仄，最后定稿的时候还费了一点思考。但我倒是欣赏腰封上的另两句话，那是自然白描的通常用语，叫做"弘扬优良学风，再铸学术辉煌"。因为它切合我在上面说的变与不变、同与不同的公例通则。如果要说得更振奋些，那么，我想借用清人赵翼的诗句，作为我这个发言的结束语："江山代有才人出，各领风骚数百年"。

2003年9月23日

我与文学所的半世纪情缘

——张炯访谈录

张炯,福建福安人。1960年毕业于北京大学中文系。1948年参加中共福州市城工部地下工作,历任闽浙赣人民游击队二纵三支队政治委员,北京大学年级学生会主席,中国科学院文学研究所实习研究员、助理研究员,《红旗》杂志文化组负责人,中国社会科学院文学所副主任、主任、副研究员,《文学评论》副主编、主编,文学所副所长、所长,中国社会科学院学术委员、荣誉学部委员,中国作家协会副主席、名誉副主席。著有评论集《文学真实与作家职责》《张炯文学评论选》《新时期文学论评》《文学的攀登与选择》《走向世纪之交》《文学的回眸与思考》《文学多维度》《世界华文文学与中国》,专著《创作思想导向》《朴素·真诚·美——丁玲创作论》(合作)《新时期文学格局》《毛泽东与新中国文学》《社会主义文学艺术论》《社会发展与中国文学》《马克思主义与文学》,主编有《中国文学通史》十二卷,《中华文学发展史》三卷,《新中国文学史》上下卷等,并出版有《张炯文存》十卷。

采访时间:2011年7月
采访地点:中国社会科学院文学研究所接待室
采 访 者:何吉贤

何吉贤（以下简称"何"）：张老师，您在 1948 年参加革命，同时也参加文艺活动。1955 年入北大中文系，参加当时中文系学生编著的《中国文学史》的工作。1960 年到文学所，从事文艺理论、当代文学史的研究和文学批评的工作，后来也在较长时期内主持过文学所的工作。关于您的学术和文学活动经历，您在《张炯文存》的导言"我的学术经历"中已有较为详细的叙述。今天主要是想请您谈谈在您 50 多年的工作中，与文学所的关系。

张　炯（以下简称"张"）：我先简单介绍一下我所了解的文学所的大致情况。50 多年来文学所经历了多届领导和不同的历史时期，大略可分为建所初的十年，"文化大革命"的十年，80 年代、90 年代和新世纪的几个大阶段。

文学所是 1953 年成立的。1952 年的时候，因全国性的院系调整，当时决定把燕京大学并入北大，同时把清华大学的文科也并入北大，这样一来，原来清华和燕京的文科教授都到北大了，北大的文科教授就比较多了。北大当时就想成立一个文学研究所，把来自几个方面的教授都放在一起。这个文学研究所是归北大领导的，1953 年正式成立，地址在哲学楼，与中文系互相独立。

成立时北大请郑振铎先生任所长，郑先生当时是文化部副部长，兼国家文物局局长，还兼中国科学院考古所的所长。原因当然是郑先生在"五四"新文学发生的时候，就参与其中，他是文学研究会的骨干之一，自己也长期从事文学研究，成果斐然。跟别的作家不一样，有自己的研究专长。当时就请他当所长，请何其芳先生任常务副所长。实际上，何其芳先生的工作更重，郑先生当然也来，重大的事情要参与决定，但日常工作是何其芳主持的。

何其芳当时是从马列学院调过来的，他是那里的语文教员，在这之前，何其芳还担任过朱德总司令的秘书，也担任过延安鲁艺文学系的系主任，抗战时期曾受中央委派到重庆做过文艺界的统战工作，还兼任中共四川省委宣传部部长。在重庆时代，他就写了不少评论，包括跟胡风等进行过一些争论，在理论上有相当的功底。

当时文学所有很多老先生，像余冠英先生、钱钟书先生是从清华来的，俞平伯先生原来就是北大的，他做过《红楼梦》和古代文学研究。还有像王伯祥先生、吴晓铃先生和罗念生、潘家洵先生等。西方组请卞之琳先生负责，副组长是夏森先生，她是延安来的。东方组的组长是季羡林先生，季先生在北大东语系，同时又兼着文学所东方组的组长。苏联组的组长是戈宝权先生，文学理论组由蔡仪先生任组长，成员有缪朗山先生、王淑明先生，他是左联时期的老同志，还有王燎荧先生。古代组由何其芳先生兼任组长，当时还调来王平凡任党支部书记，他原来是军队里一个团的政委，后来到马列学院学习，学习完了就到文学所当书记。

当时文学所有好几十人，应该不到100人，在北大哲学楼二层办公。到1956年，划归中国科学院，变成中国科学院文学研究所，归中国科学院哲学社会科学学部领导。后来哲学社会科学学部搬到城里来了。当时的领导体制是，哲学社会科学学部名义上归中国科学院，实际的业务工作又归中央宣传部领导。中宣部说，做社会科学研究的不能远离社会，跟社会要非常接近，所以要求它从中关村搬到城里来。于是就搬到现在所在的建国门内这儿了。这个地方原来是海军司令部，海军司令部有一个政委叫刘道生，跟我们哲学社会科学学部的党委书记刘导生在"一二·九"运动时是一起的，私交很好。当时哲学社会科学学部要搬到城里来，国家给了一块地皮，在公主坟那儿，两人一合计，达成了协议，将两个地方进行了互换。海军司令部就在公主坟那儿盖了个很大的大院，我们的院子比较小，但房子是现成的。

何：您是怎么到文学所的呢？到文学所后，当时的基本情况是怎样的？

张：我是1960年9月到文学所报到的。大学毕业时，我填写的志愿中，第一志愿是听从国家分配，到祖国最需要的地方去。第二志愿是到报社当记者，第三志愿是到作协的刊物《人民文学》或《诗刊》当编辑，主要就是想去搞创作。但最后分到文学所来了。后来我知道，当时文学所与中央组织部有一个协议，就是文学所可以到北京大学和复旦大学去挑人。所以我来的那年，文学所从北大挑了十人，从复旦也挑了十人，又从国外，就是从苏联的莫斯科大学以及东欧的其他一些大学也挑了十个人，同年总共进了大约30个人。这是文学所的一个大发展的举措。当时文学所主要分布在两座楼里，叫6号楼和7号楼，都是两层楼的灰砖建筑，6号楼中间有个三层楼，上面是个会议室，7号楼的两层基本上是各个研究室的办公室，6号楼的一层是办公室和图书资料室，二层是学术办公室、人事室、所长办公室和《文学评论》《文学遗产》《文学知识》等编辑部。我们一下来了这么多人，住的地方就发生问题了。在原来的6、7号楼之间，有一个澡堂，就在原来的浴池上铺上地板，改造后让我们新来的大学生在上面打地铺睡觉。女同志则安排在8号楼的集体宿舍里。澡堂旁边有个厨房和食堂。当时正值三年困难时期，每人一个月只有27斤口粮，每天吃9两，多是吃玉米贴饼或窝窝头。菜只有飘几片叶子的菜汤。所以，不久许多人都浮肿了。

据我所知，文学所建所后，就有思想改造、批判胡风、肃反、反右派、反右倾和批判修正主义等政治运动。而建所本身则要物色和延揽人才，还要购置图书资料和编辑出版学术刊物。当时办所的方针是贯彻文艺为工农兵、为无产阶级政治服务。

我来了后，被分配到文学理论组，跟蔡仪先生编《文学概论》。当时我所了解的文学所的领导机构，所长已经是何其芳了，1958年郑振铎先生飞机失事去世后，何其芳先生就继任正所长。副所长中，有一个管行政的，叫唐棣华，她是黄克诚大将的夫人，原来在湖南省担任过省妇联主任，后来到化工部担任过司长。但她自己爱好文学，希望到文学所来工作，就调来管行政了。所里有一个领导小组，那时候不叫党组，叫领导小组，领导小组的组长是何其芳，副组长是毛星，据说科学院曾任命他担任副所长，但他坚决不干。领导小组成员还有王平凡，他是党的书记，还有唐棣华和蔡仪先生，还有一个办公室主任，叫张书明，后来唐弢先生来了后，还加上了他。

所里当时没有科研处，有个学术办公室，负责人先是一位诗人，写过《猎虎者家族》，叫力扬。后来是朱寨先生继任。朱寨先生原来在黑龙江当过县委书记，还在东北局当过文艺处的副处长，处长就是毛星。50年代两人都调到北京，毛星到文学所，朱寨先是到中央宣传部，后来也到文学所来了。学术办公室当时还有一位女同志叫马靖云，协助朱寨先生工作。

何其芳先后有两个秘书，一个叫胡湛珍，后来调到外文所去了。另外一个叫康金镛，现在还健在，住在中央党校那边。

当时文学所有几个组，理论组组长是蔡仪；苏联东欧组组长是戈宝权；西方组组长是卞之琳；东方组是季羡林兼；古代组在何其芳不兼后由余冠英先生任组长；现代组组长是唐弢先生，唐弢之前是何家槐先生，何先生后来调到暨南大学去了。唐先生原来在上海，把他调来很费劲，主要原因是要给唐先生解决住房问题，他的藏书数量很大，所以找了一个四合院，有几间空房子给他存放书籍。还调来了吴世昌先生，他是英国牛津大学的教授，表示要回来，经过何其芳所长的奔走，也到了文学所。当时古代组人力比较强，除了一些老先生外，还有力扬、吴晓铃、蒋和森、邓绍基、刘世德、陈毓罴等，跟我一起分配到文学所的王水照先生，也分到了古代组。他后来到复旦去了，成了资深教授。

另外还有民间文学组，贾芝先生当组长。组里有孙剑冰、卓如、祁连休，还有吕薇芬、马昌仪、仁钦·道尔吉等。理论组中，有王燎荧、王淑明、曹葆华，他们都是延安的，还有山东大学来的张国民，华中师大来的李传龙，其他还有几位都是从莫斯科大学毕业的，包括王善忠、杨汉池，还有涂武生，就是涂途，他在1963年左右被任命为副组长。钱中文先生原来在苏联东欧组，后来他要求搞理论，就调到了理论组。理论组还有一个人，叫柳鸣九，本来是研究法国文学的，但当时在理论组，跟我们一起与蔡仪先生编写《文学概论》。

西方组当时还有朱虹，现在在美国，是柳鸣九的夫人。他们后来都到外文所去了，是1964年从文学所分出去的。那时候领导上决定将文学所分成两个所，把研究外国文学的那些人都分到外文所去了，包括东方、西方、苏联东欧等组。当时回来的一批留学生，也随之大多分过去了，包括吴元迈等人。北大的冯至先生调来当外国文学研究所所长。

我到所后，文学所的学术刊物的情况大概是这样的：文学所成立后，所里有一个刊物，叫《文学研究集刊》，是不定期的，以书的形式出版，是论文集，好像出了五六本。1955 或 1956 年，创办了《文学研究》。到 1958 年，又将《文学研究》改名为《文学评论》，主要是觉得《文学研究》太学院气了，希望能够更贴近现实一些。到现在一直是这个名字，是双月刊。

那时《文学评论》的主编由何其芳兼，副主编是毛星，后来又加上唐弢，编辑部主任是张白山，副主任是吕林，编辑有劳洪、吴子敏、濮良沛（即林非）、王信、张晓翠、王俊年、范之麟、彭韵倩、杨志杰等，专职校对是王则文。还有一个刊物，叫《文学遗产》。我来文学所的时候，《文学遗产》是由陈翔鹤先生任主编，跟他一起工作的有白鸿，是现代文学史家丁易的夫人。资料室有个主任，叫路侃，也给他们看稿。文化大革命发生后，这个刊物就停了，《文学评论》也停了。1978 年恢复工作后，《文学评论》才复刊。其实 1975 年的时候，也曾计划复刊。当时是小平同志复出，主持国务院的工作，给社科院派了几个新的领导，包括林修德、宋一平等，他们决定恢复两个刊物，一个是《思想战线》，原来叫《新建设》，是院里（学部）的学术刊物，另一个就是《文学评论》。《文学评论》的恢复工作由何其芳负责筹备，成立了一个核心组，成员有何其芳、毛星、邓绍基、蔡葵和我，叫我兼任现代组的组长，邓绍基兼任古代组的组长，蔡葵兼任理论组的组长。每个组里有几个编辑，现代组有三个编辑，一个是陈骏涛，一个是杨世伟，还有一个是彭韵倩。但是那一次由于"四人帮"很快发动"反击右倾翻案风"，结果《文学评论》最终没有出来。这之前，北大的"梁效"写作小组扬言，只要《思想战线》和《文学评论》发文章，发一篇他们就批一篇。最终虽然筹备了班子，还是没有出版。这是一段历史。

文学所的刊物还有《文学知识》，由吕林主编，吴子敏参加过编辑工作。我到所时，已经停刊。还有由蔡仪主编的《外国古典文艺理论译丛》和《外国现代文艺理论译丛》是不定期的刊物，也就是以书代刊。出版过十多期。编制放在理论组，由刘若端和李邦媛任编辑。

何：您到文学所后，一开始主要从事哪方面的工作？

张：我到文学所后，任实习研究员，当时人事处葛涛同志找我谈，说我的级别应该是营级，因我过去在福建当过游击支队的政委。那时我对级别之类的东西并不计较，也没有去争取。所领导让我当共青团支部书记。当时全所团员比较多，大概有四五十人，全所也就百人左右。年轻人比重不小，我记得曹道衡先生还是团员。后来接我任团书记的是吴元迈。但是我在所里待的时间并不长，刚开始时参与编写《文学概论》，后来由于中宣部把《文学概论》纳入国家的文科教材系统，就要求把编写人员都集中到中央党校去，我们这些人就都搬了过去。文学所参与的有三个编写组，一个是蔡仪先生主编的《文学概论》，还有一个是唐弢先生主编的《现代文学史》，还有一个就是余冠英先生主持的，实际上是何其芳先生自己亲自抓的《中国文学史》。这三摊总共有30多人，都搬到了中央党校。1961~1963年，一直住在中央党校。我本人也就脱离了所里的事务了。那一段所里的很多事情我也不是太清楚。当时，何其芳没有去，他要领导所里的全面工作，只去编写组参加一些重要的会议。

何：这些文科教材的编写在中华人民共和国的文科建设和教育史上是一件非常重要的事，您能再详细一点介绍您参与编写《文学概论》的情况吗？

张：我上面提到的这三套书都是当时中共中央宣传部常务副部长周扬亲自领导的，中央编写文科教材设有一个办公室，办公室由冯至先生当主任，中宣部高教处处长吴奇涵，教育部处长胡沙，他们协助冯至先生主持工作。

文科教材一共有100多本，我记得参与编写的人住满了中央党校的两座楼，南楼北楼都住满了。当时也有由王朝闻先生任主编的《美学》编写组，我们有来往，但其他组的人我就不太认识了。编写人员住在两个楼，吃饭都在一个食堂。参与《文学概论》的大概有十多人，文学所理论组的大部分人都参加了（年轻人中只有涂途未参加）。除此之外，还有全国各高校的老师，包括北大的吕德申先生和胡经之先生，中山大学的楼栖先生，山东大学的吕慧娟先生，东北师范大学的李树谦先生，武汉大学的何国瑞先生，辽宁大学的王淑秧先生，还有北京师范大学的卢之恒，他因病半途退出了。编委会由蔡仪、吕德申、王燎原、李树谦、吕慧娟、楼栖共同组成，我被任为编委会的学术秘书。

由于这三本书是周扬同志亲自抓的，因此，他主持召开了好几次会议，征求意见，讨论编写提纲。我记得在天津饭店开过一次，在北京前门饭店也开过一次。专门讨论《文学概论》和叶以群主编的《文学基本原理》，因为这两本书一本在北京编，一本在上海编，但我们讨论的时候在一块儿讨论。讨论时请的人，我记得有郭绍虞先生、朱光潜先生、王朝闻先生、杨晦先生、叶以群先生、毛星先生等。还有一些领导，像周扬、林默涵、何其芳都来参加了。参加会议的应该有二十多人，每个人都发表意见。上海方面协助叶以群工作的叶子铭也来了。这些会议中，我是负责做记录的，后来周扬自己提出一个提纲，就讲了文学的几个规律，这也是有背景的。1962年中央"七千人大会"提出要纠正大跃进以后所犯的错误，要按客观规律办事，在这个背景下，周扬提出文学工作也要遵循文学的客观规律，包括文学的本质规律、文学的发展规律、文学的创作规律、文学的批评规律等等。文学所理论组原先编这本书的时候，还是按照毛泽东文艺思想的格局来编的，就像山东大学当时编的《文学新论》一样，突出文艺为工农兵服务这条线索。1958年的时候就兴这一套，我在北大的时候也与同学一起编过一本书，就叫《毛泽东文艺思想概论》，也是这个思路，只是校内印了，没有正式出版。

关于我们编的《文学概论》，在1962年周扬召开的新侨饭店草拟文艺十条的会议上，蔡仪先生还让我去征求与会者的意见。记得我找过张光年、李希凡等。但这本书在"文化大革命"前没有出，因为在1963～1964年，我们大部分人到农村去搞"四清"了。1963年我被升为助理研究员，当年10月，我们第一批在何其芳带领下就到安徽寿县去了，后来又有一批到山东海城，还有一批到江西丰城，这样一来工作就中断了。《文学概论》完稿以后，蔡仪先生自己又花了大概一年时间，认真地进行了修改。所以虽然在"文化大革命"前完稿了，但没来得及出。这本书到1978年以后才出版。出版的时候还修改过一次，那时我刚从《红旗》杂志回来。我是1976年底到《红旗》杂志去帮忙工作的，在那边编了两年多的杂志。我回来后，就让我去协助蔡仪先生修改《文学概论》，后来又让我到当代文学研究室去帮助朱寨先生写《当代文学史》，这样就离开了理论室。《文学概论》的修改主要是由北大的吕德申先生和理论室的王燎荧完成的。主要的问题是"文艺为政治服务"这个观点要改，但蔡仪先生不同意改，认为那是马克思主义的基本原理。但邓小平都讲话了，不能不改。蔡先生就说，要改你们去改，他不改。后来只好请编委王燎荧和吕德申先生修改了。

何：在1950～1960年代的时候，好像中宣部对文学所工作的指导还是非常具体的。

张：是的。我到文学所以后，一个感觉是中央宣传部经常找何其芳开会，包括中央宣传部的部务会议，中宣部还设有何其芳的办公室。中央管意识形态的康生也过问文学所的工作。听说有一期《文学评论》因康生严厉批评，只好收回重印。又如1957年"反右派"，最后把陈涌划成了"右派"。陈涌28岁就在文学所当二级研究员了，他是从延安来的。他在所里并没有什么右派言论，是在《文艺报》参加一个座谈会发表了一些言论，后来反映到文学所来，据说何其芳是不想把他划成右派的，但是周扬一定要划，结果他就被划为右派了。陈涌从此就离开了文学所，到西北师大去了20多年，平反回京后怎么也不愿回文学所，伤了感情。后来就到了中央研究室。文学所划成右派的还有一个较有名的叫王智量，他后来到华东师大去了，在《文学研究集刊》上可以查到他的文章。

文学所还组织过对巴人和王淑明的"人性论"的批判，时间大约在1958年。这也是中央宣传部指示的。他们的文章都是在1957年发表的。我记得当时蔡仪先生写过文章，许觉民以"洁泯"的笔名也写过文章。他当时不在文学所，在人民文学出版社当副社长，他也被组织来写文章，因为巴人当过人民文学出版社社长。不批判不行，批判本身是"还账"。这些都是上面布置的，当时康生好像有话，说文学所有"右倾机会主义"的倾向。因为黄克诚被批，连累到他的爱人唐棣华副所长。我这是听我父亲讲的，我父亲张白山原来在上海文联当秘书长，后调到中国作家协会古典文学部，跟陈白尘、陈翔鹤、劳洪（熊白施）在一起，1955年跟陈翔鹤、劳洪一起调到文学所来了。陈翔鹤编《文学遗产》去了，他因写过历史小说《陶渊明唱挽歌》和《广陵散》，"文化大革命"中被批斗而自杀。我父亲就去编《文学评论》，后来还主编过一段《文学遗产》，退休前当过一段时期的古代文学研究室的主任。

何：在文学所初建的50年代，好像每年都在进年轻人，所里的研究人员也由几代人构成，这些人的个人经历、教育背景和学术背景各不相同，他们怎样共同形成文学所的学术环境，不同的人各自起到了什么样的作用呢？

张：从学术上说，当时起码有三代人吧。像何其芳、蔡仪、钱钟书，我父亲等是一代，更老的是像王伯祥、俞平伯那一代；第三代也有苏联东欧回来的一批留学生，当然更多的是国内大学毕业分配来的，1955年和之前来的，据我所知有陈毓罴、曹道衡、刘世德（北大）、邓绍基、吴子敏（复旦）等；1956年来的，有林非、蔡葵（复旦）；1957年来的，有张国民（山东大学）等；1959年，从四川大学来了祁连休、吴庚舜等。陆陆续续都在进人。后来到1963～1964年又进了一批人，像陈骏涛、许德政、董乃斌、陆永品是1963年来的，1964年来的有王保生、张大明、沈斯亨、刘士杰、周向阳等。周向阳后来去安徽"四清"，在寿县农村因洪水溃堤，他跳到河里去堵，因是冬天，受寒得了肝病，就去世了。这是个很好的同志。我们1960年来所的，到1962年就调走了一大批，何其芳所长当时有一个规定，说进所的大学生，如果两年写不出文章，就调走。他认为如果两年还写不出文章，就说明你不适合做科研工作。但也许你可以去当教师、编辑或干别的工作。这样就调走了一批，像北大来的有几个就调到安徽大学去了，安徽大学年轻人中最早评为教授的李汉秋就是文学所调去的，是做《红楼梦》和《儒林外史》研究的。后来当了农工民主党中央宣传部长。同时被调去的朱一清，后任安徽大学中文系主任。还有一个叫殷正培，他原来是给唐弢先生做研究生的，上海人，为人有点高傲，唐先生不太喜欢他，研究生没毕业就被调去了鞍山，后来成为辽宁著名的评论家。他也是北大来的，是原来我们班里年龄最小的，16岁就进大学了，毕业时才21岁。复旦来的也有一批调走了，留下来的人中有蒋守谦、徐廼翔等等。

不同学术背景的人形成了互补的作用。老一代的学者，像王伯祥、俞平伯、钱钟书、余冠英等，在"五四"到30年代就已成名，他们的研究方法比较传统。还有一批是延安来的，像何其芳、毛星、朱寨等，有较强的马克思主义理论的修养，也有实际工作的经验，蔡仪、张白山、吕林等属于过去做地下革命工作的文化人，就实际作用来看，他们构成了文学所的领导骨干。解放后毕业来的大学生，曹道衡先生算比较早的，还有樊骏先生，他们1952～1953年就来了。他们来了后也比较努力地在学习马列主义。解放后毕业来的大学生，无论早晚，都还是多多少少学了一些马克思主义的基本知识。另外一批人是国外回来的，有的是西方回来的，如吴世昌先生、钱钟书先生、杨绛先生。有的是从苏联东欧回来的，他们基本上是解放后送出去并学成归来的，包括钱中文、吴元迈、张黎、兴万生等。不同的学术背景起到了互补的作用。

文学所在1963年以前，虽然有些批判啊、运动啊，但学术空气还是比较浓厚的。那时我们年轻人，办公地方起码是一个房间两个人，房间里书架一挡，我们在房间里都是在看书。我与柳鸣九同一办公室。"文化大革命"十年中，也有人不受干扰，一直在看书的，像王水照，他任何群众组织也不参加，就躲在房间里看书，看了十年，因夫妻两地生活解决不了，调到了复旦大学，很快就评了教授。"文化大革命"后因夫妻两地生活不能解决而调到外地的还有现代组的许志英、徐兆淮，当代组的雷业洪等。许志英后来当过南京大学中文系主任，徐兆淮当过大型文学刊物《钟山》的副主编，雷业洪当过乐山师范学院中文系主任。他们都多有著述。当时这些人才的流失，也是无可奈何的事。董乃斌也因此调往西北大学，后来又考回来当研究生。

我与邓绍基先生、刘世德先生同岁，但他们比我毕业得早，因为我在部队工作了6年。我从部队考进大学时他们就已经毕业了，但我们基本是属于同一代。从学者的代际上来说，我觉得我们都属于解放后培养起来的，被教导要努力用马克思主义的观点和方法去研究文学的这一代学者。何其芳先生他们那一代信仰马克思主义的学者，当然比我们更成熟。80年代以后，文学所的学者相对多元化一些，受西方的影响也更大一些。

何：你们当时本科毕业就来到了文学所，从文学所来说，您上面提到了，对年轻人的培养是有一套自己的想法的，这方面的情况您能再详细说说吗？

张：何其芳同志自己有一套想法，他认为并不是所有人都适合做研究工作。有的人可能更适合当教师，有的人可能适合当编辑，做研究工作要有创造性的思维，要有钻研精神。所以他说两年作为试用，进来后如果两年写不出文章来，他就会考虑把你调走，去做别的工作。所以不断地有被淘汰的。这是一个方面。

另一个方面，他很重视对年轻人的培养。他当时给我们指定了导师，比如说指定蔡仪先生当我的导师，王燎荧同志当我的导师。有什么事情我就请教他们，写的文章请他们看看，他们也很认真地看，看了后提意见。我来文学所后写的第一篇文章是评《甲午海战》那个剧本的，当时《文学评论》开了一个座谈会，座谈这个剧本，我发了个言，责任编辑张晓翠，她是蒋和森的爱人，觉得我的发言不错，就希望我写成一篇文章。我就花了一天多的时间，赶写成一篇一万多字的文章。拿去后，她就发排了。拿到清样后，我发现文章删掉了很多，我就不太满意，去找她，她说，这不是我删的，是何其芳同志删的，你要有意见，可以找其芳同志。我就到其芳同志家里去找他。我记得那天其芳同志还在生病发烧，躺在床上，我去后他就起来了，披着衣服，对我说：听说你对稿子删改的有些意见，我们来一起研究一下看看。当时我就说了我的意见，他也讲他的意见，这一段为什么要被删掉，有什么不妥等。比如我有一段提到了席勒的《阴谋与强盗》，他就说，你不能把《甲午海战》与这样的世界名著比，然后他就说，写评论就像看乒乓球比赛一样，你要看第一流的比赛，看世界冠军的比赛，然后你才能知道谁打得好，谁打得不好，否则你就会把三流的也当做一流的来评了。所以他说要给你们开一个书单，要看世界名著。这样你们才会有鉴赏的眼光。那天讨论后，他也给我的文章恢复了一些段落，但大部分还是被删掉了。何其芳同志对其他年轻同志也一样。如卓如、邓绍基、钱中文等的文章，他都改过。他很平易近人，也很平等待人，他的作风对文学所影响很大，文学所同事以前也不叫"先生"，都叫"同志"，其芳同志、蔡仪同志等等。只有俞平伯、钱钟书他们，我们才叫先生。当时何其芳同志还开了一个书单来让年轻同志读，开了300多本，包括马克思主义著作和世界文学名著，可见他对培养年轻人的用心。

郑振铎先生的不幸遇难，自然是我国文化界和文学界的一大损失。他身后出版有文集20卷。其中包括他早年所著的《中国俗文学史》和《插图本中国文学史》。

何其芳当所长的贡献，除了延揽人才和培养人才外，他还聘请了一个书店老板汪蔚林来当图书室主任，为文学所深入民间去收购许多书籍，包括一些古本、珍本书，使文学所的藏书居全院各所藏书之首，这实在是一大功绩。周扬同志对文学所工作曾有这样的指示：要以文艺理论和当代文学为重点，要抓大部头的著作。何其芳是很认真落实的。他除重视理论组外，60年代就积极筹备成立了当代组。他还亲自抓文学史和文学理论方面的大部头著作。他自己还写了《论〈红楼梦〉》和《文学艺术的春天》这样的重要长篇论文和评论集。在宣传毛泽东文艺思想方面，他更是不遗余力，写了许多阐释毛泽东文艺思想的文章。何其芳同志主持抓的"西方古典名著丛书"也很重要，是人民文学出版社出版的，出了70多本。何其芳先生去世实在是太早了一点，非常可惜。像他这样有创作经验，又有比较高的理论水平，又有研究经历，又有行政的能力的内行领导实在是不多见，他的去世，使全所都无比哀痛！他身后出版有文集8卷，包括他的诗歌、散文和理论批评著作。

何其芳先生跟"文化大革命"后主持文学所工作的陈荒煤先生的

工作作风不太一样。何其芳先生是比较学院派的,他不太跟作家来往,虽然他兼任过中国作家协会的书记处书记。荒煤就不一样,他跟很多作家来往,80年代初他出去开会的时候经常带着我和王春元,王春元是理论研究室的主任,我是当代文学研究室的主任,他老带我们去参加一些会议活动,到北京市、到中国文联、到总政治部文化部,听作家和有关部门的汇报,让我们接触现实情况,接触当前创作的情况。荒煤自己也看很多作品,特别是看很多电影剧本,看了还给人家提意见,告诉人家怎么修改。他自己也写了不少东西,晚年写了很多散文和评论。对年轻人总是有求必应。他们两人的作风,对我很有影响,都是我学习的榜样。虽然我学得不好!

何:《文学概论》没有编写完,您就下农村锻炼和搞"四清"运动去了。后来一直运动不断,这中间应该有很多事,您能详细谈谈这段的经历吗?

张:我本人从1963年10月下去到农村,开头在安徽,待了两年多。在农村还兼过大队党支部书记和公社党委委员,还让邓绍基和我兼任文学所新来所大学生劳动队的正副队长。回来后1965年又受何其芳派遣,带一个工作组到通县张辛庄,任务是去探索文艺怎么为工农兵服务。一同去的有董乃斌、杨志杰、肖莉、孟繁林、雷业洪、周铮、李邦媛等,一共有七八个人,到那里蹲点,与农民同吃同住同劳动。回来后又跟蔡仪先生一起去搞"四清",蔡先生当队长,我和文学所政治处主任张正当副队长,到门头沟。"文化大革命"开始后,又叫我们回来,参加"文化大革命"。

在农村的几年,自然不可能做什么学术,但使我也得到很好的锻炼,学会做群众工作,也更深刻地了解了农村和农民,了解了中国社会主义建设的基本问题。

"文化大革命"十年,对全国都是大灾难,文学所也不例外。一开头何其芳就被当成"走资派"批斗,许多专家则被当成"资产阶级反动学术权威"批斗。群众则分成两派乃至三派,彼此斗争。所有的科研工作都陷于停顿,所有的刊物也都停刊。"文化大革命"期间,文学所有革委会，由群众组织的头头轮流掌权，开头是钱中文、杜书瀛，后来是何西来、王保生，再后来是陈全荣、马良春。1969年军工宣传队进驻，搞大联合，清查"历史反革命"和"现行反革命"，到林彪一号通令下达，全所人员和家属都被迁出北京，去到河南信阳地区的"五七"干校，自己劳动，自己盖房子和种地。继续清查所谓"516"分子。十年中有五年我是被隔离审查的，没有自由，只能待在房间里面，不能干任何事。原因有几方面，一个是审查历史，因为我过去参加过地下党，还要审查是真党员还是假党员。另外一个查的就是"516"，是不是参加了所谓"516反革命集团"。大概所里有一半以上的人接受了审查。我因为"文化大革命"初期被派到群众组织红卫兵联队去编一个报纸，叫《进军报》，几个月期间先后当编辑组长和主编。当时同一编辑组的都是从各研究所调来的所谓"业务尖子"，如王家福、张卓元、陈启能、李惠国、郭冬乐等，他们后来都成为有关研究所的所长和副所长。当时也一样受审查。给我安的罪名很吓人："炮制赫鲁晓夫式的秘密报告"啊，"当'516'的巡回大使"啊，审查了5年，最后结论是"事出有因，查无实据"，1975年春就"解放"了。"解放"后叫我当民兵连连长，接着就赶上了唐山大地震，民兵连就变成房屋修缮队。毛主席去世的时候，我还是拿着瓦刀，骑在正修缮的房顶上听的广播。

何：粉碎"四人帮"前后，您就已经开始逐渐介入文学所的组织和领导工作，一直到90年代末，您长时期担任文学所的领导工作，这段时期对于文学所来说，是一段转折的重要时期，能请您谈谈这段时期文学所的情况吗？

张：粉碎"四人帮"的日期是1976年10月6日，当时消息还没有公布，我们是在6号楼上班。当时，所里在军宣队主持下已由全所党员选出新的领导班子——党的总支委员会，由朱寨任书记，总支委员有何其芳、唐棣华、张宝坤、何西来、马良春，体现了老中青和各派的联合。有一天，唐棣华就把何其芳、朱寨、我几个人找到一个房间，告诉我们这个消息，说中央军委已经传达了，是陈锡联传达的，黄克诚听了传达。我们这才知道"四人帮"完蛋了。

我没过几天就被抽调到《红旗》杂志去，因为当时《红旗》杂志的编辑都在接受审查，没有人编杂志了，就从社科院调了50多人去编杂志。文学所同去的有杜书瀛、刘再复、谭家健、苏醒、陈素琰等，后来别人陆续回来了，我一直留在那里，当文化组的负责人，一直到1979年底。我自己实在是不愿再待在那里了。当时所里是沙汀同志当所长，陈荒煤同志当常务副所长，余冠英、吴伯箫先生也是副所长。王平凡和许达两人当党委书记。所里与《红旗》杂志的总编辑熊复交涉，就让我回来了。我本来在理论室，回来后就让我去当代文学研究室协助朱寨先生编写《当代文学史》。不久，所里成立新党委，我被选为所的党委委员，兼管图书资料室。

当时，邓小平同志提出以经济建设为中心，拨乱反正，提倡解放思想，实事求是，团结一致向前看的新路线。此前，1977年文学所在军宣队撤走后又搞了一场清查"四人帮"余孽的运动。把朱寨、何其芳、何西来等当成"余孽"又清查了一番。使他们感到很委屈。何其芳正是在那时得病去世的。这场运动造成人们心中的新的裂痕。因此，领导上就决定从外单位调人来组成新的研究所领导班子。以沙汀为首的新领导肩负着团结全所人员，恢复科研工作的历史任务。沙汀同志身体不好，他本人是作家，虽曾担任过四川文联主席，却缺乏行政管理的能力，他就找来了陈荒煤同志。陈先生当过"文化大革命"前的文化部的副部长，后被调到重庆市当副市长，"文化大革命"中被关了八年监狱，后来又被下放到重庆的图书馆做资料工作，周扬打听到他，就决定把有管理能力和经验的陈荒煤调来协助沙汀先生任常务副所长。沙汀先生就脱身了，他因第四次文代会被选为中国作家协会副主席，后来把关系转到中国作协去了，房子也是中国作协给他分的。荒煤也没有在文学所待很长时间，就被任命为中国文联党组书记，不久又恢复了文化部副部长的职务，回到文化部那边去了，也不能继续主管文学所了。文学所就推了许觉民先生当所长，许先生原来是来管《文学评论》的，他当所长后，所里成立了分党组，由这么几个人组成：许先生之外，还有邓绍基、马良春、我，还有一个是人事处处长冯志正。当时我兼了当代室的主任，兼管图书资料室。许先生干到1984年，所里要改选新的班子，院里选中了刘再复。

刘再复当时是鲁迅研究室的副主任，主任是林非先生。刘再复很年轻，当时才43岁。院里当时的政策是要选一批年轻人来当所长，他就被选上了。选上后他又开始重新组织新的领导班子，我跟邓绍基就退下来了。刘再复选了何西来当副所长，另一个副所长是马良春，还有一个是赵存茂，冯志正则是管行政的副所长。他们这一届一直干到1989年，1989年"六四"那天晚上，刘再复出走了，出走时，他给院里的秘书长吴介民先生打过一个电话，说，第一，他出去后不从事政治活动；第二，他辞掉文学所所长的职务。所以他走后，所里还保留了他研究员的职位，还保留了他政协委员的资格，一直到1995年。

他走后，马良春先生继任所长。马良春当所长后，组织的新领导班子中，副所长有王善忠和曹天成。刘再复那届班子干了五年多，两届不到，第二届的时候，冯志正就调到少数民族文学所去任党委书记了，何西来也不再任副所长，去专门管《文学评论》杂志了。马良春当所长一年不到，就得了淋巴癌，住院了。他住医院后，院领导找我谈话，希望我来主持所里的工作，接替马良春。那时，我刚偕同张韧出访德国归来，毫无思想准备。但领导说了当时文学所的困难情况，我只好答应。当时没有正式任命我当所长，还是副所长，排在王善忠和曹天成前面，等于常务副所长的意思吧。维持了一段时间，马良春就去世了。1991年到1994年，我实际在主持文学所的工作。1994年，文学所又开始换届了，院里正式任命我为文学所兼少数民族文学所的所长。

1991到1994年期间，所里没有党委，也没有党组，实际主持工作的就是我和王善忠、曹天成三个人，曹天成当行政副所长，王善忠管科研，我管全面。

1995年任命我为文学所兼少数民族文学所的所长，冯志正兼两个所的党委书记，管行政，原任古代研究室主任的董乃斌升为副所长，负责管科研，王善忠和曹天成退下来了。1997年还是1998年的时候，调来了包明德，来当副书记，他原来是内蒙古文联的党组副书记，当时中宣部要向社科院的各研究所"掺沙子",就是要从外地调人来当党委书记。原来想调的两个都没有调成,第一个是江苏省的文化厅厅长,他都到北京来了,但后来却到《红旗》杂志去当副总编去了,不愿到文学所来。第二个是云南省的文联党组书记,也不愿意来,当时的中国社科院党组书记是郁文同志,他还跟我说,调党委书记很难,调了两个都不来,最后到王忍之同志任院党委书记时,才调来包明德。他等于是平调到了文学所当副所长。1998年底,已经任命杨义当两所所长,开头好像是先任命为少文所的所长,后来过一段时间后才任命的文学所所长。我是在1999年1月份将工作移交给他的。移交后,我根据当时的院长李铁映同志的指示,退下来后的老所长不要再管所里的事,也不要参与所里的意见,我就不再过问所里的事了。此后,所里的情况,我就不了解了。我后来当了院里的第一届学术委员会委员,根据李铁映院长当时的规定,学术委员不退休,我当了两届委员,每届三年,共六年,离休时已经73岁了。

何:后来您也参与了中国作协的工作。

张:是的,1995年的时候,让我去中国作协当副主席。先是派了一个考察组来文学所考察,后来开全国作家代表大会,我被选为中直机关的代表团团长。在会上,中组部才找我谈话,说是中共中央推荐你当中国作协副主席候选人,说这是根据全国作家提名的92个人中,经考察留下了14个,其中有我。之后,我顺利当选了全国委员会委员、主席团委员和副主席。我在中国作协当了两届副主席,一直到2006年。当时中央设了一个杠杠,过了70岁的人就不再参加选举了,改任名誉副主席。这样,我就同王蒙、韦其麟一起改任了名誉副主席至今,那一届,铁凝被选为了新的中国作协主席。

何:张老师,从1991年任文学所的常务副所长到1999年离开所长职位,实际上整个90年代都是您在主持文学所的工作。90年代对于文学所来说也是一个重要的阶段,是一个转型的时期,文学在整个社会中的位置在变化,有所谓"文学的边缘化","人文精神的失落",学术在转型,经历了一个学院化的过程,从某种程度上来说,文学所也经历了一个在政治地位上，在文化界，在学术界被"边缘化"的过程，在现实的表现上，也有一些人调离了文学所，去了高校，作为过来人，对于这一过程，您有怎样的体会，您是怎么看待这一过程和现象的？

张：在文学所的历史上，80年代和90年代是两个不同的阶段。80年代的主要历史任务是理论上的拨乱反正，解放思想，实事求是，团结一致向前看。在沙汀、陈荒煤同志主持下做了大量工作。首先是扩充了文学所的人员，最多时达到250人。当时当代文学研究室就有24人，还不包括来进修的人员，如仲呈祥、范际燕、姚代亮、胡树昆等。其次，消除所内因"文化大革命"所产生的群众之间的派性。再次，恢复了《文学评论》，使之为文学界的拨乱反正，批判"四人帮"的"极左"文艺路线和解放思想，实事求是作出贡献，组织撰写和发表了大量文章，并为"伤痕文学""反思文学""改革文学"等创作新潮鸣锣开道。再次，组织开展了正常的科研工作，在昆明召开的第一次全国社科规划工作会议后，中国社会科学院各研究所担负了全国社科基金的评审工作。陈荒煤同志积极推进当代文学史的编写工作，力排当代不宜写史的意见，请朱寨主持这项工作。后来，院长胡乔木专门找我们几个人谈话，包括陈荒煤、朱寨、许觉民和我，对如何编写当代文学史做了具体指示。许觉民接任所长后，最大的一项工作是动员全所同志参加编写《中国大百科全书·中国文学卷》，该卷的名义主编是周扬，实际的编辑组织工作由许觉民负责，文学所各研究室均有大部分人参加撰稿，分卷主编也由我所人员担任，如当代部分由朱寨主编，我和谢冕、郭志刚为副主编；现代部分由唐弢、王瑶主编，樊骏、严家炎为副主编。全书改稿过程，我们都参加了。一次在上海，王元化、陈伯海代表上海文艺出版社参加；一次在烟台附近，还有一次在中央党校。全过程，樊骏、邓绍基、沈玉成都协助许觉民工作。刘再复接任所长后，他有比较多的新思维，主编了《文艺新学科建设丛书》，出版了所里人员的论文集《文学多维度》，他的《论文学主体性》的长文和专著《性格组合论》都产生较大影响，前者还引起文坛的大讨论。他还召开过新方法的研讨会。后期他所主持的《文学评论》也发过一些后来受到批评的文章。

1989 年事件中，文学所在刘再复主持下，不少人参加了游行。当时有一位叫苏炜，广东人，留学美国，回来后刘再复把他请来当比较文学研究室的副主任。苏炜的老师叫林克，原来是美国加州大学伯克利分校的副教授，此人曾经到我们所当代文学研究室进修过一年，回去后可能跟学校搞不好关系，就跑到东部去，被美国国务院录用，担任美国驻北京的中美交流中心的主任。苏炜通过林克把刘再复请到美国去讲学，3 月份去的，到那边以后，他们给了他一笔奖金六千美元，刘再复到 5 月份才回来。回来后他就跟我说，他在美国参加了签名，支持学生运动什么的。刘再复比较讲人道主义，而且认为人道主义是没有什么阶级性的。他具有诗人的气质，容易激动。在苏炜奔走下，串联了后来所谓的"十三个知识分子"，发动"知识分子全市大游行"，刘再复还发表过街头演说。大概因为这些缘故，"六四"当天晚上他就出走国外。遂由马良春接任所长。在国外，刘再复还继续拿着公务护照。直到 1995 年中国社会科学院管外事的副院长才决定给他换普通护照。他后来回到国内来过，包括到过北京。国家的政策是来去自由。当然，他在国外也有许多学术著作，思想也有许多变化。

刘再复出走之后，文学所就面临一个混乱局面，当时面对的一个大问题是：文学所参加游行的有 110 多人，这些人的问题怎么看？还有就是《文学评论》发的一些受到上面批评的文章如何"还账"？当时上面所布置的"清查"工作最早还是由马良春他们那届班子主持的，在他们主持工作期间，我被派去主持《文学评论》的工作。我原不愿意去，他找我谈了两次，又让当时《文学评论》的主编侯敏泽到我家里跑了三次，说是"三顾茅庐"，我就没办法再推辞了，兼任了《文学评论》的常务副主编，协助侯敏泽做了一段时间的工作，但主要还是担任当代文学研究室的主任。后来马良春去世之后，我和侯敏泽一起担任主编。

《文学评论》在我去之前，其实就开始"还账"了。《文学评论》曾发表过一篇批评毛泽东文艺思想的文章，题目是《历史无可避讳》，刊登后受到了上面严厉批评。当时《文学评论》的编辑部主任贺兴安就跑来找我，希望我帮忙，立即写篇文章来消除不良影响。我很同情他们的境遇，就答应了。他们把我的文章放在了头版头条发表了，中国社科院院长胡绳同志看了后，觉得这个文章写得不错，就建议在《人民日报》发一下，就转到《人民日报》去了，因文章有两万多字，太长，《人民日报》的编辑想了个主意，摘要发了个电讯稿，把文章主要的观点登出来，大概登了半版。因是电讯稿，新华社可以转发，中央人民广播电台在全国新闻联播中也播放了。影响比较大。我被调到《文学评论》后，侯敏泽也组织写了一些文章，这些文章不是针对某个具体人的，主要是从正面讲一些道理，如论述文艺与人民的关系、与政治的关系等。其中有些文章是我执笔的。

关于所里的清查工作，我在主持工作前，马良春等已做了一段工作。我当时的认识是，学生游行示威这件事的性质，中央领导相当长的时间也不是很清楚，所以，群众认识不清应是情有可原的。开头是反贪污啊，反官倒啊，这些大家都是赞成的，没有问题，发展到后来要打倒邓小平，打倒李鹏了，这才产生了不同的意见。参与的人中，也是有不同的性质，有的也只是去赶赶热闹，多数都是认识问题。所以最后文学所没有对任何人作处理，包括何西来在内，院里把他的《文学评论》主编职务给免掉了，后来也没有什么处分，而且也恢复了他副局级的待遇。应该说，从清查到转向正常的学术研究，整个转变的过程还是比较平稳的，没有什么太大的震动。

90年代，根据邓小平同志"六四"后的讲话精神，认为问题出在教育上，认为我国应继续坚持和发展马克思主义。江泽民任总书记时为中国社科院的题词就勉励社科院成为"马克思主义的坚强阵地"。在80年代后期由于中西文化的大规模撞击，"全盘西化"论甚嚣尘上，文坛思想的多元化和混乱也很明显。所以，90年代实际上又面临理论上的再一次拨乱反正。思想界文化保守主义迅速崛起，国学热也逐渐兴起。所以，文学所作为我国文艺界的重要学术单位，同样要面对上述形势和任务。而《文学评论》更是很重要也很有国内外影响的刊物，在我国文学界众目所视。我初到文学所时，《文学评论》的主编是何其芳，但管具体事情的是毛星，他等于是常务副主编。《文学评论》当时编委会的阵容也是非常强大的，中国文学研究界的一流学者几乎都囊括进来了。50年代的时候，杂志的经费也比现在充足，编辑都可以出差去约稿。当时民间文学室还有经费可以经常出去采风。到90年代就没有这么充足的经费了。90年代我主持文学所和《文学评论》工作的时候主要是抓头版头条，头条论文的稿子我一定是要看的，而且看了还要建议怎么修改。然后参加每次的编前会议，确定重点稿子，找什么人约稿，觉得有疑问的文章也一定找出来看。整本稿子都看没有时间。一本刊物就像一个宴席一样，有主菜，还要有配菜，以前要求《文学评论》的编辑像蜜蜂采蜜一样，把全国最好的蜜采来。这样才能保持你的最高水平。我坚持一条：绝不能够收什么版面费。当时有个学校说，给我们三万元，发一篇稿子，我就坚决拒绝了。给10万元也不发，稿子如果够水平的话，根本不要你的钱。但《文学评论》经费紧张，只好登了一些广告，给一些学校和学科进行宣传，这个我是认可的。第一次这么做是登华中师大的，现在社科院又把《文学评论》作为名刊来办，每年还拨几十万元钱，应该说经济压力是没有了。

关于人才流失问题，其实，在我主持工作期间，这一问题还不是特别突出，因为90年代刚进入市场经济，高校与文学所的待遇差距还不是像后来那么大。有不少人还是90年代以后进来的，经我调入的就有高建平、陈晓明、孟繁华、叶舒宪等，白烨、张中良也是我答应调入的。还留下好几位本所培养的博士毕业生。大概到1997年以后，待遇的差别就悬殊了，学校的教授有岗位津贴，我们没有，那时候有人就跟我说：张老师，一个月差几百块也无所谓了，但差这么多，我们实在是有点坐不住了。当然，他们这些人后来走也并不仅仅是待遇的问题，有的是因为与所里当时的领导关系上有不满意的地方，待着不愉快，就走了。包括董乃斌、许明、汪晖等都走了。本来这些人，都是我们培养的对象，是作为接班人来培养的，像汪晖，专门派去陕西商洛去"支贫"，去了一年后回来了，他自己也认为收获很大，使他对中国问题的理解更具体和深入了。后来又送他去美国当访问学者，都是把他当第三梯队培养的。董乃斌是我当时作为所长来培养的，而且我离开的时候也是推荐董乃斌来接我的，在所里的民意测验中，董乃斌也是比较高的，没想到我跟董乃斌出访美国去了一趟，回来后中国社科院的任命就变了。董乃斌很生气，我也觉得莫名其妙。所以后来安排董乃斌当副所长，他就坚决不当，决心要走。许明是我任命的所长助理兼《文学评论》副主编，他后来也是感觉不愉快，就走了。

从另一个角度看，人才流动也是个好现象。实际上，从文学所输出的人才，到其他岗位都发挥了很好的作用。包括80年代调出的杨志杰，当过海南省省委宣传部副部长兼文体厅厅长，蔡毅任《光明日报》文艺部主任，丁振海任《人民日报》文艺部主任和《人民日报·海外版》总编辑。董乃斌现在是上海大学资深教授、学报主编，许明任《上海社会科学报》总编辑，孟繁华任沈阳师范大学中国文化与文学研究所所长，陈晓明成为北京大学教授、长江学者和民主同盟中央委员。

何：整个90年代过程中，文学所的各个学科，在全国范围内的学术板块中，就其在全国的地位和影响力来说，是否经历了一个逐渐衰落的过程，像一个抛物线一样……

张：就90年代而言，情况并非这样。自然，90年代社会的关注中心不在文学，而在经济。文学界很难再如80年代那样出轰动的效应，包括文学作品。而且，文学所过去的影响，一个是它拥有一大批一流的学者，在全国乃至全世界都是知名的，像俞平伯、钱钟书等，虽然他们后来在文学所的成果并不是很多，但他们的影响力是大的。像钱钟书先生，文学所40周年所庆的时候我去找他，他说在文学所时没做过什么科研工作，就出了一本《宋诗选注》，《管锥编》是后来搞出来的。钱先生后来还当了社科院的副院长，当时是胡乔木请他当文学所所长他不愿意干，请他当社科院副院长，他也不愿意干，后来乔木跟他达成一个约定，行政的事不用管，主要是来了相关外宾，需要出来接待一下。他这才答应。

文学所在过去影响大的另外一个原因是，它还拥有一批延安来的，有马克思主义修养的学者，从50年代到60年代，主要是马克思主义传播的时代，因为有这些学者，文学所在全国的影响就大了。当时中宣部还有这样一个机制，有些文章可以让全国各报刊转载，这样一来，文学所有的人写的文章影响就大了。后来这个机制慢慢就没有了。

90年代文学所有许多老同志先后退休。人员从最多时的250人降到160多人。但这时期出版的学术成果相当多。理论研究室就有蔡仪先生的《新美学》三卷，有钱中文的《文学发展论》、杜书瀛的《文学创作论》和《文艺美学》、王春元的《文学作品论》、王善忠的《马克思主义文艺理论发展史》，该室还编有《外国作家论文学》丛书，钱中文和童庆炳还编有《新时期文艺学建设丛书》等许多著作。古代文学研究室除《古典戏曲丛刊》从20世纪50年代开始编辑，直到吴晓铃先生逝世前还继续编，刘世德、石昌渝与台湾学者合作，编辑出版的《古本小说丛刊》70多卷也多在90年代出版。谭家健的中国文化史纲和先秦散文研究、陆永品的汉赋研究、陈铁民的杜甫研究、刘扬忠的宋词研究、王学泰的游民研究、董乃斌的文学史学研究、石昌渝的明清小说研究、蒋寅的清诗研究、陈祖美的古代女性文学研究等都有专著出版。由邓绍基、刘世德、沈玉成担任正副主任的《中国文学通史》的断代卷，如褚斌杰、谭家健主编的《先秦文学史》，徐公持主编的《魏晋文学史》，曹道衡、沈玉成主编的《南北朝文学史》，乔象钟、陈铁民主编的《唐代文学史》上卷，吴庚舜、董乃斌主编的《唐代文学史》下卷，邓绍基主编的《元代文学史》等，基本都完稿和出版于90年代。现代文学研究室樊骏协助唐弢主编的《现代文学史》、卓如主持的《二十世纪文学编年史》、马良春主持的《现代文学思潮史》、张大明著的《西方文学思潮在中国的传播史》、袁良骏的《当代鲁迅研究史》和《香港小说史》、张梦阳的《中国鲁迅学通史》三大卷，还有赵园的《城市与人》等学术著作，也都出版或完稿于90年代。现代室从80年代到90年代还编辑了现代文学资料丛书，出了66本。民间文学研究室祁连休主编有《中国民间文学史》、马昌仪著有《中国神话学史》，比较文学研究室周发祥与李岫联合主编有《中外文学交流史》。当代文学研究室完成了《当代文学史》三卷，蔡葵的长篇小说研究、蒋守谦的短篇小说研究、张韧的中篇小说研究、楼肇明的散文研究、樊发稼的儿童文学研究、高鸣鸢的戏剧研究、杨匡汉和刘士杰的诗歌研究，在90年代都饶有成绩，出版了多种著作，曾镇南和陈晓明著作尤多。他们都成为有关方面文学界知名的评论家。而《文学评论》和《文学遗产》的编辑，科研成果在90年代也相当可观。胡明就出版了《胡适学案》和《胡适传论》、董之林出版了当代小说研究成果《旧梦新知》，吕薇芬除参加元代文学史的撰稿，还与张怀瑾共同主编了《20世纪中国文学研究》丛书12卷的稿子，并于2001年全部出版。杨义的《杨义文存》12卷，也于1997~1998年出版。所里研究人员在90年代出版的专著更有数百种之多。论文无可计数。记得90年代科研处统计有一年全所的各项科研成果，总字数达3000多万字。从以上并不完全的举例中，可以说明90年代文学研究所转向学术研究是成功的。因为大家能够安下心来做学问，其科研成果超过以往的年代。很多著作在国内外都有深远的影响

何：您在文学所主持工作的90年代期间，完成了10卷本《中华文学通史》的编撰，您个人的工作也逐渐转向了当代文学史方面，这与您对当时学术重心的转移的判断有关吗？

张：我主持文学所工作时，办所的原则还是奉行当初何其芳同志创立的方针，就是过去周扬同志对文学所工作有过一个指示，认为要以文学理论和当代文学作为研究的重点。因为文学理论是带头的学科，理论上没有突破，其他各个学科也就很难突破。而当代文学的研究又是直接影响到当下文学实践的发展，所以应该加强当代文学的研究和批评。当年把《文学研究》改成《文学评论》，其立意也在于此。何其芳时代，他还是注重抓理论和当代的，虽然他自己兼了一段古代组组长，后来也抓了文学史的编著。不过反过来说，理论和当代也往往最容易出问题，你搞批评的，批评错了也不行。理论观点出了问题，就是大问题。受到上面批评也通常都是这两个方面出了问题。周扬当时还有一条指示，就是文学所应该搞大部头，人家不能搞的，你要搞，因为你整个所都在搞研究嘛。高校当然也有高校的长处，但高校要搞教学，时间上没有文学所自由和充裕。所以你文学所应该搞一些国家学术基本建设的大部头的著作。对于这种想法，我非常认同。所以我在主持工作期间，还是坚持

上面的这两点。理论上还是要坚持马克思主义文艺思想的指导，当代文艺批评也要尽可能去加强。

当代文学史方面，80年代初让我协助朱寨先生编写《当代文学史》，当时我们做了一段时间的工作，如前所述，胡乔木院长找我们谈话，谈了这样的意思：一个就是《当代文学史》可以让高校先搞，他们搞了后，看看社会反应之后文学所再搞也不迟，意思是不要我们急着先搞。第二个就是，文学史不是政治史、社会史、经济史或文化史，有作品才有作家，有作家才有文学思潮、文学运动、文学流派等等，要注重文本的研究，注重文学本身艺术发展的总结。根据他的意见，我们对当时进行的工作做了调整，调整的结果就是不马上写当代文学史，而是划成不同的部分，一部分就是后来出版的《新时期文学六年》一书，从最近的时期搞起。另外就是请朱寨先生主编了《当代文学思潮史》，同时继续进行撰写当代文学史的准备工作，搞资料，参加编辑《中国当代文学研究资料丛书》，出版了88本，还让研究室的同志分兵把守，有的专门研究长篇小说，有的专门研究中篇小说，有的专门研究短篇小说，有的专门研究儿童文学，有的专门研究电影、戏剧等，既要顾着历史，又要顾着当前。这样到90年代后，当代文学史的写作条件已基本成熟了，所以就开始写了。后来陈晓明建议，我们的《当代文学史》是否与整个的《中华文学史》搞成一套，而且最好把少数民族的文学也纳入进来，把港澳台文学也纳入进来，因为当时的条件也比较成熟，我还兼着少数民族文学所的所长，可以调动两边的人力和资源，另外我在当代文学研究会任会长，跟高校的老师们也比较熟，知道谁研究什么，我还在世界华文文学学会担任领导，对台港澳华文文学研究的人员也比较了解，这样调动起来，组织起来就有比较成熟的条件。实际上这个工作在1958年何其芳已经提出来，就是中国文学史应该包括少数民族文学，但当时国家缺乏这方面的专家，在全国好像就是马学良这样一个专家。但是到了90年代情况就不同了，少数民族文学所已有了18个民族的文学研究的专家，中央民族大学也有很多这方面的专家。少文所也曾经搞过一套少数民族文学史的丛书，出了20多本。这样把少数民族文学纳入进来的条件比以前成熟得多了。港澳台也出了一些好的专著，包括我们所古继堂所著的台湾小说史、诗歌史等专著。有了这些条件，就组织起来，搞《中华文学通史》这样一个大工程，以原来的三卷本《中国文学史》和唐弢的《现代文学史》为基础，加以修改补充，加上新写的《近代文学史》一卷和《当代文学史》三卷。这个方案经与邓绍基、樊骏先生商量，他们也赞成。这样，我就开始组织写作班子，进行协调，经过近两年努力，最后完成了这套贯通古今、横揽各民族文学和台港澳文学的《中华文学通史》，共10卷560万字。1997年出版以后，当时在人民大会堂由中国社会科学院汝信副院长主持开了一次新闻发布会，北师大钟敬文先生、中央民族大学的马学良先生和北大的严家炎先生、谢冕先生、费振刚先生等都给予了比较高的评价。中央电视台和中央广播电台也都做了专题节目。这套书出版社赚了70万元，它印了8000套，但缺陷是编校质量欠佳，因为负责出版的华艺出版社，是部队的出版社，没有这么强的专业编辑队伍，全社就二十几个人，临时聘请了一些社外的编辑，编校上就出了一些问题，很遗憾留下了很多编校错误。从2009年开始，我们准备再搞一个修订版，编委会同意搞成12卷，古代的6卷，近现代到当代6卷。现在修订版12卷600万字，也已由江苏的凤凰出版集团出版了。

在文学史研究方面，我个人后来编写了《新中国文学史》上下卷和《新中国文学五十年》，与邓绍基、陈骏涛共同主编了《中国文学通典》四卷。并在陈骏涛协助下与傅璇琮共同担任了《中国大百科全书·中国文学卷》第二版的主编。新世纪还主编有《中华文学发展史》三卷。

何：前些年的马克思主义建设与研究工程中，有一本关于文学原理的书，您也参加了这个工作，您能介绍一点这个情况吗？

张：这本书是由北师大的童庆炳先生来主持的，有四个首席专家：童庆炳、杨义、李准、陈建功，都是那时在位的人，李准是中国文联的副主席，陈建功是中国作协的副主席，杨义是文学所的所长，童庆炳是北师大文艺理论研究所的所长。后来还增加了中宣部文艺局长杨志今为首席专家。具体由北师大来做这个事，由他们来组织，经费也是拨到他们那里。另外有所谓"重要成员",包括钱中文、我,还有陆贵山、董学文、朱立元、李衍柱、仲呈祥、王一川、王先霈、吴元迈等共有12人,我们参加讨论。还有一个写作班子,成员比我们要年轻,主要是一些中年的学者,但重要成员也参加写作。大家分工,提纲是经过所有人讨论的,写出的初稿也给我们审阅和提出意见。这个书稿搞了7稿,中央最后有一个终审小组,成员包括像我们院的汝信副院长,中央党校的一个副校长,中宣部的一个副部长等多人,他们批准以后才允许出版。2010年总算正式出版了。讨论过程中是有不同意见的,这书一开头就把马克思主义文艺理论发展史放在前头了,从马克思到胡锦涛,中央的终审组坚持要这么写,说先印出来听听意见再说吧。这套书比起以前的文学概论来说当然有些新内容,把当代西方理论中一些认为有用的东西都吸收进来了,比如接受美学等,但整个框架还是体现马克思主义文艺理论的传统。

何:经过将近60年的历史,如果说文学所已经形成某种学术传统的话,应该怎样来概括?

张:我觉得学术传统恐怕就是实事求是。就是要坚持以马克思主义为指导,理论联系实际,把学术研究建立在丰富材料的占有上,进行实事求是的分析和研究。

文学所的学术方向不是一个所的事情,是整个院的事情。它的方向中央已经定好了,中国社会科学院就是国务院和党中央的一个思想库、智囊团,马克思主义的阵地,这是在江泽民时期就定好的,我们都写在了院礼堂的门口了。过去没这样提,过去是说必须为无产阶级政治服务。我到所里以后,几次修改办所方针,开头都是说"以马克思主义毛泽东思想为指导"、"坚持为无产阶级政治服务,为工农兵服务",还有坚持"双百方针"等。

我想,作为中国社会科学院的一个文学研究所,重要的一点可能还是要在马克思主义为指导上,在马克思主义怎么与时俱进,并运用到文学研究上,多下工夫,努力与最新的文学实践相结合。这方面有什么新的创造、新的发现、新的建设,这恐怕是我们应该努力的一个方向。但同时,我们也确实应该执行"双百方针",要允许不同观点的存在和争鸣，即使是马克思主义的学者，也会有不同的观点。所以我90年代跟朱寨先生主编了一本《当代文艺新潮》，其中讲到了胡乔木与王若水关于人性、人道主义问题的争论，朱寨先生就问我，这怎么办？怎么写？我就说，定性为马克思主义学者之间的不同观点。朱寨先生就说，好，就这样！我觉得应该允许马克思主义的学者也会有分歧。因为学术上的问题，谁也不能穷尽真理，对不对？而且实践在不断发展，人类认识随着实践也在不断总结和发展，你不可能说谁的话就是定论，就是穷尽真理了。经过不同的争论，产生互补的效应，这比较好。而且从学术生态来说，百家争鸣总比一家独鸣要好。但从努力的方向来说，我们还是要把更多的力量放在用马克思主义的观点去研究文学，解决一些复杂的问题上。而马克思主义的精华就是实事求是。

作为文学所来说，我还是觉得要组织搞一些前人没有搞过的大部头的著作，要有一些大的项目。当然也不排斥个人的独立研究，这两个方面要兼顾到。

何：就您的学术工作而言，您与中国当代文学研究会的关系也是一个重要的方面。当代文学研究会一创立，您就参与了其中的工作，而且长时期担任领导工作，直到去年底才从会长的位置上退下来，您能谈谈这方面的情况吗？

张：文学所主管的学会，到90年代已有11个。包括近代文学研究会、现代文学研究会和当代文学研究会等。学会的工作是近30年才有的新事物，五六十年代时，学会很少，几乎没有，是不是法学会那时候有，我记不得了。学会在近30年来发展起来，主要跟粉碎"四人帮"后，高校需要一批新的教材这样的一个需要有关。新的教材凭一个学校的力量是很难办到的，所以需要联合很多学校一起来搞。

当代文学研究会的产生也是这样学术协作的一个结果。当代文学作为一个学科在五六十年代是不存在的，它附属于现代文学。文学所搞的最早一本书叫《文学十年史》，反映1949～1959年的文学状况，是由毛星、樊骏和朱寨先生写的。华中师范大学在当时也出了一本《中华人民共和国文学史稿》，但实际上是一种作家作品论，写了一些为数不多的作家作品，好像也是 1959 年出版的。这是中国最早出的这方面的两本书。粉碎"四人帮"之后，几所高校出面来做这个事，一个是北师大的郭志刚教授，他联合了武汉大学、南京大学、北京师范学院、上海师范学院、东北师范大学等十个院校，搞了一本《中国当代文学史初稿》，请陈荒煤先生当顾问。荒煤当时在文学所，所以这套书编委会开会时，也请我们所的人参加。

当代文学研究会就是在这个基础上发展起来的，1979 年 4 月在上海师范学院开了一次当代文学研讨会，请了 46 所高校的老师参加。那次会召开的时候，朱寨先生刚好到昆明去参加社科规划的会了，就叫我代他去。我还带了刘士杰一起去，这个会开着开着，有人就建议要建立一个学会，当时荒煤从昆明开完会后也赶过来了。就请示荒煤，他也赞成。这样就开了一次筹备会。筹备会上大家选我来当筹备组的组长，加上中央民族大学的吴重阳老师和南开大学的蔺羡璧老师，三个人负责筹备。回来后我就开始筹备工作，首先是找谁来当会长，我就问荒煤谁当合适，荒煤说，最好找冯牧，冯牧同志当时是《文艺报》的主编，也在主持中国作家协会的工作，担任副主席。我就找到冯牧，冯牧表示同意。于是就开始筹备的各项工作，4 月在上海开完会，到了 8 月，在长春又开了一次当代文学研讨会。这次会由东北师范大学筹备，有 126 所高校的老师参加。会上选举了研究会的理事会和常务理事会、会长和副会长。会长就是冯牧先生，荒煤先生当顾问，顾问很多，茅盾、周扬、丁玲、贺敬之、林默涵等，都是当时在世的老作家和文艺界领导，副会长有当时吉林大学的副校长公木先生，有广东的秦牧先生，有西安的胡采先生，有人民文学出版社的韦君宜先生，有文学所的朱寨先生，还有上海文艺出版社的一个副社长郑锽。常务理事会又根据郭志刚的建议，说要找一个年龄相对轻一些的人，来帮助做一些具体的事，就推我也当副会长兼秘书长，来做实际的工作。当时成立了一个秘书处，聘请了 9 位副秘书长，不同地区都有。1980 年又在昆明开了第二次会，那次会去的人非常多，有三百多人，开会时在一个大礼堂里，加上听会的学生等，根本没地方坐，很多人爬到窗台上去了。小组会分成了六个会场来开。当时的老同志，包括冯至、冯牧、朱寨、马德波、钟惦棐、黄秋耘、蓝翎等等去了一大批，也去了一些青年作家，像叶辛、张抗抗、程树臻等，因为会议在昆明召开，云南的很多作家都来了。那次会议对于解放思想来说还是起了非常好的作用，但会议一开完，云南那边就有人告状，告到中宣部，说"污染"了他们。当时中宣部管文艺的副部长贺敬之还把我找去，问是怎么一回事。我说这个会上只有两个同志的发言对于"清除精神污染"提出了不同意见，冯牧同志开头的发言和最后的总结都没有问题。一个会有几百人参加，有个别人讲这样那样的话，总是难免，你又不能不让人家讲。不能算什么大问题。贺敬之听了可能也觉得对，后来也没有怎么追究。

学会开始是一年开一次会，后来觉得一年开一次花的精力太多了，改成两年开一次。每一次最少也是一百多人，多的时候有二三百人。这样一个学会有一个好处，就是可以认识很多同行，建立一种交流的关系，通过这样的会，也可以对本学科的著述进行评奖，对本学科的研究工作的开展也是有好处的，应该说它促进了当代文学学科的成长。当时在编写教材时，郭志刚他们是一摊，上海复旦大学陆士清他们也联合了22所高校，编了一套《中国当代文学史》，是福建人民出版社出版的。当时他们酝酿也想成立一个学会，想请巴金当会长，后来在昆明开会的时候，我就给陆士清写信，希望他跟我们一起来做，不要再另起一摊了。陆很同意，他也赶到昆明来参加我们的会，所以华东的会就没有成立。但在南方，在广东也曾经搞过一个当代文学学会，选姚雪垠当会长，我当时跟他们沟通，他们不愿意合并，也就算了。但他们去登记的时候，民政部不让他们登记，说一个学科就一个学会，已经登记了一个学会了，再登记一个就不行了。他们就想了一个办法，改为"新文学学会"，我们还帮助他们进行了登记。虽然是两个学会，但我们的关系还处得很好。两边开会都会互相请人参加。现在这个学会还在，会长是华中师大校长王庆生。华中师范大学也编写了《当代文学史》，教育部还委托过他们编写《当代文学史》的教材，两卷本的。他们请冯牧当顾问，讨论时也曾请我去参加。

中国当代文学研究会在大家努力下,还创办了《作品与争鸣》(月刊)《中国当代文学研究丛刊》《诗探索》(季刊)《文学评论》(选刊)《热点文学》(月刊)以及内部交流资料《当代文学研究资料与信息》等刊物,也创办过"中国文学函授大学",我曾担任校长。在80年代,当代文学研究会的工作占用了我很多时间。90年代,学会的常务工作由新的副会长兼秘书长刘锡诚负责,我继朱寨先生被选为会长后,常务工作又改由白烨和吴思敬负责。

总之,这30年来,当代文学作为一个学科还是成长起来了。在东北长春开第一次会议的时候,只有两位教授,一个是吴奔星,徐州师院的,一个是朱寨,其他人大多是讲师、助教,现在一开会,都是教授、博导了。一开始,搞当代文学的都是教写作的,等于是白手起家来搞,在中文系中也是处于比较边缘的。

何:80年代初的时候,唐弢先生还写过文章,说"当代文学不宜写史",有过一个争论,可见当代文学作为一个学科,在当时还是没有稳定的学科基础的。

张:我们所里当时在讨论要不要写"当代文学史",唐弢先生就提出了当代文学不宜写史。但是荒煤先生认为可以写,我们也认为可以写。我说50年代初王瑶先生就写出了现代文学史了,时间上不也是很近吗?现代文学当时只30年,当代文学到80年代初也有30年了。怎么不可以写?!当代文学到现在已经60年,远远超过现代文学的时间了,总的来说研究是远远不够的,很多作家、很多作品根本没人动,当代文学出的作品太多了,现在一年要出2000~4000多部长篇小说,有的还是多部头,当时蔡葵先生专门在跟踪长篇小说,他说每年要读60部,每部平均30万字,要读1800万字,阅读量是很大的。当时如此,现在要完整地跟踪就几乎不可能了。所以,老实说,当代文学还几乎是一个等待开垦的处女地,很多作家都还没有人研究,而且有的作家虽然有人研究,但没人把他的全部作品都读一遍。你比如王蒙名气那么大,但王蒙的书有谁全部读过呢?可能不多。有的作家还处于创作的旺盛期,像贾平凹已经出了上千万字了,铁凝也很多,2010年张炜一下推出了个十卷本《你在高原》，450万字。因为研究得不够，写史当然有很大的困难，写出来也不一定全面和确当。但学术总是发展的，开头不完善，可以逐步去完善。现在全国出版的当代文学史著作已有100多部。

当时董之林跟我读博士的时候，我就跟她说，都说"十七年文学"文学价值不大，但你不能人云亦云，你要读一遍再发表意见。后来她一篇篇读了很多，就说，啊呀，张老师，十七年的很多作品还是很有意思的，很值得解读。后来她就写了一本书《旧梦新知》，90年代出版后，很有影响。

何：她那本书发掘了很多现在几乎已没人注意或已被遗忘的作品，进行了认真的解读，而且很多解读都是与自己的个人阅读经验有关的。

张：这种研究方法在当代文学研究中是值得提倡的。阅读文本是文学研究第一步的事情，是必须要做的。你读了以后才能发表意见，才能有发言权，要不然就是人云亦云，没什么意思。

我觉得文学所要继续走在全国文学研究的前面，必须要了解研究现状，知道别人都干了些什么事，否则要走在别人的前面是很难的。全国哲学社会科学规划办公室最近编写了《中国社会科学发展趋势》，他们去年让我们各个学科调查各自学科的发展状况，写了调查报告，后来汇集在一起，最近出版了。我觉得这个工作做得很好。我从1986年参加全国社科基金项目的评审工作，从1991年起一直担任评审组中国文学学科专家组组长，每隔五年都要对文学学科的发展状况做一次调研，并写出调研报告。这对于我当时领导文学所的工作也是有帮助的。

何：我还是对90年代您主持文学所工作的这段经历比较感兴趣，在处理所里的事务的过程中，无论是处理学术上的事，还是处理所里的行政事务，有什么给您留下特别印象的吗？

张：我在主持所务工作期间，指导思想还是要保持一个比较安定的环境，保证大家能够安心地进行研究。上面有批评的，有要还的账，该还的还是要还，要组织文章进行说理。

"六四"以后，进行资产阶级自由化的清算工作，从理论上，该讲道理的就讲道理，政治上尽量不做什么处理。所以我主持文学所工作期间，我感觉文学所还是比较安定的。大家该做什么事就做什么事。科研上比较大的一件事就是《中华文学通史》的编写。因为是以比较快的速度完成的，80年代之后，已经有一套断代史的系列书出版了，是由邓绍基先生他们牵头的，因分工北大、中山大学等高校担任分卷编写任务，而大学的老师各有各的事，有的就完不成，拖了近20年，虽然如今大部分出版了，还没有出版齐。《中华文学通史》这个工作是在我们的掌控下做的，完成得就比较快。王平凡同志参加我们的会时就感叹，想不到你们搞得这么快！也没听说开多少会，就弄出来了。过去老开会，也弄不成。

前天刘跃进书记到我家里看我，说起所里应该有一个大项目，我就提议，可以搞一套20世纪作家作品的选本，作家研究资料，还有作家评传。发动不同的室来做这个工作。

现在文学研究的领域比过去要宽泛得多，我进文学所的时候还没有当代室，60年代的时候才成立当代组，当时要我去，但蔡仪同志不同意，就没去成。不过当代组成立后就下去"四清"了，也没做什么事，只由蒋守谦编过反映创作现状的动态性内部资料。我记得他们在"文化大革命"后期还编过一套《文化大革命诗歌选》，是跟工厂的工人一块合编的，四卷本，好像没正式出版，是打印本，也是蒋守谦先生主持的。我所资料室还曾经搞过一套当代的所有评论的目录，好几卷，最后也没有出版。积累的很多资料，由于人员的退休和时代的变化，也没有很好地保存下来。非常遗憾！现在当代文学研究室十多个人，比当初少了一半了，最好还应该进些新人，要考虑到将来文学所发展的需要。

何：张老师，时间有点长了，您最后还要说点什么吗？

张：我最后想说，我在文学研究所工作至今已50多年。我的成长是跟文学所和历届领导对我的培养和帮助分不开的。在我担任领导职务期间，工作班子都比较团结和谐，全所同志对我的工作全力支持，特别使我感动！我非常感谢他们！

注：本文经张炯先生本人审阅和修改、补充。

曾经的年代：对文学所"文革"的一些回忆与思考

——王信访谈录

王信，辽宁海城人。1934年出生，1952年入北京大学中文系，1956年毕业，分配到中国科学院文学研究所（1978年改为中国社会科学院文学研究所）工作。在《文学评论》编辑部先后任助理编辑、编辑、副编审、编审；编辑部主任、副主编。1988年任文学所第四届学术委员会委员。1988年获中国作家协会首届全国文学期刊优秀编辑奖。1994年退休。1995年至2010年任《中国现代文学研究丛刊》编委。

采访时间：2011年3月2日全天
采访地点：中国社会科学院文学研究所会客室
采 访 者：严　平

严　平（以下简称严）：王信老师，您是1956年到文学所的，到现在已经有50多年了，在您经历的这几十年中，您认为"文革"这个时期对文学所来说是很重要的吗？

王　信（以下简称王）：是的，经过的年头很长，几乎所有的人都卷进去了。是这一段时期的大事，虽然回忆起来不是让人愉快的，但总不是一段空白。特别是老文学所的人，都有记忆，但多半不愿提起。文学所"所庆"50年时出版了《岁月熔金》，写个人很多，但都不愿提及"文革",只有朱寨和孙一珍提到1976年天安门事件文学所的人到天安门悼念总理。其他人都不讲。但我知道,人们并没有忘记这段历史。可能忌讳很多,无论是整人的,还是挨整的,都是块伤疤。轻易不愿意提起。但并不意味着就忘记了。

严:我听您说要谈文学所"文革"这个题目的时候,觉得您真的是很勇敢,这是一个不好谈的题目,如同您所说的我看到的回忆文学所历史的文章中几乎没有人讲及这个问题,您认为谈这样一个题目的意义在哪里?

王:谈这样一个问题不是算旧账,也不是要弄清谁对谁错,主要是要从这段经历中看历史是如何制约人的。这个人也就是我们自己,我们如何被制约,卷入一些事后看来很愚蠢很不该的活动,但是当时又是不可避免的。认识这段历史,也包括对自己个人的反思。自己如何从一个蒙昧状态,到盲从状态;又因抗议不公卷入派性;到军宣队进驻后,当作骨干参加各种活动,这时候就骑虎难下了。70年代中期其实已经觉醒,外表看活得很逍遥自在,但内心很悲观。所以回忆是有认识自己的问题,当然认识自己是有局限的,自己经过的事情常常有意无意地处在原谅和为自己辩护的心理状态上,而对别人,也可能不准确,或从对立的角度看问题。直到今天来时我还在想,我是否能够客观地讲出来?无论是对己对人,努力做到吧。可能也难免有不对之处,但我还是认为应该回忆。甚至我觉得不只是我一个人,应该很多人都有这段回忆。

严:也许有的人不愿回忆。

王:不错,我看过一些文章,写如何挨整如何苦闷,但当时他是整人的。

严:您说得对,一个人要做到真正的客观很难,但不同的人从不同的角度进行回忆,也许就组合成了一个接近客观的历史。

王:不过可不能坐到一起回忆。(笑)

严:会打起来吗?

王:那倒不一定,倒可能都是为自己辩护,觉得委屈,弄得不愉快。如果是同一个派别的人,可能比较平和地补充一些事情。

我的回忆在事件时间上也不一定完全准确,但就按照能记得的说吧。

首先从学部和文学所的运动怎么开始说起。我们是参加江西"四清"的一批人,1965年去的,1966年6月4号回京。而那天正好是召开全学部的一个批判大会。批判杨述,他当时是学部的副主任和政治部主任。为什么要批判杨述?我当时不知道,是事后知道的。杨述是从北京市委调来的,首先就觉得他和"三家村"或者是关系密切,或者是同伙,所以就拿他开刀。这个会各个所都有人参加,文学所什么人参加我记不清楚了,好像是要派何文轩吧。我是6月4日那天回到北京的,所以没有来得及参加那个会。事后听说,他们是6月4日上午开的大会。这件事是学部文化革命运动的开始,当然也标志着文学所的运动从那个时候也开始了。但文学所的造反活动,反何其芳、反修正主义黑线啦,好像稍微晚几天。最先也是贴大字报,这个大字报是哪些人、哪个组贴的,就记不太清楚了。好像开始还是比较温和的,就是响应中央的号召,已经知道中宣部出了问题了,"一条黑线"嘛。好像没点何其芳的名,这是我事后听说的,记不准了,好像还是比较温和。

严:您记得文学所的第一张大字报是什么内容吗?

王:第一张大字报,按朱寨的记忆,应该是陈骏涛写的。我前不久看到陈骏涛一篇文章,也说他写了第一张大字报。署名是否就一个人不记得了,因为当时还不是用战斗队、化名什么的,大概都是署名哪个组的。根据王保生说,好像记忆中的第一张大字报还是比较温和的。接着就是学部开批判大会,其中就批判了何其芳,文学所自己批判何其芳的调子还是比较低的,而且大概也没让何其芳站着、低头什么的。

严:就是说文学所运动最初是从批何其芳开始的?

王:对,文学所对何其芳的批判会正在开的时候,来了学部和《新建设》的一些比较积极的"左"派,支持这个会。来的人上纲比较高,语言也比较严厉,而且连批判带训斥,让何其芳站起来之类的。之所以有哲学所和《新建设》的人过来支持,是因为他们是整个学部领先造反的大本营;而所以成为大本营,是因为哲学所有林聿时、吴传启，他们1964、1965年就与关锋合作，关系特别近，而关锋当时是进入中央文革领导小组的。因此一切的消息和指挥都来源于哲学所，他们敢于最先起来，很狂热、很狂暴的造反，批学部领导、批党委什么的，就是因为他们有那些消息。

严：吴传启好像当时很有名？学部"文革"还出了哪些名人？

王：对，吴传启当时大名鼎鼎的。后来被打倒时，点名点的就是吴传启。林聿时没有他的名气大，后来还有一个周景芳，都是点名批判的。还有文学所的涂武生，历史所的王恩宇、傅崇兰……总之，当时哲学所是造反的大本营，由他们来支持文学所对何其芳批判，而且把调子升高，来的这个人就是刘再复，发言调子很高，而且当时普通话说得也不太好，所以对其口音大家事后都嘲弄性的模仿。

严：刘再复当时在《新建设》？

王：对，在《新建设》。那就顺便讲讲他吧。他是1964年大学毕业分到学部的，他分到《新建设》，跟他同时分到文学所的有董乃斌、张大明、吴庚舜，他们都是同一时代的。他们也是同一时期（大概在1965年）下放到山东锻炼，彼此也都比较熟。按照事后大家讲，刘很热情，也很冲动，当时所以变成那样一个积极分子也是他们单位的左派鼓动他的吧，促成他走到最前面。从那以后，文学所对何其芳批判的调子便升高了。以涂武生为首的文学理论组的一些人，就成为文学所造反的主力派。这时候还没有出现不同的派别。他们批判了，大家就带着那么一种既不理解又有点恐惧的心情随大溜吧。但是，实际上内心，至少我后来了解，大家对他们的做法还是比较抵触的。就算是批判吧，像以前批评批判也不至于走到这种地步，那么凶暴、那么不文明……

严：这时候已经有不文明的举动了？

王：呵斥啊、低头啊什么的，再后来就有戴纸帽子的……

严：打人吗？

王：还没有打人。有抵触情绪的人实际上不能表露出来，抵抗的办法就是要抓造反一方的毛病。怎么抓对方的毛病？因为"文化大革命"开始的气势是只能揪不能保，无论揪谁，双方没有敢保的，所以就逼着对方揪。看谁保,谁就属于保守派。当时越揪越宽。在揪的过程里面,像何其芳、毛星、唐棣华、王平凡这些所长、副所长等领导,毫无争议地都被揪出来了;接下来就是揪所谓反动学术权威、三反分子,其中揪出来的人有陈翔鹤、俞平伯、王淑明等等一大批,都是当然受到批判的。

严:这些都是所谓反动学术权威?

王:对,其中有一个蔡仪。是理论组的,理论组揪了很多人,但是没有揪出蔡仪,没有点蔡仪的名,也没让他成为"黑帮"。这样,反对方就感到不平,抓住这点:理论组还有一个反动权威蔡仪,你们为什么要保?于是,就开展了一个关于保蔡派的论争。现在回想一下,当时坚持要把蔡仪揪出来的人,其实对蔡仪并无恶感,也没有真把他的问题看得特别严重。但就是理直气壮地提出要揪出来。主要签名的就是何文轩、金子信、许志英、王保生、徐兆淮等人,成为现当代为主的主力军。发生这个论争以后,就逐渐形成两派了。当时还不叫总队,就是一个造反派,一个就是对立派吧。

严:在蔡仪的问题上形成了两派?

王:对,开始形成比较尖锐的两派。一派以涂武生为首,一派就是以何文轩为头儿,还有一个叫王英的,这个名字你可能不熟悉吧?

严:是一位女同志吧,是不是后来去了上海?

王:对,她和何文轩是并列的。另一方就是以涂武生为主的理论室大部分人。

严:何文轩是主张揪蔡仪,还是提出质疑?

王:他们就是质疑对方为什么不揪蔡仪。这事情就复杂了,因为当时是要争当革命造反派,谁都不能说保,只能揪。揪什么人呢?这无形之中就有派性在起作用了,所以后来人们就比着揪,后来就越揪越宽嘛,揪到最后为什么会揪到樊骏呢?就是要打扫自己的阵营,不要给对方留辫子,自己揪自己,遇到问题就自己先把它解决了。因为董易、樊骏等在反右斗争中都有点问题吧,就被自己组里的人揪出来了。现当代组在揪蔡仪的同时,把自己组里的朱寨也揪出来,也是基于同样原因。

严:是有意识使自己的队伍清洁一些?

王：对，有意的。所以揪得宽到了这种程度。当然其中也有两派共同揪的，就像前面所说的何其芳、毛星、唐棣华、陈翔鹤、俞平伯、王淑明等等，这些都是共同揪的。陈翔鹤后来死于工军宣传队进驻后，大概是清理阶级队伍阶段，他患重病，去医院途中猝死。是救治不及时，还是有意识自杀，当时是个谜，后来定性为畏罪自杀。可能是工军宣传队为了开脱责任。

严：刚才说的涂武生，是理论组的吧？在蔡仪问题上是什么态度？

王：对，他是理论组的。"文革"前是文学所的普通一员。"文革"开始，他成为文学所造反派领袖。他们内心并不想揪蔡仪，其中杨汉池还辩护过说：比起何其芳来，蔡仪同志距离马克思主义更近。后来就变成我们嘲笑的一句话了。这句话在当时来说是个把柄，都被作为黑帮处理了，还离马克思主义更近？都是一些落把柄的话嘛。文学所揪到最宽的时候有二十七八个人。有的是作为反动学术权威揪的，有的是作为叛徒被揪的，有的是作为历史反革命揪的，有的是作为修正主义黑苗子揪的，有的是作为老右派揪出来的，还有的是生活问题，还有的本身没什么问题就是因为丈夫被揪了她也得揪出来……如揪毛星，就揪出一个他比较欣赏的人来……好多都是毫无道理。

严：就是说什么问题都弄出来了。

王：对。

严：这是什么时间？

王：1966年的6月份吧，揪斗的范围不断扩大。那么在这个过程里，两派的对立形成了，都要抓对方的辫子。何景杰、何文轩这一派就揪住了王春元——对方的主力。

严：当时这两派叫什么？

王：那时还没有名字，后来一派叫联队派——是整个学部红卫兵联队的文学所支队，取名"敢字当头"战斗队。何文轩这派叫总队派——全学部与联队派对立的叫红卫兵总队，何文轩这派是支持总队的。

王春元，你还知道吧？

严：理论室的，他跟何文轩是一派吗？

王：当时是对立的，后来跟何文轩的关系很好，跟我关系也很好。

严：文学所的派系也在不断地演变和变化？

王：对，当时很对立的后来也有关系还挺好的。我和杜书瀛就是对立派，后来关系也是很好，呵呵，这都是后话了。

当时之所以揪王春元，就是因为他是青年艺术剧院过来的，而在青年艺术剧院他是艺术委员会的成员，那么就算是艺术团体里领导机构的成员，所以这好像是个辫子吧。就揪他如何在艺委会里当黑委员之类的问题。还有人说他较早演过巴金《家》里的大少爷，说他当时是青艺的红人等等。其实这些都是勉强为揪而凑的问题。把他揪出来时他好像一下也就懵了。后来他们队里有个勇敢分子，叫李新萍。她当时是行政组的会计，是联队里面一个很勇敢的女性。她到了会场就把王春元的纸帽子给拉下来，把他拉回到队伍里来了。总队方面当然也无可奈何，这事也就了了。后来，王春元就没揪出来，而且他跟吴传启关系好之后就揪不动了。再后来对方就说何文轩他们打击左派了。就变成这个问题了。此后，两派的僵持、对立关系开始形成了。

严：这时候还没有叫联队、总队吗？

王：对，他们是在什么契机下成立的联队、总队我已经忘了。总之，就在对立双方比较尖锐的时候出现了两派，那边就叫红卫兵联队，是以哲学所、《新建设》为主体的造反派，历史所有一部分人，其他各个所也都有。这边叫红卫兵总队。学部的两大派系形成了。文学所也相应地形成两派，各个所都出现了两派对立，这就是所谓的总队派和联队派。

严：学部联队派最早反什么人？

王：反学部本身的党委，就是党组，最先是批判了杨述。接着又批判、打倒的是关山复，他当时也是学部的主任或副主任，他是由东北调来的，本来是为了整顿学部的。杨述打倒以后，关山复的罪名是包庇杨述。批准何其芳停职反省接受批判，下这个指令的是刘导生。那时候大概是6月中旬或者什么时候，何其芳被正式停职、被审查、被批判了，但没多久刘导生自己也被打倒了，整个学部就瘫痪了。于是，两派群众组织就各自进行自己的造反活动。

严：这是什么时候？

王：1966 年 6 月到 7 月之间吧。

严：群众组织正式掌权了？

王：对，正式操纵和指挥学部的活动。

严：这是否可以算作一个阶段，初期阶段？

王：初期阶段应该还要往后一点。

当时总队为什么刻意与联队对立呢？有什么目标或者标志性的东西呢？一个是反对吴传启，不承认或怀疑吴传启是左派。再一个就是反对潘梓年，潘当时是学部主任，他应该是最重要的当权派，但是哲学所不揪他，而是保他的。联队是保潘吴派，总队就是反潘吴派。吴传启的名声就从这儿传遍了学部，甚至到了社会上，都知道学部一派是反吴传启。而总队一派的口号就是反潘吴——潘梓年、吴传启。潘汉年是潘梓年的弟弟吧。其实当时他也是挂名的，没什么事，按说是没有理由揪，但是他的位置在那儿，当然是当时最大的走资派了。谁要保总是被动的。一直到 7 月 20 号左右，那时候陶铸已经从南方调到了北京，大概是书记处还是中宣部部长，而且是副总理吧，是第四号人物（毛、林、周、陶）。他当时对学部运动有过四点指示。我怎么想都想不起来四点指示的具体内容，我问过别人，他们都不记得。何文轩应该记得，他有笔记。指示的基本意思是不支持总队，而且好像其中有一个意思就是肯定吴传启是左派。陶铸指示出现以后，联队派非常欢呼，而总队派就变得被动起来，但是也不肯承认自己错了，还是坚持对立的态度，这个对立时间大概一直持续到从 9 月到 11、12 月份，文学所的总队是在对立过程中最先垮台的。

那么就应该到第二阶段了——文学所总队的没落。

严：这时候文学所总队的主力有哪些人？

王：头是何文轩。主力应该说还有许志英、王保生、徐兆淮、金信子（这两人后来都离开了文学所了）、陈全荣、张大明等，这些应该算是比较主要的吧。

严：文学所联队的头是谁？

王：这个时期还是涂武生，后来大概还有更大的变化。

严：总队的垮台就是因为陶铸不支持？

王：不完全是，指示对总队虽然不利，但还不至于全军覆没。是因为出现了一个特殊事件，就变得被动和束手挨打了。特殊事件好像是在11月份左右，不知道是由于什么契机，联队认为陈全荣藏有黑材料——当时叫它"黑材料"，所以他们就来了一个突然袭击式的抄家。这个主意当时是怎么形成的就不知道了。由于陶铸的四点指示，他们的队伍比较兴旺，人员也比较多了，好多人都是属于那一派了。他们抄了陈全荣的家，还有其他人的家。好像包括张大明，甚至吕薇芬的宿舍也被抄过。当然吕薇芬并没有什么东西。但抄陈全荣对他们来说是一个重大的收获，因为陈全荣有个日记，日记里面把整个学部运动的状况都写了，另外他有一些重要的话，如怀疑关锋搞阴谋，要搞掉陶铸。这些话被抓住当然是好大一个罪名——攻击中央文革。陈全荣被抄一回吓跑了，不知道跑到哪里又被捉回来了，被毒打了一顿，而且把他给塞到——你对当年那个7号楼还有印象吗？咱们的办公楼是6号楼，7号楼侧面的边上有一个装清洁工具的——不像房间的小洞，打完了，就把他塞到那里去了。

严：这件事是以涂武生为首的一派干的吗？

王：对，但是打人的是谁，我不是亲历，我不知道，大概有几个工人。这只有陈全荣自己记得清楚了。打得非常厉害，那时候我们都不敢看，出来一拐一瘸的。张大明好像也被打过，但是比较轻，没有受什么伤。这以后就整个把总队给控制住了。说总队中有攻击中央文革的反革命分子，就开批斗会。这批斗会包括批判何文轩、许志英、陈全荣、张大明。陈全荣的事实际上当时知道的人是不多的，包括总队自己都不知道陈全荣日记里写了些什么事，所以对方怎么批，我们就只能怎么听了。坐在下头，灰溜溜的，事情一出现，已经没有什么招架之力了。整个文学所总队派就这样被摧垮了，活动也没有了，一切就听对方的了。

对方开什么会议参加什么会，对方要批谁，比如要批何文轩，大家就都去听批何文轩。批何文轩有过几次，批陈全荣也有过几次，批何文轩的时候许志英、金子信挨过陪斗，也是次数不多。总而言之，这就是属于总队派的低潮了。

严：这可以算第一个阶段结束了？

王：对，到此为止算第一阶段吧。中间学部还有一个大事。就是6月份，刘少奇主持中央工作，向各个单位派出工作组。当时是6月下旬，学部也进驻了工作组。来文学所的工作组长叫袁健，他是九江地委的书记还是副书记，到这里主持工作组。他来了以后首先是了解情况，分别听取两派意见。他还没做什么指示或者举办什么活动，为时不久就出现了反工作组。这当然也是由哲学所的联队最先得到消息，知道毛主席对派工作组不满意，所以发动反攻，反对工作组。那么，反攻反什么呢？就是说工作组支持保守派，打击左派，落实到各个所，就变成工作组跟反联队派有勾结。一定得有这个逻辑。在文学所就是袁健和何文轩勾结起来反对左派。但这方面实在是没有材料，也没有事实，那么只能非常勉强地找到些什么，比如袁找过谁谈话啊，或者跟谁说过什么情况。为时不久，就把工作组赶走了。实际上反对工作组对于总队和联队并没有多大影响，对原来对立两派的关系和矛盾也没有什么影响。但是对学部来说，对"文化大革命"来说，反工作组还是一个重要环节。这是6月到7月之间的事，到陶铸指示以前就结束了。

下面专门讲讲我自己。在整个文学所开始出现造反，反何其芳、反黑线这段时间，我当时很不理解，也不太适应，因为我平常对政治问题不是很关心的，甚至也不怎么去分析这些问题，所以当时很懵懂，当然也带着一点恐惧，就是在那种气氛下比较恐惧。在这个过程里，出于一种本能，我对联队的造反是抵触的，对那种凶暴、那种不文明、那种吆三喝四的做法是抵触的。过去搞批判会、批评会至少比较严肃、规规矩矩吧，没有像"文化大革命"那样，所以首先情绪上是抵触的，不适应。当然在当时那种情况下我也不能有所表示，也只能跟着造反，而且也得表示造反，于是就揭发《文学评论》，就是何其芳、毛星主持下的

《文学评论》。

严：那时候您在《文学评论》做什么工作？

王：我是《文学评论》的一个普通编辑。我一方面参加所里批何其芳、毛星的大会，一方面就揭发《文学评论》的一些问题。我记得我写过一张大字报叫做《十年来〈文学评论〉的怪现象》，这大概是由我起草的，当然材料是当时《文学评论》的人们凑的。其中我记得的内容是这样：一个是《文学评论》给反动权威大开绿灯，比如1964年发表俞平伯的文章，还有杨绛的一篇文章，叫《艺术就是克服困难》，说这完全是资产阶级学术，大概还举了一些例子，就是说为反动学术开绿灯。另外就是打击年轻人，举的例子就是关于典型问题，有一个青年作者，现在还在杭州大学，当时年轻，就关于典型问题与蔡仪商榷。蔡仪当时写了一篇反驳文章，口气教训性很强。因为是蔡仪嘛，没改动就发表了，当时也不觉得是问题！写大字报时也就作为他打击年轻人的一个例子吧。另外就是攻击姚文元，因为姚文元一篇文章，不知道讲什么，发倒是发了，在审稿意见里写得不是太肯定吧。再一个就是包庇陈翔鹤，陈翔鹤当时在1964、1965年已经被批评了，而且社会报刊上批判得很厉害，文学所当然不能不表态，于是就由何其芳组织余冠英、乔象钟写批判陈翔鹤的文章，调子定得比社会上批判的要低一点，没有把他说成反党、反社会主义，就说他思想情绪不健康、不对头，对社会主义有抵触。当时认为这是比较实事求是的，到"文化大革命"当然算作是包庇了。还有一个例子就是，说何其芳对批判周谷城冷淡、不积极。周谷城在1964年以后提出"精神汇合论"，已经受到社会上的批判，但是文学所没发文章，《文学评论》没发文章。后来，不知道从哪儿听到了，说是康生有话，说文学所对批周谷城不感兴趣——这段还是发生在"文化大革命"之前。何其芳听了就很着慌，于是赶紧找编辑部商量看怎么办。正好北大哲学系有个叫李醒尘的，他有文章，赶紧找他去！他有两篇文章，当时都拿来了，一篇用李醒尘的本名，还有一篇文章用化名，因为不好用同一个人的名字嘛，就化名赶紧发了两篇文章。这是1965年的事吧，就是应付批判周谷城。另外有发了些什么

"黑文章"吧，如讲到康濯配合大连会议的一篇关于当代小说的文章……反正诸如此类的一些事情，就算是《文学评论》在何其芳、毛星主持下的一些怪现象。

严：这张大字报还挺长？

王：对，挺长的，而且是我干的。不仅大字报是我写的，其中这些黑现象有很多事情都是我经手的。比如像蔡仪打击青年人这篇文章，是我经手的文章。那么，我也等于有些不顾事实吧，实际上当时是不实事求是的。另外批判周谷城的文章，怎么想出这个主意的？也是我。赶紧找李醒尘的两篇文章，其中一篇化名，也是我做的。还有，关于攻击姚文元，我记得审稿单上我写得就不是那么肯定，事后也就算到何其芳他们的头上去了。在这种情况下，说老实话，有些事情就是赶紧把问题揭出来，落实到何其芳毛星他们头上。一方面是在《文学评论》不能躲开揭发，另外也多少给自己开脱，免得将来人家说你王信做什么做什么，现在既然我揭发了，事情当然就都是领导、主编他们的责任了。

严：就是说，实际上有保护自己的意识？

王：开脱、开脱。但也并不都是这样，比如《文学评论》包庇陈翔鹤等就跟我没关系，这属于《文学评论》本身的问题。

严：您当时写这张大字报会不会也有那种心理，就是真的觉得自己受了上面的蒙蔽什么的？

王：没有。说老实话，我自己当时并不是从心里认为有什么错，攻击姚文元我一直就没有觉得错。

严：当时就不觉得？

王：当时就不觉得。因为说起来，无论姚文元怎么得势，我们心里没有佩服过。只是，一旦有辫子就得赶紧作为问题解决。"文革"期间都是这样吧，凡是有把柄的、有辫子的就赶紧作为问题揭发呗。

另外，"文革"开始以后揪斗越来越扩大的时候，我对自己也分析过，也想过我会不会有什么问题？首先从阶级论出发，家庭出身如何，我自己想过，好像这方面不至于有辫子。我爸爸是个工程师，是在铁道部工作，作为一般的技术人员，"文化大革命"开始以后也没出事，也没作为走资派、黑帮或者反动学术权威,是一般群众,也是不大被重用的群众,就是属于随大溜的。我的妹妹都还年轻,一个是在中学,在师大女附中,另外一个妹妹是在中国科学院化学研究所,年纪比我轻那么多,都不会有什么问题。我自己想想参加工作以来,写些不三不四的文章,也没什么要紧的。只有一篇文章我自己担心过,好像是在1964年,跟一个朋友合作写过一篇评介秦牧《艺海拾贝》这本书的书评。而秦牧在"文化大革命"一开始就被广东揪出来是"黑帮"分子,《艺海拾贝》是大毒草。这个消息出来以后,我心里紧张了一阵子,我那篇文章吹捧大毒草!但是因为是化名,好像也还没人知道,我自己当然也没说,后来也没人提,这件事情当然也就过去了,所以稍微有点紧张以后就觉得没什么负担了。另外,在整个文学所期间,我好像一直属于政治思想落后但也没出过差错的那种人,包括反右时期也是属于中间状态,既没被批评过,也没出过什么差错。

严:您是团员吗?

王:不是。

严:没有申请过?

王:没有申请过。所以我政治落后一直是有名的。卓如他们都是那么认为的,一直那么认为。这状态,在"文化大革命"期间反而并没有成为政治问题。

严:没有人批您政治上落后?

王:没有。"文革"以前,以正统观念看来我是落后的,包括有的领导如张白山也是这么看我的。但是,政治落后不是政治问题,也没有差错,所以在"文革"期间这种情况反而不是问题,觉得自己没有包袱。我记得这期间,在参加所里批判何其芳时我也写过一篇大字报,是批判何其芳和胡风一样鼓吹唯心论的"艺术良心",是从他那篇《文学艺术的春天》里抓了几句话。何其芳讲艺术的良心不假,跟胡风连在一起也不错,现在看来其实都不错。可当时与胡风一样的论点就是大问题。另外,我批评过毛星的超阶级论还是阶级调和论吧,这是因为毛星在50年代关于李煜词的讨论里,他提出过不反人民也没有人民性的作品这个论点，当时很轰动，而且在文学所看来，是比较实事求是的一个看法。外界有些人就认为有点儿超阶级论吧。在"文化大革命"期间我就批评过这个。还有别的材料我都忘了。反正贴过批评毛星的超阶级论和阶级调和论这样一个大字报。另外，就是批我们编辑部主任张白山的，他没有什么自己的重要文章，平常对毛星有点唯唯诺诺、唯命是从。

严：当时毛星是《文学评论》的副主编？主编是何其芳？

王：是。对张白山那种气质我们看不太习惯，所以揭发时候就用了"何其芳的奴才"等说法，这是很不礼貌的。还有抓个什么辫子呢？有一次他看英文《泰晤士报》，报上说1964年海明威逝世，美国总统肯尼迪还发了唁电，他不知道出于什么心理，给我们讲了这个事。我们当时也不在意，后来"文化大革命"期间想想这是不是有点吹捧帝国主义头子啊，肯尼迪给海明威发电报，你那么看重他干吗？我记得批评张的时候就抓了这么个辫子。别的记不清楚了。

严：这样说您大字报也写了好几篇？

王：是的。

严：一个人总得写几篇？

王：是。批张白山也许不是大字报，可能是批判会上讲的。大字报就是关于何其芳的一个，其他后来写的大字报都是属于打派仗的了，并没有多写。这时候，涂武生和何文轩两派对立，我当时既没有参加联队派也没有参加总队派，只是总队派的一个同情者。总队派是以现代、当代为主的一批人，并不包括我。无论是写大字报也好，与对立派论战也好，我都没参加，我是他们的一个同情者。当时还没有介入他们这个派别当中。当两派对立开始时，《文学评论》编辑部有不少同志是同情支持何文轩一派的，有栾勋、彭韵倩、郑启吟和我。后来形势大变，联队派得势以后，编辑部的人也分化了。一部分人转为支持联队派。最典型看风使舵的是杨志杰——此人早离开文学所了。

严：您只是总队派的一个同情者？

王：对，是总队派的同情者。这点何文轩他们自己也知道。当时我的思想、心理状态，对"黑帮"是没有恨意的。无论是对何其芳、毛星，还是唐棣华，包括他们作为把柄揪出来的蔡仪，其实心里都没有什么恨，因为平常他们的为人没什么不好，一旦作为敌人好像是不可能的，没那种情绪。真正有那种憎恨、讨厌情绪的倒是对涂武生他们。对涂武生、对王春元，还有当时的一些人——他们当时是飞扬跋扈的，所以对他们有一种非常厌恶的情绪。对何其芳、毛星等人，即便在开批判会时照样喊口号，还是要打倒，还是要写大字报，其实心里是没有那个情绪的。

另外，还有一件事情，我觉得是对不起卓如的。也不算什么大事，就是揭发"毛门女将"的时候，我就讲卓如伪造出身，说她自己是贫农的女儿，因为她实际上是地主的女儿。本来这也算不上什么问题，因为别人好像也有这印象。我说了以后，她当时没有说话，事后她告诉我，她说那是你自己说的，你说我像个贫农的女儿。呵呵。我也不能说什么了，但事后我觉得较抱歉。虽然是个不大的事情，但如果是我说的，反而又说她自己伪造就不太好，我不知道后来是不是向她表示过歉意，都忘了。这件事，是属于在揭发、批判别人的时候发生的事情，应该表示歉意的。

这就是第一阶段，到总队垮台。那么，第二部分就应该是总队重新亮相，重新反潘、吴，这已经是 1967 年了。1966 年联队得势以后，队伍不断扩大，直到 1967 年的上半年，是联队活动最旺盛，总队最消沉的时期。1967 年 6 月的时候，总队重新起来反潘、吴。我的积极性就是从这时候开始的，从一个同情者变成一个参加者。到了七八月间，王力、关锋倒了，联队原来依靠的是他们，于是就失势了。当然也没有垮台，还有一个戚本禹没垮呢，所以联队和总队还是僵持着。文学所的两派都有所分化。（略）

1968~1969 年好像是清理阶级队伍。清理阶级队伍完了以后就开始清查"516"了。学部清查"516"开始得较早，在王力、关锋倒台后因为上面有消息，就开始了。1967 年姚文元评陶铸两本书，点出了"516"，说有那么一些怀疑一切、打倒一切的"516 分子"，要清理出来。这以后，就有了一个全国性的清查"516"运动。各个单位、各个机关、各地方甚至包括农村都在搞。实际上，对"516"的清理我始终觉得是个谜团，波及的人很多，搞得很残酷。学部、文学所的清查一直到从干校回来才结束，一直到1973年，前后整整折腾了好几年。（略）

重点谈谈我对"文革"期间派性的一些想法。

"文革"中的两派，对立的双方，包括过去相处很好的人都因为观点不同而变得关系紧张，走路都怒目而视。有的甚至夫妻反目。张恭勤、张朝范夫妻两人分属两派，两人吃饭都不坐到一起。马靖云和彭韵倩过去关系很好，后来成为对立派，对面走过都视而不见。其实没有什么个人恩怨，但因为是两派就不说话了，互相不来往，这个现象很普遍。前面说的那个叫李新萍的，30多岁，原本人缘很好，说话和气，很善言谈。到了"文革"，成为联队骨干的时候，凶得不得了，连男同志都怕她。像康金镛，这个人平常很温和，到了两派对立，训斥黑帮的时候也是声色俱厉的。赵园说研究"文革"，首先要研究血统论，我说派性更值得研究。这是一个很奇怪的动力，一旦变成哪一派好像就一定要誓死保卫，其实真的是阶级观念那么强吗，口号之下真实的动机到底是什么？有的人就是出生入死为了一派，个人利益、财产都不怎么顾及了，同一派的人真的是一方有难八方支援。学部就有为了支援一个人，粮票、钱都拿出来；为了出去外调，千辛万苦都在所不惜。这里都没有什么个人利益，但都维护得非常坚定。我当时就感叹，派性真是一个伟大的动力。我甚至想到党派是不是也是这样？不管自己是对还是错，首先要坚定地维护。这是派性最基本的特质。

严：您是否觉得，当时对立的双方都是为了维护真理？

王：口号是这样。

严：真实的呢？

王：我不知道别人怎样，我自己其实是政治观点很淡漠的，而且很不喜欢政治斗争的。但已经卷入了，且出于抱打不平的义气，也要用这些口号。也得表示保卫什么批判什么。

严：像您这样一个对政治很淡漠的人，在那种时候是否也是这样处理派别内外人事关系的？

王：是的。我对对立派也不说话，如对蔡恒茂，他是联队派的时候，我眼睛也不看他。自己派的人谈得来，而且经常拿一些话来嘲笑奚落对方。一派里的人语言都是共同的，对立派都无话可说，情绪对立。特别是在联队处境不好，总队翻身的时候有一种快感，一种报复的快感。当时觉得很痛快。我不掩饰我的这种心理，我的政治意识并不强，但出于正义感报复快感是很强的。所以后来总队翻身，很多人要求入党（大约是工宣队期间），我也没有这种要求。在清查"516"的过程中也是，我说有些骑虎难下就是这个意思。军宣队来了依靠这些人，我们反对潘、吴，比较年轻又没有历史辫子，我就成了骨干、班长，骑上虎了。当然，因为是整别人并不是很痛苦，但也有些无奈。这种状态一直到1973年才结束。

严：文学所有没有真正什么派别都没有参加的人？

王：有，我正想讲。真正的逍遥派只有一个人，古代组的梁共民，华侨，北大毕业，主要做资料工作，"文革"中也没什么问题，他一开始就不介入，哪派都不参加。但是他关心各种各样的动向和小报，是收集社会上的资料最全的一个人。后来这些资料可能没有保存下来。他从不介入派别。也许因为无事可做，热心收集材料。新北大、井冈山、红三司，还有黑帮头子的小册子……我就买过陈荒煤、夏衍的黑话录，给钱理群了，他说要研究"文革"。

关于清查"516"，事后我想有些抱歉的事也是有的，但不是太严重。一件事情是下乡之前，1968年11月，被清查的人也一起下乡。当时有一个人是文学所的临时工，叫李云亭，年纪很轻，也是联队的活跃分子。因为下乡不可能带一个非文学所编制的人下去，军宣队的头头就决定在走的前一天来个突击性的审问。到他家里，把他拉到文学所的房子里对他审问，要他交代。我参加了。军宣队坐镇，我们让他站着，对他逼问，要他交代组织情况。因第二天就要走了，非要弄出些什么，于是就有些不文明的动作。推一推，揉一揉。这是我唯一做的不文明的事情。还有一件是在息县的时候。审查王春元，我讲了很刺伤他的话："你不为你想，要为你的女儿妞妞想想，像你这样一辈子反革命，女儿长大如何!"他好像眼泪都下来了。我事后想，自己头一次这么刺伤别人，好像有些于心不安。忘了后来有没有向他道歉了，但心里一直觉得有点歉意，不该那么说。其他虽然有些声色俱厉，但也都是些套话，听的人也听烦了，不为所动，我们也讲烦了。清查"516"时，我这个组主要和王春元、张锡厚、栾贵明打交道，整个清查没有弄出什么，大概只有像涂武生那样的人有些真背景。这件事一直弄到1972年夏天，从明港撤回来。当时好像是周总理的命令，我们好像是较早撤回的，整个撤回。回来后清"516"并没有结束，但也弄不下去了，也不怎么开会批斗了。一度是瘫痪状态，不了了之，不知道什么时候正式结束的。这件事是怎么开始的？谁决策的？我也想不明白。我也和一些人讨论过这件事，当时清理的对象是造反派，所以这件事好像不应该算在"四人帮"的账上。当时说"516"是反周恩来的，反周好像是毛的一种暗示，觉得周并不全力支持"文革"。但在清查中始终搞不清楚有没有这么一个组织，越到后来越怀疑。运动开始时最先清查谁是"516"成员，什么时候加入，谁介绍的等等。他们自己都不知道有这么个组织，只说开过什么会，商量过什么。后来学部清查的时候就放弃查组织了，因为实在查不出来，就查活动了。查干过些什么，写过什么材料，这样范围也更宽了，凡是对"无产阶级司令部"不敬的都算。查反周已经只是其中之一了，并不是重点了。所以弄不清这件事上面到底是谁决策的。最后交代问题也漫无边际了。我觉得这是"文革"最不清楚的一章。像反"二月逆流"等都是清楚的，抓六十一个叛徒也清楚，就这件事不清楚。应该说是一笔糊涂账——无论是清查的，还是被清查的。被清查的很痛苦，清查的也弄不清什么是主要罪行。一件很愚蠢的事情。干了好几年，不了了之。任何一个运动都有一个结束，用一个文件或什么来结束，但清查"516"最终连个说法都没有。什么时候结束的，怎么结束的，也没人知道。文学所也同样，后来经过1976年天安门事件，大家都去悼念总理，对立情绪就逐渐消失了，关系有所改善，好像成为同道了。这些朱寨在《岁月熔金》里讲过。

不久，清"二套班子"①又在自己内部爆发了。据王保生讲，明港后期，有秘密的专案组，要清"二套班子"，被调查的有何文轩、彭韵倩——她自己好像都不知道。从事这个工作的是军宣队和马良春等。马良春、高智民、毛星比较坚决。这时候军宣队好像已经撤了，何其芳、朱寨主持工作了。毛星也是班子成员，他既批评何也反对朱。这样又形成了新的派别关系。

严：他们之间的主要分歧是什么？

王：朱寨没有加入什么派别，他支持何文轩，也不赞成他们搞帮派体系。包括何其芳也不赞成他们搞帮派体系，对何文轩有些保护的意思吧，所以马良春他们也无形中对着朱寨和何其芳。这件事好像已经是打倒"四人帮"后很长一段时间了，后来矛盾怎么消除的？

严：可能是荒煤、沙汀到所了，荒煤不同意再搞运动，要尽快恢复正常研究工作。

王：就个人观点来说，我对毛星印象并不坏，包括大批判的时候。但只有这个阶段我对他是反感的。对唐弢也反感。形势都这样了为什么要整何文轩，还从家庭入手，到山西调查人家的家庭成分和历史材料，这是左的做法。我也不理解。何文轩从"文革"起就和联队对立，批黑帮也没有什么过分行动，包括对何其芳对毛星都没有什么过分的行动，当然也开批判会也写大字报，但这不属于个人的责任，不会让他们有什么特殊的印象。批何这事也许和"二套班子"有关？这段事情很少有人写，大家都不提了。这一段事情也可问何文轩、王保生，有些问题和记忆差错他们可以补充。

严：一直有种错觉，以为毛星和朱寨在"文革"中有什么大的矛盾，听您讲，实际上他们一直到清理帮派体系时才出现分歧。

王：是的，何其芳和朱寨在派别上也没有什么联系。其实当时揪朱寨还是总队做的。

---

① 清查"516"运动中的一种说法，认为除了王力、关锋支持的一些反对"无产阶级司令部"的造反派（一套班子）外，在王力、关锋倒台后还有戚本禹操纵的同样的一些造反派（二套班子）。

严：有种说法，说朱寨这边集中了一些业务尖子，不知是否确切？不管因为什么，但朱和毛之间发生的情况或许值得分析，都是从战争中走出来的，都来自延安鲁艺，经过了那么多年的共事，曾经关系那么好，有着宝贵的友谊，怎么后来关系成了那样？两人基本不讲话，不来往，这种伤害在内心一定是很大的。前些天我去访问朱寨先生，因为方便就约了在毛星先生的家里谈（毛星先生的女儿毛晓平在），朱寨先生进门很感慨，说多少年没有来过这里了！毛星已经走了……可见情感的复杂。

王：他们两人之间的分歧表面是因为何文轩，实际上还是派性。主要可能还是对何的政治估计，所谓"二套班子"问题，造成了对何和何一派的不信任，一旦有机会就要整。我的这种解释好像也并不圆满。当时大形势都变了啊！为什么要这么激烈呢？可能对何的个人估计更坏些。

严：听说1978年荒煤来所后，看到派性太严重，围绕何文轩的争论没完没了，会议开了好多次都争执不休，就断然提出何到底是好人还是坏人这个问题，认为只要是不属于坏人，从此这件事不要再提了，不要影响业务工作的正常开展。他是用行政的办法来强制解决复杂的问题，当时可能也只有这样做了。对这一做法多数人还是接受了。

王：说是坏人肯定没有道理，没有打砸抢。

严：毛星先生后来心情也不愉快。好像弯子没转过来。

王：基本不来所了，据说在家看武侠小说，不搞业务了。到新时期一般人都不这样了，无论挨整的还是整过人的多数人都希望一笔勾销赶紧开展业务工作。

严：回头看，人与人之间的关系在一个特定的环境中会发生很大的变化。

王：是的，如朱和毛，还比如我讲过的有些朋友关系、夫妻关系都改变了，这就是派性的作用。

严："文革"后，70年代末，我们进所的时候也感觉到所里派性很严重。

王：是的，当时正在批帮派体系，意见不一，也很对立。我当时也很气不过，在组里就和一些人顶过。这些到了沙汀、荒煤进所就大致结束了，大家分头抓业务。但我和毛星的关系一直不好，那时他已经负责"文评"的复刊工作，调了解驭珍来，复刊组有蔡恒茂、张炯、陈骏涛、邓绍基等，我是编辑部的人，毛星好像从来不和我们说话，很长一段时间也不和我们见面，关系僵持很久……

严：您觉得"文革"过去了，但这段历史对文学所的影响，对人们心理上的伤害依然还存在吗？

王：有影响，对这段历史应该反思。比如是否打过人，侮辱过人？可能有人想过，但不愿讲出来。被迫害的人可能愿意讲，但真实的心理不清楚。记得当时一些人被打成黑帮关进6号楼的3层，自己带饭，有人的心理好像也并不紧张，比如李荒芜就写过诗嘲笑关他们的人："斗鬼欣闻滚蛋声……"是不是当时都觉得无出路了？还是听天由命？还是真认为自己就是反革命了？樊骏说过，当"黑帮"陆续下楼后，何其芳说："哎呀，不能都走啊，得有人陪陪我啊！"毛星就说："我不愿意，我愿意所有人都下楼。"所以说不定所有的人都紧张。当时只有一个临时工管理他们，态度很粗暴，但这些人也随他去，李荒芜的诗还有一句"亚夫原是女将军"也是嘲笑那个女临时工的。

严：学部的"文革"在形式上好像还不是特别强暴？

王：应该说对"黑帮"动武的较少。最激烈的一次是"文革"早期，何其芳被南京师范学院来的一批红卫兵拉到东风市场吉祥剧院批斗，让他举个牌子"何其臭"。弯着腰，他那么胖受不了，后来就跪倒在地上了，骂得很厉害但好像没挨打。那是他受折磨最厉害的一次。学部比起高校来还是温和一些。挂牌子，没有挂砖头什么的。但是红卫兵总队清查"516"时打死过人，这就是派性。并不是总队就没有暴力，一旦翻过来整对方的时候也很残暴。他们打陈全荣很残暴，总队打冯宝岁，打死了，也很残暴。外文所的兴万生，清"516"时被打得屁股都烂了也是事实，兴是外文所联队的头头。总的说来，学部斗"黑帮"还不是太激烈，行动上还较温和，倒是两派斗争时较激烈。

严：是否可以说"文革"对文学所的影响主要是造成了队伍的混乱，分裂了队伍，混乱了思想，使一代人的业务耽误了。

王：是这样的，后来到了 70 年代末抓业务了，大家就不太关心派别斗争了，主要觉得应该出成果了。比如杜书瀛和何文轩不是一派的，但抓业务后两人关系很好。

严：至少后来这个变化还是让人感到欣慰的。那段历史不堪回首，前年我们到重庆作国情调研时，曾经参观了一座红卫兵墓园，很凋零悲凉，接待我们的人"文革"时还是中学生，却亲身经历了武斗，真枪真炮，眼看着身边死了很多同伴，有些人年龄很小就死于枪战中，双方还都认为自己是为了保卫毛主席，当时人们都疯了。

王："文革"的派性成了一个怪物，现在的人很难理解。个人之间没有仇恨，但对立和斗争一点都不留情，文学所虽然没有武斗，但双方怒目而视。我认为研究"文革"应该研究派性，这是"文革"的特殊产物。

严：你觉得文学所的"文革"最激烈的是哪个阶段？

王：是两派斗争清查"516"阶段。斗黑帮是随大流，不比别的单位更激烈。把黑帮揪出来，集中学习在当时还不算虐待。当然，现在看是很不人道的，剥夺人权的。凭什么就把人家弄出来，另眼看待，这都是不应该容忍的事情。所以我说"文革"很少有不做错事、不做蠢事的人，只有绝对逍遥派可能是这样。一般只要卷入总要喊打倒黑帮吧，总要写大字报吧。而且一会儿这边对一会儿那边对，也很难置身度外。文学所只有梁共民做到了。"文革"中文学所有人就感叹过：做个老百姓真难啊！站不完的队，流不完的泪！要完全超脱几乎是不可能的，随大溜就不算过错了，这不需要个人来承担了，只有做了恶事的要承担责任。我是觉得我做了许多错事和蠢事，但是还没有做恶事。最不容易反思的可能正是做过恶事的人。受迫害的人都不忌讳讲，迫害别人的比较少讲这些。也有些既受迫害也迫害别人的，就讲一半。

严：或许他也觉得有委屈，形势所驱使嘛。很少有人能去分析自己内心最隐秘的东西是什么，这其实正是需要认真思考的，像巴金那样，即使痛苦也要追问，为了以后不再重蹈覆辙。

王：喊口号可以理解，打人的心理是什么，真的那么恨吗？还是认为既然是革命就应该对反革命分子实行暴力？我认为动手的并不是有革命觉悟的，像文学所的几个工人，他们是动手的。是出于政治信念吗？我觉得还是出于派性的报复。我说过把对方打倒的时候我有派性报复的快感，但我没有武力的快感。他们既有派性的报复快感，也有武力的快感。我承认我有派性，打过派仗，斗"黑帮"我不积极，打派仗我积极，所以派性是可以把人性扭曲的。

严：它会让人性当中最隐藏的一些东西爆发出来。如果分析到这一层就不只是社会的责任，也有个人的责任了。有些东西是要社会负责，有些东西是应该个人负责的。当然这很残忍，因此很少人去触动这么深层的东西。可能有些人都不愿意想，不愿意承认了。

王：内心的忏悔可能有，但公开的忏悔不多。经过"文革"我觉得一个正面的教训是，不人道的事情不能去做，不管出于什么样的口号。

严："文革"之所以走到极致可能和那些年的教育有关，要人的行为服从一种宣传和主义，服从阶级斗争。决不能脱离做人最基本的东西，把做人的基本东西丢掉了，把中国文化中的传统都毁灭了，还有什么？当然，仔细分析仍然会看到其中个人的一面，同样是宣传为什么有人会动手打人，有人看到打人会走开？

王：和年轻有关吗？

严：重庆墓园的人谈起来觉得很悲愤，他年轻的同伴有的死了，有的"文革"后被当作"打砸抢"分子抓进了监狱，他觉得这根本不是个人的责任，我们当时是为了革命。但是，同样要捍卫真理，为什么别人没有拿枪杀人呢，杀的还是普通老百姓！

王：很多人把自己的行动解释为响应号召，但我觉得真实的动机很值得怀疑。可能有的人顺着潮流变成了自己的思想，但我认为那么真诚的很少，我为了捍卫毛主席就把你当反革命！从我自己内心分析我从来没有真实地觉得所做的一切都是保卫毛主席革命路线。（**严**：会不会真有人这样想呢?）我认为至少文学所的人没有这么痴呆！都是因为顺应形势，而且需要一种时髦武器来批判，这一点文学所的人都会这样做。用流行的主流武器。所以，有时候觉得自己在做戏！比如批黑帮的时候，我在下面看到何其芳、毛星他们还很认真地记，心想他们何必那么认真地对待。不过何其芳还真是那么一个书呆子！我真的这么想，那么认真干吗呢，这或许也是我们这些人在"文革"中变得比他们聪明的地方吧！呵呵！他们好像真的不懂政治斗争。

严：他们那一代人的确不同。荒煤在1964年文化部整风时开始也不承认自己反党，后来所有的人从不同的角度分析批判他怎样反党，到后来，他回到家中对夫人说，看来我真的是反党了，到了"文革"被抓进监狱里，所写的材料都是分析自己如何反党的，真信了。当然，这种真信能维持多久不好说。

王：我们好像无论对江青搞的"纪要"还是毛主席的批示都不那么佩服。这里有一个个人崇拜问题。不知你怎么想，我认真想过，其实自己内心对毛没有什么真正的崇拜，我觉得这是一个专制主义下的强迫性的个人崇拜。崇拜是一个主动性很强的内心对对象的感觉。我好像没有，（**严**：年轻时代也没有?）大学的时候人们热情欢呼"万岁"的时候也没有，斯大林死的时候那么多人哭我也觉得奇怪，（**严**：老人家去世时那么多人哭是随大溜吗?）恐怕有真有假，有人就告诉我他自己就是假的，但后来假的也哭出眼泪了。大跃进高潮的时候毛主席视察时说粮食多了怎么办，可以土地轮休，可以种观赏植物……我当时听了心里很反感，农村还不够吃呢！三年困难时期传达他的讲话，批评右倾，说无非是市场上缺点儿头发卡子，缺点肥皂，有什么过不去的？还有挖防空洞时说无非死掉两亿人等等，作为一个领袖我们可以说他英明，但慈祥的感觉没有，就不容易让人产生崇拜。"文革"中红卫兵的那些崇拜也可能是真诚的，我没有。（**严**：如果全国的个人崇拜没有达到顶峰，也不可能实现"文化革命"啊?）是有全民性的东西，但不等于个人的内心都认同，更没有亲切感。（**严**：像社科院这么一个知识分子集中的地方，应该是有个人独立的思考。）我甚至认为有许多人和我的看法一样。但谁和谁都不会交流。如果不是现在的时代我和你也不会交流，就是倒退到"文革"结束的时候也不会谈。应该说那是一种专制主义下的个人崇拜，不是你可以崇拜，也可以不崇拜，而是你不能不崇拜。这是有利害关系的，如果你不崇拜会有什么后果？你游离这个崇拜的行列会有什么后果？有了利害关系人们就害怕，不敢说什么了。与其说崇拜，不如说害怕。你们呢？

严：我们这代人的崇拜曾经有过但好像破碎得太快了。我小学毕业时发生"文革"，中学没上就去农村，原来头脑中许多很美好的东西几乎在瞬间消失，崇拜也就没有了。我想，或许真正崇拜的还是曾经跟随毛泽东革命打天下的一代人，像何其芳、荒煤他们这些人。他们总是说毛领导着推翻了三座大山，比起错误来，贡献是巨大的，即使是看到了错误也可以原谅，什么都可以原谅。他们用一个巨大的理由说服自己，或许是因为他们经历了夺取政权前国民党的那种黑暗和腐败，那种感觉比我们强烈得多，对解放后的一切都认为来之不易吧？即便是想不通也要求自己服从，还认为是为了服从大局，应该牺牲个人。当然，到了后来他们对自己的这种情结也有不同程度的认识和反省，因而也很痛苦。

王：他们的崇拜感可能还很真诚，我们这一代人的崇拜真诚吗？有的真诚也有的不真诚，有人不真诚不流露出来，甚至对自己也不真诚。总觉得自己是真心崇拜，其实是不是问过自己内心的真实感受呢？问过之后恐怕也就不是那么回事了。崇拜基于什么？哪些使你感动？使你佩服？觉得这是一个伟人，人格伟大！特别是庐山会议以后，再经过"文革"……当时我没有看到多的东西，就是头发卡子等我就感到不佩服，没有亲切感了，领袖说这些话不了解百姓的疾苦啊，又好像高瞻远瞩代表人民！"文革"更没有亲切感了，他在天安门上招手照相，我在想，你心里想什么？整个红卫兵都成了你的兵……我也难以想象，红卫兵们为什么那么又激动又流泪？（**严**：年轻啊！）年轻什么都不懂，怎么会这么激动呢？这就是灌输下来的，如何伟大，（**严**：没错，我们从小接受的教育就是这个，天天说。"文革"初期师大女附中发生打死校长的事情因为什么？女校、还是女学生。）高干子弟，有优越感，敢于做任何事情。出身不好的不会做这种事情，没有优越的身份。（严：优越感可以，批判也可以，但为什么要打人致死呢，这么残忍，暴露了人性中畸形的东西。）这就是长期以来灌输的优越感。（严：干部子弟不行了之后，我们学校里最厉害的是一个工人子弟，真厉害！）红五类，还是优越感。（严：我总觉得事情做到了极致，除了外部环境，肯定还有性格中的很隐秘的东西在发生作用。）对，和内心中邪恶的东西有关，和"文革"前的教育也有关，阶级斗争是无情的，对敌人要残酷，不能讲人道……这种教育多少年一直灌输下来，到了"文革"，就不把人当人对待了。"四清"时地主随便可以当牛娃，随便斗，干最苦的活，一年要出多少个义务工，什么最倒霉的事都让他们干。

严：还想问您，您觉得"文革"在学部这样一个高级知识分子汇集的高层次的地方和其他地方有什么不同？

王：学部和其他地方的不同，不是因为它属于高等文化机构，而是因为他有和中央文革的直线关系。就是关锋直接指挥着哲学所的几个人操纵着学部的运动，并以此为大本营成为他们活动的标志和喉舌。他们都得风气之先而不错，符合中央文革的意图，到王、关、戚倒台前都一帆风顺。很多单位没有这个条件，所以联队得势之后也出去很多人。它的特殊性就是它和中央文革的关系，这种关系和影响一直维持到下干校。另外它的能量很大，能和高校平起平坐，联合在一起。当然和它是文化机关也有关系，在批判上武器比较多，写大字报能手也比较多。有个说法："某某是'文化大革命'练出的一支笔……"

严：学部也有一些老知识分子，民主人士，当然"文革"中活跃的不是这些人。

王：60年代学部曾经安排了不少中央待不了的被批判的人，这些人是属于养闲的，如张闻天、巴人、邵荃麟、杨献珍……任何重要职务都没有了，但还可以做些业务工作。邵荃麟好像名誉上到外文所，巴人到亚非所，杨献珍是哲学所，但实际上也不去上班，他们都是"文革"中被冲击的人，也不可能起作用。

严：这一段历史应该记录下来，作为文字保留下来，王：梳理历史的脉络是应该的。但涉及具体的事情很多人会有顾虑。有些人不想谈也不愿意别人谈。其实还是应该谈，涉及有些人可以把人名隐去。

严：还想问一下，您前面说自己连入团都没有申请过，你们生活的那个时代是一个突出政治的年代，像您这样对政治不积极的态度，会不会承受很大压力？

王：大学时代正是提倡百花齐放的时候，还是比较自由的时期，没有什么大的压力。入团当然是表示政治上的进步，不入也没有觉得比人矮一截，没这种心理。到文学所后没想到入团，有的人批评或讥笑过我，说我根本不求进步，也传到我的耳朵里，编辑部也有人找我谈过。我为什么不愿意呢，主要是不习惯靠拢组织，接近组织，汇报思想……非常不习惯，所以也没有想要找组织委员谈思想什么的。有了这种距离也就被视为政治上落后。别人问起来时我会说自己条件不够，但实际上是没想申请。有些人申请入党几次不批准，成为心理包袱，我是根本没有申请的举动。在那个年代那个年龄根本就没有申请过入团，这可能是不多见的。所以响应党的号召之类我也不可能是积极分子，只是随大溜，到反右的时候，我也没想到有什么意见可提。

严：就是说不申请并不是因为对组织有什么意见，到了反右的时候你也没有什么意见可提？

王：对。所以反右时让我做记录，整个过程我也没机会说话，反倒很安全。反右后要排队，我也不知道自己是排中还是中右，反正不会是积极分子。我好像在这方面很迟钝，比如说反右怎么积极响应党的号召，下放怎么积极？都不太明确，只是需要走就走吧，也没有什么欢欣鼓舞的。反右时有个交心运动，我好像也交代不出来什么。反右后觉得心里很恐怖，政治斗争是这么可怕。那时批判樊骏是很厉害的。

严：是批他白专吗？

王：不，其实他思考问题政治性是很强的，什么能不能和平过渡、走议会道路这些问题。

严：其实他是一个对社会问题充满热情的人。

王：是的，而且是通过思考，认真地谈意见的。反右时他是在小组里谈的，还检查自己对罗曼·罗兰很崇拜等等。当时听了对他的批判，我觉得很恐怖。所里的一位研究人员在交心时还说过：经过反右运动，我觉得党是伟大的也是可怕的。我听了觉得这正是自己要说的。对这个说法当时大家批评了一下就过去了，但我却记得很清楚，他说出了我的一个说不出来的真实的感觉。所以我对政治和政治斗争一直是游离状态。没做过积极分子，也没唱过反调，随大流。当然，每个时期的运动都有积极分子，包括"文革"，但我不是一个积极参与者，揭发何其芳也是随大流。做一些不能不做的事情。没有一定要怎么样的念头，能应付过去就完了。

严：不申请入团有人动员您吗？

王：有人问过，团支部书记刘建波，我当时说我不够吧，她好像鼓励了我几句，她的话倒成了我的包袱，不过后来也就没联系了。

严：樊骏是团员，反右以后被除名了，这件事情对他影响很大吗？

王：应该是有影响的。不加入也就算了，已经是了被开除这就是一件大事了。当时对他批判很厉害，我都以为他可能要划右派了，后来何其芳没有这么做，批判后下放劳动就完了。所里对划右派不是那么激烈，能不划还是不划。对他是开除还是让他自动退团，我记不清了，反正后来就不是团员了。1957年的事对他是个包袱，到了60年代谁也不再提起这件事情，也可能他也不是包袱了。作为业务骨干何其芳让他做事情，和团员身份也没有什么关系。何其芳、唐弢都很重视他。

严：这说明了何其芳是一个爱才的人。

王：我不入团不入党过去在人们的眼里是政治落后，奇怪的是在这些年里人们倒"佩服"我了，有人还说我了不起，这让我也感到是怪事，变化真快啊！

严：我小的时候好像周围所有的人都入团的，像您这样连申请都没有的可能真是太少了。不久前看到刘再复回忆樊骏的文章，把你们和一些党员作了对比，认为你们这些党外布尔什维克更纯真呢。

王：我看了，《新文学史料》重发这篇文章时我建议编辑部把这段话删掉。我对刘说你这么夸奖我愧不敢当。当然他是很真心诚意的，我还是很感动。

严：樊骏做什么事情都很认真，按说许多事情是他难以接受的，可他还特别虔诚，并且在其中有所收获，例如下放工厂农村时他总能认识一些好人，并能够得到一些帮助有所收获。

王：他认为知识分子是需要思想改造的，并真诚接受。他去工厂和工农结合都不是应付，在这方面真正做到不走形式的是他。他下放时和农民关系很好，还结亲认干爹。虽然在文化上没有交流，但他真诚待人人家也真诚待他。到工厂也是同样，（**严**：按说，从他的生活习惯思维方式以及家庭背景文化背景上看应该是格格不入的。）他认为不应该把自己看得高于工农，应该有一个平等的心理状态，有一个正常的交往。（**严**：我有时觉得他是否性格有些软弱，没有什么强势的东西？）他除了执著于学术，好像没有什么别的强项。一次，他去北京站遇到一个外地人下车，问他怎么坐车，说了也不明白，后来他就一直把人送到目的地，好像很助人为乐，其实他又是很怕麻烦的一个人，能不做的就不做，他可不是要到处找事，他怕麻烦，既不想麻烦自己也不想麻烦别人。很矛盾，一方面把和自己无关的人送到目的地，实际上又很怕麻烦。但躲不开的事情就认真对待。还有一年，有一个人来京必须去接站，他不知道该怎么办就先去了北京站，查看路线应该怎么走，这就是说躲不开的事情就认真对待。（**严**：包括对钱，提到钱，每次说起来就烦，烦死了，赶紧捐出去完了！那年，他把我叫到银行把钱一转，一副解脱的样子，说这钱可和我没关系啦，呵呵！认真是绝对的，善良是肯定的，较真也是绝对的！）他和人交往是非常实在，人来了，说完事说走就走了，没有什么客气。要请客也是认真的，都准备好了，想好、说好而且准备好了。他有些地方也是一般人难做到的，（**严**：那就是您说的：对一件事全身心的彻底的投入！）晚年他还是很孤独。

严：王信老师，感谢您谈了那么多，还想请您谈谈对何其芳先生的印象。

王：没有什么更多的接触，但觉得他在政治上是较幼稚的。正因为这样，批邓的时候他会写揭发胡乔木的大字报，显然这是很不明智的行动，只有他这么幼稚的人才会做，他觉得这是党中央的号召，不能不听。（严：他的《毛泽东之歌》写在1977年他逝世前不久，那时很多人已经有了许多新的认识。）我以前和樊骏谈过，如果他多活几年，到改革开放时期他会怎么样？我相信他还是一个毛泽东文艺思想的信奉者。樊骏也不反对这个说法，可能何其芳对具体事情的观点会有些变化，但肯定还是真诚信奉的。当然，如果到90年代就不好设想了。像他内心那么单纯的人好像很少，上面下来的精神在肚子里绕个弯都不会。当年把批夏衍当一个任务交给他，他还真是很认真地研究，要写出一篇像样的文章来。这也可能正是周扬重用他的原因，别人只能大而化之地空洞地做，他还能讲歪理也讲出道理来。一方面是书呆子气，一方面也还是需要修养的。怎么利用材料，怎么合乎逻辑，怎么有说服力，别人比不了，同样批判夏衍他就比别人高明。对"文革"他可能理解是"四人帮"要整他，毛主席并不要整他（严：也许整得还不够，没有像荒煤他们那样被抓进监狱，放出来后可能会思考得更多？当然，周扬放的时候还觉得应该感谢毛主席，思考是发生在思想解放之后……）他看不到这不是对哪个人的问题，还是政治上幼稚。

严：一些老同志很怀念文学所的何其芳时代，好像觉得是个很完美的时代，您怎么看？

王：如果从个人领导的角度说还好，从文学所整体工作看，脱离不了整个时代。当然，在"左倾"思潮的时候没有那么厉害。文学所是一个人才聚集、资料丰富的比较完备的科研机构，它原本应该是一个纯学术的机构，但因为它归中宣部领导，它从开始成立就是党的文艺战线上的哨兵。它有双重性质，摇摆不定。稳定时是以科研建设为主，也有很多成绩，但是一旦有运动冲击就是运动首要了，而且运动频率很高。1957年反右，1960年批修正主义，1964年整风，稳定的时间太短，十年中一半的时间都不到，还有下工厂、农村劳动等等，很多年轻人到所就没怎么搞过业务，耽误很多。应该说不可能完美。

注：访谈经王信先生审阅，有些部分做了删节留待以后整理。

访谈后,王信先生来信补充:

大约是1967年下半年,文学所总队与联队打派仗时,总队以"大渡河战斗队"署名贴了一张大字报,标题是我写的(美术体),占三行,有"……毛泽东革命路线"字样,我漏写了个"泽"字。贴出去不久,正好朱静霞看到,找到我说"你们大字报标题漏了个重要的字",我一看,赶紧撕下,重新写过。朱静霞当时是对立派。她说这事时,我没说话,但内心深处是真的感谢她。这种事,要是揪住上纲,会惹大麻烦的。

在阅读了访谈整理初稿后,王信先生又写信说:

我当初准备接受访谈时,是想尽可能地客观,排除个人情绪因素。这次我读这份记录稿,还是发现个人主观情绪性的东西是明显的。特别是关于两派对立的问题。仍然是以当时是非对错来回忆的。比如一些被作为"516分子"审查的人,在长达四五年时间里,精神、情绪、心理都经受些什么痛苦,我们不会认真考虑的;而是从我的经验中讲如何走形式,如何讲套话,好像没有什么过分伤人。其实,在他们的记忆中是难以泯灭的。所以多年以后有些人写文章还顺带讲自己如何被审查,颇有委屈情绪。我还颇不以为然。这就是个人经历不一样,特别是心路历程不一样,影响回忆的客观性。

写个人回忆材料,像我这种力求客观仍难免有主观情绪的状况,倒也不算问题,可作为史料素材。要写出文学所的"文革史",就需要更多人的材料,并做核实、考辨、讨论了。

从民间组到现代室

——卓如访谈录

卓如，福建福州人，中共党员，中国社会科学院文学所研究员。1934年出生，1958年北京大学中文系毕业后来所工作，先后就职于民间组、当代组和现代室，曾担任现代室主任。曾任中国现代文学研究会秘书长，冰心研究会副会长。1983年加入中国作家协会。著有《冰心传》《冰心全传》《青春何其芳》《何其芳传》《闽中现代作家作品选评》《爱和美的耕耘》等著作及散文集《生命的风帆》、电视剧本《生命之树常青》。主编《冰心全集》，合编有《唐弢纪念文集》《唐弢文集》《中国现代短篇小说选》《中国现代散文选》《中国现代短篇小说钩沉》等。其中《冰心传》获中国社会科学院文学研究所优秀科研成果奖，《生命之树常青》获中央电视台二等奖，《冰心全集》获第二届国家图书奖荣誉奖，《唐弢文集》获第三届国家图书奖提名奖，《生命的风帆》获福州市第二届盛东文学奖荣誉奖。

采访时间：2012年7月2日
采访地点：北京安贞桥外安定路卓如先生家
采访者：冷　川

冷　川（以下简称冷）：卓如老师，您好！今年5月11日文学所举办了纪念何其芳先生诞辰100周年的会议，会上大家拿到了您所写的《何其芳传》一书。很多老师回忆了当年进所时，与何先生的认识和交往情况，您能谈谈自己在这方面的印象吗？

卓如（以下简称卓）：我对何其芳先生最初的记忆是在北大中文系上学时，他给我们讲《红楼梦》。当时北大的校长是马寅初，提倡"同台讲课"，就是同一门课程，由两个不同的老师同时讲。《红楼梦》这门课的两位老师一位是吴组缃，另一位就是何其芳。何其芳的讲课充满激情，强调自己思考，自己总结，整体上偏重于思想；吴组缃先生的课更为细致，注重人物的分析，更近于传统的研究方式。他们两人其实（对《红楼梦》）有很多不同的看法，比如何其芳总体上肯定高鹗续写的后四十回的艺术价值；吴组缃就持保留态度。记得有一次，他说高鹗写林黛玉病了想吃咸菜，说明作者不太了解当时贵族家庭的生活，说得大家都笑了。1956年的北大中文系，陈涌开鲁迅课，礼堂边上都是站着旁听的学生；何其芳、吴组缃开的《红楼梦》研究，旁听的也不少。我认识何其芳先生就是在课堂上，只是当时没有单独接触过。我的这门课笔记记了满满一大本，只可惜"文革"时或扔掉、或烧掉了。

1958年我进所工作，当时的党支部书记是王平凡，团支书是邓绍基。文学所在中关村的社会楼上，院部则在北海附近的文津街。当时的规定是副研究员以上的可以不坐班，助研则要上班。入所之后分配到民间组，当时的民间组的组长是贾芝同志。贾是中国民间文艺研究会的负责人，对民间组的事情管得较少，所里开会时才来，到研究组的时间不多。组里的工作主要靠孙剑冰同志。

来所不久，院里安排给处以上干部补习文化课，要求文学所派老师，所里就安排我去上课，由人事处叶蓁同志找我谈话。没有想到院部还给讲课费，但当时大家都怀着革命热情，觉得这是自己应做的工作，所以坚决退回去了。这些干部很多都是我们叔叔辈的，但他们学习很认真，仔细地做笔记，提问题也很踊跃，勤奋学习的精神是很感人的。

院部布置工作，所里领导或派人去文津街开会，回来再向大家传达院里的安排。这年11月份的时候，我们要搬到建国门内大街。搬家是在晚上，因为卡车白天不能上长安街。所里的中青年每天晚上都来搬运家具。搬家后，我们自己动手在院子里种树，余冠英先生把他家里的葡萄也移来了。

文学所安排在大院西边的小院，6、7号连在一起的工字楼，工字中间、6号楼一层朝北的全做书库，6号楼一层朝南的是办公室和图书室、资料室。二层是理论组、所长办公室、会议室、编辑部；7号楼东头是古代组、西头是西方组，一层中段是现代组、报库，二层中段是民间组、苏联组。当时古代组人最多，房间是按照人数分配的。8号楼是建国门内各所的单身宿舍。

冷：卓老师，当时文学所工作情况是怎么样的？我听很多老师提到过，何先生主持文学所工作期间，一方面要落实毛泽东、周扬等人在文艺工作上的各类指示、要求，另一方面，他也有自己的一种处事原则和信念，在中间起到了很大的缓冲作用。而且何先生在提携青年人方面不遗余力。您能根据自己工作经历，具体谈一下吗？

卓：1958年冬，中宣部交给文学所一项任务：为了庆祝中华人民共和国成立十周年，要总结十年来的社会主义文学的经验，文学所应组织力量，撰写一部《十年文学史》，作为国庆十周年的献礼。在讨论会上，何其芳同志说：一个时代的历史，一般来讲，都是隔代才写的，历代的史书，总是由下一个朝代来总结评价上一代的历史，很少由当代人写当代史的。要总结一个时代的经验，需要深厚的积累，充分占有史料，然后根据史实进行综合、分析，才能做出比较稳妥的结论来……现在为了迎接国庆十周年，要写十年文学史，十年时间毕竟太短，书名还是用"新中国十年文学"吧。

为了完成这项任务，要在全所范围内组织力量，集体突击撰写《十年文学史》。随后从理论组、古代组、现代组、西方组、民间组抽调人员参加编写工作。各研究组抽调的人员集中后，曾多次在6号楼的二楼会议室开会，何其芳同志布置任务后，大家就全书的框架、写法都进行了认真的讨论，会上大家各抒己见，发言十分踊跃。毛星同志善于从宏观上思考问题，而朱寨同志常有精辟的独到的见解。何其芳同志作为全书的主持人，从指导思想到全书的体例、章节的安排、人力的调配，都做了全面的考虑。毛星、朱寨同志出了许多好主意，何其芳同志非常尊重他们，不仅真诚地听取他们的意见，而且在实际工作中采用他们的主张。落实到编写工作，文艺理论部分由毛星、朱寨、贾文昭负责，小说部分由王燎荧、王淑明承担；散文部分是井岩盾、张国民；戏剧部分有路坎、邓绍基、董衡巽、王文；诗歌部分是陈尚哲和我；民间诗歌创作有贾芝、孙剑冰和民间文艺研究会的陶建基；儿童文学部分由夏蕾、陈伯吹、肖玫共同承担。

　　章节分开后，转为小组活动，何其芳同志强调，尽管时间紧迫，还是应该先做好基础工作，充分掌握第一手资料……新中国成立刚十年，许多作家的短篇作品尚未结集，幸而资料室的同志全力以赴，汇集了理论文章、小说、散文、诗歌、剧本以及各种评论的剪报，起了很大的作用。

　　每章何其芳同志都要求先写提纲。我们撰写的第三章诗歌部分由他直接负责，那时才开始有较多接触。陈尚哲是现代组的，他负责老诗人，我负责青年诗人。何其芳对我们提纲的要求是要有概括性，要有历史高度。审阅提纲时，他肯定哪些概括得还可以，同时指出某些问题应该怎么看。这是他对我们的直接指导，对我们的帮助非常大。

　　各个部分的初稿完成后，经过多次修改，然后打印出来，供全体同志讨论，提意见。为了便于讨论，集思广益，何其芳同志让大家尽量阅读其他部分的重点作品。他还请工会组织参加《十年文学史》编写工作的同志观看正在演出的话剧。

　　书稿打印出来后，每一章都是厚厚的一大本，十年间写出较好作品的作家基本上都提到了，而且做了详细的评论。我们都认真阅读，准备意见。这使我们对十年间的文学概貌，有个大致的了解。在分章讨论过程中，何其芳同志要求大家充分发表意见，在老同志的带动下，年轻的同志也纷纷发表自己的意见，有时还发生不同见解的争论。何其芳同志非常认真地听取大家的意见，并在最后的总结发言中，对大家的见解做了充分的肯定，然后坦诚地陈述自己的看法。

经过充分的讨论，各个部分吸收合理的意见，进行认真修改，总算初步完成了任务。后来经过多次删削、修改，直到1963年，才由作家出版社出版。书名改为《十年来的新中国文学》。文艺理论部分作为第一章绪言，其余五章分别为小说、诗歌、话剧和新歌剧、散文、儿童文学。还附有樊骏、李惠贞、肖玫、陈尚哲同志集体编写的《十年来的新中国文学纪事》。

同样是为了庆祝建国十周年，上级要求《文学评论》《文学知识》等刊物组织纪念文章，着重评论新中国成立后创作的成就。何其芳同志让我写一篇关于李季的文章。因为要赶在国庆前那一期发表，时间非常紧，我从阅读作品开始，同时收集有关李季的生平、有关李季的评论、延安的诗歌创作等方面的资料，经过研究，写出《试谈李季的诗歌创作》一文，较全面地评论了李季诗歌的特色和创作历程。这篇文章刊于《文学评论》1959年的第5期。

说起对年轻人的提携，樊骏刚进所的时候，何其芳让樊骏写文章，然后非常细致地提意见、修改，最后送到了《人民日报》发表，这给了樊骏很大的激励。这样的推荐不止一篇。后来何其芳计划在《北京日报》上开一个专栏，让年轻人写文章，给他们提供机会；但这个计划最后没有实现。樊骏写过关于何其芳同志的研究文章，他曾经给我提到过，还缺一部分，没有全部完成，应该在他的遗稿中，整理时一定要仔细找找。

冷：卓老师，我注意到咱们所有重视少数民族文学、民间文学的传统，现在学术界热议的少数民族文学进入文学史的话题，也是我们所走在最前面。您刚开始工作时是在民间组，当时都做过哪些工作，能大致介绍一下吗？

卓：1959年，何其芳同志就提出，文学研究所要编写一部20卷本的《中国文学史》，不局限在汉族之内，要求包括各少数民族的文学发展的历史。民间文学组负责组织全国少数民族文学史的编撰工作。

贾芝同志要孙剑冰同志带领祁连休和我参加藏族文学史的工作，会同中央民族学院藏语系老师耿予方、佟锦华、柯巴（藏族）先到藏族地区搜集资料。恰巧这时中央民族事务委员会正要派一个工作组进藏，征集文物，由马扎布（蒙古族）带队，李佩杰、张秀峰参加。

于是让我们参加，作为中央民委工作组下面的一个分组——文学史组。北京大学的段宝林、中国民间文艺研究会的安民也要求参加文学史组。中央民委副主任杨静仁特地召开会议，宣布我们作为中央民委工作组，由马扎布同志任组长。会后，在民族文化宫宴会厅设"全羊席"为工作组饯行。

1960年3月离开北京前往西藏。我先后到过拉萨、日喀则、江孜、亚东、山南的乃东、拉加里、扎那；随后又到甘孜藏族自治州的康定、巴塘；阿坝藏族自治州的马尔康、金川等地，直到10月才回到北京。

藏族文学调查回来后，毛星同志谈了对少数民族文学的看法，他理论水平高，思想敏锐，对我有极大的启发。他要我用散文的笔法，写一篇关于藏族民歌的文章。这实际上是在我起步时，给我指出一条路子，对我以后的工作，有着深远的影响。我与中央民族学院藏语系老师佟锦华合作写了《从黑夜唱到天明》——谈藏族反封建民歌。后重新改写成《藏族民歌的特色》，刊于《西藏研究》1983年第3期。另外还有《爱国英雄的悲壮颂歌》——读《格萨尔》第四卷，刊于《青海湖》1963年第2期。

在西藏调查期间，由中央民族学院藏语系的师生给我们做翻译，收集到许多藏族民歌、民间故事、藏戏等资料，回来就把资料集中起来整理。我与王尧、罗秉芬、付同和、乔维岳等同志合作记录的藏族民歌，有少量发表于《民间文学》1962年第3期、1965年第5期，后来分别编为《藏族民歌选》《藏族民间故事选》。

1963年，我随民间组祁连休同志赴江西收集革命歌谣，先后到了中央苏区的瑞金、兴国等地，随后又上了井冈山，收集了许多流传于口头的革命歌谣。我们从江西转到闽东的老革命根据地，先后到福建的古田、长汀、上杭、福安、霞浦等地，也搜集了许多革命歌谣。

回来后，我与祁连休合作写了《红色山歌手——良妹》，发表在

《民间文学》1964年1月号。还写了长篇调查报告《革命根据地调查散记》，这篇文章交给了《民间文学》编辑部，未发表，丢失了。

闽东老革命根据地的调查工作结束后，我们顺路到畲族地区调查畲族文学。收集到畲族古老的传说、叙事长诗、不同时期的歌谣。回来后与祁连休合作写了《闽东畲村访山歌》。

1964年，为了各个民族的文学史的编写，我随民间组的同志到广西、云南、贵州等地了解少数民族文学史的进展情况、存在的问题。同时作实地调查，在云南大理调查了白族的文学，后因所领导发电报催促，提前回京。

1965年，文学所根据中宣部的指示，加强当代文学研究，成立当代文学研究组，从现代组抽出部分同志组建当代组，朱寨同志为组长。我从民间组调到当代组，分工研究小说。那时青年业余作者的创作较活跃，领导让我关注青年业余作者的创作，我写了《谈谈〈开顶风船的角色〉》，发在《语文学习讲座》1966年总34期上；还有《谈青年业余作者的小说》，1966年完成的，因"文革"未发表。

冷：您能谈谈到现代室之后的工作情况吗？尤其是史料编纂方面的。从现在看，史料整理的界限几乎就是研究的界限，资料经过系统整理的，很多人都会去关注；没有整理的，则少人问津。我印象中，很多我们专业研究必备的资料丛书——比如《中国现代文学史资料汇编》以及一系列选本——都是由文学所来负责整理汇编的，关于这些资料出版的情况可否细谈一下？

卓：《中国现代文学史资料汇编》，由现代室发起，全国有关科研单位和高等院校分别承担编选，列入国家"六五"计划的重点项目。全国26家出版社分担出版任务。陈荒煤同志担任主编，许觉民、马良春为副主编。徐廼翔、张大明、张晓萃、沈承宽同志为编委，担任日常组织、编务工作。他们分别承担许多作家研究资料的责任编委，做了大量的工作，为现代文学研究基础建设作出了巨大的贡献。

1978年5月，我回到文学所，领导要我到现代组。现代组的负责人是董易同志，他让我先参加研究组的集体项目，编选中国现代文学创作选集。分担《中国现代短篇小说选》的部分选编工作,《小说选》由樊骏同志负责,王信、王保生、许志英、沈斯亨、张大明、卓如、孟繁林、桑逢康、黄淳浩、董易等参加。樊骏对每个作家入选的篇目要求很严格,某个作家选几篇,哪些篇目入选,都经过参加《小说选》的人集体讨论,都要考量我们选的是否真正的代表作。在樊骏的领导下,提高了小说的鉴赏能力。这部选本共七卷,人民文学出版社 1980 年 5 月至 1981 年 3 月陆续出版。

我还参加了林非同志负责的《中国现代散文选》的编选工作,这套书有沈斯亨、张大明、张晓萃参加。选出的散文,全部交林非同志审定,最后集中送到人民文学出版社。这套散文选共六卷,1982 年 8 月至 1983 年 12 月出版。

1992 年,我与刘纳、汪晖、黎湘萍合编《唐弢纪念文集》,社会科学文献出版社 1993 年 5 月出版。

继之,我又与刘纳、汪晖、黎湘萍合编《唐弢文集》(《书信卷》由鲁迅博物馆的王世家同志编辑),因汪晖出国,黎湘萍出力最多,《"编辑凡例"》也是他起草的。社会科学文献出版社 1995 年 3 月出版。1997 年 8 月,这套书获得了新闻出版总署第三届国家图书奖提名奖。

我还参加了 1995 年樊骏主持《中国现代短篇小说钩沉》的编选工作。参加者:王信、王保生、刘扬体、刘福春、沈斯亨、张大明、张建勇、卓如、孟繁林、桑逢康、黄万华、黄淳浩。编选说明由樊骏撰写,最后定稿由王信负责。北岳文艺出版社 1999 年 1 月出版,共四卷。

1989 年,鲁湘元同志基于当时国内外出版了多种有关 20 世纪的中国文学史和文体专史,唯独没有一部编年史。策划编撰一部《二十世纪中国文学编年史》(1900～1949),以时间为序,以条目为举的形式,力图较为全面、准确、客观地反映丰富、曲折的 20 世纪前半叶中国文学的历史。以翔实的资料特别是第一手资料作为入选条目的依据。当某种文体、某一文体作品集、某一文学现象和文坛某一事物在书中首次出现的时候,编写者不仅要为读者提供其原始出处,而且要在研究的基础上对其价值、影响、历史地位等方面予以科学的实事是的判断。参加本书撰稿的，现代室有（以姓氏笔画为序）：王保生、刘扬体、刘福春、李葆琰、沈斯亨、张大明、卓如、桑逢康、黄淳浩、鲁湘元组成编委会，卓如、鲁湘元为主编。

经过集体讨论，由鲁湘元起草了《凡例》，又经多次讨论，反复修改。我们提出了立项的建议。首先得到樊骏先生的大力支持和具体帮助，继而得到唐弢、马良春同志的指导，由严平同志向有关部门申报了课题。1992年列入国家社科基金研究课题。

1993年，我们与一家出版社签订了出版合同，由于任务重，出版社催稿急，于是向全国的专家学者求援。河南大学中文系关爱和，上海图书馆祝均宙，天津社会科学院文学研究所张学新、鲍晶、王之望、刘玉蓉、刘宗武，首都师范大学中文系易鑫鼎、曹治国，湖南师范大学中文系叶雪芬，四川社会科学院文学研究所文天行，西南师范大学中文系苏光文，重庆师范大学中文系郝明工、河北师范大学中文系周进祥、北京鲁迅博物馆黄乔生等专家学者先后承担了撰稿工作。

经过多年的努力，1999年初步完成了。我们将部分书稿送樊骏、王信同志审阅，征求意见，他们两位都提出了许多宝贵的意见，王信特地写了好多页改进的建议。由鲁湘元、沈斯亨、张大明、王保生、李葆琰分段统稿，在统稿过程中，除了修改，还补充了许多条目。另外请资料室的张颐青、叶琳编制了作家、作品、报刊、文坛记事、论争、社团的笔画索引。又经过全书总统稿后，分批交给出版社。

我们万万没有想到，出版社由于经济原因，出版工作受阻。这时樊骏、王信两同志，为编年史写了推荐材料，院科研局给了出版补贴。先后与20多家出版社联系，邮寄、发送介绍编年史的材料，经过很长时间多方联系，最后三家出版社：河北教育出版社、人民文学出版社、湖南师范大学出版社几乎同时表示愿意出版编年史，时间仅相隔几天，我们只好交给最早接受的河北教育出版社。

由于本书所写时间跨度长达50年，涉及面远非文学一端，涵盖面相当广泛，篇幅浩大，入选作家有1500余人，至于列入的作品则数以万计，撰稿者计有 27 人，加上异地分头进行，因此书稿的质量参差不齐，有的较粗疏，有些重复。

出版社要我们按工具书的要求来统一全书，鲁湘元花了很长时间，做了大量的工作。初校排出来后，又分送各段统稿的同志核对、修改，费了很长时间。出版社又提出，为了这部书做到图文并茂，要求我们增加作家的照片、书籍、期刊的封面以及其他插图。这是一个非常繁重的任务，李葆琰同志勇挑重担，他花大力寻找需用的图片，复制，刻成光盘；精心写好说明，交给出版社。二校时，出版社改变了版式，增加了插图，分送给部分作者校改。后来，鲁湘元、沈斯亨、张大明、李葆琰等同志又对三校作了校改。在多年的时间里，统稿的同志，从材料的核定、写法的规范到文字的改错和润色，称得上呕心沥血，避免了不少错谬。直到最近，出版社又提出一批需要核对的问题，还要进行查对、修改。全书共 320 万字，列入新闻出版总署的重点项目，河北教育出版社即将出版。

冷：我注意到您在研究和史料编选工作中，关注了很多处于边缘位置的作家，比如说马宁。您可能是国内唯一一位对他的创作情况进行细致整理的研究者。这应该算是我们所非常好的一个传统。能谈谈当时的情况吗？

卓：参加《小说选》和《散文选》的工作，对现代作家的作品有了初步的了解，接下来我集中精力对福建籍的作家做了初步的研究，撰写了评介冰心、庐隐、许地山、郑振铎、梁遇春、胡也频、杨骚、马宁、林徽因、郭风等 20 位作家的文章，并选了他们的代表作，汇集成《闽中现代作家作品选评》，马良春、沈斯亨同志审阅了书稿，写了审稿意见。1982 年 8 月由福建教育出版社出版。

你提到马宁，我还编过《马宁选集》。1979 年，为纪念"左联"成立 50 周年，陈荒煤同志要求现代组分头约"左联"成员撰写回忆文章，编成《左联回忆录》。这项工作由张大明主持，每人分担一些作家。我按分工，访问马宁。当时他暂住在诗人蔡其矫北京的家里，我去采访，他很健谈。谈到当年在上海卖文为生时，他还特别提到了左联五烈士之一的冯铿，说这是他的救命恩人。马宁回福建后，经常来信，多年都保持着密切联系。随后我收集他的有关资料和散见报刊的作品，编了《马宁选集》，写了《马宁作品的特色》《我所认识的马宁》。海峡文艺出版社 1991 年 6 月出版。

冷：说到您个人的研究领域，我们都会先想到冰心。您编过她的年谱，写过她的传记，主编了她的全集，还编选过一系列冰心的选本，写了多篇研究文章，对这位作家的考察极为详尽。您选择她作为自己的研究对象，有什么机缘吗？

卓：1978 年，在一次全所大会上，陈荒煤同志郑重提出，现代文学研究组应该写出一系列现代作家的传记。他列举了许多大作家的名字，还提到冰心传。所领导的这项要求，深深地印在我的脑子里。

1979 年，我们正在进行《中国现代散文选》的编选工作，沈斯亨同志分工选冰心的散文，他让我去征求作者的意见，我第一次拜访冰心，受到热情的接待。继而我开始研究福建现代作家，第一位就是冰心。发表了《谈冰心的早期创作》。随后，我受冰心委托，应人民文学出版社之约，编一本冰心谈生活和创作的集子，并根据不同时代，选用几十幅照片。她把此书题名为《记事珠》，人民文学出版社 1982 年 1 月出版。

上海文艺出版社计划出版《冰心文集》，冰心先生又把这一任务交给了我。由于冰心的作品分散发表于中国和外国的许多报刊，时间跨度大，加上经过抗日战争、"十年动乱"等浩劫，她本人保存的原版书刊丢失殆尽。因此，要把冰心的作品搜集齐全，这是一件相当繁重的任务。这项工作延续了很长时间，1982 年 11 月出版了第一卷小说，1983 年 5 月出版了第二卷诗，1984 年 10 月、1986 年 8 月分别出版了第三、第四卷散文。第五卷是杂感、序、跋，我花了很多时间，收集了 150 多篇文章，编好后，经作者审定，交给出版社。怎么也没有料到，责编宫玺编好后，送印刷厂途中，书稿不翼而飞，车子开到印刷厂才发现，立即调头沿途寻找，却不见踪影。出版社登报、广播、上电视……给捡到书稿者以重奖，可是，等了很久，没有人送回书稿。只好重新再编，直到1990年2月第五卷才出版。这时冰心又发表了许多新作，于是又增加了第六卷，直到1993年12月，才全部出齐。2008年10月，商务印书馆出版了《新编冰心文集》共五卷。

在编书过程中，我与冰心接触较多，经常交谈，每次谈话我都做详细的记录，积累了许多资料。这些使我对冰心的创作和生活有了较多的了解。我根据荒煤同志对现代组的要求，开始酝酿《冰心传》的写作计划。

1982年秋，福建师范大学俞元桂教授，邀请我参加他的研究生论文答辩，给我提供了实地考察冰心故乡、童年生活背景的好机会。回到北京后，我又探寻了冰心青少年时代在北京的中剪子巷故居，冰心读书的贝满女中、协和女子大学的旧址。

1983年春，中央电视台准备制作一部介绍冰心的文化生活节目，约我撰稿。10月下旬，我随中央电视台的同志到了山东烟台，寻觅冰心童年的足迹。先到了烟台市内的福建会馆，又找到冰心跟随父亲看京剧的戏楼，赏梨花的玉皇顶，经常穿行的金钩寨，以及海军码头、海岸边上的炮台。途经一条小路，这是冰心的父亲谢葆璋先生在烟台担任海军学校校长时所修，生日那天，海军的学生们要给校长祝寿，他就让学生们带上工具，跟着他去修路。一条从海军学校通往烟台的路，就在校长的带领下修筑起来了。我默默地走在这条不宽的小路上，心潮起伏，联想到那许许多多豪华的庆典和筵席。随后，我写了《生命之树常青》电视片解说词。经过较长时间的拍摄，1984年3月11日，中央电视台首次播出，以后又多次播出。获得二等奖。

1985年，我开始动笔撰写《冰心传》。当时的构思是只写前50年，以冰心1951年回国为引子，追溯到她前半生的经历和创作历程。

我的设想是，真实地描述冰心以及她所处的社会生活环境，反映冰心的思想、感情、品格。因此，我首先在史料上下工夫，认真阅读各类史籍、各个时期的报刊。尤其是与冰心生活关系密切的史实，进而反映冰心所处的动荡的社会年代和历史背景。把冰心放在时代的旋涡中去表现。

为了全面地反映冰心的生活，我采访了与冰心有直接联系的主要人物，她的亲戚、她的朋友、她的学生、她的晚辈……她的老伴吴文藻、二弟谢为杰、二弟媳李文玲、三弟谢为楫，还有罗青长、雷洁琼、陈岱孙、江先群、陈意、萧乾、林庚、林培志、关瑞梧、梁珮贞、胡梦玉、周锡卿、向前、李力等。在采访中，获得了许多生动、感人的材料，丰富了传记的内容。

在写作过程中，我的原则是尊重史实，所写的内容都是有所依据的。但在材料的取舍与选择上，有我个人的价值取向。

1988年底，书稿完成。《中国作家》《榕花》《华夏诗报》《新文学史料》《文化春秋》《花城》等报刊选登了部分章节。《冰心传》由上海文艺出版社于1990年3月出版，1992年3月再版。

1991年，我应海峡文艺出版社之约，并受冰心先生的委托，编一部《冰心全集》。这比以往选集、文集的难度更大了，我多方寻找冰心集外文章，向冰心的诸多亲友征集冰心的书信，托国外的友人查找用外文发表的作品。断断续续用了3年多的时间，终于完成《冰心全集》的编辑任务。冰心在审阅全集目录时，遇到她散佚的文章时，就笑着说，真没想到，我还写过这篇文章。书信中，有些字迹模糊了，就请她一一辨认。她嘱咐一些表态性的文章、广播稿、别人代笔以她名义发表的文章、序言，都不要收入全集。这部全集收集了冰心从1919年秋至1994年冬75年间写的小说、诗歌、散文、通讯、特写、序跋、杂感、论文等各种体裁的作品一千多篇。它反映了作者所走过的漫长、曲折、丰富、宽广的人生之路，从一个侧面反映了近一个世纪的历史变迁和社会风貌。同时还编入了冰心翻译的8个国家的文学作品，以及部分书信。《冰心全集》由海峡文艺出版社1994年12月出版，共8卷。《冰心全集》在1995年12月获第二届国家图书奖荣誉奖。2012年5月，海峡文艺出版社出版了《冰心全集》第3版。这次修订，增加了学界没有争议的逸文和新征集的书信，在编排上，做了较大的调整，扩编为十册。

在研究冰心的过程中，我陆续积累了有关的资料，据此编了一部《冰心年谱》，1999年9月由海峡文艺出版社出版。

1995年，海天出版社策划出版一套作家、艺术家谈艺丛书，约我以第一人称撰写一部冰心谈艺方面的书稿。全书分散文、小说、诗、儿童文学、戏剧、外国文艺、创作思想、创作经验、作家友谊等8个部分来介绍她的创作和谈艺。以《爱和美的耕耘》为书名。海天出版社作为"谭艺书系·冰心卷"，于1999年9月出版。

当我正在撰写《冰心全传》后半部的时候，河北教育出版社的颜达、张辉同志来京组稿。她们提出希望出版一部图文并茂的《冰心全传》，全面展示这位20世纪伟大女性的风采。并且要我尽快完成。这对我是一股巨大的压力和推动力，我夜以继日地加速撰写全传的后半部，同时对前半部做了些调整和补充。在我的许多热心朋友和全家人的大力支持帮助下，终于按期完成了这部书稿。在写作过程中，我参阅了各种版本的中国近代史、中国现代史、校史、地方志、回忆录、资料汇编、史事编年，以及许多期刊、报纸上刊载的名人、作家、记者、编辑、读者撰写的文章。同时还参阅了部分港台的报刊，海外一些国家出版的华文报刊。此书由河北教育出版社2002年1月出版。2007年1月再版。

另外，在冰心研究方面，我还写了一些单篇文章，如《论冰心的儿童文学创作》发表于《中国文学研究》1985年12月15日创刊号；《冰心的艺术风格》刊载于《冰心著译选集》，海峡文艺出版社1986年11月出版；《冰心小诗的艺术魅力》发表于《扬州大学学报》2004年第2期；《冰心的散文》刊载于《冰心论集》（四），海峡文艺出版社2009年11月出版。

冷：您的何其芳研究是怎么开始的？现在正在筹备的所史工程，何先生是重中之重。我读过您写的《青春何其芳》。从《青春何其芳》到刚出版的《何其芳传》，中间的研究情况大概怎样？

卓：20世纪80年代初，山西社会科学院文学研究所的高增德同志策划出版一套《中国现代社会科学家传略》。来信约我撰写何其芳传略，我即开始搜集何其芳生平和创作的有关资料，精心阅读各个时期的作品，寻找散见于不同年代的评论文章。同时，我拜访了何其芳夫人牟决鸣同志，她非常热情地接待我，让我翻阅了满满一抽屉的笔记本。由于《传略》要用照片，她找出何其芳的照片，让我挑选、翻拍。她深深地感叹说，其芳的照片和日记，被一位同志拿去，途中丢失了，实在太可惜了。在牟决鸣同志的指点下，我还拜访了何其芳的同事和学生。

在《何其芳传略》的撰写过程中，曾得到何其芳研究专家陈尚哲同志的指导，他细心审阅文稿，订正了个别史实。使《传略》做到准确可靠。后来登载于晋阳学刊编辑部编的《中国现代社会科学家传略》第6辑。山西人民出版社1985年9月出版。没有想到，这篇简短的《何其芳传略》竟引起了研究者的关注，牟决鸣同志曾送我一本日本学者写的研究何其芳的专著，她说："我看书上好多地方都引用你的文章。"

1999年，中国社会科学院老专家咨询中心的章丽君、丁磐石、方约，文学研究所的刘保端等同志策划组织编写出版"中国社会科学院学术大师传记丛书"。让我撰写何其芳的传记。由于当时我另有任务，撰写工作就搁置下来了。

直到新世纪，我才开始进行何其芳传记的写作。多次拜访牟决鸣同志，她回忆了许多往事。只是，她的家即将拆迁，珍藏的有关何其芳的书籍、报刊，已全部装箱，寄存在友人家里。我到图书馆、资料室寻找何其芳资料，均无所获，连几十年积累的剪报资料，也散失了。搜集资料工作遇到了意想不到的困难。我只好向何其芳的家乡四川万县求援，万县农业局丁耀廷副局长给了很大的帮助，他精心复印了许多有关何其芳的生平和创作的资料寄给我。

为了感受何其芳曾经生活过的环境，我曾专程到西安，参观了八路军办事处，继又前往延安，到了杨家岭、枣园、王家坪、桥儿沟，坐在当年召开文艺座谈会的礼堂里沉思，登上宝塔山，眺望延安的山山水水，在鲁迅艺术文学院故址徘徊，进入革命博物馆，回想那艰苦的岁月。延安接待处焦晓敏副处长，热情地向我介绍了延安的种种情况，加深了我对延安精神的理解。

何其芳的故乡万县（现改为重庆万州区）召开何其芳国际学术讨论会，使我有机会踏上何先生的故土，来到何先生的出生地，走进他的故居，观赏了何先生少年时代亲历过的万县风物。

在撰稿过程中，我参阅了许多历史文献、资料汇编、回忆录、人物传记、研究专著，以及发表于报刊的文章。由于只写到中华人民共和国成立，故以《青春何其芳》为书名，这本书是2007年7月由北岳文艺出版社出版的。

2012年2月5日是何其芳诞辰100周年，何其芳研究会北京分会（筹）的部分同志唐章锦、熊道光、彭蔚云、陶惟聪、罗霞、冯地清等倡议，为了纪念何其芳同志，弘扬他的革命精神、高尚的人品文品，撰写一本《何其芳画传》。2010年6月12日，熊道光、罗霞同志邀我参加会议，讨论《何其芳画传》的撰写问题，最后推我执笔。

2010年9月15日，陶惟聪、彭蔚云、罗霞等同志和我一起，专程到中国传媒大学何其芳藏书阅览室，查阅何其芳批注的书籍。这项工作得到了传媒大学图书馆领导的支持，让我们翻看了何其芳在各种版本上用红笔写的密密麻麻的批注。

照片、图片是全书的重要组成部分。由于年代久远，许多历史遗迹，有的已不复存在，有的被时间淹没，难以找寻。再加上何其芳本人的照片不多，而早期的照片更是特别少，因此，照片的征集困难重重。罗霞、陶惟聪在多方支持下，征集到一些有关何其芳生活、工作的背景照片。何其芳的大女儿何三雅提供了家藏的全部原版照片。此外，还用了贾经琪同志生前提供的照片。

2011年秋，我去看望朱寨同志，他问我在干什么，我告以正在搞《何其芳画传》，他问：是谁画的？我答以只有照片。他说：没有画，怎么叫画传？他回忆起在战火逼近家乡时，随学校内迁，奔赴延安，得到何其芳同志的精心培养……我把他谈的，补充到书稿里，丰富了传记的内容。

当书稿交给出版社时，他们认为图片不多，以图配文，作为传印出来又太薄。于是我又赶忙补充文字，书名改为《何其芳传》，中国三峡出版社2012年1月出版。

注：此文已经卓如先生审阅、修改。

《文学研究动态》十年
——傅德惠访谈录

傅德惠，1934年10月出生于湖北省武汉市，1938年（抗日战争）随家迁到重庆。先后在江津和重庆郊区杨家坪小学学习。1946年秋回到家乡，在蔡甸汉南中学初中学习。1949年10月到河北省唐山市第一中学从初中三年级一直到高中三年级。1953年在北京师范大学中文系学习，1957年毕业，被分配到教育部工作。1958年初参加中央组织的第一批下放劳动锻炼的活动（在山西省稷山县）。1959年2月调到中国科学院哲学社会科学学部学术秘书室工作。1978年到文学研究所工作至今。

采访时间：2011年4月13日
采访地点：北京东城干面胡同中国社会科学院宿舍
采 访 者：毛晓平

毛晓平（以下简称毛）：您来文学所后一直在编《文学研究动态》（以下简称《动态》），请您谈谈《动态》从创刊到停刊的整个过程。

傅德惠（以下简称傅）：好，我先讲《动态》的缘起。

"文革"前我一直在院部科研局工作，与各个所联系，负责联系文学、语言、民族等所。文学所各种会议有机会我都参加，与很多同志都很熟悉。"文革"后，我就向组织上提出我是学文学的，想到文学所工作，院里同意后调到了文学所。当时是唐棣华同志找我谈的话，她说你愿意到哪个组都可以，我说我哪个组都不敢去。因为我1957年毕业到1978年这么长时间，基本上在科研局搞历史地图，或到各个所跑，没有真正坐下来搞文学研究工作。所以我对唐棣华同志说我不敢到研究室去，文学所各研究室的水平都挺高的，我无法比。她问我想干什么，我说我原来在院部科研局编情况简报，编各个所学术动态方面的情况。她说那好啊，你到我们所来编《文学研究动态》吧，我说那太好了，就这么定下来了。办《文学研究动态》，我挺喜欢这个工作的。

那时要办刊物首先要跑纸，找印刷厂，这在当时并不那么容易，纸还是挺困难的。许觉民同志听说后，说："这没问题。"他给我写了封介绍信，叫我到文化部印刷厂跑一趟，这个厂就在西单。我拿着许觉民的信去了，他们说没问题，要印什么把稿子拿来，纸的问题、印刷问题我们都可以解决。真没想到，这个难题就这么顺利地解决了。有了印刷厂、有了纸，我得要稿子。第一篇就是《各地民间文学状况调查报告》，是毛星同志搞的调查报告。我在科研组看到了这个材料，就想到可以作为第一期来发。我又听他们说王保生搞了一个"两个口号论争"的情况，那时刚刚打倒"四人帮"，研究还没有走上正轨。这篇《当前文艺界关于"两个口号"问题的讨论情况》是打倒"四人帮"以后特别有争论的一个问题，我觉得特别好。还有两个座谈会上反映的对当前文艺工作的意见和看法，当时我手头就有了三篇稿子。有了这三篇东西，心里感到特别踏实，赶紧送到印刷厂，很快就印了出来。第一期是1978年9月5日出的，当时署名是文学研究所科研组编。当时的所领导对这个工作相当地支持。陈荒煤同志说你搞文学研究动态，以后有关动态方面的问题或我参加什么会我都告诉你，你可以去参加。沙汀同志正好住在我们楼上，他也特别关心，有什么情况都告诉我。我当时一个最简单的想法就是介绍、反映国内文学研究，也包括创作方面的概况，特别强调的是要反映各种不同观点、不同意见的争论。另外一个非常重要的方面是尽可能介绍国外包括过去、现在对中国文学研究的情况。关于这一点，陈荒煤同志曾多次强调：《文学研究动态》要多介绍国外对中国文学研究的情况，除介绍他们的研究观点，也要介绍他们的研究成果。这方面，动态组（后来发展成为比较文学研究室）后来有了相当的规模，也可以说是很有成就的研究队伍。他们在《文学研究动态》《中外文学研究参考》上发表了许多很有分量的介绍文章和研究成果。

这三期出来后，寄给各个领导。当时有胡乔木、邓力群，他们看过后，不断派人来要。开始是要四五份，后来越要越多。当时刚刚打倒"四人帮"，这些问题都是大家很关心的。当时是不定期、不定篇幅，印刷量也不是很多，印几百份，赠送给各个领导和各大学的图书资料室，反映很好。在所内每人发一份，因此也得到所内许多同志的关心和支持，比如樊骏、王信、苏炜、徐公持等。他们经常给我提出建议，帮我组稿，介绍情况。甚至开什么座谈会，找什么同志等等都给我出主意。可能是他们对这个刊物也比较喜欢。那时无论谁出差或者调查情况都会通知我，问我愿不愿意参加。所里的学术讨论会也让我参加，回来以后或者我写报道，或请比较熟悉的人写。我永远记得和感激他们给予我的无私的帮助。从9月创刊到11月，已经出了五期了，每一期出得都很快，反响也都挺好的。这就是起因，是第一阶段。

中间还有这么一个过程，当时除了《动态》，所里科研组的事我还要兼管。科研组康金庸调走了，她管的外事工作由我来做。刚接外事就接待了两个日本最大的代表团。一位是中国文学研究者访华团，团长是吉川幸次郎，他是日本最有名的汉学家，当时已经75岁了。他从25岁到75岁几乎隔一两年就来一次中国。另一位桑原武夫是研究文艺理论的，他们一块儿到中国来访问，那是1979年年底前后，我负责接待他们。这个代表团乔木、廖承志接见时都是我去做的记录。他们到北大和北师大参观、采访都是我负责联系的。北师大是我的母校，他们要找谁都很方便，像找启功、郭预衡等。吉川幸次郎主要研究古典文学，我也给他们推荐其他一些研究古典文艺理论比较有名的人。后来去北大，我联系到季羡林，那时季羡林还不是副校长。季羡林给我的印象是没有架子，特别热情。他们对中国的情况都算是比较熟悉的。接待了这么一个代表团之后，很快又来了一个中国文学爱好者代表团，团长是高建江，阿部幸夫是秘书长，一共10个人。他们是研究中国现当代文学的，比如丁玲、夏衍、刘宾雁、王蒙这些人。接待了这个代表团以后，我一直与他们保持联系。他们走后，经常来，每次来都找我，一直延续到2010年10月，阿部来开曹禺诞辰一百周年纪念话剧研讨会时还来找我。

前面一个叫中国文学研究者访华团，有吉川幸次郎、桑原武夫、吉川诚子、清水茂等。吉川幸次郎两三年后过世了，就没有再联系。后面这个代表团到现在还和我有联系，还请我到日本去了两次。他们是研究中国现代文学的，他们想要什么资料，就给我来信，我就想办法给他们找，都是研究方面的资料。他们几乎每年都来。其中有一次他们要研究抗战时期的延安文学，到延安、西安去访问时叫我和孙歌同去。孙歌负责翻译，我负责联络组织方面的工作，给他们联系单位等。随后他们要到重庆图书馆找抗战时期的东西，荒煤在"文革"时期在重庆图书馆，我就去找了荒煤同志。荒煤马上写了封介绍信，叫我带他们去找一个叫郑建荣的，他是一个重庆通，什么问题找他都讲得清清楚楚，他们那些人特别高兴。然后到了西安、延安，他们租了个面包车，随走随看。一路上故事挺多的。在延安时，当年党中央呆过的地方，如枣园、瓦窑堡等都去了。后来到上海，见了艾青、丁玲、萧军、罗荪、王蒙等人。和他们建立了关系后，我就向他们提出学术交流的要求，他们给我寄来他们文艺研究会的会刊，这是另一个刊物。他们每次都寄，这些对我们很有用处。文学方面的交流工作一直在做，这些和编辑《动态》是有关系的。当时办《动态》，我有一个思想，不但要反映国内的研究情况，还要反映国外对中国文学的研究。多少年来我们根本不知道国外中国文学研究的情况，一点不了解，而这是非常可贵的东西，如果我们不去了解国外对中国文学研究的情况，等于是缺了很大一块。可以从他们那里了解这方面的情况。

除了反映国内外的情况，我同时也希望能反映台湾的研究情况，就去找萧乾。萧乾看到了这个刊物，对这个刊物特别感兴趣，约我和他见面,他说你们这个刊物编得真好。见面以后我说还想请他介绍一些东西,他说没问题,有什么需要的就找他。他在别的地方讲了台湾文学的情况,我就请他来所里讲讲。他专门来所里讲了一次台湾乡土文学与现代文学的一些争论,也登在了《动态》上。他这个人特别热情,有什么需要问他的,他都给你解答,资料他只要有的都会给你。他因为喜欢这个刊物,对我们提出的要求尽量满足。以后我们不断去找他,我和尹慧敏都去找过他,他有资料也给我们。找过他很多次。我们的刊物也一直赠送给他。

毛:有了这些内容,《动态》的发行量是不是很大?

傅:《动态》的发行工作分为前后两期,1984年前基本上是赠送和交换。当时是赠送给各个大学中文系、图书馆、资料室和各大学学报,因此动态组经常收到各大学学报编辑部寄赠的学报,我们也可以从学报上发现一些可刊用的材料。最后我还用这些学报,通过我接待过的日本中国文学研究者友好访问团的日本朋友,请他们替我联系日本出版的中国文学研究的专门期刊,结果没想到获得了大丰收。到1984年成立动态组后才改成订阅。自从给各大学赠送以后,每年我们可以接到大批各大学的校刊。我也对我接待过的日本人讲了我们在办一个刊物,介绍国外的中国文学研究,很希望通过他们了解日本对中国文学研究的情况。开始是用各大学学刊和他们交换,请他们和我联系日本研究中国文学的一些刊物,愿意和我们交换的,我们可以用各个省市的学刊交换,然后他们把日本专门研究中国文学的刊物寄给我们。这个效果特别好。后来他们陆续给我寄两样东西,一个是《野草》,是他们专门研究中国文学的刊物,这上面有关于刘宾雁、周作人等的研究。戈宝权曾借去阅读过,说这些资料太有用了,可说是海内孤本。还有一个是日本中国文学研究会的会刊,每期也都寄来,这些材料后来有很多翻译过来在《动态》上发表了。我深感我们外事接待工作应尽量利用来访外宾了解搜集国外对中国文学研究的情况,扩展我们的研究视野,积累国外研究中国文学的资料。我觉得他们也是很乐意做的,因为他们是研究中国文学的,相互交换这是一项互利的工作。

以上是第一阶段的工作。从 1978 年 9 月 5 日到 1979 年 9 月 5 日，《动态》是由科研组编。从 1979 年第 15 期开始改为动态组编。1982 年所里为加强《动态》工作，成立了动态组，由尹锡康同志负责，并调来尹慧敏、李聃、周发祥、陈圣生、孙乃修、孙歌等，大大加强了对国外中国文学研究的译介工作，国外中国文学的介绍也是由他们供稿的，这是《动态》最受欢迎的部分。同时开始由过去的赠送交换改成了订阅。同时调来了聂恃砥、高力生加强了编务和发行工作。这样就成了一个小小的编辑部了。这是第二阶段。

毛： 当时的稿源很多吗？

傅： 当时写稿的人很多，所里也有不少人写。国内研究动态也有一个很年轻、很强的队伍，经常投稿，如白烨、仲呈祥、陈晓明、温儒敏、张颐武等，他们对这方面的稿子也特别感兴趣。国外的除了外国学者介绍的，当时外文所的黄梅、袁可嘉及其他人都写过文章，介绍过情况。他们都是这方面的专家。当时联系得很广泛，荒煤在上面也写过文章，作者的队伍很不错。

动态组时讲到了刊物的宗旨："《文学研究动态》为中国社会科学院文学研究所动态组编辑的不定期内部刊物，它的主要任务是经常反映全国文学研究工作的动态，文学研究和创作中存在的问题和值得注意的思想倾向；交流和沟通文学研究的情况；反映对文学研究、文学创作工作的意见、建议和要求；介绍国外研究中国文学的情况等等。"这点荒煤同志特别强调，一定要介绍国外的情况，不要光看到国内。这时候在篇幅上是一半一半，国外的情况不少于国内的，这是第二阶段。

第三阶段开始于 1984 年底。1985 年《动态》改为《中外文学研究参考》，原来是不定期刊物，1985 年开始改为双月刊。办刊宗旨仍秉承《动态》的宗旨，发刊词是这样写的："《中外文学研究参考》（双月刊，内部发行）是在《文学研究动态》（1978～1984）的基础上创办起来的。总体目标上，前后两刊是一致的。"不光是中外文学研究的情况，它还可以发表更多的研究界资料和情况，还发表有见地的学术研究文章。这是研究者最欢迎的，他们可以通过这个了解文学研究的全面的情况。国外方面，除译介综述外，还要发表一些分析和评论的文章，介绍具有代表性的外国现代文艺理论和研究方法。内容扩大增加了，不光是动态性质的了。那时正式叫《中外文学研究参考》编辑部。发行时开始是赠送，后来是订阅，再后来改为双月刊。不向国外发行，那时国外可以寄。

1987年所里新班子成立，决定动态组改成比较文学研究室，由董乃斌任主任，并将《文学研究动态》改名为《中外比较文学研究》，成立了以董乃斌为主编、程麻为副主编、尹锡康为顾问的编委会，编委有王信、王飚、王行之、王学泰、马昌仪、尹慧珉、汤学智、周发祥、陶文鹏、栾勋、徐公持、傅德惠、楼肇明、樊骏等同志。决定在原来动态的基础上加强信息性、探索性、资料性，更好地为文学研究服务。并决定进一步加强国外中国文学研究的介绍、评论和研究；注意刊物传播学术信息的灵活、多样和丰富；努力突出刊物的探索意识；继续刊发有资料价值的材料；大力改进刊物的发行工作。

1989年由于所里经费困难终于停刊了。说真的，实在是太可惜了。经济研究所的《经济学研究动态》现在在邮局公开发行，在经济学界的影响不下于《经济研究》，是经济学界的一级期刊。因为它相当大的部分是某一个研究专题综合性的研究和介绍，包括现在、过去研究的一些重大的研究问题综述、某个学术研讨会的各种观点的介绍、争论，有价值的文章也很多，可惜我们停刊了。现在老想起这个问题，这个刊物如果办下去，成为公开的在邮局发行的刊物，会比专门的研究刊物更受欢迎。《动态》的面很广，比如《文学评论》只是发表论文，面对研究人员。而这个刊物中有很多国内外的情况、情报，绝对是受欢迎的。《动态》停刊后，老有人跟我们要刊物。记得北京大学严家炎的一个博士生（韩国人），要找动态上的资料，说很有用，到我家里，问能否给他一份，我当时把我手头能找到的都送给他了。他非常高兴。这是停刊以后很多年的事情。还有一些大学的图书馆、资料室不断打电话和来信希望我们能再办下去。所以我觉得当时我们如果办下去，加强些人力，就会像现在的《经济学研究动态》一样特别受欢迎。我始终觉得挺可惜。如果当时不是从经费角度看，而是想办法筹点资金，就能把这个刊物坚持下去。有很多东西，特别是国外的东西自己是找不全的，在这上面都能找到。《文学评论》担当不起这个任务来，它顶多发一两篇学术讨论会的情况，不可能这样全面的。这种概述性的文章《文学评论》上不可能发太多，而这上面就可以多发。还有些述评的文章，对当时的研究情况加以评介，可以看出问题和成绩在哪里。

毛：当时有影响、受欢迎的都有哪些方面的文章？

傅：综述、述评、各种学术会议报道都很受欢迎，还有一些有争论的文章也很受欢迎。我认为《动态》一定要反映各种不同的学术意见。组稿时就讲一定要把各种意见，包括针锋相对的，都要放上去。有一次，一个文艺理论研讨会钱竞写了一篇报道，有人对某某的观点作了评介，钱竞对我说这可是要得罪人了。我说《动态》就是要反映各种不同的意见，作为研究人员也要听各种不同的意见。于是登了出去。果然碰到点麻烦。从这些事情可以看出来，既要把不同观点登出来又不让人太难堪，也有一些难处，也有一个度的问题。不光是国外对中国文学研究的情况的，国内的各种不同观点都要尽量反映。荒煤特别强调这点。这样才能开阔思路，否则大家都不能超越。

毛：那时也介绍了不少美国汉学界的观点吧？

傅：是的，李欧梵、林毓生都介绍过。当时尹慧敏翻译了李欧梵的一本研究中国文学的书的介绍，李欧梵对尹慧敏的翻译特别欣赏，专门找尹慧敏给他再翻译一本书。林毓生到中国讲关于鲁迅研究，我印象非常深，他特别强调鲁迅非常了不起的是他的那种韧性的战斗精神。一个没有窗户的铁屋子，鲁迅在这样的情况下还要斗争，非常不简单。这个在《动态》上也反映了。

我在文学所办《动态》这十年感到非常有收获，可以说办这个刊物我学到了很多知识，现在翻一翻还觉得这些知识有用。当时所领导荒煤、沙汀、吴伯箫对《动态》都很支持。所里的人也都很支持。国内学术情况除了所内的同志，所外的温儒敏、张颐武都是主动投稿，他们的稿子当时就用了，不止一两篇。白烨当时在出版社，找他都特别支持，他们都在《动态》上写过东西。这个刊物联系了国外、国内的很多学者。停刊后北大图书馆还问过好几次，希望还能看到。

毛：所里现在没有全套的《动态》，很需要这个东西，您能将您保存的这套《动态》捐送给所里吗？

傅：这些东西都很宝贵，我这里也只有这一套，而且有一两本被一些同志借去没还，但我可以送给所里。日本的这个《野草》也很宝贵，都是日本中国文学研究的情况。戈宝权说这是海内孤本。现在有些资料还是很可贵的。现在翻翻，有些资料都还有用。还有日本文学研究会的会刊，很简单，一期只有七八页，折个小信封寄来的，也很宝贵。

总的情况就是这样。

毛：谢谢您接受采访，同时感谢您向所里捐赠全套《文学研究动态》，谢谢！

注：该文经过被访者审读。

薪尽火传　学术不息

——王善忠访谈录

王善忠，1935年4月出生，籍贯山东东平，中共党员，研究员。1953年进入山东大学中文系学习，1955年进入莫斯科大学哲学系学习，1960年毕业至今，在中国社会科学院文学研究所从事美学、文学理论研究工作。历任文学研究所文艺理论研究室主任、副所长，中国社会科学院研究生院文学系主任，《中国文学年鉴》编委会主任。主要著作有：《美感教育研究》《体育——健与美之源》《美学原理》（合著），论文集《美学散论》《王善忠美育美学文选》（三卷）等。

采访时间：2011年6月14日
采访地点：北京劲松
采　访　者：杨子彦

杨子彦（以下简称杨）：王先生，您好！最近阅读了文学所建所50周年时编写的《岁月熔金》，从后记里知道您是编委之一。这本书给了我深刻的印象，它展现出了一个这样的文学所：一个学术氛围极为浓厚的整体，大家是这个整体中的一员，兴趣点和关注点集中在共同的学术上，老专家带着青年学者一起做研究，领导和普通研究人员之间没有距离感。您是过来人，您当初进所的情况就是这样的吗？

王善忠（以下简称王）：您好。您提到《岁月熔金》，最近我也浏览了一遍，令人惋惜和痛心的是有十多位作者已故去了。这本书，对于文学所，甚至对文学研究界来说，其史料价值、学术价值和文学价值，都是难以估量的。

我最初到文学所时，感到人际关系比较融洽、亲切。党内一般是彼此称呼同志，像何其芳我们称他其芳同志，不会称呼官衔；对于比较老的党外的专家学者，像钱钟书先生，会尊称他为钱先生。文学所的学术氛围也确实是比较浓厚的。我是1960年进所，印象里在60年代初，《文学评论》《文学遗产》要刊发的重要文章，包括各室的同事，甚至其芳同志、蔡老（蔡仪先生）这样的大家写的文章，在刊发之前也都是大家先传着看一看，然后再一起进行讨论。

杨：出现这种现象是不是有一个前提，就是大家的专业相对集中？现在没有就《文学评论》发文章大家来讨论的情况了。不过，那个时候没有编委吗？

王：那个时候也是有编委的，有三十几个人，都是全国顶尖的人物。《文学研究》创刊是1956年，当时是季刊。这些编委一般看稿子比较少，主要还是编辑部各组的编辑审阅，重点文章甚至要讨论几次。60年代文学所学术氛围浓厚，也跟一个特殊情况有关。文学所那时业务上归中宣部管理，中宣部的周扬等领导本身就是做研究的，从延安时期就抓这些，接触的比较多。中宣部直接领导，也是有利有弊。好处是跟现实问题联系比较紧，但是也有不利的地方，就是具体的意见会提得比较多，像编《文学概论》，大纲反复修改许多次，关键是最后定下来还是周扬的意见。现在可以有个人意见，但是当时还是要服从一定的框架和领导的意见。不过这样也有个好处，就是中宣部很重视，从1961年到1963年一直在抓。

杨：那时文学所的学科情况是怎样的？和现在一样吗？

王：我进所的时候文学所设有苏联组、东欧组、西方组、东方组、古代组、理论组、现代组、民间组，此外还有《文学评论》《文学遗产》两个编辑部和图书、资料两个室。1964年分所的时候，苏联组、东欧组、西方组、东方组都分出去了。当时的文学所,副研以下的研究人员,即助理研究员、研究实习员,都是每天按时上下班的。副研以上可以在家办公。另外,凡是研究实习员都要由研究员或副研究员作指导老师,主要是提供有关专业的书目、选题,提示研究课题应具备的基本条件。我的指导老师是蔡仪同志。

杨:您提到民间组,应该是民间室的前身,那个时候就有了?

王:民间组是文学所成立最早的研究组之一,人很多,后来很多人都到别的学科去了。卓如、张宝坤、吕薇芬、朱寨等,都在民间组待过。理论组也先后走了很多人。同年进理论组的,除了我和张炯,还有两个人,他们后来去外单位了。柳鸣九也在理论组待过,1964年去了外文所。

杨:外文所的柳鸣九先生也在文学所理论室待过?我在本科时读过一些柳鸣九先生编的书。

王:柳鸣九当时是我们组的工会小组长,我刚来所时,他在生活、工作上很关心,我印象很深。张炯是"文革"之后才去当代室的,还有钱中文,他原在苏联组,1964年到理论组,80年代从理论室去的新学科,也就是比较文学室,后来去的《文学评论》编辑部。那个时候我和张炯、钱中文一个宿舍,在8号楼,住了好几年。

杨:从《岁月熔金》的内容看,60年代初大家的学术联系很密切,领导和大家关系很密切,很多都是集体的项目。那时大家如何做研究?

王:理论室的情况是这样,因为要了解全国的学术情况,我们就分了任务,每个人负责几个省的学术情况,了解主要刊物上的学术动态,主要是理论研究,两个月集中起来每个人汇报一下,提出哪些文章和问题值得研究和讨论。我印象里后来蔡老还建议制作简报,我还刻了一个报刊名,油印出来,这样搞过几期。理论室搞这个活动,蔡老的意思是研究要有对象,不要闷头自己搞学问,也要关注国内其他学者的研究,关注学术的动态。选定科研课题,要有的放矢。当时的热点、争论问题有人性论、山水诗、"共鸣""共名"、美学等。我当时曾写了一篇关于朱光潜美学的商榷文章,送给蔡老审查。从论点的选取到论证过程,他都提出了修改意见，就连引文注释、标点符号等他都不放过，真是获益匪浅。

杨：这个活动很有意思，是哪年开始的？

王：应该是我进所后，在60年代初，到后来编写《文学概论》就停了。"文革"的时候刊物很少，我印象里"文革"之后还整过几次。

杨：其他室的情况怎样？

王：其他室也在搞活动，像古代室，人很多，也有自己的活动。以后慢慢就搞不起来了。这跟那个时候的状况也有关系。那个时候大家都年轻，单身，社会娱乐少，活动范围就是宿舍和单位，每天就是看书；再一个文学所的图书很多很齐全，别的单位比不了。

杨：那个时候的领导也是很有眼光的。我看有的文章讲那个时候就安排人专门关注海外汉学。

王：那个时候所领导主要是何其芳，党内是王平凡，《文学评论》主要是毛星。毛星人是很好的，上级几次要他当副所长，他坚决推辞。那时的人是很谦和的。当时文学所评了三个一级研究员，钱钟书、俞平伯和何其芳，何其芳就要让出来，院里还是中宣部最后没有同意。当时还有一个情况，就是党内的让着党外的，他们是自动把钱降下来，就是党内的一级、二级研究员拿到的钱都比党外的一级、二级研究员少一些。这些老先生无论是工作还是生活，都是严于律己、宽以待人。至于您说的"关注海外汉学"，应该是指80年代初所里成立的一个文学动态组，专门介绍、翻译有关国外中国文学的研究文章，还办了一个内部发行的刊物，很受欢迎。若追本溯源的话，这个组应该是新学科即比较室的雏形。

杨：您说那个时候大家整天看书，80年代之后西方的文化理论才大规模译介到国内，那您那时都在看什么书？理论来源主要是什么？

王：大家看的主要是原著，马恩的著作。从学校到科研单位，工作环境变了，自己有一个适应过程。深感自己基本功差，无论是知识面还是研究能力都有明显的不足，特别是在中国文学方面需要补课。我除了看一些传统的理论书籍，如《文心雕龙》《诗品》等诗话、词话什么的，还阅读了许多中外文学名著。我上学在苏联，他们就很强调看原著。国内那时也很强调读马恩著作、列宁选集。

杨：那个时候大家都在看《马恩选集》吧？

王：最初还是从业务角度，看看经典作家是怎样论述有关问题的，以便使自己的论据更有把握。"文革"期间就是大家都看了，马恩六本书什么的，这主要作为政治学习而读的。

杨：我记得有位老先生曾经很气愤地说，有些人根本就没有看马恩的原著就在那里大批一通。这种情况当时存在吗？

王：这种情况是存在的。也可能由于各种原因找不到原著，在需要引用时只能转引或就看到的部分按需引用，忽略了上下文的原意。如有人说，马克思认为"劳动创造了美"，其实，认真仔细地阅读一下《1844年经济学哲学手稿》中有关章节，这个命题的意义就没有引用者所奢望的那么大了。再如，不少人认为，"文学是人学"是高尔基的观点，其实，高尔基并没有这样说过。为此，我请教过戈宝权同志，他在回信中引了两段高尔基的原文，说明原话并不是这样。后来我查了一下引文的情况，最早的引者只是说，文学是"人学"，而后来的引者则说是"文学是人学"，这样就把人学的引号扩大到文学是人学的身上了，并认为这是高尔基说的。断章取义、为我所用、六经注我的浮夸作风实在不可取。

杨：刚才听您讲了很多文学所60年代的情况，后来"文革"时期学术活动是不是就中断了？那个时候文学所在社会上是否有影响？主要靠什么？

王：20世纪五六十年代政治运动比较多，文学所有几年在外地搞"四清"，学术活动确实中断了。不过，"文革"后，文学所出了《文学概论》和《中国现代文学史》两部书，虽然它们都是"文革"前编写的；70年代末，两书的主编重建编写组，完成了编写任务。两书于70年代末至80年代初出版，在高校和文学界引起了强烈反响。另外，关于新时期文学的论争，关于《手稿》的探讨等学术问题，文学所研究人员都积极参与，且成绩斐然。

杨：那时大家一起做集体项目，有分工、合作和讨论，个人学术和集体之间的关系是怎样的？

王：基本上都是集体项目，个人学术成果往往也是大的集体项目的副产品。像早期的蒋和森《红楼梦论稿》，关于《红楼梦》人物的分析，当时影响很大，特别是对年轻读者。

杨：到了"文革"时期，那时很多人去了干校，也不知道能不能再回来，条件很差，我看《岁月熔金》上讲大家就在漏雨的棚子里站着吃饭，连房子都还是您和大伙儿一起盖的。那时大家的心情如何？是不是很绝望？文学所的学术活动是不是就彻底断了？

王：去干校的时候是一窝端，家属都去了，不可能回来了。对于未来也不清楚会怎样，传闻很多，有一种说法是要交给武汉部队，人家不敢要。幸好是最后周总理发了话，才回来了。文学所的学术到"文革"时期基本上就停了。那个时候也没有地方可以刊发文章，还有一些人就是自己看书。不过，20世纪70年代初的时候，学者的作用就突出出来了，因为有国际学术交流这些的需要，国务院就把考古、经济等领域一些老学者、老专家陆续调回了北京。

杨：文学所以及整个社科院的人回京，除了大的政治形势，这些学者是有用的是不是也是一个关键因素？

王：绝对如此。社科院的人回京是在1972年，在北京这些部委里面还是比较早的。这跟周总理有关。到了1975年，中央派了林修德、刘仰峤、宋一平三个人来接管学部，工宣队退出，然后一两年后胡乔木他们接手。林修德他们这一段是一个过渡，整体上进行了一些调整，配备干部，工作开始抓起来。

杨：您是那一段历史的亲历者，您那时对国家这样对待学者有什么想法？

王：也不是很清楚，但总觉得国家不会老是这样对待这些人。这样一大批学者，国家投入那么多才培养起来，这样对待这批人，总觉得不太可能，但是具体会怎样也不是很清楚。

杨：看《钱锺书先生诞辰100周年论文集》，知道钱钟书先生那时烧锅炉、做收发，同时一直在看字典，这样的人多不多？

王：这样的学者也还是有一些。大家都还有一些书，也还允许看书。再一个，学者还是需要精神生活和寄托，在心里思考一些问题。不过有工宣队管着，学术讨论客观条件就不允许了。

杨：那个时候的学术应该是最纯粹的，跟功利毫无关系。是不是这样，学术压抑也激发了"文革"后学术的激情？

王：胡乔木管院以后，各项工作走向正轨，那时大家在学术上确实是憋了一股子劲。所以理论室从1978年开始编《美学论丛》，影响很大。

杨：《美学论丛》的影响不仅对理论室、对文学所，甚至对全国的学术来说都是有着重要意义的。当时是出于什么样的考虑开始编《美学论丛》？

王：当时是在蔡老家商量的这个事，具体是我去联系的。编《美学论丛》主要有这么几个情况：一是美学的文章，如果写个两三千字，说明不了问题，可要是写长了，文章又不好刊发；二是当时刊物也存在门户之见，有的刊物不刊发和自己观点不同的文章；三是搞研究还是需要一个自己的学术阵地，1978年理论室招了一批研究生，不管他们将来分配在哪里，搞学术也还是要有一个阵地；再一个就是当时理论刊物还是比较少，主要有《文史哲》《新建设》《文学评论》几个刊物，但它们面对的领域较宽，涉及美学，占的篇幅很小，当时包括所里其他室的同志，发表文章还是有难度。基于这些情况，我就起草了一个报告给所里，所里当时管理还是很宽松，很快就批准了。

杨：当时的领导是谁？

王：当时所长是沙汀同志，不过管事的主要是陈荒煤同志。何其芳同志过世后，所长一直空着。"文革"时文学所就不是所了，是一个连队。干校的时候是郭怀宝、朱寨他们在管；林修德在院的时候，所里是朱寨、张宝坤他们管事；胡乔木来了以后，就找了沙汀当所长，不过沙汀是个作家，他表示不管事，就又找了陈荒煤和许觉民，其实主要是陈荒煤管事。

杨："文革"后文学所的学科情况怎样？就是理论室、古代室、现当代室、民间室？理论室的情况怎样？

王：1964年，当代文学组从现代文学组分出来，朱寨同志为组长。其他四个学科的带头人是蔡仪、余冠英、唐弢和贾芝。80年代以后，根据需要又有一些学科研究室建立，或合并或撤销，计有古代、近代、现代、鲁研、当代、港台、理论、新学科、比较文学、民间等研究室。理论室主任和副主任的情况是：蔡仪、王春元；王春元、钱中文；钱中文、王善忠；王善忠、靳大成；张国民、许明；杜书瀛、钱竞；钱竞、孟繁华，然后是现在的高建平、刘方喜。理论室在专业上分成四大片：美学、古代文论、马列文论、现当代评论。研究人员互有交叉，理论室最多时有二十四五位研究人员。

杨：您如何看待文学所在70年代末到80年代中的这段发展？

王：这一段大概是文学所发展最快、在社会上影响最大的一个阶段，理论室的情况也是这样。除了70年代末创刊的《美学论丛》外，又相继与外地出版社合办了《美学译林》《美学讲坛》，出版了《美学知识丛书》（共十本），纪念马克思逝世100周年的两个论文集，《文学原理》《美学原理》相继问世……这只是理论室的部分成果。其他各学科、各研究室无不取得可喜成绩。

杨：这个时期大家如何做学术？这个过程中整个的学术氛围是如何慢慢变化的？

王：70年代末到80年代中，大家做学术，研究的对象还是很集中，虽然每个人具体做的不一样，但是大家关注的东西是一样的，是在一个大的框架之下做研究。不过，在这个时期也已经发现有些学者没有完全读懂《手稿》，或者不联系上下文断章取义，我当时在《学术月刊》发表《劳动创造了美》，其中就针对这种情况提出批评。80年代中期以后国内大量引进西方的东西，学术跟风很厉害，其实很多东西我们50年代在苏联都已经接触到了，有些理论在西方影响也不是很大，但是80年代介绍到了国内，国内不知道，拿它们当新鲜的东西，还把它们都和美学联系起来，学术也慢慢变得浮躁、没有根底。其实引进的很多都是方法性的东西，什么都套到美学的头上来，简单的移植是不行的。我一直觉得社会科学有它自身的规律，要经过很长时间的积淀、检验，填补空白、作出新贡献是相当不容易的。

杨：那个时候文学所在社会上有影响，也就是说，主要是参与和引领了当时的学术研究和讨论。而且，我看那个时期社会上对于文学也高度关注，文学所也把理论和文学结合得非常紧密，是社会的一个重要部分，把一些作家请进来进行讨论。

王：当时文学所在社会上是很受关注的。胡乔木来之前，杜书瀛、杨志杰、朱兵等一些学者写过一些评论，那些文章在当时影响挺大的，文学和理论联系很密切；理论室在马克思逝世100周年搞了两个论文集，当时影响也很大。大家那时劲头很大，学风比较扎实，文章现在看还经得住推敲。

杨：那个时候的评论就是纯粹的你写我评吗？写和评之间有关系吗？

王：写和评之间有关系还是评论文章吗？后来的评论基本上是说好话的多，不要说批评，就是讨论问题恐怕都不行。

杨：大家可以客观地讨论问题，哪怕争得面红耳赤，只是就问题予以辩论，这种情况持续到什么时候？

王：大概是到了80年代末。90年代以后就很少了。学术讨论会没有讨论和争辩，有什么意义？

杨：陈荒煤的时候所里的风气怎样？大家关系还像以前那么融洽和密切吗？

王：和以前就有些不一样了。陈荒煤毕竟是官员型学者，虽然大家还是很融洽，但是关系不像以前那么亲密。此后是许觉民，基本上是维持陈荒煤时期的状况。

杨：我工作之后发现单位存在很多小圈子，圈子可能是中国每个单位都有的状况，以前文学所也有圈子吗？

王：我以为圈子是个中性词，如果加上"小"字，就有贬义了。

人们相互间或由于语言环境、生活习惯，或由于学术见解相近，或由于政治观点相同而活动在一起，原是无可非议的，但若影响到集体或他人就不妥了。我还是赞同"君子之交淡如水"的处世原则，虽然"淡"，却是不可或缺的。具体的情况往往跟领导有关，也跟大的时代环境、进人的情况有关。

杨：您提到进人的情况，文学所历来进人的情况是怎样的？就您来说，据我了解您是从山东大学再到莫斯科大学哲学系学习美学，1960年毕业进文学所时您才25岁，您大学毕业很早是吗？

王：我在山东大学没有毕业。1954~1956年连着三年国内都组织了较大规模的学生留苏学习，总共有4000多人。前两批组织的基本上是大一学生，后一批基本上就是高中生了。1956年之后留苏的就少了。我是1953年考上大学，读了一年后也就是1954年经学校推荐，然后通过留苏的考试，又在北京学了一年俄语，1955年到莫斯科学习，五年后毕业进的文学所。所以这个本科等于读了七年，回国后定的待遇比国内的本科生高一级，工龄上我还是从1957年开始算的。

就文学所的进人情况，在20世纪60年代前后进了一大批人，主要是留学归国的学生和国内一些应届毕业生。我进所的1960年有20多个人进所，10个是留学回来的。1963年、1964年还进了一些人。理论室的王春元就是那个时候进的。后来"文革"就中断了。直到20世纪80年代初社科院招了一批科研人员，樊发稼、杨镰等就是那批进的人。当时社科院在盖楼，文学所在日坛路。

杨：您提到"招"，这是什么概念？是招聘吗？

王：当时"文革"后的第一批学生还没有毕业，所以只能从社会上招人。大概只这一批是招的社会上的人，以后基本上都是分配进来的，以北大、复旦的学生为主。我印象主要进的是现当代室、近代室。原定分配给文学所12人，最后只要了7个人。1981年文学所第一届研究生毕业，33人中有24人留所，大大增强了各学科的研究力量。

杨：招的这批人的水平如何？

王：整体上比较平。还说得过去，也有一两位特别突出的学者。

杨：这样说来，80年代对于文学所来说既是它发展的高峰，形成完备的学科，对社会影响达到顶峰，同时也是巨大转变的开始，作为一个学术整体开始分化，成员结构通过招人这种方式和以往纯粹学生分配相比变得更加复杂，学风也和以往相比出现了变化。您刚才说过60年代文学所的作用主要还是那些领军人物早年的学术影响。是不是可以这样理解，文学所最初是一个大的树林，名家林立，但是这些大家多是移植集中起来的；60年代和70年代末到80年代初，有些大树因为历史原因或自身健康离开了，但还有些大树在。关键的是这些大家还带领了一批年轻学者，共同做研究。到了80年代初，新招了一批人，然后就是陆续毕业的应届生，他们的知识背景和学术训练和以往文学所的学者还是存在很大差异的。是不是也就是这个因素直接导致了文学所整体学术状况的改变？当然，一个时代有一个时代的学术，后来文学所也有自己的发展，也出现了一些很好的学者。

王：情况大致是这样。90年代后虽然大的学术环境改变，但是还是有些学者由于自身的努力，把学术和实践结合得很好，做出了很好的成绩。而且，树林出现变化，也是必然的现象。这可能是一个短暂的过渡，还会有更多更大的大树生长出来。

杨：您是文学所历史的亲历者，也做过文学所的副所长，是一个管理者，您这一届领导的情况如何？主要做了哪些工作？

王：我是1991年初做的副所长，刘再复之后所长空缺了一段时间。刘再复当所长的时候，何西来、曹天成和赵存茂是副所长。此后没有所长，马良春、曹天成和我是副所长。然后是马良春做了所长，几个月就去世了，张炯做的副所长、所长。1994年根据"七上八下"，我就不做了，此后是董乃斌做了副所长。1991～1994年的时候，主要在做两件事，一个是处理"六四"遗留问题，院里也派了联络员来；一个是调整各个研究室的工作，明确各个研究室的学术方向。总体还是维持所里的情况，干部没有什么变动。

杨：2013年是文学所建所60周年，您经历了文学所大部分时期。纵观几十年的发展变化，包括文学所、理论学科和您自己的学术，您感触最深的是什么？有什么思考和体会？文学所未来当如何发展？

王：学术还是要有自己的特点，要有学术自信。有了自信，就可以更加从容地做研究，自然也就可以客观地进行判断和选择。现在国内经济发展了，学术要考虑它自身的传承力，要挖掘自己的文化传统，研究符合人们的思想实际，而不是一味引进别人的东西，或别人研究什么你也研究什么。再一个就是学术的发展跟领导有关系。领导要重视，要从科学的而不是实用的角度考虑社会的发展。对于社会来说，法制健全是保证社会运转的基础，道德教育是完善人们的行为准则，而美感教育则是来净化人们心灵的，三者缺一不可。

文学所即将进入"花甲"之年，在漫长的岁月里，虽然磕磕绊绊不少，但总算迎来了"文学艺术的春天"。我坚信，以现有的学术资源，再加上融洽的学术氛围，文学所定会迈入更加辉煌的明天！

注：本文经过被访者审读。

文章千古事，得失寸心知

——陆永品访谈录

陆永品，笔名向平、新合。安徽宿县人。中共党员。1963年毕业于复旦大学中文系。历任中国社会科学院文学所古代文学研究室副主任、党支部书记及文学研究所党委委员、党委副书记，研究员。1964年开始发表作品。1990年加入中国作家协会。著有专著《老庄研究》《司马迁研究》《诗词鉴赏新解》《爱国诗人——屈原》，校点整理《史记论文·史记评议》，编著《庄子选集》《李商隐诗选》，合作编著《辛弃疾词选》《唐宋词选》《唐宋词选讲》，主编《中国古典文学名著分类集成》《俞平伯名作欣赏》，另发表《略谈对〈诗经〉中爱情婚姻诗评价的演变》等学术论文数十篇。

采访时间：1. 2011年5月5日
　　　　　2. 2011年5月12日
采访地点：中国社会科学院文学研究所
采 访 者：陈才智

陈才智（以下简称陈）：陆老师，晚辈真是久仰您的大名了。那是在念高中的时候，读到过一部赏析经典性的唐宋词的书，里面我比较感兴趣的几首作品的赏析，都署名是您撰写的。在80年代初，这方面的书还比较罕见,所以留下了深刻的印象。您看,我今天特意带来了,就是这部《唐宋词选讲》,还想请您签个名,留作纪念。

陆永品(以下简称陆):噢,可不是,1981年,30年了,时间过得真快!说起这部小册子,那是应中国少年儿童出版社的约请,我们古代室几位同事(吴庚舜、范之麟、董乃斌等)合作完成的。那时我们刚刚完成了一部《唐宋词选》,它是与《唐诗选》《宋诗选注》同为一个系列,收入"中国古典文学读本丛书"的,是人民文学出版社出版的一套比较有影响的丛书,篇目选定由当时的文学所所长何其芳先生亲自主持,我们古代组的胡念贻、陈毓罴、范之麟、刘世德、许德政,再加上我,共同选注、评析,前言是由胡念贻撰写的。这部书是面向中等文化水平的读者,中国少年儿童出版社则希望更通俗浅显一些,贴近中央人民广播电台"阅读与欣赏"那样的层次。于是就有了你手里的这部《唐宋词选讲》。

陈:陆老师,说起来也是有缘。我原来是学理科的,后来读了《老子》,才下决心弃理从文,而您从唐宋诗词领域转向老庄研究也是在80年代初。例如发表在《齐鲁学刊》的《老子的散文》,发表在《河北师院学报》的《老子的哲学思想》,都是1982年。我还清楚的记得,那时文化出版领域方兴未艾,在书店里想找一部《道德经》还很难。

陆:是啊。那时很多领域都是方兴未艾。1973年出土的长沙马王堆三号汉墓《老子》帛书本,还未被大家所熟知。1981年至1985年出版的与老庄研究相关的书籍也是寥寥无几,直到80年代中后期,老庄研究才逐渐突破了唯心与唯物这一评判思路,在更广阔的视野下,随着整个社会的传统文化热而蓬勃发展起来。

陈:陆老师,在讲述治学经验和学术思想之前,我想先请您简单介绍一下生活及工作经历。

陆:也好。做学问很重要,但首先要学会做人。本人陆永品,曾用笔名向平与新合。出生于一个中医家庭,祖籍是江苏宿迁,后迁居安徽连城,农历1935年十二月二十五日(公历1936年1月19日)我生于连城。后来又迁居到安徽宿县（今宿州市）东三铺高家村。我的父亲名叫陆昆山，一直从医为业，是一个中医医生，有时也种一些地主家的地。我们兄弟五人，另外还有一个姐姐，家里是很贫穷的，所以土改时定的家庭成分是贫农。1948 年，我们一家随父逃荒，来到安徽定远县（也就是现在李克强的老家）谋生。在定远县，父亲一面行医，一面兼教私塾。我的大哥和二哥给有钱人家放牛。淮海战役结束以后，我们一家返回安徽宿县东三铺高家村的旧居。1949 年安徽解放以前，我还当过儿童团的团长，担任查路条等工作。

陈：噢，看来您也是老革命啊！

陆：那倒算不上。值得一提的是，少年时代，父亲对我的影响较大。父亲从医，毛笔字写得很好，颇有柳体之风骨。每年春节，父亲都给人家写春联，有时我编词，父亲书写。我家墙上，还曾挂着别人送给父亲的一副对联："吟馀搁笔听啼鸟，读罢推窗数落花。"这副对联每个字的笔画，都是小鸟的形状，不仅对仗十分工整，而且颇有审美价值，令人百看不厌，所以给我留下了深刻的印象。后来，我离家到县城，又到上海读书，父亲病故以后，这副对联就丢失了。还有，我父亲行医，他曾告诉我们说："穷人看病，富人给钱。"在旧社会，能这样照顾贫苦百姓，虽然算不上什么了不起的事，但总能说明这是对贫苦百姓的同情。

解放以后，1950 年秋至 1952 年秋，我在安徽宿县东三铺小学读书。1950 年，在东三铺小学正式加入中国共产主义青年团。以后，1952 年秋至 1955 年秋，在安徽宿城二中（初中）读书；1955 年 5 月 3 日，在宿城二中正式加入中国共产党。1955 年秋至 1958 年秋，在安徽宿城一中（高中）读书。1958 年秋至 1963 年秋，考入上海复旦大学，在中文系读了五年书。在复旦期间，对我影响较大的是蒋天枢和王运熙两位先生，蒋天枢先生师从陈寅恪先生，著述不多（只有一部论文集，还是去世后别人整理的），但小学功底十分深厚，他给我上了两门专业课：《楚辞》和《左传》研究，他主张做学问首先应当打好基础，不可急于发表文章。王运熙先生专攻汉乐府研究，至今我们还保持着联系。

我后来从事先秦两汉文学研究，就是受到这两位先生的影响。

1963年7月15日，复旦大学毕业以后，我被分配到当时的中国科学院哲学社会科学学部（即现在的中国社会科学院），直到今天，一直在文学研究所，从事古典文学工作。其间，1963年底至1964年11月，曾在山东省黄县劳动实习，实际上并没有参加什么具体的劳动，而是主要在剧本组，参与创作一部吕剧，名字叫做《接过父亲的刀》。1965年至1966年5、6月，又被指派到江西省丰城县白马公社搞"四清"。1966年回京后，参加"文化大革命"。1969年11月11日，随文学所赴河南信阳"五七"干校。到达信阳火车站附近、民主路140号的信阳地区第一招待所是在次日，下大雪，天晴后才从信阳出发，到河南省罗山县中国科学院哲学社会科学学部的"五七干校"。哲学社会科学部共编为十四个连，文学所和经济所分别编在第五连和第七连，既然是"五七"干校，自然第五连和第七连先下以充"先遣队"。罗山县那里有一个基地，据说原是劳改农场，设备较现成。不过军宣队和学部同志考虑了一下，觉得不合适，因为都是水田，又分散，不如到息县较好，虽然设备不全，但都是旱田，较易耕种。于是搬到了息县。在息县分了两个点，家属住在包信集的一个中学里，"五七"干校则在东岳集。干部的主要劳动是为盖房子备砖，由连部派人去联系买砖，买好后，拉架子车去运回来。一般在距东岳25华里的一个叫"张陶"的地方，一早去，中午回来吃午饭。下午还要出一次车，稍近，有时去包信拉高粱秆，也是盖房子用的。来年的2月7日，文学所正式开始建房。4月间，文学所所在连部由东岳集迁至唐陂，住进自己所盖的土坯房。1971年4月5日，清明，"五七"干校由河南息县迁至京汉铁路线上的河南明港某团的营房。1972年5月至6月，传哲学社会科学学部即将全部返京，但"信阳大会"上学部却挨了批评，使此事出现僵局。7月10日，哲学社会科学学部从河南明港迁回。

陈：这段经历，我在杨绛《干校六记》（1981年5月香港版，1981年7月北京版）、俞平伯《干校日记》（收入《俞平伯全集》，花山文艺出版社，1997年11月）曾略有了解，还在一部《无罪流放》的书中读到了当事人的一些回忆。好像还发生过一些现在看起来有趣的事儿。据说，一日见集市卖河虾，俞平伯问小贩多少钱一只，小贩皆乐，戏以一角一只，竟以六元钱数六十只。而陈友琴先生买花生，亦问人多少钱一颗。

陆：这些老先生成天默耘，无暇他顾，都是一介书生，所以不通世务，也情有可原。我接着说，回京以后，1973年1月31日，文学所成立领导小组，何其芳任组长，毛星任副组长，其他领导小组成员还有朱寨、张书明、贾芝、马良春；取消连排班编制，仍以学科分组。我和俞平伯、钱钟书等30余人仍归入古代文学组，组长是余冠英，副组长是邓绍基。1973年12月12日，军宣队入驻学部，宣布文学所领导小组暂停活动，当时军宣队要把所有接受"516"事件审查的人都解脱。这大约是根据中央的政策。有一次开了大会，说要全部解脱，这时，学部有不少同志想不通，和军宣队争起来。接着又出现了两派，一派赞成军宣队的主张；一派反对。两派人都不冷静，甚至把对方视为"敌人"，互相贴大字报谩骂。有时两派在会上吵起来。弄到最后，成了争论军宣队的路线是否正确的问题，与落实政策很少关系了。学部和文学所都陷入两派争执不下，于是上面又派了工宣队进驻学部。这次是迟群带队，把不同意见压下去。这时军宣队虽然没走，但好像不太管事，一切都是工宣队做主。工宣队进驻后，一方面把被审查过的人解脱了，但又对当时那些和军宣队持不同意见的干部和群众进行批判，天天开会，要他们"交心"。

1977年5月7日，中国科学院哲学社会科学学部独立建院，改称"中国社会科学院"。院长胡乔木，副院长周扬等。中国科学院文学研究所随之改称为中国社会科学院文学研究所。哲学社会科学学部改组为中国社会科学院后，院领导开始着手来改变文学所状况，由沙汀同志任所长，陈荒煤、余冠英、吴伯箫、许觉民、王平凡任副所长。新的所领导对古代室进行改组，由邓绍基、范宁二先生任古代室的主任，张白山任副主任。1982年12月，古代室再次改组，邓绍基任古代室主任，刘世德与我任副主任。1985年3月，沈玉成任古代室主任，我继续任副主任，直到 1988 年 3 月。1988 年 7 月，我被评为副研究员，1994 年 8 月，评为研究员。其间还曾担任古代室党支部书记、文学所机关党委委员、党委副书记。1990 年 3 月 20 日，加入中国作家协会。1993 年 10 月起，享受国务院发给为我国社会科学做出突出贡献的政府特殊津贴。1996 年 2 月退休，仍旧任老干部党支部委员。

陈：您的经历，实在丰富。当年所庆，写《古代室事纪长编》时，我曾采访了很多老先生，获益匪浅，加深了对文学所这部学术史的了解。当时还曾见到一张古代室研究人员合影的老照片，黑白的，里面有俞平伯、陈友琴、余冠英、吴世昌、张白山、范宁、乔象钟、胡念贻、蒋和森、劳洪、曹道衡、陈毓罴、范之麟、吴庚舜、刘世德、王俊年、孙一珍、王水照、吕薇芬、裴效维、徐公持、许德政、白鸿，还有您。前面的先生许多都已经驾鹤而去了，今天听了您的回忆和介绍，令人不禁有沧海桑田之感。

陆：噢，您说的合影，那是 1977 年 9 月 28 号，在安定门外的康乐酒家聚的餐，庆祝粉碎"四人帮"，饭后合影，一共是 24 人，钱钟书先生因为有事没去，但也掏了份子钱。

陈：下面想请您集中介绍一下参加的重要的学术会议和学术交流活动。

陆：好的。我这个人有个原则，就是不愿担任任何学会的任何职务。只有两个例外，屈原学术研究会和寓言研究会，那都是他们强加给我的。其中屈原学术研究会，是因为 1984 年屈原学会刚刚成立的时候，我为他们申请了一笔成立基金，一共 4000 元。尽管不担任职务，但并不妨碍我积极参加各种学术活动，像历届的屈原学术研讨会、庄子学术研讨会、寓言学术研讨会、古代文论研讨会、司马迁学术研讨会等等，我是经常参加的。值得一提的是，改革开放后的全国第一次古代文学研讨会，是我张罗的。主要由我们文学所主办，承办方是四川师范大学古典文学研究所，及巴蜀书社等单位。时间是在 1987 年 9 月。钱钟书为这次"首届中国古典文学学术研讨会"写了祝词（后刊于《四川师范大学学报》，参见陆永品《深切缅怀钱锺书先生》，收入何晖、方天星编《一寸千思：忆钱锺书先生》，辽海出版社，1999年4月），当时的中国社会科学院文学所副所长马良春主持开幕式并讲话。我们文学所与会者有卢兴基、范之麟、许可、吴庚舜、李清秀、陈铁民、金宁芬、齐天举、孙一珍、王卫民、张宝坤、蒋和森、张晓翠、郑永晓、陶文鹏、张国星、郝敏等。另外1981年秋，在《中国大百科全书·文学卷》编写工作正紧张地进行之际，"中国文学通史"（大文学史）的规划也开始讨论起来。当时曾商定，清代卷由中山大学中文系编写，所以第一次编写讨论会在广州举行。除北京大学、南京师范大学的几位先生外，我和文学所的胡念贻、曹道衡、吴庚舜、金宁芬等，参加那次编写讨论会。

还有一个会，是我负责筹办的，就是"俞平伯先生从事学术活动六十五周年"大会。时间是在1986年1月20日下午，中国社会科学院院长胡绳、副院长钱锺书、中国语言文字工作委员会主任刘导生、民主党派负责人潘寂、孙承佩、章元善出席会议。俞平伯在会上宣读红学近作《旧时月色》，其中包括《一九八〇年五月二十六日，上国际红楼梦研讨会书》的摘录和《评〈好了歌〉》两部分。文学研究所及在京的著名学者吴世昌、余冠英、冯至、王力、蔡仪、吴组缃、王瑶、吕叔湘、钟敬文、启功、周振甫、周汝昌、林庚、戈宝权、朱寨、吴小如、贾芝、舒芜，以及有关单位负责人丁伟志、吴介民、谢永旺、孟伟哉等100多人参加庆贺活动。《文学遗产》1986年第2期发表了这次庆祝会的消息，同时刊登魏同贤《俞平伯〈红楼梦研究〉的再评价》和刘扬忠《迹浅而意深，言近而指远——评俞平伯对古代诗歌的研究》。嗣后我和郑永晓、闫华、齐天举操办出版了《俞平伯先生从事学术活动六十五周年纪念文集》（巴蜀书社1992年版）。此后的1997年11月，《俞平伯全集》由花山文艺出版社出版，我是把关的编委之一。我又协助花山文艺出版社召开《俞平伯全集》出版新闻发布会。由文学所与花山文艺出版社联合出面，在社科院学术报告厅举行《俞平伯全集》出版座谈会，副院长汝信出席并讲话。这部书曾经获得两项国家出版奖励。我和俞平伯先生晚年交往颇多，所以还曾编有《俞平伯名作欣赏》

(中国和平出版社 1998 年版）和《俞平伯集》（中国社会科学出版社 2008 年版）。

国际上的学术交流活动主要有两次。一次是 1986 年 5 月 8 日，我和古代室陈友琴、邓绍基、乔象钟、吴庚舜、杨柳等，与中日人文社会科学交流协会第六次访华团代表举行学术交流会。由马良春副所长主持。另一次是 1987 年 11 月为庆祝中日建交十五周年，文学所派学者去日本进行学术交流。代表团副团长是沈玉成，同行者除了我，还有乔象钟、沈玉成、白国栋等。我们去了东京、京都、奈良、大阪、神户等几个城市，同当地的各个大学和研究机构进行了学术交流，参观了著名的静嘉堂文库、内阁文库，与日本的小川环树、花房英树、田中谦二、松浦友久等学者进行了座谈，我个人交流的内容主要有两个方面，一个是国内当前古典文学研究现状，另一个是唐宋诗词研究的若干问题。

陈：听说您经常在全国各地讲学，反响很好。

陆：我第一次出去讲学，是 1981 年。那年春天，我和胡念贻、吴庚舜，应山东曲阜师范大学刘乃昌教授之邀，赴山东讲学。此后，1982 年，曾在河北大学讲学一周，讲屈原、老庄研究；1985 年，到石家庄河北师范大学讲学，讲司马迁传记文学的艺术成就；1986 年，到中央民族学院（现中央民族大学）讲学，讲司马迁；1988 年在山东师大讲学；1993 年在重庆师范大学讲学；2000 年在上海华东师范大学讲学，并进行学术交流；2007 年和 2010 年在漳州师范学院讲学，讲"对于老子和孔子的研究"；2009 年在上海大学中文系讲学，讲庄子，这篇讲稿题为《个性·理想·与时俱进——庄子讲座》，收入上海大学中文系学术演讲录（11）《经典与理论》，由复旦大学出版社 2009 年 5 月出版；在国家图书馆文津讲坛，讲庄子文学的艺术特色，这篇讲稿被收入《文津演讲录》（之九），由国家图书馆出版社 2010 年 10 月出版。此外，我还曾给我们社科院退休老干部组织的秋韵诗社讲过课。这些讲学活动的反响还不错。我呐，和钱钟书先生一样，从未带过研究生。不过在我个人研究的两个方向上，也培养和提携不少后进学者，例如华东师范大学的诸子研究专家方勇教授，山西大学的诗经研究专家刘毓庆教授,以及河南省社会科学院的楚辞研究专家汤漳平教授,等等,都是我培养和提携的后辈学者。我还经常主持和参加全国各个院校的硕士生、博士生毕业论文答辩会,例如北京大学、北京师范大学、中国人民大学、华东师范大学、河北大学、河北师范学院,等等。2007年元旦,我还被华东师大诸子研究中心聘为《诸子学刊》学术委员会委员。最近,一直在参与华东师大诸子研究中心有关《子藏》的学术活动。

陈: 下面想请您结合自己的学术研究,谈谈治学态度、治学方法、治学经验。

陆: 好的。不过事先声明:本人所谈治学方法及其态度,只是我的经验教训,不涉及别人。前面我曾说过,做学问很重要,但首先要学会做人。我是主张文如其人的,做学问也是如此。回想70年的人生经历,我觉得要做好学问,必须要首先学会做人。做人讲什么?无非是待人、处世之类。马克思讲,人是一切社会关系的总和,人是群体动物,是社会动物,有社会、有国、有家,形成了各种各样的关系。适乎社会的潮流,合乎人群的需要;待人诚恳、忠实、讲信用、重然诺,严于律己、宽于待人,这些都是做人的一些基本原则。古训曰:"太上有立德,其次有立功,其次有立言,虽久不废,此谓之不朽。"(《左传·襄公二十四年》)老子曰:"含德之厚者,比与赤子。"俞平伯说:"如真要彻底解决怎样作诗,我们就得先明白怎样做人……诗的心正是人的心,诗的声音正是人的声音。'不失其赤子之心的人'才是真正的诗人,不朽不死的诗人。"(《冬夜·自序》)这些先贤说的都是一个意思——德才应当兼备,但应以德为先。你写的那篇讲中国古典诗词中的爱国主义精神的文章,我看到了,很好,是这个意思。国家和人民培养了我们,从小学、中学一直到大学,大学时候,每个月我们有三块钱的助学金,就是用的这笔钱,我在上海的福州路古旧书店里购买了中华书局校点本《史记》,为后来的学术研究埋下了伏笔。所以讲,我们应当有一种报恩的意识,培养自己具有高尚的情操。具体讲,做人就应当立德向善,荀子讲的"积善成德",现在我们胡锦涛总书记提出的每个公民都应做到"八荣八耻",也是这个意思。

陈：陆老师所言极是。杜诗固然海涵地负，博大精深，"上薄风骚，下该沈宋，言夺苏李，气吞曹刘，掩颜谢之孤高，杂徐庾之流丽，尽得古今之体势，而兼人人之所独专矣。"（元稹《唐故工部员外郎杜君墓系铭并序》）然其系念国家安危，同情生民疾苦，人品更有不可估量的影响。"平时读之，未见其工，迨亲更兵火丧乱之后，诵其诗如出乎其时，犁然有当于人心，然后知其语之妙也。"（李纲《重校正杜子美集序》）

陆：正是。我的学术研究有两个主要方向，一个方向是先秦两汉文学，以老庄为主，也涉及屈原与《离骚》、司马迁与《史记》；另一个方向是唐宋诗词，涉及李商隐、辛弃疾等。关于老子，我认为老子是伟大的哲学家、思想家，其"无为而治"并不是消极的思想，无为并不是无所作为，而是反对人为的做作，要顺其自然。老子思想可以给予当今社会许多启示，如"治大国若烹小鲜"强调政策的持续性与平稳性。关于庄子，我认为，庄子的美学观点有道德之美、心灵之美，其哲学观点在于天人合一，天地与其并生。相关著作有《老庄研究》（中州古籍出版社1984年11月版）、《庄子诠评》（巴蜀书社1998年版，2007年重印修订繁体字本，与方勇合著，以方勇为主）、《庄子选集》（人民文学出版社2001年版）、《庄子选译》（人民文学出版社2003年版）、《庄子通释》（经济管理出版社2004年版；中国社会科学出版社2006年修订本再版；中国社会科学出版社2007年3月第三次印刷；2008年1月获中国社会科学院离退人员优秀研究成果奖二等奖）；《庄子选评》（香港三联书店有限出版公司2006年版）。其他先秦两汉文学方面的著作有《爱国诗人屈原》（四川人民出版社1980年版）、《楚辞论析》（山西教育出版社1990年版，获河南省优秀学术成果奖，与汤漳平合著，以汤漳平为主）、《司马迁研究》（江苏人民出版社1983年5月版，由俞平伯先生题的字，可惜出版社竟然没用），点校整理有《史记论文·史记评议》（东北师范大学出版社1985年10月版，由钱钟书先生题的字；上海古籍出版社2008年12月再版）。有关唐宋诗词的研究，出版有《诗词鉴赏新解》（语文出版社1988年版）《唐宋词选》（人民文学出版社1981年版，再版多次，与胡念贻、陈毓罴等合著）《唐宋词选讲》（中国少年儿童出版社1981年版，与范之麟、董乃斌合著）；《辛弃疾词选》（中华书局1979年版，与胡念贻、陈毓罴等合著）；《李商隐诗选》（山东大学出版社1997年版，1999年修订再版，上海远东出版社2011年再版）。另外还曾主编《中国古典文学名著分类集成》的先秦两汉部分（百花文艺出版社1994年版），前后撰写的重要的学术论文有数十篇。

陈：陆老师果然是著作等身啊！在具体的学术研究过程中，有哪些需要注意的呢？

陆：学术研究，切忌观点先行。应当首先要收集和掌握有关领域的大量史料，在此基础之上，再进一步由浅入深，由点到面，日积月累，厚积薄发，逐步前进。人文社会科学研究，要凭史实或可靠论据说话，不能"大胆假设，小心求证"。胡适提倡的"大胆假设，小心求证"，只适宜自然科学研究。文科不行，文章千古事，得失寸心知，所以要胆大心细，或者说"胆欲大，心欲小"（孙思邈语）才是。这方面司马迁就给我们做出了榜样。他曾"南游江、淮，上会稽，探禹穴，窥九疑，浮于沅、湘，北涉汶、泗，讲业齐、鲁之都，观孔子之遗风，乡射邹、峄，厄困鄱、薛、彭城，过梁、楚以归"。在广阔的地域留下了自己的足迹，大大地拓展了自己的视野，为《史记》的写作搜集了大量第一手材料，由此才写出了"究天人之际，通古今之变，成一家之言"的《史记》。钱钟书先生的《管锥编》也是充分占有国内外各种相关资料的基础上写就的，也是我们后学的楷模。反面的教训也有。最近学术界热议的所谓曹操墓真伪之争，许多文章就有观点先行的弊病。

陈：在对待学术研究的态度上，有哪些需要注意的呢？

陆：学术研究，不能急功近利，急于成名；应当不骄不躁，潜心研究。俗话说："板凳宁坐十年冷，文章不著一字空。"庄子说"凡外重者内拙"（《庄子·达生》），只有达到物我两忘，无功、无名、无我（《庄子·逍遥游》）的境界，才能把自己的才能以及潜能发挥到极致。最近有一位山东大学的教授搞的所谓"子海"，就有急功近利、急于成名之嫌。宋代有诗人曾说："千首富不救一生贫"（戴复古《望江南》词，《石屏诗集》卷六，"千首富"，一作"千首赋"）意谓要出精品，要有个性，独立思考，不迷信权威，更不能人云亦云，拾人牙慧。另外，要善于和敢于改正以前的错误观念，沿着科学的轨道前进。例如，我曾套用高尔基的文学思想，认为庄子是消极浪漫主义的鼻祖（参见《〈庄子〉与浪漫主义问题》，《破与立》1979年第1期；《〈庄子〉与现实主义问题》，《齐鲁学刊》1980年第4期以及后来出版的《老庄研究》，中州古籍出版社1984年11月版），现在看这一观点是错误的；庄子的文学艺术思想，应当是积极浪漫主义。为此，我又专门撰写了《论庄子散文的浪漫主义特色》一文，发表在《河北师院学报》1990年第4期，进行了更正和修改。

陈：陆老师这一番甘苦之谈，经验之谈，真是"鸳鸯绣出从教看，要把金针度与人"，晚辈受益匪浅。再次感谢您！

注：本文经过被访者审读。

献身当代文学研究的经历和感悟

——蒋守谦访谈录

蒋守谦，1936年1月6日出生于江苏省泗阳县，抗战胜利后移居淮阴县城。1955年从淮阴中学毕业，考入复旦大学中文系。1956年加入中国共产党。1960年从复旦毕业即来文学所工作。1989年晋升为研究员。1996年退休。在职期间曾任现代文学组（室）组秘书、当代文学室主任、所学术委员会委员等职。是中国作家协会会员。还做过中国新文学学会和中华文学史料学学会副会长。1999年至2002年受聘菲律宾华教中心，任特约研究员，做海外华文研究工作。

研究课题，重点在当代短篇小说、史料建设和工具书编纂方面，多为集体项目。个人著述有《创作个性》《管窥蠡测——蒋守谦当代文学评论选》《千岛心迹》等。

采访时间：2011年7月15日
采访地点：北京师范大学丽泽小区
采 访 者：田美莲

田美莲（以下简称田）：蒋先生从事当代文学研究工作五十多年，涉及资料整理、评论与研究三大板块，有《创作个性》、《管窥蠡测——蒋守谦当代文学评论选》、《千岛心迹》（合著）、《新时期文学六年》

（合著）、《中华文学通史·当代卷》（合著）、《中国文学大辞典》（任当代文学部分主编）、《新的使命——爱国作品当代篇》、《阅读·欣赏·习作范文选》（下）、《九十年代潮流大系·崇高意韵小说》，以及参与运作的《中国当代文学研究资料》丛书（任常务编委）等成果。此外，您还写了一些散文、随笔、诗歌，成就斐然。您的经历，见证了60年代以来当代文学学科研究的历史发展，也亲历了"文革"给文学造成的劫难，特别是十一届三中全会后解放思想、拨乱反正，当代文学走向繁荣的历程。在文学所和当代室的发展历程中，您一定会有很多体会，也有很多感慨，今天，想请您就一些具体的历史与现实的问题，做一下梳理。

蒋守谦（以下简称蒋）：经过这几十年来的历史积淀，问题很复杂，我的记忆也很有限，只能把一些记得起来的和你谈谈。

田：好，那我们一个一个来。首先，您在为纪念建所50周年而写的《从"当代组"到"当代室"》一文里提到60年代初，文学所有一份名为《文学现状简报》的内部刊物，这次我来访问，您又提到您曾参加过这个刊物的筹办、编辑、撰稿和一些编务工作。可是很多人，特别是"文革"后来所的人都不知道这个刊物。能否谈谈您所了解的情况？

蒋：文学所要办这份《简报》，在我的记忆里，好像是在1962年下半年的一次所务扩大会上宣布的。那时，在一般情况下每月都要有一次由何其芳同志主持的布置或讨论所里重要工作的所务扩大会议，除几位所领导小组成员外，还有各组室负责人参加。组秘书列席会议。我当时是现代组组秘书，所以在会上聆听了何其芳同志关于所领导小组决定以现代组名义办一个《文学现状简报》的讲话。他讲话的中心意思是，根据毛主席"千万不要忘记阶级斗争"的教导，文学所现在应该加强对现状的了解和研究，庶几加强研究工作的现实性和战斗性。《简报》名义上是现代文学组编的，其实是所领导亲自抓。只要何其芳在所，《简报》就由他来定稿。他外出了，那就依次由毛星、朱寨、唐弢同志负责。《简报》为不定期刊物，大约每月出一期；内容包括古、近、现当代文学和文艺理论研究的动态、好作品热议、重要问题述评、年度创作情况介绍、年度文学纪事、调查报告等；篇幅不限，几千字到几万字一期的都有；稿子由全所各研究组提供，现代文学组负责收集、编排、送审。刊物除了发给各研究室参考外，还赠送相关文学部门和文学刊物，并上送学部、院部、中宣部，听说还送到了毛主席办公厅，不知是否确实。我作为现代组的年轻人，又是组秘书，理所当然地要参加这个工作，在工作中锻炼提高。我当时的任务，包括去《工人日报》印刷厂联系印刷问题，送审稿子，分发刊物，计算、发放稿费（每千字2～4元）等，当然自己也撰写稿子。根据我手边保存的材料和记忆，《简报》从1962年12月创刊，到1965年年底停办，一共出了大约30期的样子（不一定准确）。

现在看来，这份《简报》明显地带着"文革"前夕那种"山雨欲来风满楼"的"左"的时代气息。紧跟当时的思想政治形势，及时地反映文艺界日胜一日开展着的"两个阶级、两条道路、两种世界观的斗争"，批判现实中和历史上的各种作家、各种作品和各种理论问题上的所谓"封资修流毒"，是这份内部刊物的基本倾向。但与此同时，它在许多具体问题上又常常反映出何其芳同志所一贯倡导和坚持的实事求是、以理服人的学风，并且把政治问题与学术问题适当地加以区分。所以，在这份刊物上除了不断地报道各种批判"封资修"的消息之外，还有许多是不搞那种从政治上"上纲上线"的学术是非方面争论的文章。对于那些在"革命"旗号下违反科学精神、罔顾基本事实，搞简单化、庸俗化，甚至公然散布谬论的文章，则一一予以曝光。特别是对姚文元罗织罪名、搞政治陷害的恶劣行径，更是批了又批，今天读来依然让人提气。在正常情况下，学术研究要做到实事求是、以理服人，都不容易，在"阶级斗争要天天讲，月月讲，年年讲"的时代，能这样做，那就更不容易了。这正是最值得文学所人引以为骄傲的传统，也可以说是文学所的"魂"。关于这份《简报》，我拟另文详叙。

田：2013年是文学所建所60周年，在回望文学所取得辉煌成就的同时，我们也不回避曾面临的挑战与考验，因为追索过往时间的所有存在，以及思考我们当前的现实问题都是同等重要的，因此，请蒋先生谈谈文学所历史沿革中感受最深的问题。

蒋：文学所的历史沿革和我们整个国家的历史沿革是分不开的。这个问题太大太复杂，不是我所能胜任的。简单地说，文学所历史沿革的一个关键之点，就是文学与政治的关系问题。20世纪80年代，中央决定不再提"文艺为政治服务"的口号，同时强调文艺不能脱离政治。比起"文革"以前要求"文艺为政治服务"，从理论上说，此时文学研究是可以更多地重视它自身的规律了。这是一个重要变化。现在，院领导又提出社科院要做中央的"智库""智囊团"，要"服务大局"。这又是一个变化，如何正确地理解这个变化，恰当地处理好学术与政治的关系，真正使文学研究既保持其赖以生存的学术品格，又能使它真正有效地为我们国家的现实需要和根本利益、长远利益服务，这是文学所人在回顾所的历史沿革时应该严肃面对的问题。

田：在您的视界中，当代文学学科研究应该具有哪些独立性，或者说它自身的立足点在哪里？

蒋：你提到文学如何保持它的独立性，这是很难回答的一个问题。文学当然有它相对的独立性，否则它就没有存在的必要。但在文学与政治的关系问题上，过去我们长期奉行的是文学从属于政治、文学为政治服务的方针，公开宣称文学是"阶级斗争工具"。在这种情况下，从理论上说，文学没有什么独立性可言。"文革"后不再提"为政治服务"的口号，但强调文学不能脱离政治。文学怎么保持其独立性，说起来容易做起来难。我是这样理解的：文学要写人，一个真实、完整的人，除了与社会有极其复杂的多重关系，还有与自然的关系，乃至与自我的关系。政治只是人的社会关系中的一部分。文学要保持它的独立性，一是要坚持从审美的角度来观察人、表现人；二是要根据作家独特的审美体验来真实地、完整地表现自己所感悟到的人和人的生活。在这个问题上，作家要有一颗赤子之心，要有勇气坚持自己的真实感受，不可随波逐流。评论家同样应该以这样的视野和勇气来研究作家作品。

田：可以说，保持一种相对独立性。

蒋：是，相对。比起其他学科，当代文学跟现实政治关系更密切。一个作家，一个文学研究者不能没有独立思考，但也不能脱离社会、脱离政治。共产党员还要跟党中央在政治上保持一致。把学术的独立性绝对化，对我们这些人来说，既不科学也不现实。恰如其分地处理这两者之间复杂而微妙的关系，是当代文学研究工作者始终需要面对的课题，也可以说是个难题。

田：您有一个笔名叫史燮之，应该有其特殊含义吧？应该可以推定在您的世界观中，历史是一个关节点，您在《管窥蠡测——蒋守谦当代文学评论选》中曾经涉及了"历史是现实的镜子——关于'文革'时期文学的研究"这样的论题，在您的理解中，当代生活中的一些重大历史事件是怎样影响着文学生产方式的？

蒋：我用"史燮之"这个笔名是为了纪念我母亲，母亲姓史，她死得很惨，我没有能见她最后一面，成为自己终生的遗憾和疚痛。另外，孔夫子说"学而时习之"，与"史燮之"谐音，拿这个来鞭策自己。你提到我写"文革学"问题的文章，那确实是有感而发的。"文化大革命"不仅在中国，在人类历史上恐怕都是绝无仅有的咄咄怪事。这里边有太多不可理喻的东西，值得我们把它作为一门学问来研究、反思。我很赞同巴金讲的，要建立一个"文革博物馆"，要把这些东西保存下来，警戒后世。遗忘或遮蔽"文革"这场大劫难，必将遭到历史惩罚。

田："文革学"是您第一次提出的吧？

蒋：我比较早提起，是不是第一次，没有注意过。反正研究中国当代文学绕不过"文革"。

田：1978年应该是中国一个最重要的转折，您亲历了整个历史转折与文坛的演变，也了解当时的文坛的状况，一方面思想解放呼声很高，另一方面又受制于过去思想惯性，您作为思想解放运动当中的一员，请您谈谈在历史场景中的矛盾心理；"文革"时期的经验乃至长期的历史、学术经验在您精神世界中起到的作用？还有就是谈谈一些具体的文学轶事与"文革"现象……

蒋：党的十一届三中全会提出了"解放思想，实事求是"的思想政治路线，确实是中国历史的一个重大转折点，对它的伟大意义，我也是在工作实践和生活实践当中逐步理解、领会到的。起初，只是为邓小平同志能名正言顺地出来工作而高兴，并没有立刻理解到我们应该用"解放思想、实事求是"的思想政治路线来对待历史和现实生活中一切重大问题，包括文艺问题。所以那时我写的批判"四人帮"文章，涉及《武训传》《红楼梦研究》"反右派""大跃进"等问题，还是按照"十七年"的调子说话，今天看来自己也真是啼笑皆非。不是我一个人如此，类似情况所见多多。直到80年代中期，我才比较自觉地把学到的新的思想观念运用到实践中去。可见，一个人从思想观念到工作实践上的真正转变，实在不是一件轻而易举的事情。具体到我这样一个人，一方面说明自己不敏感，"死心眼儿"；另一方面，往好了说，就是比较实在，表里一致，不作违心之论，但也还愿意学习、前进。我在自己评论集的扉页上写了16个字："峥嵘岁月，平凡人生，尽心尽力，自强自尊"。这可以说是我的自画像，不知道像不像？

田：请您简单地谈谈当代室在中国当代文学历史进程中的位置、作用；同时也请您谈谈您在担任当代室第四任室主任期间的工作情况。

蒋：提起中国当代文学，至少要想到三个文学系统。一个是中国作协和它所属的报刊、出版社的工作，一个是大学中文系的当代文学研究与教学，再一个就是中国社科院及各省市社科院文学研究所的当代文学研究了。三个系统，各司其职，谁也代替不了谁，但是存在着合作共生的关系。中国社科院文学所的当代室，顾名思义，应该着力于当代文学的历史和现实问题的研究。更具体地说，应该注重当代文学的前沿理论及某些重大理论问题的探讨，关注当代文学创作的发展，重视深厚扎实的资料积累，在此基础上写出富有较强学术性的史著、论文。近30多年来，我觉得我们正是朝着这方面努力的，而且出了一些重要成果。比如《中国当代文学思潮史》（朱寨主编）、《新时期文学六年》（当代室编著）、《散文特写选（1949—1979）》（当代室编）、《中国文学大辞典》（当代文学部分）、《中国文情报告》（白烨主编），以及室内诸同志数量巨大、各具特色、影响广泛，有的甚至是引领潮流的个人研究成果。这些，都可以说明当代室在中国当代文学历史进程中的位置和作用。不仅如此，当代室在中国当代文学研究会和中国新文学学会等社团的建设和发展上也发挥着重要作用。朱寨同志、张炯同志曾长期担任当代文学研究会的会长，是该会元老级人物；白烨是现任会长，正在努力开创新的局面；我个人也被选为新文学学会副会长。这就使得当代室有了广泛的对外学术联系，促进了彼此间的交流。

我是1990年担任室主任的。"六四"政治风波之后，院里对文学所领导层进行了调整，当代室原主任张炯同志荣任所长，我就由副主任变成了主任。担任副主任的是樊发稼同志。我们合作得很好。在任期间，我们除了鼓励个人钻研之外，为了活跃学术气氛，促进学术交流，还相继组织了一系列作家作品和文学专题研讨会。其中，我记得起来的，有1991年与大连《海燕》联合举办的孙惠芬等三位青年作家创作研讨会；与本所台港文学研究室、福建《台港文学选刊》联合举办的"两岸文学的交流与整合问题"座谈会；1993年与中国作协创研室联合举办的"当代留学生文学研讨会"；与山东《作家报》联合举办的《白鹿原》与长篇小说创作态势研讨会；与中国少儿社联合举办的台湾儿童诗人林焕彰创作研讨会；1994年与中国文联出版公司、山东《作家报》联合举办的马瑞芳长篇小说《蓝眼睛黑眼睛》研讨会，等等。这些活动在海内外都产生了一定的影响。我和何火任同志担任当代文学部分主编的《中国文学大辞典》，也于1992年出版。这些，可以说就是我任期内的一个"账单"吧！

田：作为历史的亲历者，您见证了时代的发展变化，见证了当代文学学科的发展，但同时也意识到其中存在的问题。比如您在《从"当代组"到"当代室"》一文中提到当代文学学科建设面临着如何与市场经济相适应的问题，还有当代文学研究要真正建立在科学的基础上，必须重视资料建设，应有一个完备的资料体系的问题，还有就是建立科学的评估考核制度问题。可否再深入地谈谈？

蒋：听说50年代，何其芳同志搞过一个很长的书目，范围包括中外古今文学的名著，要求新来所的年轻人去读（我1960年来所时没见着，不知何故？）此外，还要求年轻人投入研究工作之前，先到资料室工作一段时间。这就是说做文学研究工作首先要接受基本功训练。过去有个让我们这些搞当代文学的人听起来非常难堪的说法，叫做：来文学所工作，如果搞古典文学、现代文学、文艺理论、民间文学都有困难，那就去当代室。言外之意，搞当代文学不需要什么专长，看过几本小说或写过几首诗就行了。其实，当代文学是在中外古今文化和文学背景上形成的一个庞大而又复杂的文学动态系统，要成为一个这方面的真正的专家谈何容易！搞当代文学的人大概都有这样一种很深的体会，就是越搞越觉得自己知识不够用，觉得自己贫乏。所以，以为搞当代文学研究可以不要基本功，不要严格的专业训练，实在是个莫大的误会。不过，话又说回来，正是因为当代文学是一门年轻的学科，所以，在资料积累、研究者专业训练方面都有待加强、提高。应该建立科学的评估和考核制度。我们搞的那套《中国当代文学研究资料》丛书，一共分为6类：作家个人创作研究，按文体分类的作品研究，文艺运动和论争研究，文学大事年表，作家作品总目索引和作家作品评论总目索引。这说明，你要认识、把握中国当代文学，至少须有这样的专业知识覆盖面。你在这6个方面积累越多，钻研越深，你就越有发言权。可惜，这套庞大的资料丛书因为处在计划经济向市场经济转型时期，出版社害怕赔钱，不愿继续出版而夭折了。现在所里要搞一套"资料大全"，也包括当代的这一套。我写信给刘跃进同志，告诉他，因为这套当代文学资料是同几十个单位协作编纂的，关系比较复杂，应注意防止版权纠纷。希望能把这套"大全"最终搞成、搞好。

田：您说自己在文学所工作的特点之一，是参加集体项目多，为什么会这样？现在应该怎样认识这个问题？

蒋：我参加的集体项目，包括史著、作品年编、资料、工具书、内部刊物，加在一起达10个之多。个人的一些科研成果大多也包括在这些项目之中。这与我长期担任当代室的正副主任有关。既然是研究室的集体项目，当头头的当然就只能一马当先，全力以赴。既要做参与立项、组织协调、审定稿件等方面的工作，又要完成自己所分担的任务。现在看来，像文学所当代室这样的单位，在鼓励个人独立钻研、个人出成果的同时，搞一些集体项目还是必要的。因为有些大型项目，比如当代文学史、当代文学研究资料、文学大辞典等，靠个人力量，一般说来很难完成。更为重要的是，当代文学是个年轻的学科，它不像古代文学、现代文学、文艺学那样，积累丰厚，人才济济。我们几乎等于从头做起，白手起家。在这种情况下搞些集体项目，集思广益，发挥集体优势，既可推进学科的基本建设，又可以锻炼队伍，为开展专题研究做准备。拿我自己来说，学术底子本来就不够厚实，知识结构不完整，基本功也不那么扎实，参加这些集体项目，特别是史料和工具书方面的项目，涉及面宽，知识性强，边学边干，边干边学，学到了很多东西，有这个基础再写其他文章，心里就踏实多了。

当然，这中间也有一些教训值得吸取。这些教训，归纳起来，有以下两点。其一，在立项上如何选择一些真正适合社会需要的，又富有学术价值的课题，同时还要考虑到可能出现的各种困难和应对措施，不能简单从事，不能搞成烂尾工程。1975年文学所恢复业务，当代室决定搞《文化大革命十年诗选》，编辑人员由齿轮厂工人（5人）、人民文学出版社编辑（1人）、本室全体研究人员（10余人）组成一个"三结合"编选组，搞了一年多，跑了好几个地方，开了很多会，到1976年10月"四人帮"一垮台，这个工作也就拉倒了。再有就是与外单位协作的《中国当代文学研究资料》丛书，80年代初，搞了个庞大的出版计划，十年之后，计划经济向市场经济转型，出版社从经济效益考虑，不再履行出版合同，这些书出了80多本便难以为继。这两个项目出现的问题，虽然都不是"战之罪"而是"天亡我"，但却说明了一个重要问题，那就是确定这样的大项目，必须从各方面进行论证评估，考虑要尽量周到，至少我个人在当时就没有多考虑可能出现的风险。很多稿子被压在出版社，编书的人意见很大，我们想了很多办法，都不能解决问题。如果当时不贪大求全，把规模搞得小些，出版周期短一点，可能情况就不是现在这个样子了。其二，是如何处理好个人研究和集体项目的关系问题。没有个人独立钻研，集体项目很难保证质量。另外，集体项目里如果个人的成果不能鲜明地体现出来，那也很难调动个人的积极性。这是个很现实的问题，因为评职称时你报上个人的专著比集体项目往往更能受到重视。《文学创作知识丛书》每人一册，合起来成为一套，效果比《中国文学大辞典》《新时期文学六年》《中华文学通史》要好。杨匡汉同志出任当代室主任时打电话征求我对当代室工作的意见，我就说过这种体会，建议他搞丛书式的东西，既发挥了集体优势，又调动了个人的积极性。

要搞好个人钻研和集体项目的关系，很不简单，也很不容易。就我个人来说，参加搞集体项目稍嫌多了一点，所以就没有搞出一部像样的专著。本来想写一本《中国短篇小说40年研究》的专著的，而且也列入当代文学研究会编辑的丛书之中，但因忙于《中国文学大辞典》，结果只能割舍。这就是个人钻研和集体项目关系没有处理好的一个典型例子。

田：在文学所工作期间，您一方面从事学术研究，同时担任行政职务。除了做过4年现代组秘书之外，"文革"后还做过当代室的副主任、主任以及所学术委员会委员、所分房委员会主任等职务。此外，还做过中国新文学学会、中华文学史料学学会的副会长，很多时间和精力都用在个人科研以外的事务上，对此有何体会？

蒋：在职期间，我花在个人研究工作以外事务性工作上的精力和时间确实不少，有时，也感到很累。对此，我无怨无悔。因为自己是个党员，一直就有个人服从组织这样的信念。再说，组织上让你干，这也是一种信任，是人生价值的一种体现。我并不认为自己在这方面有什么值得炫耀的业绩，相反，限于水平和各方面条件，缺点倒是不少。因为工作关系，也得罪过不少人。聊以自慰的是，自己在工作过程中，无论是处理业务上的事还是处理行政方面的事，都是自觉地坚持奉公守法，按原则办理，尽心尽力，尽职尽责，从未有过假公济私、以权谋私之类的问题。

田：那么，我们转向您的业务方面。您作为《新时期文学六年》

编写工作的主持人之一，搞这么一部集体著作的初衷是什么？

蒋：当时讨论写书的宗旨，我的想法就是"文化大革命"后，恢复了"双百"方针，文坛空前活跃，创作空前繁荣，通过《新时期文学六年》这本书，如果能从理论上把当时文学繁荣的原因说清楚，那就很好了。我执笔的短篇小说这一章就是向这个目标努力的，现在回过头来看，距离不小，创意不多，只能说它还有些资料价值吧。说实在的，以当时的思想理论水平，也只能做到这种地步。有些规律性的东西，是过了一段时间，拉开了一段距离，我们的思想理论水平也提高了以后才看到的。这类集体项目，都是在为进一步开展当代文学研究打基础，对今天的当代室来说，只能算是"原始积累"。

田：您的《创作个性》是1986年出版的，创作个性作为一个重要命题进入理论研究范畴，应该说是80年代文学研究的一大贡献，浓缩了您对创作美学的理解与追求，您就作家创作个性本质内涵、特征以及相对稳定性和嬗变等做了梳理，并对创作个性与时代性、民族性等方面的关系做了诠释，读后颇受启发，谈谈您写此著的动因。

蒋：1961年讨论茹志鹃的创作风格的时候，当时的《文艺报》副主编、著名评论家侯金镜首先使用了这个概念，用以批评那种抹煞作家个性特点、要求作家一律去写重大题材、创造英雄形象的左倾文学观念，这给我留下了很深印象。另外，苏联文艺学家米·赫拉普钦科的文集《作家的创造个性与文学的发展》也于1977年被翻译过来，看了也很受启发。出版社希望我们把文艺理论上的一些重要专题和当代文学实际结合起来，搞一套新鲜活泼、雅俗共赏的小丛书，所以我就选了创作个性这么个题目。写的时候虽然也是很认真的，但是限于当时那个水平，学术性并不高。

田：应该说谈的很集中，也很深刻，跟现在一些大部头作品来比，其实容量也不算小。

蒋：过奖了！你们年轻人，千万不要仰视我们这一代人，要学会俯视，至少是平视我们。（笑）

田：应该说一个时代有其自身的局限性，有时候作为个体甚至是整体的一代人，也是无法超越这种局限的，但是你们这一代人毕竟做了开拓性的工作，这是毋庸置疑的，也是值得肯定的。

蒋：要用高一些的标准来看我们这些人，肯定值得肯定的东西。我不想谈论其他同事，就我自己而言，只能够说比较早地来到这个岗位上，真诚地、尽心尽力地做了当时所能够做的一些事情。

田：蒋老师，你们都是属于当代文学学科开创性的人物。

蒋：开创性人物谈不上，只能说是较早地投入了这个工作。我记得有一次开讨论会，谈到如何评价樊骏，因为他在现代文学领域里贡献比较大。有人认为王瑶、刘绶松和唐弢他们这一代人在现代文学史的研究上做出了开创性的贡献，严家炎、樊骏他们只是对这一体系进行了修修补补，他们没有能打破王瑶、刘绶松和唐弢开创的现代文学史体系，直到黄子平等人提出"二十世纪中国文学"的观念，这个体系才算有了突破性的进展。我们也没有像季红真那样，找一个"文明与愚昧的冲突"的视角，来看现、当代文学。季红真他们读了很多西方的书，找到了新的思路。我个人拿自己同自己比，如果说有点进步的话，就是摆脱了"文艺为政治服务"的桎梏，确立艺术上多元共竞观念并把它运用于作家作品的研究和评论之中。这也不是我自己有这个能力，而是跟随着整个文学潮流走过来的。

田：在您的文章中，流露出对老一辈研究者的无限敬意，尤其是对唐弢先生，更是满怀感激。应该说唐弢先生对您的扶持，还有他的文品乃至人品都对您产生了积极的影响。唐弢先生还曾为您的文学评论集写过序，而您也是颇受唐弢先生赏识的当代文学评论家，这是文学所内部良好代际传承关系的一个范例，想请您谈谈这方面的感受。

蒋：记得1960年我来所报到之后，当时的现代组组长唐弢同志与我谈话，彼此一见如故。他谈笑风生地向我介绍所里和组里的情况、任务、工作特点，交代组秘书所要负担的工作和应该注意的问题。之后，他便关切地询问我怎么患上关节炎这种病的，勉励我要学习鲁迅与慢性病"周旋"的韧性战斗精神，并以他自己的切身体会提醒我，说是在北方要特别预防那种"彻骨之寒"的侵袭。我把自己的身体情况据实以告，表示一定会克服困难，尽心尽力地工作，请他放心。当然，此时我也意识到，唐弢同志对我的身体是既关心又担心的。担心是必然的，哪一个领导愿意新来的助手是个"病秧子"呢？我甚至还想过：邓绍基同志会不会因为把我招来而"背上黑锅"？所以多少年来，我心里一直怀着这样一个坚定的信念：一定要严格要求自己，努力工作，决不辜负党和人民的培养，决不辜负邓绍基同志的知遇之恩，决不辜负唐弢同志对我的真诚鼓励和殷切期待。我在现代文学组工作了4年，与唐弢同志合作得非常愉快，无论是做人、做事，抑或是做学问，我都从这位良师益友身上深得教益，受用终生。后来，研究当代文学的人员从现代文学组划出，成立当代组，我便来到了这个组。因此，我与唐弢同志的交往不再像过去那么频繁了，但仍能从他那里获得关怀和教诲。1984年，我要出个评论集，请唐弢同志写序，此时他正忙着写《鲁迅传》，重病缠身，工作压力很重，常担心壮志难酬，因而婉谢了许多友人写序的约请。但对我，他还是破例应允了。在序文里，他回首往事，深情地写道："那时他身体不好，然而勤奋、努力，工作起来处处有生气，无论专业研究还是行政工作，从不后人。"这一段今天读来依然令我感动的文字，与其说是唐弢同志对我来所后表现的某种肯定，毋宁说是在昭示他的一点为人处世的心得，即：对于一个身陷困境但却不甘沉沦的青年人，只要给予必要的信任和机会，其人生价值也是可以得到正常或比较正常发挥的。他已作古多年，但仍活在我的心里。

田：这是一个有效的代际互动，也是文学所的一个优秀传统，值得发扬。

蒋：是的。

田：当代文学虽然着眼点是当代，但是并不简单地归结于当代，还是要有宽泛的视域。据我所知，蒋先生一直提倡立足本土文化经验，坚持独立的文化品格，但仍然能够借鉴外来理论，以宽容、开放的思维来有选择地接受，同时您也非常注重与传统中国文化一脉相传的根性联结，尤其是80年代初期，坚持回归现实主义，以现实主义为主，吸纳现代主义，比如对王蒙《春之声》《来劲》等作品的评价，均很好地体现了您开放的理论视野与知识体系，可否谈谈您在中西文化融会方面的心得？当代文学与传统文学之间的关联点？

蒋：从事当代文学研究必须有"根"的意识，尤其是你们年轻人，千万不要忽视当代文学同中国古典文学、现代文学以及外国文学之间的内在联系。搞当代文学的人要对古典文学、外国文学做很深钻研已经不可能，但是一定要坚持学习。

田：您不仅注重从中国传统文化里汲取营养，同时也积极吸纳外来文化资源，具有开放性的思维。

蒋：有这样的意识，也做了努力。比如我对王蒙的《来劲》，对洪峰的《瀚海》，还有对《西藏文学》发表的一组"魔幻现实主义小说"的评论，都可以说明这一点，边学边干吧，不然就没法跟着时代一同前进。我钟情于现实主义，也喜欢浪漫主义。后来接触到"现代主义"和"后现代"各种流派，包括魔幻现实主义，从个人兴趣来说并不那么喜欢，但是我知道这并不是那些作品不好，而是我没有这方面审美习惯。如果是普通读者，不喜欢就不看，但你是个文学研究工作者，就不能按兴趣办事，必须学习。其实兴趣也是可以培养的，我认真地看了这些作品和相关资料，感觉便和以前不一样了，自己的精神世界也变得丰富多彩了。

田：文学应该是时代印记的刻度，蕴涵着极其丰富的时代元素，同时也有恒定的构成。在您的理解中，文学乃至文学研究应该坚守的是什么？什么是文学研究之魂？

蒋：你问什么是文学研究之魂，应该尊重什么？文学观念不同的人有不同的答案。如果说文学是自我表现，那么文学和文学研究的灵魂就是作家和研究者在审美过程中的心灵自由；你要说文学应真实地反映生活，向人民群众提供精美的精神食粮，那么真实性和责任感就是作家和研究者的灵魂。所以不同文学观念的人有不同的理解，没有一个大家都接受的答案。现在正好是艺术上多元共竞的时代，众声喧哗，居于主导地位的当然还是需要强调责任，对社会负责，对历史负责。我是很看重责任心的。人的社会价值就表现在人所承担的社会责任之中。

田：现在学界有一个弊病，就是有的人简单套用西方理论，把它直接搬到中国的土壤上，有的套的还比较妥帖，有的则弄出很多怪异的东西，做学问进入一个盲区，您怎么看这种文学现象？

蒋：你看老一代学者，他们写的文章，一般都条分缕析，清楚明白，你可以不同意他的观点，但是不会弄得一头雾水，不知所云。你所说的"怪异"，就是那些有悖常理的说法和做法，有的可能真有什么深文大义在其中，让人一时难以理解，这就需要谨慎对待；有的则是装腔作势，借以吓人，没有什么真货色，你别让他吓着就是了。做学问，写文章，首先还是要把话说清楚，像清代大儒黄宗羲所说的要写"心之所明"。"以其昏昏，使人昭昭"，那是很难长久混下去的。

田：李复威教授看了您的评论集之后在《文艺报》上撰写了《坦诚为人　踏实为文》的评论文章，说您"总是在动态地追踪当代文学演变的轨迹，从微观研究和实证分析入手，逐步地把握和归纳一些带创意性和规律性东西。"这个评价符合您的实际吗？能不能举例说明？

蒋：虽不敢说完全做到了这一点，但是这种愿望和追求还是有的，而且比较坚定。我不赞成"以论带史"的研究路子，主张从作品或具体的文学现象出发，也就是从微观研究和实证分析入手，发现问题，提出问题，解决问题。举个例子来说吧！在当代室，我是分工研究短篇小说的，平时读作品，短篇居多，也比较注意有关短篇小说的理论问题。20世纪80年代中期，出现了一个众口一词的说法：中篇崛起，盛极一时的短篇受到挤压，由先前的绚烂而日益走向平寂。有人认为，之所以出现这样强烈的反差，是因为中篇小说具有比短篇小说生活容量大、比长篇小说反映生活快的文体优点。所以，在当时那个多事多变多思的社会大变革时期，它便应运而生，风靡一时，洛阳纸贵了。这应该说是一个很不错的见解，能说明一些问题，但是我又觉得还不能真正解释短篇为什么由先前的绚烂走向平寂这种现象。

鲁迅说过，近现代短篇小说繁盛的重要原因之一，就是因为生活节奏快，人们忙于生活，没有时间看长篇，短篇小说篇幅短小，读者可以"借一斑略知全豹，以一目尽传精神"，用数顷刻便可知种种作风、种种作者、种种人和物及事状，所得也是不少的。我自己在文章里曾多次引用过鲁迅的这个见解。为什么到了80年代，遇上多事多变多思之秋，中篇一繁荣，短篇就熄灭了它的光焰了呢？鲁迅的话还对不对？这值得认真研究。

再从中国短篇小说的历史和现状来看，我发现短篇不短，是个相当常见、相当普遍的现象。茅盾说他的《春蚕》《林家铺子》等被人们视为短篇小说的作品，其实是"压缩了的中篇"。建国后十七年便有许多有名的短篇小说，如《我们夫妇之间》《登记》《红豆》《组织部来了个年轻人》《李双双小传》《开顶风船的角色》等，篇幅都在一两万字以上，写法也都同《春蚕》《林家铺子》差不多。新时期的短篇小说，特别是那些得了奖的家喻户晓的名篇，如《班主任》《神圣的使命》《李顺大造屋》《被爱情遗忘的角落》《乔厂长上任记》《三千万》《西线轶事》等，全都在一两万字左右，《乔厂长上任记》长达三万五千字，结构之繁复，与中篇无异。与其把它们叫做短篇小说，不如说它们是"压缩了的中篇"更为确切。在中篇小说没有崛起之前，这种"压缩了的中篇"一身而二任，既可当短篇读又可当中篇读，日子很好过。中篇小说一旦繁荣起来，人们先前想从这些"压缩了的中篇"里得到的东西，现在从大量涌现的名副其实的中篇里可以尽情享受，于是"压缩了的中篇"失宠，就在所难免了。所以，出现在80年代初的所谓短篇小说因为中篇崛起而受到冷落，由绚烂而走向平寂的说法，其实并不完全准确。真正受到挤压的是那种戴着短篇帽子的"压缩了的中篇"。中篇崛起后，作家们不仅不再需要把中篇的素材"压缩"成短篇，而且，有的作家还把短篇的材料"拉长"为中篇。你细看当时文学刊物上大量涌现的中篇，就会有这个感觉。

中篇挤压着名为短篇小说实际上是"压缩了的中篇"的生存空间，那么那些真正意义上的短篇小说的情况又如何呢？情况也不好。因为当时人们从文学作品里想获得的主要还是社会信息，而不是审美愉快。许多人还没有兴趣从文体特征的层面上来领略短篇小说那种用宏取精、因小及大、以少胜多、余味无穷的审美快感。在《班主任》等"压缩了的中篇"以短篇小说名义获奖时，评论文章谈的大多是作品主题思想如何深刻，人物形象如何典型，语言如何生动之类，很少有关于短篇小说审美特征和艺术功能是否得到了充分发挥的评论。我本人早期写的一些作品评论也是如此。直到出现了中篇崛起，短篇萧条的议论以后，感到短篇小说审美特征和艺术功能不被重视，后果堪虞，这才开始认真地对待这个问题。为此，我相继发表了《注重短篇小说的审美特征》《短篇小说的艺术复归》《考察新时期短篇小说艺术变革的一个参数》《研讨短篇小说文体特征的一条新思路》，以及评论王蒙的《来劲》、汪曾祺的《陈小手》等创新之作的文章。从文章的题目上也可以看出我对这个问题的重视和多方面的思考，至于说这当中有无"创意性和规律性的东西"，那就不敢自卖自夸了。

田：谢谢蒋老师，您今天所做的梳理，我作为文学所的后来人，听了以后很受启发。

蒋：你们会做得比我们更好的，相信我们文学所会有更辉煌的未来。

注：该文经过被访者审阅。

风雨 50 年：回顾与反思

—— 张大明访谈录

张大明，男，1937 年 2 月 15 日生于四川射洪。1963 年毕业于四川大学中文系，并分配到文学研究所。1985 年获评副研究员，1994 年获评研究员。1995～1997 年任现代文学研究室主任。其研究包括三方面：(1) 三十年代左翼文学研究。有专著《踏青归来》《三十年代文学札记》《不灭的火种——左翼文学论》，并编有《三十年代左翼文艺资料选编》《"革命文学"论争资料选编》《"两个口号"论争资料选编》以及周扬、阳翰笙、沙汀、徐懋庸、周文、张天翼等人的选本。(2) 中国现代文学思潮研究。主要著述有《中国现代文学思潮史》《西方文学思潮在现代中国的传播史》《中国象征主义百年史》《主潮的那一面——三民主义文艺与民族主义文艺》等。(3) 作为两名具体主持人之一，参加《中国现代文学史资料汇编》的组织、选编、审稿工作。

访谈时间：2011 年 6 月
访谈地点：中国社会科学院文学研究所现代室
采 访 者：段美乔

段美乔（以下简称段）：1979 年由中国社科院文学所现代室牵头编纂《中国现代文学史资料汇编》。这套书是自新文学发生以来规模最大的一项文献整理出版工程，当年曾经产生过巨大的反响，对于推动新时期中国现代文学研究工作的深入与提高，发挥了积极的作用。2009年底，中国社会科学院文学研究所与知识产权出版社合作，重新出版了这套书。这套书的初版和再版，与您都颇有渊源。30年前，这套书初版时，您是重要的组织者、参与者；30年后，如果没有您拿出您收藏的这唯一的、完整的一套《汇编》，并慨然同意由出版社切开书脊、进行扫描、整理，这套书的再版也不会如此顺利。

张大明（以下简称张）：中国现代文学一直有着重视史料的传统，实际上，搜集、整理中国现代文学文献的工作，在20世纪30年代便已有规模的展开。1949年之后，在一切都以阶级斗争为纲、文学研究必须直接为"无产阶级专政"服务的年代里，史料工作是难以取得应有的学术地位的。进入新时期以来，中国现代文学史料工作经过长期延误之后，终于受到重视，学术界不断有人发出建立中国现代文学史料学的呼吁，在史料的搜集、整理、出版、传播等环节投入了很多人力、物力。而1979年由中国社科院文学所现代室牵头编纂《中国现代文学史资料汇编》就是这种转折的标志。《中国现代文学史资料汇编》经全国哲学社会科学规划领导小组审批，列为"六五"国家计划的重点项目。《资料汇编》分为甲种《中国现代文学运动、论争、社团资料丛书》，乙种《中国现代作家研究资料丛书》（包括170多位作家的专集或合集近150卷），丙种《中国现代文学书刊资料丛书》（包括《中国现代文学期刊索引》、《中国现代文学总书目》等大型工具书多种）。《资料汇编》发动了70多所高校和科研机构的数百人参加编选工作，十几家出版社分担出版事务。参与编选的以三四十岁的青年学者为主，其中的杨义、范伯群、陈子善、李存光、黄修己、吴福辉、刘增杰、刘福春等等，如今大多成为各自研究领域的领头羊。20世纪90年代以来，由于过度强调理论的创新，研究界对史料工作有所忽略。在90年代以来的全球化语境中，各种理论话语充斥在我们的周围，对我们的文学史研究产生了各种不同的影响。近年来，研究界对于史料的发现和整理与现代文学研究的深入和突围之间的关系有了新的理解。文学资料的发现和整理不仅是为现代文学学科保存资料，也是这些文献本身巨大的文学和文化价值的传承。《中国文学史资料全编·现代卷》的出版可以说意义重大，史料的建设重新受到学界的重视，并获得出版界的多方扶持，成为有组织有计划的，并且能够顺利地展开的学术工作。

段：张老师，您是在1963年来到文学所的。能请您谈谈刚到文学所时，文学所的情况吗？

张：我1963年从四川大学毕业，来到文学所。刚到所里，所里正在搞大批判，大家都忙得不得了。来了最多一个月，过了国庆，就到山东劳动。回来以后，只赶上一次室里的活动，好像是在评工资级别，印象中好像是樊骏、蒋守谦他们都在推让，据说也是好多年不评了。所里的活动就这点印象。第二个印象，就是所里头一年来的一个人，叫周向阳，这个人很激进，大概是党员，后来在安徽"四清"的时候死了，就死在"四清"工作队里。那时候中国某代表团访问非洲，参加者包括闻捷等等，回国后做过一个报告。周向阳参加了这个报告会，回来后就给全所——主要是我们这些所里新来的年轻人进行传达。他讲得非常生动，觉得中国在外国引起那么大的反响，好像非洲非常重视我们，中国在非洲有着这样的声誉，让人吃惊。更惊讶的是周向阳的传达比报告本身还要有趣，本来只是传达之传达，汇报之汇报，但他讲的内容这样丰富，记忆如此准确，这种人在四川确实是见所未见，觉得毕竟是北京，毕竟是高等学府，水平还是很高的。

至于住的情况，那时外文所、当代室都还没有分出去。我和外文所的陈恕林住在一起。1963年来到所里，待的时间很短。我本来就来得晚。为什么来得晚呢？我从成都出发，快上火车时，因为华北平原大水灾，火车停运，于是又回到川大去。可是离校手续已经办了，行李也都打好包了，只好求爷爷告奶奶，请低年级的同学帮忙，今天在这个同学的铺上睡一觉，明天在那个同学铺上睡一觉，等着华北平原洪水消退。水退以后，我们才又坐上火车出发。一到华北平原，真个成了水乡泽国，树上都挂着一包包的草，还有各种农具，等等，隐隐约约有些残余的屋基。确实是惨不忍睹。火车还没有人走得快，慢慢悠悠爬到北京。

过了国庆没几天，就去山东劳动实习了。那时候是按照毛泽东号召，"反对修正主义"呀，"接受贫下中农的再教育"呀，后面这个口号那时还没有，但大致有这个意思，所以我们就到山东劳动，那时候叫做"劳动实习大队"。我们所当年来的，包括我、当代室的陈全荣、古代室的董乃斌、陆永品，民间室的裴效维，《文学评论》的郑启吟——她是印尼华侨，长得娇小玲珑。只有两个留下来，一个是复旦大学来的王瑛，一个是吉林大学来的马良春，他们两个是党员，留下来，大概是为了写大批判文章，或者另有重用。这就是我最初来所里的情况。

那时候文学所就在现在这个位置，建国门内大街5号。临大街的叫6号楼，就是我们现在这个位置（现代室），隔一个网球场的距离有一个7号楼，后面是8号楼，相当于现在院报告厅的位置，8号楼的背后就是团中央系统的团校。1978年胡乔木弄了一笔钱，要修社会科学院大楼，我们就搬到日坛路，1983年修好后才回来。那时候，6号楼是办公楼，有两层，上面再加一个阁楼。所以"文化大革命"有所谓"黑帮上三楼"，就是因为三楼是一个阁楼，面积不大，是所谓"牛鬼蛇神"休息、写检讨的地方，二楼和一楼是办公室。7号楼也是办公室，兼一部分图书馆的藏书室。后来，从"五七"干校回来，没有地方住，一部分人就住在这个楼里，比如钱钟书先生就在这里住了好几年。还有谢蔚英——吴兴华的爱人，带着两个女儿，就住在钱先生隔壁。还有好些人比如樊骏，住在办公室里。当时，我和樊骏一个办公室。8号楼完全是宿舍，我住在8号楼。"文化大革命"时学部藏龙卧虎，8号楼里住过杨献珍、陈永贵，还有搞法学的副院长张友渔和夫人韩幽桐，经济学家、哲学家顾准。

1964年为了加强当代文学研究，把现代室中搞当代文学的同志分出去，比如朱寨、蒋守谦、陈全荣等，单独成立了当代文学研究室。为了加强"反修"，外国文学所也分出去了。1963年进所的这一批人，包括我、马良春、王瑛、陆永品、董乃斌、郑启吟、陈全荣，除了马良春、王瑛，都去山东劳动。像我，整整3年都在乡下。1963～1964年在山东，开始是劳动，冬天开始搞"四清"，就转为"四清工作队"——这是"前十条"的"四清"工作队（《关于目前农村工作中若干问题的决定（草案）》，简称"前十条"）；第二年回来休整了两三个月，又到安徽寿县搞"四清"，一出去就是一年，依据的文件是"后十条"（《关于农村社会主义教育运动中的一些具体政策问题》，简称"后十条"）。"后十条"比"前十条"更左。从安徽回来后，1965 年秋天我又去江西丰城县搞第三期"四清"，依据的是"后十条""二十三条"。所谓农村"四清"运动"前十条""后十条""二十三条"，这都是中央政策形势的变化，也就是说毛泽东和刘少奇斗争的全过程都体现在这里。当然那时候我们并不知道，"文化大革命"后期，才知道是他们两个的斗争，我们只能执行。那时候，我们是自己跟自己打架，一会儿文件变了，就得全部推翻自己前面的说法，还得先说服自己，不然老百姓、还有那些被整的干部就该闹起来了。

我们这些年轻人，包括 1964 年来的沈斯亨、王保生，还有人大文研班的研究生在 1964 年初也回来了，包括张锡厚、杨世伟、王春元、何文轩等等——人大文研班是由人大和文学所为文学所培养人才，何其芳是班主任，因为这些都是人才，就像"黄埔一期"学员一样，人大、文学所、作协都想要，王春元是中国青年艺术剧院来的，自然中国青年艺术剧院也想要他回去。他们在校写文章时就是写大文章的、反对"人性论"一类的。就像 50 年代初郭小川、陈笑雨、张铁夫三个人用"马铁丁"为名，写了很多杂文，人大文研班的这些同志也曾经用"马文兵"这个名字写了很多"反修"的批判文章，在 60 年代初很有影响力。

这几年间，我们这些年轻人基本上也没有什么学术研究，何其芳的意思是你们这些人还不能写文章，主要是抵个数。因为中央有任务，要派多少人下乡，要写多少批判文章，搞"四清"、下乡劳动锻炼等都是有任务的，是对"反右""反修"这些中央政策的量化执行。何其芳认为反正你们这些人还都不能写文章，干脆下去抵这数，最后抵不过了，他自己也下去了。后来马良春、何文轩这些人也都下去了。这三年间，每一期"四清"回来都有一段时间的休整，比如 1964 年从山东回来，然后秋天到安徽去，大约有两三个月时间休整。这段时间有几件事让我体会到一点研究的意思。一个是周扬要文学所给他搞一个材料，现代文学当中以资本家、民族资产阶级、民族工业为题材的作品的内容提要，比如《子夜》《林家铺子》《雷雨》，一直到1949年的康濯的《黑石坡煤窑演义》等。唐弢把任务交给樊骏，樊骏是唐弢的最得力的助手，大徒弟。樊骏就带着我、吴子敏两个人来做，他提出作品的名录，我和吴子敏就找来读，读完就把提要写给他，最后樊骏综合以后，写了约一万多字的前言，初步作一些分析。打印以后，提供给中宣部的周扬。那时候正是"两个文艺批示"下来，批判裴多菲俱乐部，批判资产阶级，是不是在现代文学阶段就已经埋下伏笔、显露端倪。另一件事是所里要修改办所的指导思想，类似"校训"，何其芳很书生气，在所里开大会，斟酌我们要怎样做才符合研究的科学精神，又要符合当前的政治形势；又要贯彻毛泽东的指示，又要不空泛，又要不脱离文学所已经走过的十来年的历史等等。我们这些新来的，还没有接触研究，都还听不太懂，只是听前辈发言。在这个会上，体会到文学所的前辈重视基础研究、重视实事求是的研究精神。当时，何其芳提出来说，文学所的人写文章要贯彻两句话，第一句话就是"每一句话都要有根据"，第二句话是"每一句话都要是自己的"。他的意思是说，文学所的学术文章，每一句话都必须有事实根据，每一句话都必须有理论根据。第二句话更重要，每一句话都要是自己的，虽然你每一句话都有根据，但是却人云亦云，别人都说过了，你就不用再说了。因为你不是大学老师，不是在编讲义。文学所是要去研究那些基层研究不了的，比较尖端的、难的、有价值的问题，一定要有创见。也就是在这样的全所会上，蔡仪提出来说，搞美术创作的人，如果不到卢浮宫临摹半年，那么不会有太大的成就，因为只有去卢浮宫临摹半年，你才能知道什么是世界杰作，什么叫人类巅峰的艺术，这样你才能有比较高的起点，比较高的境界。没有下这种死工夫，文章写出来不扎实。

后来唐弢在现代室里贯彻何其芳的思想，根据他自己一生的研究经验，让我们这些新来的人不要着急写文章，先去图书馆，将杂志按照历史顺序，一本一本读完，然后做笔记，这样才能有历史感。同样是丁玲的《莎菲女士的日记》，从《小说月报》上看和从文集里看，你的感受、体会和认识完全不一样。那才能看出文坛氛围、刊物的情况，她的文章排第几等等，历史感自然就能呈现出来，这些在选集、文集里是看不出来的。后来刘福春来所里，唐弢也是按这样的方式来培养，他把书架上一格格的期刊，按顺序，凡是和诗歌相关的，全部看完，还要做成卡片。经过这么几年的工夫，积累了几十箱的卡片，慢慢成长为全国新诗研究的权威。特别是他对新诗文献的掌握，各大高校的新诗研究权威，比如孙玉石、谢冕、陆耀东，经常要请他帮忙查找文献。

段：有人说唐弢说新来的人三年不要写文章，唐弢先生的这些要求是硬性的规定吗？阅读旧刊物也是每一个新来的研究者必须做的吗？

张：这句话我没有听他说过，也许他跟别人讲过。比如徐迺翔就一直说，唐弢希望他们三年不写文章，先打基础，厚积薄发。阅读杂志是每一个新来的必须做的，大致按照各自的兴趣、方向去读，还要写读书笔记上交。

段：您初到所里的时候，已经有研究兴趣和方向了吗？

张：那时候还没有。因为还在搞"四清"运动，还在"研究"的编外。1964年从山东回来后，还有一个印象，觉得大家都特别忙，忙着大批判，批《北国江南》、批《不夜城》、批《早春二月》、批《舞台姐妹》。给我的感觉写这些文章非常神圣，一写就能发表，而且都在比较重要的刊物上，尽管我读大学也发表文章，跟他们一比，实在不算什么，都是些"报屁股"文章。所以那会儿特别崇拜他们。尤其是徐迺翔、蒋守谦他们。蒋守谦腿不好，徐迺翔颈椎不好，在别的地方的话，找爱人可能困难。感觉上，因为是在文学所，结果很吃香，不但找爱人好找了，而且还有挑选的余地。那时候，我跟他们还不能融在一起，他们早就来文学所了，我才来，还土头土脑的。

因为刚到所里就去了农村，待了几乎整整三年，所以文学所究竟具体干些什么，我并不了解。后来几乎全所都下农村了，我们的领导，何其芳、毛星、唐棣华都下去了。毛泽东的要求越来越严，"两个批示"

以后，文学所成了"裴多菲俱乐部"，周扬自己也是人不人鬼不鬼的。为了贯彻党的指示，实际上一切工作都停下来。大概是在"四清"运动中后期，特别是在安徽、江西的时候，文学所全体逐步的都下去了。像外文所的冯至、戈宝权、罗大冈、李健吾、卞之琳、陈冰夷、袁可嘉这些老同志，全都下去了，更不用说年轻的。这些老同志下去，就是所谓能做一点事，做一点事，但是必须到农村去。好多具体工作，比如说批斗生产队长、交代"四不清"行为，那完全是逼供信。我举个例子，在安徽的时候，正是"后十条"发表的时候，当时就有所谓的贯彻王光美的"桃园经验"。你是一个生产队长，干了好几年。工作队说你多占工分，所谓"多吃多占"，多占就是指多占工分。你说你没多占，那好，从去年6月1号开始清查，6月1号你做了什么，记了多少工分，6月2号你又干了什么活，记了多少工分，记不清了，说不出来了，那就是多占了。如果是今年的事，也许还能说得出来，去年的事情哪里还记得那么清楚。反正只要你是队长，一定会多吃多占，你是会计，就一定贪污。如果没有，想方设法都要给你编一件出来。

"前十条"这个文件，开头就是毛泽东的话，中国的政权百分之几，反正超过五十，都不在无产阶级手里，中国的政权正在变颜色。好像整个中国就是"黑云压城城欲摧"那样的境地。传达这个文件的时候正是一个晚上，光线很不好，全公社的干部聚在一起，给人的感觉就是共产党马上要丢失天下了。所以才觉得，干部都是贪污分子，都是多吃多占分子，都由贫下中农变成了资产阶级，都变质了。所以你们都该整，所以我们小青年们才有干劲。

我们去"四清"，要同吃同住同劳动，简称"三同"。我插几句，关于"同吃"的，可以看到我们那时候机械到什么程度。因为大家都穷，都吃不饱饭，特别是安徽淮河流域。没有米麦，就吃高粱，磨成粉，熬一锅粥，撮一点豆饼，就不错了。清汤见底，一人要喝几大碗。八公山下出豆腐，安徽的豆腐是有名的，现在打广告都说是"豆腐的故乡"。我到你家去吃饭，你买块豆腐给我们吃，这就是比较好的招待了；他们自己平时是不吃豆腐的。但是我们不吃，坚决不能吃，吃了就不叫"三同"。说到"住",住的地方是自己选的,我选的地方,三代贫农:有一位老大爷,80多岁。他的孙子最多20岁,是个哑巴。住的房子是草棚子,最多只有三四平方米,四川俗话叫"剪刀架";屋里就一口锅,堆了些柴草,有一个很小的箱子,里面有一点粮食,也有点破被子、破衣服;烧火用的牛粪,贴在外面的墙壁上。我觉得这家比较可靠,绝对是贫农,住在这里不会出错。我就住在柴草上,把我的被子一铺,就算行了。那祖孙俩睡一张床,因为家里除了床和锅,基本没有别的家具。我呢,在北京买了个大的塑料圆桶,有四五十厘米高,好像下乡的每个人都买,里面装了衣服、被子、洗脸盆、学习用品。晚上把被子铺在柴草上,早上又把被子收起来,放进塑料圆桶里。觉得住在这里是比较可靠的,不要住到地主富农或者变相的地主富农家里去了,那你的脚跟就没有站稳,这就证明你同情地主。可见当时左到什么地步。白天同吃同住同劳动,我是四川人,干农活难不倒我,绝对是勤快的;晚上就挨家挨户搜集材料,做群众工作,甚至开会、宣传文件,现在想想真累,不是人过的。然后,一个月可以进一趟城,相当于是工作队放假,可以去洗个澡,到餐馆吃顿饭。安徽有一种点心叫"大救驾",其实就是油炸糕。一个月吃一次"大救驾",再加个荤菜,就算不错的。

和我同去安徽的有樊骏、徐迺翔、许志英,还有肖莉、孙剑冰、路坎、邓绍基,我们在一个大队里,孟繁林、王保生他们在另一个大队,不过都在寿县的同一个公社——九里公社。安徽当地的省高法、省委党校和我们学部组成一个工作团,由当地的省高法的院长任正职,毛星任副团长。因为在文学所里,毛星在党内的地位也高,何其芳是书生,写文章行,不如毛星会做这些行政工作。那时候,中央去的干部和地方干部之间,矛盾很多,日子不好过。像我们这些做具体工作的,一方面所谓搞"四清",就与当地干部处于矛盾的两端,当然也不合作。至于贫下中农,觉得你们总是要走的,对我们也不是真心;工作队内部也是两派,地方干部说我们中央来的,不懂得实际,不会干工作;我们看他们,又觉得他们太左,把那些基层干部往死里"整"。错综复杂,日子真是不好过。

  1966年，我在江西丰城白马公社搞"四清"，还在参加验收。所谓验收，是一个大队的去检查另一个大队的情况。我正在参加验收另一个大队，验收已经结束了，还有些扫尾的工作，就接到紧急通知，中央命令全部回来。1966年6月4日晚上，我们作为最后一批，回到北京。一回来，就听说当天中午学部开了批斗大会，还抢了话筒，打了架，真是闻所未闻。一进到6号楼里，到处都贴满大字报，气氛立刻就紧张起来。在江西时，我的感觉就极为悲观，对我自己、对我们这个学科极为悲观。听到这些话，像"全党共诛之、全民共讨之"之类的，感觉非常尖锐，我们这些知识分子就说不出来；对政治上的问题他们一下子就看明白了，我们就看不明白。我自己呢？话不会说，词也不会用，"踏上一只脚，专政多少年"、"打翻在地，再踏上一只脚"（这些好像是"516"通知里的话），林彪也在说、陈永贵也在说，于是真就觉得我们不行，确实应该改造，确实应该由工农兵专政。回来以后，看到这种气氛，知识分子开大会还抢话筒，而且在那么神圣的地方，更觉得自己跟不上形势。

  最初，学部作为一个整体是不紧跟运动的。当然也有个别的，另当别论。所以中央才把学部看成是眼中钉，始终想把学部撤掉，放在一边。当时好像有个不成文的说法，中央不让学部搞专业。1968年以后，高等学校慢慢复课闹革命，中学也慢慢复课闹革命，后来工农兵学员上大学，管大学了。但我们始终没有什么事，反正就让你学文件，搞运动。运动不断，这个运动没完，那个运动又开始了。一个最高指示下来，半夜里就开始游行，第二天就开始学习，哪怕只有一小行的黑体字——毛泽东的语录都要用黑体字——也要学几天，所谓"传达不过夜，学习不过夜"。

  1968年，首都工人、解放军毛泽东思想宣传队（简称工军宣队）进驻学部。大家要集体住在一起，像俞平伯这些人也不能住家里了。办公室通通腾开，大家都挤住在7号楼，集体学习、集体出操、集体睡觉。我们这些年轻人还好些，像俞平伯、孙楷第这些人，一辈子哪过过这种生活。俞平伯走路一贯是悠悠闲闲的，也不会下操，被解放军的小班长像训孙子一样训。这就是被专政呀，而且心里面还心悦诚服，觉得他们就是觉悟高，立场最坚定，比我们热爱毛主席，他们对我们的专政是应该的。"文化大革命"刚开始时，我的心里就是这样想的，心悦诚服，不知道别人是怎么样的。

在工军宣队进驻以后，还有个插曲。一方面要集中住，一方面所有专家家里都要"掺沙子"，用毛泽东的话来说。把我们这些年轻人，不管是没结婚的，还是结了婚的，打单帮的，两地分居的，都要每一家插一个人。毛星、唐弢、朱寨、钱钟书等的家里都插了一个人，林非就插在钱钟书家。我跟吴庚舜就插在张白山家，吴子敏就插在毛星家。去"掺沙子"不是要去对他们做什么，意思是说，这些"臭老九"啊、"反党学术权威"啊，不能住那么宽敞，革命群众都没有住的地方，所以革命群众要进驻。有的矛盾比较厉害，大部分还是比较融洽的，反正是一个所的，年轻人多数都还是尊重老前辈的。像林非和钱钟书的矛盾是个别的，那就另当别论。

1969 年 10 月，非常突然，就通知我们去"五七"干校。那天我正和我的高中同学（也是四川射洪、遂宁的）在中关村的科技大学聚会，下午回来就紧急集合，紧急出发，而且我是打前站的。所以三下五除二，收拾包包就走。那时，我几乎没有什么准备，更不知道什么叫打前站，什么叫押运行李。结果一路上饿得要死，因为是押运行李，坐的不是客车，停站时都停在远远的站外，没吃没喝，幸好近代史所一个年纪大的同志有些经验，带了点儿吃的，一点儿水，否则真就饿死了。

到干校去，是要一锅端，所有人，不管权威不权威，不管有病没病，反正必须下去。一锅端下去，在河南，淮河边上，一共弄了一万八千亩荒地。工军宣队是这么说的：我们工人阶级眼光比你们长远，知道你们种不了这么多地，为什么要了这么多地呢？我们把你们这一代，你们的下一代，你们的孙子那一代，都考虑到了。子子孙孙都留在这里，不多来点地，人口要发展，将来怎么办？现在觉得多，以后可能还不够种。将来就能看出来，工人阶级才是对的。

那时候真是苦啊，刚开始用羊毛毡搭个棚子，一下雨满地泥浆就从很远的地方漫过来；后来自己生产砖坯，然后用砖坯盖房子；第三步就是自己用砖瓦修房子。光是住就有这三步。给我的任务是当排长，别看我人矮，又瘦得要命——那时候我是忆苦思甜的典型形象，但是我是四川人，人很能干，也肯干，又不偷懒，手又比较巧。我当排长，领三个班，三十多个人。我们文学所是五连，我们是在二排，一排是王善忠当排长。王善忠人高马大，他们负责修房子。我们这个排，病号多一些，老同志多一些，我们就负责生产砖。我哪里会生产砖？也没见过用机器生产砖。那可不管，反正到时候，三个月之内生产三万块砖，这是打个比方说，具体数字不记得了。所以我得了一个结论，知识分子真的很能干。那些修房子的人，谁也没有修过房子，可拿起砖头、瓦刀，最后修出来的不比那些内行差。那时候，我每天除了吃饭，就围着机器，让它转啊转，看它的结构，也没有说明书，也搬不动它。后来做实验，刚开始泥土的种类不一样，比例不一样，水分不一样，黏在机器上，根本不行。后来试了一次又一次，最后居然按照时间规定，超额完成了。再后来又叫我负责种棉花，那里祖祖辈辈没有种过棉花，我是四川人，我们射洪是有名的种棉花的地方，新中国成立初还出了一个劳模叫沈远清，发明一个方格育苗法，全国有名。种棉花技术性最强，从播种开始，到收获后，送到店里去，由籽棉榨成皮棉，整个过程，每天都有活干，特别累人。我用我们射洪种棉花的技术，带领大家种棉花，让从来没种棉花的地方，亩产80斤，那时候一般是每亩100斤，最好的也不过150斤。中午冒着40℃的暑热天，穿着靴子，穿着长长的衣服，戴着口罩，在地里喷农药，一到了地头，靴子里全是水，好几次差点就……这要是现在早就死掉了。就这么干出来的。

过了将近一年，我们搬到了明港一个军营里，不在县里。以清查"516"为主，劳动几乎就没有了，以搞运动为主。而且不断有传言，要回到学部（北京）。回到学部是最振奋人心的消息了，什么时候回学部，今天一个传言、明天一个传言。那个时候有一个经典性的话，是吴世昌说的，哪一天你的脚落在北京站了，这才叫真正回到学部。有传言说，陈伯达几次提出来，让学部在干校就地解散，务农的务农，不能务农的要走的就走，或者调到别的地方去。据说周恩来始终不同意，认为这些都是人才——当然话说得非常委婉，不能得罪毛泽东，学部成立不容易，解散就一句话的事，所以刚开始是拖，后来是软软的顶。一直到1972年初夏才全部回来。文化部还留了尾巴，像牛汉他们在湖北咸宁，所谓胡风分子、右派分子，都还留着；天津团泊洼干校的郭小川都没有回来。周恩来有个说法，只要毛泽东一松口，就赶快回来，回来以后再要下去，再要说解散就不容易了。如果留在那里，就有解散的理由。对于这一步，大家都非常感谢周恩来，把学部保住了。

回来以后，不记得是1972年还是再晚一点，文学所去顺义牛栏山的北京维尼纶厂参加劳动，跟工人相结合。这是一家很大的所谓现代化工厂，我们跟班劳动，我和樊骏在一个班。我们在纺纱车间，师傅都是女的。我们也不会劳动，就跟在她们后面，想学点技术。她们也不让我们动，怕我们一动线头断掉了，就让我们待着。可我们是来劳动的，是来向工人阶级学习的，哪能就这样待着，于是没活找活儿干，拼命去扫地、搞卫生。然后跟她们一起学习、一起批判。就我来说，重点辅导她们读浩然的《金光大道》、克非的《春潮急》、陈登科的《风雷》，她们还办了一份油印小报，我的发言印在上面，我一直还都珍藏着。樊骏比我做得更好，他跟工人交上了朋友，就是那个战老师，成了莫逆之交，一辈子的朋友。

再后来，1974年、1975年以后，批林批孔批《水浒》，就更热闹。和我们现代室有关的就是北京维尼纶厂、北京汽车制造厂、北京齿轮厂、北京内燃机厂这四个厂的工人师傅到我们所，跟我们现代室结合，叫"工人和知识分子三结合"。一起批《水浒》投降主义，又编鲁迅论投降主义的语录。编语录主要是我在做，现在看来就是我历史上的一个污点。为什么是污点呢？批投降主义那不就是在批周恩来，具体说就是批周扬。虽说是组织上要求参加的，但我还是积极得很的，因为有工作做了，多高兴呀。工人们实际上并不懂，说是他们领导，主要工作还是我在做。我把书借出来，给大家读，他们哪里读得懂，哪句话该用还是我说了算。后来出了《鲁迅言论辑编》，共出了四本，人民文学出版社出的。你说，室里那么多人都没有参加，怎么就我参加了？难道就我跟工人理论小组结合得好？就我思想好？很听话？一句话说不清楚。

　　1963年到1976年，应当说没有正经搞过业务，除了《鲁迅言论辑编》，如果那个也算业务的话。记得我到山东劳动实习时，很单纯，听到一首民歌，觉得是黄色的，就是所谓地主分子散布的黄色民歌，内容是关于公公和媳妇乱伦的。我和陈全荣听了，觉得这是一个阶级斗争的新动向，立马把它写出来，加上我们的分析，说明地主阶级腐蚀贫下中农，颠覆政权。然后反映给所里。所里的蒋守谦把它登在《文学研究动态》上。（《文学研究动态》是文学所编的，这个编辑部也就是后来比较文学研究室的前身。）文章前面还加了按语，说年轻人眼光锐敏，一下就能发现问题。

　　段："文革"结束后，学术活动重新开展起来。那时候文学所里的人事情况有没有什么变动？另外，学术研究重新展开的过程中，有没有一些波澜？

　　张："文革"结束所长已经不是何其芳了。何其芳这个人，诗人气质，单纯，也幼稚。"文革"之初，批斗何其芳，他人矮，又胖，人家要他低下狗头，挂上"何其臭"的牌子，他就用四川话说"我重心不稳"，后来这话成了何其芳的名言，茶余饭后成了笑谈。后来他还没正式打倒的时候，毛泽东要成立临时"革委会"，何其芳觉得我是老革命，老文学所的领导，难道没资格参加革委会？"我还是想做点儿事情嘛"，这话后来也成了他的一句名言。后来何其芳被打倒了，就没有参加。到了1973年左右，李希凡吃香了。何其芳跟李希凡在《红楼梦》研究问题上是有矛盾的，他绝对不同意李希凡那种极"左"的机械论，轻易否定俞平伯这些老专家的研究。可是他听说李希凡有什么渠道可以给江青送信，何其芳很幼稚，以为他也可以通过李希凡给江青送个信，说明自己对毛主席有感情，决不反对毛泽东思想，自己还想做些事情等等。殊不知李希凡一汇报上去，这个举动又成了他的罪状，说他不老老实实改造，还想东山再起，修正主义亡我之心不死。结果又把何其芳批了一通。记得有一次，我跟吴庚舜到他家去了一次，我想我们都是老乡，就想提醒他，但那时候又不敢明目张胆地说"何其芳同志，李希凡这个人信不得"，只能是吞吞吐吐的提醒，结果何其芳说："我总要做点儿事情嘛，中央要知道我想做点事情的心情，他们才会用我嘛！"何其芳就是这样，诗人气质，一方面老想搞创作，对行政工作不感兴趣，另一方面叫他一天不工作，不领导文学所，他又担心文学所该怎么发展。

"文革"刚结束时，文学所所领导走马灯似的变化，吴伯箫、罗列，还有什么临时领导小组。后来又来了一拨，大概有人民文学出版社的徐达，再后来就来了陈荒煤、沙汀、许觉民，这时就稳定了，开始正常做学术。至于现代室的室主任，我来的时候是唐弢、路坎。路坎是华北解放区的，在军队里地位好像很高。1965年林彪提出加强政治思想工作，就把董易从团中央调来。董易是"一二·九"时期的干部，"反右"的时候他肯定过海德公园辩论形式，就这一句话就成了他的一个罪状，"极右派"的帽子没有戴，但是一直悬在头上。那可是"一二·九"时期的干部呀！不知道是不是这个原因，他的女朋友后来被柯庆施挖走了。那时候室里人不多，尤其是当代室分出去以后，唐弢、樊骏、路坎、许志英、徐迺翔、何文轩、马良春、王瑛、吴子敏还有我。我来的时候，唐弢的《中国现代文学史》（高等文科教材）还没写完，樊骏、路坎、许志英、徐迺翔、吴子敏他们都参加了，我见过30年代这一册的16开的内部铅印本。关于抗战以后的，已经定稿了，还没开印，"文化大革命"就开始了。参加的还有研究生，像唐弢带的金子信，后来调回上海文艺出版社。

唐弢参加过1938年《鲁迅全集》20卷本的校对工作，后来又编校了第7卷的《补遗》，《补遗之补遗》。他从写杂文到参加具体的编校、辑录工作，所以非常重视原始史料，又训练了校勘一类的史学功夫。我一来，唐弢就说，我们现代文学的人写文章，作注释的时候，一定要注当年的某报刊，不能注选本。比如周扬的《现实主义试论》，你要注《文学》杂志哪卷哪期，不能注《新的人民的文艺》一类成集的书。一定要用原始报刊，这样才有历史感，也更准确，因为现代作家往往有修改；而且作品一定是发表了的，产生了社会影响的，才算现代文学作品。尽管是当时写的，但没有发表和出版，而是藏之名山，现在才拿出来，这类作品可以用来研究作者生平，但写断代文学史是不能用的，因为它在文学史上没有产生影响。

60年代编文科教材，文学所有3本，唐弢的《中国现代文学史》、蔡仪的《文学概论》，还有冯至领导的《欧洲文学史》，上海有叶以群的《文学概论》。蔡仪、叶以群两人理论上有分歧。周扬抓得很紧，三天两头开会，不惜重金成立大班子。像唐弢的《中国现代文学史》，把全国现代文学研究的名流都网罗在内，北京的王瑶、李何林，武汉的刘绶松、南京的陈瘦竹、陕西的单演义。应该说还是非常严谨的。

"文革"结束后，中央还没有指示，究竟研究方向是什么，大家都还很惶惑，还没有从"拨乱反正"中转过来，像我这样的呢，还很自卑。后来唐弢就说，按照周扬建议，编一些史料。从社会的需要，"拨乱反正"的需要，进一步深入系统研究文学史的需要，作一些基础性的史料编辑工作，这样大家都可以上，人人都有活干。几年之内，出版了《中国现代短篇小说选》共七卷，这是由樊骏领导的，参加的人有许志英、我、桑逢康、黄淳浩、张晓翠、李葆琰、王保生、沈斯亨、孟繁林；《中国现代散文选》七卷，这是由林非领导的，有我、沈斯亨等参加；《中国新诗选》因为人民文学出版社毁约，后来由山西出《中国经典诗库》十卷，这是由吴子敏主持的，参加的人有徐迺翔、鲁湘元、刘福春。还有一部《中国现代独幕剧选》，刘平和孟繁林两人署名，共两卷。这些是在70年代末就已经完成的。还有《"革命文学"论争资料选》上下两卷，由马良春、我、徐迺翔负责的；《"两个口号"论争资料选》也是上下两卷，由我、孟繁林、桑逢康、沈斯亨、王保生负责；《左联回忆录》上下卷是由沙汀、陈荒煤领导，参加者有马良春、张晓翠、沈承宽、我、王保生、黄淳浩。这几部资料选是70年代末开始酝酿并完成的。以上这些，都是粉碎"四人帮"以后两三年之内，举现代室之力——大概全室每个人都参加了——出了这么多成果。进入

90年代，现代室还出了不少集体著述，像《二十世纪中国文学编年史》，这是卓如、鲁湘元主编，沈斯亨、李葆琰、王保生、我、刘扬体、黄淳浩、桑逢康参加；十卷本的《二十世纪中国文艺图文志》是徐迺翔主编的，小说卷由我、徐迺翔负责，散文卷由李葆琰负责，新诗卷由刘福春负责，话剧卷由刘平负责；还有《中国现代文论》，是许觉民从花城出版社领任务回所的，由樊骏领导执行，具体参加者包括樊骏、许觉民、我、刘福春、董乃斌。桑逢康和黄淳浩协助完成个别作家的选注。说起来呢，现代室里的那些老同志，比较注意群体的力量，而那些"黄埔一期"的同学，就更重视个人写作，很难想象唐弢或者樊骏说"我个人写一本书"，好像没有这个风气。一说集体项目，好像是天然应该做的，一说到个人写作，就很怀疑自己是不是有这样的能力和水平。人大文研班的那些人就不太一样。像唐弢，我们一来就要求我们不忙写，而樊骏是一辈子不写专著的，在这样的气氛里，我们这些年轻的——吴子敏、徐迺翔、许志英是1960年来的，马良春、王瑛、我、何文轩，是1963年来的。1964年有沈斯亨、王保生、孟繁林，此外就没有进人了——自然会受到影响。

在这些选本之后，接着就是我们那套大资料，最轰动、最有史料价值，国内外评价最高的，就是《中国现代文学史资料汇编》。据徐迺翔说，确确实实是周扬在1962年就提出来，只有我们文学所有能力也有责任，来领导学界搞这样一套资料，把现代文学好好总结一下。"拨乱反正"以后，1978年项目正式上马。起初设计的规模很大，计划要出两百种，文学运动、社团、思潮、流派算甲种，主要由唐弢、徐迺翔负责提出名单；作家部分算乙种，由我提出名单；书目、期刊目录、笔名录算丙种。乙种里边，作家名录是我开的，我那时也并不熟悉，主要从几种文学史中斟酌挑选，提出180多个作家名字。甲乙丙三种丛书放在一起，估计至少能出书150种。这事在全国学术界非常轰动，大家都很高兴，觉得这件事是由文学所来领导的，代表了中央的方向，对学科建设来说又是应该做的，大家都有事情做了，所以都争着要参加。很快就有来自40多个单位的中年骨干参加，当然教授少，比较多的是副教授、讲师，还有助教。最初参加的出版社有十几个，后来发展到 30 多个。慢慢的参加者、编辑者、出版者都在扩大。

怎样编呢？怎么要求呢？就我来说，也是慢慢认识、慢慢提高的。我做责任编委，审的第一部稿子是《蒋光慈研究》，现在看来当然问题很多。刚开始，我也不熟悉，对文学史不熟，对史料怎么编也不熟，不懂资料该怎么搞，再加上那个编者是徐迺翔的同学、安徽大学的方铭，他大概也有点拿大，不太认真，编得稍微马虎点。当然这本书也是很有价值的，毕竟出得最早，现在来看也不那么严谨，个别地方也不太符合体例。但是，我们确实起到了一个什么作用呢？第一，由我们文学所出面，把这个项目列入了国家第六个五年计划社科重点项目，而且滚动到"七五"和"八五"计划，不断追加经费。参加编写的人也不断扩大，大家都觉得这是国家的项目，能拿到一个就非常荣耀。那会儿，这样的项目是非常少的，文学所牵头来做，做出来就能出版，如果有困难还有一点启动经费，最初是 100 元，后来又加到 150 元。现在看很少，但那时候算不错的，工资都还只有 56 块钱。可以说，这个项目对我们现代文学研究队伍本身起到一个大组织、大动员的作用。培养了一批搞史料、重视史料、会做史料的队伍。第二，对图书和原始资料展开的大调查、大搜集、大整理。做这个项目，我们可以说是翻遍全国图书馆，每个地方的图书馆都和我们这支队伍建立了非常好的关系。比如重庆图书馆和我们配合得特别好，管理特藏部的曾健戎也参加了我们的项目。我特别爱举一个例子，河南大学的刘增杰领导搞抗日战争时期文学运动的史料，他带着队伍在根据地一个县一个县的跑。当时刚刚粉碎"四人帮"，当地干部觉得那些材料都是"黑帮"材料，谁也不要，觉得你们这些人怎么对这些东西感兴趣？材料就这么一堆一堆的堆在那里，你们爱怎么样就怎么样。所以他们搞到了很多原始材料，收进书里一部分，还有很多没有放进书里。他的抗战时期文学史出来以后，确实非常扎实丰厚。后来他们第二次、第三次想去校订一下，那些东西已经引起地方的重视，变成文物了，是珍本、善本，看不到了。

《资料汇编》这个项目后来陆陆续续出版了将近80种，已经编好、审好稿、定好稿、送到出版社还没有出的有好几十种。还有些稿子在出版社丢了，太可惜了。开始各个出版社是等米下锅，像宁夏人民出版社，那是个小社，责任编辑还是个残疾人，左手是断臂，字写得非常好，人很认真也很积极。稿子送去立刻就出，他就跟我说，"我们是等米下锅。"所以有些编者就觉得自己做的是紧俏"商品"，是皇帝的女儿不愁嫁，所以编得慢慢吞吞；我们这边审稿的人也慢慢吞吞的审。结果到了1985年，整个出版形势跌入低谷。那时候还没有出版业要市场化、企业化的说法，但是出版业确实慢慢不太景气了。有些出版社就借故不出了，有的做得比较好，像北京出版社，只要是他们承担的项目，只要我们交了稿子，再困难他们也要出，一本不拉，而且一定按照我们的要求，出平装和精装两种版本。还有天津人民出版社也是基本上没有落下。有些出版社就很不够朋友，不讲信用，像辽宁的春风文艺出版社、甘肃人民出版社、河北的花山文艺出版社，要稿的时候积极得很，有两个出版社一本也没出，可我们交了好几部稿子在他们手里。甘肃人民出版社虽然出版了《臧克家研究资料》，这个出版社糟糕在哪儿呢？我做责任编辑的一部稿子《李劼人研究资料》，是由川大的两位老师伍加伦和王锦厚编的，编得很好的，结果稿子交到他们那里，不见踪影。二十多年了，我不知道给他们写了多少信，变着法的写，用我的名义、所里的名义，给他们的责任编辑、社长、编辑室、总编、党委书记，他们都不理睬我。那时候不比现在，电脑也好、打印也好，很多备份。一部书稿，丢了就没了。唉。

《中国现代文学史资料汇编》是个大工程，文学所现代室做得很漂亮，影响很大。我觉得我们花了很多力气，可是没有白花，自己也从中得到锻炼。对这个项目我前前后后投入的时间最多。中午来稿子，晚上就开包，我立刻停下自己手头的事。最初当然不会，后来慢慢学习，校对符号、编辑符号、版式之类的都要学习。不夸口，我看稿子是很认真的，一个标点符号也不放松。比如有一部稿子《沙汀研究资料》，是黄曼君主编的。黄曼君架子很大的，我前前后后给他退稿5次。我就告诉他，你的稿子就是不合格，起初是内容不合格、格式不合格，后来我告诉他字不合格，我认不得。我都认不得，排字工人更加认不得。那时候是要检字的，18斤重的盘子拿在排字工人手里的。当然最后书出来是非常好的，沙汀自己就非常满意。还有跟编者来来往往地通信、沟通，我算过，有一年我写了700多封信。在三四年的时间里，我一半以上的时间都在做这件事。当然，我个人也很有收获，首先我对文学史料、对我审稿的作家熟悉了，跟编者、出版社也熟悉了，人际关系广了，朋友也多了。

段：1978年你开始投入到《中国现代文学史资料汇编》项目中，1981年您出版了自己的第一部著作《踏青归来——读现代文学创作札记》。听说当时学界对这本书的评价有很大的差别，外面的评价很高，但是所里、室里的反而没有太高的评价，这是怎么回事？

张：《踏青归来》这本书，我首先要感谢林非。樊骏领导的《中国短篇小说选》，我参加了，也是主力。林非领导的《中国现代散文选》我也参加了。这中间接触了好几十个作家。濮良沛（林非）要求我们做读书笔记，我的一个川大同学在当代室里也说"好记性不如烂笔头"，所以我记住了他们的话，详细地作笔记。一本书拿来，先把版本记清楚，然后一边读一边记录。记录两种内容，一是作品的内容、风格，一是我阅读中产生的想法，最直观的感受。书编完了，笔记作了十几本。1980年，在安徽黄山开《史料汇编》的出版工作会，我认识了天津人民出版社的李福田。会议快结束了，我试探着问他：如果把我的读书笔记整理一下，不知道有没有意义。他说好啊，整理好了就拿来，我给你出。他说得很恳切，也很果断，一下子把我的积极性调动起来了。回到北京，我就开始整理。笔记有长有短，比如谈叶圣陶的有两万字，谈阳翰笙、钱杏邨、楼适夷等人的早期普罗小说的文字，加起来大概有3万字。对初期"普罗文学"的讨论，我写的时候是各写各的，但是我心里有一个总的构思，要把初期"普罗文学"的历史意义、成绩充分肯定，但他们的毛病，公式化、脸谱化、概念化、喊口号、艺术价值低等等都要说清楚。而且还要分析原因，说明理由，他们没有艺术修养、急功近利要革命，对于什么才叫"普罗文学"他们又没有可以参考的东西，当时作为世界"普罗文学"代表的作品，比如《母亲》《铁流》《毁灭》《没有太阳的街》《蟹工船》等等都没有翻译过来或者刚刚翻译过来，所以没有师承的东西。种种原因我都把它写进来，当然也没有很仔细地推敲。黄淳浩提出来，让我请吴伯箫题写书名。我没有和他打过交道，不太好意思。结果是淳浩帮我去找的。我那时正在给沙汀作秘书，就请沙汀给我写了序，他很高兴。在整理过程中，先整理了一些片断，几个作家成一组，送出去发表，想投石问路。首先投给人民文学出版社的毛承志，他们出版了一个刊物《新文学论丛》，这个刊物后来没有办下去，只出了几期。他对我的评价非常高，他说，这么好的文章，以后有了就给我，来了我就用，一字不改。我还投给《天津师范大学学报》的夏康达，他也是拿去就发。我也很吃惊，没想到这些文章还有人喜欢，评价这么高，自己也有了一点信心。书很快就出来了，李福田说，实在对不起，书印得不好，就像生产队的印刷厂印的。封面设计灰扑扑的，小32开，还是简装，确实不好看。李福田说，要不你再给我一本书，要不把这本书里的错别字改一下，我重新给你出。我一想，不如多出一本更好，就又给了他一本书，就是《三十年代文学札记》。书名还是他给我起的。

第一本书出来后，因为自己觉得新奇，所以认得的人都送，送得很广泛，当然也就两种人，大学老师和编辑，反映都还不错。特别是上海的朋友反映，说我用散文笔法来写学术著作，也是一种创造。室里嘛，也没有人给我直接的反映，有人悄悄告诉我，说是他们都很不以为然：这哪像学术著作，搞研究的人怎么能写这种东西？他会不会搞研究？

段：是不是大家都觉得某种特定的形式才是正确的研究方式？

张：那时候，室里人大多把陈涌的文章当典范，唐弢的文章不算，也有人批评唐弢根本不会写论文，他的论文就像杂文。唐弢的写法不足为训，陈涌的文章才是标准。室里的评价，一方面对我打击很大，室里的人都知道我这人是比较自卑，没有多少自信，另一方面我性格有点"牛"的特点：管它怎么样，我没有惹到你，我也不依赖你吃饭，说我不行是我的事，跟你也没什么关系，情绪上倒也没有太大影响，不过以后就不敢写这样的文章了。

段：当前学界对您的左翼文学研究的资料把握和研究的深入是公认的。您对左翼研究持续了十年，正好也是左翼文学比较热的时段。进入90年代您转入了文学思潮研究，学界对左翼的研究也是在这一时段冷静下来。我们读书那会儿，大家都关心张爱玲、周作人、林语堂、沈从文、梁实秋，所以我对左翼特别不熟。2000年以后，左翼又重新成为热点，能请您谈谈对当前左翼研究的看法吗？

张：2000年以后左翼研究的论文，我看得比较少，一方面精力不够，另一方面也确实是读不懂了。研究左翼文学，不是我主动选择的，室里安排我做什么我就做什么。只不过在做的过程中，分给我的任务都是左翼文学。参加《短篇小说选》《中国现代散文选》，分给我的任务主要都是左翼作家。然后又是《"革命文学"论争》和《"两个口号"论争》。《"革命文学"论争》我出力较多。因为是由我、徐迺翔、马良春三个人做，马良春是领导，实际上做得很少。《"两个口号"论争》参加的人要多一点。接着又是编《左联回忆录》，虽然也是多人参加，但确实是我做的工作最多。沙汀、陈荒煤两人具名发信，请左翼作家写回忆文章，回信最后都归总到我这里。所以我读这些信件，就萌生了一个想法，想做一个左联成员名单。后来觉得这个名单不成熟，就反复跟他们写信校订：某个人究竟是不是左联成员，什么时候参加的等等。我大约给100多个左联成员通过信，大概健在的左联成员都没落下。从领导职位最高的谷牧，那时候他是国务院副总理，还有当时人大常委会的副秘书长武新宇，彭真的爱人张洁清，到一般的成员，再到还没有完全平反的成员，几乎都有通信。那时候好像就盯上了左翼文学，慢慢地也觉得左翼文学也不错，他们的革命性很可爱，非常热情。我在两篇文章里用过一句话："扑面而来的革命热情"。大概受他们的热情感染，我一下就把研究重心放在他们身上。那时候，左翼的刊物，尤其是狭义的左联刊物，像《萌芽》，我至少看过五遍，一字不落，连广告都没漏掉。加上我现在做《左翼文学史》时，《萌芽》这类刊物加起来看了不下十遍。左翼作家的作品，文学所里有的我几乎都读过，确实对这一块比较熟悉。

那时候，我始终跟马良春撂在一起，因为他是领导，长于理性思维，又善于把个人行为变为领导行为，善于作计划。所以经常是他领导，我来做实际工作。当时我们就想写一本《左翼文学史》，在我的笔记里，光是写作提纲就有两三种，有的以运动为主，有的以创作为主，有的以史料为主，有的以理论为主。这些提纲有的给沙汀看过，他还给我回信谈他的意见、注意事项。他特别强调不要把当年的矛盾带到现代，要消灭矛盾，使文艺界更团结。害怕我们对谁的评价高了，对谁的评价低了，又生出新的矛盾，然后这些矛盾又被栽到周扬头上，因为他始终维护周扬嘛。

那时候我的事情多得不得了，所以有一次沙汀同志批评我，我实在觉得冤枉。那会儿我在给他作秘书，所里并没有任何名分，就叫我为他工作。刚开始我还否认是秘书，不想沾这个光，后来一想，我做的就是秘书工作。1983年沙汀任届期满，离开文学所，调到作协。他跟我说：你还得继续给我做工作。我说，那当然。我就继续为他做工作，一直做到将近1990年，他必须回四川为止。沙汀前期没有生活秘书，所以我去邮局给他交信、买药、陪他看病，都是我在做。那时我正给他编文集，沙汀有些不满意，有一次就说，你揽那么多事干什么，你不如就做好这一件事，把文集给我编好就行了么！哎哟，我真是有苦说不出。我是现代室里最听话的人，凡是大家不愿意做的事，没人做的事，就说"大明，你来做"。好吧，我来做。我编过《阳翰笙选集》《周扬文集》《沙汀文集》，有一段时间又被抽去搞陈云、胡耀邦提出来的"革命文学若干历史问题的决议"，是中央文件。有经验的人，像朱寨他们，根本就不动笔，我就很认真，每次开会都整理笔记，最后只有我一个人交了初稿。所以沙汀批评我，我真是有点冤，哪里是我自己去揽事情。他是前辈，我也不好跟他辩。

因为事情特别多，老是不能安定下来动笔，再加上学术界的评价趋向在不断变化，我又跟不上，而且出版形势也不好，所里还没有出版补贴，完全得靠自己去找，并不容易。所以一直没有动笔，只是在不断完善提纲，补充史料。后来马良春提出来搞文学思潮研究。那时候学术界提出个口号，说是要"突破"，马良春觉从文学思潮来研究是一个突破点，而且1986年文学思潮研究又列入国家重点项目，院重点项目。文学思潮研究，马良春提出得最早，整个现代文学界还没有一个人从思潮角度研究文学，是我们文学所首先提出来的。我们在铁道部开了第一次学术讨论会，后来出了一本书《中国现代文学思潮流派讨论集》。那次会议几乎所有名家都参加了，我和老马一个个上门拜访，请他们来讲。他就拉上我和李葆琰，外面拉一个陈学超。会议开了好几次，老是在酝酿，结果字是一个也没写。在这个过程中，我也去做很多别的工作。到1991年，马良春去世了。去世前两天，他流着眼泪跟我说："大明，这个事情就只有拜托你了，你一定要完成。"这是他的临终嘱托，我本来也投入了很大的精力，我就来完成吧，所以加快了进度，正式开始。全书90多万字，我起草了60多万字，还负责统稿。时间精力都花在思潮史上了，左联研究又处于低潮，而且研究趋向变化很大，比如刘再复对赵树理的评价非常低，让我在思想上也产生了一些波澜，究竟左翼文学怎么样？在思潮流派文学研究方面，我总共出了四本书：《中国现代文学思潮史》《西方文学思潮在现代中国的传播史》《中国象征主义百年史》《主潮的那一面——三民主义文艺与民族主义文艺》。最后觉得还是要回到左翼文学上来，要给它画一个完整的句号，才有现在的《中国左翼文学史》。

段：你这四本书，从《中国现代文学思潮史》写到《西方文学思潮在现代中国的传播史》，顺理成章。《主潮的那一面——三民主义文艺与民族主义文艺》也还好理解。不过，从左翼出发，走到象征主义，这个路子转得很特别，二者差了十万八千里。这究竟是怎么回事？

张：怎么从左翼出发走到象征主义？这还把我给问住了。《三民主义文艺与民族主义文艺》完全是桑逢康给我的启发，我始终感谢他。在《史料汇编》那套资料里，我编的是三民主义文艺和民族主义文艺。编好后，我送到上海文艺出版社。他们说我的稿子，有大的有小的，又是16开的，又是8开的。8开的稿子退还给我，我又重新找人抄写、校对，花了一年时间，又寄给他们。从此以后到现在，他们没给我任何回音。上海有人告诉我：老张，你那部书稿，上海有人已经在用了；你搜集的资料，他们不费工夫就用了。我只能生气，可也没办法。桑逢康问我有没有底稿，我说还有大部分底稿。他给我出个主意，让我用底稿，以史料为主，写一本书，至少把我搜集整理的史料用上一回。所以这本书能出来，主要还是赌一口气。至于象征主义嘛，象征主义我本来是读不懂的。在《中国现代文学思潮史》里，象征主义这一章是我写的。我反复看波德莱尔的《恶之花》、李金发的诗歌，一句一句的对照孙玉石、陆耀东、郭宏安的分析，向他们学习怎样进入作品。读着读着，居然在李金发的几首诗里读出了味道，读出了兴趣。不但不反感这个流派，还觉得他们这样写很有文学性，含意丰富，有很多层次，就看你有没有用功钻研，有没有这方面的修养。如果自己没有这方面的修养，对它也不能轻易否定。既然存在就肯定有合理的一面，否则不可能从法国迅速扩散到世界各国，形成潮流。所以就想用史料来摸一下情况，用论文式的文章讨论象征主义，我还不行。我还不能像孙玉石、郭宏安他们每首诗都能读懂。只能说有一点感悟，这点感悟还未必正确。当然诗无达诂，个人也许能认识到真理的一部分。不过这还是不能回答你的问题。

段：可能开始写作以后，您对象征主义有了新的认识和兴趣。但是您这本书可不是突然有兴趣了，就能写出来的。那可都是一条一条的、硬邦邦的材料呀。对这个问题我真的很好奇。希望以后能跟您再谈谈这个问题。最后，能请您谈谈对现代室未来发展的看法吗？在已经离退休的老先生里，您是最常来所里的，对我们这些后辈的学术研究也非常关心，不知道您对今后现代室的建设有什么建议？

张：我总觉得，现代室原来的格局有可取的一面。作为国家最高级别的文学研究单位、研究室，在全国来说，对一些大问题、疑难问题，也最有发言权。为了有这个发言权，应该分门别类的，占住一个一个的坑，要把住一个个门槛，就是说研究领域内的主要方面、主要作家，一定要有专门人来进行研究。说得再直接一点，不管开什么会，现代室都要能拿得出权威，去做权威性的发言。我们那时候，现代室的格局是不错的。唐弢就不用说了；樊骏也是全面的，尤其是在学科走向这一层面。作家方面，对老舍，对"何其芳现象"、左翼文学的走向、巴金为什么建国之后一直诚惶诚恐这些问题，他都有深入思考。吴子敏对新诗这一块比较全面，对巴金、茅盾也非常熟悉，后来又对"七月诗派"有深入研究。许志英对"五四"时期文学把握得很全面，这个人是室里的清谈家，善于出主意。他常常赤着脚，坐在藤椅上，抽着烟，漫无边际的谈，谈着谈着就谈出了题目，谈出了方向。徐迺翔对史料、对抗战文学很熟悉。桑逢康对郁达夫、茅盾、郭沫若都有研究。李葆琰起初关注文学研究会的作家和创作，后来做《中国现代文学思潮史》时，对"战国策派"等等很下工夫。另外，王保生虽然经常参加集体项目，但对沈从文、左联也都很有研究。——不是说每个人在这些方面都像樊骏一样，成为权威了，但是至少对一些大的社团、重要的作家、运动、思潮、体裁，我们都有人研究，可以有发言权，占住这个坑。现在呢，我听说，室里也形不成一个大的、共同的拳头性的成果，搞集体项目的时代已经过去了，而且呢，对于一些重要的作家、运动、思潮的讨论会议，我们也派不出人去参加，听不到文学所的声音，我觉得这是不是一个问题呢？我也不知道我这么思考对不对。

段：我觉得您的忧虑是有道理的。张中良老师曾经说过，全国各地有了什么大型的研究会议，都要邀请文学所、现代室参加，可是目前室里的情况是常常派不出人来。尤其是遇到左联、七月派相关作家研究和纪念会，比如上次的欧阳山的纪念会，他征询室里同事的意见，都摇头。无法可想，他就只好到处开会，个人的研究经常被打乱。还有一次，赵园老师曾经反省我们学科的大学教育。现在大学里主要进行的是问题研究，硕士、博士们的学术训练是以问题研究为主，在作家专论、社团流派研究上有所放松。

张：有一次我跟张中良说——说得也不客气，他毕竟年轻一些，我说，你为什么文章写得那么杂？为什么不盯住一点，把基础站稳？后来一想，我绝对错误。我从温儒敏那里得到启发，他是系主任，作为系主任就有义务对各类情况发言，所以他什么文章都得写。同样文学研究所，你作为现代室主任，拿不出人来，你就得顶上。占据太多时间，也是没办法的事。有时候想一想，你文学所为什么必须去发言，你不参加，学界就不转了；可又一想，我们有这样的地位、资源，我们是鲁迅研究会的法人、现代文学研究会的法人，我们就是应该引领全国的学术界往哪里走，走得有多深入。这也是我们义不容辞的社会责任、历史责任。可能未来再进人的时候，要考虑一下我们总体的研究结构，哪些方面必须占据，哪些方面必须有发言权，至少在某些比较重要的研究领域里要引领方向。

　　段：我们会努力的，不辜负前辈的希望，也希望文学所现代室的未来越来越好。

　　注：本文经过被访者审读。

我的履历非常简单……

——祁连休访谈录

祁连休，原名祁瑞麟，四川崇州市人，1937年出生。1959年毕业于四川大学中文系，同年到中国科学院哲学社会科学学部文学研究所（即今中国社会科学院文学研究所）从事科研工作，1988年晋升为研究员，兼中国社科院研究生院文学系教授。曾任中国社会科学院文学研究所学术委员会委员、民间文学研究室主任、中国社会科学院文学学科片专业技术职务评审委员会委员、《文学评论》和《民族文学研究》编委等，长期从事民间文学研究，主攻故事学、传说学等，在研究过程中还深入到全国大多数省区市和许多少数民族地区去调查、采录民间文学；曾多次出访德国、韩国和我国台湾，进行学术交流和合作研究。

论著有《智谋与妙计——中国机智人物故事研究》《中国古代民间故事类型研究》《中国民间故事史》等。与人合作主编有《中国民间文学史》《中国传说故事大辞典》等。

采访时间：2011年6月3日
采访地点：中国社会科学院文学研究所民间室
采访者：吕　微　户晓辉

吕　微、户晓辉（以下简称吕、户）：今天很荣幸能请来祁连休老师，听您谈谈您和文学所的故事，您就从您到文学所的那天讲起吧！

祁连休（以下简称祁）：我是1959年9月15号下午到的北京。因为那一天恰好是北京新火车站（就是现在的北京站）通车，而且是我和朱尊民的生日，所以我的印象特别深。当时，我们文学所已经从原来的中关村搬到了现在的建国门内大街5号。我是从四川大学分配到中国科学院哲学社会科学学部（中国社会科学院的前身）文学研究所来工作的。那一年四川大学中文系分配到北京的共有40多个同学，除了哲学社会科学学部的文学所、语言所，《新建设》编辑部外，还分配到北京大学、中国文联、新华社、《人民日报》、中华书局、广播学院等单位。为什么我们那一届毕业生分配到北京的这么多呢？因为北大的学制改成了五年，正好1959年那一年没有毕业生，像北大中文系的张炯、吕薇芬他们就是1960年才分到文学所来的，所以我们四川大学这一届分到北京来的人就比较多。我们一同来建国门（海军大楼）这里来报到的同学是六个，其中两个是到《新建设》编辑部，另外四个是到文学所，我分到民间组（室），吴庚舜、朱尊民分到古代组（室），王熙治分到《文学遗产》编辑部。朱尊民、王熙治后来都调回四川了。那天下午我们到文学所时，是王平凡、张书明两位同志接待我们的。后来我们才知道王平凡当时是文学所的党支部书记，张书明是办公室主任，他们都是文学所的领导小组成员，是张书明到四川大学把我们挑来的。这么多年来，我和王平凡、张书明两位领导的关系一直都很好，他们都非常关心我。譬如，我前妻去世后，张书明同志常去苏州胡同帮我们带孩子那家看我不满一岁的小儿子；我再婚后，王平凡同志十分关心我夫人的调动问题，帮助我们尽快解决了，这在当时是很不容易的。

讲一讲刚到文学所不久下去劳动的事。1959年冬天，也就是我们刚来文学所两三个月后，领导要我和吴庚舜与四个被打成"右派"的同事，包括陈涌（杨思仲）、卢兴基、高光启、高国藩一同到北京西北郊清河镇蓝各庄去修路，由我带队。我们这个小队除了文学所的六位外，还有法学所的两位，一位是法学家张友渔（原哲学社会科学学部副主任、哲学所所长）的秘书赵云裳，一位是魏家驹。我们和化学所、植物所等单位的同事在一起劳动。因为我和吴庚舜是从南方来的，头一回在北京过冬，感觉那年的冬天真冷！修路时干挖泥等活儿，相当艰苦，但我们在一起还过得比较愉快。跟我们一起劳动的陈涌，是知名的文学评论家，我上大学时就看过他的文章，老实说，我们心里对他还是很尊重的。他对我们这些年轻人也很友好，所以我们都处得相当融洽。后来大概过了两年，陈涌就调到了兰州大学，卢兴基、高光启调到了内蒙古，高国藩调到了江苏。这一段劳动大概持续了半个月左右。这期间我们还唱了一首自编的歌曲，吴庚舜写的词，卢兴基谱的曲，记得是这样唱的："朝霞映着星光，晨风吹着脸庞，我们战斗在蓝各庄，志气高昂。要把荒滩变良田，要让池塘藕花香，白鹅漂游在水波上，肥猪圈内养……"那时候我们在北方严冬里劳动，真是令人难忘。当时有一件事印象很深刻，有一天我们都在工地食堂吃饭，有一辆大卡车在食堂门口卸石灰，结果有一次整车的石灰都突然倾泻出来，把某所的一个工作人员埋在下面了，不知道后来救没救活。此后，我还有很多次劳动的难忘经历。比如说1962年夏天，我去庞各庄劳动。那里有我们文学所的一个生产基地，种黄豆、玉米棒子什么的，弄来分给所里的同事。当时这个生产基地由办公室的老尤（尤培福）负责。我是和《文学评论》编辑部的蔡恒茂（蔡葵）一起去劳动的。记得那会儿我还跟他讲过我在西藏听到的故事，如阿古登巴的故事《偷小牛》。

在到蓝各庄修路之前，即1959年国庆节后一个多月，所里把我和资料室的王芸孙（曾担任傅作义的家庭教师，书法不错）一起抽调去中国科学院办展览，与我们同去的还有历史所的刘重日等两位研究人员。我们住在中关村的教育楼，文学所1958年搬进城之前就在这里办公。我曾经是四川大学美术组的组长，书画都还可以。大学毕业之前就多次被抽调出去办展览（代替了"大炼钢铁"时的修路劳动）。我们在中关村时，王芸孙先生曾经带我去过颐和园——那是我第一次到颐和园，坐32路公共汽车去的。他请我在佛香阁上喝茶，站在高处眺望，感到园里的景色真美。在文学所这些年，我一直与书画有缘。譬如，文学所"文革"前后开追悼会都要送挽联，"文革"以前开过力扬、井岩盾、路坎的追悼会。几乎每一次追悼会我都去写挽联，写挽联的还有王健，"文革"以后还有端木国贞。记得"文革"前所里每一次追悼会，其芳同志都要送挽联，挽联是他自己撰文，自己书写，体现出他对故人的一片深情。又如，"文革"初期学部大门外的左右两边墙上的巨大"语录"、学部大楼前的两幅画像（前面那一幅是版画家力群的公子郝民画的，后面那一幅是朱迪画的）旁边的巨大"语录"，都是我写的。用的是"等线体"，融入一点魏碑的笔法，所以比较有味。这些"语录"都是搭梯子或脚手架爬上去写的，直接往上写，不用打底稿。再如，到"干校"劳动时，我又被抽调出来在山墙上写大幅的"五七指示"，用的是"隶书"。当时在干校，古代室的蒋和森专门抽调出来给大家伙儿理发。男的女的他都理，一边理发一边聊天，相互交流各种信息，来理发的人还可以得到短暂的休息。那时我们所的同事差不多每人每月可以轮一次，得到一次这样的机会，他则一直以理发代替田间劳动。

接下来再说说去藏族地区进行民间文学调查的事。去西藏是我来所后第一次参加外出调查活动，我们民间组去了三个人，即孙剑冰、卓如和我。1960年3月5号出发的。当时我们与国家民委、中央民族学院、中国民间文艺研究会、北京大学等五个单位的十多个人组成了一个民委工作组赴西藏调查。民委机关有马扎布（蒙古族）、李俊杰、房耀谊，中央民族学院有佟锦华、耿予方、王尧、陈践践、科巴（藏族），夏天又有藏语系应届毕业生王文成、傅同和、王世镇、乔维岳四位，中国民间文艺研究会有安民、北京大学有段宝林。我们当时是坐火车先到了兰州，在兰州休整了两天，然后途经敦煌，到格尔木小住数日，然后坐汽车经唐古拉山，直达拉萨。这一段路途比较艰辛，主要是高原反应。翻唐古拉山时，有一天晚上我气都喘不过来，想把胸前的衣服撕开。可是到拉萨很快就适应了。在拉萨我们住的交际招待所，一出门便看到布达拉宫，让我感到非常激动。有一次我们去军区礼堂看演出时，见到过班禅额尔德尼·确吉坚赞大师。那一年他才22岁，入座时见到先来的谭冠山将军，他就开玩笑似的举手喊一声："敬礼！"因为我们坐在前几排，近在咫尺，看得非常清楚。我到拉萨后，还去看望过四川大学中文系的老师张怡荪教授（他为我们讲授"古代汉语"），其时他正在那里为《汉藏大辞典》操劳。他是《汉藏大辞典》的主编。

  我们文学所民间组去的三个人和民族学院的师生一直在西藏坚持到8月份才离开，差不多待了半年时间。3月下旬离开拉萨时，我们同国家民委的三位同伴分了手；5月中旬离开日喀则时，中国民间文艺研究会的安民和北京大学的段宝林就返回北京了。而由我们民间组三位与中央民族学院藏语系教师组成的"藏族文学史"编写组，则正式开展调查采录。我在日喀则调查时与佟锦华、卓如在一组；到萨迦、定日时和王尧搭档，而孙剑冰与耿予方他们去了山南地区，卓如与佟锦华去了江孜等地。我和王尧到萨迦后，有幸住进西藏著名寺庙——北宋时期兴建的萨迦南寺（萨迦寺有南寺、北寺，北寺已毁，只能看见一些残存遗迹），有机会欣赏宏伟的寺庙建筑和精美的佛像、壁画等。在定日县，我们住的房子就在珠穆朗玛峰的山脚下，出门便能够看见珠穆朗玛峰。那时正是6月初，我们还参加了在珠穆朗玛峰的山脚下举行的欢迎首次登上珠峰中国登山队盛大庆祝会。接着我们又从后藏转到西藏东部的林芝县搜集藏族民间故事。这个时期，我同刚毕业的王文成搭档。后来收入《藏族民间故事选》和《中国民间故事集成·西藏卷》的《文成公主的传说》，就是在林芝县各个乡采录的。8月份离开西藏后，我们搭乘长途汽车去西宁，一路上的吃食很差，与3月份进藏时的状况完全不一样，已经揭开了"困难时期"的序幕。离开西宁后，孙剑冰与陈践践去了甘肃省夏河地区，卓如与王尧去了四川省阿坝、甘孜地区，我与佟锦华跑得最远，经成都、重庆、贵阳、昆明，辗转到了云南省西北部地区，我留在中甸县（即今所谓的"香格里拉县"），佟锦华则去了德钦县。在中甸县替我作翻译的是县文化局的一位科长齐耀祖（藏族）。《藏族民间故事选》里面的一些动物故事，就是他当场口译的。我们在西藏和云南藏族聚居区采录民间故事，有的当场口译，立即用汉文记录；有的用藏文记录，带回来再汉译。有不少材料，回到北京后，1960年冬至1961年春，我又住到中央民族学院作进一步整理，大约花了两三个月的时间。后来由上海文艺出版社刊行的《藏族民间故事选》和《藏族歌谣选》这两本书就是在我们和中央民族学院的共同努力下诞生的。

吕、户：这个调查组是民委组织的吗？那么这个工作组有什么工作内容呢？

祁：是的，我们的工作就是专门为编写《藏族文学史》做调查、采录的。但是，由于种种原因，后来我们就退出了。

吕、户：您们下去做调查是都要带着组织介绍信的吗？还是地方都已经安排好的呢？

祁：我们所到之处都要带介绍信。各地接待我们，替我们找歌手、故事讲述人。我们去西藏各地，都带了被褥，常常是自己做饭。

吕、户：怎么采录呢？

祁：我们一到一个地方就先摸个底，先了解一下基础的资料，再逐个找歌手、故事讲述人。譬如有一个叫顿珠扎西的老人，便是我们请到萨迦南寺来讲故事的。在萨迦县，我们还到村子里面请妮琼、旺姆等姑娘来唱民歌。这些都是从当地一层层介绍来的。选的点都是大家共同商量的。譬如去江孜，是为了搜集抗英歌谣。从我个人来讲，参加1960年的藏区调查收获很大。它使我真切地了解了民间文学，并且对藏族民间故事产生了深厚的感情。2000年编纂《中国民间故事集成·西藏卷》时，请我和精通西藏民间文学的廖东凡一起做特约编审，就是因为我在藏族民间故事方面有比较多的积累。

吕、户：阿古登巴的故事是在哪儿发现的？

祁：阿古登巴的故事在西藏和四川、云南、青海、甘肃藏区都有流传。我第一次听到讲述阿古登巴的故事是在日喀则，后来在林芝县也听到过。《藏族民间故事选》中的《领主挨揍》就是在日喀则采录的。而《贪心的商人》这则很出色的阿古登巴的故事，则是在林芝县邦纳乡采录的。我们不但搜集了一些口传的阿古登巴的故事，王尧还把他掌握的阿古登巴的故事篇目都写出来让我看，让我加深了对于阿古登巴的故事，乃至机智人物故事的了解。可以说我对机智人物故事的研究，就是从这里起步的。

吕、户：您是因为在调查过程中发现机智人物故事比较多才开始关注到这个的吗？

祁：对。

吕、户：祁老师做阿古登巴的故事，我们知道是发表在《民间文学》杂志上的《试论阿古登巴的故事》，学术质量非常高，那是哪一年发表的？

祁：那是1965年。大约1959年前后，中央民族学院藏语系曾经把各地藏族学生讲的藏族民间故事，以及报刊上发表的一些藏族民间故事汇编成册，一共印了两集。其中的作品翻译得比较粗糙，但是资料性较强，我在去西藏之前就读过，为调研打了一个基础。中央民族学院藏语系的几位老师在这次去西藏之前就曾多次去过西藏，所以他们对那边的情况比较熟悉，也比较适应。后来1962年7、8月，我又和仁钦道尔吉一道去呼伦贝尔做过一次蒙古族民间文学调查。这一次调查，我们俩完全自己做主，调查什么、怎么调查都由我们自己来定。我们先去海拉尔，再下到陈巴尔虎旗、新巴尔虎旗，主要采录短篇英雄史诗和民间故事。仁钦曾经在海拉尔念中学，巴尔虎草原各地都有他的同学，能够提供各种帮助，有的同学本人就很会讲故事、演唱史诗，因而我们所到之处工作进展相当顺利，尽管只有短短一两个月，收获却颇为丰富。1962年第六期《民间文学》最前面发表的《九兄弟》《机智的红狐狸》等蒙古族故事，就是我们此次采录的民间故事中比较突出的四篇。其中，还采录了一些蒙古族机智人物巴拉根仓的故事。但是，这次调查的主要收获是蒙古族短篇英雄史诗。1979年第六期《民间文学》发表的蒙古族短篇英雄史诗《阿拉坦嘎鲁》，也是此次采录的。另外，仁钦还用蒙文发表了此次采录的短篇英雄史诗。20世纪70年代末，我们室里曾经排印了一本汉译的蒙古族短篇英雄史诗集，收入了我们1962年采录的几篇作品，由仁钦和我、丁守璞分别翻译。

吕、户：这次调查是你们自己去的吗？

祁：对，是我们自己去的。当时我们的调查研究的资金很充足。记得 1960 年去西藏时所里给了我们一万元钱，那时一万元是一个很大的数目，最后没有用完，可见当时去调查所里的领导都很支持。1961 年我们文学所在和平宾馆召开第二次全国少数民族文学史讨论会，在那个会后，所里对民间文学的重视体现得更为充分。在当时供大会讨论的三部少数民族文学史中，有一部《蒙古族文学简史》。仁钦 1960 年从蒙古国乌兰巴托留学毕业回国后，分到文学所的东方组。当时他也参加了这个讨论会。我和他就是通过这次讨论会慢慢熟悉起来的。第二年我们便结伴去了内蒙古呼伦贝尔调查。那次的巴尔虎草原之行我们俩真是很多交通工具都用上了：火车、汽车、马车、牛车，还骑过马。1960 年我去西藏时，在萨迦、定日、林芝都骑过马。1962 年我又骑马在草原上奔驰。我们在内蒙古的一个小旅馆里，盖的被子非常脏，被头像抹了膏药似的，我们也经历了。（1960 年 10 月去中甸县途中，我在草堆里面睡过觉，从中甸县回昆明时，还在雅鲁藏布江边上睡过觉。）在巴尔虎草原调查时，我和仁钦住的是蒙古包，自己做饭，还参加过那达慕大会，吃过牧民家里的手抓肉。我们采录了很多作品，毫不夸张地说，这一次去内蒙古巴尔虎草原采录的蒙古族英雄史诗，加上后来去新疆采录的蒙古族英雄史诗，让仁钦一辈子都有充足的第一手研究资料了。去西藏六个月，去内蒙古这次是一个多月。虽然我不懂藏语和蒙古语，但还是收获颇多，尤其是加深了对于这两个民族民间文学的了解。

吕、户：您不懂蒙古语，仁钦老师精通蒙古语，去西藏时也是有人懂藏语，有人不懂藏语。您现在回过头来看当时收录的这些材料，您怎么看待呢？因为现在有录像录音什么的，设施更好，当时因为没有那样的条件。

祁：当时仁钦都是提笔用蒙文记录的，速度相当快，基本上能够保存原貌。当然，后来他去新疆蒙古族聚居区搜集史诗时，就用了录音机。1962 年采录的作品，故事有的是当场翻译的，有的是回到北京才翻译的。但是，英雄史诗篇幅很长，而且是韵文，也是回到北京才翻译的。仁钦逐字逐句给我翻译，再由我来作汉文的润色加工。后来，他还希望我们一起继续翻译，弄了一点，但一是由于时间不充分，二是由于我们整理的东西没有地方可以发表，只好作罢。

吕、户：我一直想问祁老师一个问题，就是像您们在20世纪五六十年代采录回来的这些资料，现在使用起来，可靠性怎么样？

祁：应该说韵文类的作品，唱词比较固定，基本上能够保留原样；散文体的故事可能有一点距离，但是故事情节不会走样。仁钦的记录相当忠实。受访者讲唱的时候，听不清楚的我们就停下来问他。有的受访者就是仁钦的中学同学，很放松，可以随便提问。有一些不相识的受访者在我们的面前也不紧张。一个牧民叫胡和勒，62岁，他讲的故事如果听不懂，我们就让他停下来追问。仁钦的蒙古语很好，他记的也比较快，准确，所以在巴尔虎草原采录英雄史诗时，尽管没有录音，也记录得相当不错。德国著名的史诗学专家、波恩大学中亚研究所的海希西教授看后，也认为是比较可靠的。仁钦在新疆采录的英雄史诗，大都是有录音的。这些资料更为珍贵。

吕、户：藏族怎么样？

祁：藏族的情况，不能一概而论。参加记录的既有老师，也有学生，老师与老师之间，学生与学生之间，水平也有一定的差距，受访者的情况与讲唱的内容也有所不同。因此，记录下来的作品的可靠性是不大一样的。有的比较准确、可靠，有的或许差一点。由于当时大家把我们的采录工作作为编写藏族文学史的一个环节，都还是相当认真的。

吕、户：您去西藏的时候是找的一个藏族学生做翻译的吗？

祁：是的，在西藏调查的最后一个多月，我是同民族学院藏语系一位应届毕业生合作的。他叫王文成，在他们四位同学之中是学得很好的一位。后来在国家民委当了司长，我还去看过他一次。十年前因突发心脏病不幸去世了。他也是现场记录，但不一定全都现场翻译，有的是回来再翻译。他回来后根据藏文记录进行整理，同时给我翻译。尽管没有录音，有一定的限制，但由于态度认真，资料还是比较可靠的。

吕、户：祁老师，就是当时整理的那些材料，后来也用了一部分在《藏族文学史》中。就是说如果我们今天的学者想要使用，您觉得还能用吗？应该怎么用？

祁：我认为可以使用。我们当时还是比较注意科学性的。但受到条件限制，其局限性是不言而喻的。至于如何使用，我觉得应当区别对待，这样才不至于被动。我们当时的很多材料也是用藏文记录的原始材料，回来后直接从藏文翻译成汉语。比如阿古登巴的故事，相对来说比较简单，很好记，记录和翻译整理的作品大都比较符合原貌。对于像文成公主的传说这样情节比较复杂的作品，处理就各不相同。我们当时大约采录了十份异文。这就是我和王文成在林芝县采录的七份异文：即德木乡希洛（65岁）、白玛央宗（女，65岁）、格桑（46岁）、伯宗（女，43岁）、曲珍（女，30岁）、元登嘉错（21岁）分别讲述的六份异文和邦纳乡达瓦错姆（女，64岁）讲述的一份异文，还有陈践践在林芝县尼池乡记录的白玛拉姆（女，50岁）一份异文。作为研究资料，这些异文都有其价值。作为民间文学读物，则需要作必要的整理。我1961年末住在民族学院整理资料时，采用综合整理方法整理的《文成公主的传说》，就是以希洛讲述本为主，参考另外七份异文整理而成的。

吕、户：您是怎么处理异文的？

祁：说老实话，我刚来文学所的时候也懂得不多，但是我做得还是比较严谨，比较认真。像那篇英雄史诗《阿拉坦嘎鲁》，我们都是逐字逐句翻译的。而且句子要讲究押韵，我反复推敲，尽量把文字弄得有文采一点。我们那个时候年轻，才二十五六岁，但还是比较认真的，而且译文尽量弄得有味儿一点，不是粗制滥造的。《阿拉坦嘎鲁》的汉文译本，我们采用的也是综合整理的方法。我们1962年夏天在巴尔虎草原采录了这一部英雄史诗的五份异文，分别由陈巴尔虎旗乌珠尔公社的乌尔根必利格（25岁，仁钦的中学同学）、巴尔嘎布（65岁）、达木丁苏伦（34岁）、宝尼（40岁）和新巴尔虎左旗达赉公社的罕达（女，68岁）讲述。1979年发表的汉文译本，是以宝尼讲述的那一份记录稿为蓝本，参照另外四份异文整理而成的。

我感觉这两次调研对我今后的研究都有很大的影响和帮助。其实，我一开始到民间组时，并没有明确要研究故事。就是通过去西藏、云南、内蒙古调查、采录的这些实践，我才慢慢摸索，逐渐明确了我的主要研究方向，才不断往民间故事方面靠。

接下来谈谈民间组（室）的同事关系。过去，民间组（室）好像"流水席"，研究人员的流动性大。好多人都是在民间组（室）待过一段时间，后来又离开了，去做别的事情了。据我所知，贾芝、毛星、孙剑冰、朱寨、井岩盾、夏蕾、曹道衡、贾经琪、高国藩、卓如、曹廷伟、吕薇芬、徐劭、赵桂芳、蔡自伦、仁钦、裴效维、张宝坤、丁守璞、董森、魏庆征、丁汀、刘魁立等，都曾经在民间组（室）待过。仁钦原来在东方组（组长是季羡林，副组长是金克木），1962年夏天从内蒙古回来后，经过我们怂恿，他才转到了民间组；20世纪80年代初，他做过几年民间室的室主任。但是，真正留下来的，"文革"以前的成员就只有马昌仪、我和肖莉了，大部分都走了。他们除了一些调到外单位外，主要去了我所的古代室、现代室、当代室、理论室、资料室和民族文学所。多少年来我们民间组（室）的同事关系一直都非常好。哪怕在"文革"期间，文学所分成好几派，民间组的同事也不例外，但是我们之间关系基本上不受影响。调走的、留下的老民间室的人，始终保持联系，相当亲密。所以后来才有个"地下民间文学室"出现。吕薇芬、赵桂芳、卓如、仁钦、裴效维、张宝坤、马昌仪、肖莉和我这些民间室的老人，尽管大多不在民间室了，退休后还经常聚会。20世纪90年代以来，我们这些老民间室的人就定期聚会，差不多一年聚一次到两次。我们到大院附近的饭馆，还到过东方广场、萃华楼。十年前我们还几次邀请孙剑冰，后来因为他年纪太大，就不敢再请了。最近一次是在去年，在朝阳门外金汉斯吃自助餐。张宝坤当时在透析，我们就等她不透析的时间聚会，由赵凤岐陪她来。马昌仪是刘锡诚陪来的。此外还有吕薇芬、肖莉、仁钦、裴效维和我。由张宝坤的女儿给我们拍照。另外，我和仁钦、裴效维我们三家六口还轮流做东，一年聚会三四次；已经坚持好多年了，感情越来越深。

再谈谈文学所的老专家、老领导。在没有修建社科院大楼以前，我们文学所都在六号楼的二楼会议室开全所大会。1959年我刚到文学所时，头几次参加全所大会，感触很深。六号楼二楼会议室是长方形的，一般的工作人员坐在两边，中间沙发上坐的是老专家：俞平伯先生、钱钟书先生夫妇（杨绛先生打扮入时，当时比较显眼）、余冠英先生、王伯祥先生、蔡仪先生、陈翔鹤先生、吴晓玲先生、陈友琴先生，还有李健吾先生、卞之琳先生、罗大冈先生、罗念生先生、缪朗山先生、叶水夫先生……。（唐弢、戈宝权、曹宝华、吴世昌等先生，都是20世纪60年代先后到文学所的。）那时我放眼一看，许多自己上大学时崇拜的专家就坐在眼前，简直激动得不得了。1959年国庆节以后不久，上面就让"反右倾"，所里动员大家写大字报。一时间六号楼的三楼大厅里贴了好多大字报。我刚来所时还没有进民间组。因为所里当时规定，刚分配来的大学毕业生都要到图书馆工作几个月。那时让我管理大字报。我很喜欢书法，就把俞平伯先生、钱钟书先生、余冠英先生他们几位老专家的大字报底稿收藏起来，另外各抄一遍交上去。遗憾的是，这些老专家的大字报底稿，下干校搬家时丢失了，非常可惜。但是，到文学所将近十年，有一位老先生我始终没有见到过，感觉很神秘，那就是孙楷第先生。因为"文革"前他从不到所里来，从不参加全所大会。一直到1968年年末工、军宣队来了后，我才见到了孙楷第先生。那时全所的人员，差不多都得集中起来住，不管你是俞平伯还是陈翔鹤，都集中在七号楼的二楼打通铺住宿，那时孙楷第先生也来了。记得有一天中午我正在七号楼正中间的公用房间里抄大字报，孙楷第夫人温芳云先生提着一兜子苹果来看孙先生。孙先生有一个标志性的动作——把右手的食指打弯放在下门牙上面。那时他们和我还不熟悉。孙先生怕我误会，一边含着手指，一边不停地念叨："这是我的生命线呀！这是我的生命线呀！"孙先生肠胃不好，每天都要吃一些水果。当时他又不便解释，所以才这样呼喊。后来到干校后，我们才逐渐熟悉起来。温芳云先生和我的前妻关系很好，很谈得来。

当时文学所的老领导也有一些往事。这里讲一讲有关何其芳同志的笑话。他那个时候50多岁，眼睛不太好。集中在七号楼二楼住宿时，医务室给他配了两种药，一种是脚气药水，另一种是安眠药水。有一天晚上睡觉前，他准备喝安眠药水，小心翼翼地去拿药，生怕拿错了，口中念念有词："不要弄错了，不要弄错了！"结果还是拿错了，喝下一口脚气药水，他大喊道："我中毒了！我中毒了！"到了干校，在罗山时，我们住在过去关押劳改犯人的地方。男的同住在一个大屋子里。我和其芳同志的床铺挨在一起。在女宿舍，恰好我的前妻的床铺挨着唐棣华同志，我们分别跟所正、副所长住在一起。我们和其芳同志都是四川人，打饭回来常常在一起吃。有一天吃红烧鱼，我们三个四川人，还有蔡恒茂（蔡葵）在一起吃时，吃着吃着，其芳同志突然问道："小刘，我的鱼里咋个有一股香皂味儿？"我们都很纳闷儿，我们的鱼里没有香皂味儿呀！我们凑近一看，原来他拿牙缸去装红烧鱼，香皂盒还留在牙缸里。后来何西来将这件事写在他的文章里，其实他当时并不在场。其芳同志很喜欢吃肉，过去经常去东单公园东门对面的春明食品店买熟食。这个店做的是南味熟食，档次比较高，又离西裱褙胡同他家近，所以他常常光顾。这里还有一个笑话，1961年《文学评论》开编委会，陈翔鹤先生有事没有去。那时正值困难时期，有一次聚餐很难得。其芳同志对他说："这样吧，我给你带菜回来。"那天有一道烧羊肉，其芳同志就给他用饭盒装了一些带回家，放在写字台上，准备第二天送给陈翔老。何其芳喜欢晚上工作。工作时他闻到一股股羊肉香，实在忍不住，便顺手拿一块羊肉塞在嘴里。过一会儿又拿一块塞在嘴里。不知不觉一两个小时下来，饭盒里装的烧羊肉就所剩无几了。他心想，剩下这点也拿不出手，干脆就把它吃光算了。陈翔老非常豁达，又都是四川人，他知道这件事后，就一笑了之。其芳同志对我们晚辈都挺好的。我在干校两年后得了肝炎，提前回到北京。其芳同志妹妹是个中医，在北京工作，他还专门让他妹妹给我开了治疗肝炎的药方，让我感到无比温暖。

顺便讲一下，工、军宣队进驻文学所后，把老先生们也集中到所里住。1969年夏天，陈翔鹤先生突然去世了。工、军宣队为了推卸责任，硬说陈翔老是"自杀身亡"的，还组织批判会，狠批他"自绝于人民，自绝于党"，真是欲加之罪，何患无辞！其实，陈翔老在几年前写的小说

《陶渊明写挽歌》里，已经把生死之事看得很透彻了。他何至于要自杀呀，真是冤枉！

这里我还要讲一讲唐棣华同志。庐山会议以后她受到牵连，处境很不好，当时的心情也可想而知。但所里上上下下都对她很好。她对工作照样认真、负责，对所里的年轻人照样热情关怀。"文革"以前她就对我很好，尽管我当时不懂事，顶撞过她，她却毫不介意。"文革"以来有了更多的了解，她对我们更好。有许多事情让我没齿不忘。记得1970年我前妻从河南干校回老家成都生大女儿时，需要在郑州市转火车。工、军宣队不准我把她送回成都，只准送到郑州。当时中转的火车卧铺票十分难搞，我总不能让一个临产的孕妇独自从郑州坐到成都吧？我真急得像热锅上的蚂蚁。棣华同志知道以后，立即动用她一般都不动用的关系，让我带着她亲笔信去找在郑州铁路局工作的表弟，我们终于搞到一张去成都的卧铺票，使我前妻平平安安地回老家分娩。1970年底我得肝炎到北京治疗，没有听工、军宣队的话赶回河南干校，工、军宣队不但扣发我的工资，而且扣发我们夫妇二人的粮票（当时我前妻已经回到原单位工作，但粮食关系还在文学所），我们的处境十分艰难。棣华同志这时已回到北京，她对我们说："没关系，我给你们粮票，还能够把人饿死吗？"那时她住在干面胡同，我们常去看望她。她穿得很破烂，满不在乎。尤其感动的是，我前妻生第二个小孩在医院里面临去世时，棣华同志怕我受不了，一直陪着我，安慰我，直到我前妻咽气。我前妻单位的党委书记戴谦是棣华同志的老战友，在处理后事、商量抚恤金时，棣华同志又做了许多工作，发挥了很大的作用。

我还要再说一下毛星同志。关于他我已经写了很多篇纪念文章，这里我再讲一点有关毛星同志的趣事。20世纪70年代，陕西讲新故事比较风靡。1976年唐山大地震前两个月，陕西故事队到北京、秦皇岛讲故事。为了进一步了解新故事的情况，在北京接待过故事队后，他还陪同故事队去了秦皇岛。他同陕西故事队的领导和故事员们处得非常融洽。他认为，文艺作品，包括讲新故事在内，不能搞"配合中心"。过去好多"中心任务"都不正确，即使是正确的，也不能搞"配合"，搞主题先行，图解政策。1977年秋，我陪他到陕西去调研新故事。我们先到西安，然后下到汉中去。那时"四人帮"刚垮台不久，百废待兴。汉中方面给他单独安排一间住房，他非常不愿意。他说不要搞特殊化。然后就把我弄得"特殊"了。因为他在大床旁边又让人安了一张单人床，叫我过去跟他一起住。从汉中回北京时，路过略阳（不是河南洛阳，而是陕西略阳），我们去文化馆访问故事作者郝昭庆，他写了一篇比较有名的故事《好大姐》。我们连招待所都没有住，就睡在郝昭庆的办公室里，在县文化馆食堂打饭。郝昭庆觉得很过意不去。毛星从不追求物质享受，他是真的有这种艰苦朴素的作风。毛星一直喜欢民间文学，但是他主要职务是文学所领导小组的副组长，分管《文学研究》，就是后来的《文学评论》。"文革"以后，他什么职务都不愿意担任，就愿意做他喜欢的事情，到民间室来。来了之后就主编三卷本的《中国少数民族文学》。他夜以继日地埋头工作，看了大量的资料，每一编的导言都是他写的。这本书的《前言》，他下了很大的工夫，学术质量很高。可是，1983年分稿费时他分的稿费跟我们一样多，一百几十块钱。其实就是编辑费。以他的付出很多很多，报酬却很少很少。

吕、户：这一套书到现在还是一套值得收藏的书。

祁：是的。这部书已经出版将近三十年了，仍然值得我们称赞，有其不可取代的地位。后来各个少数民族几乎都写了文学史，学术水平参差不齐。老实说，我比较喜欢其中的《蒙古族文学史》《藏族文学史》。我见过的白族、傣族、彝族、壮族等一批少数民族文学史也不错。自己的知识有限，不好做评论。

吕、户：祁老师，我之前给您写评传，我觉得您的性格和您研究的那个机智人物故事其实不一致，祁老师不用机智，从来就是直来直去的，后来您是怎么选的机智人物故事这个领域呢？祁老师在所里也是很有名的帮助弱者、主持公道的人。1961年和平宾馆那次会，我也看了一下当时的材料，当时会上各方意见，争论得激烈不激烈？

祁：不是太激烈。

吕、户：何其芳的发言是民间室的人替他起草好的吗？

祁连休：不是，是他亲自写的。

吕、户：祁老师，您主要是做机智人物故事和故事类型这两方面的研究，您还涉足过其他哪些呢？

祁：还有参与民间文学史、民间故事传承人与采录家、民间文学词典、民间传说故事词典等等的研究和撰写工作。我就希望视野尽量开阔点，尽量多读读了解作品，尽量多地关注少数民族文学，这跟西藏、内蒙古那两次调查有关。

吕、户：您写古代民间文学方面的研究和少数民族文学作品的阅读有什么关系吗？

祁：当然有关系，否则你很难确定它是不是类型。我最近修订《中国古代民间故事类型研究》，就补充了"迎请文成公主型故事"等十几个故事类型。我当初考虑它只在藏族地区流传，是否能够成立？随后我又想，藏族地区面积很大，在西藏、四川、青海等藏族聚居区都有流传，为什么不可以成为一个故事类型呢，很有意义啊！于是我就把它收入《中国古代民间故事类型研究》修订本里了。

吕、户：您对自己几十年写的东西，您认为哪个是最能反映您的水平的？

祁：我自己也说不好，由学界评判吧。不过，我感觉是《中国民间故事史》和《中国古代民间故事类型研究》。

吕、户：《中国民间故事史》超过您的"类型研究"吗？

祁：我以为是的。我撰写的《中国民间故事史》，即将在台湾刊行繁体字本，以后还要在大陆出简体字本。这部书稿90多万字，分为四册出版，第一册为先秦两汉至隋唐五代篇，第二册为宋元篇，第三册为明代篇，第四册为清代篇。我力图按中国民间故事本身的特点来撰写这一部《中国民间故事史》，以充分展示中国历代民间故事作品为主旨，希望这部著作不但能够尽量充分地揭示出中国古代民间故事多彩多姿的面貌，而且突出其不同于一般笔记小说、通俗小说的民间文学特征。为此：（1）本书以展示见诸历代各种古籍文献的不同门类、不同题材的民间故事为主线来撰写这一部中国民间故事史，而不是以展示历代记载民间故事的古籍文献为主线。因为本书揭示的是中国民间故事的发展史,而不是以作家文学为主体的中国文学史。(2)本书在梳理中国民间故事发展史的时候,除了以大部分篇幅来展示历代的民间故事作品之外,还用一定的篇幅来展示与其密切相关的民间故事类型的发展史,展示民间故事的记录史、编选史,包括展示历代民间故事的异文、结构模式,历代民间故事的讲述人、采录家、编选者等等,让这部著作尽量具备民间故事史应有的内容和特点。而这些方面,过去出的同类著作关注不够,甚至没有涉及。不仅如此,我这一部书稿论列的有关民间故事的著作的数量,论列的民间故事,包括引出来的作品的数量,都比过去出的同类著作多得多。还有一点要提一提,《中国民间故事史》在分析作品时,我不是用偷懒的办法,除整篇列举作品之外,凡是我点到的作品,几乎都写了故事梗概,总共有成百上千篇之多。如果只列出篇名,就省事多了。其实故事梗概是很难写的,要用很少的字来概括故事内容,并不好写,需要反复提炼,反复修改,花的力气就比较大。我之所以采用这种笨办法来呈现作品,就是希望读者在看我的书时,获取的信息量更大,知道更多的故事。

吕、户:这么说您写的《中国民间故事史》是建立在类型研究的基础上的?

祁:《中国古代民间故事类型研究》,是在撰写《中国民间故事史》的过程中完成的。两者互相影响,互相补充,互相促进。我在写作《中国民间故事史》的过程中,认认真真地读了历代许许多多有关民间故事的著作,发现了大量的古代民间故事类型,这才促使我下决心撰写并且完成《中国古代民间故事类型研究》。而在撰写《中国古代民间故事类型研究》的过程中,又加深了我对历代民间故事的认知,帮助我更好地把握和展现中国民间故事的特色,让我把《中国民间故事史》写得更丰满一些、更充实一些。最近,趁再版的机会,我对《中国古代民间故事类型研究》做了一次全面修订,不但增加了一些新梳理出来的古代民间故事类型,而且对不少原有的故事类型,又补充了一批新发现的异文。而这些新的内容,新的补充,都是我近一两年在加工、修改,乃至校对《中国民间故事史》书稿时整理出来的。由此不难看出两者的关系。

吕、户:您谈谈贾芝先生吧?

祁:贾芝同志热爱民间文学,对于中国民间文学事业的发展,做过很多的贡献。他对于我的成长给了许多关心和帮助,我一直心存感念。但是,我们也不能不看到他的一些不足之处。我认为主要表现在两个方面:(1)对研究工作不太重视,他自己也没有在研究方面下工夫;(2)晚年以后私心比较重,有时候甚至到了让人吃惊的地步。关于不太重视研究的问题,在我进所不久就听说,1958年文学所有人贴大字报批评他不重视研究工作。我到民间组以后,一直到他调离文学所这二十多年间,他都不大注意学术研究工作和研究人员的培养。可以说,民间组的研究工作有一点放任自流,研究人员往往是自生自灭,所以留不住人。那时他虽然在文学所领工资,可心思往往不在我们民间组。他的大部分时间、精力都放在民研会那边。他和那边的人的关系更亲密一些。长期以来他都是民研会的主要负责人。他在文学所工作就像是兼职一样。20世纪五六十年代,他基本上是在搞运动。"文革"以前,他在文学所一直是副研究员。"文革"以后院里开始评职称,他评上研究员当上了少数民族文学所的所长,在任好几年时间。

吕、户:祁老师对文学所的感情是非常深的,从毕业后就扎根于此。

祁:是的。我的履历非常简单,就是在原属中国科学院,现属中国社会科学院的文学所民间组(室)工作,一直到退休。

吕、户:像我们这一代的年轻人,我们平常聊起天来,提到民间室的老师,经常会举老民间室的祁老师和马昌仪老师,大家都觉得您二位非常能代表咱们民间室的传统,不太参与政治上的这些事情,在任何一个别的地方都没有任职。您对周扬怎么看?

祁:我很敬重周扬同志。他过去整过人,整得很凶;又被整过,被整得很惨。我之所以敬重他,是因为"文革"以后他总是在检讨,总是在反省,态度非常诚恳,令人信服;而且敢讲话,敢于发表自己的见解，不怕挨整，能够跟上时代前进的步伐。这就很难得。不像有些人"一贯正确"，从来不作检讨，故步自封，与时代脱节。

吕、户：您是去过瑞士吗？

祁：我去过瑞士，那是在2009年夏天。记得1992年夏天，我和张田英一起在德国待了三个月。10月初我回到北京时，张田英留了下来，由波恩直接到维也纳跟程蔷会合，配合程蔷访问奥地利。我头一次访德在1989年5、6月，跟马昌仪、张田英一起去的，为期三周。1992年夏天去波恩大学中亚研究所，和他们的所长瓦耶尔斯（汉名魏弥贤）教授合作研究《蒙古秘史》。我主要是梳理其中的民间故事母题。魏教授懂蒙古语，多次到过中国，而且常常是同汉学家庞纬（汉名）博士一道来。仁钦和我都跟庞纬很熟。仁钦比我早认识他几年。我是1989年访德时认识他的。我们都叫他"庞先生"。他在台湾住了将近十年，20世纪八九十年代，他差不多每一年都来一次中国。德国同行称他是个语言天才。他会法语、英语、西班牙语、意大利语，中国的普通话、闽南话都讲得很好。他的汉学研究范围相当广泛，涉及中国的小说、戏剧、文化史、清代的文献、典章制度等，是个杂家。他的生活习惯比较怪异，白天睡觉，晚上工作，很少吃饭，很喜欢喝葡萄酒，身体不大好。1997年在新疆开会时，吕微在乌鲁木齐见过他。他最后一次到中国是2001年夏天。那一次他还去看望过黄苗子、郁风夫妇，他们是多年的老朋友。我儿子2002年3月下旬去德国亚琛工大攻读学位，4月份他去波恩看望庞先生，庞先生陪我孩子一天，还带他去贝多芬故居参观。谁知道一周以后庞先生就去世了！庞先生待人非常诚恳，那时他的癌症已经扩散了，身体很不好，竟还陪我孩子一天。一个礼拜后得到庞先生去世的噩耗，我都惊呆了！

吕、户：还有一件事我一直听着特别感动，有一年您的硕士学生高丙中和他的爱人一起去看您，过年还是什么时候。然后出来您送他们去公共汽车站，是起点站，好多人都等车。公共汽车来了，祁老师就拼命挤上去，抢了座位给他们两个年轻人。当然，上车应当礼让，但这是在中国的条件下……暂时排除这些条件，单就占座位这件事情本身来说，我想的是，不是年轻的学生为老师占座位，而是一位年近花甲的老师为自己年轻的学生占座位，因为他们住在北京大学，路途还很远。我想，这就是中国的老师！

祁：文学所的老师与学生之间关系都很好的，好人多！互相帮助，互相照顾，互相关心。毛星、曹葆华、戈宝权诸位先生都对我这个晚辈很好。曹葆老与我是忘年交，无话不谈。20世纪70年代，我和他都住建外宿舍，在他去世前的几年间，只要两天见不到我，就让他们家的阿姨来叫我。当时他对我讲的好些话，一般都不会对旁人讲，譬如"四人帮"垮台之前骂江青，还给我看嘲讽江青的诗。他去世前又对我说过："今后的任务就是要批判某某某。"戈宝老每一次见到我，都很热情地同我交谈，除了阿凡提，还广泛涉及其他话题。20世纪90年代中，他回故乡江苏东台时，我在东台的民间文学界好友汪国璠托他给我带两盒无锡排骨。这位国内外知名的专家，竟大老远地把无锡排骨捎回北京来交给我，让我感动得说不出话来！

吕、户：您在所里待了几十年，感觉政治上压力怎么样？

祁：我没有感觉到什么压力。跟历届领导的关系大多很不错。

吕、户：您跟毛星"文化大革命"是一派吗？

祁：毛星他们都没有派的。"文革"初期，他跟文学所所有被揪出来的"走资派""反动学术权威"们都关在六号楼的三楼，除了拉出去批斗外，就是劳动、学习、写检查交代，"与世隔绝"，不参加任何派。何其芳如此，余冠英如此，毛星也如此。当然，这并不排除他们都有自己的看法。

吕、户：感谢祁老师能抽出一个上午的时间回答我们的问题！

祁：很好。以后找机会再谈。

注：本文经过被访者审读。

（中国社会科学院研究生院文学系硕士研究生朱小兰根据录音整理）

早春时节的记忆

——何西来访谈录

何西来，原名何文轩，1938年生。1958年毕业于西北大学中文系，1963年毕业于中国人民大学文艺理论研究班，同年调入文学研究所。历任助理研究员、副研究员、研究员，文学研究所副所长和《文学评论》主编，研究生院文学系主任，学术委员会委员等。现为中国作家协会会员，陕西省社科院特聘研究员，多所大学兼职及客座教授。主要著作有：《新时期文学思潮论》《探寻者的心踪》《文艺大趋势》《文学的理性和良知》《文格与人格》《绝活的魅力》《艺文六品》《横坑思缕》《虎情悠悠》《纪实之美》等。

采访时间：2011年4月1日
采访地点：中国社会科学院文学研究所会客室
采访者：严　平

严　平（以下简称严）：何老师，后年是文学所建所六十周年，为了更好地回顾历史，总结经验，所里约请一些老同志做访谈，前几天电话联系，您说想集中谈谈改革开放时期的文学所？

何西来（以下简称何）：是的。不过改革开放时期很长，至今有三十多年了，我不可能谈那么多。大致上以1989年为界，我估算了一下大概也有十三四年的时间。我们还是集中谈这段时间吧。

严：那就从70年代末谈起吧。也就是从1976年粉碎"四人帮"时起，那时候文学所和全国一样走进了一个新的时代，一定面临着许多新的问题和挑战。

何：我想了一下，讲以下十点，如果全面地讲也不可能，那是一本书的任务，而不是这一次谈话的任务。

第一，就是粉碎"四人帮"和"文化大革命"结束时我的情况。在文学所，"文革"以来，几乎所有的风暴、潮流什么的，我都处于中心的位置，因此根据我的大致的亲身经历，也有可能理出相关事情的某些线索；第二，是讲讲粉碎"四人帮"之后那个时段文学所的情况；第三，讲一下文学所所谓的"清查运动"；第四，讲其芳老师之死；第五，是乔木的掌院和当时"清查运动"的结论；第六，是荒煤所长来文学所以后的情况和所开展的工作，以及当时我们所在整个文艺界解放思想中所起的重要作用，同时也说一下我笔名的由来，作为一个插话吧；第七，谈谈荒煤和当时给他做助手的许觉民的一些情况；第八，关于文学所我们那一届的领导班子的一些情况；第九，关于"主体论"的争论；第十，谈谈新时期的文艺思潮，这也作为一个话题，因为我是研究这个问题的，产生了较大的影响。我想就谈这十点，这已经很多了。

严：何老师，您总结得很全面，这些问题可能涵盖了文学所从1976～1989年这十几年间的发展过程。

何：粉碎"四人帮"，是1976年的10月。1976年9月9日毛泽东去世，1976年10月6号就在叶剑英元帅和时任党中央主席的华国锋的主持下，把"四人帮"抓起来。这个时候我正在延安，我是去陕西考察当地搞得相当出色的讲故事活动的。所里的民间组在抓这个事情，我当时是在总支作宣传委员，协助其芳老师管科研组的工作。

严：何老师，我插一句，总支相当于我们现在的哪一级领导？

何：总支实际上是党政工作一把抓，就是整个文学所的最高领导，相当于党委，相当于党组，又相当于文学所的所长联席会、所长办公会，反正文学所整个的工作都归这个总支管。当时所里还有一个科研组,由我协助其芳老师具体分管。总支和其芳老师就派我去陕西考察故事会。陕西有一个叫高少峰的,他是省群众艺术馆的馆长,很聪明,抓群众性讲故事的事,抓得风生水起,有声有色,正好也是所里的业务范围。我到了陕北,陕北的讲故事活动也搞得相当好,因为陕北延安有一批下放的干部,其中有一位李梓盛,是很有名的画家,是"长安画派"也称"窑洞画派"的主要画家之一。他下放到延安的群众艺术馆,当馆长,我记得去的时候见他那个笔架子非常大,上面挂了好几排笔。我在那儿还把一支"英雄"笔丢了,他们还专门给寄回来,因为"英雄"金笔在当时是很宝贵的。我去延安后还去了趟西宁,西宁有我们文学研究所一个叫李新萍的人。李新萍原来是造反派,是联队的。把我们这派打垮了以后,她跟另外一个人监视我,他们管得严得让我差点上了吊,那是"文革"初期的事情。后来李的丈夫好像是在部队任一个军级职务,做着青海省军管会主任兼青海革命委员会主任。从青海回陕西以后,我父亲就去世了,是 11 月 3 号去世的。我父亲在"文革"时曾被打成"反革命",但到 1974 年地方上就已经给平反了。我父亲思想是比较新的,在身后的丧葬方式上,他早就说过:"我不土葬,我就火葬。"这事说起来还真有点怪。那一次我从北京回到陕西,先到家里看父亲、母亲。见到父亲时,他头一句话就是:"啊,我跟你妹妹文翠说了,我死了以后把我埋到山上那个中嘴子。"接着,他又说:"我把地方都已经看好了。"我说:"你怎么说这个话啊?你现在不是身体蛮好的吗?"他说:"我也就是随便说说,你思想上好有个准备。"结果我从西宁回来,他就摔伤了,而且很重。是我弟弟带他到临潼县洗澡,回家前在县城吃了豆腐脑什么的,吃得很饱。回家的路上,有个大坡,我那个弟弟很傻,带老爹的那个自行车没有闸,下坡时速度特别快,我父亲便从上面掉下来,当时跌得很重,送到西安,已无法救治,接回家不久就去世了。父亲去世后我跟村里支书说:"我父亲要火化。"那时我们周围都没有火化的,只有西安有火化场,所以还得把父亲的遗体拉到西安去火化。火化完了以后,村上给开了个追悼会,就算把我父亲的丧事料理完了。丧事办完后,我刚回到咸阳,所里就来信要我回京,说有重要事情,你必须尽快回所,我就回来了。就是说,"文革"结束的时候我当时不在所里。

严:这是 1976 年的 10 月?

何:是 1976 年的 10 月、11 月。我是 11 月的下旬回到所里的。

我现在讲第二点,就是粉碎"四人帮"以后的文学研究所。1968 年文学所由工军宣队入驻领导。1966 年时上面也曾派来过一个叫袁健的人,这人是个司局级的干部,男的,但是他好像也没有搞多久。工军宣队入驻后,所里成立了革命群众大联合委员会,简称"大联委",下到干校按军事化编制,文学所叫第五连。第五连当时的连长是郭怀宝,是原来我们所的办公室主任。我是副连长,主管生产劳动,朱寨做指导员。毛星好像也做过指导员,后来毛星去参加农村整党了。陈全荣是副指导员,王保生是副连长。从干校回到北京不久,宣传队就都撤走了,文学所成立了党总支,全面领导文学所的各项工作。

严:你们什么时间回来的?粉碎"四人帮"之前?

何:是的。1969 年初冬我们下去,1972 年 7 月回来的。我们第五连下去得比较早,先到罗山,到 1970 年开春,大家就搬到息县的东岳集干校去,种田、盖房子。1971 年春夏之交整个学部五七干校撤离息县,住到明港那个军营里,搞运动,抓"516"。

严:派驻文学所的宣传队没有变化,一直都是这批人吗?

何:是,1966 年派驻的军宣队。

严:他们一共来了几个人管理文学所?

何:七八个!今天这个来了,明天那个走了。最初派到文学所的是齿轮厂的几位工人师傅,到干校,工宣队撤走,只留下 1966 年派来的军宣队。再后来,就是迟群到学部,接替了袁健他们的军宣队。

严:那时候所里一共有多少人?

何:我记得当时所里号称 108 个人。当时文学所就是一个总支来领导,后来迟群他们又撤走了。迟群撤走以后,来的是林修德、刘仰峤、王仲芳、宋一平他们。院里的领导小组是中央任命的。林修德来了以后就直接抓文学所,抓总支。1974 年还在"批林批孔",1975 年就陆续地有一些业务工作恢复了。我们当时是和齿轮厂、维尼纶厂联合搞《唐诗选》（出版时分上下两册），这件事主要是其芳老师抓的。这个工作我没参加，因为当时我在科研组，所以有时候有些事情我还要管，代其芳老师来管这些事情。当时总支的分工是这样的：朱寨是总支书记，抓全面工作；何其芳是副书记，主管科研，所谓主管科研，就是抓我，我呢，当时手下就一个兵，马靖云，这是科研组；科研组就是"文革"前的学术秘书室。原来还有栾贵明、康金镛，"文革"中叫"康马栾"，他们都是联队的。还有一个副书记是张宝坤，组织委员是马良春，我是宣传委员，管科研组。总支是当时所里最高领导，直接对院里的领导小组负责。但是文学所是其芳老师建起来的，在外面又有那么大的影响，他们新的领导小组来了以后，许多事都找其芳老师商量。1976年下半年，"文革"已经结束了，文学所也就这个态势。当时其芳老师正在筹备恢复文学所的业务和文学所的工作。

我记得当时文艺上有两个比较重要的讨论：一个是形象思维的问题，一个是有没有"共同美"的问题。因为"文革"不是讲阶级斗争嘛，"文革"结束了，毛主席也去世了，国家由"英明领袖华主席"来领导，但"文革"时期的思维模式并没有过去。其芳老师为什么在"共同美"这个问题上这么感兴趣？因为它对社会上的影响确实很大，以前只讲美的阶级性，不讲美的共同性。爱也是一样，没有抽象的非阶级的爱。

50年代中，何其芳在深入研究了《阿Q正传》和《红楼梦》后在理论上提出了"共鸣说"，理论根据之一就和毛泽东的思想有关系。在何其芳为《不怕鬼的故事》写序时，毛泽东三次接见他。毛泽东接见的时候，他问："不同阶级有没有共同的美？"《文学评论》在此之前，有过一个关于山水诗的讨论，就涉及这个问题。毛泽东回答他说："不同阶级有不同的美，不同阶级也有共同的美。口之于味，有同嗜焉。"就是说大家吃饭，地主阶级觉得好吃，不见得贫苦农民就觉得不好吃。何其芳在"文革"刚结束不久的那次关于"共同美"的讨论中，正式写文章引用了毛主席那段给他讲过的关于不同阶级也有共同的美的话，说是毛主席讲的，便在社会上引起了极大反响，大家还是看文学所。

另外，是关于形象思维问题的讨论。讨论中，公开了毛泽东给陈毅的信。在信上，毛泽东明确提出写诗要用形象思维。人们之所以要讨论这个问题，是为了强调文学艺术的特点与规律。清算江青"四人帮"把阶级斗争和为政治服务强调到绝对化的极"左"文艺理论。为什么何其芳当时要写文章谈"共同美"，谈形象思维？一则因为他是诗人，一向重视形象思维；二则因为李希凡揪住何其芳不放的就是指责何其芳提倡"资产阶级人性论"，认为那个"共鸣说"就是"人性论"，不讲阶级性。所以何其芳关于形象思维和"共同美"的文章对社会上的影响也就很大。

严：讨论是文学所发起的吗？当时整个理论界都在谈这个问题？

何：大家都在谈！当时没有别的话题，思想没有解放，所以这个就成为理论界很重要的一个话题，对后来影响极大。当时所里一部分人，像杜书瀛、张炯，都曾经借调到《红旗》去。耿飙管过一阵中宣部，当时揭批"四人帮"。我也参与写批判"四人帮"的文章，给《红旗》写了一篇文章，记得就是耿飙用铅笔改的，我印象深刻。其芳老师当时特别高兴，粉碎"四人帮"了，他兴奋得不得了，一兴奋，他就要写诗，他要写一首《毛泽东之歌》，悼念毛泽东。

严：《毛泽东之歌》是1977年写的？

何：不，他前后改过好几次，一粉碎"四人帮"他就写，和全集那个不一样，他是用很工整的蝇头小楷写的，我就保留着他的一份手稿。他很遗憾，想要像马雅可夫斯基写《列宁》那样，写一个《毛泽东之歌》，但是始终没有完成。到最后，躺在病榻之上，弥留之际，他还在想着这件事，后来就把写自己走上革命道路的回忆录叫做《毛泽东之歌》。他写延安回忆，也写毛泽东回忆，找这个，找那个，找了很多人回忆。这在当时是他很重要的事情。

另外一个比较重要的事情，就是严文井当时在人民文学出版社管事，要出我们所50年代末、60年代初编注的《唐诗选》，就是后来收入《世界文学名著丛书》里的那一本。严文井要何其芳最后把把关，看一下，但当时因为与齿轮厂的师傅们合编的《唐诗选注》（上、下册本）要定稿，其芳老师也得把关。他便对我说："你看我现在正在忙这件事情，你来替我看一下那部《唐诗选》的稿子吧！"他叫我替他把关，这是1977年初。我前后花了三个多月的时间，一条一条地查对注释，从头到尾，认真、仔细地看了一遍，最后写了200多条修改与订正意见，其芳老师看了很满意，就拿着给了余冠英。余冠英后来修改定稿的时候，我的这些意见绝大部分都被吸收，作为进一步修订的依据。当时其芳老师回来还跟我说："余先生看了你提的这些意见以后，他很高兴，他说，让何文轩来古代室搞古典文学研究吧！"我的意见之所以受到余先生重视和被采纳，一是因为我比较注重历史地理；一是因为唐诗很多地方都牵涉我的家乡关中一带的地名和方位。比如，杜甫《自京赴奉先县咏怀五百字》，就是"朱门酒肉臭，路有冻死骨"那首诗，杜甫写到过骊山，然后回奉先省家。但在那个注释中，却把杜甫回奉先县的路线搞错了，说是杜甫从咸阳西北过去了。从那里不要说根本到不了奉先县，奉先县在蒲城，因为蒲城在渭南的东北方向，甚至连东离长安不远的骊山也到不了，而渭南是在骊山之东。有关这一类的例子还有很多。再比如有一位注者，竟然一字不差、原封不动地抄人家马茂元的注。我一查，说怎么能这样？文学所的一部权威著作，抄袭是绝对不行的，所以建议要改，改成什么样？我也提了比较具体的意见。

当时，所里的业务已经在逐步恢复，我作为其芳老师的一个助手，我在帮他管科研组，还有很多科研项目都准备启动，包括《文学评论》筹备复刊的事，这是文学所当时的状态。

严：我插一句，从1972年回北京到1976年这一段时间，所里的人都在干什么？

何：还在继续清查"516"。这正是我要讲的第三个问题：文学所的所谓"清查运动"。

"文革"之初，文学所以涂武生为首的造反派把总队打垮了，然后他就升迁了，在院里也取得了比较重要的地位，是院《进军报》的主编。《进军报》当时是"炮轰谭震林,火烧李先念"的主要阵地,许多非常尖锐的攻击性言论,都发表在那上面。后来在80年代——我们那届班子管所里事的时候,院里要来定"三种人",提出了要定他,也提出了要定另一位《进军报》的主编,我们当时都没有同意,认为不能定。

严:你们那届班子是1985年任命的,那时候还在搞"三种人"吗?

何:是的,就是内部要做一个结论,定"三种人"。我还是接着讲粉碎"四人帮"后文学所的那个所谓"清查运动"。文学所的所谓"清查运动",说白了实际上就是清查何文轩。其实我对院里新来的领导小组印象都是蛮好的,因为他们在军宣队撤走以后,想在院里抓业务,准备恢复工作,搞拨乱反正,搞清查"四人帮"的运动,这很好!但是我以及我们总支的大部分人,我、朱寨、其芳老师,我们都没有想到清查会搞到我们头上来。问题出在什么地方呢?现在回过头来看,就是因为其芳老师到院里领导小组提过一个建议,说如果文学所重新恢复业务工作的话,要建立领导班子,他建议我做他的助手,就是做管业务的副所长。

严:您很清楚这件事情吗?是何其芳老师亲自告诉您的吗?

何:其芳老师没有直接告诉我,是时任总支书记,也是其芳老师在延安的学生朱寨告诉我的。因为这个事情,文学所实际上从1976年底就开始了"清查运动",马良春、毛星他们就或明或暗地把矛头对准了我。毛星说:"如果让何文轩做了文学所的副所长,我就从文学所卷铺盖!"院里领导小组分管文学所工作的是宋一平。现在看来至少可以说他偏听偏信,说他调查研究不够深入,比如,把我作为重点"清查对象",宋一平就从来没有找我谈过一次话。

严:宋一平是延安来的老革命吧?

何:老延安了,国务院的老干部了,很有名的。他说,你看何文轩那个样子,就像造反派!他就是把我当成造反派来收拾的。别的不说,单是这个判断,就大谬不然。事实是,我在"文革"中因为保过何其芳，被造反派定为"反革命保守组织坏头头"，差一点整得上了吊。因为领导小组里有宋，文学所这一片又归他管，他就在文学所的总支先宣布了一次，宣布朱寨不要管事情了，我也不要管宣传了，要改组文学所的领导班子，要成立运动领导小组，由毛星来领导，就是这么明确。但是后来并没有改组，总支还存在，不过同时又成立了运动领导小组。运动领导小组是由毛星挂帅的，朱寨是运动领导小组的一般成员。主要成员还有马良春、总支副书记张宝坤，她其实是有点摇摆的。

在1977年4月初的时候，文学所就出了一张大字报，是贴给何其芳的，说何其芳跟文学所的总支执行的是"四人帮"的路线，说何其芳背后"有一只反革命的黑手"。谁都知道这很明确指的就是我。在这个大字报上签名的，我现在还清楚地记得。这已经是非常明确的信号了。我知道我命运中的又一场劫难就要到来了。我只能迎上去，接受这场考验。

不久，就让张宝坤、其芳老师和马良春三个人很严肃地来和我谈话。我知道其芳老师实际上是难堪的，被挟持着来和我谈话。马良春是有些狡猾的，他不说，他让张宝坤说。张宝坤说："你父亲的问题还是反革命，地方上帽子还是拿在群众手里，以观后效，这个问题你没交代过！"谈话以前，他们请政治部一个叫李芳年的，一个叫易长明的，到我家乡去调查。文学所也有两个人去，他们都去过我的家乡，但是他们去得更早一点。他们去的目的就是把我们县上，即地方上已经平反了的"文革"中间的冤案又弄出来，说是没有平反，还是反革命。我父亲原来当过大队会计，解放以前做过国民党县政府的公务员。实际上我父亲有两重身份，他跟共产党的地下工作者关系很密切。二三十岁时，做过黄龙山国共交界地方的邮差。把共产党的大烟土拿过去卖，卖了以后换钱，然后把钱交给共产党，并且把延安的信件什么的递出去，又把国统区寄到延安的信件递过来。1947年，我父亲曾在临潼县的华清中学管事务，那里是共产党的一个地下工作基地，国民党叫"窝子"，最后被连窝端了。我父亲就失业了。他1958年的时候当会计，对那种浮夸风意见很大，他发牢骚说："人要吃饭，把人 zeng 死（累死）；牛要吃草，把牛 zeng 死（累死）。"陕西话把累叫 zeng。还有，我父亲写了一首诗骂队上的干部，有"我把贼人万刀诛"这样的话。他们就上纲成为"反毛主席"，硬说我父亲要把共产党"万刀诛"，这完全是无限上纲！后来，公社、县上都觉得这不对，都平反了，没事儿了。结果呢，我们这儿派人去了，乡上公社书记说："你们来的人都说你是'四人帮'的黑爪牙。"京城里派来的人，他们也不敢顶，所以就把那个案件又翻回去，说我父亲还是反革命。然后就把这个结论拿到文学所，目标就是把我打成阶级异己分子。这一点是很明确的。1977年那一张大字报已经写得很清楚了。何其芳竟然要重用一个反革命的子女，而且他们甚至不认为我是一个可教育好的对象，说我不划清界限，我就跟我父亲一样，我也是反革命。那你何其芳要提一个反革命来做副所长，是什么问题呢？你想一想，他们当时要攻我，说句实在话，要在业务上攻我，说我不行，站不住脚。因为根据我老师的判断，他认为我是行的，这些方面他们提不出什么。即使提出来都还可以讨论。只有一个问题没法讨论：你是异己分子，是反革命子女，怎么能用你呢？

严：那个时候还唯成分论吗？

何：这个是很重的！阶级斗争啊，唯阶级论啊……

严：您的家庭成分是什么？

何：成分很好，下中农，我们还是贫下中农。问题是定了"现行反革命，帽子拿在群众手里"。就这样，他们在会上反复批我，一批就针对何其芳："何其芳站起来！回答问题！"很不客气。

严：开小组会吗？

何：什么小组会啊，从来都是全所开会，毛星主持或者马良春主持，这个运动是整个文学所的。运动开始的时候，朱寨满头青丝，三四个月以后，朱寨的头发白了多一半啊，眼看着白！我们都是雨果《悲惨世界》里面的那个冉阿让，头发照照镜子就白了，伍子胥过文昭关，一夜之间须眉尽白。说一夜，好像有点夸张，但至少三四个月中间头发就白了多一半。那一年，朱寨才五十四五岁。

严：何老师，我插一句，朱寨先生和毛星先生他们是延安时代的老朋友，还曾经一起在东北工作过，关系一直很好，这个时候他们的关系发生了变化？

何：在此之前他们的关系没什么问题。朱寨跟我的关系也非常好。运动一开始，造反派都贴大字报了，我就去找他，我说这怎么办？朱寨说："你们这些孩子们，你们瞎闹，这些我们都经过，我们在延安的时候就经过，你怎么样弄的，最后还得怎么样回来！"他就是这么说的。

严：有经验了。

何：呵呵，他是"运动健将"，他跟我们说这些。当然，他当时也说："你看，光揪这个何其芳，那个理论室，那个蔡仪，他们就保着。"蔡老在这个阶段跟他们一致。我们后来呢，还专门写了一张蔡老的大字报，当然我们也是不对的啦！我们写了一张大字报，叫《驳保蔡派的奇谈怪论》，这是"文革"刚开始时候的事情。

严：1976年搞"清查"的时候，所里好像已经不是"文革"最初时期的派别了。

何：不是了。我告诉你，下面我就要讲这个问题。在"清查"中，他们加给我的第二条罪状就是在"516"的问题上搞一风吹。当时他们在会上说，我们总支的路线一个就是重用我这样的人，另外一个就是不重用毛星这样的老革命。其实当时也无所谓重用不重用，人家在会议上提出来，说对毛星采取压制、排斥的态度，就是重用我。说在"516"的问题上搞"一风吹"。我记得文学所清查"516"的时候，到后来是整出21个"516"分子，"516"是反革命集团啊，定上就是反革命分子。我在当时有一个很简单的想法，毛主席说，95%以上的都是好人，那反革命分子，四类分子加在一起也就不超过5%，对吧，一个起码的常识嘛！文学所108个人，怎么可能定21个反革命呢？再说了，运动当中没有一个被当作"516"分子审查的人两次交代是一致的，没有任何两个人就同一件事情的交代是一致的，怎么定？怎么给人家落实罪证？"文革"开始的时候，造反派活动就是几个月，整了人家五六年还没有整完。你想那个涂武生，为什么后来老婆离婚，孩子改姓？那几个儿子，都改姓周了，他老婆姓周，提出来要离婚也离了……我反正是想不通。我的父亲从小就教育我对人要善良，心要好，不能够把人整绝，做事情要留有余地，不要把人赶尽杀绝啊！文学研究所"文化大革命"清查"516"时，被清查的对象中没有死一个人，我觉得在很大程度上，我还是起了重要作用的，至少是起了关键性作用。包括对涂武生。院里那个冯宝岁被打死了，就是在总队隔离审查时。我这儿派人去，我派的都是一些被称为"老机"的人。董乃斌被派去过，许志英被派去过，他们回来给我一说，那个恐怖！我就很有看法。所以到后来，总队就分化出来一部分，院里叫野战兵团，文学所叫野马，叫马派。这一部分人中，也有可以理解的，比如说陈全荣，情绪就非常激烈，他激烈是有原因的。"文革"初期的时候。造反派得势的时候，陈全荣、张大明被人称为是我的"哼哈二将"，结果不仅把他们斗了，而且挨打很厉害。因为我们是保皇派，我自己也是被涂武生他们作为反革命整的。

严：他们当时被整得很厉害？

何：陈被打得大小便失禁啊！那次会在历史所小礼堂，斗完了拉下去打，打完了就关到楼梯底下那个放垃圾的地方，惨得很啊！所以后来，他的观点就非常极端，这当然也可以理解。因为我是他们的"头儿"，不主张定那么多反革命分子，他们就觉得我好像是把他们出卖了，或者我就是背叛，认为我是要搞"一风吹"，对反革命分子搞温情主义。我回过头来想想，1957年我也是这样的。那时候我的一个老师被打成"极右分子"，我恨不起来，差点把党籍都丢了。开始"鸣放"时，我曾是后来被错划为右派的个别人的进攻对象，但是到后来呢，又因为我对我的老师同情，批我有温情主义。清查"516"时，我就是想：不可能有那么多反革命分子。但有的人就是抓住一个算一个，一定要把人家弄成反革命。当时马良春是专案组的组长，主持"清查"的老同志是毛星，他们批判我，批判朱寨，批判我们共同的老师何其芳。于是，清查运动就搞成了这样。

严：马良春最初和您都是总队的吧？

何：都是，陈全荣他们都是，后来产生了分歧和分化，就是在清查

"516"的问题上分化的,而且他们后来就认为我是"二套班子"①。其实我根本就不是"二套"什么的,我当时觉得很悲哀。一方面在办学习班,给王春元他们这些人办学习班,整"516"问题;另外一方面,我们一派的人,我原先的老部下,又在背后调查我,整我的黑材料。所以,这一次在粉碎"四人帮"以后的"清查"中,终于制造出条件,以莫须有的罪名来整我和我的老师了。从文学所运动的发展格局来说,这是有一定必然性的。

严:就是说,1977年的时候,文学所的派别发生了很大变化,已经不是以最初的联队和总队来划分了。

何:对!"文革"初期的联队是以理论室为核心的,总队是以现代室、当代室、民间室为核心的。"文革"开始时,现、当、民间室是一个支部,我是这个支部的支部书记。到了"清查"的时候,总队分化出去了一部分人。在会上斗争我的时候,联队是作为敌对话语的方面存在的。因为我为联队一些人说了话而被加罪。但是在文学所,我虽然被斗成那样,但却是属于文学所的多数。就是原来总队始终跟我观点一致的一部分人,再加上原来联队的多数人。包括张炯。张炯从干校回来以后到1974年还跟我住在一起,他还是清查"516"的对象,是我动员他翻案的。因为他写交代的时候,一交代就五六万字,像写小说一样,哪一天晚上在什么地方什么人做什么事情,还有细节,把很多人都牵连进去了,检讨能那样写么?我说:张炯,你说的那些都是真的么?你猜他怎么说?"我想,我想是真的,我想……"

严:这也是被逼无奈!越往那儿想,就越像真的了。

何:我说:"你想,你都想了些什么?拉倒吧……"他就是给自己虚构了一个张炯的"516"事件。当时我为他们说话了,所以这样一来,我跟杜书瀛、张炯他们的关系就比较不像原来那样了。当然我跟涂武生呢始终是有隔阂的,因为他把我整得太惨了,我差一点就上了吊。

---

① 清查"516"运动中的一种说法。认为除了王力、关锋支持的一些反对"无产阶级司令部"的造反派(一套班子)外,在王力、关锋倒台后还有戚本禹操纵的同样的一些造反派(二套班子)。

当初，陈全荣差点就被人打死了，所以陈全荣的态度我也能理解，他后来揪着我不放。他曾经跟人说，将来文学所如果再要成立班子的话，就是以我们现在这几个人为主……所以这个矛盾实际上是爆发在原总队内部的，而又有着很复杂背景的，最终便演化为那一次所谓"清查运动"。这件事情看起来跟我个人关系比较密切，但实际上是1977年差不多一年间文学所的主要活动，这就是文学所"清查运动"的一些情况，会上都是很激烈的，提到两条路线斗争的高度。而我一边参加批判我的会，一边写批判"四人帮"的文章，有一部分还是跟杜书瀛合作的。我的很多新时期早期的文章都是这时候写的。

严：毛星先生好像没有参加什么派别，为什么您老是觉得他针对您呢？

何：现在回忆起来，"文革"初期的时候总队还没有分化，他跟我没有什么矛盾。他还是总队方面的，倾向于总队观点的，后来他业务偏重民间文学，所以和民间文学组的关系密切，而我当时是现当民间三个室的支部书记。后来总队一分为二，有一部分分化了，另一部分像王保生、徐兆淮、许志英、吕薇芬、马昌仪、杨世伟、王信、彭韵倩等原总队的多数人，他们始终跟我观点较一致。毛星倾向"野马"那边，但我不太清楚他原来跟朱寨的关系。

严：听说过去关系非常好，可能就是这时候产生了分歧，关系变得不好了。

何：他过去跟何其芳的关系也不差。这没有办法，因为当时朱寨也被整得很惨，上纲把我们说成是和"四人帮"一伙的啊！我跟"四人帮"毫无关系，他们并不是不知道。我后来觉得，原因可能还是其芳老师要提我做副所长。我当时才三十多岁，如果当时其芳老师不提我，毛星也可能不会说要卷铺盖什么的。我没有得罪过他，"文革"当中揪斗他的时候，一次有人把厕所的铁筐扣到他头上。但不是我干的，不是我开他的会。"文革"中文学所几次斗我，都是开全所大会，有的还是开全院大会，涂武生他们把我们打垮之后在青艺开全学部的大会。大会开始时，我被工人战斗队的两个彪形大汉架着拖到台上去，就好像是驾了云一样，那架势就像是枪毙人，两个人一夹一拉，架到台上去了。当时在会上斗得很厉害。工人战斗队的人上去打我，一个耳光就把我的帽子打得飞出去十几米远，我哪里经过那些啊。一次都没经过，一喊就是"打倒何文轩！"

严：那时是因为保守派挨斗？

何：是"保皇派"，在院里我们是保关山复的，在文学所是保何其芳。你想我怎么能不保何其芳？这是肯定会保的，何其芳是恩师，把我调到文学所来，而且老师对我确实是很器重的。再说我一看造反派起来，很像1957年的右派啊！我当时也写了一些大字报啊什么的。但是我这人性格是一种入世型的，不是回避型的，我碰到什么问题，只要认为是对的，就会不要命地冲上去，所以我也就比较容易开罪人，说话也比较厉害，说了谁，人家也容易记仇。在1977年斗争我的会上，有人在会上发言说，你不就会写会说吗，会写会说的人多了，你有什么了不起……可见火力之猛。他们认为我不应当保"516"，不应当放他们。所以他们后来跟原属联队的一些人关系也搞得很紧张，他们在文学所始终是少数，包括他们开会的时候。

另外一个问题就是其芳老师的死。何其芳在文学所的位置，不是个人的位置。他是文学所当之无愧的奠基者，文学所一代学风的培养者，文学所的大政方针都由他起草。我在当年的档案中看到过，每一次文学所大政方针的修改，都是其芳老师一个字一个字写，然后打字，打了以后再改，那些材料现在可惜找不到了，都没有了。"文革"一开始，造反派就贴他的大字报，所谓"清查运动"一开始还贴他的大字报。对于整我，他是很有意见的，他认为不应当对一个年轻同志采取这样的态度，不应当这样对待我。尽管那次4月中的时候，被挟持着让他来找我谈话，接着就是开我的会，但是他在和他们一起研究问题的时候，总是不断提出来说不能够这样搞，因为他一生经历了多少运动啊，他老革命了！其芳老师首先是个革命家，然后才是作家、诗人、学者，他什么不清楚啊！当时从干校回来以后，他的情况已经很惨了，因为"文革"当中反复地斗啊，批啊，他的健康受到了极大的损害，经常说话说一半的时候，后一半就想不起来了，思维中断了。到所里来上班，他还是像原来那样，每天坚持从家里走到所里。但是有时候走不到所里，就把自己跌得鼻青脸肿，满身的灰土，常常由警察把他扶着送来所里，或送回西裱褙胡同家中。

严：为什么会这样呢，是因为腿脚不好？还是眼睛看不清？

何：他也可能不认识路了，一时的思维中断，他常常走着走着就不知道走到哪了，而且会跌跤，就是这样。但是，就是在这种情况下，他们还是要他参加会。有一次要他交代，他说，我确实心里感觉到很难过，然后就不知道说什么了……乔象钟还做了会议记录。在会上，他们喊："何其芳，站起来，交代！为什么要重用这样一个反革命的子女！"老头讲着讲着就不知道讲到哪了，火力之猛，并不下于"文革"中间造反派把他揪出来的时候啊。就是在这种情况下，他还是一有时间，就去找他的那些老朋友什么的，回忆延安的一些事情，回忆他过去革命的一些事情，写他的后来叫做《毛泽东之歌》的那个回忆录。

我记得1977年4月1号，也就是今天，今天是4月1号，愚人节。那天其芳老师跟我们开了一个玩笑。那天早晨，他像平时一样，早早地来了。我记得他不是挂拐杖，是挂一个伞什么的。那时候，他一走路脚步就是"噗撒噗撒"的，这样拖着就过来了。进来了以后往那儿一坐，他说："何文轩啊，我最近看元人的集子，发现元人集子里面有两首诗，我也弄不太清楚，你是不是帮我查一查，看看怎么样解释更好一些。"然后就坐在那儿，当时桌子上放的是那种北京大学时期文学研究所的稿纸，黑乎乎的，竖着印的，不是横的，纸上面印的是姜黄色格子的那种稿纸。他拿过来在上面写，写着写着，他用他那个四川话说："你看你看，脑子脑子，这脑子怎么地，想不起来，你看……"他就这样拍拍打打地，前后用那么半个小时时间，终于把那两首诗写出来了，就叫《锦瑟》，副题是"效玉豁生体"。我记得头一首诗是："锦瑟尘封三十年，几回追忆总凄然。苍梧山上云依树，青草湖边月堕烟。天宇沉寥无鹤舞，霜江寒冷有鱼眠。何当妙手鼓清曲，快雨飙风如怒泉。"这是第一首，第二首是："奏乐终思陈九辩，教人长想董双成。词客有灵应识我,文君无目不怜卿。敢将奇响同焦尾,惟幸冰心比玉莹。繁丝何似绝言语,惆怅人间万古情。"写得很感伤的。就这首诗,他说你去查查,拍着脑袋把这首诗写完了。他说是元人的集子,后来啊,我查来查去,没有!他同时在同一天把这首诗告诉了汪蔚林,版本专家,图书馆馆长,告诉了他,叫他也查。另外还告诉了陈毓罴、邓绍基,告诉了他们,看看这到底怎么解释。我前后花了个把礼拜的时间,我根据"词客有情应识我,文君无目不怜卿"。我就想,这很有一点《凤求凰》的典故,卓文君当垆的那个典故,我就断定为悼亡诗。李商隐的《锦瑟》诗向来是两解,一解认为是自伤,"锦瑟无端五十弦,一弦一柱思华年",五十岁的时候写的。后来当代诗人邵燕祥写的一个组诗也叫《五十弦》,是燕祥五十岁那年写的,所以叫《五十弦》。李商隐这首诗有人认为是自伤,有人认为是悼亡,妻子死了写的悼念妻子的诗,像元稹写的"谢公最小偏怜女,自嫁黔娄百事乖",跟那个差不多,所以我看了以后根据"词客有灵"这两句,就妄断为一首悼亡诗。查完、注释完了以后我就对其芳老师说:"元人集子查不着,但是这首诗根据我的看法,像是一首悼亡诗。"没想到他看了以后哈哈大笑,说:"牟决鸣还在啊,我悼的什么亡!"我这才恍然大悟:其芳老师自己写的!"哈哈哈哈!"他开心地笑完,又说:"你也不想想,我给你写这首诗的那一天是4月1号,是愚人节!"其芳老师一向是很严肃的,大家都知道他是忠厚长者。谁也没有想到那天是愚人节,更没想到他会愚弄我们,跟我们开玩笑!

严:那几个人也都去查了?

何:都查了,汪蔚林查遍了元人集子,里面根本没有!邓绍基跟陈毓罴他们认为是一首自伤诗,他们还是根据《锦瑟》那个解释,他们解释比我贴近于原意,但他们也不知道是其芳老师写的呀!其实,其芳老师的这两首律诗,很有诗人的感觉,写得非常棒。历来学玉谿生诗的调子的人很多,清代金圣叹《沉吟楼诗》在我们文学所藏有手抄孤本,我是从头到尾读过的。其中有很多金圣叹效玉谿生体的诗,但学得根本就不行。其芳老师这两首诗,真正写出了李商隐式的感伤味道,"锦瑟尘封三十年，几回追忆总凄然"。这画面！"苍梧山上云依树，青草湖边月堕烟。"月亮坠到烟波里面，写得美极了！后来我就想，实际上是谶啊，就是那个繁体的忏悔的"忏"。比如《史记·秦本纪》"今年祖龙死"，就是谶，就是不幸而言中。特别是其芳老师第二首的最后一联："繁丝何似绝言语，惆怅人间万古情"，繁丝，他说的是锦瑟的弦，繁丝，一条一条，不是"锦瑟无端五十弦，一弦一柱思华年"吗？多么像再也说不了话了，"惆怅人间万古情"。这是4月1号拿给我们看的，7月24号其芳老师就被整得病故了，所以我说这很像是一语成谶。

这是文学所少数人策动并签名，给他贴大字报的前一些天。后来就是没完没了地开会，有时候一天开两个单元，一个上午一个下午，都是开全所大会。7月12号的那天早晨，突然就听吕其桐说，"昨天晚上其芳同志吐血，吐了半脸盆血，早晨叫急救车送到医院。"吕其桐是文学所图书室专门修理图书和搞装订的工人，与其芳老师同住西裱褙胡同的那个院子里。医院就是协和医院，当时叫首都医院，"文革"中曾改名反帝医院。知道其芳老师被送到首都医院。我就叫了朱寨，我们赶到医院去看，其芳老师就躺在那个走廊里的一张观察用的病床上。那些医生一听说是何其芳啊，对他非常好，但是我们希望能让他住到高干病房，交涉来交涉去都不行。后来我去找了黄树则。黄树则当时是管卫生部的，找了他然后才可以住在高干病房。他是12号入院，13号又是一次出血，往外喷。第一天我跟朱寨一道去看，其芳老师就说了一句话，他说："以前都说是打麻将能打死人，现在看来开会也能开死人！"就是开会也能开死人。我不能够参加总支和运动领导小组研究批判我的会，但其芳老师还能参加，因为他是总支的成员，副书记，他跟朱寨是属于株连的部分。听朱寨说，就在夜里吐血的那天下午，其芳老师在研究批判我的会上非常激动地说："将来《文学评论》复刊以后，我第一篇就要转载马雅可夫斯基的《开会迷》！马雅可夫斯基有一首诗叫《开会迷》，我就要转载那首诗！"住院第二天又吐血了，他说："你看，他们把我开成这样了！"当时是大家轮流着在其芳老师病榻前值班，我和朱寨除排班外，一有空就往医院跑。动手术之前说是要献血，我就去检查，但我检查的结果不行，因为我好像是肝不太好，不能够输血，别的几个同志都给他输了血。记得其中有一个是钱中文。当天是上午动了手术，手术前后大概有三个小时。后来医生还把切下来的那一块病灶用医用搪瓷盘端出来，用镊子夹给我们看，说："你们看，这地方有一个出血点，周围的组织还是硬的！"手术还割下来一些淋巴，医生说手术看起来还顺利，没有发现淋巴转移，因为转移是通过淋巴系统。

严：病灶是在什么部位？

何：是贲门，就是胃跟食道交接部分。胃癌一般就是贲门附近发生的多，我父亲当年在北京做手术就叫贲门癌。其芳老师切下来那块癌组织有手掌那么大一块。但那块组织切了以后，创口就没有长起来，先是把管子拔了，又把管子插上。到了24号那一天，医院通知说其芳老师病危，我就赶快赶过去。当时他已经一会昏迷一会醒，连续很多天高烧不退，身上还插着管子。为了看那个管子流出的体液是不是显示创口愈合了，医生在胃里灌蓝色的液体，一直看到有蓝色的液体往外面滴，伤口也没愈合。插着好几个管子，其芳老师当时还念叨好了以后，他的那个《毛泽东之歌》回忆录怎么样了，还想着回忆录出版的事情。接着就不行了，就昏迷过去了，接着心脏就停止跳动了。

严：住院一共只有几天时间？

何：12号入院，24号去世，12天。我一直眼巴巴地看着医生沉重地把一个个管子拔下以后，就一个白的床单往身子上面一盖，医生说已经过世了。我推着放遗体的那个车，旁边一边是张炯，一边是许德政。许德政，我不知你记不记得？原来是古代研究室的，游泳特好，大家叫他鲨鱼、鲨鱼的。我们三人一块儿，把其芳老师推到太平间。好像是太平间18、16号。他是第11号的那个小格子冰柜。8月4号开追悼会，开追悼会那天也是我把遗体推出来的。因为中间停过两天电，放遗体的那个匣子底下一层薄薄的血水结了冰。后来好像整理遗体的那个整容师还很有意见。因为他要把整个遗体都擦一遍，擦完了以后，穿衣服。我记得其芳老师直到最后，家里也没有一身像样的衣服给他穿，后来买的新的藏蓝色的毛哔叽的衣服,我记得把他的头往枕头上放的时候,枕头中间还有一块血迹。就是因为中间停了两天电!随后我就一直护送其芳老师的灵车到八宝山,开追悼会,当天火化。

追悼会来的人很多,王震来了,王震那天准备去上海,他是先到这儿,完了以后马上就走了。王震在签名簿上,拿毛笔一笔一画工整地写了王震两个字。宋平也来了,当时宋平还没有后来那么高的位置。还有周扬、胡乔木、吴冷西、康克清。康克清来了,曾经其芳老师有一段协助朱老总做过文秘工作,朱老总后来想让他给自己做秘书,他没答应,说要去写诗,朱老总也没勉强他。宋平做过总理的秘书。总理曾经也是想让其芳老师做秘书,他也不去做,他一心恋着写诗。还有,我记得还有一位女将军,我们当时记得她是唯一一位50年代授衔的女将军,叫做李贞,知道这人吧,贞洁的贞,李贞当时还说:其芳老师当年到陕北的时候,还是毛主席让她去接的。

严:他是跟沙汀、卞之琳一块到延安的。

何:是啊,是李贞接的。还有胡绳、林默涵、穆青,穆青是其芳老师的学生,刘白羽、夏衍、蔡若红、华君武、茅盾,茅盾好像签名签的是沈雁冰。去的人还是比较多的,我记得周扬那天去的时候好像苏灵扬也去了。

严:周扬那时应该还没有恢复工作,在中组部招待所住。

何:对,周扬的脸色很不好,脸色苍白。王昆、侯宝林也去了,王昆去可以理解,都是老革命,但侯宝林也去了,我就觉得……反正这次追悼会文艺界去的人很多。其芳老师的过世就说这些吧,比较具体了。

第五个问题是说胡乔木、邓力群他们来院以后,给文学所的所谓"清查运动"做的结论。乔木他们掌院后,好像周扬也来做了副院长。先说乔木、邓力群他们来以前,文学所还来过一个人。那时"清查"搞不下去了,批判我的会颠倒过来了,成了批判他们的会。其芳老师一住院,他们还继续开我的会。那一天的大会就反过来开了,大家都批判他们,说是其芳同志就是因为他们这样搞,已经把他搞到医院里去了,你们还要搞！很多人都很愤怒，说话都很厉害。包括蔡恒茂，他在会上发言，还有彭韵倩的发言，彭韵倩很会讲话，逻辑性非常清楚。然后会就开不成了，毛星说散会，因为开不下去了。后来就来了罗列，罗列是人大的，他跟我原来是比较熟的，我大姨子就是罗列的部下，新闻系资料室的资料员。他来了以后，没有找我谈，还是按照原来的方针，继续主持批判我的会。我记得罗列年龄大了，开着会就呼噜呼噜睡着了。他是文学所的总支书记，调来主持会，说着说着就呼噜、呼噜睡过去了。他还是那种观念，继续对我施压。我是非常硬的人，我在会上着实顶过他好几次，有一次顶得他说不出话来："你……你……"手指着我直打颤，都指不准了。我说你懂不懂要做一点调查研究，你知不知道文学所的情况？你刚到这地方来，就下车伊始，我当然不说后面那一句，下车伊始，你就这么蛮干。他说："我是、是了解情况的……"后来呢，就是院里一个大的改组，把他又弄走了。把他调回去以后，就来了荒煤。荒煤还没有到的时候，有一天又开会，文学所两派，总支开扩大会，好像就在当时文学所的那个会议室，斗我也在那个会议室，二层那个大会议室。那天我不知道院里来人，他们把大家召集起来，说了一下文学所的清查运动，最后下的结论就是，我记得当时邓力群话说得很厉害，他说："文学所的这场运动，就是用'四人帮'的办法搞清查'四人帮'的运动。"这话是很重的。毛星性格也是很硬的，我记得毛星当时说："那我保留意见。"好像邓力群是说："你保留可以，但这就是结论！"

　　严：邓力群和谁一起到所里来的？

　　何：和乔木。他们都有讲话。都知道文学所复杂得不得了。接着就是荒煤调所里来了。原来说沙汀来做所长，但实际上沙汀来晃一下就走了，荒煤的职级也比他高。

　　严：周扬对荒煤说过，是乔木要调沙汀来的。沙汀年龄大了，身体不好，就要荒煤来帮他，荒煤不来的话，他也不想来了。

　　何：荒煤好像是从四川重庆图书馆来，来以后，有一天我记得在东门口，在六号楼那个东门口，大家都在那儿聊天，荒煤就讲起来他从什么地方来，当时荒煤还不到70岁吧？

严：他是1913年出生，到1978年，应该是六十五岁吧。

何：荒煤来了以后，当时因为院里写作组调人，我就到院写作小组去了很长一段时间，这是1978~1979年吧。写作组是邓力群分管的。林韦，就是李银河他爸，是我们写作组的组长，小聂是我们写作组的秘书。当然我还是所里的人，所里的活动我还参加。当时邓力群的位置很重要，为什么呢？他能够旁听政治局常委的会，常常把常委会的记录拿来给我们在会上念，这个问题先念怎么说，那个怎么说。我记得他跟我们宣布一条纪律，就是说："你们在外面写文章一定要谨慎，这个写作小组要宣布一条纪律，就是个人在外面写文章，不能够跟写作小组发表不一样的意见。一定要和中央保持一致！"这是他当时宣布的。他人也很随和，当时邓力群手就有点颤，他好像年龄也比较大了，手就比较颤，写的那个字歪歪扭扭，我想后来可能更严重。但是他讲话很清楚，头脑很清楚。当时我在写作组是负责文学方面，我记得吴敬琏也是写作小组的，还有经济所那个赵仁伟也是写作小组的。我们那个写作小组后来写过很多文章，再后来要搞一本书，但最后也没搞出来。因为后来变动太大、太快了。后来邓力群的态度也有个很大的变化，从原来拥邓到后来发展到和邓老是唱对台戏，这主要恐怕还是因为对他自己的安排有意见。我记得有一次他讲到胡耀邦去做中宣部的部长，就很不以为然地说："他哪里行啊……"

写作小组的林韦这个人是非常好的，但后来邓力群也批他了。粉碎"四人帮"以后，邓力群常常在院里搞周五"双周会"，"双周会"对促进思想解放起了非常大的推动作用。林韦后来是因为发表沙叶新的剧本《假如我是真的》而遭到邓力群批判，在《未定稿》上发表，《未定稿》是我们那个写作小组的一个内部刊物。

严：写作组里当时有多少人？

何：写作组人不多，就那么五六个人。

严：发表文章是用写作组的名义？还是个人的名义？

何：不用个人的。

严：写作组的全称叫什么？有笔名吗？

何：就叫中国科学院哲学社会科学部写作组。我记得韦凤葆和我的孩子们从西安调来，就是院写作组给解决的。我60年代初到所后家属问题一直没有解决。为什么呢，所里当时掌管这个工作的人事科长原先也是属于我这一派的，但后来跟马良春的关系比较密切，我的问题在所里就很难解决，按理说我应当解决。后来我就跟院里说了前一段所里运动的情况，跟林韦说的，林韦就汇报给邓力群，邓力群就说院里给解决。邓力群在这方面还是很好，很有魄力的，他对他的部下，只要跟着他干的，只要不跟他唱对台戏，是非常好的。他甚至于把调动韦凤葆和两个孩子的报告都让我写，让我写了以后给那个邵心洁，他还跟邵心洁打了招呼。后来他从院里调到中央书记处去了。有一次看电影，在电影院，他远远就叫我"何西来，你过来过来"，我就到他跟前，他说："这个能不能够调，就看那边工作做得怎么样，这边已经都给你解决了，我已经给他们打招呼了。"他人走了但还是盯着这个问题解决的。这边人事部门愿意调，那边回去就好做工作了。所以那边一做工作，他们当时就说："哎呀，这要天大的面子啊！"不是调一个人，调一个人到北京都很困难，何况是全家调来！所以我还是始终很感念邓力群，尽管后来因为观念不一样了，我还写过跟他观点很不一样的文章，写过很厉害的文章。林韦后来被气得都半身不遂了，邓力群把林韦写作组组长的职务给免了，《未定稿》的主编也免了。林韦待在家里，我跑去看林韦，老头很愤怒。当初邓力群宣布什么话都可以说，不扣帽子，不抓辫子，不打棍子。"三不"，是他在"双周会"上宣布的，我也参加过那个双周会，但后来他自己一下子又变了，所以我就对他有看法。我还是拥护改革开放，邓小平路线的，可是他已经跑到哪里去了？可见得人啊，有时候是很复杂的。

严：改革开放初期邓力群曾经发挥了很大作用。记得好像是电影《海霞》的问题，就是他站出来讲话的。

何：是起了很重要很大的作用！我们都跟着他，我当然知道了，当时很有贡献的。

第五、第六个问题已经讲完了，我接着讲讲我这个笔名的插曲吧。

我实际上是从1976年12月开始，用了"何西来"这个笔名的。那时候开始写批判"四人帮"的文章，就用的是这个名字。第一次我记得是在《人民电影》上，当时是高歌今在那儿负责，我那文章发的是头条，我用了"何西来"，他说："这怎么能行呢，怎么西来啊，这不能用！"发出来的时候给我改成"希望"的"希"，"将来"的"来"，但是我跟他解释，说："这还不好解释？何西来，我这就是向东的意思嘛，何向东还有问题吗？西来不是向东吗？从西来不向着东能行吗？"他就说不行。后来我在《解放军报》《人民日报》都用了这个，所以二次给他写关于批判"主题先行"那一篇文章的时候，他就给我恢复了我现在的"何西来"，用的这个"何西来"，一直到现在。我这个名字的由来是因为我喜欢李白的诗，李白有一首《公无渡河》的诗，有两句："黄河西来绝昆仑，咆哮万里触龙门。"正好何、西、来。几十年来，人们不是都喊我大何吗？黄河也称大河，大河西来。何、河同音，"何西来"，什么西来？大河西来！就这样，很简单。当然后来知道实际上西来这个词，在中土佛家那里用得很多，如圣教西来，就见于唐高宗李治的《圣教序》。另外达摩祖师，禅宗的祖师爷在广州登岸的地方叫西来初地。那个地方有个华林寺，那是他驻锡的地方。通往华林寺的东西南北中街道，都分别叫西来东街，西来西街，西来南街，西来北街，东西南北四个街，是以华林寺为中心。而且呢，江苏还有个西来镇，美国洛杉矶还有个西来寺，当然，后来我到贵州湄潭去开会，知道那里还有个西来庵，都与佛教有关。另外，马克思列宁主义也是西来。我们近代的历史上有个西学东渐，也是西来，但这都是后来才意识到的，是扩展义，实际上最初却是很简单的。所以现在就用的这个，我写过一篇自传，就是散文集里收的那个自传，题目叫《黄河西来绝昆仑》。现在除了身份证、老年证、机动车驾驶证以外，就都用"何西来"，这叫以笔名行世。你要说何文轩，大家就不知道，这是说笔名，算作一个插曲。

第七个问题，就是讲跟着荒煤，以及后来冯牧、周扬他们所做的工作。就是说改革开放以来，我的文艺思想大的趋向就是以周扬、荒煤、觉民、冯牧、光年他们为代表的方向为准的。如果要讲文学批评或文学研究有什么流派的话，我就是这个流派。我这样划分，因为我是研究文学思潮的，我就把自己划分到这个流派中间来。当初荒煤掌所之时，文艺界影响最大的是两个刊物，一个是我们的《文学评论》，一个是冯牧和光年他们主编的《文艺报》。粉碎"四人帮"以后，我最初曾有一些文章是跟杜书瀛合写的，我用何西来，他用田中木。我们两个人的文章都是用这个。如果是他执笔的，就是田中木、何西来；如果是我执笔的，就是何西来、田中木。我们就是以这个方式在一起写了多年文章。主要的是批判"四人帮"，清算极左文艺路线。但后来，一些真正的对当代文学的批评文字，还有创作啊什么的，我基本上都是用何西来的笔名，自己写。后来我跟杜书瀛不同的就是他更多地从事基础理论的研究，我更多地侧重于时政的、当代的文学批评和艺术批评。文学批评以小说、报告文学为主，还有一些理论上的论争；艺术批评主要是两个领域：一个是戏剧，一个是书法绘画。

记得荒煤主持文学所工作的时候，正当新时期文学初起，伤痕文学、反思文学的潮流遭遇到很大的阻力，都是周扬、荒煤、光年、冯牧他们老一辈人打头阵，也还有钟惦棐、朱寨等。朱寨在他们这些人中间算较为年轻的，和冯牧年龄差不多，但都是老一辈的。在新时期早期的文学发展潮流中，我们这一代人都是在他们的率领下冲锋陷阵的。比如我当时在《文学评论》上发表了《艺术家的责任和勇气》，支持刘心武的伤痕文学《班主任》，这都是比较早的。以朱寨的情况而论，他当时有几篇文章都是影响比较大的，如评《丹心谱》的那一篇文章，是在1978年《文艺报》复刊以后第一期上发表的。我记得那篇文章好像叫《从生活出发》，那出戏的导演是梅阡，梅阡当时就提出来要求演员一走上舞台就要把生活带进来。北京人艺是现实主义的表演团体，人艺风格的核心部分是现实主义。这样的一个艺术团体，演《丹心谱》，又是反映"文革"题材、反映周总理的这样一个题材，朱寨的那篇文章当时影响非常大。还有支持蒋子龙，我记得当时很多比较重要的作品讨论会，都是文学所的《文学评论》和《文艺报》联合主持的。蒋子龙的《乔厂长上任记》研讨会就是在日坛公园旁边的那个宾馆开的，你还记得吧？当时天津整蒋子龙整得很厉害，说他小说里面写了造反派那些人物。让他来开会的时候，蒋子龙说："我心里非常忐忑，我不知道到北京来参加会他们会怎么样。"他没有想到会上给了他热情的支持。当时冯牧、荒煤都主持了会，你参加过这个会吧？当时张洁非常激动，她说要向蒋子龙学习啊什么的，她的发言也是很不错的。当时天津市委有个副书记，大放厥词说："北京有一个陈煤荒！"呵呵，把荒煤的名字都错记成了陈煤荒。还有刘心武《班主任》出来以后情况也很紧张，尽管《班主任》是光年他们同意发表的，光年当时是《人民文学》主编，但宣传部部长张平化对《班主任》就很不以为然。心武紧张得不得了，我记得刘心武有一天到朱寨家里去，朱寨请他吃西瓜，那还是夏天，他当时就非常紧张，因为当时人家说这是"伤痕文学"，而这个"伤痕文学"是扣过来的一个帽子！后来同时出现的还有冯骥才的《铺花的歧路》等，严文井他们把"伤痕文学"叫"潮头文学"。我想当时如果不是荒煤，不是冯牧、光年他们这些人的大力扶持，新时期文学要冲出"极左"思潮给人造成的那一种冰壳，是很难的。早春时节，乍暖还寒，中国文艺界多年以来，扣过来的帽子就都是政治的！现在这些老同志远去了，我觉得文学所在荒煤以及后来接替他的觉民的领导之下，在新时期文学发展当中，起到的作用是相当了不起的。应当讲在"文革"以后，其芳老师去世后的这个阶段，文学所的荒煤这一届，接着是觉民，他们掌所时，对中国的文学事业，对漫过一代人头脑的思想解放运动，都是作出了不可磨灭、不可替代的重大贡献。这是第七个问题吧？

严：对，第八个问题是你们那届班子的情况。

何：我们那届班子是1985年春天组建的，院里正式下达任命文件是5月份，刘再复是所长，文学所是分党组，他同时是分党组书记。实行党委领导下的所长负责制是在1989年以后。我们那一届就是所长负责制，一如当时大学里面校长负责制。党委呢，是机关党委性质，党委是归党组领导，院里是党组，研究所是分党组，所长是两兼，既是分党组的书记，又是所长，机关党委书记由行政副所长冯志正兼。

严：所长是一身二职。

何：对！好像这一届班子组建的时候还投过一次票。为了建立班子，最关键的是解决我和马良春的关系问题。要追寻历史溯源的话，就是开的那半年会，把其芳老师开死了，这在文学所造成心理上的伤痕是很深的，撕裂是很深的。当然，我也能够理解，这不完全都是个人问题，是"文革"，是"极左"路线，是人们的那样一种观念的结果。但回过头来看，大家都应有一种反思的精神，忏悔的精神。当时文学所要成立班子，我和马良春就成为那一次错误批判我的两部分人的代表人物，那个所谓"清查"是有结论了，是比较明确的，但那次受伤害的是我，而不是马良春。所以成立这个班子以前，马良春就到我家里来了一趟，进了门的头一句话就是："我今天是来负荆请罪的！向在那一次清查中间对你的伤害表示深深的歉意。"他来了以后我也到他家里去过一次，他住在和平里那边，他还包了一顿饺子给我吃。这就算是冰释前嫌了。然后呢，才有那一次投票，才有班子的建立。班子的分工是刘再复管全盘；冯至正分工管党务，他是行政副所长，兼机关党委的党委书记，又是分党组的成员；马良春、我都是分党组成员，马良春协助刘再复管一部分业务，就是所里的科研、外事；我呢，是管研究生院，管图书资料室，管刊物。当时文学所的刊物很多，有《文学评论》《文学遗产》，还有《文学研究资料》——类似于原来有一个反映当代文学研究情况的内部刊物。

严：是《文学动态》吧？

何：就是《文学动态》。还有一个《鲁迅研究》，还有一个好像是《红楼梦研究季刊》？艺术研究院他们也有一个，我们这儿主要是刘世德、邓绍基、陈毓罴他们编的，还有《中国文学研究年鉴》。《文学研究动态》是由董乃斌主编的，《中国文学研究年鉴》是由吕林挑头的，《红楼梦研究》好像是邓绍基、刘世德他们，《鲁迅研究》是袁良俊，后来调鲁迅研究室。

第九个问题就是关于主体论的争论。我们主管文学所的时候，正是文化艺术界思想非常活跃的时期，在我们那几年，《文学评论》实际上在整个文学界，可以毫不夸张地说，是一面旗帜。提倡新观点，提倡新方法，在推进文学所和全国的学术格局的变革中，应当讲是起了一个旗帜性的作用的。当时对文学创作反映比较多的是《文艺报》，但是在文学研究领域当中，经过前期对"四人帮"极左文艺思潮的批判，在这个批判、清算、清理的延长线上，文学研究怎么做？文学研究朝什么方向开拓，这是很重要的一个方面。作为所长的刘再复有几篇文章是比较重要的，第一篇文章叫《文学研究思维空间的拓展》，在《读书》上发表。刘再复在这篇文章中就提出来文学研究的三个转化，是他根据文学潮流概括出来，我觉得也还是有道理的。一是由外到内的转化，就是文学研究从外部条件和规律到内部规律，这包括对文学自身、文学本体规律的研究，美学的研究，这个趋向是比较明显的。二是，从一到多，研究方法从过去的单一到多样、多元，如对国外一些有代表性的学术思潮，对西方一些新的批评方法、研究方法的介绍等。当时他主持有一套文学新学科的丛书，另外，我们理论研究室，王春元牵头搞的也有一套外国文艺理论翻译的丛书，所以刘再复提出来从一到多转化。三是从封闭到开放，文学研究的模式从封闭到开放转化。后来他又加入了从微观到宏观，从物到人等，但这篇文章没有发表。稍后他还有一篇文章叫《文学研究应以人为思维中心》，这就应当说是比较早的在文学领域中提出来了"以人为本"的问题，文学研究就是应当以人为本，从物到人。正是在这两篇重要文章的基础上，刘再复写出了他的《论文学的主体性》，《文学评论》1985年第六期和1986年的第一期全文连载了这篇文章。这是非常重要的一篇文章，提出来创作主体、接受主体等这样一些概念，实际上是从文学的角度研究人的主体性。他的这个理论可以溯源到李泽厚。李泽厚在纪念康德的《纯粹理性批判》发表200周年时，在哲学领域提出了主体性的问题，引发了讨论。在文学领域当中，刘再复把哲学上人的主体性的问题放大了，把它扩展了！这个理论的提出，以及与此有关，他的研究人物性格的两重组合，也叫性格组合论，这些都是他当时对文艺界认识有关系的几个方面。《论文学的主体性》发表以后，在文艺创作界、文艺理论和文学研究领域如巨石投潭，立时波涛翻滚，引出一场关于文学主体性的大的论战。论战的一方是以陈涌为代表的，参加进来的还有姚雪垠，当时他们以《红旗》杂志为主阵地，来批刘再复；我们就以我们的《文学评论》为主阵地，发表了很多文章。这以后出现的比较有影响的学者，如杨春时等很多人都是在这场论战中很活跃的。而作为这次论争的一个学术成果，是陕西师范大学的畅广元教授，他带着十个研究生，写了一本书，叫《主体论文艺学》，我还应广元之约，为这部著作写了序。如果说在此前，文学理论、文学研究一般是落后于创作实践的话，那么刘再复的文学主体论，他的这一组文章《文学研究应以人为思维中心》《文学研究思维空间的拓展》《论文学的主体性》一发表，理论一下就冲到了整个文学运动的前沿，影响了很多作家。比如说，他的《性格组合论》，就印行到五十多万册，现在小说印行那么多也不容易啊！一版再版，影响大到什么程度？有一对年轻的夫妇闹矛盾，说他们性格不合，想去看一下《性格组合论》，希望买回来看看，就能解决他们之间的矛盾，不再打离婚了。可见在社会上影响之大。当时《文学评论》发行是十几万册，我记得是十二三万册。影响确实不小。现在艺术界、文学界、研究界一讲起来文学所那一段所起的作用，都给予很高的评价。当然我们是当事人，自己也不好吹我们怎么样。我们还是要低调。但他们讲文学所、《文学评论》的影响主要跟这档子事是有关系的。在争论当中，对方上纲上得很高。陈涌"文革"中在甘肃兰州大学，当年因为错划右派的问题把他贬到甘肃去了。但他还发表文章，大谈文艺与政治。他就是不肯放弃这个观点。不知道姚雪垠为什么也披挂上阵写文章批判，后来一想，也容易理解，因为他就把李自成写成"红、光、亮"，他的李自成就是"高大全"。问题在于，当时中宣部，贺敬之代理中宣部部长，"贺敬之代"——呵呵，我们开玩笑说有些像"日本人"的名字。他是支持陈、姚那种观点的。对这个问题，荒煤他们发表意见比较谨慎，但是我认为他们在心里是认同的，至少是同情的。荒煤一天到晚讲人道主义，讲人性论，讲"文学是人学"，光年在1989年以后也老讲这个问题！我后来在文章当中都讲了，实际上，我觉得我做这样一个大的划分是不错的。就是说，在前期荒煤、光年、冯牧他们老一辈奠定的基础上，到我们这一届的班子的时候做了发展。刘再复是一个很有学术想象力的人，你要说是天才，也可能过分了，但是他确实有一种高度的敏感。他感悟和抓住潮流发展趋向的能力的确比较强。而当时管刊物的就是我，我们编辑部的那个团队很强，能够实干的像王信等，原来我跟他都是副主编，我因为是副所长，排名靠前，但实际上很多很实在的事情都是靠王信做的。他很敬业，也很有思想，稿件处理得很细。在那个阶段，《文学评论》能有那样的面貌，他是功不可没的。我们成了当时学术界的前沿阵地，现在很多很叫得响的文学研究领域中的代表人物，就是从我们那里推出来的。比如说：《〈呐喊〉、〈彷徨〉综论》，这是鲁迅研究中的一篇里程碑式的论文，就是在《文学评论》上连载的，我们为王富仁的崭露头角，提供了最初的，也是重要的平台。王富仁称王信为他的老师，而且说："不仅是我的老师，而且是所有人的老师。"他后来在文章中就是这样写，这样说的！另外一个，我们还发表了汪晖关于鲁迅小说与历史中间物的文章。汪晖的文章在鲁迅研究当中有重要的价值。应当说王富仁把鲁迅研究拓展到思想领域，而不仅仅是从前唯一关注的政治领域。原来陈涌他们的鲁迅研究，有代表性的那些研究论文，主要都是从政治角度出发的，当然那也有那个时代的特点与贡献。到了王富仁《〈呐喊〉、〈彷徨〉综论》，鲁迅研究就拓展到了整个思想领域，从一个更大的文化思想背景下来评价鲁迅了。而到了汪晖的《历史的中间物》这篇博士论文在《文学评论》上发表的时候，我认为是从创作主体、从鲁迅本人、鲁迅的思想，从内部（刘再复不是说"从外到内"吗？）做研究的。汪晖作为一个学者是从这儿开始为人所知的。再比如说现在很有影响的陈思和，陈思和的一些重要论文也是在我们《文学评论》上发表的；还有像南京大学的丁帆，他现在是那里文学院的头儿。丁帆的一些重要文章，都是在《文学评论》上面世的；还有"二十世纪文学研究"的观念提出，20世纪的文学观念，就是不局限于原来当代、现代的文学史阶段划分观念的局限，把整个20世纪作为一个整体的时间单元打通了，来研究文学的发展及其规律。这篇文章是黄子平、陈平原、钱理群他们三个人合写的，也是在《文学评论》上首先面世的。

在那个阶段，《文学评论》对创作上也很有影响。以魏明伦而论，魏明伦的《夕照岐山》，写诸葛亮的，还有他之前写的《潘金莲》，他自己讲，他是受刘再复"性格组合论"的影响。他那个时候跟我们的联系也比较密切，我还专门就他那个《夕照岐山》写了评论文章在报上发表。他就是对诸葛亮的评价跟原来不一样了，把他的性格多重化起来，不再写魏延头上有反骨了。可见，文学主体性理论确实对整个创作界起了推动作用，甚至可以说是理论引领作用。在那个阶段，理论、文学研究一下走到了前沿，显得比较突出。

现在讲讲古典文学研究领域的一点相关的情况。刘再复不是讲过一个从微观到宏观的趋势吗？我当时分管由徐公持、吕薇芬主持的《文学遗产》，他们那个班子也是根据我的建议搭建的。我们组织了一次古典文学宏观研究问题研讨会，是在杭州举行的。与会学者都认为这个提法很有意义。以前更多的是作家作品研究，包括文学史著作的大部分。除了刘大杰的《中国文学发展史》有一些打通了的宏观性叙述以外，其他的，甚至包括我们文学所的三卷本文学史也多是一个一个的作家论，而综合性的、宏观性的、专题性的把握却很少。所以提倡宏观性、规律性、综合性的研究，在古典文学研究领域中，也是一个很重要的产生了很大影响的事情。因为在主体性问题上争论很厉害，作为论战一方的主要人物之一，我自己也写了一篇文章。实际上是在一个会上的讲话稿，很尖锐。那是天津举行的一次文艺理论发展趋势的研讨会，我在出席那个会议以前，准备了一篇文章，题目是《当前我国文艺理论发展态势的几点思考》，在会上全文宣读了。最近我要出一个自选集，我还选了这篇文章。就在那个会上，我讲了整个中国文艺研究和文艺理论发展的基本态势，然后讲了主体性问题的论争。

几个问题说得差不多了，当然还有那个"开天窗"的事情。

严："开天窗"的事情当时好像弄得很热闹，"开天窗"这话是邓力群说得吗？最近白烨编了一本刘再复的书，刘在文章中好像也谈到这件事情。

何：这事情当时是我办的。那次我们跟刘再复还辞了一回职。有一些具体的情况不一定说了，因为它只是一个小插曲。可是这件事情把胡绳老爷子气坏了，因为邓力群当时在书记处说话了。胡绳很少发火，那一天发火厉害极了，在那个地方一坐，说话声音都打颤，训斥我们给他捅了娄子，但是我们又不接受。我当时申辩的理由，也是站得住的，因为我请示了院里，请示了赵复山。没有办法啊！因为《文学评论》要把刘宾雁这篇文章撤下来的话，需要整个重印十二三万份啊，怎么能够重印并装订得出来呢，那是要钱的啊！再说，邮局还要罚款，这么一来，就得十几万块钱，这在当时可不是一个小数目！

严：您是什么时候请示赵复山的？

何：刘宾雁出了问题之后！当时谁知道刘宾雁会出问题，没想到嘛！文章发稿时，刘宾雁还在许多公开场合露面。刊物印好了，要我们把刘宾雁那篇文章拿下来，下命令不能发，那我就只得拿下来。但我拿下来，怎么办？如果重印，院里要拨款啊，你不拨款，那我怎么办？当时时间很紧，邮局人家不等你，邮局要罚款，怎么办啊？只好让人家新华印刷厂的工人师傅加班把那个文章撕下来，前面的目录涂掉。这个办法是经主管副院长赵复山同意了的。

严：那页码就不对了？

何：页码是不对，所以邓力群叫做"开天窗"。院里也没办法，说就这样吧！我按照院里的意思弄了，完了以后又来追究我。我那天说话说得很厉害，我说当年我们共产党给国民党开天窗，但今天我们是共产党，办的是党的文学理论刊物，开什么天窗啊？谁给谁开天窗？老爷子听了我的话，气得直打哆嗦。

现在谈最后一个问题，简单地讲一下我所从事的文艺思潮研究。比较重要的就是我写了四篇论文。第一篇是《论伤痕文学》，这是一篇长篇论文，几万字，开始老发表不出来，《清明》来约稿，约了以后又不敢发，因为上面老批这个"伤痕文学"，争论没个完。后来还是硬冲破了禁忌，光年在作协的一次会议上说，我们应该正面地来看这个"伤痕文学",他讲应当肯定这个文学潮流。后来《清明》才敢发表我这篇文章,发出来时已经是我写了好几年以后的事了,题目仍是原题《论伤痕文学》。以写作时间而论,这是正面的、系统的、从理论到创作,全面总结当时伤痕文学创作的一篇论文,影响较大,现在凡是编印30年来文艺理论、文学研究、文学评论的丛书、文选之类,都会收这篇文章。另外一篇是论反思文学。论伤痕文学的题目叫《蚌病成珠——论伤痕文学》,论反思文学这一篇叫《历史的回顾和反省——论反思文学》。在《当代文艺思潮》上发表的,谢冕曾经写文章讲到,说我"以理论家的身份切入当代文学的研究",然后说,"反思文学的概念就是他提出来的",所以后来很多人都认为反思文学的概念是我提出来的。其实讲到反思和反思文学,在我这篇文章成文以前,人们偶尔也有提的,只是一笔带过而已。真正把"反思文学"作为一个重要的潮流,概括进去一个时期那么多的创作,在理论上给予说明,讲清楚它的特点为什么叫做反思文学,我这是头一篇,应当说也是迄今为止是最全面的一篇文章,因为后来就没有人再就这个潮流展开专门的论述了。所以现在研究者们就说"反思文学""伤痕文学"比较系统的论述就是我这两篇文章。一般收入三十年文艺理论选,或者编选当代文学和"大系"一类丛书的,都选这两篇文章。还有两篇文章比较重要,就是《人的重新发现》和《公仆与主人之间》。这两篇论文,都曾经惹过祸。这两篇文章在1983年清除"精神污染"的时候,在作协的《情况反映》当中,就被摘出两条各列在"关于异化问题""关于人道主义问题"的头条,而搞这个材料就是我的那个老同窗,现在已经去世了,叫李基凯,老凯。他先是"左"得可爱,后来又移居美国,被原单位除名,右得可怜,回国后,没有着落,穷死了!当时他因为认识我这个老同学,就把我的文章摘了列成头条。后来书记处专门就文艺问题发的文件,就是按照他的那个《情况反映》,把我的那两条都编进去了!所以我后来就被有的人揪住不放,说我是"资产阶级自由化"的代表人物,连我在《人民日报》上发表文章,都有领导说:"《人民日报》怎么回事啊,怎么总让资产阶级自由化分子在那里露脸!"这个阶段我对文艺思潮的研究，起初都是论文，一篇一篇发表，后来收成一本书，那本书取名《新时期文学思潮论》，1985年江苏文艺出版社出版，这本书被人认为是第一部研究当代文艺思潮的论著。东北一个大学的教授写新时期文学一本书，我这本书被著者专门立了一节，进行了系统的评价。

《新时期文学思潮论》作为一本书当然不很完备，所以我那本书的封面设计上，画了一个圈，缺一块，寓意是不完满，研究也不完满，思潮也不是很完满，但是作为一些曾经单独发出过的论文集子，应该说是在当代文学研究中还是产生过比较大的影响的。而我在那个时期的观点都是跟所里的，和荒煤来后所里主要的文化取向保持一致的。后来冯牧跟荒煤主编了一套文艺批评家丛书，就是人民文学出版社出的那一套。其中收了我的一本，叫《文学的理性和良知》。当时他们告诉我："你可不能收那一篇文章！"他们两人指的就是我评邵燕祥的一篇文章，即发表在我们《文学评论》上的《文格和人格》。这篇文章被时任中宣部部长的王忍之在八大报刊会议上点名批判过。他批了夏中义的文章，又说何西来的文章比夏中义的还要厉害！好像我是个反党分子，其实我是个忠诚的共产党员。

严：您好像总是被盯住的，看来是冲得比较厉害。

何：也许是冲得比较厉害。可能人家认为发言比较厉害，文章也很厉害，所以人家总记着，记住了就耿耿于怀，老是想收拾我。一上午我们讲了十个问题。

严：何老师谈得很具体，思路也理得非常清楚。

何：那当然了，我们实际上是接着老一辈的。我们这三十年来所走过的心路历程，风风雨雨，如果要溯源，只能，也必须溯到周扬、荒煤、光年、冯牧这些老前辈。周扬从批人道主义到提倡人道主义，一个理论家，这是多么不容易啊！刘再复讲文学的主体性，实际上他的根子也在这里。

严：历史发展到一定的时候，年轻的一代就出来了。

何：对啊，你看现在党中央强调了"以人为本"的观念，刘再复说"文学研究以人为中心"，不就是讲这个吗？讲主体性，讲人的主体性，讲人的能动性。这也是我们这个研究所的贡献，我们其芳老师的贡献！我是其芳老师的学生嘛，他提出来"共鸣说"，当时批判就是批判他的"资产阶级人性论"，李希凡当年批判何其芳是很厉害的，文学所的人印象都很深刻！

严：非常感谢您接受访问，有些问题过后还要向您请教，您对这一时期的回忆是非常宝贵的，有许多问题虽然谈起来很沉重，但对文学所人审视自己走过的艰难历程、研究自己的历史会有很重要的价值。另外，我还想说一句，我觉得您的记忆力有点惊人啊！

注：访谈经何西来先生审定。

我与文学所

——徐公持访谈录

徐公持，1940 年 7 月生，江苏省江阴市人。1964 年毕业于哈尔滨师范学院研究生班古典文学专业，导师张志岳教授。后入中国科学院文学研究所古代文学研究组（室）从事研究工作，专业方向为先秦至隋文学。历任助理研究员、副研究员、研究员，兼任中国社会科学院研究生院教授、博士生导师。1985 年起任《文学遗产》杂志主编，历时 20 年。主要著作有：《阮籍与嵇康》（上海古籍出版社）、《魏晋文学史》（人民文学出版社）、《浮华人生：徐公持讲西晋二十四友》（天津古籍出版社）等，曾在《中国社会科学》《文学评论》《文学遗产》《国学研究》等刊物上发表论文多篇。

采访时间：2011 年 5 月 13 日
采访地点：中国社会科学院文学研究所
采 访 者：张　晖

一　我与文学所

张　晖（以下简称张）：您的半个多世纪都贡献给了文学所，能简单谈谈您的人生阅历吗？

徐公持（以下简称徐）：是啊！我的人生半个世纪贡献给了文学所。但也可以说，是文学所供养了我半个世纪。我肯定对文学所有贡献，文学所也肯定对我有恩，大概正好扯平，谁也不欠谁，谁也不必居功自傲，要求对方为自己做什么。

我的阅历比较简单。我没有跳过槽，从一而终。但由于时势的关系，我的生活也经历不少曲折，这是我的同龄人（知识分子）共有的经历。在"前文学所"时期，我在哈尔滨上学，1957年我刚入学，便碰上"反右运动"，在学生中抓"右派"，定为"右派"后，立即被开除学籍，遣送回原籍改造。我当时17岁，被吓了一大跳（要承认我胆小）。从此我下决心在政治问题上一定小心，不要乱说乱动，否则后果很严重。我在同学中算是比较用功的，成绩不错，毕业后有幸"分配"到中国科学院文学所工作。甫入文学所，我就参加了"社教运动"（"四清运动"），去安徽寿县搞了将近一年。在安徽乡下得了中耳炎，至今重听。1965年夏回京后，又参加劳动，挖"京密引水渠"，紫竹院西边那一段"昆玉运河"，今天很漂亮，那里我曾洒过不少汗水。有时我会去看看风景，顺便怀旧。后来接着"文化大革命"，一搞就是十年。"文革"中，我基本态度比较消极，所以算不上是什么派，但有时也要贴张大字报，喊两句口号，那是随大溜的。我的专业工作应该说从"文革"后才开始步入正轨。1979年我在中华书局《文史》上开始发表文章，随后便正式做起"研究"工作来。至今将近50年。我总的感觉，时光过得太快，而且50岁以后越来越快，60岁以后是"白驹过隙"，70岁以后是"风驰电掣"。就是自己工作做得太少，成就不够大。每感遗憾、惭愧，所以现在我已年届"不逾矩"，还不断努力，希望能够弥补一点点。

张：您是怎样走上学术道路的？

徐：我的学术方向是在读研究生时期就定下的。当时哈尔滨师范学院名师很多，有苏渊雷、吴忠匡、游寿等先生。游先生是中央大学毕业的，胡小石先生的学生，给我们开过《说文解字》课。她的字写得非常好。我刚到文学所时遇见胡念贻先生，胡先生也是中央大学毕业的，他还向我问起游先生的情况。我的导师张志岳先生，是魏晋南北朝文学专家，他是老清华毕业的。我来文学所后，古代文学研究组长余冠英先生也是老清华出身，他与我谈话，确定我继续做这一段，正式名称叫作"先秦至隋文学"。

　　1985年我开始任《文学遗产》主编。对我而言，这是一次学术转型的契机。因为在这个位子上，你无法仅仅关注某一个时期的文学，而不顾其他相关领域。我知道我不可能精通从先秦到晚清全部古代文学，我只能重点弥补一些最薄弱而且最需要的环节。我的做法是加强文学理论修养。我本来对理论不感兴趣。我在研究生时期，就做过一个《骆宾王年谱》；我早期写的论文，多具有考据性质，我自己觉得在这方面比较有把握。余冠英先生也肯定过我。此时我深感理论的"短腿"必须弥补。我从此努力学习和思考关于中国文学的总体特征，中国文学的发展规律，中国文学的发展阶段，中国文学与相邻学科的关系和影响，中国文学研究的学术史，等等，这些都属于理论色彩较重的宏观课题。我在这些方面下的工夫不一定产生有分量的成果，但它对我自己知识体系的改进和学术修养的提升，确实起了不小的作用。

　　张：文学所的前辈大师如孙楷第、王伯祥、俞平伯、钱钟书、何其芳等，您和他们的接触情况如何？他们对您的为人治学有无影响？能简单谈谈吗？

　　徐：文学所老一辈专家，我接触最多的就是余冠英先生。他性格稳重，思考缜密，待人和善，在组内享有威望。我初到所，曾把学生时代的习作请他过目，不想他看得非常认真，还提了许多指导性意见。记得他曾说："你的文章看得出受了闻一多的影响……"我听此言，心中不由得一惊，因为我当时确实是在学闻先生。我在学生时代，对闻一多的《古典新义》等入了迷，很仰慕其风格。余先生接着就耐心跟我讲闻先生治学特点和优点，也说到不足之处。这对我启发很大。从此但凡我有什么专业上的问题，总是会去请教他，而他也从未厌烦过，每次都耐心给我指点，有时就是与我讨论。我到文学所后发表的第一篇专业论文《曹植诗歌的系年问题》，就曾得到他的指导，并蒙他推荐至《文史》

发表。我在文学所成长的经历，与余先生的指导是分不开的，如果说我要感激文学所的人，第一个应该是余冠英先生。

我与王伯祥、孙楷第、俞平伯、钱钟书、吴世昌、吴晓铃、陈友琴、范宁等老一辈先生也都有接触。他们的学识与风采，都令我十分敬佩，我有幸与他们过从。我曾写过一篇文章《古代组老先生印象记》，回忆与他们的交往，刊登在文学所成立50周年纪念刊上，后来人民文学出版社《新文学史料》转载了。这里不再赘言。

张：您长期担任《文学遗产》主编，对《文学遗产》的贡献良多，能否谈谈心得？

徐：《文学遗产》在我主持期间，得失成败我不想多说。我只想说：那是很困难的时期。因为20年中，经费始终困扰着编辑部。《文学遗产》与《文学评论》不同，他们的读者面广些，发行量较大，能做到收支相抵。我们的专业面窄，发行量小，每年要亏损十来万元。可那时社科院院部尚未出台"名刊建设工程"，刊物得不到一分钱补贴，经费完全要向所里申请，而所里经费本身有限，控制得很紧，难以做到全额补贴，所以我们只能向外想办法。我在编委会上经常汇报这个问题，曾有编委建议可以适当收取"版面费"，以纾解经费困局。但是我在这个问题上很坚定：坚决不收。收了必然会影响刊物声誉，事实上也将降低学术质量。那时出版单位老是换来换去，为什么呢？就因为经费拮据呀！我们要找愿意承担亏损的出版社。为此，我至今都很感激上海古籍、江苏古籍等出版社。是他们支持我们渡过了艰难岁月，否则很可能会停刊。现在情形好多了，编辑部可以专心组织和处理文稿。今昔对比，感慨之余，当然要为今天的刊物高兴。

二　治学体会点滴

张：您从事学术研究数十年，有什么重要的心得可以和大家分享吗？

徐："治学经验"，我自己谈自己，实在说不好。不是谦虚，真的如此,"横看成岭侧成峰,只缘身在此山中",任何人都如此。但是一点不说,又有些对不住你,那我就零星谈几点专业研究方面的体会吧,不一定正确,姑妄言之。

1. 治学要"清心寡欲"

治学(或者叫研究学问)当然需要"专业心"(或者"事业心"),确定方向后,便要全力以赴,排除干扰,全心全意做学问。最好做到清心寡欲,做不到也至少不要心猿意马,左顾右盼,例如待遇、利益等问题,与谁都有关,但不可想得太多,如果你真的想学问上有所作为,那学问之外的东西就只好尽量少计较了。再笨的人,只要有了这样的志向,他就一定能够做出成绩来。我就看到过天赋不太好的人,居然也做得不错,那全靠专注。相反,我还看到过有人天赋相当好,很聪明,但干这个一阵之后,又去干那个,事情好像特别多,特别忙,实际上是蜻蜓点水,什么都想做,结果什么都没做好,时间白白流逝,荒废青春。治学不可太急于求成,课题一个一个做,做一个就有一种长进,上一个台阶。如果只追求速度,追求数量,忽略了研究水平的提升,做的课题再多也意思不大。"清心寡欲"的另一层意思是要虚心,不仅态度上要谦虚,向同行学习,向前辈学习,还要胸怀阔大,虚怀若谷。对知识的追求永不满足。我认识钱钟书先生的时候,他已经54岁了,我常见他夹一个大包去图书馆借书、还书,每周一次。直到70岁左右,他仍然如此。那种勤奋劲头谁见了都会感动。

2. 治学不抱成见

学者研究某个课题,当然要得出某种见解。但这种见解应该通过研究,在研究过程的末尾得出来。切忌在研究之先,就已经怀有某种见解,这种"前置性"的见解,就是"成见"。"成见"的存在,对于做学问绝对是大害。它使你在某个框子里蹒跚,你等于是手足被捆绑住了,无法做出真正的开拓性、创新性工作。对学术问题有了成见,肯定会偏离客观公正的原则,偏离科学精神,研究价值将大打折扣。这一点对于中国学者尤其重要。我们不大习惯于用中性的立场、客观的眼光来看待对象,来分析问题。我们喜欢将某种自己熟悉的倾向性价值观,带进科学研究的过程中。这可能与我们几十年来"是非分明"的文化环境熏陶中养成的思维定式有关,也与所受教育中科学思维训练不够有关。我们往往不经意间,就早已有了种种成见。

这里首先有个人性的成见。有些是个人知识结构局限性所带来的成见。例如有人擅长于资料处理,有人偏好于理论评析。治学门径和性格不同,本来可以互补,取长补短。但却是彼此轻蔑,甚至互相攻击,贬低对方工作的学术意义。古代就有"宋学"与"汉学"的门户之见,还有"义理"与"考据"的互为抵消,其实都是成见,就如曹丕所说的"各以所长,相轻所短"(《典论·论文》),这样既无益于学术,更有害于品格。还有就是以个人自我好恶代替客观公正立场,导致剑走偏锋,做出不准确有偏颇的评骘。这种情况很普遍。例如不少女性学者厌恶孔子,就因为他说过"惟女子与小人为难养也"。有论者坚持施耐庵是江苏如皋人,因为他本人就是那里的人。更多见的是,我研究谁,就专门说谁的好话,为谁辩护,为谁隐恶扬善。原因是研究者把研究对象已经看作"利益共同体",他以为吹嘘抬高对象,无形中也就抬高了自己研究的价值。

此外还有一些"政策性"的成见。例如"古为今用",例如"批判封建性糟粕、吸取民主性精华","看对待人民的态度如何",还有"弘扬民族文化",等等。有人会说:你连"古为今用"、"弘扬民族文化"都不赞成吗?我说,这些作为国家或者文化管理部门的政策,我是赞成的。但注意,我们不是在制定或者执行文化政策,我们是在研究文学问题。作为研究者,在面对你的对象时,只应该保有一种观念:科学的求真的立场和观念。我们如果在研究问题之前,就心中想着要吸取什么东西来"用",那你就很可能陷入一种实用主义心态;如果你一开始就去寻找哪些是糟粕来批判,哪些是精华来弘扬,你就犹如事先戴上一副有色眼镜,去看待研究对象。这必然会影响你立场的客观性和科学性,从而影响研究的纯度和质量。政策的制定主要从现实社会的文化建设需要出发,科学研究则主要从学术理性考量,二者在性质和程序上完全不同,不能混淆,不能替代。当然,二者还是可以联系起来的,但政策可以参照科研成果来制定，而科研不应按照政策规定来进行。我们做的有些研究，沦为诠释政策的工具，或者为政策做注释，其学术含量就不可能很高。

3. 不盲从前贤

"成见"也可能是一些"前贤"或"时贤"的意见，尤其是一些权威人物的意见。他们的高水平论著，当然值得后人好好学习，但我的意思是学习不等于全盘接受。学习主要学他们的治学路径和方法，而不是生硬接受他们所有的结论。或许他们的绝大部分结论都是高超的、正确的，但全盘接受很危险。因为每个人都会有历史局限性，包括"大师"。王国维是一代大师，他的许多研究无人能及。他曾说："一切新的学问的建立，都缘于新材料的发见。"我看到许多人在许多场合引用这一说法，似乎它是一条"铁的规则""定律"。但是我们应当想一想：它完全正确吗？一切新学问真的都要依赖新材料的发见，才能建立起来吗？如果没有新材料，新学问就不能建立起来了？其实新的知识系统（"学问""学科"）的出现和建立，往往是人类知识不断发展的自然结果，是"旧学"已经不能适应"新知"的结果，与新材料的发现没有必然关联。王国维的"定律"对于"甲骨学""敦煌学""缣帛学"等（这些大多属于考古学范畴）是正确的，但对于"高等数学""拓扑学""近代物理学""计算机工程学""探矿学"这些自然学科，还有"现代经济法学"等社会科学，"文学理论学""外国文学""比较文学""文学史学"这些人文学科，就未必适用了。它们其实只是与"新思想""新视野"甚至"新方法"有关，而与"新材料"无关。至于"文学人类学""社会科学信息化工程学"等"跨学科学科"的建立，那显然是"跨"的结果，完全是学术进步和研究方式、研究手段革新的结果，更不是什么材料问题。

陈寅恪是又一位大师。他也有一句治学名言，对于古人要具备"了解之同情"。他的出发点良好，这在许多场合可以帮助研究者设身处地、将心比心去深入理解古人。但是我认为也不能将它当作万应良药看待。因为古人与今人一样，构成非常复杂，思想意识性格作风相差很大。有"君子"也有"小人"。对"君子"如孔子，如陶渊明，我们应当以"同情之理解"去研究他的生活和文学，但是对一些"小人"，我们也要去"同情之理解"吗？如秦桧，他也有诗文作品，他在那里面唱高调，似乎他很清高廉洁，作风正派，我们应该如何对待？能够去"同情之理解"吗？还有更多的虽不算"小人"，但带有种种缺点毛病的文学家，他们喜欢自我吹嘘、自我美化，贬低他人，夸大其词，甚至曲解事实，"隐恶扬善"，我们是否也应该相信他们说的一切？例如曹操，他既是"治世之能臣"，又是"乱世之奸雄"，他的"奸雄"面目经常流露。对于他在诗文中的表述，例如他多处自拟周公，我们是否可以去"同情之理解"，认为他真如传说中周公那样胸怀无私？例如曹丕，他在《典论·自叙》中写自己剑术如何高超，击败了一位武术家、将军邓展。还说比武中三次取胜，并且"截其颡"，正中咽喉！他的话可信吗？不可信！道理很简单，因为他当时以魏太子之尊，谁敢跟他认真比武？击败他不难，但还想不想在曹操手下干了？曹操心狠手辣，得罪了曹氏父子，连能否生存都是问题。对于这些，我们很难去"同情之理解"。

4. 从怀疑开始

我有条件地赞成"同情之理解"，但我更看重的是"从怀疑开始"。"五四"后学界兴起"疑古"思潮，疑古派有顾颉刚等，有"疑古玄同"。他们推翻了许多传统见解和思路，提出了许多问题，也解决了不少问题。当然，他们也有缺欠。近年对于疑古派大张挞伐，认为他们在搞"全盘西化"，甚至扣上"民族虚无主义"的大帽子。这里的具体是非不去评判，但我是主张在研究工作中对古代的东西"疑"字当头的，包括怀疑它们的产生过程，怀疑其流传过程，怀疑作者的写作意图和表达方式，怀疑作品的内容到形式。这实际上是对研究对象作全方位、全过程的重新审视。唯有这样的审视，你才可能发现其中是否存在问题，存在哪些问题。有些青年学生在读书时发现不了问题，他们认为我比较善于发现问题，就问我如何发现问题？我的回答就是你必须先有怀疑精神。要怀疑你接触到的每一件材料，怀疑你看到的每一个字！无论是已有的常识，以及权威的结论，研究者都可以怀疑。这样做了，你的眼光就会如鹰眼般锐利，到时候问题自然就出现了，"野兔"肯定自己会"蹦出来"。

我写《"与山巨源绝交书"非绝交之书辨》一文，是从对此文题目的怀疑开始的。因为我读遍全文，并未见到"绝交"二字，也没有与"绝交"意思相关的严格表述。只有题目中有。题目与文本中的叙述存在矛盾，我当然相信文本，开始怀疑题目有错。我再考察嵇康与山涛关系，发现他们从未真正绝交过，这就使我坚定了自己的想法。我又考察汉魏时期书笺题目的一般形态，归纳出当时书笺题目多作"与××书"或"报××书"，鲜有写出内容取向的；又查证本篇文章在典籍中先后出现的篇目异同，发现嵇康身后二百年内，本文篇目并无"绝交"字样，二百年之后才首次出现。如此便得出结论，认为今所见题目中"绝交"字样是后人添加的，而非嵇康原有，所以文章是"非绝交之书"。当然这问题还可讨论，我是说写论文"从怀疑开始"的重要性。

在研究工作中"怀疑开始"，没有什么不妥。它不等同于"怀疑一切"，与"文化虚无主义"不搭边。你从怀疑开始，通过严密的论证，最终肯定或者否定你的怀疑，你收获到的是对于问题本身的深入了解，是学术问题上的自信。怀疑不是目的，它却是必要的途径。一个完整的研究过程，从提出问题到解决问题，也就是从怀疑到释疑的过程。所以研究的眼光，首先是怀疑的眼光。要学会怀疑，并且善于怀疑。胡适曾经有两句话："大胆假设，小心求证"，他说得不错。我想借他这两句，改两个字："大胆怀疑，小心求证。"

5. 精读原著

我举两个例子来说。《"诗妖"之研究》，是我比较"得意"的一篇论文。题目的发现应当说在 20 年前，我读沈约的《宋书》，见到有"诗妖"之目，便印象深刻，因为这说法从未见过，很冷僻，学术史上也从无人关注过，它又涉及"诗"，于是记在心上。后来又读《汉书》等，这两个字又出现在我面前，于是觉得这不是沈约个别的说法，而是一个系统存在于古代文化中的命题，这里必有深入探讨的空间。此时，我心中已经初步确立将它作为研究的课题了。我开始有目的地广泛收集材料，自古及今，先做材料的梳理，捋清脉络，然后围绕这些基本材料作系统的分析思考，大致确定需要论证哪些问题，分几个方面去论证。论文的大框架就有了。接着就一部分一部分去具体论述，直到完成写作。我觉得这篇文章的产生，首先得益于对于原著的仔细阅读。这两个字在《宋书·五行志》内，"五行志"的内容和文字显然比"纪传"文章枯燥乏味，一般人不大愿意读，很容易忽略过去。

关于陶渊明弃官彭泽令原因——"不为五斗米折腰"说，这几乎是妇孺皆知的"故事"，学界亦历来无异议。我读《陶渊明集》，发现他自己解释弃官原因，说法与此完全不同。他明明是这样说的："彭泽……犹望一稔，当敛裳宵逝。寻程氏妹丧于武昌，情在骏奔，自免去职。……"（《归去来兮辞·序》）他是因奔丧武昌，由于突发情况，"情在骏奔"，所以"自免去职"的，何尝有"五斗米"的事啊？而且在这篇序文中，他也说了自己做官是"犹望一稔"，想获得一点俸禄粮食，以解决生活困难。这意思与"不为五斗米折腰"正相反。"五斗米"说出于《宋书·陶渊明传》，它是沈约写的。那么我们是相信沈约呢？还是陶渊明本人？我当然相信本人。我于是在《魏晋文学史》中否定了"五斗米"说。我在这里并没有提出什么新材料，这只是细读原著文本的结果。我的意见受到不少同行的认可。他们同时觉得奇怪：谁没有读过《归去來兮辞·序》啊！为何在此前竟无人提出来讨论？

精读原著是做学问的基础。不妨说：精读出课题，精读出思想。

三　关于文学所"所风"之我见

张：能请您谈谈对文学所的看法吗？

徐：你问我对文学所的"看法"？我以为一个单位存续时间长了，就会形成特定的传统和风气，一些老牌大学都有"校风"，受到重视，研究阐扬，不一而足。文学所存续了将近60年，它也应该有自己独特的风气。文学所的"所风"是什么？似乎从未有人谈论过。我受到你的问题的启示,想谈谈个人的体会。我认为就是四个字:散漫,自在。

先说"散漫"。有人出于对文学所的热爱,为了捍卫文学所的光荣传统,一听我这两个字,可能就要生气,会驳斥说:你用"散漫"两个字?岂不是丑化文学所!且听我来解释。我的意思不是丑化,恰恰是美化。准确地说,也不能算美化,只能说是实话实说,它本来就散漫么!我的依据是我观察到的50年来种种现象和表现。事情可以从何其芳时代说起。

20世纪60年代前期,极左风潮下,全学部都搞"大批判",文学所是重点所,所以也在所内动员大家投入大批判中。但是与社会上一些单位相比较,文学所总体上是不太积极的。何其芳所长本人就是被批判者,他的"典型论"和"红楼梦论",是当时"人性论"的代表,被李某某等抓住不放,正狠批不已。副所长唐老师,她因黄克诚大将的关系,也被康生点名要在本单位接受批判,正"夹着尾巴做人",哪有可能来主持"大批判"?此外,所内的被批对象不止何其芳、唐老师,俞平伯是老牌"资产阶级学术权威"了,已经被批过。古代组的老先生们,基本都曾是"白专道路"的代表,他们内心对批判运动抱着反感,哪有心思去"批判"别人?当时所内主要是有些年轻人投身批判的,写过一些文章,但在我的印象中,都是附和风气,报纸上亮亮相,分量不重,没有什么"重磅炸弹"。而且这基本上是理论、当代、现代组的事情。至于古代组,只有一个人比较积极,那就是胡念贻先生。他当时算中年人吧,写了一篇批判"中间人物论"的文章,发表在《新建设》上。不想被人抓他文章中的把柄,反过来批他,他由批判者变成被批判者。何其芳、余冠英等所、组领导见他"引火烧身",很着急,劝他不要写了,息事宁人算了,他却不听,很执著地继续写文章解释、申诉、辩论。但是在那"有理讲不清"的年代,愈解释愈挨批。后来好像"矛盾性质要改变"了,他终于害怕了,才停下不写。

再说"文革"中。学部进驻了"工宣队""军宣队",开始大抓军训。训了一阵,文学所被批评,说是表现最差,基本问题是"自由散漫""纪律松弛"。后来下干校,文学所与经济所是第一批。两个所的作风的确不同,经济所经常被表扬,"组织纪律性好""行动快,效率高",而文学所则是出名的"自由散漫资产阶级劣根性不改"。文学所连抓"516反革命集团"都不起劲,全所只抓了不到20名,而外文所总人数比文学所少,"516"却抓出40多个!占人口一半。历史所则抓出50多个!哲学所、考古所、学术资料室等不但抓得多,还搞死了人。另外,在干校劳动中,文学所也表现一般,比语言所、经济所都不如,外文所被评为"猛虎连",文学所没有此类荣誉,倒是讲怪话的比较多。"文革"十年,学部不少所都有人自杀,唯独文学所无人自杀。并非文学所的人特别贪生怕死,因为"自杀"都是被迫的,无人自杀表明文学所"被迫"不太严重。"文革"中文学所也分派,也打派仗,但我的印象是,派仗打得火药味不太浓,主要是耍嘴皮子,君子动口不动手。

20世纪80年代,文学所面临着发展的"新时期"。彼时所内也分成不同的派别(指思想派别),有很激进的,在全国都领风气之先;也有很保守的,坚持50年代的价值观。当然也有中间立场的,或者接近激进派的,或者接近保守派的,都有。所谓"左中右",尽在小小文学所百余号人中。不过立场虽然差异很大,彼此交锋却不激烈,似乎还相安无事,同处屋檐下,见面还不免要打个客气的招呼。这局面像什么呢?我想起外国的议会。但不动手打架,比日本、韩国的议会来得文明。80年代后期,中国社会经历了一番大风浪。但文学所内部风浪不大,事后没见开声讨会或者庆功会之类。

我觉得作为研究机构,有点儿"散漫"没有什么不好。请让我解释:"散"意味着不集中,不集中就意味着容许个性化,个性化多了,就通向多元化;"漫"意味着水一般随意流动,那是近似于自由化的状态。个性化、多元化、自由化,这正是学术研究正常开展的必要条件,是学术环境的良性体现。"散漫"实际上是宽松的学术环境的一种状态。我曾听不少人说,"文学所的学术环境好"。去年刘宁调进文学所,我问她为何来本所?她回答我的就是这句话。如果再问具体一点,可能会回答说：文学所学术空气较浓厚，或者图书资料较丰富，等等。但学术空气、图书资料之类，别的单位也可能具备。所以这些还不是文学所的独特优势。文学所的真正优势，其实就在于我所说的"所风"中的"散漫"之点。在这散漫宽松的环境中，一些真正有才华的人能够少受束缚，充分发挥其潜能，发展其个人创造力，从而有利于出人才、出成绩。当然，"散漫"或者宽松，也是有弊端的，主要弊病是效率差。另外，在散漫宽松环境下，加上缺乏淘汰机制，也容易让"南郭先生"钻空子，出现"养懒人"现象。但在学术单位（不是政府机构、企业、工厂、医院等单位）里，我相信利弊相较，还是利大于弊。

我如此赞美文学所的散漫风气和宽松环境，那么文学所出成绩、出人才的情况如何？应当说：相对而言，很不错。这一点在"文革"前就有表现。那时文学所的老一辈专家的工作环境是相当好的，虽说无法躲过历次政治运动，但他们在何其芳这把"大红伞"遮掩下，在文学所这个特殊小环境内，受到的冲击或者打击相对较小。我有幸亲自目睹何其芳对所内老专家们的尊敬态度，他遇有外文方面的问题，常请教钱钟书先生，他在戏曲方面请教过吴晓铃先生，他还请教俞平伯先生。记得当年毛主席亲自对何其芳执笔的《不怕鬼的故事·前言》作了修改，还加写了几段文字，其中用了"光昌流丽"四个字。何对这四个字觉得有些眼生，就电话请教俞平伯先生，问："有这样用的吗？"俞回答说这四个字"可以用的"，何才放心。由此可知他对俞平伯先生学术上的信任。"文革"中，这一条成为他"不执行党的革命路线""向资产阶级反动学术权威投降"的证据。"文革"中，文学所的老专家虽然也受到折磨，但安然渡过难关。下干校三年期间，老专家们也都去了河南农村，但事实上他们受到了一定的照顾。钱钟书的《管锥编》，是在"文革"后期完成的，那时文学所无人管他，他躲在7号楼的一个房间内可以自由写作。孙楷第先生长期住在北大镜春园，十余年不来文学所上班，何其芳、唐棣华不去管他，从无"扣工资"之类的事，让他安心写自己的著作。俞平伯等一批老先生，他们基本上不承担所里的任务，主要各自做自己感兴趣的工作。还有任二北（中敏）先生，"文革"期间被原单位扫地出门，无处安身，四处流落，后来余冠英先生（"文革"后曾任副所长）收留了他，让他在文学所栖身好几年，不要他做什么事，就专门整理他自己的著作。

张：好像夏承焘先生也曾在文学所停留过？

徐：夏先生的情况与任先生不同，任先生当时生计无着，是在文学所领工资的。夏先生的关系则没有挂靠在文学所。不过，他与余先生也相当熟悉。

在"文革"前，文学所"中年"人的成长相当突出。我在进文学所之前，就听我的老师说过，文学所"有一批年轻人，进步很快"，而他们都是何其芳时代成长起来的。这一点在当时全国学术界有目共睹。近30年来也是出了人才的。论素质，文学所新进入人才未必比某些大学强，但成长速度快。我们看人才流动吧，文学所流出了好几位，在北大、清华、复旦这几所顶尖大学里，正在那边引领风骚呢。他们的成长，当然是主观努力的结果，但文学所提供了他们成才的有利环境，也是重要条件。当然，由于文学所这个小单位不可能脱离全国大局势，它历来的"散漫"风气和宽松环境是相对的，有限的，是在"大集中"下面的"小自由"，而且时常受到冲击干扰，何其芳本人在治所问题上就多次被指为"右倾"。所以人才的成长和成绩的出现也是相对的，有限的。

我自己在这种"所风"熏陶下，半个世纪以来也养成了自由散漫作风，虽然自己谈不上成才和贡献，但很喜欢这种学术气氛浓厚、能够自由思想的宽松环境。我在主持《文学遗产》工作期间，我的个人作风可能也影响了刊物和编辑部，我对部下管束不紧，我对我的学生也如此，有时还会迁就他们，放任自流。他们会感到舒服。如果因此他们养成懒散习惯，影响他们成才，那可只能怪他们自己不努力，因为我虽欣赏"散漫"、宽松，却不赞成懒散。这可是两种作风，绝不能混同。比尔·盖茨读了一年大学就退学，他够散漫。但他勤奋创业，成就了今日世界软件业霸主，他可一点不懒散。"散漫"和宽松，实质上有些"无为而治"的意思，我相信"无为"才可以达致"无不为"。如果有人对

"散漫"二字实在非常抵触，我想也可以改为"无为"。

我接着要说另外两个字："自在"。这也需要略作解释，它包含两层意思。一层意思就是字面上的"自由自在"。前面已经说了，文学所拥有比较自由宽松的学术生态。另一层意义是：一种独特的个性化的自我存在。这是一种很高很纯的境界。佛学中早有这两个字，其义是"进退无碍"。"身带光明，腾空自在"（元·释念常《七佛偈》卷一）"尊者复于座上现自在身，如满月轮。一切众唯闻法音，不睹师相。"（《佛祖历代通载》卷四）佛学中的"自在"是"尊者"（罗汉）的独有状态。它是"自我"的，又是独特的。这种进退无碍境界，有些接近于黑格尔所说的"自由王国"。"自在"的学术境界，作为学者个人，我想钱钟书先生差可当之。外界对他的种种干扰可谓不少，但他都能做到淡定应对，风雨不动，刀枪不入，只顾做自己的学问，不断完善自己的人格。他的人生是"自在"的范例。作为一个单位，文学所也曾经有一点点这样的意味。老文学所的人都知道，五六十年代学部领导对文学所最头疼，因为何其芳敢于"顶"学部，学部的指示不合其意，他就不执行。他在所内庇护、重用一些"有问题"的人，后来也曾经是他的"罪状"。这使得文学所的人在那个时代里活得相对而言舒畅一些，自我感觉略微好一点。"自在"是散漫或无为的自然结果。我希望它能够为文学所同人所理解，并成为一种努力参悟和实践的境界。

总之，"散漫自在"，或者"无为自在"，就是我理解中的文学所"所风"。

四　其他

张：您在1978年第5期的《国外社会科学》上就发表过《日本的两部〈中国文学史〉》，后来在1981年第1期《文学遗产》上发表了《吉川幸次郎论中国文学的特色》。90年代主持《文学遗产》时，也很重视海外汉学成果的介绍，并曾亲自访谈过侯思孟、高德耀、倪豪士等教授。能否请您谈谈对汉学的看法？

徐：我能读日文，所以当时写了《国外社会科学》上这篇介绍文章。因为自己英文不好，所以后来没有再从事这方面的工作。关于汉学研究，其实老辈学者如钱钟书是很不屑的，因为他要做自己的学问。《文学遗产》之所以集中介绍汉学，是因为当时开编委会时有编委提出《文学遗产》作为古典文学最高水平的刊物，有责任反映海外相关领域的研究成果。所以《文学遗产》陆续发表了一批对海外汉学家的访谈，在当时也产生了不小影响。

张：目前古代文学界重视实证的风气很浓，您发表过大量有关文学史理论的研究文章，其中《文学史有限论》（《文学遗产》2006年第6期）更有着重要的学术影响。请您谈谈理论思考与实证研究的关系。

徐：我觉得目前的古代文学研究有太过资料化和实证的倾向。如编纂年谱，编纂得再仔细，也仍然有补充的空间。所以，一头扎进文献，虽然有所收获，但视野终究有限。我并不是反对整理文献，只是觉得需要有理论的提高。埋头于具体的领域里弄材料，看上去大家在各自的领域中似乎都有成就，但成果的细节化、琐碎化导致同行之间无法展开有效的交流。没有交流、没有共同的话题，整个古代文学学科因此变得很零碎，而不成其为学科。

我自己的理论修养也谈不上多好，在同辈中比不上陈伯海、董乃斌两位先生，但我还是非常强调理论对古代文学研究的重要性。对于我来说，不就事论事，把大量的文学现象联系起来思考，联系的现象越多，思考的深度和广度就越得加强。这是我训练自己宏观视野和理论思维能力的方法。

张：目前社会上"国学热"，20世纪90年代也有过"国学热"。您能否谈谈对国学的看法？

徐：我对于"国学热"从未发表过什么意见。这里我只能简单说说我的感想。我觉得，"国学"是一种说法，要对它做出严格的定义，是很困难的事情。

首先，"国学"目前并不具备严格的学科意义。当下的学科分类法，完全按照近代学术体系划分，从哲学、自然科学、社会科学、人文学划分起,再到下面的"一级学科""二级学科"这么细分下去,其间的界线比较清晰,并且覆盖了所有学科。这种学科分类法还有一大优点,就是它基本上是国际通用的,具有"学术无国界"的性格,对外交流上拥有无可比拟的方便优势,用不着像兑换各国货币那样麻烦复杂。正因为现代学科分类体系已经有序覆盖了所有学科,所以如果赋予"国学"以学科意义,就必须论证它能够更加合理地重构学科体系,或者能够修正或者补充现有学科体系的缺漏。但是我还没有看到这样做的成功可能性。明摆着,"国学"所能标榜出来的基本内涵,无非就是中国传统的"经、史、子、集"等,还有中国史学、中国文学、中国语言文字学等,或者是"义理、文章、考据"之学。但是"经、史、子、集"只是著作的性质和特征分类,不是学科分类,"义理文章考据"只是著作内容和写作方式类别,而"中国史学""中国文学"等则与现代学科体系发生重合。所以我对"国学"能否提出属于自己的学科体系,或者成功"介入"现代学科体系,不持乐观态度。当然,"国学"尽管内涵外延不很明确,但应承认它是个有概括力的名称,泛指那些具有中国传统内涵和中国传统特色的"学问"。所以"国学"一语,对于突出学术上的"中国特色",是有好处的,因此我也不反对使用这个名词。例如北大出版一份高水准刊物《国学研究》,就其实际学科范围说,大体上包括中国古代哲学、中国历史、中国语言文字学、中国古代文学等领域。这与中华书局的《文史》、上海古籍出版社的《中华文史论丛》差不多。至于某些大学设立了独立的"国学院",与中文系、历史系等并列,我不知道它们如何处理与既有院系的学科关系,这是关键,否则难以认可其学科配置的合理性。还必须指出,"国学"一语尽管面临种种质疑,在国内使用,我看问题不大。但拿到国际交流场合就有些麻烦:直白翻译给外国人听,外国人不会明白什么叫"国家的学问"(National study),还以为是研究国家体制的学科。而且"国家"一词带有"官方"的意思(如"国家博物馆""国家图书馆"等),难道"国学"竟是"官学"?改译成"中国学"吧,人家倒是听得懂,但在他们的理解中,这与"日本学""印度学""蒙古学"等是同一类学科,是属于"国别研究"中的一支；既然是"国别研究"中的"中国学"，里面的一大块应该是中国当代国情研究，这与我们"国学"的原意又有很大出入。你总不能每次都去解释说"当代中国研究除外"吧。翻译成"中国的固有传统学问"如何？一是太啰嗦，不像是个学科名称了；二是太含混，仍不清楚其真实内涵包括些什么，界限在哪里。

至于"国学热"，我是这样看的：我觉得一门学科或者一种"学问"，在社会上"热"起来了，受到广泛的关注，这当然是好事。但学界人士对此则应该持冷静的态度，仔细观察并分析这种"热"是什么性质？有怎样的效应？然后作出应对。我认为，当前的"国学热"有实有虚。"实"的是，中国传统文化由于长期（1949年后当作"封资修"受到长期批判，改革开放后又因重视经济发展而遭忽视）受到冷落，现在有了一定程度的"回暖"。犹如钟摆一样，这是一种历史的正常"反拨"。再者，当前文学艺术创作可能存在一定危机，走下坡，民众对于现实文化有所不满足，因此转而向传统文化寻找心灵寄托，古装戏之类充斥银幕、电视屏幕，影响所及，连带出现"国学热"。

但是，我们也应该清醒地理解：作为涉及中国古代的学问，"国学"在现实社会中不可能成为广大民众关注的"焦点"，或者成为文化主潮。传统文化只能是现实社会文化的一种给养，一种参照，一个衬托。就算它是"根"吧，也毕竟不是枝干，更不能成为花叶。传统文化本身都不成为主角，我们研究传统文化的学人及学问，就更是配角了。记得若干年前，《文学评论》上刊出一篇编辑部文章，说当前文学创作被社会边缘化了，而许多作家不看文学评论文章，所以《文学评论》正沦为"边缘化的边缘化"。我看了就在一次会上说：你们当代文学评论是"边缘化的边缘化"，那我们古代文学研究更是"边缘化的边缘化的边缘化"了。我认为，"一代有一代之文学"，千真万确。过去时代的文化、文学，它仍然是美的，但这是古典之美，在现实社会中不可能占据热门地位。相反，它是冷门文化。这是正常的社会现象，任何时代都如此。我们从事古代文化研究的工作者，不要幻想成为受到热捧的"社会宠儿""时代明星"。传统文化在某种特殊情况下，也可能成为一时的热点，但不会长久。在"文革"中，曾有"全民评红楼梦""全民评水浒"等事件发生，但那显然是不正常的社会现象，而且转瞬即逝。当今社会中的传统文化及"国学"，照我说并没有想象中那么热。你只要看学历史、哲学、古典文学的毕业生，他们找工作有多困难，各省高考尖子学生也不再填报文学系、历史系为第一志愿，就明白真实情况了。这个社会不需要那么多的传统文化及文化人。所以我觉得，当前的"国学热"，也有部分炒作的因素，虚的因素，我们不可被表象迷惑了。牢记我们是古代文化的研究者，我们既然投身于这项"冷门"专业，就准备坐一辈子冷板凳吧。这样，我们的心理就不会失衡，我们的研究工作会做得更好。

注：本采访承徐公持先生审正，谨此致谢！

《文学评论》五十五年

——王保生访谈录

王保生，江苏丹阳人。中共党员。1964年毕业于南京大学中文系。历任中国社会科学院文学研究所现代文学研究室副研究员，台港澳及海外华文文学室副主任，《文学评论》杂志常务副主编、编辑部主任，研究员。1998年加入中国作家协会。著有学术专著《沈从文评传》，编辑散文集《俞平伯散文选》《故人　故事　故情》等。作品曾获中国第五届当代文学研究优秀成果奖、全国《博览群书》金钥匙奖、西北地区图书特等奖。

采访时间：2011年8月15日
采访地点：中国社会科学院文学研究所《文学评论》编辑部
采 访 者：萨支山

萨支山（以下简称萨）：王老师，您好！很高兴能有这次访谈的机会。建所60周年，所里有个设想，就是找一些老先生谈谈文学所这60年。找到您呢，是想让您谈谈《文学评论》这几十年的历史。

王保生（以下简称王）：这几年我在做有关《文学评论》研究的课题。退休了，是所里的老年课题，稍稍整理了一下，整理了一个从1957年创刊到2012年的大事记。我1959年上大学，因为是中文系，所以学生时代就很关心这个刊物，当然不能系统地看，只是看一些自己感兴趣的文章，有印象的是比如何其芳的一些文章，比如论典型啊，论《红楼梦》啊，印象最深的就是朱寨和李希凡争论历史剧的文章。只是当时还是学生，也不知道以后会干什么，所以就没有系统看，不过知道这个刊物在学术界地位很高，很权威。到了文学所后，对这个刊物的认识逐步加深，但是我们1964年来所，一个月后就开始搞"四清"了，"四清"搞一年，又搞了半年的"留守"，留守队的队长是邓绍基、副队长是张炯，还有同是1964年毕业的一帮同学，回来的路上，已经广播姚文元的文章了，就是批《海瑞罢官》的，回来所里就组织大批判。1966年7、8月份《文学评论》就停刊了，停刊前几期《文学评论》就惨不忍睹了，很薄的刊物，都是批判文章，就是"文革"中所谓的"假批判"，批夏衍、田汉，《早春二月》《北国江南》等。

《文学评论》是1957年创刊的。1957年"反右"，为什么还会出现这样的研究型的学术刊物呢？其实要从1955年说起，当时中宣部在文学所召开座谈会，周扬、林默涵要求文学所要系统研究祖国优秀的文化遗产，注意吸收外国文艺对我们有益的养料，何其芳在会上说，"我们许多研究论文和当前的需要及刊物的特点不符合，不能发表，这对我们的工作不方便，我们准备自己出刊物。"这一想法得到周扬的支持。这可以视为《文学研究》创刊的最初动机。而在1956年5月，中央提出"双百"方针，中宣部鉴于在社会科学的几个主要学科中，已有科学院领导的相应研究所分别主办的《哲学研究》《经济学研究》《考古研究》等全国性大型学术期刊，唯独文学研究方面还没有这样一个刊物。因此在提出实行"双百"方针之下，责成文学研究所创办《文学研究》季刊，以利在文学研究领域贯彻"双百"方针，团结全国的文学研究工作者，繁荣与发展我国的文学研究事业。所里首先搞的是《文学研究集刊》1955年7月第一册出版。以后陆续出了5本，1957年5月结束。这可以看成是《文学研究》创刊的尝试。

1956年11月24日，筹备中的《文学研究》召开第一次编委会，何其芳传达中宣部部长陆定一关于办刊的思想，提出办这个刊物要抛掉那些束缚研究人员的清规戒律，主要是多发表专家的稿子。编委会上确定了刊物的方针任务，内容范围，取稿标准，同时也通过自选和推荐的方法，确定了创刊所需的各类稿件。当时拟定了一个照顾到所内外、各地区、各方面有代表性的文学研究工作者名单，组成了阵容强大的《文学研究》编辑委员会。由35人组成。至少是二级教授以上，是真正一流的专家办刊。这些专家主要是研究古代文学和外国文学的，现当代并没有什么专家，这决定了刊物最初的面貌，前几期都是老专家的稿子，现在看来，都很厚重，不是急于就章。但也和当时"反右"之后的气氛不合，1959年改为《文学评论》也有这方面的原因。很多人认为《文学研究》"不食人间烟火""脱离现实斗争"，走"专家路线"等，为此要求《文学研究》根本改变编辑上的"右倾保守思想"和"资产阶级方向"，加强刊物的现实性和战斗性，以大部分篇幅来发表评论当前文学作品和文学理论问题的文章。所领导小组在讨论、制订全所的"跃进规划"时，决定按照上述批评意见和要求，大力革新《文学研究》，刊名改成《文学评论》，季刊改为双月刊，并同时创办《文学知识》月刊，以期更好地"为无产阶级政治服务"。

  1958年10月郑振铎先生遇难。郑先生是文学所的所长，又是著名的文学史家。空难后《文学研究》增编了悼念郑振铎先生的专辑，附在这一期发行。内容包括：郑振铎遗作《〈古本戏曲丛刊〉第四集序》，吴晓铃的《郑振铎先生传略》，何其芳的《悼念郑振铎先生》等。有意思的是，当时正在搞"拔白旗、插红旗"批判运动，郑振铎先生自不能幸免，所以这一期的《文学研究》正刊还在刊登批判郑振铎先生"资产阶级唯心主义"的文章，而同期发行的专辑却又在深切怀念郑振铎先生。

  一方面既有厚重的文章，另一方面也有批判的文章。比如有批判李健吾先生的，有批判孙楷第先生的，也有批判王瑶《新文学史稿》的，不过这些文章都还是说理的，"编后记"还特别提出："对于这些文章，很希望大家特别是被批判者提出不同的意见，以进行讨论。学术问题是需要反复讨论的，真理愈辩愈明。"尽管有这些批判，但《文学研究》

的主调还是学术性的。

《文学研究》虽为加强现实性、战斗性而改刊为《文学评论》，但实际上还是选取不是政治性特别强的问题来讨论，改刊后第一期把重点放在诗歌形式问题的讨论上，并由此引发一场规模较大的争论。何其芳发表了《关于诗歌形式问题的争论》，写得相当好，激情洋溢，文采飞扬。这个时期，虽然也有许多批判的文章，但也重视对学术的关注。1959年3月，何其芳两次在所内传达和贯彻中宣部2月召开的宣传工作会议精神和周扬对文学研究所的指示："研究机关不能只抓普及，主要是提高"，"其方针是中外古今，以今为主，对古代、外国的东西也要注意研究。""《文学评论》要搞古今中外……马克思主义与非马克思主义都可以发表，研究现代也要发表老专家的文章。归结三点：古今中外，百家争鸣，保证质量。"何其芳还鼓励学术批判运动中被批判的人写反批判文章。4月，根据周扬的指示，《文学评论》《文学遗产》编委会扩大会议在北京和平宾馆召开。何其芳同志传达了周扬的有关指示，林默涵在发言中批评了在学术批判中搞群众运动的做法，强调对文化遗产首先要继承，没有继承就不能否定，要否定也否定不了。17日周扬到会，指出1958年搞学术批判和破除迷信中有"过分"和"过火"的地方，认为马恩列斯毛的文艺理论是最基本的，但也往往是片断的，而普列汉诺夫虽则政治上有错误，但对艺术作了系统的研究。提出在学术问题前一律平等，被批评的人也可以起来反批评，要有勇气，不怕批评，不要有后顾之忧。应该把资产阶级思想的典型批判与学术讨论区分开来，前者是对极少数，后者却要极广泛的争论。

萨：插一句话，有两个感受，一是50年代文学所和《文学评论》很受重视，二是周扬这个人真是挺复杂的。

王：是啊，1960年2月中宣部对文学所的工作和《文学评论》还作出一系列指示：研究所主要是培养能写文章的人，《文学评论》发表的文章要有学术价值，保持较高的学术水平，是提高不是普及的，"老专家的文章，只要内容不是反动的，能够提供一些资料，还是要发表。老专家的来稿可占三分之一篇幅。"3月2日，根据中宣部的布置，文学所和中国作协以《文学评论》和《文艺报》的名义召开"纪念左联成立三十周年座谈会",参加会议的有林默涵、夏衍、邵荃麟、阳翰笙、茅盾、阿英、孟超等24人。可见《文学评论》在当时的地位还是很高的。

1960年9月《文学评论》和《文学知识》合并,合并后一方面要继续保持本刊的某些特点,同时也吸收原来《文学知识》的一些长处,就是加强对当前创作的评论。第4期就发表了三篇关于歌剧《刘三姐》的评论,宣传力度之大,是空前的。这一期还有很多批判"修正主义"的东西,如柳鸣九对"共鸣说"的批判、陈贻焮对王维山水诗的批判等。所以我有个体会,当时办刊物真难,走钢丝一样,一方面形势上、政治上要跟着走,一方面像何其芳这样对文学、学术上有追求信念的人,走钢丝,有一种无奈。还有一些年轻人,也弄不大清楚,跟着形势,一些当时比较看好的青年研究人员,写的批判文章比较多,他们后期都是很优秀的专家学者,我觉得成长是要付出代价的,在文学史、学术史上,要采取宽容的态度来看,要历史地、实事求是地看,理解地看。这一时期《文学评论》对理论,对当代的创作的确很重视,许多重要的问题,比如"共鸣""历史剧""典型""英雄人物塑造"等问题都有专门的讨论和评述。

1962年7月,何其芳、毛星、唐棣华、蔡仪等参加科学院第三期干部轮训班,讨论文学所1958年以来的方针任务等问题,并向周扬汇报。周扬作了如下指示:(1)必须把基本理论和历史研究列为第一位,态度严肃认真就可以;(2)介绍、翻译工作过去未完成的,列入同研究工作同等的地位;(3)加强对现状、动态的研究。《文学评论》以研究文学遗产为主要内容、中心内容,加上现在的东西。这三方面都是为社会主义服务,不要说哪一种东西更直接,写一本很有价值的历史著作,也是很好地为政治服务。

1963年第四期《文学评论》刊登俞平伯的《红楼梦》中关于"十二钗"描写的文章,这是作者为纪念曹雪芹逝世两百年而写的,也是1954年《红楼梦研究》批判以来,俞平伯又一次在《红楼梦》问题上发言。文章是由何其芳、毛星审定签发的,"文革"中这也成为"资产阶级疯狂反扑"的"罪状"。这一期还有姚文元的《关于加强文艺批评的战斗性》,大力宣传柯庆施提出的"写十三年"(周扬和邵荃麟则提出要"写四十年","写一百零九年","写自己熟悉的"东西),强调这个任务的"重要性"和"迫切性",是"具有战略意义的任务",火药味很浓,不像是一篇文艺批评。主编何其芳、副主编毛星对发表这篇东西颇为难,但基于当时的形势,又不得不发。"文革"中,这也成为他们刁难、压制革命派的"罪证"。

1964年,蔡葵发表《周炳形象及其他》,认为对周炳形象的描写是"类乎旧小说对才子佳人的描写"。《三家巷》刚发表时,受到的好评比较多,这是一篇批评文章。欧阳山意见很大,发过不少牢骚,蔡葵说他都不敢上广东去了。这是题外话了。后来我们要编小说选,去他家,他老婆出来说他不在,我们说我们是来编小说选的,他就出来了。这一年第五期的编后记值得注意。"编后记"破纪录的长,占了两页,主要用于检讨自己的"错误",在关于"写中间人物"的问题上,"我们由于对社会主义时代的阶级斗争在我国文艺战线"上的反映缺乏应有的认识,缺乏敏感,平时对当前文艺理论问题、文艺创作问题研究也很差,又加上当时对中国作家协会召开的大连创作会议的内容和错误不了解,因而发表了康濯那篇称赞一些写"中间人物"的文章。对于发表严家炎三篇关于《创业史》中梁三老汉、梁生宝形象塑造的文章,"编后记"又再三检查自己严重脱离现实斗争,对资产阶级斗争在我国文艺战线上的反映缺少应有的认识,因而在工作中犯了"重大错误"。"编后记"最后说,"最近,本刊编辑部按照当前文化大革命的要求,正在检查近几年的错误和缺点,从中吸取教训。我们已经认识到从事学术刊物的编辑工作,如不从政治上思想上努力学习,努力提高,就会不断犯错误,不断发生问题。我们要把这次检查刊物作为一次对我们自己的重大教育"。看来,汹涌而来的政治风暴,使得这个学术研究刊物更加难以应付了。

萨:1964年,那时候您已经到所里了吧?

王:是,刚到所里,没多久就下去搞"四清"了。记得是9月1日报到，28日就下乡了。本来还想在北京过一个国庆节，结果没过成。何其芳他们也下去了。去的是安徽寿县，就在淮河边上，对过就是八公山。文学所去寿县，有四五个点，差不多待了一年，1964年毕业的大学生，又多待了些时候，留守工作，主要是"四清"留下的尾巴太多了，要擦屁股。队长是邓绍基，副队长是张炯。"四清"左得不得了，当地干部全都躺倒不干了，小队长不干了，大队长也不干了，实际上我们是去求他们工作。

萨："四清"工作队下去有权力吗？

王：权力大得不得了。我们是和安徽省的省直机关混编的，绝对权威，就像"文革"中的工宣队一样。安徽那个农村穷得不得了。一开始半个月是派饭，同吃同住同劳动嘛，都是吃白薯、咸菜、杂粮什么的，坚持了10天，农民也揭不开锅了。后来就自己开伙了。主要工作是安抚贫下中农和斗干部，安抚就是发救济粮。才知道农村是真苦，普遍贫困。我们回来的时候，姚文元的文章已经发表了，就是评《海瑞罢官》。当时两个很厉害的年轻人，一个是北京的李希凡，一个就是上海的姚文元。这时的《文学评论》除了配合政治宣传的文章和大批判文章外，已很少见到学术研究的文章了。刊物的篇幅也只有七八十页了。

1965年7月何其芳传达周扬对《文学评论》工作的意见："以文学所为中心，收集材料，写现代文学史，写三十年代的作品评论，总结三十年代。"还提出对夏衍、田汉的作品要进行重新评价，不是批判，要《文学评论》"转入正面评价"。显示当时的政治斗争局面的微妙和周扬的矛盾，这在"文革"中也被批为"假批判真包庇"。11月10日《文汇报》发表姚文元的《评新编历史剧〈海瑞罢官〉》，不过，《文学评论》按照中宣部的指示，不转载姚文元的文章，只是在"编后记"中提到《人民日报》和其他报纸最近提出了关于《海瑞罢官》问题的讨论，并引用了《人民日报》编者的按语，而没有提到姚文元的那篇文章，这在"文革"中也成了一条罪状。

我总结了一下，《文学评论》1965这一年，当代文学方面发表31

篇文章，相当大部分是赞扬胡万春这样的工农兵作家的作品，另一部分则是批判《不夜城》《林家铺子》等所谓"坏电影""坏小说"；现代文学方面，全年只有卓如的一篇批判《上海屋檐下》的文章，古典文学方面，也仅发表了4篇文章，其中批判的分量还很重。外国文学研究方面，总共发表了7篇文章，除颂扬越南、阿尔巴尼亚诗人作家外，就是批判现代修正主义的文章；"读者论坛"总共发表了18篇文章，主要是批评刊物的方向错误，以及读者高昂的战斗要求，"新书新作品评价"发表了诸如《连队故事会》《劳模嫁女》之类作品的赞美文章26篇，这两类文章成了《文学评论》的主角。《文学评论》已完全不是一个学术刊物了。

1966年第一期有何其芳的《评〈谢瑶环〉》的批判文章，但即使如此，在本期的编后记中，编者还是表达了一种困惑，翻来覆去地强调刊物还有许多缺点欢迎读者批评指正。编者自己也不清楚《文学评论》要改到哪儿去了。第二期发表了陈毓罴和沈斯亨、董乃斌写的两篇批判《海瑞罢官》的文章，基本观点和当时全国报刊上的大批判文章差不多。沈斯亨的我有印象，也是奉命文章，翻来覆去的，毛星给他们改。本期还刊登了编辑部"欢迎工农兵投稿"的启事："我国工农兵群众在文学创作方面，高举毛泽东思想的伟大红旗，成为一支最富有生命力的新军。他们打破文学创作的原有局面，发展了自己的创作；他们也将打破文学评论的原有局面，发展自己的评论。工农兵掌握理论的时代已经开始。工农兵对文学作品、文学创作问题和文学方面的其他许多问题有自己的意见，也需要发表自己的意见。把这些意见发表出来，是《文学评论》一项重要任务。我们热忱欢迎工农兵投稿，欢迎工农兵把有关文学的意见，用种种形式（论文、短评、通信、书评、座谈记录等），写给我们。"不过，在"文革"这样的政治形势下，《文学评论》无论如何不断检讨，无论如何表现"积极"，都无法避免像国内大部分学术刊物一样，遭遇停刊的命运。从1957年创刊，到1966年6月停刊，《文学评论》走过了十年的风雨历程。

1966年6月4日，院里开始闹了，分两派。红卫兵总队、红卫兵联队。打派仗。学部的领导一下子就瘫痪了，原来的领导潘梓年是联队保的，他的堂弟是潘汉年。总队一天到晚地骂他，写了很多大字报，看看也没什么特别要害的问题。一直到9月份，当时是陶铸管我们。9月4日，陶铸四点指示，看起来是支持联队的。总队就给压垮了，刚开始还能坚持段时间，没多久文学所总队支队就贴了张大字报表示认错啊什么的，认错也不行，马上就抄家。还真抄出东西来，陈全荣啊，张大明啊，日记抄出来，有反关锋的，反中央文革的。陈全荣一看不行了就跑，他没经验，跑了半个月又回来，刚进大院，就被抓住了，一顿打，打得很厉害。张大明被批斗。在中国青年艺术剧院开全院的批判大会。弯着腰坐喷气式什么的。何西来是我们这派的头头，我虽然是红卫兵总队文学所的分队长，但我不是党员，人家抓更大的，何西来是现当代支部的书记。联队的分队长是杜书瀛。

萨：那时樊骏先生是哪一派的呢？

王：樊骏不是哪一派，他是先被抓出来了。在楼上，三楼。我们文学所一共是两层楼，但三楼还有一大间房子，凡是揪出来的都在三楼，樊骏为什么揪出来呢？我们也很惭愧。他也是现当代的，起先和我们观点一样的，但我们怕对方先抓他，对方抓他就会说我们包庇。樊骏是漏网右派啊，1957年的时候他鸣放有问题的，把他团籍都取消掉了。三楼文学所一下子有30多人，何其芳、毛星啊，还有资产阶级学术权威俞平伯、钱钟书……所以到1966年年底我们总队这派完全打败了，但是联队的好日子也没有多少天。不久，我们又翻过来了，先是戚本禹，后来关锋和王力也抓进去了，联队就垮台了。成了所谓"516"大本营了。那么总队开始收拾他们了，成立专案组什么的。总的来说他们吃的苦比我们多，因为他们的时间比较长，从1967年下半年开始就不行了。一直到工宣队进驻，两派开始大联合，斗私批修。弄了一年多时间，总是面和心不和。一直到1969年11月，下干校了。林彪一号通令。我们文学所原来是要去黑龙江呼兰县，后来去了河南信阳。房子要退掉，家具要卖掉。

萨：房子家具都要退掉卖掉啊？

王：那当然，还有书。书都论斤称，都以为下干校回不了北京了。下干校，要包车买火车票。当时我是大联委的，负责买票，排了一天一夜的队。到了信阳地区，最后到东岳公社，还要自己打土坯盖房子。当时编制已经改为连了，文学所是五连，我是副连长。连部就是一个牛棚。好不容易盖了两排房子。我们是1969年下去的，到了1971年夏天的时候，麦子要收的时候，要我们搬家，到信阳边上明港的一个解放军营房，在明港主要工作就是抓"516"，办了很多学习班。到1972年夏天，就都回北京了。后来就是批林批孔、评法批儒了。这段时间很长，很难受，很多人就打家具啊什么的消磨时间。

萨：那《文学评论》是什么时候复刊的呢？

王：要到1975年了，这一年毛泽东提出学部有的刊物（如《哲学研究》）应考虑复刊。其时邓小平主持中央和国务院的日常工作，他在意识形态领域里所做的一个重要决策，就是准备恢复一批"文革"中被停掉的刊物，同时也创办一些新的刊物，以占领部分思想舆论阵地。这批刊物中便有当时哲学社会科学学部的几个刊物：《哲学研究》《历史研究》和《文学评论》，同时创办《思想战线》。

为了做好复刊工作，文学所先后抽调十来个同志，分几路外出调查研究，征集对《文学评论》复刊的意见。出发前，何其芳同志等领导专门同准备外出调查的同志谈话，强调这次出去以文学所的名义，说《文学评论》正在筹备，但不要说得太死；主要是听和记，我们的情况可以讲，但尽量少讲，不讲也可以；说我们过去是"三脱离"（脱离实际，脱离工农兵，脱离政治），现在要改变这种情况，所以出来调查研究。

从10月6日到11月7日，调查组的同志去了天津、东北、山东、安徽、江苏、浙江等地，11月21日向何其芳等同志汇报。他们反映了基层民众对文艺的渴求，对专业文学研究工作者的希望，以及对"四人帮"那套文艺路线的不满。但是整个局势很快就发生了逆转，"批邓""反击右倾翻案风"运动随即而至，有的同志在批判会上，把学部准备创办《思想战线》和恢复三个刊物也作为"右倾翻案风"和"修正主义回潮"的一种表现来批判。这样,《文学评论》复刊的计划也就流产了。

1976年"四人帮"垮台,1977年华国锋批准哲学社会科学学部的《哲学研究》《文学评论》等四家刊物首先复刊。10月25日,学部负责人胡乔木同志专门就《文学评论》复刊作了一些指示,其要点如下:《文学评论》要办成什么样的刊物?要吸收《文艺报》的一些长处,但不能完全办成像《文艺报》那样,研究所毕竟不是文联。《文艺报》登时评,《文学评论》也可以登时评,但时评也有个写法问题。他举了莱辛的《汉堡剧评》为例,提出时评也可以发表系统的意见;关于鲁迅和创造社、太阳社的争论和"两个口号"论争问题,胡乔木强调他们之间在方向上是一致的。鲁迅不是一个人,他是有战友的。"四人帮"把鲁迅描绘得好像没有战友,这实际上是否定鲁迅。关于具体选题,胡乔木提出,可以重新评论《二月》《林家铺子》《红日》等。过去批评《二月》,有一种意见说,经过了大革命,怎么还会有不受大革命洗礼的地方和人物?不知道这是什么逻辑!他还提出,也可以评一些当前出现的优秀的作品。《文学评论》复刊后,在相当一段时间里是受到胡乔木同志这些意见的很大影响的。

1978年2月,《文学评论》出版复刊后的第一期。这时何其芳同志已经去世,毛星同志也已调到民间文学研究室。实际工作由邓绍基同志负责,但毛星也审阅重点稿件,许觉民调来后,就由许觉民当编辑部主任,邓绍基、蔡葵、张炯都调到研究室,当时《文学评论》还没有恢复主编、副主编和编委会,文学研究所的实际负责人陈荒煤行使主编的职能,许觉民任副所长和所长后,就接替陈荒煤行使主编的职能。编委的职能则由当时的各个研究室主任行使。

6月,《文学评论》第三期出版,篇首刊出周柯的《拨乱反正,开展创造性的文学研究评论工作》,批判了"四人帮"的文艺路线和种种谬论,提出要全面正确地评价鲁迅以及现代文学史上其他一些作家作品,要批判"四人帮"对中外文学遗产的否定和歪曲,要批判"四人帮"在塑造英雄人物上的所谓"三突出"等谬论,推倒"黑八论"之类诬蔑不实之词，提出要敢于创新，要冲破禁区，要允许犯错误，允许改正错误，要正确区分两类不同性质的矛盾等等。它是代表编辑部的一篇署名文章，发表后新华社发了通稿，全国至少有10多家省级以上的报纸转载了这篇文章，中央人民广播电台也在全国新闻联播节目时间摘要播出了这篇文章。8月15日，本刊编辑部就刘心武的短篇小说《班主任》的评价问题以及它在当前创作上的意义，在北京召开了座谈会，后在第五期上组织文章专题讨论。为一篇短篇小说花费这么大的精力，又是开座谈会，又是发文章，这在《文学评论》的历史上也是少见的。它一方面表明文学研究所和《文学评论》编辑部对那些解放思想，锐意创新，深入揭批"四人帮"的文艺作品表示支持，同时也是为通过讨论，进一步澄清路线上、思想上、理论上的是非，为繁荣社会主义创作扫清道路。

《文学评论》的复刊在当时文坛上和高等院校中的影响是很大的。这一方面是因为当时这样的刊物还很少，连《文艺报》还没有复刊，所以一些本不该由《文学评论》承担的任务也由《文学评论》承担起来了，如揭批"四人帮"的文艺谬论，刊登领导人的讲话和信件等，这就不能不引起人们的关注。另一方面也是被《文学评论》的地位所决定的，它是中国社会科学院文学研究所主办的刊物，一般都被看成是代表了这个领域的最高水平，在当时可看的刊物不多的情况下，自然吸引了人们的注意力。当然，最主要的原因，还在于当时刊物的负责人和编辑部的同志们思想比较解放，有着一种强烈的使命感，同时在文艺理论和文学史知识上也有基本的积累，它能够在文学研究方面，包括文艺理论、古代文学、现代文学、当代文学以及外国文学研究方面，率先提出一系列人们所关心的问题，并超出单纯揭批"四人帮"的阴谋的范围，进行一系列正面的学理方面的建设。因而《文学评论》复刊以后，受到广大读者的欢迎，印数不断上升，大概在1979～1989年，最高印数曾达到18万册，创《文学评论》发行量的最高纪录。

1979年第四次文代会召开。《文学评论》在第六期主要刊登文代会的有关文件。首篇是邓小平的"祝词"，然后选登了艾芜、刘宾雁、康濯、秦似、叶文玲等在大会上的发言，以及本刊评论员的《发展马克思主义的文艺理论和文艺批评》，从这里就可以看出陈荒煤办刊和何其芳的不同，更像是政治家办刊。这也表示《文学评论》对当代文学和理论的重视，这从《文学评论》所发有关当代文学文章的数量，以及组织的各种座谈会上就可以看出。当时的《文学评论》是引领着当代文学创作和批评的潮流的。

1985年1月，召开《文学评论》优秀论文（中青年作者）颁奖会，有九位作者的论文获奖。一等奖是钱中文的《论当前的文艺理论中的现实主义问题》；二等奖有刘纳的《"五四"小说创作方法的发展》，许子东的《郁达夫风格与现代文学中的浪漫主义》，陈伯海的《民族文化与古代文论》；三等奖有王元骧的《论典型化》，乐黛云的《〈蚀〉和〈子夜〉的比较分析》，余斌的《对现实主义深化的探索》，陈孝英的《论王蒙小说的幽默风格》和黄子平的《"沉思的老树的精灵"——林斤澜近年小说初探》。3月，《文学评论》《上海文学》《当代文艺探索》、天津市文联理论研究室、厦门大学语言文学研究所联合举办的"全国文学评论方法论"讨论会在厦门大学召开。

6月26日，文学研究所领导班子换届，所长刘再复兼《文学评论》主编，副主编何西来，刘再复在第一次编委会上提出，《文学评论》要着眼于提高文学研究的境界，办成一个富有时代特色的高级文学研究刊物。要进一步明确刊物的总体构想或战略设想，要加强刊物的自主意识，对一些重要的问题，要以高度的责任感进行独立思考，不随风跑，要有我们自己独特的声音，要建立自觉的对于世界文学的参与意识，加强对国外文学理论以及国外研究中国文学情况的搜集、介绍和研究，以促进我们祖国文化加入到世界文化的总体之中。1985年的《文学评论》，最显著的特色就是新意迭出，"我的文学观"栏目发表了8篇有分量的论文，文艺理论方面，对新的研究方法的引进和对文学主体性的关注，开拓了新的研究局面，因而在现代文学、当代文学研究方面，都有一些引人注目的新人新作品出现。

1986年《文学评论》开设"新时期文学十年研究"，同时也筹备中国新时期文学十年学术讨论会。讨论会于9月在北京召开，有全国各地的专家学者三百多人参加。这是文学所历史上开的会中人数最多，也应该说是影响最大的一次会议。该年度发表的一百来篇文章中，当代文学、新时期文学十年研究、我的文学观、论坛等栏目占了大部分篇幅，说明了《文学评论》为新时期文学鼓劲和引领潮流的作用。

1987年第一期《文学评论》就出事了。1月15日院部通知，因刊有刘宾雁《门外议小说》一文，第一期《文学评论》暂缓发行（因1986年底的学潮，中央领导指出刘宾雁是鼓吹资产阶级自由化的分子），院部通知下达时，本刊第一期已排印出版，编辑部来不及撤下刘宾雁的文章，只好组织人撕下这篇文章，以致留下空白，也即"开天窗"事件。2月7日，编辑部开会，胡绳院长等院领导来所召集所、室负责人开会，就我刊第一期刊刘宾雁的文章进行批评。据说是胡绳带人来开会，说"开天窗"这是过去共产党人向国民党斗争的一个手法，现在共产党执政这么长时间了，你们来开天窗，向谁示威啊？刘再复还挺硬的，他承担责任。王信也很硬，他是编辑部主任，"发表这样的文章，是严重错误，党性不纯"什么的，胡绳声色俱厉的。王信说我不是党员，胡绳马上接他说对不起，我说错了。2月24日，文学所召开室主任、支部书记会议，就本刊第一期问题澄清事实，有关人员各自作自我批评，院里不接受刘再复、何西来的辞职报告，他们表示要坚守岗位。3月12日，编辑部同人举行茶话会，庆祝《文学评论》创刊30周年。

1989年第四期《文学评论》登出夏中义的《历史无可避讳》，刊物出版是7月15日，正撞到枪口上。因此，第五期就刊登了张炯的批判文章《毛泽东与新中国文学——评〈历史无可避讳〉》，认为夏文是"肆意曲解和贬低毛泽东文艺思想，既不尊重前人，也不尊重史实，许多论断近乎信口雌黄，集中地暴露了一种极不严肃的拙劣学风，也集中地反映了近年来的文学研究界的一种引人注目的错误倾向"，"想通过全面否定毛泽东文艺思想来否定新潮文学崛起之前的新中国文学，搞新的'空白论'和新的'新纪元'论，似乎中国文坛真正的文学是从八十年代中期才开始,这正是近年来某些新潮理论家共有的一种倾向。"在该期的"编后记"中,编辑部对上一期发表《历史无可避讳》以及此前办刊中存在的问题进行了检讨,认为"本刊发表这样的文章,是犯了严重的政治错误,值得我们从中吸取教训和进行深刻的反思"。这一年第六期,扉页上没有主编、副主编及编委会名单。首条是"检查整顿《文学评论》笔谈",共刊发7篇批评《文学评论》的文章,编辑部为这组笔谈加了编者按,表示热忱欢迎文学研究界及关心我刊的读者提出批评和建议,以推动我们把刊物的检查、整顿工作做好。

因1989年"六四"事件,《文学评论》的编委会一直阙如,直到1992年第五期,《文学评论》才刊登了新的编委会名单。主编为敏泽,副主编为张炯、蔡葵。在第六期的"编后记"中,提到刊物改组以来,"一年多时间,刊物面貌基本上得到了改变,学术质量也逐步有所提高"。文中特别提到当代文学批评和研究,这一两年来一直是比较薄弱的环节,而前几年,"资产阶级自由化和资产阶级艺术观泛滥时,一些鼓吹者是既重视理论又重视批评的","而我们从事马克思主义文学理论研究的人却常常忽视对文艺创作现象的关注和研究",因而希望以马克思主义为指导的学者和批评家关心我们的社会主义文学实践,善于总结经验,并对一些有害的倾向,给以科学的、求实的分析和批评。

1996年7月,编委会改组,主编张炯、钱中文,副主编蔡葵(常务)。在第四期的"编后记"中说,从今年第四期开始,增补了新的主编和副主编,并提出刊物今后将继续遵循"正派"的办刊方针,努力提高刊物的艺术性理论性,并加强现实性。第五期还刊登了赵园的《对〈文学评论〉杂志的建议》,就学术刊物如何体现学术规则,提高刊物质量,推进学术发展提出建议:匿名评审制度;听取所内外专家学者意见制度化;刊物要维系与各有关学科的密切联系;对于学科的研究动向,学科内部结构的调整,对学科研究热点、所讨论的问题要有及时的把握,增进与国外学术界的对话与交流,尤其希望发现"新人",以保持生机。这体现了学者对《文学评论》的关心和期盼。

萨:能整体地谈谈这几十年的《文学评论》的历史吗?

王：《文学评论》的几个主要时段，第一个肯定是创办阶段。1957年创办，但筹备从1955年开始，中宣部决定要办一个刊物。1956年筹办，一直到1959年《文学研究》改名为《文学评论》，这是第一阶段。为什么改名呢？1959年的时代氛围，周扬要求刊物要加强战斗性、现实性、群众性，这样就改名为《文学评论》。编委都是至少二级教授以上的，大部分是古代文学和外国文学教授。开始的稿子大部分是编委把自己多少年的研究成果拿出来，所以稿子也集中在古代和外国文学。1959年以后，还是坚持学理性的批评。即使在比较困难的条件下，虽然也有大批判的文章，但主流还是这样的。1965年以后就不行了，整个国家的政治形势向左转，大批判、搞"四清"、批田汉、夏衍等，一直到1965年底批《海瑞罢官》拉开"文革"序幕，《文学评论》越办越差，也不知道该怎么办了，勉为其难也不行了，大概1966年第三期后就停刊了。一直到1978年才复刊。那个时候主要领导是陈荒煤，他的思想比较解放，可以说是《文学评论》的第二个高潮，当时最高印数达到18万册。《文艺报》还没有复刊，《文学评论》一定程度上代替了《文艺报》，在拨乱反正的时代起着先锋或中流砥柱的作用。到了1985年后刘再复时期，从刊物面貌来说，有很大的变化，应该说在思想解放这方面走在全国前列。在文艺领域高举创新的旗帜，刘再复自己说1985年后的《文学评论》是质量最高的时期。1989年以后，《文学评论》改组，有一年多没有主编，篇幅大量减少，有很多批判的文章，清算刘再复做主编时候的一些文章。一直到1991年侯敏泽为主编，那一段时间很胶着，一方面还要创新，一方面又要配合中央批判"自由化"。到了1996年，钱中文任主编，走正规化学理化的路子，老钱这个人既不左也不右，比较稳。这几年是恢复了《文学评论》的路子。后来是杨义，这应该说是《文学评论》一个好好发展的时期，好多人评论说这又是《文学评论》一个辉煌的时期。不光是本身刊物办得好，坚持过去的学理性、宏观性，起着引领学术潮流的作用，同时也是全国学术界的组织者，开了好多会。一年各个学科都要开几十个学术讨论会，起着学术组织联络的作用。这十几年，我们主要是强调文学研究的生长点，史料还是要做，但创新要靠史料，难度越来越大了。观点不解放，有些史料放在那里你也不会去看。另一个就是经典重读重评，寻找生长点。新的时代语境，知识体系评价体系都改变了，重新看就可以发现许多新的问题。

萨：谢谢王老师，也希望《文学评论》能越办越好。

注：本文经过被访问者审读。

附编：

中国现代文学学科的守护者
—— 樊骏访谈录

樊骏，浙江镇海（今宁波市）人，1930年12月23日生于上海。1953年8月北京大学中文系毕业，分配到中国科学院文学研究所，长期从事中国现代文学研究工作，历任助理研究员、副研究员、研究员。2003年退休。2011年1月15日逝世。

曾任第七、八、九届全国政协委员，中国现代文学研究会会长，《中国现代文学研究丛刊》主编，中国社会科学院荣誉学部委员。

著有《论中国现代文学研究》《中国现代文学论集》，主编《中华文学通史》，参与编著《中国现代文学史》《中国现代文学史简编》，修改、审定《中国大百科全书·文学卷》现、当代文学部分。代表论文《论中国现代文学研究的当代性》《关于中国现代文学史料工作的总体考察》《认识老舍》等。

采访时间：2007年3月21日
采访地点：北京安贞里樊骏先生寓所
采 访 者：胡　博

樊骏先生2003年突患脑疾，住院数月方有好转，因而近几年身体状况欠佳，但他仍然精神旺健，声音洪亮。樊骏先生回忆起20世纪40

年代，在上海麦伦中学①度过的难忘时光，谈起麦伦的灵魂人物沈体兰②校长和当时学校必修的《公民》课上教授的历史唯物主义对他的影响③。他谈到18岁时在储安平主编的《观察》上发表随笔，还谈他的茅盾与老舍研究，谈他们那一代的中国现代文学研究者，如何集体编写《中国现代文学史》。他谈到20世纪70年代为什么要重新系统地研读马恩著作，说起他当时最佩服的陈涌的文章《论鲁迅小说的现实主义》。他说，对他一生影响最大的人，是大学时代的写作课老师冯文炳④，还有他最喜欢老舍的短篇《断魂枪》……

胡　博（以下简称胡）：学界公认您是当前中国现代文学学科的"学长"⑤，甚至有学者将您称为本学科的"志士仁人"⑥。您就像是中国现代文学学科的"守护者"。半个多世纪以来，您一直从事中国现代文学研究，亲历了许多学科史与学术史上的重要事件，尤其是在学科的总体建设方面做出了重要贡献。您参与组织、编写唐弢主编的三卷本《中国现代文学史》，历时17年。1979年由人民文学出版社出版后，成为其后几代中国现代文学研究者的入门书，对中国现代文学的教学和科

---

① 1898年，英国教会伦敦会在沪创办麦伦书院，1927年改名麦伦中学。1931年著名教育家沈体兰任校长，进行一系列改革，学校声誉鹊起。1953年改为公立，易名继光中学。
② 沈体兰（1899－1976），又名流芳，江苏吴县人。1931年，沈体兰应聘担任由英国教会办的麦伦中学校长。他制定"建设高尚思想，养成社会意识，练习集体意识，实行公众服务"的新办学方针，培养学生"科学头脑、劳动身手、生产知识、革命精神"。建立民主管理治校制度。聘请进步文化人士任教。沈体兰废除宗教课，开设时事形势课，建立周会制，邀请海内外学者名人讲演。他还创办民众学校、补习学校和义务学校，招收工人、店员和失学儿童入学。"九一八"事变时，沈体兰支持麦伦中学学生的各项爱国救亡活动，并发起组织爱国社团，宣传团结御侮救国主张。1941年初，沈体兰赴内地办学。1946年夏返沪，复任麦伦中学校长，并兼任上海圣约翰大学教授。麦伦学生在中共领导下，参加全市反美爱国运动，影响遍及全市，学校有"民主堡垒"的声誉。
③ 由于是教会学校，麦伦中学所教授的历史唯物主义，避开了由猿到人的原始进化阶段。
④ 即废名。
⑤ 严家炎《中国现代文学论集·序言》："在如今进入古稀之年的同辈学人中，樊骏先生对中国现代文学学科有着重大的建树。他是我们名副其实的学长。他的学术论著上承前辈，下启后学，产生过相当广泛的影响……"（樊骏《中国现代文学论集》，人民文学出版社，2006，第1页）。
⑥ 参见支克坚《我们的学科需要这样的志士仁人——读樊骏著〈中国现代文学论集〉》，《中国现代文学研究丛刊》2006年第4期。

研产生了持久而广泛的影响。据统计,第1卷发行了87万册,第2卷84.5万册,第3卷78.9万册。另外,应外文出版社出版外文译本的需要,唐弢先生于20世纪80年代初,又邀集您和严家炎、万近平先生,在上述"三卷本文学史基础上",进行全面的"压缩修订",编撰而成35万字的《中国现代文学史简编》。中文本同样作为高校教材,累计印数76万册。外文出版社还先后翻译出版了日文(1986)、法文(1989)和英文(1993)三种译本。

樊骏(以下简称樊):我想那本书的写作,是我们这代人最重要的劳动成果。研究工作是对真理的寻求、发现和捍卫而不是个人的自我表现,我们这代人是以"科学工作"的标准来衡量文学研究的,把学术工作看成是凝聚集体智慧的"社会化"的精神劳动。

胡:您在新时期自觉承担起整理中国现代文学研究传统、总结现有研究成果、规划学科发展方向的战略性职责。您关于"研究之研究"的思考和论述,如《关于中国现代文学史料工作的总体考察》《我们的学科:已经不再年轻,正在走向成熟》《关于中国现代文学研究的考察和思索》《论中国现代文学研究的当代性》等都是在学科发展的特定阶段,及时做出的历史总结,对其后的学科发展具有前瞻性和指导意义。尤其是您1989年发表于《新文学史料》上的《关于中国现代文学史料工作的总体考察》的8万字长文,"更是现代文学史料学这个分支学科的里程碑式的著作"[①]。您能谈谈这篇文章的写作经过吗?您为何提出中国现代文学史料工作是一项宏大的系统工程?

樊:产生撰文讨论现代文学史料学工作及其得失的念头,始于1983年春。得到《新文学史料》编辑部的支持和鼓励后,就有意识地收集、积累材料。1987年8月动笔。这时,得知有的同志对之抱的希

---

① 严家炎:"《关于中国现代文学史料工作的总体考察》是把这项工作当作'宏大的系统工程'来阐述的,全文长达八万字,更是现代文学史料学这个分支学科的里程碑式的著作:它不但是对过去几十年文学史料工作的一个综合考察,而且提出了一系列极好的建议,具有相当的实用价值和可操作性。可以说,这八万字是作者经过长期积累,查阅了至少一二百万字的各种材料才写成的,照我个人看来,实在可以规定为现当代文学研究生的必读篇目和新文学史料学课程的必读教材。"(《中国现代文学论集·序言》,第2页。)

望超出我原定的计划。这种好意，既是很大的动力，更是莫大的压力。为此，不得不中断写作，从头做起，扩大阅读取材的范围，增加思考、讨论的方面。史料工作未能得到普遍重视给学科建设带来的消极影响，也使我比最初更深刻地认识到完成这一任务的意义。

进入新时期以来，中国现代文学史料工作经过长期的延误之后，终于受到了重视。但是，如果我们不把史料工作仅仅理解为拾遗补缺或剪刀加糨糊之类的简单劳动，而是承认它有自己的领域和职责、严密的方法和要求、特殊的品格和价值——不只在整个文学研究事业中占有不容忽略、无法替代的位置，而且它本身就是一项宏大的系统工程，一门独立的复杂的学问，那么就不难发现迄今所做的，无论就史料工作理应包罗的众多方面和广泛内容，还是史料工作必须达到的严谨程度和科学水平而言，都还存在着许多不足。

迄今为止，我们工作的对象大多集中于"死"材料而忽略了"活"材料，也就是说，主要力量用于收集、整理、收藏、出版已经成为文字、记录在案的史料，对记录收集尚未形成文字，仅仅"活"在人们头脑中的史料则重视不够。现代文学的史料工作与古代文学相比，最大的差别就在于除了"死"材料，还面对着后者所没有也不可能有的大量"活"材料；它与当代文学的史料工作相比，最大的差别又在于这些"活"材料正在迅速消亡中。尽快将这些材料记录、保存下来，也就成为现代文学史料工作一项独特而且紧迫的任务。

胡：那您认为，应当如何尽快地开展这项任务？

樊：进行社会调查、访问作家和有关者，是另一种值得提倡的记录保存"活"材料的方式。为了尽快地和尽可能准确地将"活"材料中的精华记录保存下来，调查访问可能是最能满足研究工作的学术要求，也最符合史料工作的科学规格的一种方式了。问题在于与这项工作的重要性紧迫性相比，与它的巨大潜力相比，调查访问工作迄今没有得到应有的重视和开展，特别是尚未列入多数有志于现代文学史料工作者的日程。其次，作家和有关人士的日记、书信作为具有特殊价值的史料类型，在整个工作中尚未获得应有的位置。

这些基本上属于人们较为熟悉的史料类型，也可以说是狭义上的史料。如果扩展视野，着眼于现代文学史料的全面建设和现代文学研究的多种需要，即从广义上来衡量和要求，又会发现更多为我们所忽略和缺漏的项目。如作家的手稿，作家的家谱、族谱、从小学到大学的学习成绩单以及其他有关作家生平的史料。此外，像文学社团的回忆和其他活动的记录，各级党政机构关于文学工作的各种公文，出版与学术单位的相关文件等列入卷宗档案的文献，对了解文学运动、文学事业和作家作品，也常有不容忽视的史料价值。还有当时报刊上关于作家行踪、文学社团活动的消息，对于作家作品、文学事件的反应的报道，有关文学作品的广告等，也都理应在文学史料中占有一席之位。至于非文字性史料，如照片、录音、录像，包括作家故居、重要文学活动场所在内的建筑物等，像作家的藏书、生活用品之类的实物，也都可以列入这类史料。总之，只要我们把史料工作理解为一项宏大的系统工程，不只继承古已有之的模式而能同时开创新的方式，不但充实已有丰厚积累的部门还能从零开始建设过去忽略的项目，不但着眼于史料工作本身的建设且能兼顾研究工作的客观需要，就会打开思路，扩大视野，发现有难以穷尽的史料等待我们去收集、整理和使用。

把史料工作称为宏大的系统工程，除了说明它所包括的方面和内容应该是繁杂而不是单一的，丰厚而不是贫瘠的，广泛而不是狭小的以外，又在于强调不能满足于搜罗、收集尽可能齐全丰富的材料，获得它们之后就以为大功告成、裹足不前了，还要以此作为又一个起点，向新的阶段和深的层次推进，全面展开工作。任何材料，从发掘出来到成为准确可靠的史料，都还有一系列鉴别整理的任务；不经过这样的加工，再多的史料也不一定都会有助于认识和说明文学历史，有时反而会徒然引起混乱，产生谬误。鉴别整理任务完成得如何，常常是决定史料有无实际的使用价值，衡量史料工作者具有怎样的功力和见解，判断这项工作达到何等学术水平的主要依据。

胡：请您具体谈谈对史料鉴别工作的认识好吗？

樊：王瑶在谈到"必须对史料进行严格的鉴别"时说："在古典文

学的研究中，我们有一套大家所熟知的整理和鉴别文献材料的学问，版本、目录、辨伪、辑佚，都是研究者必须掌握或进行的工作；其实这些工作在现代文学的研究中同样存在，不过还没有引起人们应有的重视罢了。"① 为什么说鉴别整理史料的任务"在现代文学的研究中同样存在"呢？这里先以版本问题为例，作些剖析和说明。长期以来，很多研究者习惯地认为中国现代文学前后不过几十年的历史，与今天相隔不远；"五四"以来的出版事业、编辑方法比古代严密，排印技术也比过去先进；大部分作品又是在作家本人直接过问下出版的；因此不应该再有什么版本问题，至少不应该有多大的出入，造成什么疑难和混乱，不需要作为专门课题研究解决。然而，从现代文学史和出版史的实际情况来看，上述各点诚然在技术因素上减少了许多歧异差错，却另有一些更为复杂的原因在促使作家不断地改动已经出版过的作品，制造着不同的版本，有的甚至到了面目全非的地步。有的是由于创作面貌前后发生明显的变化，重新增删、修改旧作造成的。如 1928 年出版《沫若诗集》，诗人对某些诗作做了实质性修改，成为新的版本。有的是受到国民党当局查禁的书籍，以伪装或改换书名的方式重印的作品。如鲁迅的《二心集》被审查机构抽去大半后，另以《拾零集》的名目印行。还有的是解放后重印时，许多作品纷纷作了程度不同的改动。如 20 世纪 50 年代重印的《骆驼祥子》等。此外还有各种版本的盗版、翻印书籍等等。对于上述状况估计不足，已经使我们在版本问题上发生了一些疏漏。这类疏漏已经在研究工作中产生了明显的不良后果。

胡：似乎在中国现代文学研究界，这一问题还没有引起应有的重视。

樊：是的，这在考证问题上表现得尤为突出。鉴别整理的根本目的，在于经过多方查核辨析，钩沉拾遗，去伪存真，以确保史料的可靠性和准确性；所以从广义上说，任何一则材料都要通过考证，才能作为入史的事例、论证的依据。考证是鉴别整理工作中最为普遍的方式和最

---

① 王瑶：《关于中国现代文学研究工作的随想》，《中国现代文学研究丛刊》1980 年第 4 期。

为重要的环节。对史料不经考证便轻易使用，正影响着我们研究工作的科学性，有违学术研究的严肃性。尽快扭转认识上和实践中的这一落后状况，已经成为发展提高我们工作的关键所在了。对于这样的前景，同样要有积极的态度和切实的规划。

事实上，直到如今关于史料工作还没有形成一套完整严格的规范：从史料工作者需要具备怎样的知识修养，到应该如何进行史料工作，再到如何检验工作成果，它应该达到何等水平等，都缺少具体明确的要求和标准。于是形成一种错觉，似乎这是十分轻易、谁都能胜任的任务，至少有一部分同志是这样看的；在这种情况下，成果的质量自然也就无法保证。

与上述情况互为因果的，是社会上和学术界都存在着轻视史料工作的态度和做法，同研究工作相比，它总是处于低人一等的位置。如果说古代文学研究者还比较重视史料工作，因而这种偏见还不显得怎么突出，那么在现、当代文学研究工作者中间，则是相当普遍的成见。这在评定学术职称和审议学术成果时，表现得尤为明显。毋庸讳言，已有的史料工作的学术水平总的说来的确不够理想，但研究工作的实际水平也不能说已经很高了，更不能说每篇论文都是字字珠玑，都比史料性文章更有学术价值。所以，这种倾斜的根源，仍然在于对史料工作的实际难度和真正价值缺少充分的认识。上述偏见，在无形之中抑止和挫伤了一些有志于史料工作者的积极性，既为草率对待史料工作提供了依据和理由，又会反过来妨碍史料工作学术质量的提高，从而使整个工作陷入恶性循环之中。所以，这种态度和做法是不公正的，也是很有害的。

胡：恐怕思想观念的问题才是最根本的。

樊：思想观念上最根深蒂固也最为普遍的偏颇，是对于具体材料和史料工作在研究过程和学科建设中的举足轻重的地位和不可替代的作用，缺乏足够的估计，从而在更为广泛的范围内和更为直接的意义上限制了史料工作的发展提高。这由来已久了。怎样看待史料在整个学术研究中的作用和地位，往往与学风如何联系在一起。踏实严谨的学风总是建立在重视史料的基础之上的。这十多年来，我们一直在反复地思考以往工作的得失及其经验教训，并在不少方面有了明显的改进。但应该承认，对于长期形成的空泛、浮躁的学风，仍然缺少全面深入的反思和严肃认真的纠正；在猎奇求新心理的影响下，有时甚至比过去有过之而无不及。正因为如此，对于轻视具体材料以至于史料工作在研究过程和学科建设中的作用和地位的偏向及其消极后果，也就迟迟没有从改进学风的高度加以考虑。

我们还需要进一步从理论上明确，史料工作这种从属的、低人一等的地位，个体的、手工业的方式方法，既分散又封闭的体制等，都是与它作为宏大的系统工程的丰富内容和艰巨任务，完整体系和独立品格，以及它的社会化、现代化要求，根本对立着的。随着史料数量的迅猛增加，对于整理鉴别要求的提高，研究者视野的开拓，交叉边缘学科和综合分析的兴起，再加上科学技术的发达等，这种矛盾正在越来越突出。

尽管如此，对于今后的中国现代文学史料工作，要有信心，相信会有更大的发展和提高；又要有勇气和毅力，去克服各种困难和挫折；更要有紧迫感，懂得任何延误都意味着给后人留下更多的无法填补的历史空白。这就是我做这番考察和陈述的希望，愿以此与大家共勉。

胡：值得欣慰的是，自从您的《关于中国现代文学史料工作的总体考察》一文发表以来，从细读原始报刊入手，"重回"历史现场，已经逐渐成为越来越多的中国现代文学专业研究生必经的学术训练。同时酝酿已久的中国现代文学史料学学会也于去年成立了[①]。我想，您选取王瑶和唐弢两位重要的第一代中国现代文学史家作为个案，就他们的学术道路、专业成就和治学特点，所做的史料翔实又富于创见的研究，其本身就是对中国现代文学史料工作的莫大贡献，对中国现代文学学科史和学术史的研究更是功不可没。能简要谈谈您对王瑶和唐弢的认识吗？

樊：马克思曾经把"科学的入口处"比作"地狱的入口处"[②]，来

[①] 2006年9月24日，中华文学史料学学会近现代史料学分会，在河南大学举行了成立大会。
[②] 参见马克思《〈政治经济学批判〉序言》，《马克思恩格斯全集》第2卷，人民出版社，1995，第35页。

形容寻求、发现、捍卫科学真理的艰苦，提醒人们要有为之付出代价、做出牺牲的精神准备。中外古今的学术史上，都出现过普罗米修斯式的、浮士德式的为科学事业而受难，却仍然锲而不舍、以身殉职的学者。所以，不妨把这看作是科学发展中的普遍现象。这也是第一代中国现代文学研究者的共同命运。

当20世纪四五十年代之交，中国现代文学的教学和研究，提上高等学校课程设置与学科建设的日程时，王瑶率先于1949年在清华大学开设"中国新文学史"课程，紧接着又于1951年、1953年陆续出版60余万字的《中国新文学史稿》上下册——学科史上第一部完整详尽的中国现代文学史。可以说，他是最早投入这一工作、也是最早取得突出成果的一位。从20世纪50年代初开始的20多年时间里，中国现代文学学科所经历的一连串厄运，使它的发展建设往往成了一场场灾难。由于王瑶对这门学科的建树最多、影响最广，所受到的苦难也就最深重。他在沉重的岁月里，从沉重的跋涉中，留下了一份沉重的学术遗产。

他是从治古代文学研究而入现代文学领域的①。他自己研究现代文学，就始终把它作为连绵两三千年的中国文学在新的历史阶段的继续与发展来考察。古典文学的精深修养，学术上的准备、积累和经验，以及他在这个过程中形成的文学观念和修史方法，使他虽然在紧迫的情况下匆忙地开始现代文学的研究工作，却能最早编写出版内容详尽，具有史书品格的现代文学史，为奠定这门学科做出突出的建树，并在随后的几十年里，对这段文学继续进行颇具历史纵深感与理论含量的探讨与论证——它们同样具有开创、拓展的意义，不断推动学科的发展。重要的是，不管这部《中国新文学史稿》存在多少不足，经历了怎样的厄运，它在学科史上确实占有无可替代的重要位置。不仅对现代文学史的编写工作，而且对整个学科的研究格局，都具有奠定基石的意义。

王瑶很早就注意到朱自清"关于新文艺的论文也都是从历史的演

---

① 王瑶的古典文学研究的主要成果是《中古文学史论》。

变分析起,再和现实的要求联系起来"①的治学态度,他自己也力求做到历史感与现实感的结合,注意从现实生活中汲取思想营养。与重视现实感联系在一起的,王瑶还强调历史研究对于现实的积极作用。他要求史家具有现实感,历史研究要为现实服务,直接着眼于史家与时代的关系,实现史家对时代的职责。对于整个现代文学学科的建设发展,王瑶的文学史观,比之《史稿》所确立的文学史格局体例,具有更为普遍的意义和深远的影响,理应受到人们更多的重视。

胡:您的回答颇有启示意义。那您又是怎样看待唐弢与现代文学研究的?

樊:当我们进入唐弢生平传记的具体考察,又会发现他是以颇为独特的步伐和方式,走在这条现代中国大多数知识分子共同的历史道路上的。这些,给他的学术研究带来了多方面的影响,进而形成若干与别人有所不同的鲜明特点。首先,唐弢是自学成才的。他出身于祖上几代都不识字的农家,读到初二就因为家境困难被迫辍学,主要依靠自学才得以走上文学创作和学术研究之路。这样的事例,在现代中国的文学史上尤其是学术史上是不多见的。唐弢成名早,也可以说相当顺利——30年代中期就是一位引人注目的文学新人了②。可贵的是,自学中养成的勤奋刻苦的学习态度,成名后继续保持下来。其次,唐弢兼作家和学者于一身,是从以文学创作为主逐步转向以学术研究为主。作家和学者的双重身份以及长期的创作经历,给唐弢的学术研究带来更为直接的影响。创作实践中磨炼而成的艺术才能和积累起来的艺术修养,使他对于文学艺术具有敏锐的感受力和精细的鉴赏力,在这些方面往往为一般的学者所不逮;尤其是具备后者所没有的创作经验。而研究工作中最能体现出他的兼有作家和学者双重身份这一特点的,莫过于他的一系列"书话"。这个特点决定了在唐弢那里,作为作家和作为学者之间存在

---

① 《纪念朱自清先生》,《中国文学论丛》,上海平明出版社,1953,第140页。
② 关于这个问题,唐弢自己是这样看的:"我的成名是侥幸的,因为被误认为是鲁迅,很快许多人都知道了,退稿比较少,但也很吃亏:成名早,底子差。"《浮生自述——唐弢谈他的生平经历和文学生涯》,《新文学史料》1986年第4期。

着特别密切、难以截然分开的内在联系，研究主体与研究课题极其贴近，有时无异是在研究"自己"。这给他的学术工作带来不可低估的影响。当然，由此产生的影响是复杂的，也包含了一些消极的制约，如因此不容易拉开史家与研究对象的距离。

这些特点，使唐弢成为今天大家在文学史上和学术史上见到的"这一个"唐弢，它们可以成为开启我们进入全面认识、准确评价唐弢的学术工作之门的钥匙。

胡：您"在中国现代作家研究尤其是老舍研究上做出的深刻而独到的贡献，更为学界所公认"。谈到老舍研究，就不能不提到您的论文《认识老舍》，此文曾于 1997 年获得中国作家协会第一届鲁迅文学奖（评论奖）。您"很早就通过自己的深入研究，中肯贴切地评价了老舍的文学成就及其在中国现代文学史上的重要地位"[①]。使学界对老舍的认识，达到了前所未有的深度。您可否回顾一下有关老舍的研究历程？

樊：老舍具有极其鲜明的创作个性与十分独特的艺术风格，在若干重要的方面为现当代文学的发展成长做出了突出的建树，从而丰富了中国文学的宝库；其中，有的是别人难以比拟或者无法代替的，有的对当前的文学创作仍然产生深远的影响。他是中国现代文学史上一位不可多得的大家。

自 20 世纪 60 年代初期起，现代文学研究界逐渐形成并流传所谓"鲁（迅）、郭（沫若）、茅（盾）、巴（金）、老（舍）、曹（禺）"的提法。虽然以这种"排座次"的方式看待作家，不一定准确，甚至不一定恰当，但能一直沿用至今，表明文学史家普遍地把他置于现代中国作家的最前列——这自然是一种显赫的历史评价。不过，老舍的创作的深广含义与突出成就，特别是老舍之所以是老舍的创作个性与艺术风格，他对于中国现当代文学的独特贡献等，在很长的时期里，并没有为人们所普遍认识，得到应有的评价；相反，还不时受到这样那样，或隐或显的贬低指责。

[①] 严家炎：《中国现代文学论集·序言》，第 2 页。

在灾难深重的 20 世纪二三十年代，他那"一半恨一半笑的去看世界"的人生态度，追求幽默的喜剧效果的艺术取向，都难以为日渐激进的文坛所认可。直至解放后，回到祖国怀抱，热情地开始新的文学生涯的老舍，也遭到过当头棒喝。授予"人民艺术家"称号一事，也引起众多的非议与抵制。① 所有这些，与肯定赞美分明是尖锐地对立着的，却又是并存着的；有时，还是它们更起了实际的作用，产生更为直接更为广泛的影响。这种矛盾的状况，几乎伴随了作家一生。它们不仅仅是一时一地、个别人对个别作品的评价，而是相当长期又相当普遍地存在着的。始终紧紧地包围着、压制着这位作家的异议和贬斥，其中既有文学观念的异议，也有宗派主义的排斥，尤其是来自"左倾"教条主义的打击。因而，对于老舍的认识，半个多世纪来一直存在不少偏颇与谬误，进而形成相当顽固的成见。

胡： 在您着手进行老舍研究的时候，情形似乎一直是这样。

樊： 对于这些，局外人可能不甚了然，而作为当事者，作家本人是不可能不立刻直接得知或者间接觉察到的。除了多次提及幽默的得失外，他好像没有对这些做过任何公开的解释辩驳。相反的，有时为了适应不一定恰当的客观要求，或者迎合一时不一定正确的风尚，还不惜写了一些失去了"自我"更违背艺术创作规律的作品，哪怕是根据多方意见，不厌其烦地反复修改，仍然无法避免艺术上的失败，如话剧《春华秋实》就是一个十分突出的例子。② 从不改到修改，再到不改或者不知道如何修改才好的蛛丝马迹的轨迹中，不难触摸到他内心深处因为不被人们理解所产生的压抑与困惑。

老舍反复强调过："感谢'五四'，它叫我变成了作家"；"没有'五四'，我不可能变成个作家"。③ 他始终坚持了"五四"的思想启蒙的传统，这可能是正确认识老舍，与解开过去那些分歧的死结的关键所

---

① 参见陈徒手《老舍：花开花落有几回》，《人有病天知否》，人民文学出版社，2000。及葛翠琳《魂系何处——老舍的悲剧》，《北京文学》1994 年第 8 期。
② 陈徒手：《人有病天知否》，书中有十分详尽的记载，可参考。
③ 老舍：《五四给了我什么？》，《解放军报》1957 年 5 月 4 日。

在。老舍当然不是什么预言家,但他对于民族命运的真切关怀,对于群众病态心理的深入理解,特别是对于文学创作的思想启蒙任务的自觉认同,使其作品具有深刻的思想内涵与持久的思想价值。终其一生,他都坚持着这样的创作原则。循着这样的思路,进入老舍创造的艺术世界,考察他的创作道路,就会对其中丰富的含义有更多的认识。

与思想启蒙的题旨密切联系在一起并互为因果的,是老舍的兴趣与笔墨几乎都集中于从文化层面上观察与描写人物,揭示人与人之间的关系,探讨民族的命运。他主要是从文化的角度切入社会现实以至于整个人生的。进入新时期以来,当人们从文学必须或者唯有为政治服务的狭窄标准中摆脱出来,以较为开阔的眼光与较为宽泛的要求,鉴赏衡量文学作品时,对老舍的创作也开始了不同于过去的认识与评价。尤其是80年代中期兴起"文化热"以后,更是惊喜地发现其中包容着多么丰厚的文化底蕴。这不仅极大地激发人们从新的视角进入老舍的艺术世界,而且由于较为符合作家的创作意图与艺术构思,也就能够较为准确地把握作家的初衷与作品的含义。比如贯穿于他全部创作的充满了人文关怀的思想启蒙的题旨,那些不一定涉及政治、经济大事的文化描写的思想价值与艺术魅力。

胡:那什么是老舍的"京味"呢?他与其他"京派"作家有什么不同?关于这个问题,您一直很有创见。

樊:老舍与北京的关系,即是就地域文化而言的,丰厚多彩的文化底蕴。"京味"之于老舍,还包含了满族素质与旗人文化的内容。这些原本存在于作品文本之中,却长期被人视而不见、完全忽略了的满族、旗人的文化意蕴,是老舍创作的又一个重要而且丰富的文化内涵。思想启蒙的题旨,与着重地从文化的角度审视描绘社会人生的创作取向,还直接影响老舍对人物的刻画与对他们的态度。除了明确地属于敌对阵营者以外,包括老的与少的、旧派的与新派的、保守的与先进的都在内,他大多不是采取人们在文学作品中常见的那种直接了当的褒贬抑扬的态度,而流露出复杂、含混、不无暧昧、矛盾的心态;涉及伦理道德、品行操守方面的人文评价时,更是如此。并不是说,作家没有是非的标准或者自己的爱憎；问题是读者从这些人物形象中感觉到的，往往不是简单明了的肯定或者否定，旗帜鲜明的颂扬或者唾弃，有时还是不同于"五四"以来一般新文学作品中固有的思想情绪与价值判断。这是老舍创作的又一个显著特点，也是他受到批评的又一个焦点。

老舍写得最为出色的，当数那些守旧落后的老派市民。如老马先生（《二马》）、张大哥（《离婚》）、牛老者（《牛天赐传》）、祁老人与祁天佑父子（《四世同堂》）与《茶馆》《正红旗下》那些急遽破落中的旗人。贴近生活的原生形态，显示出生活冷峻严酷的一面，朴素本色的现实主义是老舍的特色。这样的现实主义，在现代中国的作家中较为少见，而更接近于西欧19世纪的批判现实主义，尤其与陀思妥耶夫斯基、狄更斯等人的现实主义有些相似之处。在他看来，不管什么人都得站在理性的审判台前，接受无情的批判，求取存在的权利——正是始终执著于思想启蒙的历史职责，使老舍的创作达到了这样的思想高度。

胡：您还将老舍的幽默艺术上升到了新的高度，这也是您对老舍研究的一大贡献。什么是老舍的幽默艺术？

樊：老舍最为突出的特点、最为重要的成就，也是别人最难以企及之处，是他的幽默艺术。在某种意义上可以说，失去了幽默，就没有了老舍，更谈不上他在文学史上取得的成就与地位。他的幽默所蕴涵的悲剧意味，与他现实主义所塑造的悲惨世界，源于他认知生活的同一结论——归根到底，都出自"我悲观"的人生观。老舍坚持着自己的"绝望中的抗战"，幽默艺术正是他进行思想启蒙、文化批判的主要手段。把握住这一事实，才能充分认识老舍的幽默的全部价值及其内在意义。

他过去受到误解与指责，既有当年时代社会的客观原因，也有那时占主导地位的文学观念、批评标准的主观因素。如今回顾这段历史，指出前者，并不是为当年的失误开脱，承认后者，也不是要清算谁的责任。主要还是为了正视事实与正确总结经验教训。

狄更斯曾有一段脍炙人口的话："那是好得不能再好的时代，那是坏得不能再坏的时代；那是闪耀着智慧的岁月，那是充满着愚蠢的岁月；那是富于信仰的时期，那是怀疑一切的时期；那是阳光普照的季节，那是长夜漫漫的季节；那是充满希望的春天，那是令人绝望的冬日……"① 它以一系列截然相反、完全对立的词组，形容社会生活的复杂矛盾。

这更使我想起马克思一段发人深思的话："你赞美大自然悦人心目的千变万化和无穷无尽的丰富宝藏，你并不要求玫瑰花和紫罗兰散发出同样的芳香。但你为什么却要求世界上最丰富的东西——精神只能有一种存在的形式呢？我是一个幽默家，可是法律却命令我用严肃的笔调。我是一个激情的人，可是法律却指定我用谦逊的风格，没有色彩就是这种自由唯一许可的色彩。每一滴露水在太阳的照耀下都闪耀着无穷无尽的色彩。但是精神的太阳，无论它照耀着多少个体，无论它照耀着什么事物，却只准产生一种色彩，就是官方的色彩！"② 他要求给精神活动以最为宽广的天地与充分自由的权利。

如果我们能像狄更斯这样理解社会现实的丰富复杂，又能像马克思这样尊重精神劳动的多样性独创性，学会接受、欣赏、珍惜"在太阳的照耀下""每一滴露水"所"闪耀着（的）无穷无尽的色彩"，就会超越以上的种种偏颇，对于老舍与别的作家有个较为公正的认识和较为科学的评价。历史应该教会我们懂得这些道理。

胡：您对老舍的研究持续了数十载，似乎有些事情对您触动很深？

樊：是这样。1966年4月"文革"风暴袭来前夕，作家本人也即将辞世，老舍曾对多年的挚友谈到，他本来"计划回国后便开始写以北京旧社会为背景的三部历史小说……可惜，这三部已有腹稿的书，恐怕永远不能动笔了……这三部反映北京旧社会变迁、善恶、悲欢的小说，以后也永远无人能动笔了……"他谈到这里，情绪激烈，热泪不禁夺眶而出。③ 他这里所谈的，不只是一时一地、个别作品的失策，而

---

① 见狄更斯《双城记》第1部第1章。马小弥译，四川文艺出版社，1986。
② 马克思：《评普鲁士最近的书报检查令》，《马克思恩格斯全集》第1卷，人民出版社，1956。
③ 参见谢和赓《老舍最后的作品》，《瞭望》1984年第39期。

是关系后半生艺术实践的迷误,也不限于个人创作的得失,同时想到了给整个文学事业带来的损失,或许可以把这看作是他有意留给后人的遗言吧。

访谈结束了,这些话似乎也道出了樊骏先生那一代学者心目中永远的遗憾。

学海任遨游，甘苦寸心知
——陈毓罴访谈录

陈毓罴（1930~2010），1951年毕业于北京大学中文系，任兰州大学中文系助教，1954年在北京俄语学院留苏预备部学习。1955年10月入苏联莫斯科大学文学系研究生部学习，专业为19世纪俄罗斯文学史。1959年回国，进入中国科学院文学研究所（后为中国社会科学院文学研究所）从事研究工作。历任研究员，研究生院教授、博士生导师。自1980年起长期担任中国红楼梦学会副会长，1985~1991年评为国务院学位委员会第2届学科评议组成员，1992年评为国务院颁发特殊津贴专家。2006年被授予中国社会科学院荣誉学部委员称号。

主要研究明清文学，着重于明清小说，特别是《红楼梦》的研究。曾参加三卷本《中国文学史》元明清部分的编写，撰写《西厢记》《琵琶记》《西游记》《前后七子》《公安派》《竟陵派》及《长生殿》等章节。论文《曹雪芹佚著辨伪》（与刘世德合著）荣获中国社会科学院1977~1991年优秀科研成果奖。专著有《沈三白和他的浮生六记》等。

采访时间：2007年4月9日
采访地点：北京海淀四季青陈毓罴先生寓所
采 访 者：孙丽华

早年的读书生活

孙丽华（以下简称孙）：陈先生，当年在您门下读书时，曾听您说过您出身于教师家庭。那么，以您的家庭情况而言，接触书本文字应该很早，您在少年时代都读的是什么样的书呢？请谈谈您早年的读书生活。

陈毓罴（以下简称陈）：少年时代我受父亲的影响很深。我的外公张鹿笙是光绪年间的举人，我父亲是外公的学生，在一所女子中学任国文教师，那时我家住在汉口。父亲是一个爱书的人，很喜欢买书，所以我家的书很多。在我幼年时，父亲就有意识地引导我亲近书籍。有时让我帮他整理书籍，他在一旁指点，告诉我怎样给书分类，并讲解一些书中的内容和掌故。父亲也很喜欢京剧，小时候我常随他去看戏。家里收藏有很多戏曲和小说，我初次阅读的古典小说是《三国演义》，是上小学二年级的时候。之后又读了《水浒传》。这本书我非常喜欢，觉得那些英雄好汉十分豪爽。我当时贪读这一类小说，可以说是废寝忘食。记得小学时读过的小说有《西游记》《说岳全传》《儒林外史》《荡寇志》《粉妆楼》等。父亲还指导我学习古文，要我阅读背诵《古文观止》《论语》《孟子》和《诗经》等。学《左传》时，父亲还特意为我找了一位老师，是湖北有名的藏书家徐行可的儿子徐孝定。上初中以后，有一段时间我每天课后都去他家中，由他为我讲解《左传》。每次两小时，一直到把《左传》全部学完。徐孝定秉承家学渊源，学问很深，是一位很好的老师。

我家的线装书也很多。有《十三经注疏》《史记》《御批通鉴》，还有唐宋名家的诗集，也有《聊斋志异》《浮生六记》以及李渔的诗文集等，这些书籍我都有所浏览。除了这些古籍，我也很喜爱新的中外文学书籍，像《鲁滨孙漂流记》《宝岛》《福尔摩斯探案全集》，张恨水的小说等。最喜欢的是冰心的《寄小读者》和巴金的《海行杂记》，还有意大利儿童文学作家爱米契斯的《爱的教育》。留给我最深印象的书,是父亲送我的一套中华书局的丛书《初中学生文库》。这是一套百科知识读物,文化、历史、天文、地理、动植物无所不包,令人眼界开阔。学生时代,在课余时间我最有兴趣的事情就是阅读。除了家里的藏书,同学之间也互相借书。我的姐姐长我五岁,我上中学时,她已经上了大学。有时会带回一些外国文学作品给我读。印象最深的是一部内容非常悲惨的小说,美国进步作家德莱塞的《珍妮姑娘》。

上初三的时候,我已经能够顺畅地阅读未加标点的古文。父亲认为写作很重要,是对于人思维能力的一种梳理和锤炼。所以他很早就要求我动笔写一些尺牍、札记、论说等简短的文章,还教给我怎样做古体诗词。在父亲的悉心指导下,我对于写作兴趣大增,渐渐掌握了一些写诗作文的要领。家里曾经订阅了开明出版社的《中学生杂志》,我很爱看叶圣陶、夏丏尊开设的《文章病院》专栏,里面分析评点了各种语病,对我很有启发。父亲每天晚上都要批改高中学生的作文,我有暇就在一旁观摩,感到获益匪浅。抗日战争战火燃起,有一段时间为躲避日寇轰炸,我们全家人逃难到乡下去,闲来无事,我就教几个堂弟妹读古文。这应该算是我最早的教学活动了。还有一桩趣事是在我上高二的时候,父亲以前的一个学生上了武汉大学中文系,来我家看望老师。闲谈之中说到她的一个女同学快结婚了,为了祝贺新婚,她想送一副贺联,但只想出上联:"画眉好仗凌云笔"(新郎是位空军飞行员),苦思有日,却一直想不出合适的下联。我从旁听到,就为她代拟一个下联:"赌茗终输咏絮才"。她大为高兴,欣然采用。并夸赞我的下联既用了夫妻和谐之典,又暗寓一层首肯女子才能的意蕴,很是贴切新颖。

在汉口法汉中学读高中时,我有两个很好的国文老师。一位是贺苏,教我们古文诗词等。贺老师最擅诗词,后来做了湖北大学中文系的教授。到了高三,换了国文老师。新来的余文老师抛开既定课本,给我们讲起了新文学。记得他在课堂上讲过何其芳的《画梦录》和新诗、贾芝的诗《播谷鸟》、还有艾青的《火把》、天蓝的《大队人马回来了》等等,此外还介绍过屠格涅夫、泰戈尔、高尔基和鲁迅等人的作品。同学们觉得余老师的课新颖活泼，听得兴味盎然。多年以后，我才知道这位余老师是燕京大学中文系毕业，是董鲁安（后改名于力）教授的研究生。曾担任燕京大学学生会主席，是"一二·九"学生运动的干将。1937年去延安，是"鲁艺"第一期学员，何其芳的学生，后来因为养病回到武汉。我受这位老师影响很多，接受了新思想和新文学的启蒙，他曾借给我一部《鲁迅全集》，我也认真地阅读一遍。

初中和高中的学习生活一直充实而愉快，高考时我选报了文学专业。在当时很少有人会报这种专业，大家都比较愿意报考经济和工科等专业。我完全是从自己的志趣出发。而父亲也很尊重我的选择。在我的成长过程中，父亲一直持这样宽容开明的态度，从来不搞家长权威。这是让我非常感念的。

丰富多彩的大学生活

1947年我高中毕业了，同时报考了几所大学，为的是增加成功的把握。抗战结束之后，沦陷区有许多失学青年来参加考试，入学竞争相当激烈。因为报了几所大学，我考大学一共考了七天，每天都是早上四、五点钟起来，步行到江汉关码头，乘轮渡过江，再赶赴设在武昌的考场，很是辛苦。后来北京大学和武汉的两所大学都录取了我，我当然最想上北大。这不单是因为北大名气响，还因为上北大我可以获得奖学金。这是让全家人都感到欣慰的，因为我父亲久已失业赋闲，根本就负担不起我读大学了。

当时南北隔绝，铁路不通，我在汉口乘一艘小货轮"大生号"直下塘沽。17岁的我还是初次离家，百感交集，写了一首小诗抒发胸怀：

华灯闪烁暮云横，
回首江城别憾生。
唯有珞珈山上月，
不辞万里伴同行。

大学一年级是在北大四院,那里原来曾经是"贿选总统"曹锟的国会所在地。二年级我们搬到了沙滩红楼。当时的北大名师济济。我大一时的国文老师是杨振声,阅读指导的老师是赵西陆,中国通史的老师是余逊。课程设置也很丰富,记得我选过的课目除了文史类的专业课,还有英语、政治学概论、地质学概论、哲学概论等课程。因为当时学校的教育指导思想是要求学生们文理兼通。北大的图书资料相当丰富,除了学校的图书馆之外,还有学生自办的图书室,都是同学们自己的书,拿出来供大家借阅。有许多新书和进步书籍,我曾经从中借阅过《静静的顿河》《战争与和平》等。那时北大的学生运动非常活跃。我参加了学生社团"世纪潮",1948 年 10 月,又加入了共产党的外围组织"民主青年联盟",简称"民联"。我们经常上街搞活动,游行示威,发传单,宣传"反饥饿""反暴政"。

自二年级开始设立专业课,中国文学史的老师是游国恩,音韵学老师罗常培,中国语言的老师是魏建功,专门课有词学,由俞平伯主讲,曲学老师是吴晓铃。大三就到了 1949 年,开的课有文艺学,老师是杨晦,还有新文学史,老师是蔡仪。讲《水浒传》的老师是郑振铎,民间文学的老师是钟敬文。还有游国恩的"白居易诗",吴晓铃的"元明清文学史"。

进入大学,我仍然保持了多年养成的勤读书、勤写作的习惯。到大学三年级就开始在报纸上发表文章。第一篇文章是发表在天津的《进步日报》上的《粤东义勇檄文考》。原文是我在北京图书馆的一个抄本里面发现的,是鸦片战争期间广州的民众组织"社学"抗拒英军入城的战斗檄文,作者是钱江和何大庚。当时这篇文章久已失传,更不知其作者,我无意之中见到这篇文章的手抄本,觉得很重要,写了很长的考证文章。我还在《光明日报》上发表过论文《歌谣与政治》,谈古代民谣与社会政治的关系;还有一篇关于牛郎织女故事的考据文章。曲学课上,吴晓铃老师要大家填曲,许多同学们喜欢模拟那种哀婉的风格,我却独辟蹊径,放笔抒写革命事业,歌颂新社会,被吴晓铃老师誉之为"有刚健清新之致",予以首肯。到 1950 年,北大召开全校的"学习经验交流大会",我被系里推荐在大会上作典型报告,介绍自己学习心得和经验。

我的毕业论文最初想写晚清小说,但感到资料的搜集准备需要很多时间,恐怕不易做好,就又改为《中国笑话试论》。论文由游国恩先生指导。有关材料很丰富,既有古代的,也有现代的。游先生为我写了介绍信,我就可以进入北大图书馆的"马氏书库"(马廉先生藏书)。库内设有书桌,我每天去阅读。我看过冯梦龙的《广笑府》、赵南星的《笑赞》、陈眉公的《山中一夕话》、石成金的《笑得好》等,还看了一些明清的戏曲和小说,这些收藏量浩大而种类繁多的书籍资料让我眼界大开,对我的论文写作裨益不浅。不由得十分感佩马廉先生的资料积累工作。在学术事业中,我们都需要得到前辈学人的沾溉扶助,在这个意义上,的确是"前人栽树,后人纳凉"啊。那时钟敬文先生也供给我他所搜集的大量民间笑话书。我就把这些古今笑话做成卡片,进行分类,再做分析比较,并就中国的讽刺艺术进行分析,写得十分用心,我的论文在全班获得了最高分。

难忘恩师言传身教

孙:早年的大学不只重视对学生传授知识,也特别注重养成良好学风。以及老师对学生人格的陶冶。北大这样传统深厚的学校,在这方面一定也给您留下不少回忆吧?

陈:我的许多老师,都让我难以忘怀。当年师生之间融洽相处的日子,回想起来,真是历历在目啊。像我们的一位老师马廉先生,是著名学者,学养非常深厚,对古代小说和戏曲研究多有建树,尤其积累了丰厚的藏书。抗战前他就在北大教小说史,为教导后学付出了全部心血,一直到在课堂上突发脑溢血而辞世,可以说是一直坚持在教学岗位上。吴晓铃先生是他的学生,后来给他当助教。马廉先生故世以后,吴先生精心整理老师捐给北大图书馆的小说、戏曲藏书,由此建立了北大图书馆的"马氏文库"。吴先生的为人,也非常笃厚谦谨。早年在协和医科大学读书时,他曾听过郑振铎先生的课。许多年后郑振铎先生来北大开

《水浒传》课程时，已经身为教授的吴晓铃先生仍然对郑先生恭执弟子之礼，替郑先生写板书，并恭聆授课。这些老师们的嘉言懿行，犹如春风化雨，滋润着我们莘莘学子的心灵。记得当时的校园生活是那样快乐温馨，老师对我们关心爱护，期望殷切。师生之间真是平等宽松如益友，和睦亲切如父子家人。我记忆深刻的一件事情是，在大学三年级的时候，全班同学都轮流写班里的"生活日志"，它很像一份众手编排的班级小报，行文不拘一格，或记事，或抒情，或议论，百花齐放，丰富活泼。那时我们也请老师参加。现在我手边还保存了一册这样的日志，前些时候取出来翻看，发现里面还有杨振声先生亲笔书写的毛笔小楷一页，时间是1949年12月15日：

  晨起晴空丽日，真是好天气也。昨夜二时始睡，荒唐荒唐！今晨未及洗脸，蒋维屏同学来，请其共早餐，强而后可。蒋同学去，李绍广、李嘉训二同学来，欢笑如一家人。早晨便这般轻松地过去了。客去赶写文章，幸得四时交卷。腰腿床上一伸，歇一回子罢。不好，要睡，还有工作呢！"起来，起来"，"再少躺一回。""啪，啪，"可是有人敲门？"请进"……

  晚饭后预备一回功课，已是十点多，怎这般快！拿起《生活日志》从头看来，这里是一颗颗青年的心，在跳动，在申诉，在希望向上，在要求完美。他们将来有的会成为学者，有的会成为作家，有的会作很好的教员，有的会为人民作些事业。虽说是每人不过短短数行，这里已藏着将来花果的种子。是谁这般机灵，发明这"生活日记"？历来日记是孤独的自诉，或者是孤芳自赏。这里却把一颗颗的心连在一起了，它比坐在树荫下谈心，或雨窗夜话，都更能赤诚相见，这里是日记的生命。

  另一种感想使我不禁懔然，好学生是值得学校骄傲的，可是这责任，实在太严肃了！

  尘世沧桑倏忽60年，重睹先师遗墨，心情怆然。然而一股暖意亦充盈于胸怀，我更加深切地感触到老师们当年对我们这些后生晚辈所持的那一腔期望、挚爱之心。师长们不但为我们传道授业，也向我们付出了如此深挚的关切盼待之情怀。这种深情厚谊，是老师们留给我们的又一份珍贵资产。对此我是永志不忘的。

北大的老师授课富于独创性。四年级的时候，魏建功老师为我们上"应用文写作"，课讲得生动而有分量。老师还提供他日常积累的丰富材料给学生参考。老师针对《人民日报》上的"中国第一"专栏的文字"挑错"，还带领学生去故宫博物院，评点那里的说明词和标示牌。这种教学方法生动又实用，可以培养学生善于分析问题和勤于思考、大胆质疑的精神。老师还让同学们分工，按照拟稿、修改定稿、审稿、誊抄、发稿的流程，全班合作来完成一份公文。在北大的时候，老师总是这样引领大家积极主动地学习，鼓励同学们自学、搞研究、解决实际问题。

我的高校教师生涯

孙：从北大毕业以后，您曾经在高校任教，讲授《中国文学史》。20世纪50年代，应该是大学的文学史课程转型的时期。您在学生时代所接受的文学史基本上是民国时期的格局，和50年代以后的文学史很不相同。初出茅庐的您，在讲授文学史课程时，面临过怎样的挑战？

陈：从北大毕业后，我被分配到兰州大学。在兰大做了三年助教。头两年做系秘书的工作，处理日常事务，兼管图书资料室，年终还要代系主任写工作总结。学校平时有许多政治学习，还下乡参加过土改运动。总之当时运动很多，让人很觉忙碌紧张。到了第三年，形势变了过来，运动告一段落，学校开始抓教学了。因为缺乏师资，系里竟让我担任大四的文学史课程"宋元明清文学史"。当时我大学毕业没有多久，要给大四的学生开课，心里也不免有些惴惴。但还是知难而进，开始认真准备。一方面，认真地参考一些比较好的文学史教材，例如刘大杰的《中国文学发展史》等；另一方面，广泛地收集材料，兰州图书馆里有很多旧杂志，我做了大量浏览，把有关文学史方面的文章都做了摘要；

同时注意对文学史上的作家和作品进行研究分析，得出自己的结论，而不是简单地抄袭前人之成见。就这样，我在23岁时登上大四的讲台。虽然自己心里挺紧张，但是学生的反响竟然非常好。兰大的老同事常振江前些日子来信，还生动地回忆当年情景，说我的课"甫经推出，就在学生中间深得好评，认为与老先生们刻板单调的授课不可同日而语，内容丰富，观点鲜明，令人耳目一新，虽然已经过去了五十多年，此情此景，如在眼前"。

当时的中国文学史课程，很多老教师只是在做作家作品的介绍，而缺乏史的眼光和对于文学与社会生活的关系的考察。对学生而言，这好像和上语文或写作课没有什么区别，故而兴趣不高。我当时并不在课堂上带着学生读作品，而是事先印发油印的讲义，让大家预习，上课时则重点介绍一个时代的文学特点，某一作家的创作发展道路，进行知识的分析综合。让大家能够寻绎到文学史的脉络，并为他们的深入学习引领方向。所以学生们感到有收获，愿意上我的课。当时还出了一桩趣事：授课之中，我因参加留学苏联的考试请假一个月，系里就让外校的一位老教师代课，但不久学生们都跑到系里要求让我快些返回上课。记得当时我的课，以介绍苏轼的那一部分最获好评，还有关于陆游、宋词、《西厢记》等章节，反响都很好。清代的小说以对于《聊斋志异》的讲授最有兴味。在这些备受好评的讲授里，其实都凝聚了我多年治学的心得。

留学生活扩展视野

孙：在兰州大学的时候，您曾经得到一个难得的留学机会——赴苏联学习文艺理论和俄罗斯文学。这一段青年时期的留学经历，您一定有许多不同寻常的收获和感受吧？

陈：那是在1954年夏天，兰大推荐我参加留苏研究生的选拔。考试在西安进行。当时我住在招待所，没有地方用功，所以每天都去附近的莲湖公园看书。考试的作文题目是《最难忘的一件事》。我就以自己初出茅庐的讲课经历做了素材。有对于登上讲台的前夜既兴奋又紧张心情的细致描写，也穿插了往事的回想和对未来的期待。后来得知阅卷人是北京大学的林庚老师，对我的作文评价很好，给了满分。我被录取以后，1954年秋天到北京俄语专科学校学俄语，林庚老师还让我的北大同学，当时已经留校做他的助教的陈贻焮来找我，我这才去拜见了初次识荆的林老师。老师说我的作文感情真挚，文字流畅而自然，对我颇予嘉许。留苏考试的其他科目还有《联共党史》和《文艺理论》。季莫菲耶夫的《文学原理》当时刚译出不久，我认真阅读研究一番，对苏联文艺理论的格局颇有一些领悟，所以也考出了好成绩。我的考试能够这样顺利，其实与我教过文学史有关。以我的经验而言，搞教学可以促使人深入细致全面地学习，可以牢固地把握一门知识的体系和脉络。

我于1955年秋季赴苏，在莫斯科大学文学系作研究生，专业是"19世纪俄国文学史"，重点研究契诃夫。莫斯科大学文学系中国研究生1954、1955两届共有十几人，每人研究一位作家，涵盖面很宽。教研室开会时，我们总是坐在最后面一排，因而有教授戏称之为"中国的万里长城"。苏联大学研究生的学习特点是比较注重哲学思辨，注意辩证唯物主义与历史唯物主义的学习。而且放在入学第一年。我们阅读了许多马列经典，包括《费尔巴哈和德国古典哲学的终结》《反杜林论》《唯物主义与经验批判主义》《德意志意识形态》《国家与革命》等。中国研究生4个人一组学哲学，结合阅读展开讨论，这种方式提高比较快，有老师指导，又可收互相切磋之功。第二年开始学习专业，除了听导师的大课外，更多时间是以自学为主。老师先发下参考书目，有好几十种，洋洋大观，从普希金到契诃夫的研究著作都有。半个月见一次导师，学生可以向他提问。如果提不出什么问题，导师就会向学生提问。我的导师是文艺理论家、俄罗斯文学史专家波斯别洛夫教授，德高望重，平易和蔼，循循善诱。对我的每一个进步都给予充分的肯定和鼓励。老师把他的各种著作一一赠我，并且常让我将他刚完成的论文手稿带回宿舍细读。他论文中的严密论证和强大的逻辑力量，让我很钦佩，我从老师那里获得很多教益。

因为我在俄语专科学校只学了一些普通会话，所以在专业学习中遇到很多困难，俄语学习分量也很重。我首先看作品，理解分析思考，之后再看研究著作，一边与自己的想法对比，发现有些地方是自己没看到也没想到的，这样就加强了认识。再把各种研究著作加以对比，就能够更深入全面地认识一个作家，同时可以看到各个研究专家之特长与不足。阅读文学作品时，开始生字很多，需要不时查阅字典，过了一年半以后，一本厚厚的字典已经被我翻看得又旧又破。而阅读渐渐变得顺畅，基本无须依靠字典。以后的一个时期，几乎每天都去列宁图书馆阅读全苏有关契诃夫研究的学术论文，觉得兴味盎然。

在莫斯科大学的学习很艰苦繁重，但生活条件很好。一个人住一间宿舍，还有可以沐浴的卫生间。大学的餐厅很整洁，餐桌上总是铺着雪白的台布，摆着鲜花。下午4时以后，我们在地下室的茶点部喝茶，还可以买到"西伯利亚饺子"。这种饺子与中国的不同，是要蘸着黄油吃的。莫斯科天气寒冷，窗玻璃都是双层的，窗子下面有一个像抽屉一样的装置，拉开它就可以通风换气，既保暖又能输入新鲜空气。莫斯科大学的环境相当优美，位于列宁山上，堪称宫殿式的建筑。园林型的环境典雅宁静，是一个难得的求学圣地。暑假学校安排留学生去莫斯科郊外的休养所，寒假大家就去设在山里的生物站滑雪，这些经历都留给我非常美好的回忆。我们在学业之余还参观过托尔斯泰庄园，去过列宁格勒见识"白夜"，还去过黑海之滨的里加。文学系的中国研究生办了一个墙报《东风》，因为大家觉得搞文学研究的人也应该懂得创作。我是编辑之一，自己也投过稿。我写过一篇幻想散文《俄罗斯古典作家夜访列宁山》，虚构了屠格涅夫、托尔斯泰和契诃夫等文学大师在圣诞夜乘坐三驾雪橇来到列宁山与我们对话。我们的墙报张贴在宿舍入口处，每期都有好多中国同学来看。还出过俄文版，供苏联同学欣赏。

苏联有丰富的文学传统，小说作品很多。我读过的小说里，比较喜欢费定的《早年的欢乐》《不平凡的夏天》和《篝火》，阿·托尔斯泰的《苦难的历程》，卡达耶夫的《雾海孤帆》《草原上的田庄》和《为了苏维埃政权》，还有肖洛霍夫的《静静的顿河》和列昂诺夫的《俄罗斯森林》。留学经历开阔了我的眼界,感到俄苏文学内蕴丰富,是个宝藏。我的留学生活收获很多,也激发了我"引水灌田"来研究中国文学的愿望。

在文学研究所的治学经历

孙:进入文学研究所以后,您参与了编写《中国文学史》。这是具有开创意义的一部文学史,撰写者努力尝试将新的理论眼光和研究格局引入中国古老的文学累积层,这样一件富有挑战性的任务,应该说很有压力了。不过,以您在兰州大学教授文学史的经验和在莫斯科大学学习文艺理论的积累,承担这样的任务还是有所准备的吧?

陈:在莫斯科大学学习4年,1959年秋天我回到了祖国。回国后,我还是想继续搞中国古典文学的研究。何其芳当时任文学研究所的所长,接纳了我。1960年,我参与了《中国文学史》的编写工作。那年我刚满30岁。文学史编写的内容一共是分为三大段:从上古到汉魏六朝;唐宋;元明清。我参加的是元明清部分。主要写了关于《西游记》《西厢记》《琵琶记》《长生殿》以及有关前后七子、李贽、公安派、竟陵派的内容。《西游记》这一章写出后,受到何其芳同志的赞赏,打印稿送到北大征求意见时,又获得吴组缃先生的称赞。2005年古代室的同事曹道衡研究员去世时我曾经写了这样一副挽联:

> 修史共青灯,犹记当年豪气
> 著书盈白屋,弥知晚岁壮心

主要就是回忆我们共同度过的这一段撰写《中国文学史》的难忘岁月。回想当时,我们真是"初生牛犊不怕虎",凭着一股热情,和文学所的老专家们一起,共同承担这一项需要付出许多开创性努力的庞大工程。

孙:文学史是对于古典文学的全面扫描和叙述,除此之外,您也进行了一些深入的作家作品研究。在这方面，有哪些独特而深切的感受呢？

陈：完成了《中国文学史》的编写之后，我比较投入的一个课题是关于《西游记》的研究，一搞就延续了许多年。这方面的论文有《从过火焰山看吴承恩对情节的处理》（《光明日报》文学遗产专栏1963年）、《吴承恩〈西游记〉成于晚年说新证》（同上，1984年）、《新发现的两种〈西游宝卷〉考辨》（《中国文化》1996年第13期）等几篇。

对于《西游记》，我的一个主要论点是应该重视吴承恩对于《西游记》成书的贡献。从《大唐三藏取经诗话》《西游记平话》以及西游记杂剧等这些早期作品到吴承恩的小说《西游记》，其实是一个巨大的飞跃。我不同意那种简单地套用"民众口头创作、漫长时间积累"的固定模式去解释《西游记》成书过程的论点，因为那样的话有许多问题得不到解答。吴承恩不会是简单地记录、整理已有的文学素材来撰写《西游记》的，而是在原有的故事格局之上加入了很多他自己的改造和创新。例证之一是：我从《取经诗话》和西游记杂剧中发现铁扇公主所持的真是一把铁质的扇子，也不能够变化，是吴承恩把它改造成为"芭蕉扇"，这样更吻合扇子的持有者是一个弱女子的人物特征，而且还让这个芭蕉扇忽大忽小，可以伸缩，就更富有神奇的艺术表现力。类似于芭蕉扇的能长能缩，金箍棒也是可大可小，这一情节也是出自吴承恩的创造。

在《西游记》中还有很多故事情节上的增添和改变，是与吴承恩个人生活经历有关的。例如我考证出吴承恩曾经做过长兴县丞，是个八品小官，帮助知县处理公务，管钱粮和马政。当时朝廷把军马都交给地方包养，养得好是应当应分，如若饲养不当，马匹病死，就会受到责罚。显然这是一个动辄得咎的苦差事，永远无功有过。吴承恩会有许多积郁不满，他把这些委屈赋予了孙悟空。在《西游记》里，我们可以看到孙悟空也在养马，玉皇大帝对他的功劳并不重视，连蟠桃宴他也没有资格参加，最后孙悟空愤然反出天门。这些情节应该说寄托了作者本人的不满和想象。而在《取经诗话》与西游杂剧中，均无孙悟空在天宫养马的情节，很明显，这个情节是吴承恩的创造。还有，吴承恩做县丞时，他的上司是县令归有光。两人或许由于个性相左，合作一直很不愉快。吴承恩个性诙谐通达，归有光则拘谨迂执，这样的两个人相处显然不容易和谐。后来吴承恩遇到了麻烦，被诬告有贪污行为，归有光在这个时候并没有出来为吴承恩辩护，而是保持沉默。吴承恩最终是被撤职，赋闲归家。那么我们可以从《西游记》中唐僧与孙悟空这一对师徒身上，看到归有光和吴承恩关系的投影。唐僧作为领导者，能力并不高，却一味苛责劳苦功高的徒弟。尤其是他根本不信任自己忠心耿耿的徒弟，却偏听轻信妖怪的谎言，毫不留情地赶走了孙悟空。许多人读到这些情节，会感到难以理解，弄不懂唐僧为什么这样不近情理。但是我们如果把作者的创作和他的生活经历结合起来，就很容易理解小说中潜藏的寓意，以及作者为什么在唐僧身上寄托这么多消极的性格特点，诸如轻信、胆小、在危急关头容易翻脸无情等。有一种解释说这是为了渲染小说的喜剧色彩，抑或是为了更加突出孙悟空的英雄气概，可是，如果单单是出于这样的理由，说服力显然是不足的。我还考证了吴承恩写作《西游记》应该是在他长兴县丞卸任之后，在荆王府纪善任内所写，故为晚年之作，时年在62岁左右。

孙：您对《西游记》的研究，听来的确是饶有意味。想当年您还是小学生时，已经开始接触这部古典文学杰作，人到中年，又着手研究它，不能不说与《西游记》有很深的因缘。固然在后来的研究里，才真正对作品有了深入的和理性的认识。但是早年的童心阅读，犹如高翔的羽翼，始终引领您遨游在神奇浪漫的精神空间。这也许就是为什么您对《西游记》的研究总令人感到熨贴而传神。

从您的治学路径来看，是属于乾嘉朴学的路子，立论从不轻出，必建立在充分的资料研究的基础之上。在您对《西游记》的研究里，我已经充分地感受到这一点。20世纪六七十年代，您主要的攻略对象应该是《红楼梦》的研究。当时围绕曹雪芹的身世、经历有许多争论，是您与合作者经过大量艰苦细致的工作，终于廓清了这些疑点重重的问题，为以后的红学研究扫清了道路。有关《红楼梦》的研究是怎样进行的，能谈谈其中甘苦吗？

陈：对于《红楼梦》进行研究，最初是作为一个任务而接受的。周总理有指示："曹雪芹是我国的伟大作家，《红楼梦》是不朽的作品。我们应当好好纪念他。应当搞一个展览；应当弄清他的生卒年代；应当举行一个盛大的纪念会。"为纪念曹雪芹逝世200周年，首先就需要确认他的卒年。当时有两种看法，俞平伯认为是壬午除夕（乾隆二十七年，1763年），周汝昌、吴恩裕等人认为是在癸未除夕（乾隆二十八年，1764年）。这样我们就接受了一个任务：弄清曹雪芹去世的确切年份，作出一个大体可靠的结论。我们首先充分地占有材料，查阅了曹雪芹的朋友敦诚、敦敏的诗文集，仔细研究《红楼梦》的一些抄本。有关的各种资料几乎逐个进行了分析研究，在当时，下如此细致的功夫还是少有的。见解不同的双方一直在争论，那时我们比较年轻，30岁出头，对方都是年长者，然而争论起来都很认真，各执己见，毫不退让，现在想起来觉得很难忘。关于这一问题的研究心得，我曾经写过三篇论文，反响很大。其中两篇还被内蒙古大学中文系采用作写作课的范文。1962年，中宣部和中国文联联合举办一个座谈会，请意见不同的两方各抒己见。会议由茅盾主持。在这次座谈会上，吴恩裕坚持"癸未说"，又补充了源自香山的一个民间传说。说癸未年是"秃尾巴年"，即没有大年三十，并说曹雪芹去世的除夕之夜下了雪。座谈会之后，我做了细致的调查。查阅了清代的万年历《御定万年书》，知道乾隆二十八年不是什么"秃尾巴年"，有大年三十。又查阅了当时的皇家观象台的气象记录《晴雨录》，发现癸未年除夕也没有下雪。还有乾隆的御制诗中相应时间里的作品，均未提及是年除夕有雪。做完这些调查研究工作，我把结果写入报告。后来举行曹雪芹逝世200周年纪念活动，关于曹雪芹的卒年就定为壬午年即乾隆二十七年了。以后在各种展览里的一些说明介绍性文字，都持乾隆二十七年看法，不过也补充一条，提及"另一说为卒于乾隆二十八年"。这基本已经成为定论，为多数人所接受。

20世纪70年代初期曾经出现了一些所谓曹雪芹研究的"新材料":两幅所谓的"曹雪芹画像"和名为《废艺斋集稿》的"曹雪芹佚著"。学术界对它们的真实性一时无法确定。对此我也进行了细致的研究和考证。写出两篇论文《曹雪芹佚著辨伪》和《曹雪芹画像辨伪》。这两篇论文是与刘世德合作的。比较重要的一篇论文是《曹雪芹佚著辨伪》。

所谓"佚著"里有一篇署名敦敏的《瓶湖懋斋纪盛》,写一次朋友们的聚会,曹雪芹还表演了放风筝,所放风筝是他自己制作的。文章里所提到的参与者像董邦达确实有其人,还有很高的社会地位。一些学者如吴恩裕等人认为这是重大发现。但也有人觉得有疑问,因为感到它的文字风格不像是乾隆时期的。不过只凭感觉还是不足为证,必须拿出确实的材料。当时我们感到这个工作难度很大,很难找到突破口。我和刘世德去了许多地方,在故宫博物院还看到了原本的《晴雨录》,还有乾隆的《御制诗文集》《爱新觉罗宗谱》等。《纪盛》中提及敦敏的堂弟敦惠,而且腿有残疾。但在宗谱中,却无有此人踪迹,只有一个敦慧,而在"盛会"之时他尚未出生。这个敦慧据宗谱记载曾经做过皇家侍卫,故此他不可能是个跛子,也不可能向曹雪芹学习制作纸鸢,作为"宗室",也绝不可能被挑选进内务府充当匠人。从敦敏的诗文集来看,此一盛会举行的时间距其母去世尚不满一年。还处于守制期间内(当时要为父母之丧守制27个月)。所以这次"盛会"很可怀疑,因为按照常规,守制期间作为孝子必须闭门谢客,停止交游,也更不应该在户外大放风筝,进行娱乐。我们通过多方面的分析比较,完成了"佚著"的证伪工作。

还有一篇论文是《曹雪芹画像辨伪》,为了解决两幅流传的署为"曹雪芹先生小照"的画像的真伪判断。也是通过对众多材料的研究分析,得出结论,这两幅画像都不是曹雪芹的,一幅是乾隆年间的两江总督尹继善的一个幕客俞瀚的像,另一幅的像主是金梯愚,都有确凿的证据。如果这两幅画像真是曹雪芹的,从画像上的题词来看,那就意味着曹雪芹晚年曾经游幕金陵,是两江总督的座上客,并且与地位尊贵的皇八子以及一大批高官、状元、翰林等社会名流也有着密切的交往,而这两点，对曹雪芹来说，是根本不可能的。曹雪芹的好友敦诚有诗，描绘曹晚年的贫困生活是："满径蓬蒿老不华，举家食粥酒常赊"，又描绘了曹雪芹身后的寂寞萧条景象："四十年华付杳冥，哀旌一片阿谁铭？""孤儿渺漠魂应逐，新妇飘零目岂瞑？"这根本就不像有众多高朋贵友的状态。因此鉴定曹雪芹的画像，不只是一个判断文物价值的问题，而是直接关系到对曹雪芹身世经历的了解与其思想性格的认识。

《曹雪芹佚著辨伪》的论文写好后，好几年都无法刊发。直到"四人帮"垮台，这篇论文才有机会在上海的《中华文史论丛》复刊号（1978年7月）发表，当时引起强烈反响，受到海内外专家称赞。时居香港的当代儒学大师徐复观对这篇论文给以高度评价。论文写好以后，也曾送我们古代文学研究室的小说戏曲权威孙楷第先生请教，老先生还特意给我们写了一封信，非常风趣地把我们的论文比做《封神榜》里面的"幡天印"，能够让许多浮妄见解无处藏身。这篇论文在1993年曾获得中国社会科学院1977～1991年优秀科研成果奖。

孙：您的《浮生六记》研究成果斐然，享誉海内外。有一些突破性见解，例如搞清作者身世和作品写作的地点等重要问题，您是怎样进行这些研究的？

陈：对于《浮生六记》，我从少年时期就非常喜爱。1980年6月被邀请参加美国威斯康星大学举办的"国际红楼梦研讨会"，我提出的论文就是《〈红楼梦〉与〈浮生六记〉》。以后也一直注意收集这方面的资料。1982年在威斯康星大学做高级访问学者时，有一次去哈佛大学讲演，在哈佛燕京图书馆找到了有关清代嘉庆十三年使团出使琉球、册封琉球国王的报告《续琉球国志》和琉球一方的档案《历代宝案》，让我喜出望外。时逢暮春时节，走出图书馆，街道两旁的玉兰花正悠然绽放，暗香浮动，恰似充溢在我心中的愉悦之情。我在对《浮生六记》的研究上作出的主要成就是，确定了这部作品的写作地点。沈复写这本书是在他作为"从客"，随清廷使团出使琉球期间，当时他随同使团住在那霸的"天使馆"，驻留时间长达四个半月。我也在《元和县志》上面找到了沈复在琉球期间所做的两首诗。在这个方面是发前人所未见，论点建立在资料的考证之上。

孙：《浮生六记》作为一部质朴平易的纪实性散文，罕见地记录了一对普通人夫妻的日常生活，不但描写了他们的坎坷不幸的人生经历，也传达出他们的真挚情感。此书乍看与《红楼梦》似乎并无可比性，您却独具只眼，看出它在抒写真情、反抗礼教束缚等方面，实与《红楼梦》有异曲同工之妙。不仅对作者身世和成书情况的考证，对作品本身的诠释您也有独到见解。

陈：在我的专著《沈三白和他的浮生六记》里，是把沈复、陈芸作为《红楼梦》中的贾宝玉、林黛玉的参照人物来定位的。虽然沈、陈是现实中的人物而贾、林是虚构的文学人物，但是这两对人物其实有很多相似之处。他们都抗拒世俗之见的侵蚀和礼教的束缚，要求个性的舒展和自由，追求一种具有情趣和美感的人生，在感情问题上，看重双方精神上的契合融洽。这些人生价值是具有进步意义的。在小说《红楼梦》里，贾、林未能结为连理，成为爱情的遗憾，而现实生活中的沈、陈却由表姐弟而成为夫妻，共同生活了20多年，他们那种坎坷穷愁又相依为命的贫寒而温馨的婚姻生活几乎就是贾、林未能实现的婚姻前景的写照。

《浮生六记》是沈复生平交游的具有文学性的实录。它是真实的，在人物的塑造，言行神态描写方面又富有文学色彩，写得细致生动，极具感染力。俞平伯先生曾盛赞此书文笔之轻灵清新："虽有雕琢一样的完美，却不见一点斧凿痕，俨如一块纯美的水晶，只见明莹，不见衬托明莹的颜色；只见精微，不见制作精微的痕迹。"（北京霜枫社重刊《浮生六记·序》，1923年版）沈复一生喜好淡泊自然，无论对诗文写作还是园林鉴赏，他都推崇天然的美，认为能够削去斧凿之痕，"人工而归于天然者，为第一"（见《浮生六记·浪游记快》）。这种美学追求与曹雪芹也是一致的。

我认为《浮生六记》应是实录之作。例如书中提到苏州当时有一个名妓冷香，陈芸很欣赏她的女儿憨园，曾一心想为沈复谋为妾室，两人还结拜了干姐妹，交往甚欢。我在当时的《吴门画舫录》一书里，找到有关冷香母女的记载，可见并非虚构，而是实有其人。从方志里也可以找到沈复任幕僚曾经效力过的那些知县的姓名和行迹。沈复一生贫寒，不得不依人作幕，心情是很压抑的，相濡以沫的爱妻又不幸早逝，给予他很大打击。他经历坎坷，四处漂泊，无家可归，以痛苦的心情写了《浮生六记》这样一部回忆录，感情真挚而文笔自然，是产生于清代后期文人之作中难得的好作品。有一个传闻说钱钟书很不喜欢《浮生六记》，我曾经问过钱先生，他说自己的原话是"不很喜欢"而已，根本不是"很不喜欢"，所以这是一种误传。杨绛先生写了《干校六记》，也是在一定程度上受《浮生六记》的影响。

辛勤浇灌育新苗

孙： 陈先生不仅做学问严谨细致，在教书育人方面也是倾注心血，不惮烦劳。在学生们眼中，您是一位循循善诱、要求严格的师长。我曾经听民族文学研究所的扎拉嘎师兄说过，当年他在您门下学习时，得到您无微不至的关怀指导。那时他对汉语掌握得还不够娴熟，一些文章都是您逐字逐句地为他审订修改，让他至今感怀不已。

陈： 学术工作需要一代代的人们去精诚奉献。培养新的研究人材是先行者义不容辞的职责。我从1978年开始带研究生，一方面，花了很多时间给研究生开课，传授专业知识，讲解治学门径；另外，还要求学生勤于思考、勤于动笔，多写文章。我从来不要求学生们为我做什么事情，而要求他们尽可能把时间都用在读书治学上面。现在他们中的一些人已经成为学科的中坚力量，这是最让我感到高兴的事情。同样，对于推动学术研究的一些基础工作，我也一直是尽心尽力，从不推托。从80年代初，我承担了《红楼梦研究集刊》的编辑工作，要花费很多时间去组稿、联系作者以及审稿，虽然占用了很多本该用于学术研究的宝贵时间，但我觉得这种付出会惠及后学，是值得的。

孙： 能够有这样一个机会采访您，聆听您缕叙治学心得，实乃欣幸之至。您这些丰富深厚的治学经历，足以让我们这些晚辈叹为观止。在治学态度和方法等方面，还要请您向年轻一代的学人介绍一下您的心得和经验，这会是非常宝贵的一份精神财富。

陈：我认为研究一门学问、一个作家或一部作品，最重要的就是充分占有材料，包括与研究题目有关联的资料。不能只是局限于作品本身。研究的视野必须开阔，要把作家与时代和社会联系起来看待，充分掌握材料之后再进行分析研究，要由表及里、去伪存真、由现象到本质，找出事物本身固有的规律和特点。世界上的事情是复杂的，研究的时候一定不能掉以轻心，总之在前人的成果的基础之上力求有所创新、开拓和发现，我常常说自己的座右铭是"求真务实"，求真就是要追求真理，务实就是要按照事物本来的面貌去认识、理解它。我认为，一个治学之人，应该牢记"天圆地方"这四个字。这本来是古代中国人对自然的认识。借用来比喻学术研究的态度也是很贴切的。"地方"是比喻研究的基础要扎实，功夫要深厚，"天圆"是说头脑要灵活，周游探讨，圆融无碍。在研究工作中，切忌拘泥于死板的教条，固守前人陈说，要敢于怀疑成说，敢于探索求知，有些人虽然基础还好，但是头脑过于死板，守旧而不创新，这就很难取得好成绩，是非常可惜的事情。

我感到学术研究正好比是一种探索"桃花源"的历程。晋代文豪陶渊明的名篇《桃花源记》里有这样的一段描写，非常生动：

> 晋太元中，武陵人捕鱼为业。缘溪行，忘路之远近。忽逢桃花林，夹岸数百步，中无杂树，芳草鲜美，落英缤纷。渔人甚异之，复前行，欲穷其林。林尽水源，便得一山。山有小口，仿佛若有光。便舍船，从口入。初极狭，才通人。复行数十步，豁然开朗。土地平旷，屋舍俨然，有良田美池桑竹之属。阡陌交通，鸡犬相闻。其中往来种作，男女衣裳悉如外人。黄发垂髫并怡然自乐……

这简直就是对于人生追求的一个象征性的表现。"桃花源"是美好的，但找寻它是不容易的。"山有小口，仿佛若有光"，你要继续前进。前面可能是一条狭窄的通道，"初极狭，才通人"。你得勇敢无畏地再朝前走。只走几步、浅尝辄止还不行，必须"复行数十步"——坚持向前，才能到达"桃花源"。学术研究的过程仿佛似之。要保持好奇的心态，积极地发现新问题。在研究推进的过程中常常会遇到障碍，此时必须抛开杂念、执著前行。经过不懈的坚持和努力，方能达到豁然开朗的境地。年轻人治学不要怕困难，开始可能会觉得找不到什么东西，此时要坚持，反复阅读材料，广泛联系，寻找突破口。研究工作是磨炼人的意志的工作，意志要坚定，必须要有一种勇往直前的顽强气概。

（本文初稿写成于2007年5月，经过陈毓黑先生审阅，此次再版时稍有文字修改）

编后说明

2013年是文学研究所建所60周年，60年的时间里，文学所一代又一代的学人以自己的经历见证了这个集体走过的不平凡岁月，并以每一个人的不懈努力共同成就着文学所的光辉、荣誉和贡献。

正是基于这个原因，受研究所领导班子的委托，从2011年起，以青年学者为主组成的课题组对21位老一辈学者进行了访问，从而编辑了这部口述史。

首批接受采访的主要是1960年前进入文学所工作的老学者，原本不止21位，但有的因为患病，或者出国，或者因为其他原因而未能接受访问，因此又补充了几位进所时间稍晚的老同志，他们在不同的工作岗位上代表了文学所不可或缺的某些方面，如：编辑工作、史料工作等。二十多位老同志的访谈从不同的角度回顾历史，总结经验，讲述自己所经历的往事，为我们留下了宝贵的史料。遗憾的是，当我们开始进行这个工作的时候，一些曾经为文学所作出了杰出贡献的老专家学者已经永远地离开了我们——就是在编辑此书的过程中又有三位接受采访的老先生过世了，他们中的许多人还没有来得及留下对文学所的回忆，这使我们在惋惜的同时更加感受到作为文学所的后继人，有责任和义务把抢救史料的工作坚持下去，努力做好。它或许可以为以后写作一部人们期待的文学所史，打下坚实的基础。

访谈以"亲历"为原则。内容包括了被访者在文学所不同时期的工作、学术、生活、同事等各个方面。对于过去较少被人们忆及的文学所"文革"时期的经历，一些被访问的老同志也坦然面对，畅所欲言，为研究这段历史留下了宝贵资料。采访后，被访者均亲自对整理稿进行了认真的审阅，并本着严谨负责的态度进行修改确定终稿。目前编入本书的21篇访谈录是以被访者的年龄为序编辑的，樊骏先生和陈毓罴先生作为荣誉学部委员生前曾经接受过访谈，也在附编中一并收入。

需要提及的是，尽管参与访谈的每一位学者都本着对历史负责的态度进行回忆，但毕竟年代久远，记忆的模糊可能会使讲述出现一些不准确的地方，这是口述史难以避免的问题。同时，对一件事情不同的人可能有着不同的记忆和叙述，这也是完全可以理解的。即便如此，访谈终将为人们的研究提供丰富的历史线索，给人们以更多的启迪。如果能够引导人们讲述更多的史实，提出各种不同的观点和意见，进而从各个角度回顾和思考文学所六十年来走过的曲折道路，或许这就已经达到我们编辑此书的目的了。

衷心地感谢老专家们在访谈工作中给予的鼎力支持。同时，访谈是一件极其琐碎和艰苦的工作，在采访工作中，年轻的学者们也付出了辛勤的劳动，学到了许多宝贵的东西。他们在采访前作好充足的资料准备在采访中精益求精：有的多次电话联系、走访；有的加班加点整理文稿；有的为了求证一个问题，甚至为了弄清一句话，不辞辛苦花费很多精力；还有的已经完稿还在为有些问题尚未深入而感到苦恼。能够顺利地出版文学所第一部老专家访谈录，应当感谢他们的无私付出。

编辑这部访谈录仅仅是开始，一定还会有第二部，第三部……为此，也衷心地感谢领导和同志们对课题组给予的各方面的理解和帮助，并希望听到大家的宝贵意见。

严 平

2013年3月

图书在版编目(CIP)数据

甲子春秋：我与文学所六十年/中国社会科学院文学研究所编.
—北京：社会科学文献出版社，2013.6
　ISBN 978－7－5097－4637－0

　Ⅰ.①甲…　Ⅱ.①中…　Ⅲ.①中国文学－当代文学－文学史－研究　Ⅳ.①I209

中国版本图书馆 CIP 数据核字（2013）第 098740 号

甲子春秋
―― 我与文学所六十年

编　　者 / 中国社会科学院文学研究所

出 版 人 / 谢寿光
出 版 者 / 社会科学文献出版社
地　　址 / 北京市西城区北三环中路甲 29 号院 3 号楼华龙大厦
邮政编码 / 100029

责任部门 / 人文分社（010）59367215　　责任编辑 / 孙以年　张倩郢
电子信箱 / renwen@ ssap. cn　　　　　　责任校对 / 杨　楠
项目统筹 / 宋月华　张倩郢　　　　　　　责任印制 / 岳　阳
经　　销 / 社会科学文献出版社市场营销中心（010）59367081　59367089
读者服务 / 读者服务中心（010）59367028

印　　装 / 北京季蜂印刷有限公司
开　　本 / 787mm×1092mm　1/16　　　　印　张 / 28.5
版　　次 / 2013 年 6 月第 1 版　　　　　　字　数 / 420 千字
印　　次 / 2013 年 6 月第 1 次印刷
书　　号 / ISBN 978－7－5097－4637－0
定　　价 / 89.00 元

本书如有破损、缺页、装订错误，请与本社读者服务中心联系更换
▲ 版权所有　翻印必究